海外中国研究丛书

刘东 主编

[美] 史书美 著
何恬 译

THE LURE OF THE MODERN

现代的诱惑

书写半殖民地中国的现代主义（1917—1937）

Writing Modernism in Semicolonial China, 1917-1937

江苏人民出版社

图书在版编目(CIP)数据

现代的诱惑:书写半殖民地中国的现代主义(1917—1937)/[美]史书美著;何恬译.—南京:江苏人民出版社,2007.2(2021.12重印)
(海外中国研究丛书/刘东主编)
ISBN 978-7-214-04532-4

Ⅰ.现… Ⅱ.①史… ②何… Ⅲ.现代文学-文学研究-中国-1917—1937 Ⅳ.I206.6

中国版本图书馆 CIP 数据核字(2007)第 025309 号

THE LURE OF THE MODERN: Writing Modernism in Semicolonial China, 1917-1937
Copyright © 2001 The Regents of the University of California
Chinese translation rights © 2007 by JSPPH
Published by arrangement with the University of California Press
All right reserved
江苏省版权局著作权合同登记:图字 10-2003-084

书　　名	现代的诱惑:书写半殖民地中国的现代主义(1917—1937)
著　　者	[美]史书美
译　　者	何恬
责任编辑	张蕴如
装帧设计	陈婕
责任监制	王娟
出版发行	江苏人民出版社
地　　址	南京市湖南路 1 号 A 楼,邮编:210009
照　　排	南京紫藤制版印务中心
印　　刷	江苏凤凰新华印务集团有限公司
开　　本	652 毫米×960 毫米　1/16
印　　张	30.75　插页 4
字　　数	450 千字
版　　次	2007 年 2 月第 1 版
印　　次	2021 年 12 月第 4 次印刷
标准书号	ISBN 978-7-214-04532-4
定　　价	89.00 元

(江苏人民出版社图书凡印装错误可向承印厂调换)

序"海外中国研究丛书"

中国曾经遗忘过世界,但世界却并未因此而遗忘中国。令人嗟呀的是,60 年代以后,就在中国越来越闭锁的同时,世界各国的中国研究却得到了越来越富于成果的发展。而到了中国门户重开的今天,这种发展就把国内学界逼到了如此的窘境:我们不仅必须放眼海外去认识世界,还必须放眼海外来重新认识中国;不仅必须向国内读者移译海外的西学,还必须向他们系统地介绍海外的中学。

这套书不可避免地会加深我们 150 年以来一直怀有的危机感和失落感,因为单是它的学术水准也足以提醒我们,中国文明在现时代所面对的决不再是某个粗蛮不文的、很快就将被自己同化的、马背上的战胜者,而是一个高度发展了的、必将对自己的根本价值取向大大触动的文明。可正因为这样,借别人的眼光去获得自知之明,又正是摆在我们面前的紧迫历史使命,因为只要不跳出自家的文化圈子去透过强烈的反差反观自身,中华文明就找不到进入其现代形态的入口。

当然,既是本着这样的目的,我们就不能只从各家学说中筛选那些我们可以或者乐于接受的东西,否则我们的"筛子"本身就可能使读者失去选择、挑剔和批判的广阔天地。我们的译介毕竟还只是初步的尝试,而我们所努力去做的,毕竟也只是和读者一起去反复思索这些奉献给大家的东西。

刘 东

1988 年秋于北京西八间房

目　　录

序 / 1

导论：中国现代主义的全球性视角和地区性视角 / 1

第一部分　渴望现代："五四"的西方主义和日本主义 / 55

　　第一章　时间、现代主义和文化权力：地区性的结构 / 57

　　第二章　进化论与实验主义：鲁迅和陶晶孙 / 83

　　第三章　精神分析与世界主义：郭沫若的作品 / 108

　　第四章　利比多与民族国家：郁达夫、滕固等的道德颓废 / 124

　　第五章　他恋（loving the other）：全球语境下的"五四"西方主义 / 145

第二部分　重思现代：京派 / 169

　　第六章　未曾断裂的现代性：对新全球文化的建议 / 171

　　第七章　用毛笔书写英文：废名的著作 / 214

　　第八章　地区语境下的性别协商：林徽因与凌叔华 / 229

第三部分　炫耀现代:上海新感觉主义 / 259

　　第九章　现代主义与大都会上海 / 261

　　第十章　性别、种族和半殖民地性:刘呐鸥的上海大都会风景 / 311

　　第十一章　表演半殖民的主体性:穆时英的著作 / 341

　　第十二章　资本主义与内在性:施蛰存的"色情-怪诞"小说 / 384

结论:半殖民地性与文化 / 420

附:后来的现代主义——战争岁月及其后 / 428

参考书目 / 435

序

  1990年秋季,我拜访了已经85岁高龄的施蛰存先生。在30年代的现代主义者中,他是唯一健在的一位。他的寓所位于上海市中心一座民国时代修建的老房子内,而在房子坐落的那条狭窄的林荫道上,还拥挤地排列着许多类似的建筑。这套公寓有三个房间。在主要的房间里,我看到了一些老上海的遗迹:天花板边缘的线脚、壁炉,还有带有铁护栏的小阳台。过去几十年里,由于被马克思主义式的民族主义和禁欲主义意识形态所控制,这个国家到处充斥着实用主义风格的建筑,因而,施老寓所中的这些老上海遗迹在其中也就显得格外地引人注目。若是壁炉仍然可以使用,或是阳台上摆满了盆栽植物,人们或许还会以为,时光被凝固在了上世纪的20年代末和30年代初;彼时,欧化的生活方式在上海的世界主义文化精英那里构成了一股流行潮流。但是如今,壁炉是空的,也没有必要的工具。在"大跃进"的年代,这些铁制的生火工具已被拿去炼钢而从此一去不返。与壁炉的命运相似,现在的阳台似乎也没有什么好说的了。这个房间是施老的书房、卧室、餐厅兼起居室,虽略显拥挤但却整齐舒适。施老端坐在屋子中央的书桌旁,抽着烟斗,白衬衣的外面套了一件绿色的绒浴衣,灰黑色的裤子,一根老式的皮带紧系腰间。一耳带有助听器的施老,长着一张椭圆形的面庞,亲切而优雅。这些特征都与他的南方绅士身份极为相称。整整三天,他谦和地回答着我提出的各种问题,包括他的工作和他在旧上海当作家的青年时代。他不仅动情地谈起了自己最钟爱的作家(包括了法国象征主义诗人、美国诗人艾米莉·狄金森[Emily Dickinson]和弗吉尼亚·伍尔夫[Virginia Woolf]等西方作家),而且还谈起了如"解构主义"这样的文学理论领域的最新发展。

我全神贯注地倾听着他对青年时代的回忆,那时的施老是一个年轻而有抱负的作家和编辑。同时,尤其给我留下深刻印象的是施老的消息灵通及其言谈的"当代"性。我们在历史、地理、性别以及年龄等方面的差距似乎一下子消失了,他对中国现代史巨变的参与也成了可以绕过去的经历,好像这一切都能被轻易地回避和遗忘。许多文化批评家都已注意到民国时代和20世纪80年代的相似之处,他们指出80年代是一个追求文化世界主义(cosmopolitanism)的"新"启蒙时代。在这个新启蒙时代,曾经的重要作家和编辑施蛰存必然地"复生"了,成为了一位重要的现代作家。他的重要著作均被再版。人们可以在书店找到全套由他编辑的《现代》(Les Contemporaines)杂志。可以这样说,20世纪80年代出现了一股对民国时期文学的怀旧浪潮,在此浪潮中,不同类型的年轻作家们都从前辈身上找到了某种认同,同时也获得了从事更加明确的跨国文化写作所需要的灵感。对于20世纪80年代的"文化热"思潮来说,这类文化写作显得十分重要,因为这股思潮的格言就是"走向世界"①,这一新词在90年代被转变为"走向全球"。从历史角度看,这种怀旧绝不是一个偶然事件。从1949年到毛泽东逝世的1976年,在整个的文学史上,所谓的世界主义和现代主义的作家都被视作为西化的,也即思想意识落后和精神颓废的群体而被排斥和忽略。在文化热时期,这一局面被扭转,一批现代主义作家的地位被恢复,进而成为了人们热心学习的榜样。当然,我采访施蛰存的1990年秋天已经是这股文化热的尾声。

20世纪80年代的民国怀旧热是可以理解的,但这仍是一个极端

---

① 关于20世纪80年代的文化热,见王瑾:《高度的文化热:邓小平中国的政治、美学和意识形态》(*High Cultural Fever: Politics, Aesthetics, and Ideology in Deng's China*),Berkeley:University of California Press,1997年;张旭东:《改革开放时代中国的现代主义》(*Chinese Modernism in the Era of Reforms*),Durham:Duke University Press,1997年。

奇特的现象。在某种程度上,这一怀旧行为的对象是半殖民主义的文化产品,其政治、社会和文化构成都为中国共产党的反帝目标所排斥。颇具讥讽意味的是,我们可以说,对过往的怀念是一种殖民怀旧,这不是殖民者的怀旧,而是被殖民者的怀旧。这也许是一个只会发生在中国的特殊文化现象,因为此前的中国恰处于文化隔绝状态和固定不变的意识形态之中。文化热的拥护者们热衷于对政府进行批评。他们将这一带有殖民意味的怀旧行为当作了一种针对党和政府的反对性话语(counter discourse),进而利用这一话语隐晦地表达出了他们的批评。在表现对半殖民地上海的怀旧情结方面,王安忆广获好评的小说《长恨歌》(1995年)无疑是最好的例子。这一小说充满了对资产阶级的情感和生活方式的颂扬以及对建国后那段岁月的明确否定。20世纪90年代,80年代的文化狂热被否定,但随即就出现了一股试图恢复市场经济制度和民国生活方式的广泛热情。进入90年代,民国日历、民国海报等大量民国遗物的出现标志着一股复古潮流的形成。在这股复古潮流中,对具有半殖民意味的文化产品的怀旧行为被商品化了。在这个意义上,我们看到了80年代的文化热在90年代之文化商品化浪潮中的延续。在经过一度的压制之后,文化商品化潮流代替了具有高度严肃性的文化热。

就中国现代性的时间性和空间性问题来说,怀旧行为也具有重要的意义。如果民国时代的文化被重新认定为"现代的",那么1949—1976年的文学显然就属于另一个类别,而与民国相连的20世纪80年代则在某种意义上神奇地跃过了前面这一时段。这就好像在说,作为一种总是沿着西方化路线被定义的模式,中国的现代性只能短促地爆发,而缺乏一种历史的延续性;换句话说,这似乎是说,无论是对于原始资本主义来说,还是对于半殖民性质的资本主义来说,亦或是对于有中国特色的社会主义来说,中国的现代性总是无可避免地成为某种资本主义形式的副产品。由此,民国时代的启蒙话语,穿越了时空的距离在新启蒙的时代获得了延续,它重复着中国现代性和文学现代主义的主题,虽然二者之间必定存在着相当的差异。我们设想一下,假如早期的启蒙运动在殖民地自治的范围内一直延续而没有被中断，那么，中国现代性的问题又将会以何种不同的姿态被提出和探讨呢？如果中国现代性是一般意义上的作为殖民主义和资本主义副产品的第三世界现代性的象征，那么，对中国现代性的问题、局限性以及可能性的不断探讨又会给我们带来一个怎样不同的有关第三世界现代性形成过程的叙述啊。当然，这一叙述具体如何，这一叙述又将如何发展，我们已然无从知晓。我的意思并不是想说半殖民主义应该继续存在，而是想发问，如果历史不曾猛然断裂，中国人应该能够构想出一种不同于今日现代性的现代性，这种现代性也应该不至于会与资本主义现代性发生如此急速的结合。如果是这样，恐怕也就不会出现90年代新左派知识分子针对资本主义现代性所作出的那种焦虑而又无望的抵抗了。

一个对民国时代的半殖民现代主义进行理论化研究的学者，又是如何参与进80年代和90年代中国的这场怀旧浪潮的呢？虽然，作为种族上的而非国籍上的中国人，我可以拒绝参与中国的集体怀旧，但是，在过去的十年中，半殖民地的上海已经成为了美国学者所思考的重要怀旧思潮的场所，众多会议和大量书籍都围绕着这一话题展开，上海的现代主义已经成为了中国文学研究领域内的一个时髦话题。在一次有关上海的会议上，我曾经问了一个颇具自我指涉性的问题：为什么我们如此钟情于研究旧上海。我得到了一个充满感情色彩的回应。如果说在中国学者和中国的集体怀旧之间存在着某种共谋的话，那么，这些怀旧行为的性质也必然是各不相同的，因为这受到了各人不同的主观立场的感染。由于出生在国外，且接触过20世纪60年代中国台湾的现代主义，我的观点在某种程度上被多样的殖民主义经验所影响，且更具自省色彩：中国台湾的现代主义是如何被国民党的疯狂反共行为所支持，且使得西方文化的魅力得以加强，西方的现代主义得到承认；在战后韩国疯狂的现代化浪潮中的成长经历，使我可以不假思索地对资本主义现代性进行文化表述；而我获得的英美文学学位则为我的这项中国现代主义研究提供了知识准备。各种人文学系在审查其来自东亚的申请者之时，都会考察申请者在英美文学方面的背景，这已经不再是一个秘密：不仅对语法要精通，而且申请者的概念框架还要能够和美国的概念框架相互包容。在世界主义或者学术规范的名义下，我们每天都会被新的殖民的文化支配所训练，并且对之作出微妙的服从。

当然，正如从绝对的殖民框架出发来研究民国的中国现代性的做法是不公正的那样，把主体构成的复杂过程仅仅归结于新殖民的影响的做法也实在太过简单。正如我不会把自己的主观构成简化为对西方文化帝国主义的被动服从过程，我同样也不会如此地思考和描述诸如施蛰存这样的中国现代主义者。多年来，我对施蛰存及其他穿越"地区/全球"（local/global）划分的民国现代主义者的历史、政治、文化之迫切需要的思考，一直在激发和鼓励着本书的写作。

当着手这一课题时，我并未预想到，中国现代主义的历史、文本及理论基础将会获得如此广阔的呈现。这一基础首先包括了现代主义者叙述中的地区偶然性和迫切需要，因此，我将半殖民主义理论化为一种不同于正式殖民主义的社会形式。第二，它包括了中国现代主义和其他现代主义之间的联系（尤其是西方和日本），而中国现代主义的跨国性是通过话语和政治权力等多个领域被表达出来的。这些就是我对中国现代主义的地区和全球语境的表述，而这种地区与全球的相互影响将直接关系到意义结构和主体性结构的不断变化。从我个人的话语偏好出发，这一基础更包括了对第三世界现代主义理论、殖民主义和后殖民性，以及地区/全球文化研究等等的比较研究。

这本书作为以上思考的结果，我想把它提供给以下一系列的读者。对于中国现代文学和历史领域的学者而言，本书结合文本、历史与理论的探索，提供了对从1917年的"五四"时期开始，到1937年中日战争爆发结束的一段时期内的中国文学现代主义的解释；对于西方的现代主义理论家来说，本书勾画出了中国、日本与西方的现代主义的交叠之处，并且从多重殖民轨道和文化相遇中追溯了这种跨国路线的形成，进而解构了比较文化研究中所习惯预设的中心/边缘、东方/

西方之间的二元对立；对于殖民主义与后殖民主义理论家来说，本书从理论上探讨了中国的半殖民主义是如何表现出一套不同于正式殖民主义的文化政治与实践的。在我看来，处于地区与全球相互影响中的中国现代主义同时被这两条轴线所定义，而不论这两轴之间实际存在着多么大的不同。对我来说，地区和全球之间的同步性和历史关联，勾画出了一个比预想的要复杂得多的"中国人的主动性"的运作轨迹和表述。

这些不同的分析方向也要求我提供出一个能够整合历史、文本和理论的方法论。在实际运作中，这三个方面是交叉进行的，我们几乎不可能描述出何处是一方面的结束，何处又是另一方面的开始。我以方法论的综合来审慎地反对各种方法论的区分，这些区分包括历史研究中传统的"经验的"和"理论的"之分，文学研究中的"文本的"和"文本之外的"之分，跨文化研究中的"西方理论"和"非西方文本"之分。本书可分为三个部分——分别谈及"五四"时期、京派和上海的新感觉派。全书起始是一个介绍性的章节，我将叙述我对中国现代主义进行讨论所依靠的理论和历史依据。书中每一部分的开始都是一个起始性的章节，我将努力对那一时代的文化思潮进行理论化。在这些章节中，我们将看到，各种对现代性的特定的社会文化定义最终导致了以不同美学形式出现的多种现代主义。除了起始性章节，每部分的其他章节都将围绕具体的现代主义作家的作品展开，我将对他们在探讨文化现代性时所采用的特定表达方式进行分析。

最后，我们来谈谈本书题目——"现代的诱惑：书写半殖民地中国的现代主义(1917—1937)"中的一个词。在"诱惑"一词中，我暗示了服从和否定的双重过程。中国的现代主义者将现代性视为充满诱惑的、迷人的、值得想望的东西，他们或自觉或不自觉地臣服于这一外来的范畴。这一臣服可以被说成是催生了中国的世界主义者。但从不同的意义上看来，中国的现代主义者们又积极地渴望和呼唤着现代性，在黑格尔哲学的否定过程中将现代性转化为内在固有的范畴，在地区范围内修订、再定义、再创造现代性。于是，主体性也同样被催生了。对于现代中国的半殖民主体形式来说，服从和否定之双重过程的相互纠缠是颇具地方性的。就诞生于地区/全球大背景下的现代主义创作来说，无论是出自服从的中国作家之手，还是出自主体性极强的中国作家之手，有关文化殖民和文化主动性的二元对立假设都已被不可避免地瓦解了。

和其他学术成果一样，本书的研究无可避免地受惠于笔者众多的朋友、同事、领导、学生和家人。我要感谢哈佛大学的李瓯梵和北京大学的严家炎，他们不断地指导和帮助着我。我要感谢 Steven Day、杜赞奇（Prasenjit Duara）、王德威和叶文心，他们阅读了本书的全部手稿。我要感谢 Stanley Abe、Michael Bourdaghs、德里克（Arif Drilik）、贺潇（Gail Hershatter）、黄亦兵、胡志德（Ted Huters）、利大英（Gregory Lee）、Seiji Lippit、刘禾、孟悦、Leslie Pincus、罗丽莎（Lisa Rofel）、苏源熙（Haun Saussy）、Miriam Silverberg、王超华，他们阅读了本书的部分章节。我要感谢我的教父陈祖文和香港诗人梁秉钧，他们最早鼓励了我。我要感谢加州大学人文研究学院"东亚的殖民主义和现代性"小组的成员（有阪阳子［Yoko Arisaka］、崔贞茂［Chungmoo Choi］、Tak Fujitani、James Fujii、白瑞梅［Amie Parry］、Lisa Yoneyama，还有我已经感谢过的胡志德、贺潇和罗丽莎），他们充当了我研究的合作者和对话者，并对我的研究提出了批评。同样地，我也要感谢在多次会议中，与我一起参与批评对话的跨文化研究网的成员们（陈清侨、张颂圣、李湛忞、李瓯梵、Steven Lewis、廖炳惠、刘禾、Richard Smith、汪晖、王瑾和查建英）。我要感谢洛杉矶的 Jean Hamilton、Katherine King、凌津奇、李欧娜（Francoise Lionnet）、Robert Buswell、Don Nakanishi、Herman Ooms 和其他在学术和情感上给过我支持的朋友。此外，还要感谢我的研究助手 Eileen Cheng、黄亦兵、Kelly Jeong、James Lee 和 Mary Wang。最后，我要感谢 Fulbright-Hays 基金会资助了我在中国的调查研究，我也要感谢加州大学伯克利分校中国研究中心给予的博士后研究基金，感谢 UCLA 的职业发展奖金和年度学术评议奖的赞助。UCLA 的中国研究中心支付了编索引的费用。我感谢我在东亚语言文学系、比较文学系、美国亚洲研究所的同事们,感谢他们的帮助和友情。

  我的家庭应该值得我用单独的一段来表达我对他们的谢意。我的丈夫雅堂,我的儿子小田和小睿,我的父亲史守溥(1935—1994)和母亲张桂兰,我亲爱的姐妹们(书翠、书嬿、书香、书慧、书萍)。他们不得不忍受我从与他们相处的时间中不断抽出时间来进行这项无休止的工作。为此,我把这本书献给他们。

导论:中国现代主义的全球性视角和地区性视角

形式分析必须牢固地建立在历史形态分析的基础上。
——雷蒙德·威廉斯(Raymond Williams,1989年)

这是资本主义的尾声……在帝国主义阶段……吉普林在自己的诗歌中赞颂英帝国主义,意大利未来派作家则是法西斯主义的雇佣诗人。
——胡秋原(1931年)

假设一个存在物本身不是一个对象,也没有一个对象。那么这个存在物首先是一个独特的存在:在它之外别无他物,它是孤独的。一旦在我之外有了其他的对象,一旦我不再孤独,我也就成了他者,即除了外在于我的世界之外的另一个现实。由此,对于这第三个对象来说,我即是另一现实,换句话说,我是它的对象。在这个意义上,假设一个存在不是另一个存在的对象,就等于预先假定世界上并没有客观存在。一旦我有了一个对象,那么我也就成了这个对象的对象。
——卡尔·马克思(Karl Marx,1844年)

如果我们要恢复区域研究的传统,我们就必须意识到地区性本身即是一个历史的产物,而突显出地区性的历史最终又将服从于全球性的动力机制。
——阿尔让·阿帕都莱(Arjun Appadurai,1996年)

用西方的批评术语来分析非西方著作的做法极为轻捷地动摇了文化话语中的欧洲中心主义范式。这尤其体现在我们对"现代主义"这一术语的使用之中。学术界对此术语的关注已长达数十年，而这一术语也已经在西方文化价值体系中占据了某种支配性的地位。① 尽管西方话语将"现代主义"运动构想为一场国际化运动，但是它却整体性地拒绝非白色人种的非西方人在其现代主义研究的万神殿中占有一席之位。马尔科姆·布雷德伯里（Malcolm Bradbury）和詹姆斯·麦克法兰（James McFarlane）合编的《现代主义》一书是有关现代主义批评和现代主义历史的经典教科书，它为我们描绘了现代主义研究的知识地图。如果快速浏览一下这幅知识地图，我们就会发现没有一个非白人的城市能够有幸出现在这幅地图中。② 即便西方曾经宣告过现代主义运动具有国际性的特征，但地缘政治学意义上的文化与种族中心主义却鄙视非白人参与进这场运动。这些中心主义认可了欧美现代主义对边缘价值的遮蔽，并宣告了欧美的中心地位，由此，所有可能对现代主义之"中心-边缘"（center-periphery）观念构成挑战的证据都被简单地忽略了。例如，曾有研究者指出，用术语"现代主义"来指称一场美学运动的做法是对拉丁美洲现代主义（el modernismo）的一种挪用，而拉美现代主义则是由尼加拉瓜诗人鲁文·达里奥（Rubén Darío）在19世纪90年代早期提出的。③ 这一大都会（metropolitan）中心话语对边缘话语词汇进行挪用的事实④突显出了某种明显松散的支

---

① 这里的"西方"除了用来指代欧洲和北美国家，我还将西方当成是一种象征性建构。我的这一思路延续了印度庶民研究小组对西方的定义。在他们看来，西方是"被一种历史进程创造出来的强大的想象性实体，而这一历史进程将西方权威化为理性、进步和现代性的故乡"。西方实际是一种由帝国主义和民族主义推广和普及的想象性建构。见加恩·普拉卡什（Gyan Prakash）：《作为后殖民批评的庶民研究》（"Subaltern Studies as Postcolonial Critism"），载《美国历史评论》（American Historical Review）第99期，1994年，第1475～1490页。

② 见马尔科姆·布雷德伯里（Malcolm Bradbury）、詹姆斯·麦克法兰（James McFarlane）编：《现代主义》（Modernism），New York：Penguin Books，1976年。

③ 见马泰·卡林内斯库（Matei Calinescu）：《现代性的五副面孔》（Five Faces of Modernity），Durham：Duke University Press，1987年，第69页。

④ 本书中的"metropolitan"主要是用来指代作为工业发达的地缘政治概念的西方。我也用它来区分下面两个概念：地缘政治意义上的在中国之外的都会西方和中国境内作为帝国主义存在的殖民西方。

配关系,暴露了将话语中心等同为文学起源的文学史盲点。无论是从西方描述现代主义的独断方式中,还是从非西方描述现代主义的方式中,我们都可以看到这种异常显著的话语支配关系。在后面的分析中,我们将会认识到非西方对现代主义的描述方式事实上只是西方描述方式的一个变种。换句话说,西方现代主义将自己建构成了所有"过时的"(belated)非西方现代主义的最终参考标准和框架,而两者在内容上的差别仅仅只意味着某种"变化"(variations)。现代主义一直被描述为一个从西方向非西方(然而事实上却是现代主义的起源地)的移动过程。人们从未对大都会西方的源头地位提出过质疑。现代主义成了使西方获得凌驾于非西方之上的文化权力的动力来源,于是,学术界迫切需要一种立足于地缘政治层面的对文化帝国主义的批判来对此进行审视。现代主义被人们看成是一种单向的旅行,这也就深刻地揭示了西方和非西方之间在话语层面的不平等。

近些年来,试图对富有殖民意味的都会现代主义概念提出挑战的努力已经出现,并引发了各种各样的修正行为,然而,学界还没有对现代主义叙述之单向性的基本特征提出过系统的质疑。最近对非西方现代主义所作出的种种理论阐释已经向人们表明,对于西方来说,现代主义乃是一个非均质的(heterogeneous)运动,而都市现代主义的理论化过程实际充斥着各种地域偏见、欧洲中心主义偏见和家长制的等级偏见。美国和美国以外的第三世界批评家业已证明非西方世界的现代主义不仅增补了而且挑战了都会现代主义。在都会西方中心内部,那些被现代主义长期视为他者的人们业已展开了一系列重建性的努力:女性主义者们从女性批评和女性主义文学史的角度重写了现代主义的历史[1];少数族裔

---

[1] 女性主义批评者试图把性别书写进现代主义。特别是美国女性主义批评家正致力于那些曾经被低估了的女性现代主义者的小说,以建立起一种反传统的女性现代主义。例如 Bonnie Kime Scott 编:《现代主义之性别》(*The Gender of Modernism*),Bloomington: Indiana University Press,1990 年;苏珊·克拉克(Suzanne Clark):《感伤的现代主义:女性作家与词汇革命》(*Sentimental Modernism: Women Writers and the Revolution of the Word*),Bloomington: Indiana University Press,1991 年。

则披露了现代主义概念中的种族和文化偏见①。新的跨国现代主义研究强调对于亚洲、非洲、拉美等非西方现代主义所处具体"情境"(situatedness)的关注。这一情境虽然与西方现代主义所处情境之间存在着根本性的区别,但同时也与后者保持着某种对话性联系。非西方的现代主义起源于对现代性、民族主义和国家主义等等观念的不满,因此,它也必然与殖民主义、帝国主义的历史密切相关。每一种非西方现代主义都有其自身与西方进行协商的特定模式:有的非政治性地自愿参与进西方现代主义运动(虽然自身得不到西方的承认);有的则为了地区需要对现代主义进行某种调整,以便应对现代主义殖民行为所带来的焦虑;有的则对欧洲中心主义模式的现代主义进行了彻底的颠覆。在不同的语境中,现代主义的分期(periodization)也不尽相同,这些区分反驳着西方现代主义的纪年表,记录着不尽相同的现代主义历史,每一个"过时者"都标志着某种特殊的地区性。②

由于非西方现代主义和西方现代主义密切相关,因此,二者之间的相异性和相似性必然会对非西方的现代主义产生明显影响。当相异性被强调之时,我们意识到非西方现代主义向人们提供了一些不同于西方现代主义的现代性经验和叙述,这种经验和叙述是在与西方都会现代性和现代主义概念进行杂交的基础上所产生的变异物。当相似性被强调之时,我们认识到一种跨国界和去地区化(deterritorialized)的现代主义;这种现代主义为世界主义之文化政治的存在提供了可能性,哪怕其背后必然隐藏着"中心-边缘"的等级观念。当然,一旦由文化占领引发的忧虑之情被投射到相似性之上时,非西方现代主义就变成了充满焦虑和疑问的概念。上面所有这些对

---

① 非裔美国人的现代主义在以下两本书中得到了很好的分析:贝克(Houston Baker):《现代主义与哈林的新生》(*Modernism and the Harlem Renaissance*),Chicago:University of Chicago Press,1987年;科尔曼(James William Coleman):《黑色与现代主义》(*Blackness and Modernism*),Jackson:University Press of Mississippi,1989年。

② 情境化之第三世界的现代主义,例如:萨瓦拉(Iris M. Zavala):《殖民主义与文化》(*Colonialism and Culture:Hispanic Modernisms and the Social Imaginary*),Bloomington:Indiana University Press,1992年;科尔曼:《黑色与现代主义》;西蒙·吉甘地(Simon Gikandi):《在地狱书写:现代主义和加勒比文学》(*Writing in Limbo:Modernism and Caribbean Literature*),Ithaca:Cornell University Press,1992年。

非西方现代主义的解读实际都承认了某种针对西方的必然对抗。

在对中国的现代主义进行理解之时,我们也同样要把这种必然性考虑在内。当然,对于中国来说,其必然性与上面提及的必然性存在着一定的差异。这不仅仅因为它们在历史和内容上存在着差异,更因为中国不单纯是西方现代性的结果。在一般的文化领域内,尤其是在西方现代主义著作中,中西在历史上的相互影响向人们表明,在构成西方现代主义的非西方他性(alterity)因素中,中国是重要的组成部分之一。在最新的"多元文化主义"(multiculturalist)观点看来,中国曾对西方现代性的形成产生过重大影响。① 正是对中国文化的"错用"(misuse),造就了像庞德(Ezra Pound)这样的现代主义巨人。② 稍后,我将会对西方现代主义和中国现代主义之间的相互影响作出更为详尽而明白的讨论,此处我只想指出,中国的现代主义对"将现代主义历史主要视作为一个欧美运动"的看法构成了挑战。

中国的现代主义与通常的非西方反抗西方的二元模式——"中国/西方"、"东方/西方"的模式相去甚远。就中国的情况来说,日本在中国的现代主义进程中扮演了十分重要的角色,它既是西方文化的中间传播媒介,又是对中国现代主义构成影响的潜在力量。这种三角关系既描述了中国受欧美和日本帝国主义多重支配的政治和文化状况,同时也对比较文化研究的中国/西方的二元模式提出了质疑。1868年的明治维新现代化运动唤醒了日本,现代化运动促成了日本社会的戏剧性转变。而这一转变的产物——"现代日本"则对中国知识分子产生了一系列的重大影响。在亚洲国家中,日本是成功进行西化的唯一案例;在反抗西方帝国主义的斗争中,对诸如孙中山这样的民族主义者来说,日本是泛亚主义联盟;它既是觊觎中国领土的帝国主义饿虎,同时又通过日语翻译和其他有效的文化形式向中国传播西方文学。

---

① 见钱兆明:《东方主义与现代主义:庞德和威廉斯继承的中国遗产》(*Orientalism and Modernism: The Legacy of China in Pound and Williams*),Durham & London: Duke University Press,1995年,第1~6页。

② 见陈小眉:《重新发现庞德》("Rediscovering Ezra Pound: A Post-Colonial 'Misreading' of a Western Legacy"),载 *Paideuma* 第23卷第2、3期,1994年,第81~105页。

日本和中国之间的复杂关系不只是"中国-西方"二元模式的一种变相体现,中日的复杂关系有时甚至完全取代了西方现代主义的角色。在这个意义上,"中国-西方"的二元模式限制了对非西方现代主义的理解,它以某种自我中心主义的姿态将拥有霸权的自恋的西方尊奉为某种具有终极意义的参考结构,同时,它在成功吸纳非西方的过程中,又将西方结构的胜利看作是黑格尔哲学的胜利。

在这个意义上,对于任何有关中国现代主义的讨论来说,其中心任务都是戳穿欧洲中心主义的现代主义神话和中西文化的二元区分模式。在本章中,我首先要揭露的即是西方现代主义神话的制造策略。我将分析"中国"在这些神话制造策略中的运作方式。这些策略正好突出了中西之间在话语和历史层面上的密切关系,而这种亲密的关系又恰好构成了我论点的基础。在我看来,我们必须从地区/全球的交互语境入手来考察中国的现代主义。在此语境中,那种中西之间力量均等的比喻只是一种假设。我们必须在跨语境的历史情境和历史特殊性中,对有关中国主动性的问题进行辩证的分析。随后,本章将分析日本现代主义和中国现代主义发生关系的特定历史语境,而这也正好向跨文化研究中的中西二元模式提出了挑战。在本章的最后部分,我将对作为全球/地域相互影响之表征的半殖民文化形式作出理论表述。

西方现代主义与中国

> 当帝国主义大都市认为自身决定边缘之时……它实际已习惯性地将自身构筑进了边缘决定中心的方式。
>
> ——普拉特(Mary Louise Pratt,1992年)

爱德华·萨义德(Edward Said)令人信服地在19世纪欧洲的写实主义游记文学和英国的帝国主义与殖民主义的地理扩张之间确立了联系。他作出过一个迄今为止仍然十分著名的论断,即,西方的写实主义文学通过那种"将东方看成为一个可殖民的、自我封闭的他者"的话语,不仅帮助帝国主义国家确立了合法性,并且还进一步巩固了帝国的基础。然而,最近一段时间,西方现代主义中存在的与扩张主义政治相似的关联性却很少受到批评者的关注。其中最主要的原因可能是西方现代主义被奉为(通过新批评派的批评家们和那些被我称之为"新批评解构主义者的批评家们"的努力,比如保罗·德曼的努力)与政治历史毫不相关的自主性的文本实体。当然,当代的马克思主义文学批评家已经向这种意识层面的不相关性提出了挑战。在他们看来,这种将现代主义与政治历史完全割裂开来的做法实际别有深义。弗里德里克·詹姆逊(Fredric Jameson)指出,现代主义对19世纪晚期到20世纪早期(这段时间也恰好是西方文学的现代主义时代)西方帝国主义历史的有意漠视,正表明了"帝国主义的结构"对现代主义之"内在形式和结构"的影响。现代主义与其时代历史语境的疏离折射出帝国主义的现实:一是在话语层面上对被殖民者实行遮蔽,二是将西方都市生活与殖民地生活之间的联系完全割断,即使前者在很大程度上正依赖于帝国主义的扩张行为。詹姆逊称这样的事实为"表述遏制策略"(a strategy of representational containment)。①

在最近的著作中,萨义德为我们勾勒出西方现代主义者的形式实践与西方帝国之间存在的联系。他提出,被殖民者在现代主义文学中的缺席被呈现为一套形式技巧,而这些技巧恰好证明了现代主义者从正在抗争的当地人和正处于上升过程中的民族国家的存在中感受到了某种看不见的恐惧,也正是这种恐惧对西方帝国的霸权构成了某种挑战。诸如混乱、错位、非连续性和自我意识等等现代主义情感都是西方文化迫于外部压力所作出的回应。包括约瑟夫·康拉德(Joseph Conrad)、劳伦斯(T. E. Lawrence)和庞德(Ezra Pound)在内的现代主义者,无论是否曾写过游记作品,他们都分享了这一危机感,而现代主

---

① 见弗里德里克·詹姆逊(Fredric Jameson):《现代主义和帝国主义》("Modernism and Imperialism"),载詹姆逊、萨义德、伊格尔顿(Terry Eagleton):《民族主义、殖民主义和文学》(Nationalism, Colonialism, and Literature), Minneapolis: University of Minnesota Press, 1990年,第43~66页。

义的基本进程也正是源于这一危机感：文化再生的渴望。现代主义"自我冥思的消极状态"(self-contemplative passivity)以及作家在面对日趋强大的他者时因为焦虑而呈现出某种"审美无能的瘫痪姿态"等等，都正好体现了这一危机感。①

借助于东方主义的技巧，西方现代主义者对他者进行了更为直接和粗鲁的处置。通过到未被开拓的非西方去旅行，现代主义希望自己能够帮助那个衰落的社会和文化重获新生。这些旅行巩固了种族、等级、优生学等等的西方理论，并以这些理论作为帝国存在的话语基础和合法性证明。② 在萨义德看来，东方主义实践的具体案例可以在约瑟夫·康拉德笔下帝国主义者对东方的"家长式傲慢"(paternalistic arrogance)③中看到，也可以在保罗·瓦莱里(Paul Valéry)将东方视为可供西方支配、消耗和施与的消极对象的表述中④看到。从庞德、休姆(T. E. Hulme)、路易斯(Wyndham Lewis)和意大利未来派艺术家所透露出的明显的法西斯主义倾向，到路易吉·皮兰德娄(Luigi Pirandello)所透露出的较为潜在的法西斯主义和艾略特(T. S. Eliot's)的保皇主义政治，现代主义之中始终存在着一种"恶毒的反民主政治"（伊格尔顿[Terry Eagleton]语）。用威廉·加斯(William H. Gass)的话来说："绝大多数艺术的早期现代主义者营垒里充斥着法西斯主义者，法西斯的同情者及其他当时思潮的拥戴者；充斥着许多反闪米特者，男性至上主义者，有色人种的诽谤者，上层社会的狂热者和保皇的势利小人。"⑤反民主政治也反映在现代主义的同化力量中，它以自身

---

① 见萨义德：《文化与帝国主义》(Culture and Imperialism)，New York：Alfred & Knopf，1993年，第188～190页。
② 大卫·特劳特(David Trotter)注意到，艾略特和庞德都曾在自己的著作中使用过这一话语，他们都应该为自己参与帝国主义神话之语汇表的行为而受到责备。见《现代主义与帝国：读〈荒原〉》("Modernism and Empire：Reading The Waste Land")，载 Critical Quarterly 第28期，1986年，第143～153页。
③ 萨义德：《文化与帝国主义》，第XVIII页。
④ 见萨义德：《东方学》(Orientalism)，New York：Vintage Books，1979年，第186页，第190页，第250～251页。
⑤ 斯坦利·苏丹(Stanley Sultan)：《现代主义是反动的吗?》("Was Modernism Reactionary?")，载《现代文学杂志》(Journal of Modern Literature)第17卷第4期，1991年，第447页。

的社会和话语目的为出发点,对非西方文化进行挪用。在这种同化力量下,诸如文本碎片化和使用相互抵触的文类等等的现代主义形式策略,与现代主义反对规范的美学化冲动,都获得了某种实现的可能性。① 因此,西方现代主义不仅不可避免地与帝国主义相连,而且更与"文化扩张主义"(cultural expansionism)②相关,西方现代主义与非西方他者之间始终存在着某种辩证关系。

西方现代主义除了和帝国主义政治保持着某种形式和主题的联系,作为一种历史构成方式,西方现代主义也同样离不开经济层面上的帝国主义。雷蒙德·威廉斯(Raymond Williams)注意到,现代主义的特定历史形式是通过"帝国资本之财富和权力的聚敛性集中,以及其时通往各种从属文化(subordinate cultures)的世界主义路径"③才得以实现的。上文曾经提到,这些从属文化包括了中国文化。众所周知,在整个晚清和民国时代,英、美、日、法、德及其他欧洲国家都曾在华展开经济利益的争夺。他们沿着海岸线"切分"中国的领土,将之归并到治外法权的范围之内,进而依靠那些受到武力保护的资本家们的投机活动来积聚财富,最后将聚敛到的财富运回到欧美的中心大都市。对于西方现代主义的形成来说,为这些经济活动提供通往中国和中国文化的直接通道是十分重要的。中国不但是一个可供经济剥削的巨大资源,同时也向西方提供了充满活力的文化灵感。当然,这一灵感反过来又服务于帝国主义的扩张。心理机制可以被用来部分地解释西方的这种将中国视为可剥削的政治经济实体和可同化的外来文化材料的做法。乔纳森·阿拉克(Jonathan Arac)和海里特·里特沃(Harriet Ritvo)曾讨论过所谓异国情调的问题。他们指出异国情调是

---

① 见史帝芬·史莱蒙(Stephen Slemon):"Modernism's Last Post",载 Ariel 第 20 卷第 4 期,1989 年,第 5~6 页。
② 术语"文化扩张主义"来自于周蕾。见周蕾:《写在家国之外:当代文化研究中的干涉策略》(Writing Diaspora: Tactics of Intervention in Contemporary Cultural Studies),Bloomington:Indiana University Press,1993 年,第 55 页。
③ 雷蒙德·威廉斯(Raymond Williams):《现代主义的政治》(The Politics of Modernism),London:Verso,1989 年,第 44 页。

"将(帝国主义)扩张的伤痛转化为帝国奇观和帝国文化的美学手段"[1]。异国情调使西方得以回避帝国主义扩张的问题。在这个意义上,异国情调也就成了帝国主义扩张的促成因素,与帝国主义构成了某种共谋关系。对于中国来说,西方的经济支配和文化侵略导致了对中国文学传统的西式改写。这些改写方式包括了直白的东方学和其他更为狡猾的处理方式。当作为历史政治真实的中国在西方现代主义者的写作中处于系统的缺席状态之时,西方的现代主义者却以外交家、名人、快乐追寻者的身份来到中国旅行。很显然,他们中的一部分人到中国来的目的就是为了采集中国文化材料。

1960年的诺贝尔奖金获得者,法国诗人圣-琼·佩斯(St. John Perse,1887—1975)就是到中国来的旅行者中的一员。在中国担任外交官期间(1916—1921),他写下了自己最受欢迎的诗篇——《远征》("Anabase",1924年)。一位传记作者曾经不带任何讽刺意味地描述道,佩斯渴望"冒险、刺激和消遣"。他极为享受自己在中国的逗留,尤其是当经历"小小的惊险"之时。这些惊险包括了1918年中国北方的大瘟疫。他的传记作者还曾满怀钦佩地写到其他一些细节。佩斯只有很少的几个仆人:一个主要侍者、一个厨师与他的助手、一个负责重家务劳动的苦力和另一个杂役,佩斯没有花匠和洗衣工,也没有管理马厩的马夫。佩斯还有一些动物仆从,包括几匹蒙古马、一只蜥蜴、一只青蛙、数只蟋蟀、一条狗和一只蚊子,它们都同佩斯一同用餐。[2] 当时的中国正处于剧变的阵痛之中(包括1919年的五四运动),而佩斯却以"独居"(solitude)为名,享受着自己为异国风味所萦绕的与世隔绝的生活。

《远征》的主题即是对亚洲军事征服背景下英雄主义式的独居的欣赏。其中,军事征服被描述成了一种扩张的和理想主义的冒险。在

---

[1] Jonathan Arac、Harriet Ritvo:导论("Introduction"),载《19世纪文学的宏观政治学:民族主义、异国情调和帝国主义》(*Macropolitics of Nineteenth-Century Literature: Nationalism, Exoticism, Imperialism*),Philadelphia:University of Pennsylvania Press,1991年,第3页。

[2] 见 Erika Ostrovky:《在暧昧性符号下》(*Under the Sign of Ambiguity: Saint-John Perse/Alexis Léger*),New York:New York University Press,1984年,第79~104页。

佩斯诗歌选集的序言中,艾略特(T. S. Eliot)写道,诗歌中的想象构成了"一种对野蛮文明的强烈印象"①。在他的笔下,中国是野蛮的异国。中国隐喻着那些正在等待文明西方来征服的无限广阔的亚洲空间,它为英雄主义和独居的行为提供了空间。颇有意思的是,佩斯的诗歌被现代主义者艾略特译成了英文(早在诺贝尔奖委员会承认佩斯的才能之前,艾略特就已是佩斯长久的仰慕者)。这一事实正好证明了,高高在上的现代主义将征服行为看成了英雄的现代主义经历的一个必然构成因素。诺贝尔奖委员会、佩斯和佩斯诗歌的现代翻译者都对亚洲(尤其是中国)进行了野蛮化处理,而这正反映了三者之间的共谋关系。中国的他性加强了西方旅行者的独居形象,而后者正是西方现代主义疏离感(alienation)叙述的典型主人公。西方现代主义者对中国的挪用还有一些不太明显的例子,我们可以在其他的法国诗人和外交官那里找到这些案例,其中包括了 1895 年到中国的保罗·克洛岱尔(Paul Claudel,1868—1995),她写下了名为《认识东方》(*Connaissance de L'Est*,1900 年)的散文诗集。维克多·谢阁兰(Victor Segalen,1878—1919)曾在中国生活了七年,他在目睹了中国文化的"衰退"后开始了自己的诗歌创作。他创作了大量嫁接于中国文化之上的故事和剧本。这些与中国相关的著作将中国描绘成异质性和女性气质的贮藏所,而这又恰好构成了现代主义者之男性主体性阐述的对立面。②

就西方现代主义如何使用中国材料这一方面来说,庞德的作品也许是最为著名的例子。中国材料非常典型地被用于"征服新诗歌领域"③这一特殊的个人目的,而不需要忠实于材料本身。从庞德对中国经典诗歌和儒家著作的大量"创造性翻译"(creative renderings)中,我

---

① 艾略特(T. S. Eliot):《序言》("Preface"),载《圣-琼·佩斯诗选》,W. H. Auden、艾略特等译,Princeton:Princeton University Press,1971 年,第 676 页。

② 见威廉·布温克(William Burgwinkle):《遮蔽菲勒斯》("Veiling the Phallus:French Modernism and the Feminization of the Asian Male"),载 Nitaya Masavisut 等编:《东西方电影与文学中的性别与文化》(*Gender and Culture in Literature and Film East and West:Issue of Perception and Interpretation*),Honolulu:University of Hawaii and the East-West Center,1994 年,第 29~39 页。

③ John Gould Fletcher:《东方和当代诗歌》("The Orient and Contemporary Poetry"),载 Arthur E. Christy 编:《亚洲遗产与美国生活》(*The Asian Legacy and American Life*),New York:Asia Press,1945 年,第 146 页。

们几乎看不出一点他对所挪用和改编文本的敬重,他只是根据自己特定的诗歌目的对中国材料进行修补。有学者曾经指出,庞德翻译中国诗歌是为了"借助外国力量来传播他自己的诗歌观念,和预言现今诗歌的死亡"①。中国是一个宝库,诗歌材料可以自由地被嫁接和重新展示,进而突显出庞德作为诗人的独特性。西方现代主义既包容又驱逐了中国,而庞德借模仿中国作家以突显自身独特性的方式还只是西方现代主义所采取的众多方式中的一种。这种挪用既宣告了现代主义的跨国本质,又隐匿了现代主义的殖民主义根源。

有趣的是,西方现代主义挪用"中国"的两种方式(即对中国进行东方化处理的做法和占用其文化材料的做法)大致遵循了叙事和诗歌的文类划分。东方主义通常体现在对他者进行遏制的叙事文类中,而对中国的形式挪用则主要体现在诗歌的嫁接行为之中。叙事文类将中国处理为一种背景,因此叙事因素也就必然楔入了对中国特性和中国语境的描写。与叙事文类不同,诗歌只要求发掘出中国语境的一些片段。但无论在上述的哪一种文体中,作为历史和文化之整体的"中国"都消失了。也就是说,叙事文类中的"中国"取代了"真实的"中国,使中国成为了作家想象的投射;而诗歌中的"中国"则以某种短小的片段化形式呈现,这就使得中国只能部分地被挪用而完全不可能以某种实体的形式存在。上面这两种对"中国"的挪用方式造成了作为一个历史共同体的中国在西方文本中的缺席状态,这实际已将中国变为了一种异国文化的神秘象征。

虽然西方现代主义与帝国主义和东方主义对中国的遏制和挪用息息相关,但它仍然被引进了中国。那么,在这种引进过程中又发生了什么呢?在萨义德屡屡被引证的构架中,理论和观念的旅行方式通常被概括为以下四个连续的主要阶段:(1)出发的原点;(2)穿越一段距离,其间受到各种各样语境的压力;(3)接受或抵抗的条件;(4)已经被吸纳和接受的思想,在某种程度上被其新的用法及其在新

---

① 郑树森(William Tay):《文学姻缘》,台北:东大图书,1987年,第176页。也可见叶维廉:《庞德的〈华夏集〉》(*Ezra Pound's "Cathay"*),Princeton University Press,1969年。

的时空中的新位置所改变。① 正如许多批评家曾经指出的那样,这种理论旅行的模式中实际包含了许多颇成问题的预设前提。在中国这一特定的案例中,即便只从下面一个重要方面来考察,这种模式也是值得商榷的:萨义德以线性发展观来观照理论的出发点和理论发生的语境,他假设了一种单向的因果发展关系,从而忽略了中西之间相互滋养的复杂关系。正如我在前文中曾经指出的那样,中国和中国文化是非西方他者的一个重要组成部分,非西方他者直接参与了西方现代主义的形成过程(虽然是通过一种力量并不均衡的权力操演)。事实上,当西方现代主义旅行到中国之时,它作为出发点的定位就已经变得含糊不清了。

许多例子可以被用来质疑萨义德架构的第一阶段。这些例子也同时展示了中国是如何参与塑造西方作为"出发点"的地位的。就"五四"时代宣告新文学到来的胡适(1891—1962)来说,其著名的"八不主义"虽部分地移植于意象派宣言②,但它也同时受到了古典日本诗歌法则和古典中国诗歌法则的影响。20 世纪 30 年代,施蛰存(生于 1905 年)将英文单词"image"翻译为意象,并提倡"意象诗"的创作。这种意象诗同样是在中国诗歌和意象派诗歌的双向交通中获得了稳定性。正如施蛰存在个人信件中曾经指出的那样,他认为,意象派的源头应该是中国,既而在美国获得了充分的完善和发展,随后又被他本人带回到中国。③ 那么,意象诗到底是起源于中国还是西方呢?芬诺罗萨(Ernest Francisco Fenellosa)的那篇曾经鼓舞了庞德和其他现代主义作家的著名散文《论汉字作为诗歌媒介的特征》("The Chinese Written Character as a Medium for Poetry")早在 1926 年就已被介绍进中国。④ 施蛰存也曾向我提及,埃米·洛威尔(Amy Lowell)在上海有一位能够

---

① 见爱德华·萨义德(Edward Said):《世界、文本和批评家》(*The World*, *the Text*, *and the Critic*),Cambridge:Harvard University Press,1983 年,第 226~227 页。
② 见郑树森:《文学姻缘》,第 166 页。"八不主义"包括下面的几条:"不模仿古人"、"不用典"、"不避俗字俗语"和"务去滥调套语"等等。关于胡适的"八不主义"对"五四"文学革命的作用,请参见钱理群等:《中国现代文学三十年》,上海:上海文艺出版社,1987 年,第 21~28 页。
③ 见施蛰存个人信件,1989 年 3 月 16 日。
④ 见张荫麟:《芬诺罗萨论中国文字之优点》,载《学衡》第 56 期,1926 年,第 1~28 页。

帮助她理解中国诗歌的朋友弗洛伦斯·艾斯库(Florence Asycough)。洛威尔曾和他一起翻译过一本有关中国诗歌的书,并曾与之有过大量的通信。① 与诗歌作品相比,叙事作品中并不存在如此明显的跨国界旅行的痕迹,但在谢尔盖·爱森斯坦(Sergei Eisenstein)所发明的电影技巧基础上发展起来的蒙太奇虚构技巧,据说也是从京剧和中国文字的并置特性中获得的灵感和启发。② 让我们再来注意一下废名(1901—1967)从现代西方诗歌出发,进而回到六朝和唐代诗歌的迂回之路,他从中国诗歌中找到了与意识流叙述方法的语义学结构相同质的文学资源。废名的作品是这两种不同传统在风格上的一次有趣的交往。在这一例子中,最引人注意的问题仍是,相似性是在西方传统被结合进来后才被认识到的;换句话说,中国人对中国传统美学语义认同和改编,其最初的催化剂大多来自于他们对强大西方的承认,而不是来自于本土美学内部的再生活动。毕竟,在进北京大学英文系致力于西方文学研究之前,废名从未如此认真地研究过中国古典诗歌。

  很明显,现代主义从未遵循从一个出发点指向一个目的地的旅行轨迹。但由于中西之间话语力量的不平衡,现代主义却不断地被朝着这个方向加以概念化。一般说来,只有当西方现代主义者通过挪用中国美学从而赋予后者以合法性之时,中国文化才被视为有转变为现代的可能性。也只有中国现代主义者自觉地在西方现代主义后将中国自身作为模仿对象之时,"现代主义"才被假设为有存在于中国的可能性。由于现代主义是从都市西方旅行至现代中国,因此现代主义就被赋予了由帝国主义带来的文化霸权力量。西方都市和中国的批评家都将中国视为文化接受者的做法表明,在不均衡的力量关系中,中国

---

  ① 见弗洛伦斯·艾斯库(Florence Asycough)、埃米·洛威尔(Amy Lowell):《松花笺》(*Fir-Flower Tablets*),New York:Houghton Mifflin,1921 年;《弗洛伦斯·艾斯库和埃米·洛威尔》(*Florence Asycough & Amy Lowell*),Chicago:University of Chicago Press,1945 年,这是一本由弗洛伦斯·艾斯库编辑的二人的通信集。与施蛰存的会见时间为 1990 年 10 月 22—24 日。

  ② 见郑培凯:《梅兰芳对世界剧坛的文化冲击》,载《当代》第 103 期,1994 年。叶维廉也曾指出,蒙太奇是一个"继承于中国汉字的概念",见叶维廉:《跨文化语境的现代主义》,载《防空洞里的抒情诗:1930—1950 中国现代诗选》(*Lyrics from Shelters:Modern Chinese Poetry, 1930-1950*),New York:Garland Publishing, Inc.,1991 年,第 4 页。

的文学创作在话语层面缺乏选择的余地。那些想进入现代的中国作家并未将古代中国广博的美学遗产视为一种可资利用的资源,因为,在他们眼中,现代只能够为西方的时代和历史所勾勒。为了进入现代,他们不得不视西方为榜样,缄默地承认现代主义只能来自于外部,并积极地假定自身作为中国地区语境中现代主义先驱的地位。这种被中西话语同时叙述和共享的线性发展之现代主义旅行的叙述表明,在都市西方的霸权和中国本土知识精英的文化霸权之间存在着某种特殊的共谋关系,即便二者的目的并不一致。

萨义德所提出的理论旅行的第四阶段,即每一种理论都在不同语境下、为了地域性的目的而被不断地修正,也存在着相当的问题,因为萨义德没有将之放在西方帝国主义的背景下来考量。西方文化的"旅行"从来都不是天真无邪的,它首先是征服欲望和力量夸耀的展示。西方现代主义和现代主义者得以到中国旅行的先决条件是一个世纪以来西方在入侵中国领土基础上所获得的军事和经济权力。罗素(Bertrand Russell)曾经明确地指出:"除了战争,欧洲文明对中国传统生活的影响通常表现为两种方式:一种是贸易的,另一种是智力的。但这二者都依赖于欧洲的军事威望。"[1]兴起于19世纪中期的西方帝国主义震动了中国的知识阶层,使后者陷入了林毓生所说的"中国意识的危机"[2]。出于对民族生存的绝望,民国时代的中国知识分子发起了各种文学和文化方面的革新运动。由于文学现代主义与现代化进程的密切关系,文学现代主义被尊奉为一种解决民族退化问题的方式。然而事实却是:西方现代主义的众多思潮恰恰体现了对现代化的批判,同时现代主义是伴随着帝国主义扩张而起的意识形态合法化和中立化的一部分,是通过以文明传教活动之名义在殖民地传播帝国主义者的文学而确立起来的。

在对正式被殖民国家进行社会遏制和控制的殖民策略中,最有效率的策略之一便是通过殖民教育机构来传播权威的欧洲文学文本,并

---

[1] 罗素(Bertrand Russell):《中国问题》(*The Problem of China*),New York:The Century Co.,1922年,第72页。

[2] 林毓生:《中国意识的危机》,Madison:University of Wisconsin Press,1979年。

以之作为要求当地居民承认其占领行为的方法之一。[①]对诸如中华民国这样的部分被殖民的国家,西方帝国主义进行社会遏制和控制的手段也是教育,这可以影响到更为"先进的"(可以读解为更为"西化的")本土知识精英。众多与西方现代主义打交道的作家都是或在西方或在日本(日本属于"名义上的西方")接受的教育。那些没有出国经历的作家也是在教会学校接受的教育,比如上海的震旦大学和圣约翰大学,或是在由从西方和日本学成归国的知识精英执教的本土大学的外文系接受的教育。[②] 文学史专家将这些接受过外国教育的作家分为两类:在欧洲和美国接受教育的"欧美派"和在日本学习的"留日派"。[③]民国时期,那些提倡新技巧和新意识的作家往往也是外国文学思潮的引入者。他们通常将西方和日本文学翻译成中文,并大胆地挪用后者的技巧和观点。虽然他们与"外国"发生关联的程度各不相同,但这种关联仍在很大程度上解释了民国现代主义者的批评和创造性的原动力之所在。

那么,这种挪用行为究竟在何种程度上构成了对西方霸权的文化或智力屈服?刘禾曾在其有关"跨语际实践"的讨论中指出,跨文化交流中支配和反抗的方式从来都不会是直线发展的。她重点分析了翻译中的"协同创作"(co-authorship)观念和中国对西方话语的接受。她将中国译者与西方作者放在同等的位置上加以考虑,因为前者出于本土需要对西方话语进行了"有价值的扭曲"(productive distortions)和"戏仿"(parodic imitations)。[④] 与之类似,陈小眉用"西方主义话语"

[①] 见史帝芬·史莱蒙(Stephen Slemon):"Modernism's Last Post"。
[②] 现代中国的高等教育机构被叶文心命名为"分裂的学园"(alienated academy),这些学院远离于传统的文化权威,远离于过去,远离于老一辈的习俗和价值信仰。总的说来,学院对于传统的疏离和对于"外在秩序刺激的敏感性"表明,传统(中国)的位置被放置在了现代性(西方)之后。参见叶文心:《分裂的学园:中华民国时期的文化与政治,1919—1937》(*The Alienated Academy: Culture and Politics in Republican China, 1919-1937*),Cambridge: Council on East Asian Studies, Harvard University, 1990年。
[③] 一般说来,在美国和英国接受教育的作家倾向于提倡现实主义,倒向资本主义,而那些在日本和法国接受教育的作家则有现代主义倾向,比如创造社的成员和周氏兄弟(鲁迅和周作人),他们中大多数在30年代都向"左"转。
[④] 见刘禾:《导论:跨文化研究的语言问题》,载《跨语际实践》(*Translingual Practice*),Stanford: Stanford University Press,1995年,第1~42页。

(Occidentalist discourse)这一术语分析了这种对西方文化的挪用行为。她断定,中国的西方主义与西方的东方主义极为相似,前者出于明显的地域目的而对西方他者进行了有意的"误解"(我将要在第五章详细分析"西方主义"的观念)。① 然而,结合民国现代主义的具体语境来反思刘禾和陈小眉的这些平等比喻,也是十分重要的。我认为这里的关键点在于区别两种话语语境——全球语境和地区语境;同时,我们要在这两种重叠的语境中去检审这两种通常相互矛盾的力量构成。

正如前文所表明的那样,虽然中国是西方现代主义的重要他者,但中国的现代主义却从未去争夺过全球性的话语霸权;相反的,中国现代主义倒是心甘情愿地接受了西方现代主义直线发展的旅行叙述。在通过意识殖民如何使"作为意识形态支配的帝国主义不依靠物质的高压统治而取得极端成功"②的极好例证中,许多中国作家将西方现代主义等同为现代性的符号和解除中国传统文化合法性的工具,从而使得中国现代主义在某种意义上成为了一种受虐性的自制行为。因此,毫不令人惊讶的是,在中国现代主义者的写作中,缺乏一种对西方现代主义意识形态语境的自觉反思。相反,作家们天真地将现代主义视作一种解放的话语和文学样式。他们认为,和其他来自西方的"主义"一样,现代主义会帮助中国"达到"现代性和现代化。如 20 年代早期和中期的郭沫若(1892—1978),30 年代中期之前的施蛰存。这些世界主义者都将中国文学视作为世界文学整体的一员,或是西方文学的一个支流。他们将存在于中国领土上的帝国主义(即"殖民西方")和他们引进中国的西方文化话语(即"都市西方")严格地区分开来。于是,一种具有乌托邦性质的世界主义或是一种被郭沫若称之为"超国家主义"的东西掩盖了西方现代主义和帝国主义之间的联系。在自称是世界主义者的作家那里,处于全球语境的中国现代主义是一种自愿附和的殖民记录,它的西方主义不能被设想成是东方主义的翻版。在

---

① 见陈小眉:《西方主义:后毛泽东中国的反话语理论》(*Occidentalism: A Theory of Counter-Discourse in Post-Mao China*),New York:Oxford University Press,1995 年。
② 周蕾:《写在家国之外》,第 8 页,第 26 页。

"西方主义"中,不存在东方主义式的政治经济征服行为。西方主义不仅没有对西方构成"表述遏制"（representational containment）,反倒是帮助他者（西方）获得了超越于当时被特殊化了的中国文化之上的普适价值。

当我们把注意力转向地区性话语语境之时,屈从问题就必须被具体问题具体对待,而这种地区性语境也正是刘禾和陈小眉所主要考察的语境。我同意她们"中国作家以中国的话语目的掌控了他们对西方话语的挪用"的观点,但需要注意的是,中国的语境从来就不曾独立于基本的全球等级体系而存在。地区性的话语语境可以被认为是一个文化交流和力量展示最为直接的竞争领域,而现代主义也正是在此语境中被定位和被理解的。然而,如果不借助于全球现代性的魅力,中国现代主义者对现代主义的接受选择就会失去合法性。"五四"的作家将他们对现代主义的挪用行为宣告为一种针对中国传统的反话语（这种看法其实是很成问题的）、一种加速现代性到来的手段和一种反传统文化力量的标志。他们以这种人为建构起来的西方现代性的"普适性"作为武器,对那些站在所谓"保守"立场上的人们加以攻击。帝国主义的全球性扩张将现代性成功地设立成了所有历史之目的（telos）,这也就为现代主义文化在地区语境中的立足提供了可能。因此,在解读现代主义时,如果我们在全球语境之前优先考虑地区语境,我们就可能重建起作为地区文化生产之领军人物的中国现代主义者的主动性。在地区文化语境中,现代主义者们会和其他地区能动性因素一起争取文化权力。当然,我们也必须在文化和政治关系不均衡的全球语境中考量这一主动性,而这一全球语境在地区层面上的显现即是半殖民地性。

有人指出,我们之所以在对中国现代主义的理解中优先考虑地区语境,还有另外一个原因。中国现代主义者对现代主义中所蕴涵的帝国主义结构的无知和盲目,自相矛盾地中性化了其中的帝国主义意图:西方现代主义被引入中国之后便脱离了原来所处的西方语境,而西方现代主义所包含的意识形态内容也随之被抽空了。中国人把西方现代主义看成是一种纯粹的文学实践:形式实验、心理学研究和杂交的语言表达,并以之来命名许多现代主义的形式实践。人们借用了现代主义者的断言,将文学看成是一个纯净的领域,空想的美学理想可以在其中实现而权力关系也将随之失效。鲁迅(1881—1936)著名的拿来主义就是一例,这一理论鼓励有选择地大胆挪用外国的东西而不用担心反受奴役的可能性。① 虽然我承认人们可以带着某种非政治的态度来借用西方话语,但通过对中国挪用西方话语的事实的检审,我也发现,偏见确确实实地存在于这些西方话语之中。这一难题正体现了第三世界国家民族主义的两难:从西方挪用的话语真的完全自由而不会将它的使用者牵连进西方的认识论结构和权力等级体系之中吗?② 如果说现代主义无可避免地卷入了中西之间存在着的非均衡关系之中,那么,作为一种社会、意识形态和文化选择的现代主义又是在何种程度上获得自我授权的呢?我将在第一章中谈到,一些西方现代主义者的话语潜在地包含着话语偏见,削弱了在地区语境中被挪用的西方话语的解放潜力。这种偏见包括了西方现代主义中显在的西方优越性假设和弗洛伊德心理分析中隐含的种族优越感和男性至上主义。

  中国作家在争取地区文化威望的过程中规定了他们想象中的西方现代主义的特征。在上面的分析中,我并非是想否认这些作家身上所呈现出的地区能动性,而是想要强调,我们必须将他们的主动性放在具体的时空中加以考虑。主动性不是一个固定不变的前提条件,因为它所处的语境是不断变化的。在京派的例子中,我们看到了一群哲学家和作家力图在超越东西二元论的基础上来对现代性观念进行理论化处理。他们将西方现代性特殊化为西方历史语境的产物,并批评西方现代性中蕴涵的军国主义和实利主义倾向。这些知识分子进而通过拓展全球现代性观念的外延将中国文化的某些方面包容进了现

---

  ① 见鲁迅:《看镜有感》,载《鲁迅全集》第 1 卷,北京:人民文学出版社,1980 年,第 197~200 页。
  ② 对印度语境下相似困境的详细描述,见查特基(Partha Chatterjee):《民族主义思想与殖民世界》(*Nationalist Thought and the Colonial World: A Derivative Discourse*),Minneapolis: University of Minnesota Press, 1993 年。

代性之中。正如我在本书第二部分将要详细叙述的那样,他们将全球现代性视为完全有潜力将东西文化的最好方面结合起来的现代性,东西文化都被设想为对普遍性具有同等发言权的独特实体。西方哲学家的著作帮助他们巩固了地区主动性。而这些哲学家包括了欧洲的柏格森(Henri Bergson)和倭伊坚(Rudolph Eucken),以及美国以白璧德(Irving Babbitt)为首的新人文主义者。其中,后者明确肯定了中国文化的价值,且曾经与北京的哲学家打过交道。京派这一复杂的案例向我们显示了,地区在被西方聚焦后是如何作为全球背景下的一股能动性力量而逐渐获得承认的过程。

总之,超越地区/全球划分来定位中国现代主义的做法,动摇了简单的能动性决定论,提醒我们注意这些结构中存在着的张力和矛盾。在全球话语语境中,现代主义者借用行为中的地区性权力被削弱了。反之亦然。地区主动性和全球主动性之间的关系并不能被简单地加以结合和协调,因为每一个现代主义者的发言都得根据各自不同的发言时空,以不同的方式介入这一全球/地域关系。

日本现代主义与中国

作为中介角色的日本现代主义的出现,使得西方现代主义与存在于中国的帝国主义之间的关系变得更加复杂,事实上,日本帝国主义者在中国的文化和政治历程中也确实留下了很深的烙印。从五四运动开始,众多在日本接受教育的中国作家(尤其是那些围绕在创造社周围的作家)翻译了日本现代主义者的著作以及日本人对西方现代主义所作的讨论。[①] 此外,这些作家的西方文学知识也多是以日文译本为中介而获得的,其渠道主要是通过他们旅居日本受教育的经历和中国境内的日本书店,后者如沪上著名的内山书店(即日本的 Uchiyama

---

[①] 这里,我们可以参考一下施蛰存的大致统计。他估计,从晚清到"五四",大约80%的西方文学翻译是从日文转译过来的。见我对施蛰存的采访,1990年10月22—24日。

shoten 和中国的内山书店）。当日本在华的扩张主义者的野心逐渐膨胀之时，中国作家则奔赴日本①，带回日本和西方的书籍，并隔着日本海参与国内的各种文学论争。这些论争包括了"五四"时期有关"为艺术而艺术"的论争，和现代主义者有关新感觉主义的论争（即日本的 shinkankakuha 和中国的新感觉派）。如果说由于西方帝国主义的参与，中国对西方现代主义的接受必须带上一层矛盾的感情色彩的话，那么，日本现代主义在这一接受过程中所曾经扮演的角色则进一步加重了这种矛盾情绪。

为了更好地阐明处于跨越国界的现代主义十字路口的文学和政治关系，我将简要地回顾一下日本在中国文化想象中的角色转变过程，以及中国在日本文化想象中的角色转变过程。传统上，中华帝国一直将日本视为自己的附属国。直到 1894—1895 年中国在第一次中日战争中战败，这一虚构的想象才被彻底地打破。在接下来一系列的帝国主义行动中，日本延续了这种胜利。从 1904—1905 年的日俄战争开始，日本获得了俄国在中国东北的权利。一战期间，俄国、法国和英国又将各自在中国的权利卖给日本以保证日本在战争中的中立态度。1915 年，日本将臭名昭著的《二十一条》强加给了愤怒的中国人。而在 1919 年签订的《凡尔赛条约》中，西方列强又将德国在山东的所有权利转让给了日本。1919 年后中国的爱国运动迅速上升为流血事件。到了 1930 年，日本开始了征服全中国的野蛮战争。

尽管如此，中国的知识分子仍然将日本视为现代化/西化的成功典型。在这种同时将日本视为侵略者和学习榜样的矛盾逻辑看来，正是日本的西化使其得以在近代打败俄国，并征服了中国的许多地区，而通过热心学习日本从西方学来的方法，中国也可以变得强大。直至 1937 年抗日战争的爆发为止，民国时代的知识分子可以通过其掌握的日本现代文学知识（比如批评家谢六逸[1898—1945]），或者通过以日本为中介输入西方现代主义和挪用日本现代主义（如作家郁达夫

---

① 见格里德(Jerome B. Grieder)：《现代中国知识分子与国家》(*Intellectuals and the State in Modern China*)，New York：Free Press，1981 年。他提到，截至 1914 年，大约有 5 000 名中国留学生在日本学习。

[1896—1945]、刘呐鸥[1900—1939]和其他众多作家那样），在文坛成为具有影响力的人物。传统中国之于日本的种族优越感和数十年来日本对中国领土的侵略行径激起了民族主义者的强烈反抗，但是，日本的文化成果及其作为西方文化中介的作用则被知识分子视作是有价值的东西。在他们眼中，至少对中国理解西方和根据中国需要对西方加以"亚洲化"的事业来说，日本文化是必需的。日本不仅仅是学习的榜样，更是西方化的中介和捷径。

与将西方分为都市西方和殖民主义两脉的做法相似，中国知识分子在都市日本文化和日本的帝国主义文化之间也作出了类似的区分。例如，京派著名的散文家和文学理论家周作人就曾写过大量文章，呼吁将日本文化分为两脉来区别对待。在写于20世纪一二十年代的文章中，他指出了日本文化曾经作出的重要贡献，并反对那种将日本文化仅仅解释为军国主义的做法。他区分了都市日本和殖民日本，他认为，前者产生了令人尊敬的文化，而后者则催生了帝国主义者及其野蛮的盲从者。他指责日本的殖民主义者，并将之逐出都市日本的范畴。殖民日本买卖吗啡和海洛因，建立毒品窝点，他们将日本的武士道精神降低为任意的暴力行为，因此也就必然地引发了中国人的愤怒。周作人指出，这种殖民的日本文化必须被批评和消灭。但他同时指出，否认都市日本文化也会给中国带来重大的损失。殖民日本唤醒了一种民族主义的情感，而都市日本则要求中国对日本的客观价值作出理性的认识。① 在30年代以后写的散文中，周作人否定了以殖民控制形式出现的日本的文化帝国主义。在文中，周作人将日本对中国大众教化的介入视作为"帝国主义的教化"，而将日本的报纸视作为生产加深中国危机的"国际的黄色新闻"的载体。② 在都市日本文化和殖民日本文化之间作出区分的做法，使得像周作人这样的中国知识分子，一方面将日本作为中国文化的学习榜样，另一方面又对日本军国主义

---

① 见周作人：《排日评议》（1927年），载周作人：《谈虎集》，上海：北新书局，1936年，第519～523页。众多相关主题的文章见张明高等编：《周作人散文》，北京：中国广播电视出版社，1992年，第169～172页，第182～196页，第235～236页，第264～272页。

② 见周作人：《谈虎集》，第495～524页，尤其是第508页。

的殖民文化作出了公开指责。

将日本视为中介、侵略者和学习榜样的矛盾看法还可能导向另一种判断,即将日本视作是中国对抗西方帝国主义的盟友。这一看法很少被普遍采纳,但却极具影响。这种泛亚主义观点认为:"日本通过保护其他亚洲国家不受西方资本主义的腐蚀而获得了一个特别的位置"。这种观点无疑是在为日本在该地区内的帝国主义行为寻找某种借口,但也帮助激发了孙中山等民族主义者与西方帝国主义作斗争的热情。[①] 当然,我们也同样不能忽视在中国对日看法里所蕴涵的中日之间存在着种族相似性的成分。例如,在闻名于30年代的现代主义杂志《现代》中,就有多篇文章谈到了日本左翼作家和中国左翼作家在反抗日本帝国主义方面所拥有的共鸣。[②] 作家刘呐鸥曾被谣传具有一半的日本血统(虽然证据表明他是纯种的中国台湾人),但这也毫不妨碍他加入海派文学图景。事实上,他很快就成为了中国新感觉派的领军人物。然而,过度地强调中日之间的休戚与共或是日本在中国所扮演的"积极"角色,就会很容易陷入成为日本帝国主义应声虫的危险之中。

与此同时,日本对中国的看法也同样是充满矛盾的。一方面,由于中国过去的文化霸权,现代日本存在着一股强烈的"影响的焦虑",而另一方面日本在中国扩张的野心正与日俱增。上述两方面都已被融进了自明治维新至太平洋战争期间的日本对华政策之中。近代以降,日本自身也是西方帝国主义的觊觎目标,当然,日本努力使自身成为了现代亚洲第一个能与西方平起平坐的帝国主义国家,而这一过程本身需要文化上的合法性证明。著名的明治知识分子领袖福泽谕吉

[①] 见杜赞奇(Prasenjit Duara):《从民族国家拯救历史——民族主义话语与中国现代史研究》(*Rescuing History from the Nation*, *Questioning Narratives of Modern China*),Chicago: University of Chicago Press,1995年,第14～15页。

[②] 见朱云影:《日本通信》,载《现代》第3卷第1期,1933年,第169～171页。也可参见郁达夫:《为小林的被害檄日本警视厅》,载《现代》第3卷第1期,1933年,第4页。郁达夫在文中抗议日本警察厅秘密杀害日本无产阶级作家小林多喜二(Kobayashi Takiji,1903—1933)的野蛮行径。这种与日本作家中行动主义者的团结姿态,可以与郁达夫对日本入侵满洲(1931年)和轰炸上海(1932年)的强烈抗议结合起来看。

(Fukuzawa Yukichi,1835—1901)鼓吹"脱亚论"观念,因为他坚信西方文化的优越性和普适性。他鼓励自己的同胞"抛弃与中国之间的文化联系,以西方对待韩国和中国的方式来对待这两个邻邦"①。通过创造诸如"支那"（Shina,日本对西方词"China"的音译）和"tōyōshi"（东洋历史）等日本现代新词来代替旧有术语"Chūgoku"（中国）和"kangaku"（汉学）,日本将自身与中国区分了开来,并进而确立了自己高于中国的优越性；同时,这些新词也帮助日本至少在话语层面上取得了与西方同等的地位。② 日本对来自西方的"支那"一词的借用取消了暗含在"中国"名称中的中国中心的含义,将中国降格为一个落后的、"在时间轴线上次于"日本的国家。③明治时期的言文一致（The genbun itchi）运动则是在反华情绪基础上构建日本现代性的又一个例证,这一运动废除了中国文字,或者说废除了日本汉字（kanji）。④

正如一位学者曾经指出的那样,日本在学术和文化方面对中国的看法正显示了文化、学术与政治和军事目标之间密切的合谋关系。⑤这种共谋的一个例证即是东洋史学（tōyōshigaku）和南满铁路调查部之间的联系。⑥ 与其他在华的帝国主义势力不同,日本在满洲实施了事实上的正式殖民。南满铁路的第一任总裁就明确落实了"披着文明外衣搞军事战备"（bensō teki bubi）的殖民政策。这个公司实行所谓的"文化入侵"计划来研究和分析中国文化,进而达到巩固日本殖民统治的目的。满铁调查部存在了整整38年,而这一机构的长期存在正

---

① K. H. Kim:《日本对中国早期现代化的看法》(*Japanese Perspectives on China's Early Modernization*),Ann Arbor:University of Michigan Press,1974年,第32页。
② 见 Stepan Tanaka:《日本的东洋》(*Japan's Orient：Rendering Pasts into History*),Berkeley:University of California Press,1974年,第32页。
③ 同上,第20页。也可参见傅佛果（Joshua Fogel）:《中日在以"支那"命名中国问题上的争论》("The Sino-Japanese Controversy over Shina as a Tponym for China"),载《中日关系的文化维度》(*The Cultural Dimension of Sino-Japanese Relations：Essays on the Nineteenth and Twentieth Centuries*),New York:M. E. Sharpe,1995年,第75~76页。他在文中谈到,中国人一直将 Shina 看成是对中国的羞辱,1946年,日本迫于中国方面的压力废除了以 Shina 指代中国的做法。
④ 见柄谷行人（Karatani Kōjin）:《日本现代文学的起源》(*Origins of Modern Japanese Literature*),狄百瑞（Brett de Bary）编译,Durham:Duke University Press,1993年,第45~75页。
⑤ 同上,第106页。
⑥ 见 Stepan Tanaka:《日本的东洋》,第26页。

表明了殖民活动对学术介入的持续需要。①

另一个重要的例证是上海的东亚同文书院(Tōa Dōbun Shoin, 1900—1945),它培养了大量训练有素的中国通以作为日本侵华的人力后备资源。日本军队直接受益于学院毕业生的政治智慧,后者大范围的田野调查为日本政府提供了可供参阅的可靠材料。这些资料后来被编成中国研究资料专集出版。许多在中国被雇用的学院毕业生直接在被日本占领的满洲为日本帝国主义服务,这些帝国主义机构包括了上文曾经提到的满铁调查部。②

诸如东亚同文书院这样的殖民机构的合法性部分地来源于东亚国家享有共同文化的话语策略。这种共享文化尤其体现在中日之间,我们用短语"同文"(dōbun-dōshu)来概括。知识分子中相异如冈仓天心(Okakura Tenshin)和山县有朋(Yamagata Aritomo)者却都坚持"日本对中国有一种西方人所不具备的特殊的同情和深层的理解"③。这一不可避免地与帝国主义宣传相配合的观念,赋予日本以一个成功完成现代化之优越国家的身份,进而日本也就有义务去帮助他的亚洲兄弟国家去完成现代化。19世纪90年代,这一义务被表达成是"黄种人的责任";在一战促成的觉醒中,这一陈述转变成了一种更为冠冕堂皇的说法——"文明教化"(kyōka)。④ 就前面所提到的东洋史学研究来说,日本在中国有一个十分明确的使命,即"作为一个西化了的国家,日本应该将西方文明的福音带到中国以帮助中国重获新生"⑤。然而,日本的文化外交策略悲惨地失败了,因为中国人普遍怀疑日本的目的,认定日本之所以这样做的目的是最终将中国沦为日本的殖

---

① 见傅佛果:《中日在以"支那"命名中国问题上的争论》,第118~121页。
② 见道格拉斯·雷诺(Douglas R. Reynold):《训练年轻的中国通》("Training Young China Hands: Tōa Dōbun Shoin and Its Precursors, 1886-1945"),载 Peter Duus、Ramon Myers、Mark R. Peattie 编:《日本在中国建立的非正式帝国,1895—1937》(*The Japanese Informal Empire in China*, 1895-1937),Princeton:Princeton University Press,1989年,第210~271页。
③ Peter Duus:《导论》("Introduction"),载《日本在中国建立的非正式帝国,1895—1937》,第XXVI页。
④ 同上,第XIII页;Sophia Lee: "The Foreign Ministry's Cultural Agenda for China: The Boxer Indemnity",载《日本在中国建立的非正式帝国,1895—1937》,第272~306页。
⑤ K. H. Kim:《日本对中国早期现代化的看法》,第34页。

民地。

　　日本对自身文化优越性的坚定信仰通常以文化论文、游记和小说等等的文学形式呈现在世人面前。这些文字不仅使人想起了19世纪西方的东方叙述，而且也使人想起了西方现代主义对中国文化的挪用。所谓的支那通们纷纷著书描写中国的国民性，将中国性定义为反现代的、反理性的和反道德的。中国的知识分子贪婪地阅读了这些著作中的大部分。[①] 例如，酒井直树（Naoki Sakai）认为，涉及了日本性（the Nihonjinron，有关日本人独特性的话语）的游记采用了一种"主观技巧"（subjective technology），通过一种"帝国主义的优越感情结"将日本自身定位为中国的他者，同时又将中国的国民性建立在无政府主义、冷漠无情、一盘散沙的基础之上。[②]

　　说到这里，芥川龙之介（Akutagawa Ryūnosuke，1892—1927）著名的中国游记应该颇值得我们研究。因为这部游记既抓住了日本人宣扬自身优越感的倾向，又体现了中国知识分子令人惊讶的对这些观点不加辨别的接受。芥川龙之介曾创作出广受称赞的《罗生门》（Roshōmon）。作为早期的现代主义者，他以复杂的文本结构和晦暗不明的语言风格而著称，其著名的自杀行为更为此人增添了几分声名。1921年，芥川龙之介以大阪每日新闻社海外视察员的身份来到中国。作为报纸经营者策划的一项主要的"引起公众注意的妙计"，芥川龙之介撰写了《支那游记》。此书后来成为日本最为畅销的书籍。[③]

　　1926年，这部旅行记录的一部分被一位重要的知识分子/教育家夏丏尊（1886—1946）翻译成了中文。在译文的序言中，夏丏尊叙述到

---

　　① 两个著名的例子是周作人和梁漱溟。他们认为这些日本文字或多或少地道出了中国失败的原因，我们必须认真研究。见周作人：《支那民族性》（1926年），载《谈虎集》，第547～549页；梁漱溟：《东西文化及其哲学》（1921年），台北：里仁书局，1983年；Ching-Mao Cheng：《日本文学思潮对现代中国作家的影响》（"The Impact of Japanese Literary Trends on Modern Chinese Writers"），载 Merle Goldman 编：《五四时代的中国现代文学》（Modern Chinese Literature in the May Fourth Era），Cambridge：Harvard University Press，1977年，第63～88页。

　　② 见酒井直树（Naoki Sakai）："Subject and/or Shutai and the Inscription of Cultural Difference"，在"想象日本：民族文化叙述"（Imaging Japan：Narrative of National Culture）会议上提交的发言，斯坦福大学，1993年5月13日。

　　③ 见傅佛果（Joshua Fogel）：《芥川龙之介在中国》（"Akutagawa Ryūnosuke in China"），载《中国历史研究》（Chinese Studies in History）第30卷第4期，1997年，第6～9页。

他与这部日本书籍的相遇过程。从中我们可以看到,中国知识分子十分重视芥川龙之介对中国的评价,并削弱了其中的帝国主义含义。夏丏尊在上海期间曾去过内山书店,并在内山书店老板内山完造(Uchiyama Kanzoand)的推荐下购买了芥川龙之介的《支那游记》。内山说:"先生,这书在你或者不会感到什么兴味,但日本新近很畅销,对于贵国的讥诮很多呢!"阅读这部游记时,夏丏尊觉得有必要将这本书的"重要"部分翻译出来以使中国人能够受益于芥川龙之介有关中国社会的"正确"洞察:

> 果然,书中随处都是讥诮。但平心而论国内的实况,原是如此。人家并不曾妄加故意的夸张,即使作者在我眼前,我也无法为自我争辩,恨不得令国人个个都阅读一遍,把人家的观察作了明镜,看看自己究竟是什么一副尊容!想到这层,就从原书中把我所认为要介绍的几节译出,想套了日本书店主人对我说的口气,敬告国人,说"这书在你或者不会感到什么兴味,但日本新近很畅销,对于贵国的讥诮很多呢!"[①]

芥川龙之介用"支那"一词来称呼"中国"(Chugoku)的做法,表明了他在对中国及其习俗进行评论时所持有的傲慢态度。在夏丏尊的翻译中,这种傲慢态度也被译者痛苦地呈现出来。芥川龙之介笔下的中国充斥着堕落、污秽、娼妓和陈腐而又自命不凡的知识分子,而所有这些都被芥川龙之介用来证明自身的文化纯粹性和他对充满活力的年轻时期的感受。芥川龙之介作出上述判断的原因在于他把中国的民族性定义在了随意观察到的细节的基础之上。例如,他曾连篇累牍地将中国娼妓耳朵的形状结构与日本妇女的相比较。

在我看来,这本游记引发了两个相互关联的值得考虑的问题。其一是有关芥川龙之介之"日本化的东方主义",这一概念将中国构造成确认日本文化优越性的他者,这种东方主义在芥川龙之介自身文化认

---

① 夏丏尊:《芥川龙之介氏的中国观》,载《小说月报》第17卷第4期,1926年,第1~26页。傅佛果的英译文发表在《中国历史研究》第30卷第4期上,1997年,第10~15页。

同危机的语境下体现得尤其明显。另一个问题是中国将这种东方主义当成一种对中国社会新生具有根本价值的东西而加以接受的事实。让我们首先来关注第二个问题。夏丏尊对芥川龙之介书名中明显带有贬义的"支那"(Shina)一词的直接音译，和他在芥川龙之介名字后冠之以"氏"以表尊称的做法，都直接体现了他对芥川龙之介中国观不加质疑的接受。既然中国人被称为"支那人"之时通常都会感受到某种耻辱，那么，夏丏尊的这种完全出于自愿的自我否定姿态就显得十分地引人注意。而夏丏尊套用内山完造(Uchiyama Kanzo)之贬斥语气的事实也证明了他自我强加的被殖民观点，而这一观点反过来又模仿和加强了对自身的否定。无独有偶，夏丏尊在其《支那游记》译文中的做法也正是鲁迅、郭沫若和郁达夫等其他作家在他们对中国性和社会弊病进行无情描绘中的做法。

罗素也曾记录下中国人对有关自己的否定性批评的心甘情愿的接受："在我离开中国前夕，一位著名的中国作家强迫我说出我所认为的中国人的主要缺陷。尽管有些不情愿，但我提到了三点：贪心、胆怯和无情。非常奇怪的是，我的对话者非但没有生气，反而认为我的批评很公正，并且继续和我讨论可能的补救方法。"[①]在现代中国知识分子中之所以会产生这种心甘情愿的自我批评现象，部分原因是由于他们在面对日本和西方之时所产生的强烈的危机意识，另一个原因则是由于他们对社会弊病在治愈之前必须首先获得正确诊断的热切信念。罗素以心胸开阔来解释这种关注民族性的行为，认为这种行为证明了中国知识分子之作为知识分子的正直诚实。罗素还将这一行为看作是"中国最为突出的优点之一"[②]。

或许中国知识分子的确拥有知识分子的诚实和正直，然而一种劣

---

① 罗素：《中国问题》，第220～221页。罗素的书和芥川龙之介的游记一样，很快被翻译成中文在中国发表。见刘禾：《跨语际实践》，第46页。

② 罗素，《中国问题》，第221页。

等情结也同样影响着他们自我批判的敏感神经。① 在后殖民的理论家们看来,这是在被殖民国家受过教育的本土知识分子中普遍存在的一种现象。② 这种劣等情结源于对"什么是中国人"的否定,意味着一种对能与强大的西方和日本获得同等地位的渴望。然而,这种从帝国主义者那里模仿而来的自我否定意识也同样包含着阶级的维度。在大多数情况下,受到严厉批评的都是没有受过教育的和缺乏理性的群众,而这些群众与自称是中国社会理性批判者的知识分子正处在对立的两极。作为批评目标的"人民大众"通常不包括知识分子自身,因为后者作为中国社会批判者的自我定位将自身的地位放在了人民之上。③ 如果说知识分子在西方和日本面前表现出了某种劣等情结,那么这种劣等情结也同样可以被用来解释他们之于民众的优越感。这也许是殖民和半殖民语境下一种普遍存在的事实。④ 对于那些认同日本和西方文化优越性的知识分子来说,人民大众变成了客观对象和焦

---

① 即便是在对"五四"反传统予以积极评价的评论文章中,比如夏志清的著作也将这种批判精神形容成某种"受虐情结"。在论述陈独秀、鲁迅及其他作家之时,夏志清评论道:"他们或许在青年时代曾经为中国而自豪,但这种自豪很快变成了某种受虐色彩的坦白承认,他们将这些看成是自己国家的弱点。他们憎恶辫子、小脚和鸦片等表象征着中国落后的鲜明标志。他们也为中国的艺术、文学、哲学和民俗感到羞耻。"见夏志清:《中国现代小说史,1917—1957》(*A History of Modern Chinese Fiction*, 1917-1957),New Haven:Yale University Press,1961年,第11页。

② 法侬(Frantz Fanon)曾经讨论过西印度群岛受教育知识精英的处境,特别是那些在欧洲接受教育的知识精英们,在他们回到西印度群岛后便开始对自己的同胞采取一种极端的批判态度。他们受到一种劣等情结的强烈折磨,需要白人对他们的观点和行为给予肯定。由于中国从未被完全殖民(见下文我对半殖民文化政治的分析),因此,我在这里只是假设性地将这一理论直接运用到中国知识分子身上。然而,就中国知识分子的所作所为而论,这种比较仍是有效的。中国知识分子毫不犹豫地认同西方和日本对中国及中国文化的东方主义式的态度。他们将自己置于西方和日本的一边,以便证明自己比群众接受了更多的启蒙,而将群众假定为传统的坚守者予以否弃。法侬的讨论请见《黑皮肤,白面具》(*Black Skins, White Masks*),马克门(Charles lam Markmann)译,New York:Grove Weidenfeld,1967年,第12~51页。在这方面,我们可以通过欧洲传教士明恩溥之东方主义式的国民性描写,来考察鲁迅笔下的著名人物阿 Q。参见刘禾:《跨语际实践》的第二章。

③ 这很少有例外。比如在鲁迅小说《祝福》和《故乡》中,从城市回到乡村的知识分子在现代性面前显得那样的无力,在道德上比他的同胞显得更可疑。

④ 霍米•巴巴(Homi Bhabha)认为模仿是被殖民者潜在的令人不安的特征。通过模仿殖民者,被殖民者松动了殖民者和被殖民者之间的显著差异,而这一差异正是殖民者所希望保持的特征。我对这种模仿行为的具体描述是以史实为基础的,这完全不同于巴巴建立在空想基础上的作为反抗力量的模仿观念。见霍米•巴巴:《文化的位置》(*The Location of Culture*),New York:Routledge,1994年,第85~92页。

虑之所在，先是被观察和解剖，而后被改善，在某些不幸的情况下甚至有可能被抛弃。当被自己对大众的责任感所困扰之时，知识分子和作家们在写作中表达了他们道德焦虑感。① 但在更多情况下，他们以一种希望代替了这种焦虑，这种希望即是领导、重造"大众"以适应文化现代化范式的希望。②

现在让我们回到由芥川龙之介游记所引发的第一个问题，即"日本化的东方主义"。必须提请注意的是，其时，芥川龙之介本人也受到了来自日本文化自身断裂和矛盾的折磨。他没有在日本文化中发现某种可以帮助自身获得稳定认同的东西，因为当时的日本文化只能让他体会到一种疏离感。他的自杀也可以归因于他与这种碎片化的主体性、"连贯的文化身份的坍塌"所作的痛苦斗争。③ 从这一观点看来，他的中国之行即是与某种差异性的相遇，通过确认什么不是日本文化身份的否定路径来描述什么是日本文化。他所目击的这种区别缓解了他的身份危机，并允许他陈述一种具有连贯性的文化身份。

在《支那游记》中，日本的文化身份断然而又完全地与中国相异。他所遇到的日本人都渴望回到日本，在自己的花园中种上樱花，极为喜爱芥川龙之介并将之视为从祖国来的文化使者。甚至连一位和芥川龙之介同船到达中国的英国新闻记者琼斯君，在思及日本时都显得十分"感伤"。芥川龙之介参观了东亚同文书院，他看上去平淡的参观叙述显示出了一种明显的帝国主义者的自负气味和离开家数周后的对日本的乡愁：

> 当我走在同文书院集体宿舍的二楼上，我们看到走廊尽头的窗外

---

① 安敏成（Marston Anderson）对中国现代文学现实主义形式背后的寓意，见安敏成：《形式寓意：鲁迅和中国现代短篇小说》（"The Morality of Form: Lu Xun and the Modern Chinese Short Stories"），载李欧梵编：《鲁迅及其遗产》（*Lu Xun and His Legacy*），Berkeley: University of California Press, 1985年，第32～53页。

② 见杜赞奇：《从民族国家中拯救历史》，第90～95页。

③ 见 Seiji Lippit：《日本现代主义及其文学形式的毁灭》（"Japanese Modernism and the Destruction of the Literary Form: The Writing of Akutagawa, Yokomitsu, and Kawabata"），博士论文，加州大学，1997年，第140～142页。

是一片青青的、正在抽穗的麦田。在麦田中,我们随处可见一丛丛普通的野生油菜花。在麦田的较远处,我们在众多相连的屋顶上看到一个巨大的鲤鱼幡。这个纸鲤鱼迎风招展,在空中活泼泼地飘动。对于我来说,这个鲤鱼幡改变了整幅图景。我感觉似乎已不在中国,而是在日本。但当我靠近窗户时,我却看见中国农民在眼前的麦田中工作着。这景象又使我觉得有点儿不伦不类。总之,当我在遥远上海的天空里看到日本式的鲤鱼幡,确实感觉到了些愉快。①

鲤鱼幡的奇特形象构成了日本性,同时也与中国农民构成了鲜明的对立关系。此时,何为构成日本性的因素也就确定无疑了。通观全书,对中国问题的贬低性的评论都向读者强调了这些问题在日本是不存在的。这些被用来强调中日之间区别的对比强烈的措辞表明了某种对日本文化身份加以肯定的契机。而芥川龙之介回到日本后直至其自杀的那些年头则标志着这种肯定的逐渐丧失和最后崩溃。

在中国、日本和西方三角关系的大背景下,日本化的东方主义强调了日本在其中所占的暧昧位置,日本既是西方东方主义的对象,又是针对中国的东方主义版本的施行主体,既是话语压迫循环怪圈的受害者同时也是推动者。在这个意义上,莱斯·平克斯(Leslie Pincus)呼吁从后殖民研究的角度对日本在全球帝国主义中扮演的角色进行再思考,因为日本要成为西方那样的"文明"国家的最初选择也是在或真实或想象的殖民恐惧下作出的。为了在"强取豪夺的帝国主义时代"中求得生存,明治时期的日本不得不按照西方掠夺者的样子来塑形自身。②罗素还指出"日本在中国所作所为的责任最终是要由其白人老师来负的"③。日本并不仅仅是通过学习西方来自我授权为其他亚洲国家的对立面,进而变为霍布斯鲍姆(E. J. Hobsbawm)所谓的"名誉上的西方帝国主义力量"④,事实上,日本在华的帝国主义活动直

---

① 芥川龙之介《支那游记》的英译本,傅佛果译,第37页。
② 见莱斯·平克斯(Leslie Pincus):《尾声》("Epilogue"),载《确认日本帝国主义文化》(Authenticating Culture in Imperial Japan),Berkeley:University of California Press,1996年,第239页。
③ 罗素:《中国问题》,第8页。
④ 罗素:《中国问题》,第142页。

接依赖于西方的配合。①

正如他的西方合作者/竞争者所做的那样,通过自命为现代化的代言人,日本依靠文化工作的支持来对其侵略行为加以合法化,当然,由于日本和中国共同享有汉字这一书写语言,因此日本也就比西方具有了更大的便利。日本同西方的差别还在于日本对中国刺激方式的独特性,日本采取的是更为直接和显明的方式:它通过有关中国的书本(包括游记、小说和社会学研究)和电影来传播日本的现代性。② 此外,日本的知识分子领袖也对日本在中国的军事政策表示了赞同,这尤其体现在从 30 年代晚期到 40 年代早期的这段时间之中。彼时,即使是那些先前声称自己无政治意图的唯美主义者也泰然自若地准许自己的著作服务于日本帝国主义者的利益。日本的文化话语被直截了当地移入了国家统治的范畴。为了日本军国主义的任务,文化的自主性在军事动员中被压制了。③ 上面我们追溯了由从明治时代的福泽谕吉(Fukuzawa)及至两次大战之间的日本知识分子所勾勒的文化帝国主义的轨迹,而日本则通过自命的"启蒙"中国和保护中国免受西方帝国主义压迫的使命来证明其文化帝国主义行为的合理性。自始至终,日本化的东方主义就是一个合法化的机制,日本既是传送者和中介,也是西方东方主义的亚洲化身,将最早的西方与亚洲间的单向交

---

① 正如前文提到的那样,西方在华势力曾经将其在华的多种权力让渡给日本以求得日本在一战中保持中立态度。见罗素:《中国问题》,第 142 页。

② 可以参见阿马·拉希里(Amar Lahiri)的《日本现代主义》(*Japanese Modernism*),这本书用英文写作,由 Hokuseido Press 于 1939 年在东京出版,之后在西方国家传播,用来为日本侵华行为寻求合法性理由。书中声称,日本现代化的基本目标是为了全亚洲,因此它吞并朝鲜以促成这一目标,打日俄战争以保护中国免受俄国入侵,与西方势力一起镇压义和团以保证中国长期的利益和稳定。请见 40 年代由 Fushimizu Osamu 导演的著名电影《中国之夜》(*Shina no yoru*)。在其中,日本对中国主体的殖民被看成是对一个中国女人(由说着一口流利中文的日本女演员 Yamaguchi Yoshiko 扮演)的消毒和现代化。正如我在前文提到的,周作人认为日本的文化入侵比英国文化入侵的影响要坏得多(见周作人:《谈虎集》,第 509~513 页)。对日本在华殖民机构(尤其是在满洲的殖民机构)的总结,请见入江昭(Akira Iriye):《全球语境下的中国和日本》(*China and Japan in the Global Setting*), Cambridge:Harvard University Press,1992 年,第 41~68 页。这些机构促进了日本的支那研究。

③ 见莱斯·平克斯(Leslie Pincus):《尾声》("Epilogue"),载莱斯·平克斯:《确认日本帝国主义文化》(*Authenticating Culture in Imperial Japan*), Berkeley:University of California Press,1996 年,第 209~247 页。

通变为了一种西方、日本和中国之间的多层交通,当然这种交通仍然是等级森严和控制严密的。①

我们可以在横光利一(Yokomitsu Riichi,1898—1947)的作品中找到日本帝国主义、日本化的东方主义和文学现代主义之间更为直接的联系。此人在中国的新感觉派作家们中影响极大,并至少和穆时英有过直接的接触。由于横光利一被视作是现代主义新感觉派的拥护者,他的作品被翻译为了中文。同时,他本人还曾写过一本冠名为《上海》(*Shanhai*,连载于1928—1932年)的中国题材小说,此外,他还写了一些有关上海的文章、日记和信件。他的小说正好印证了帝国主义意识形态在文本层面上的操作。如果说芥川龙之介以平易散文体写作的《支那游记》标明了痛苦的日本主体为自身寻找某种必然性或稳定性的过程,那么,横光利一的小说则明显地传达了他拆散文学形式和破碎主题性之间联系的现代主义进程,他的小说明显采用了新感觉派术语,将上海描述成一个腐败而糜烂的城市。② 与芥川龙之介在《支那游记》中的做法一样,横光利一也用"支那"一词来指代中国。横光利一将上海描述成一个道德、精神和肉体堕落的中心。对日本描述中国的种种叙述比较熟悉的读者都不难发现,上海正是那个充斥着各种污物的巨大的"亚洲的垃圾堆"。对于横光利一来说,上海代表着"奇异和古怪"。③ 如果说在沪的日本居住者和欧美居住者之间还存在着明显的种族差异的话,那么中日之间的种族相似性则催生出了某种焦虑。日本人害怕自己小说中的日文汉字被误解成中文,因为这种误会

---

① 最终,对日本帝国主义的后殖民解读(将日本帝国主义看作是西方模式的衍生物,是作为一种自保方式诞生于西方帝国主义势力的威胁之下)都无法一笔勾销日本帝国主义在中国犯下的罪行。也就是说,一旦具体可感的暴力血腥的历史被重新唤起,任何理论和概念都是苍白无力的。正是日本占领的赤裸和血腥震撼了中国知识分子,并促使其投入政治行为,即便他们在早期还曾持有与日本鼓吹观点相似的文化世界主义视角。在1937—1945年的抗战中,曾经被认为会引发冲突的意识形态(政治和文化的民族主义)都演变成了难以避免的社会潮流。这些文化民族主义的参与者和支持者都是公认的文化世界主义者(即便有些是政治上的民族主义者),他们在早期都赞成将文化区分为都市文化和殖民文化。当殖民暴力侵蚀了都市文化的优势,当血腥充斥街道,这种文化区分很快就失效了。

② 见莱斯·平克斯(Leslie Pincus):《确认日本帝国主义文化》,第59页。

③ 见莱斯·平克斯(Leslie Pincus):《确认日本帝国主义文化》,第196页。

可能会威胁到日本人苦心建构起来的中日之间的等级制度。① 换句话说，日本对中国他者的否弃正建立在一种对中日共性予以承认的基础之上——而日本若是表现得与中国相似就会威胁到它将自己标榜为学习西方之榜样的地位。例如，当小说男主人公 Sanki 抛弃了他与日本之间的联系而身着中国服饰之时，他被当作中国人来看待，他被抛入一条满载着粪便的船，而这艘船正象征着上海。② 由此，正如男主人公 Sanki 和娼妓 Osugi 那样，当一个日本人陷入耻辱之时，他或她就象征性地"变为了中国人"。这种将越轨之日本主体贬谪到充满粪便的"中国"领土的象征性驱逐，显示了日本民族主体的顽固性，他们强烈地感觉到有必要通过惩罚不顺从者来保护这种民族主体。事实上，这正体现了日本殖民者唯恐不能保持自己如西方殖民者在中国享有的绝对优越性（因为他们的种族）而产生的焦虑，这种焦虑导致了日本在中国性和日本性之间构筑分界线的强烈愿望。征服的渴望和对具有同一性的他者的焦虑相互交织，这种境况使得日本不得不在对中国原材料和劳动力进行资本剥削、对中国领土进行军事侵略和对中国人不断进行非人性化处理之间感受到某种紧张。我们可以部分地将这种殖民结果解释为日本既要与中国保持差异又要与之保持相似性的渴望。

尽管怀有对可能会变成中国人的恐惧，但横光利一的小说也同样唤起了一种中日共同体的修辞。他利用了人们对全球资本主义的恐惧来为日本的经济剥削寻求合法性理由，他进而将日本的经济剥削视作是某种保护形式（"即使我们不用中国的原材料和劳动力，欧美人也会用的"）。这一资本剥削形式也同样体现在文学上，要知道横光利一

---

① 我要感谢莱斯·平克斯(Leslie Pincus)及其"上海"课程的学生们，是他们让我分享了他们有关上海的洞见。我对"上海"的阅读感受建立在《日本文学》(*Japanese Literature*, Tokyo: chūō kōronsha, 第 37 期, 1966 年, 第 156~307 页)的基础上。我也要感谢 Seiji Lippit 有关上海的论文。

② 见 Seiji Lippit:《日本现代主义及其文学形式的毁灭》, 第 59 页, 第 194 页。Lippit 提及, 这本小说可以被看作是一个民族主义的文本(第 178 页), 但他同时也将这本小说解读成是对民族身份毁灭的记录。无论怎样, 这本小说都强调了什么是日本, 什么不是, 从而将日本的民族和文化身份设置在了中国和中国性的对立面上。

正是抱着为文学创作搜集"原始材料"的目的才来到上海的。日本帝国主义者的主体性建立在将中国作为多重剥削之客体的基础之上：现代主义旅行者与其文化素材之间的关系正仿效了日本对中国资源的剥削行为。由此，资本主义不仅在政治和经济的领域充当了日本帝国主义的保护人，而且资本主义的进程还直接影响了日本现代主义者的写作模式。

中日新感觉派关系中最为有趣的插曲也许就是横光利一和穆时英之间的互相影响。横光利一曾经不止一次地来到中国，而穆时英也在1933—1934年之间的某个时候以及1939年两次访问了日本。虽然相关记载较为贫乏，但他们的关系却具有重要的意义，因为横光利一越来越成为一名忠实的民族主义者，他不但为了日本帝国主义的利益而写作讲演，而且还竭力避开自己早期持有的形式主义艺术观念。从现存的横光利一所写的关于穆时英的文章（关于穆时英在1940年的被暗杀）中，我们能够瞥见这两位新感觉主义者是如何产生分歧的，其中横光利一转向了为帝国主义政府效力。在回答穆时英"你（指横光利一）的新感觉主义为何存在着一种明确的传统主义和民族主义转向"的问题时，横光利一答道："新感觉主义巩固了理性主义和科学至上主义，而这也正是所有现代东亚年轻人所共同分享的观念倾向。虽然每一种新感觉主义都必须植根于它自身的民族传统，但这一倾向已在东亚内部形成了一股凝结力量。"[①]横光利一在这里所表达的情感令人不安地相似于"大东亚共荣圈"的修辞。他宣布了一种强调共同体的共享历史，以文化独特性（每一种都针对其传统）肯定了建立多元文化帝国的正确性。[②]

芥川龙之介和横光利一的著作证明了日本现代主义与日本帝国主义之间的关联。然而，一个尚未讨论的问题是，中国文化在面对西

[①] 横光利一：《穆时英先生之死》，载《文学世界》（Bungakukai）第7期，1940年，第174~175页。《文学世界》是其时日本的重要杂志，它在1942年主办了"克服现代性"的会议，这标志着日本文学明确的民族主义转向。我感谢Seiji Lippit提供的这方面的讯息。

[②] 在第九章中，我将对中日新感觉派之间的文学关系进行更加细致的分析。在第十一章（专门讨论穆时英的章节），我将详细分析我所谓的"多元文化的帝国主义"。

方现代主义之时的屈从性和主动性问题。即便中国作家们认为他们对日本大规模的挪用(包括形式、技巧和用来描绘现代主义经验之同一性的词汇表)只是一种旨在接近西方的功利性手段,但这种挪用行为在中国作品上留下某种意识形态的痕迹却也是难以避免的。这一点在中国新感觉派作家那里体现得尤为明显,他们令人惊奇地重复了日本新感觉派成员从"左"倾到右倾的意识形态转变过程,也原封不动地保留了日本文本中由弗洛伊德心理分析所带来的种族和性别偏见。同样地,诸如横光利一和片冈铁兵(Kataoka Teppei)等日本新感觉主义者转而支持帝国主义的事实也进一步揭露了日本新感觉派将自己列为学习榜样这一事实背后的政治内涵。

在中国现代文学史中,民族主义者的反日情绪持续地威胁着日本化了的中国现代主义者的写作主张,以反日为旨归的传统的种族中心主义,及其时对日本军国主义和种族优越感的憎恶,甚至促使那些自封的世界主义者们,即便不公开提出批评,也开始痛恨所谓的日本至高无上说。我们不难理解,与夏丏尊对日本之批判中国予以自愿接受的行为不同,在其时的文学创作中,还存在着一种弥漫在以日本为故事背景的现代小说中的忧郁、痛苦和焦虑情绪,比如郁达夫和郭沫若等的作品。不同于仅限于极端民族主义群体中的对西方文化的反抗行为,反日情绪似乎可以找到更为广阔的受众群。这就意味着日本化的现代主义写作不得不直面其与日本文化的亲缘关系,它们在现代主义和民族主义之间、在热望和憎恨之间被撕裂,并由此突出了一种忧郁的音调。由于现代中国的众多现代主义写作是由在日本受教育的作家完成的,因此,现代主义在被接受过程中所遇到的困扰就进一步地说明了中国民族主义和现代主义之间存在着的冲突。

半殖民主义(semicolonialism)的文化政治

正如上文所说,西方和日本的现代主义与殖民主义和帝国主义的政治语境紧密相关。缘此,产生在此语境下的现代主义都服务于对帝国主义的意识形态进行合法化和传播的重要目的。中国的现代主义也正产生在同样的紧要关头。对于中国来说,这是一个由多重帝国主义构成的政治环境。前面我们已经指出,正是帝国主义的入侵在现代中国引发了民族国家和民族主义的话语。除此之外,还存在着一个不那么流行的观点:帝国主义及其在殖民地的实践形式,从根本上影响了现代中国的文化生产。① 长期以来,以反帝作为其早期合法性基础的中国,将有关帝国主义的讨论仅仅局限在政治领域内。由于仅在政治层面对帝国主义加以讨论的做法忽略了对帝国主义文化影响的检审,所以我这里所说的"帝国主义"必须和中国政府所说的"帝国主义"严格地区分开来。当然,我并不认为所有的文化生产都是对帝国主义的回应,但中国现代文学生产已经不可避免地陷入了由西方和日本的帝国主义构成的"半殖民主义"的历史语境之中。在我看来,我们必须在相应的历史和政治背景下对文学进行语境化的分析,也即雷蒙德·威廉斯(Raymond Williams)②所谓的"文学分析必须牢牢地扎根于历史的形态分析(historical formational analysis)"。

萨义德曾经对"作为对遥远国度拥有支配权之西方都市中心的实践、理论和态度"的"帝国主义"和"在遥远国度里移民居住"的"殖民主义"作出过有效的区分。③ 也正是从这一区分出发,我在本书起用术语"半殖民主义"来描述存在于中国的多重帝国主义统治以及他们碎片化的殖民地理分布(大部分局限在沿海城市)和控制,同时我也希望通过此术语描绘出相应的社会和文化形态。和"帝国主义"一词相似,术语"半殖民主义"此前已被共产主义修辞定义为"半封建主义"的伙伴,二者共同构成了中国所受的双重压迫,然而,文化政治意义上的半殖

---

① 新近出现的一个例外是杜赞奇的《从民族国家拯救历史》,他在书中批评了将黑格尔历史意识强加给中国的做法,这种做法将黑格尔历史观强制定为现代中国民族国家的目的所在。也可参见我对"五四"时代目的论的探讨,见第一章;白露(Tani Barlow):《编者序》和《战后中国研究中殖民主义》("Colonialism's Career in Postwar Chinese Studies"),载 Positions 第1卷第1期,1993年,第Ⅴ~Ⅷ页,第224~267页。

② 雷蒙德·威廉斯(Raymond Williams)在《现代主义政治》(The Politics of Modernism)一书中强调形式分析必须牢牢地植根于历史形态分析的基础上,在形式和结构之间存在着很深刻的关联。

③ 见萨义德:《文化与帝国主义》,第9页。

民主义仍然未能被揭示出来。在对半殖民主义之文化定义进行描述之前,我想首先描述一下作为政治结构的半殖民主义。

因为"殖民地"这一术语并不十分适合于中国语境,所以中华民国通常被称作是"半殖民地"(semicolony)或"次殖民地"(subcolony)。20世纪20—30年代之间,"半殖民地"这一术语就被马克思主义批评家们(其中包括毛泽东)用来描述殖民事实和本土封建结构的并存状态。奥斯特哈梅尔(Jürgen Osterhammel)解释道,这一术语起源于列宁,后被中国的马克思主义者发展整合进了"中国半封建半殖民社会的理论"之中。这一理论试图表明,"封建主义已然被打破,但任何指向资本主义的重大转变仍尚未发生。殖民主义渗透进了封建体系,但还不能完全取代封建体系。由此,社会处于一种混杂的社会形态,而这是经典的历史唯物主义所始料未及的"①。毛泽东对这一术语的使用再次强调了半殖民主义是一种独特的社会形态,这不仅是因为它与残留的封建主义同时存在,而且更因为卷入其间的殖民力量是十分多元的。② 与"半殖民主义"形成对比的术语是"次殖民地",这个由中华民国创立者孙中山(Sun Yat-sen)创造的词语被用来强调中国的比完全殖民地更为糟糕的处境,因为中国不仅"受一个国家的压迫,而是受世界列强共同的侵略压迫"③。

无论是"半殖民地"还是"次殖民地",马克思主义者和民族主义者都用新的术语来解释中国社会形态的独特性,从而为各自的政治意图张目。尽管他们站在不同的意识形态立场上,但他们都觉得有必要修正"殖民主义"这一术语,因为这一术语在中国语境下存在着很大的局限性。更重要的是,这一术语无力描绘外国力量之间的竞争和中外

---

① 奥斯特哈梅尔(Jürgen Osterhammel):《二十世纪中国的半殖民主义和非正式帝国》("Semi-Colonialism and Informal Empire in Twentieth-Century China: Towards a Framework of Analysis"),载奥斯特哈梅尔、Wolfgang J. Mommsen 编:《帝国主义及其后:连续性与非连续性》(*Imperialism and After: Continuities and Discontinuities*),London: Allen and Unwin,1986年,第276页。

② 见《毛泽东选集》,北京:人民出版社,1968年,第47~132页。

③ 伊丽莎白·拉塞克(Elizabeth Lasek):《帝国主义在中国》("Imperialism in China: A Methodological Critique"),载 *Bulletin of Concerned Asian Scholars* 第15卷第1期,1983年,第50页。原文请见孙中山:《三民主义》,台北:中央改造委员会,1950年,第39页。

之间多层次的支配关系。同样重要的是，这一术语也无力表现在华外国势力之间相互合作所引发的滚雪球般递增的剥削效应。我在使用"半殖民主义"一词时，部分地采用了马克思主义有关"帝国主义间"竞争时期（即20世纪早期之帝国主义）的讨论，其时，各种帝国主义势力在很大程度上已经完成了所谓"影响区域"的划分，并为着这些已经划定的势力范围而争吵不休。① 詹姆逊（Fredric Jameson）将1884年的柏林会议（帝国主义诸势力瓜分非洲的会议）确定为修正帝国主义新世界体系的关键时刻。② 而对于中国来说，1919年的凡尔赛会议则是外国势力共同决定中国命运的缩影。虽然"中国"仅仅是一个地缘政治意义上的民族国家，但却是帝国主义列强"影响区域"竞争下的又一个非洲。

在讨论20世纪帝国主义的独特性之时，詹姆逊过分强调了帝国主义之间的竞争，而忽视了帝国主义者和被殖民者之间的剥削关系。与詹姆逊不同，我在此处提出帝国主义间竞争的目的正在于用它来例证占领和从属的关系（而不是遮蔽这种关系）。也就是说，为争取更多的权力和利益而展开相互竞争的外国列强对中国进行了多元和多层次的占领，而这直接导致了中国特定的殖民关系结构。自19世纪中期始，由于18个外国势力之间的相互竞争，它们在50个通商口岸对中国的诸多区域实施了强有力的殖民统治，并强迫执行治外法权。我们知道，如果某一帝国主义国家将其殖民目的定在向其帝国中心供给一定数量和质量的产品这一层面上的话，那么它就必须在自己正式的殖民统治中付出一点"小心"，然而，对于中国境内相互竞争和合作的多种帝国主义力量来说，它们则完全不需要假装出任何的仁慈，更不需要承担任何的责任。有关这一点，孙中山曾经指出，如果正式的殖民地遭遇诸如饥荒和洪水等等的自然灾害之时，帝国主义的宗主国就会觉得有义务去提供救助，扮演一个相当于主人的角色。但当20世纪

---

① 见安东尼·布鲁厄（Anthony Brewer）：《马克思主义者的帝国主义理论》（*Marxist Theories of Imperialism*），London：Routledge，1989年，第7页。参见关于布哈林和列宁的第六章，第109～135页。

② 见詹姆逊：《现代主义和帝国主义》（*Modernism and Imperialism*），第44页。

20年代早期中国北方遭受自然灾害之时,却没有一个帝国主义国家承担起救助的工作。① 事实上,非正式的帝国主义节省了"管理当地政府或控制当地人口"的开支,因此,这种方式具有更大的经济意义。②

我要提出的另一个例子是鸦片贸易。19世纪早期,当英国开始进行鸦片贸易时,美国也已开始向中国销售鸦片。由于印度鸦片的质量优于美国出售的土耳其鸦片,为了和英国竞争,美国以提高数量的方式来分享英国的利益,而后英国又以提高其鸦片的产量作为对美国的回应。③ 外国列强对中国禁止鸦片贸易的法律视而不见,对中国的主权构成了挑战。它们之间的相互竞争又进一步扩大了这一贸易的数量和破坏性影响。从而导致了两次鸦片战争的爆发,进而为英国及其他外国势力对中国进行烧杀抢掠提供了机会。《南京条约》中的"最惠国"条款还规定,对于每一外国势力在华获得的所有利益,其他国家都有权享受同等的优惠,和任一外国势力签订的任何不平等条约都强迫中国允许其他列强利益均沾。④

无论外国列强(主要有英、俄、日、德、法、美等)是彼此竞争还是相互合作,它们的意图都在于利益的最大化和设计如何剥削中国的新方式。日本对中国日益增长的野心也是这种帝国主义竞争的结果。正如彼得·杜斯(Peter Duus)所说,成功完成了现代化的日本觉得自己具备了与西方平起平坐的资格,而这必然意味着日本将要遵照其西方先辈的方式寻求与中国签订不平等条约的机会。通过签订1895年的《马关条约》,日本获得了最惠国待遇和其他新的权利。这种权利的享受者后来又扩大到所有的帝国主义势力。在这个意义上,日本宣称自己增加了西方人和自身的在华利益。⑤这为我们提供了一个充满竞争

---

① 见孙中山:《三民主义》,第39~40页。
② 见 Peter Duus:《导论》("Introduction"),载《日本在中国建立的非正式帝国,1895—1937》,第 XVII 页。
③ 见 Jr. James C. Thomson、Peter Stanly、John Cutis Perry:《感伤的帝国主义者》(*Sentimental Imperialists*),New York:Harper & Row,1981年,第31~43页。
④ 同上,第122页。
⑤ 见彼得·杜斯(Peter Duus):《导论》("Introduction"),载《日本在中国建立的非正式帝国,1895—1937》,第 XX~XXI 页。

和合作的"竞争性的帝国主义"(competitive imperialism)的经典案例。①

这种竞争性和合作性并存的殖民统治也对中国的国内政治产生了重大影响。曾于 20 世纪 20 年代访问过上海的英国哲学家亚瑟·兰塞姆(Arthur Ransome)注意到:因为官员、政客和军阀可以从中渔利,治外法权实际加重了中国内部的政治腐败。兰塞姆以一家外国银行为例指出,许多腐败的中国人在这家银行里存了大量的赃物。兰塞姆认为,这类银行和为罪犯们提供避风港的租界十分类似,它们在很大程度上使得"中国的内战和政治纠纷变成了一件愉快的事情"②。遵循着相似的思路,马克思主义思想家瞿秋白将中国称之为"国际的殖民地",这种说法特别指出,此种语境促使国内的政治区域变得四分五裂,而区域间的冲突斗争日益严重和恶化。③ 这种多元殖民的事实导致了国内各种力量群体一时间难以站在一条统一的政治战线上,而这也必然会导致在文化层面上的相似现象。可以断言的是,这种状况造成了文化领域缺乏团结和充满争论的局面。

我选用"半殖民主义"一词来描述现代中国之文化和政治状况的做法,突出了中国殖民结构的多元、分层次、强烈、不完全和碎片化的特性。"半"并非"一半"的意思,而是标明了中国语境下殖民主义的破碎、非正式、间接和多元分层等等的特征。与其他被正式殖民的第三世界国家不同,中国从未整体地被殖民过,也从未存在过一个中央殖民政府来管理遍布全国的殖民机构。中国在语言上保持完整性的事实④即是中国语境下殖民主义的不完整性的文化证据。殖民国的语言

---

① 术语"竞争性的帝国主义"(competitive imperialism)来自 Bernd Martin:《日本帝国的扩张政治学》("The Politics of Expansion of the Japanese Empire: Imperialism or Pan-Asiatic Mission"),载奥斯特哈梅尔、Wolfgang J. Mommsen 编:《帝国主义及其后:连续性与非连续性》,第 63 页。

② 亚瑟·兰塞姆(Arthur Ransome):《中国之谜》(The Chinese Puzzle), New York: Houghton Mifflin Company, 1927 年,第 121～127 页。

③ 见瞿秋白:《东方文化与世界革命》,载陈崧编:《五四前后东西文化问题论战文选》,北京:中国社会科学出版社,1989 年,第 591～602 页。

④ "语言完整性"(linguistic integrity)这一术语来自周蕾。见周蕾:《原始激情:视觉、性、人种和当代中国电影》(Primitive Passions: Visuality, Sexuality, Ethnography, and Contemporary Chinese Cinema), New York: Columbia University Press, 1995 年,第 61～62 页。

从未强迫性地要求取代中国的本土语言,而中国的官方语言也一直都是汉语。在这个意义上,柯文(Paul Cohen)也将中国语境下的殖民经历描述为部分的、多元的和分层次的。①

半殖民主义的定义有着多重的暗含之义。首先,外国势力和中国之间构成了一种不均衡的关系,而半殖民主义意味着,列强们不会假想要对中国实行"完全的支配和正式的最高统治权"②,这种支配虽然不太正式,但其破坏性却并未减少。第二,完全控制的缺席意味着,无论在经济渗透层面,还是在种族偏见层面,亦或是在地区司法权之限度层面,半殖民主义的运行实际都更接近于新殖民主义(neocolonialism)而非正式的制度化了的殖民主义。③ 第三,外国势力的碎片化和多元化表明,每一势力在中国文化的想象中分别占据了不同的位置。事实上,许多中国人在日本帝国主义和欧美帝国主义之间作着区分。第四,对我们来说最为重要的是,当多元的殖民势力各自忙着加强控制和加重剥削之时,它们也使得自身对本土活动范围的殖民管理和控制不可能是配合紧密的和统一部署的。这就造成了中国知识分子在意识形态、政治和文化立场上的态度远比正式殖民地的知识分子更加多元化的局面,而这种多元化的立场实际也动摇了通常在民族主义者和卖国贼之间所作出的二元划分。

政治文化领域内的碎片化状态事实上导致了中国知识分子的多元化追求。然而,我必须马上补充的是,这种"自由"绝不可以被错误地看成是仁慈的帝国势力的"礼物",而必须将之看成是在多重统治力量裂缝间生存的充满矛盾张力的文化应急状态。知识分子立场的多元化在很大程度上反映了中国文化想象的紧急状态,充满了似是而非且变化多端的异质性。知识分子努力地在不同的方向上寻求着对中

---

① 见柯文(Paul Cohen):《在中国发现历史》(Discovering History in China),New York:Columbia University Press,1984 年,第 144～145 页。
② 关于半殖民主义的这一方面,请参见奥斯特哈梅尔(Jürgen Osterhammel):《二十世纪中国的半殖民主义和非正式帝国》,第 308 页。
③ 见利大英(Gregory Lee):《游吟诗人、喇叭手和喧闹制造者》(Troubadours, Trumpeters, Troubled Makers: Lyricism, Nationalism, and Hybridity in China and Its Others),Durham:Duke University Press,1996 年。

国问题的解答。通常情况下,民族主义在这些探索中只处于次要的位置。在几十年间,世界主义的思想家和作家虽然绝不拥护殖民,但却都将西方文化视为应该去争取获得的东西。例如,"五四"启蒙事业就与民族主义存在着一种矛盾甚至对立的关系,它给予了"启蒙"以超越于"救亡"的优先权。启蒙在很大程度上被符号化为反封建和拥护西方的代名词,由此,启蒙思想家只是一位假想的民族主义者,他在事实上更是一位自命的文化批评家和文化先锋。对于启蒙思想家来说,批判封建主义和推进西化的紧迫性远远地超过了反抗和批判殖民统治的迫切需要。

与上述这种情况相伴发生的是"西方"概念的分化:都市西方(西方的西方文化)和殖民西方(在中国的西方殖民者的文化)。在这种两分法中,前者被优先考虑为模仿的对象,同时也就削弱了作为批判对象的后者。通过这种两分,知识分子可以倾向西化却不会被看成是一个卖国贼,他变成了民族主义者/卖国贼两分之外的第三种人。与之相类似,由于日本是西方知识的中介,所以日本的政治占领可以和文化启蒙的急务相分离(即便由于日本是一个新的侵略者,作出这种分离是难之又难的)。而这种通过文化启蒙话语来遮蔽殖民现实的做法正是半殖民文化政治的地区性特征。[①] 因此,在本书中,"半殖民主义"这一术语概括了多元、多层次殖民占领以及这种占领的碎片化和不完全性特征,正是这种特征促成了中国知识分子在"都市文化"和"殖民文化"之间作出了区分。

这种对殖民现实的遮蔽和忽略实际表明了中国人的一种矛盾情绪,很显然,我们不能将之看成是中国人对殖民主义的接受。我不妨先从中国境内不存在一个统一殖民机构的事实出发来大致解释一下这种特殊的矛盾情绪。在其他第三世界国家中,一个相互间配合密切的正式殖民机构的存在通常也意味着内外之间的明确区分:敌人很容

---

① 这一观点会在本书中被经常提及。这里我想给出一个一目了然的例子。我注意到白人角色在"五四"时代作品中消失的现象,这与他们在晚清小说中的突显形成了鲜明的对比。这种消失意味着对殖民现实的遮蔽和逃避。感谢胡志德(Theodore Huters)提醒我注意到这一重要现象。

易被确认,而本土文化可以被毫无疑问地假定在反抗的位置上。① 但是,这种通常的殖民情况并不适用于中华民国。殖民势力的多元性和殖民势力间的合作与竞争,意味着要想清晰地定位敌人是非常困难的。同时,由于中国的启蒙思想家已经亲自动手系统地废黜了中国的本土文化,因此,人们无从获得用来对抗殖民主义的无瑕疵的和未受搅扰的本土文化。在这个意义上,半殖民主义的语境使得对反抗的清晰表达成了一件异常困难的事。本土文化已然被"解构",再不能被当成是一种公认的对抗手段,即使对那些提出本土文化复兴的人来说也不例外。由于偏离了二元的殖民模式,半殖民语境下殖民关系的清晰性被削弱了。充满了不确定性和模糊性的殖民现实深深地影响着中国的文化想象。

杜赞奇也将现代中国缺乏对(西方)现代性之强烈批判的原因归结为殖民控制的间接性。在印度,与殖民意识形态的充分遭遇催生了像甘地(Mahatma Gandhi)这样的人,他们创造了一整套反现代和非现代的话语。但是,中国与殖民意识形态的遭遇却呈现为另一种形态:

> 在中国,帝国主义的存在当然受到广泛的憎恶,反帝是20世纪前半叶政治运动的核心。但制度化的殖民主义在中国绝大多数地区的缺席也意味着,在殖民者和被殖民者之间,殖民意识形态并未以与印度及其他直接被殖民的国家相同的方式确立。对帝国主义的反抗主要是政治和经济方面的,并未呈现出民族自觉意识上的根除帝国主义意识形态的急迫需要。②

"五四"的启蒙话语将本可作为另一选择的中国文化和民族视作

---

① 这里涉及的是,殖民语境下,被殖民者在认识论层面对内外作出了明确区分。我在这里借用了周蕾有关香港的说法,见周蕾:《在殖民者之间:一九九〇年代香港的后殖民书写》("Between Colonizers: Hong Kong's Postcolonial Self-Writing in the 1990s"),载 Diaspora 第 2 卷第 2 期,1992 年,第 151~170 页。有关内外之分和本土文化作为反抗手段的另一个例子来自查特基(Partha Chatterjee)有关 19 世纪印度之民族主义话语的讨论,见查特基:《民族国家及其碎片》(The Nation and Its Fragments),Princeton: Princeton University Press,1993 年。

② 杜赞奇:《从民族国家拯救历史》,第 224 页。

是保守的东西,进而加以拒绝,这就在很大程度上阻断了对现代性进行批判的可能性。由于现代的中国知识分子大多为"五四"话语所吸引,因此,对帝国主义的文化意识形态进行批判的做法并不具备较多的合法性基础,同时也显得不那么急迫。傅乐诗(Charlotte Furth)特别提到,即使是在属于本土主义阵营的"国粹派"那里,也不存在对作为一种西方模式的现代性的原则性反对。① 在现代性批判的缺席和黑格尔线性历史观输入的推波助澜下,"五四"世界主义的现代性话语日益获得霸权,而真正的反殖民话语也就越来越不可能出现了。② 由此,通过散布的意识形态和文化质询而不是制度化的正式占领,半殖民话语促生了一种自愿接受的、未受批判的、以新殖民主义方式运作的某种意义上的文化殖民。

与殖民统治的"不完全"性相对应,中国人对这一殖民统治的反应也同样呈现出一种碎片化的状态:中国没有出现具有一贯性、稳定性和普遍性的反殖民话语,也没有形成由不同阵营的知识分子所结成的联盟。直到抗日战争期间,中国才出现了一致的政治和文化民族主义。此时,马克思主义的意识形态将处于不同甚至矛盾立场的人们归并到一个统一的意识形态共同体之中。然而在 1937 年之前,中国知识分子对帝国主义态度却颇为暧昧,这也正是一战后普遍存在于世界范围内的反战倾向的体现。正如入江昭(Akira Iriye)曾经描述的那样,其时,国际性的经济和文化关系变得比军事关系更显重要(直到中国在 1937 年的抗日持久战中再次被卷入战争,同时二战也使得世界再次卷入纷争之中)。③ 在两次世界大战之间,中国知识分子与普遍具有反战倾向的西方知识分子一样,也支持高度理想化的全球和平,同时并不直接支持反抗帝国主义的军事行动。以军事为主要特征的晚清改革的失败,也似乎在告诉他们此类努力的无用。同时,直到 20 世

---

① 从上书概括而成,第 207~208 页。
② 见杜赞奇书中的相关描述。拥有霸权的"五四"现代性话语和启蒙话语压制了民族国家叙述出现的可能性。
③ 见入江昭(Akira Iriye):《全球语境下的中国和日本》(China and Japan in the Global Setting),第 41~45 页。

纪前半叶,欧美在中国通商口岸的居处已经处在一种半稳定化的状态:除了小规模的冲突,欧美并没有发动针对中国的更进一步的军事侵略行动。在某种意义上,半殖民主义与新殖民主义相类似,其主要目的是经济的而非政治的。因此,像胡适这样的启蒙思想家可以说,对于中国来说,欧美帝国主义算不上什么真正的问题,因为早在帝国主义的入侵以前中国就已经是十分贫弱了。因为在中国并不存在所谓的资产阶级,所以对西方资本主义的批判也是无的放矢的。① 在一战后的特殊氛围中,知识分子不考虑中国所遭遇的殖民文化而一味崇拜都市西方文化的做法,也并不曾显出有什么不协调。虽然这种以文化世界主义和经济相互依赖的修辞方式表达出来的反战倾向并不适用于中国,而且可能会使得中国的反帝斗争形势变得更加严峻,但是这种都市/殖民的两分策略已经从世界范围内流行的反战倾向那里取得了合法性。

  入江昭认为,20世纪20年代的中日关系也主要是经济和文化的而非军事的,因为它是以"两国间大规模直接的军事对抗或日本极为显明的企图控制中国的侵略预谋的缺席为特征的"。虽然入江昭对中日关系进行了理想化的处理,但从入江昭的例证中,我们也不会不注意到同样的经济和文化关系也同样适用于日本。日本取代英国成为了中国的首要贸易国的事实,使得日本从一个美国的产品销售市场转变为面向中国的工业生产者和出口商,而这后来被认为是日本"成功经济转型的关键"。1928年,当西方列强对中国关税自主之要求作出迅速答复的时候,日本却拖到两年后才对此予以承认。日本利用庚子赔款设立了学生交换计划(正如美国几年前就开始做的那样),诸如谷崎润一郎(Tanizaki Jun'ichirō)和芥川龙之介等等作家的中国之旅都被看作是一种纯正的文化交流的例证而受到赞美。② 前面提到的周作人对日本帝国主义的批评(如此悲壮地具有说服力,他后来因长期研

---

  ① 见胡适:《我们走哪条路》(1930年),《答梁漱溟先生》,载胡适:《我们走哪条路》,台北:远流出版社,1986年,第6页,第30页。
  ② 见入江昭(Akira Iriye):《全球语境下的中国和日本》(*China and Japan in the Global Setting*),第41～67页。

究日本文化而被视作汉奸)和芥川龙之介的殖民主义观点导致我们不得不深入地质疑入江昭的观点。无论如何,日本对庚子赔款的使用都是颇具争议的:日本外务省严格控制了基金的使用,规定使用基金在日本学习的中国人必须"发誓效忠"于日本天皇①,而此时,欧美国家基本上允许中国自主决定基金的具体使用方式。日本规定这一基金项目必须由日本政府来支配,这种高压手段激怒了中国人。②

我认为,中国语境中欧美帝国主义和日本帝国主义之间存在的差异,使得原本就具有多层次特点的殖民占领变得更加复杂。当欧美帝国主义为一些中国知识分子所接受之时,中国知识分子却持久地抗拒着日本帝国主义。在中国语境下,与早在 19 世纪中期就谋得了治外法权的欧美国家不同,日本是一支新兴的帝国主义力量(从 1895 年的第一次中日战争开始)。在中国人眼中,日本的侵略行径也更加暴力和赤裸,具有更大的破坏性和危险性。在整个的 20 世纪 20 年代,日本一直是袁世凯傀儡政权和军阀张作霖的后台;30 年代,日本对满洲的占领,对上海的轰炸,对南京的强夺,对内蒙及中国北方其他区域的入侵,再加上抗日战争(1937—1945),以及对中国台湾、澎湖列岛和韩国的所作所为,这一切都将日本勾画成了一个贪婪的帝国主义形象,它不断地觊觎中国领土并试图通过占领行为将中国变为日本的正式殖民地。由此,马丁·伯恩特(Bernd Martin)认为,日本在中国既实行了正式殖民的帝国主义,也实行了非正式的经济渗透。③ 这也是皮亚提(Mark R. Peattie)将日本定位为在中国的最为"贪婪的军事存在"的原因,其政府是"最具挑衅性的外国宪兵",事事都试图以军事暴力手段来解决。④

上面,我们分析了中国境内的日本帝国主义与欧美帝国主义之间

---

① 见 Sophia Lee:"The Foreign Ministry's Cultural Agenda"。
② 见社论《中日文化事业》("Sino-Japanese Cultural Enterprises"),载 *The Chinese Nation* 第 1 卷第 44 期,1931 年,第 1165~1166 页。
③ 见 Bernd Martin:《日本帝国的扩张政治学》,第 78 页。
④ 见皮亚提(Mark R. Peattie):《日本在中国通商口岸的居处,1895—1937》("Japanese Treaty Port Settlements in China,1895-1937"),载 Duus、Myers、Peattie:《日本在中国建立的非正式帝国》,第 201~207 页。

的区别。我之所以作出这种描述,并非为了赦免欧美帝国主义,而是为了突出中国和在华多种帝国主义之间的不均衡的殖民关系,进而将半殖民主义的复杂性呈现为一种文化、政治和经济形态。即便对于欧美势力,中国也以各不相同的方式对待每一种势力。正如利大英(Gregory Lee)指出的那样,在英国获得经济支配权之时,法国则更多地卷入了文化领域的统治,因为后者在经济剥削的企图中遭到了失败。因此,中国人对英国及其文化抱有更大的反感,而对于法国及其文化则怀有偏爱。① 在不同的时间和空间里,中国人对不同势力的理解也会随之变化。在本书中,我意识到了这些关系会根据时间的变化而发生相应的历史变化,同时我也警醒地描述着中国文化在对西方和日本进行表达之时,因空间变化而作出的不同表述。在这个意义上,本书通过对处于不同地点(北京和上海)和不同时间(1917—1937)的中国现代主义的描述,主要关注于中国现代主义作家各不相同的文化立场。

文学史中的中国现代主义

20世纪80年代至90年代早期,中国的文学批评界开始揭穿由国家倡导的社会主义现实主义的文学意识形态,一场规模不大但却颇具影响力的文学运动自觉地将西方现代主义宣布为自己的前辈。② 而在此之前,即便是未被断然禁止,现代主义也是一个不被考虑的主题。意识形态色彩过重的文学史写作,系统地遮蔽了那些具有显明现代主义倾向的作家的作品。这些文学史将中国现代文学的发展历程与共产主义革命的政治进程紧密相连,并且根据文学作品对革命实践的参

---

① 见利大英(Gregory Lee):《游吟诗人、喇叭手和喧闹制造者》,第74页。
② 见王瑾:《高度的文化热:邓小平中国的政治、美学和意识形态》(*High Cultural Fever: Politics, Aesthetics, and Ideology in Deng's China*),Berkeley:University of California Press,1997年;张旭东:《改革开放时代中国的现代主义》(*Chinese Modernism in the Era of Reforms*),Durham:Duke University Press,1997年。

与程度的高低来判定文学的优劣。这些文学史使得(社会主义)现实主义成为了构成真正文学作品的必备要素。现实主义一般被理解成"反映现实"的写作风格。由于它非常适用于其时急迫的革命事业,因此现实主义很快就被尊奉为民国以降的文学正典。同时,由于现实主义具有较强的可移植性,同时又被充分地中国化了,所以现实主义与西方政治文化势力之间不存在什么拉扯不清的关系。在这种文学史写作模式下,现代主义在文学史上所扮演的角色自然就比较尴尬了。现代主义被理解成是对中国文化自主性的一种威胁。有人认为,现代主义的表达方式和哲学观念体现了对西方文化霸权的屈从和对资本主义堕落的自愿投降。然而,既然现实主义和现代主义都是在20世纪早期被引进中国的,那么,对前者推崇和对后者非议的做法就更多地体现出这种有选择性赞同背后所蕴涵的文化政治和意识形态。文学批评家们实际并未很好地揭示出这两种模式各自拥有的基本特征。

在今天仍然具有不可替代之意义的唐弢和严家炎的文学史《中国现代文学史》(1979—1980,共三卷)中,对于中国现代主义的话题,他们仍然保持着沉默。王瑶的《中国文学史稿》(1951年)使中国现代文学成为了一门学科。这部现代文学史的早期经典正好清晰地证明了意识形态对文学史写作的掌控。例如,在分析戴望舒的现代主义诗歌时,王瑶虽然承认戴在技巧上的努力,但却草草地下结论道:他的诗歌是一种对社会实践的逃避,因此是"不健康的"。[1] 1990年,上海著名的现代主义者施蛰存(生于1905年)就曾毫不含糊地指出,中国没有文学史,有的只是政府颁布的"文学宪法"。[2] 20世纪80年代,政治对文化的控制变得相对温和,一些"修正主义的"文学史承认了现代主义写作的存在,但这些文学史的作者仍然用意识形态批评来限定这种承认。他们将现代主义描述为对西方文学风格的谦卑模仿和对西方资本主义中产阶级之堕落的投降。除了必要的意识形态批评,在对民国

---

[1] 见王瑶:《中国新文学史稿》第1卷,上海:上海文艺出版社,1982年,第225页。
[2] 见郑明娳、林燿德:《中国现代主义的曙光:与新感觉派大师施蛰存先生对谈》,载《联合文学》第69期,1990年,第136页。

以降的中国现代主义予以部分还原方面,严家炎新近的著作《中国现代小说流派史》和杨义的多卷本《中国现代小说史》(1986—1991,三卷本)起到了示范作用。① 事实上,正是因为严家炎的细心研究和具有开拓意义的著作,上海的现代主义(新感觉派)才得以在 80 年代晚期为人们所承认,而这恰恰是中国现代文学史上最为重要但却久已被人遗忘的一环。

写于美国的文学史在对中国现代小说进行讨论时,并不鼓励使用"现代主义"这一术语。② 这主要因为:第一,过分地以西方文学批评"优越的"和"普遍的"标准去衡量中国文学的倾向,导致了没有中国文本能够配得上"现代主义"的限定词;第二,无法看到研究所必需的原始资料;第三,文学史可以对"次要"的文学运动不予重视。在这三个原因中,第一个最成问题,需要我进行一些分析。我们需要区分下面两种做法:将中国现代文学放在西方现代主义对立面上的做法,与将西方理论运用于中国文本以证明后者复杂性的做法。在前一种情况下,"西方"文本与中国文本处于一种等级关系之中。这种情况促成了类似下面的陈述:因为詹姆斯·乔伊斯(James Joyce)最好地掌握了意识流的写作技巧,没有中国作家能够在美学成就上达到他的水平,因此中国文学不应该被称作是现代主义的。而且,这种欧洲中心主义的姿态和所谓的汉学本土主义(sinological nativism)达成了惊人的一致。对于汉学本土主义者来说,现代主义在中国的缺乏正好证明了中国文

---

① 见严家炎:《中国现代小说流派史》,北京:人民文学出版社,1989 年;杨义:《中国现代小说史》全三卷,北京:人民文学出版社,1986 年、1988 年和 1991 年。

② 在美国谈论民国诗歌比谈论中国现代小说的气氛更为开放。我认为,这与诗歌在现代中国文化想象中所扮演的次要角色有关。在现代中国,小说是主要的文类。有关民国以降中国诗歌的讨论请见梁秉钧《对抗的美学:中国诗人中的现代主义一代之研究,1936—1949》(*Aesthetics of Opposition: A study of the Modernist Poetry Generation of Chinese Poets, 1936-1949*),圣地亚哥加州大学,博士论文,1984 年;利大英《戴望舒:一个中国现代主义者的生活与诗歌》(*Dai Wang-shu: The Life and Poetry Since 1917*),Hong Kong: Chinese University Press,1989 年;叶维廉《防空洞里的抒情诗:中国现代诗选 1930—1950》;张枣《1917 年以降中国现代主义诗歌的发展和连续性》("Development and Continuity of Modernism in Chinese Poetry Since 1917"),载文棣(Wendy Larson)、魏安娜(Anne Wedell-Wedellsborg)编《外在的内部:中国文学文化中的现代主义和后现代主义》(*Inside Out: Modernism and Postmodernism in Chinese Literary Culture*),Aarhus, Denmark Aarhus University Press,1993 年。

学的独特性,也使文化差异得以保存下来。但无论是出于忽略还是出于更为"有意识的"对中国文化差异性的保护,其结果都是一样的,即导致了中国现代主义的闭塞。在这个意义上,一些人宣称,在中国,"现代"文学是不可能的[①];与此同时,另一些人对"西化"的中国文学进行排斥,斥责其不具有充分的中国性。前一态度已经受到严肃的挑战,批评者认为这种态度正显示出用欧洲中心的标准来衡量现代中国文学的做法。而后一种姿态也已被周蕾以其充满感情的雄辩论述加以了批判,周蕾指出,在现代中国,我们必须承认"中国性"已被西化的"给定性"(givenness)规定是一种历史的事实。[②]

欧洲中心主义和汉学本土主义共谋,再加上中国共产党一度的政治排外主义,其结果即是不允许从理论、历史或文本等角度对中国的现代主义进行持久一贯的研究。概括说来,民国以来的现代主义,要么被批判为道德堕落、颓废和逃避现实,对中国人既不适合也毫无用处,是一种肤浅而又简单的堕落叙述,是西方现代主义的卑鄙模仿者,要么就因为其与西方的亲缘关系而被批判为伪造的中文。这种反现代主义的论点极易获得赞同:所有文学运动都孕育于一套特定的社会条件,而使现代主义在西方成为可能的条件并不存在于中国,因此中国的现代主义在理论上是不可能的。这些论调与西方现代主义之欧洲中心的历史编纂法相共谋,强调隐藏在明显的世界性修辞下的特殊性,导致了现代中国的现代主义在文学史上的缺席。

只有当西方现代主义的"影响"变得无可争辩之时,比如在20世纪60年代中国台湾的现代主义运动和20世纪80年代中国内地受西

---

① 詹纳尔(W. J. F. Jenner)问道:"中国现代文学可能吗?"回答是决然的"不"。詹纳尔下结论道,20世纪中国文学不是"现代的",因为它不完全属于"现代世界"。意即中国作家不理解被现代"早期思想家们视为坚实基础的深渊感"。见詹纳尔:《中国现代文学可能吗?》("Is Modern Chinese Literature Possilble?"),载顾彬(Wolfgang Kubin)、瓦格纳(Rudolf G. Wagner)编:《中国现代文学和文学批评集》(*Essays in Modern Chinese Literature and Literary Criticism*),Bochum: Studienberlag Brockmeyer,1982年,第192~230页。引用见第194~195页。

② 见周蕾:《序》,载《女性与中国现代性:东西方间的阅读政治》(*Women and Chinese Modernity: The Politics of Reading between West and East*),Minnesota: University of Minnesota Press,1991年,第Ⅺ~Ⅻ页。也可见她对中国研究中之东方主义的批评,见周蕾:《写在家国之外》,第1~26页。

方现代主义启发的写作热潮中(后者以1982—1983年围绕着"马克思主义的现代主义"的争论的爆发为高潮),本土的现代主义才又成为了文学史的合法话题。①有关民国以降现代主义的研究,至少会带来现代中国文学研究的一种新范式,它不仅要求对文学史进行反思,而且要求对历史编纂法进行反思。作为叙述结构的历史编纂法被特定语境下的意识形态命令所规训,进而构成了文学史写作的基础。要讨论民国时期的现代主义,首先必须与那些由国家支持的马克思主义的文学史话语保持距离,因为这种话语专为着使共产主义运动取得合法性和使资产阶级失去合法性的目的。其二,我们必须与欧洲中心主义和汉学本土主义的话语保持距离,要将中国现代主义放回到现代中国的历史和文化语境中来进行考察,进而重构起中国现代主义与其他历史和文化之间的联系和协商。

然而,即便撇开马克思主义意识形态和欧洲中心主义不谈,我们仍可能发问:为什么我们在确认和讨论民国以来的文学文本时,必须坚持使用"现代主义"这一术语呢?难道保留"现代主义"的术语不是欧洲中心论普遍性的另一种投影吗?作为一种回答,我们可以将现代主义定位为一种需要研究的问题意识(problematique),因为现代主义在文学史中的缺席正暴露出对这一术语的焦虑感。这一焦虑感还向我们暗示了掌握着霸权的现实主义批评话语的有限性,当然这也在一定程度上暗示了中国现代文学研究中浪漫主义批评话语的有限性。在这个意义上,现代主义是一种手段,我们可以用它来命名那些既超越了现实主义的相关要求和形式束缚,又不似浪漫主义(包括了革命的浪漫主义和资产阶级的浪漫主义)之英雄主义那般感情喷涌的文学

---

① 见张颂圣:《现代主义与本土的反抗:台湾当代小说》(*Modernism and the Nativist Resistance: Contemporary Chinese Fiction from Taiwan*), Durham: Duke University Press, 1993年;文棣(Wendy Larson):《现实主义、现代主义和中国的"反精神污染"运动》("Realism, Modernism, and the Anti-'Spiritual Pollution' Campaign in China"),载 *Modern China* 第15期,1989年,第37~71页;文棣、魏安娜编:《外在的内部:中国文学文化中的现代主义和后现代主义》。

实验。①

对此问题的另一个答案蕴藏在对另一问题的问答之中：如果我们在中国语境中部署了现代性和现代化的话语，也宣布了作为一种普遍价值的现代化经验，那么我们为什么不可以运用"现代主义"这一术语？这一问题并非是问"现代主义是否是一种合法性范畴"，而是问"谁在现代主义的缺席中取得了合法性"。如果说现代化理论又一次证明了中国的"落后"，那么，与之相关的现代主义在中国文化实践中的缺席则巩固了西方作为现代文化唯一所有者的地位，于是，中国被贬谪到前现代的范畴之中。"中国"无疑再一次成为了实证主义研究或东方学幻想的对象。②

更为重要的是，我们使用"现代主义"一词是有历史之根本依据的，这种使用切合于现代中国半殖民语境下特定的话语构成。正如下面几章将要论述的那样，"五四"时期以降，众多小说作家自觉地挪用了西方和日本现代主义写作的技巧、形式和情感。他们引入和翻译了西方和日本的现代主义作品，并且以他们所理解的现代主义方式去进行创作，进而设想出一种中国的现代主义理论（虽然是以碎片化的方式），并进一步将理论附诸有价值的实践之中去。这种写作主体十分重要，因为通过经历"现代主义阶段"，许多早年也许是浪漫主义者的作家后来又变为了现实主义者或自然主义者。③ 在好多位中国现代文学的主要作家身上，我们都可以看到这种从浪漫主义到现代主义再到

---

① 关于中国的"现实主义"，请见安敏成（Marston Anderson）：《现实主义的限制》（*The Limits of Realism*），Berkeley：University of California Press，1990 年；王德威：《二十世纪中国小说中的现实主义：茅盾、老舍和沈从文》（*Fictional Realism in Twentieth Century China：Mao Dun，Lao She，Shen Congwen*），New York：Columbia University Press，1992 年。关于浪漫主义，请参见李瓯梵：《现代中国文学的浪漫派一代》（*The Romantic Generation of Modern Chinese Writers*），Cambridge：Harvard University Press，1973 年。

② 见周蕾：《写在家国之外》。

③ 我认为，这暗示着现代中国文化话语的暧昧性和易变性。众多作家经历了看起来相互矛盾的不同阶段。例如，根据不同的文本语境，鲁迅既可被称作现实主义作家，也可被称作是现代主义作家，或者是象征主义作家。德里克（Arif Dirlik）对中国政治思想家也作了相似的观察：许多马克思主义者和国民党成员，虽然他们在意识形态上彼此不容，但都经历过相类似的无政府主义阶段。见德里克：《中国革命中的无政府主义》（*Anarchism in the Chinese Revolution*），Berkeley：University of California Press，1991 年。

现实主义/自然主义的转变轨迹,比如郁达夫和郭沫若。甚至是鲁迅也曾广泛地运用现代主义的形式和技巧来写作。20世纪20年代晚期,一场明显的现代主义文学运动已经在上海形成。随着北京与上海之间差别的日益加大,北京和上海的现代主义者的现代主义书写开始出现差异。

更为"先进的"西方文化知识激发(既在"自觉受启发"的积极意义上,也在"被迫遭遇"的消极意义上)起了大规模的重新定位,而这种重新定位又塑造形成了民国时期的文化产品。这些文化产品被迫与西方文化知识进行着各种"协商"(既包括"合作"的积极意义,也包括"抵抗"的消极意义)。① 然而,我们还没有揭露出,现代主义写作的这种协商行为背后的政治策略及其复杂性。作为一种对20世纪早期西方和日本现代主义之方式、形式和技巧予以自觉挪用的写作形式,现代主义形式被认为是获得文化现代性的最不"过时的",即最入时的手段,而民国时期的现代主义无疑是此类协商行为中最为重要的一环。而且,即便不具备范式作用,对于理解对西方和日本话语(无论是哲学的、文化的,甚至是政治的)的其他挪用行为来说,民国时期现代主义之协商行为的复杂方式仍具有重要的参考价值。由于中国现代主义与西方和日本现代主义在时间上十分接近(在目的论历史的话语中),因此,中国的现代主义也许体现了对文化现代性最为强烈的探寻,进而,中国也就成了现代性追寻之文化政治表现得最为显明的地点。

---

① 此处我借用了斯皮瓦克(Gayatri Spivak)的术语"协商"(negotiation)。作为一个后殖民批评家,斯皮瓦克用这一术语来强调,无论我们是对西方理论加以忽略,还是为它的不充分性作出辩解,与西方理论协商都具有相当的重要性。见斯皮瓦克:《在教育机器之外》(*Outside in the Teaching Machine*),New York:Routledge,1993年,第128页。

第一部分

渴望现代:"五四"的西方主义和日本主义

第一章　时间、现代主义和文化权力：地区性的结构

> 东西文化的差异，其实不过是时间上的……是时间上的迟速，而非性质的差异。
>
> ——瞿秋白(1923年)

> 与浴火凤凰一样，他们只有在自我献祭之后方能获得重生。
>
> ——陈思和(1990年)

"五四"时期(1917—1927)，在对中国文化和文学所进行的激进反思中，时间而不是空间成为了决定性的范畴。也就是说，"五四"精神最为完美的体现即是跃入现代的渴望。尽管现代被认为是西方和西化了的日本的所有物，但人们坚持认为，现代也同样普遍地适用于那些尚在追赶西方和日本的落后国家。例如，郭沫若的那首据说是抓住了"五四"精髓的著名诗篇《凤凰涅槃》，就描画出了凤凰再生的剧烈转变。死亡与再生的线性过程构成了一个完美的隐喻，即：如果"五四"知识分子想要在新的现代中获得重生，那么所有的中国"传统"就必须被毁灭。传统的死亡是中国向现代神奇跃进的前提条件，因为只有消灭"传统"，"新鲜"、"甘美"、"光明"、"热情"、"欢爱"的年轻的新自我才会在死灰中更生。①

---

① 见郭沫若：《凤凰涅槃》，载《女神》，北京：人民文学出版社，1957年，第30~42页。

为了使这种向现代的神奇跃进成为可能,现代还必须是一个拥有普遍标准的可估量的具体实体。换句话说,只要付出预期的努力,人们便可达到这一普遍标准。这一可估量的时间是达尔文主义意义上之线性发展的时间,是黑格尔意义上之"世界历史"的时间,是现代西方时间表中全球意识出现的时间。在本章中,我将通过分析线性时间的意识形态来考察"五四"的主体性问题,而这一线性时间观正潜存于以中西文化差异为理论基础的"五四"启蒙话语之中。我将特别关注"新浪漫主义"(或者可以说是"新罗曼主义",由于"现代主义"仍处于形成调整的过程中,因此知识分子们先从日本挪用了这一新词)话语和西方现代主义哲学话语的译介(尼采、柏格森和弗洛伊德)。当然,由于"五四"时期相互竞争的多元化结构,我并不打算把我的研究做得面面俱到,更不打算为"五四"现代性和现代主体性的构成提供一个所谓的定义,我研究的目的在于关注"五四"主体性中的那些"使得时间思考方式之地位远远地高于空间思考方式之地位"的主要因素。

我认为,在地区性话语语境中,线性的时间思考方式将合法性赋予了诸如反传统主义和世界主义等主要的"五四"启蒙议程。其中,现代主义是一个重要的文学表述。这一合法化过程在以下几个方面发挥了作用:其一,它使得知识分子将循环往复和朝代更替的传统时间模式视为重复和凝滞的模式,进而对之加以否弃,同时,它也加剧了"五四"知识分子的反传统主义和偶像破坏情结。其二,通过将中国看作是西方的过去,知识分子得以创造出一个不以民族国家或民族性作为唯一划分标准的"世界主义意义上的主体性",进而为自己在全球语境中谋求到一个跨越国界的中介身份。其三,在中国语境中,这一跨越国界的中介性的"世界主义意义上的主体性"也就自然带上了几分受世人尊敬的文化权力色彩,因为这种新的文化资本形式仅仅属于那些已经"受到启蒙"的少数人。以上的这些合法化过程正是"五四"主体性在地区性话语语境中的表达。

然而,在跨文化的全球性话语语境中,持有线性历史观就意味着使中国的过去屈从于黑格尔哲学的批判,而这种批判彻底地打断了中国历史从过去到现在的连续性,打破了中国的主体性观念。因此,传统(中国的和特殊的)与现代性(西方的和普遍的)被看成是两相分歧的、不连续的和截然对立的两个范畴。换句话说,为了将传统视作是古老和过时之物而予以否弃,为了在"现代性"与传统之间制造断裂和不连续性,为了创造出一种以现在和未来为先的新的主体性,线性时间的意识形态创造出了"传统"。①

这一意识形态的显著目的之一即是为了服务于"五四"知识分子与西方平起平坐的梦想。一旦把时间看作是中西之间的唯一区别,那么,中国就有可能在这个由西方支配的世界中,通过尽可能快地赶上西方而成为与西方平等的伙伴。然而,他们忽视了西方线性时间观念背后所蕴涵着的具体化了的等级制度。这种等级制度通过"先进/落后"等等的二元区分来确定西方的优越性,并将第三世界固定在永恒的过去。② 正是因为对此等级制度的忽视,"五四"知识分子乐观地认为,中国有可能在未来与西方接轨、与西方"同时"。本章开头引用的"五四"领导者之一瞿秋白(1899—1935)的话就是极好的例证。在这个意义上,"五四"主体性的地区性内涵与全球性内涵之间所存在的矛盾关系,从一开始就给"五四"的世界主义带来了麻烦。我将在第五章对这种全球语境予以详细分析。

在西方,现代的主体性是以过去和现在之间的非连续性为自身存在的假设前提的,而这一现代的主体性也可同时被看作民族国家时间轴线上的主体性。在本尼迪克特·安德森(Benedict Anderson)著名的描述中,现代民族国家的时间观是一种进步的时间观,一种将现在与过去割裂开来的叙述。它表述了一种由过去到未来的进步。民族国家的时间观将时间重组进标准的、统一的和同质的时间单元之中,进而使得时间在编年方式中得以稳步地前进,最终跨越空间而成为共时性的存在。这是一种新的时间概念,可以为跨越广大地理空间的众多

---

① 我认为,传统与现代作为现代中国学术中明显两分的范畴,事实上是"五四"启蒙话语的遗产。见下文的分析。

② 黑格尔哲学的世界历史是进步主义(progressivist)理论的极好代表。这种理论对亚洲的"落后"国家予以诽谤,认为后者是不自由的和未受启蒙的,同时这种理论又将西方设立为历史无须质疑的目的。见黑格尔(Georg W. F. Hegel):《历史哲学》(The Philosophy of History),J. Sibree译,New York:Dover Publication,1956年,第一部分,"东方世界",第111~222页。

同时代人所共享,帮助这些人去想象一个作为民族国家的共同体或集合体。① 在这一观点中,通过将时间标准化为一种可以被客观测量的动力引擎,线性时间观使得现代民族国家主体成为了可能。当然,正如安德森的批评者曾经提到的那样②,这种研究模式实际存在着局限性。这一研究模式在很大程度上类似于"五四"时代的线性时间观,即便二者抱着完全不同的目的。通过采取线性时间观,"五四"知识分子想象自己能够在扩大的世界共同体中成为西方的同时代人,并与其他国家一样成为现代性的一员。如果说,线性时间观在西方帮助激发了民族国家意识,那么,它在"五四"时期的中国则预告了一种跨国意识或曰全球意识的出现。

我们不能将"五四"中国对现代线性时间观的采纳简单地视作是西方民族国家之线性时间观念的翻版,我们不能将之看作是另一个对过去与现在的隔断。这是因为中国的中断是受到了西方时间观念的影响,是迫于西方帝国主义的压力而被迫作出的选择。③ "五四"中国对传统断裂性的鼓吹,要比西方来得更为激进,打击面也更大。因为"五四"不连续性话语的必要性,与其说是源于在内部发展起来的现代性观念,还不如说是源于从西方横向移植过来的现代性观念,而已经获得证明的西方优越性又进一步加强了这种不连续性话语的权威性

---

① 见本尼迪克特·安德森(Benedict Anderson):《想象的共同体》(*Imagined Communities*),London:Verso,1992年,第22～26页。

② 见霍布斯鲍姆(E. J. Hobsbawm):《1780年以来的民族与民族主义》(*Nations and Nationalism Since* 1780),Cambridge:Cambridge University Press,1990年。他批评安德森在某些有关不确定的和摇摆不定的实体的问题上过于匆忙地结束了讨论,比如印刷资本主义、族群和语言等等,这些都在民族意识的构成中实际发挥了作用。

③ 将现代性视作是"为了建构一个新的而与传统保持的一种决裂姿态"的各种西方理论,都来自于福柯和马歇尔·伯曼(Marshall Berman)。丹尼斯·瓦什本(Dennis Washburn)则将现代性定义为日本的非连续性。我在这里并非要反驳他们的观点,而是要提醒人们注意导致中国的非连续性的不同原因和中国非连续性所具有的特征,换句话说,中国语境中作为非连续性的现代性(对于瓦什本研究中的明治日本也是如此)更多是因日本和西方帝国主义而生出的必需性。中国现代性所排斥的中国传统,与西方现代性所抗拒的东西也存在着本质上的不同。在这个意义上,所谓的主体性和本土传统丢失的问题必须在第三世界的特定语境中被思考。见马歇尔·伯曼(Marshall Berman):《一切坚固的东西都烟消云散了》(*All That Is Solid Melts into Air*),New York:Penguin Books,1988年;丹尼斯·瓦什本(Dennis Washburn):《日本小说中的现代困境》(*The Dilemma of the Modern in Japanese Ficiton*),New Haven:Yale University Press,1995年。还可以参考福柯的任何一本著作。

和说服力。黑格尔在论述亚洲人和西方人时所用的"凤凰"比喻极好地说明了这一点。当中国凤凰不得不以死亡来换取新生(前面提到的郭沫若诗歌也如是说)之时,黑格尔的西方凤凰正在从它先前的肉身中汲取力量以酝酿出一种新形式。在具有显著特征的黑格尔辩证法运动中,褪去旧形式的做法彰显出了作为黑格尔绝对精神之化身的"凤凰"的"崇高与高尚";然而这并不意味着否定过去本身,绝对精神"再造了存在,所以前行者都为后来者提供了物质材料,而精神通过劳动将这些物质提升为一种新的形式"。这样一来,变化即是"对自身的苦心经营"(强调我的)而非对自身过去的否定。① 与黑格尔的凤凰不同,"五四"的凤凰并不关心自身的过去,而是对过去加以简单的抛弃;人们不能奢望其中包含有任何的连续性。带着某种欧洲中心主义的情绪,黑格尔在"五四"的前一个世纪对西方人和亚洲人的"凤凰"隐喻作出了上述的区分。颇为讽刺的是,一个世纪后,"五四"知识分子使这种理论区分成为了现实。因为急于否定传统的种种合法性,"五四"知识分子不自觉地证明和支持了黑格尔有关亚洲凤凰的观点。这一反讽表明了黑格尔的观点在"五四"有关现代性的思考中拥有着普遍的影响力。

时间与文化差异

为了从根本上对中国传统进行揭露,知识分子对中国传统和西方现代性在文化层面上的关系结构作出了明确的表述,认为二者构成了明确的二元对立关系。我们可以用这一二元对立来解释"东西文化论战"中出现的诸多"五四"启蒙话语。这种二元对立的逻辑将新的现代主体性放在了黑格尔所谓世界历史的中心位置上。在诸如陈独秀(1879—1942)、李大钊(1889—1927)、瞿秋白等等启蒙知识分子的著

---

① 见黑格尔:《历史哲学导言》(*Introduction to the Philosophy of History*),Leo Rauch 译,Indianapolis:Hackett Publishing Company,1988 年,第 76~77 页。

作中，他们概括了以下一系列的二元对立：

中国：	西方：
旧	新
古老/过去	现代/现在
传统的	现代的
精神的	物质的
心理的	物理的
封建的	法治的
农业的	工业的
和平主义的	黩武主义的
以家族为本位	以个人为本位
感情	法治
静的	动的
直觉的	理性的
悲观的	乐观的
宿命论的	有创造力的进步的
依赖的	独立的[①]

在这些二元对立中，时间的价值尺度被附着在每一组二元对立之上，以至于所有属于西方的特点都与"新的"和"现代的"相符合，而属于中国的特点则与"旧的"和"传统的"相对应。时间变成了中西文化差异的最终衡量标准。在这个意义上，中国只需要克服掉自身的落伍性和过时性，便可以将自身转变为"现代的"。

这些二元对立的想法不仅仅流行于反传统主义者之中，更重要的是，即便在那些对"五四"反传统主义持反对态度、坚持温和立场的人那里（即所谓的"折中派"那里），这种二元对立逻辑依然存在。《东方杂志》的编辑杜亚泉（1873—1933）就曾以"静的"中国文化来对抗"动

---

① 可参见陈崧编：《五四时期东西文化问题论战文选》，北京：中国社会科学出版社，1989年。在"前言"（第1~33页）中，陈崧对主要的有关文化差异的立场作了一个很好的概括。

的"西方文化①,常乃惪(1898—1947)也曾附和过由反传统主义者建立的二元对立:

东方文明的特色:	西方文明的特色:
重阶级	重平等
重过去	重现在
重保守	重进取
重玄想	重实际
重宗教	重科学
重退让	重竞争
重自然	重人为
自出世	重入世②

正如大家所见,"静"相对于"动"、"和平主义的"相对于"黩武主义的"、"精神的"相对于"物质的"等等的二元对立范畴,都是既服务于对中国进行中伤的反传统主义者,又服务于对西方进行批判的传统主义者。二元对立中的每一极都无可避免地被赋予了或根本消极或完全积极的含义。对于一个处于西方枪炮威胁中的国家来说,"黩武主义"可能变成一个重要的改革目标(正如晚清洋务派所做的那样),而对于那些退守"融洽和非暴力的和平主义"的传统主义者来说,"黩武主义"又是颇成问题的。当然,上述二者的共同点在于:他们都轻率地对中西文化差异加以了本质化处理,更以时间的价值尺度来考量这些二元对立的范畴。从中,我们很容易地看出,这种二元对立逻辑和西方欧洲中心主义的帝国主义想法之间存在着某种理论关联。而这种理论关联一直坚持一种线性的时间隐喻:这种隐喻将非西方归并进历史和

---

① 见伧父(杜亚泉):《静的文明与动的文明》(1916年),载陈崧编:《"五四"时期东西文化问题论战文选》,第23~31页。
② 常乃惪:《东方文明与西方文明》(1920年),载陈崧编:《"五四"时期东西文化问题论战文选》,第287页。

过去之中,同时又对非西方与西方的共时性给予了否认。①

虽然历史和文化的线性发展观使得后世的文化历史学家颇感困扰,但就"五四"时期特定语境下人们对现代性所作出的理解来说,线性发展观恰是其最为显著的特征。② 空间被纳入了时间的范畴,只有在时间性的意义上才能被理解,或者将空间翻译成与时间性相对等的含义。无论是对资本主义的意识形态(胡适)来说,还是对社会主义的意识形态(瞿秋白和陈独秀)来说,有关现代性的时间性观念都控制了"五四"的文化启蒙话语。反过来,这一目的论的说法也变成了确定"中国文化"劣等性的理由,并在此基础上产生了吴稚晖(1865—1953)把中国国粹扔到茅厕里去的极端论断③和"五四"有关中国应该经历"全盘西化"的权威断言。

有许多例子可以被用来证明这种急于西方化的思想倾向。这一时期出版的文学杂志大都有一个标志着"现代性的新时代开始了"的刊名,比如《新青年》、《新潮》、《创造》、《曙光》等等。④ 同时,"文学史"的概念被人们用来描述过去与现在之文学在时间上的差异性,并进而描画出通向文学现代性的新道路。截至1933年,大约已经出版了十几部综合的中国文学史。⑤ 另一个重要的、也许不无幽默意味的现象是,中国作家采用了达尔文主义式的姓名:杨天择、孙竞存、张竞生和胡适(从短语"适者生存"而来)。⑥ 这些例子颇为讽刺地证明孔子的

---

① 南迪(Ashis Nandy)在他在加州大学所做的讲演《野蛮的弗洛伊德》("The Savage Freud",1995年4月25日,洛杉矶)中描述了帝国主义的所作所为。也可参见南迪:《野蛮的弗洛伊德及其他有关可能实现和可能恢复之自我的文章》(*The Savage Frued and Other Essays on Possible and Retrievable Selves*),Princeton:Princeton University Press,1995年。

② 见李瓯梵:《追寻现代性》("In Search of Modernity: Some Reflections on a New Mode of Consciousness in Twentieth Century Chinese History and Literature"),载柯文、Merle Goldman编:《跨文化观念》(*Ideas Across Cultures*),Cambridge:Council on East Asian Studies,Harvard University,1990年,第109~135页。

③ 见胡适:《文化冲突》(1929年),载罗荣渠编:《从西化到现代化》,北京:北京大学出版社,1990年,第365页。

④ 有关"五四"文化中充斥的"新",请见李瓯梵:《追寻现代性》。

⑤ 例如胡适:《白话文学史》;谭正璧:《中国文学进化史》;郑振铎:《插图本中国文学史》;顾实:《中国文学史大纲》。

⑥ 见格里德(Jerome B. Grieder):《胡适与中国文艺复兴》(*Hu Shi and the Chinese Renaissance*),Cambridge:Harvard University Press,1970年,第27页。

"正名"行为。现在,名字不再被用来赞扬德性,而是被用来反映达尔文主义意义上的目的论。

时间与新浪漫主义

中国知识分子对线性时间观的热情采纳也同样体现在原现代主义者的新浪漫主义话语中。① 对于一些中国作家和批评家来说,20世纪一二十年代的新浪漫主义体现了文学的最新发展,新浪漫主义是当时最为先进和最为现代的文学潮流。作家和批评家们将这一现代主义写作潮流看成是进步过程的最后一阶,又将对新浪漫主义的认知和加入看成是自身文学现代性的完成标志。重要的文学杂志发表了那些为西方现代主义思想奠定思想基础的主要哲学家和思想家的著作,其中最为著名的思潮有:尼采的存在主义、柏格森(Henri Bergson)的时间理论和生命哲学、埃利斯(Havelock Ellis)的性心理学,以及弗洛伊德(Sigmund Freud)的精神分析理论。除了这些哲学著作,这些杂志还选译了19世纪末20世纪初的早期西方现代主义文学。中国人对"现代主义"这一特定术语的首次使用,极有可能是引自日本著名文学史家昇曙梦(Noboru Shōmu,1878—1958)1921年的文章(从日文翻译过来)。在文中,英文"modernism"被翻译和引用为modanpai,即中文的"现代派",并曾一度和"新浪漫主义"交替使用。在这篇文章中,昇曙梦认为,由于19世纪90年代俄国的颓废派象征主义信奉尼采式的个人主义、法国象征主义和易卜生主义,因此它在很大程度上得益于西方的现代主义。这一团体中最受人尊重的代表人物有索洛

---

① 对于怎样定义"新浪漫主义",西方的批评家和文学史家并没有达成一致的建议。但是他们对新浪漫主义这一术语的基本运用却有别于日本和中国的用法。Bernarda C. Borers 在《新浪漫主义者的神秘主义》(*Mysticism in the Neo-Romantics*, Amsterdam: H. J. Paris,1923年)中用这一术语来形容拉斐尔前派(Pre-Raphaelite)。而 Paul Volsik 则将他描述为对20世纪30—50年代对现代主义的反抗,见 Paul Volsik:"Neo-Romanticism and the Poetry of Dylan Thomas",载 *études Anglaises* 第42卷第1期,1989年,第39~54页。中国概念和 Borers 的相似点在于对神秘主义的强调。

古勃（Fyódor Sologúb）、勃留索夫（Valéry Bryúsov）、勃洛克（Aleksándr Blok）和安德列耶夫（Leoníd Andréev）等等。① 昇曙梦这篇文章的重要性还不仅仅在于它标志着"现代主义"这一术语在中国的第一次使用，更在于文中所提到的那些作家其时都已经被译介进中国，并且正在中国现代主义写作形式的形成过程中扮演着重要的角色。"中国现代主义"之父鲁迅的作品恰好证明了这一点。

毫无疑问，此处的现代主义再次呈现出某种时间性的含义（而非空间性的含义）。虽然这里对线性时间范畴的用法与文化论争对此范畴的用法不尽相同，但我仍从中看出了一种与西方文学"输入"中国土壤相关的特定的合理化过程。通过用时间差别来代替中西间的地理差别，西方主义被视作为中国文学的未来和文学目的论意义上的终极目标。一旦中国文学失去了特殊性，西方文学的输入也就成了顺理成章的事情。也正是在这层意义上，郁达夫提出了中国文学实际属于西方文学的血统，而非属于本土的脉络。② 曾经留学日本的田汉（1889—1968）在 1920 年撰写了一篇题为《新浪漫主义及其他》的长文。这篇文章也许是"五四"以来中国人写的有关新浪漫主义的最重要的论文。就在时间性意义上考察现代主义这一点来说，这篇文章极具代表性。

由于文学现代性被构想成了社会现代性在文化上的对等物，所以有关新浪漫主义的讨论通常使自身担负起了诸如中国国民性等等的文学以外的主题。作为一种话语的新浪漫主义，既是对中国国民性的批判，也将性别和年龄的价值尺度赋予了中国自身，同时又是文学目的论的最终目标。田汉认为，俄国之所以取得如此文学成就的重要原因之一即是因为其严酷的自然环境，因为这种环境培养了作家的斗争观念和对人类成就的强烈渴望。中国的国民性中缺乏这种斗争观念，由此中国人倾向于成为自然的奴隶。换句话说，中国人所要达到的目标正是获得与大自然作斗争的大丈夫气概，而这种大丈夫气概被田汉

---

① 见昇曙梦（Noboru Shōmu）:《近代俄罗斯文艺的主潮》，陈望道译，载《小说月报》第 12 卷第 1 期（俄罗斯文学专号），1921 年，第 1～20 页。

② 见郁达夫:《小说论》和《现代小说所经过的路》，载严家炎:《中国现代小说流派史》，北京：人民文学出版社，1989 年，第 16 页，第 28 页。

具体化为自然主义的严酷和科学倾向。希望获得自然主义的大丈夫气概的中国国民性,将要在进化的斗争中增加中国人的生存几率。田汉将生物进化论话语、文学运动和中国国民性混合在了一起,他尤其强调了作为通往新浪漫主义最终目标的自然主义的必要性。

那么,究竟什么是新浪漫主义,什么是集所有优点于一身的文学发展的最新阶段呢?田汉坚信,新浪漫主义是浪漫主义(父)与自然主义(母)的后代,因此它包含了女性和男性的特质。浪漫主义包含了拜伦(Lord Byron)的激情,而自然主义则提倡如"止水之静"的冷静理性。新浪漫主义既受益于坚持浪漫主义的神秘倾向,又以自然主义的理性来调和前者。借用日本京都大学著名的文学理论家和教授厨川白村(Kuriyagawa Hakuson,1880—1923,这位教授与去日本的中国留学生曾有密切的接触,而且他的著作在彼时的中国也十分受欢迎)曾经使用过的有关生命阶段的类比,田汉进一步将年龄的标准赋予了这三个文学运动,将新浪漫主义划为成熟的阶段:

浪漫主义:易冲动的年龄,20岁左右。

自然主义:心绪不宁的、遭遇挫折的年龄,30岁左右。

新浪漫主义:成熟的年龄,40岁左右。

虽然"五四"一代的知识分子(包括田汉自己)当时都只有20多岁,因而也不可能是中年的新浪漫主义者,但在他们所主张的时间跳跃逻辑中,新浪漫主义的阶段正是田汉"孜孜以求地盼望着的""天堂"。[①] 对现代主义天堂的渴望以及线性时间性的崇信,成为了"五四"作家和批评家对西方现代主义思想进行解释的结构原则,而这也正是我在下一部分将要进行分析的内容。

[①] 见田汉:《新浪漫主义及其他》,载《少年中国》第1卷第12期,1920年,第24~52页。在另一篇名为《可怜的侣离雁》的文章中,田汉将法国象征主义诗人魏尔伦(Verlaine)描述为"颓废的现代主义者"(《创造季刊》第1卷第2期,1922年,第3页)。"五四"时期的另一篇有关新浪漫主义的文章,见汤鹤逸:《新浪漫主义文艺的勃兴》,载《晨报六周年纪念特刊》,1924年,第229~251页。

时间与被译介的现代主义哲学

虽然有关现代主义的讨论在"五四"作品中并不多见,但西方现代主义的想法却已经得到了广泛的关注。对西方现代主义思想的介绍、翻译和批评包括了个人主义(individualism,来自尼采)、生命主义(vitalism,来自柏格森)、心理内在性(psychological interiority,来自弗洛伊德)和性欲(sexuality,来自弗洛伊德、埃利斯、厨川白村)等等的重要主题,他们使原本简单的线性时间观变得复杂起来。尼采的存在主义早在1902年就已经传入中国,并在"五四"时期得以广泛流播。在这期间,至少有三种《查拉图斯特拉如是说》的译本问世,其中两本为选译,一本是全译,而这些译本的译者则是称霸"五四"文坛的三位作家:茅盾(1896—1981)、鲁迅和郭沫若。甚至此书在中国还有一本仿作,即张水淇的《阿门独语》。此文于1926年和1927年在《一般》杂志上连载。它借用了尼采原著的寓言形式和大部分内容。尼采主要被解释为一个对抗传统和既定习俗的反叛原型。在他身上,体现了"五四"时代的反传统精神。对"五四"的知识分子来说,他不仅是"偶像崇拜的破坏者",而且是提倡"重估一切价值"、呼唤反对"奴性道德"的属于未来的超人。[①] 尼采"重估一切价值"的主张甚至吸引了温和的自由主义者胡适,他以某种不太明显的尼采风格指出了批评观点的重要性。[②] 但是,其他的存在主义哲学家,如基尔凯郭尔(Kierkegaard)、叔本华(Schopenhauer)等等,却很少被人们关注,仅被泛泛而论地提及过。[③]

超人身上所体现的对个人的推崇和对未来的乐观,正是"五四"知

---

① 见解志熙:《存在主义与中国现代文学》,台北:智燕出版社,1990年,第75页。这本书提供了迄今为止有关民国对存在主义的接受的最为广泛而又最为深入的分析,特别是其在文学文本中的呈现。

② 见格里德(Grieder):《胡适与中国的文艺复兴》(*Hu Shi and the Chinese Renaissance*),第110页。

③ 见解志熙:《存在主义与中国现代文学》,第一章,第73~116页。这一章论述了"五四"时代存在主义在哲学和文学圈子里的传播和接受。

识分子眼中尼采的魅力之所在。正如张宇红所说：

> "五四"时代所接受的"超人"，主要指陈独秀所说的具有贵族道德而非努力道德的人，即个性解放，不盲从，尊重自我意志，就是具有强者的力量的人。①

"奴性"被视作是最劣等的国民性，尼采的反传统主义被认为是对"封建遗毒"的致命一击。在"五四"之前写的一篇有关尼采的文章中，鲁迅将个人主义的知识分子看作是能够启蒙社会的"大士天才"，而"愚众"却只能将社会引向堕落。在这个意义上，后者理应被看成是"蛇蝎"而遭到憎恶。②

1908 年，当鲁迅发表上述观点之时，他主要是为了反对由技术因素推动的功利主义的晚清改革，鲁迅认为这种改革太过温和，进而呼唤一种彻底的"文化革命"；鲁迅的观点呈现出某种激进色彩，而尼采思想中体现的精英主义则正好适用于鲁迅的话语目的。但是在"五四"之前，这种精英主义是不能被公开吐露的。"五四"的启蒙和民族救亡将大众提升为革命力量。到了 1919 年，在鲁迅对尼采的偶尔提及中，我们再也找不到一点精英主义的痕迹，而尼采的反传统主义则被拥戴成通向进步未来的全部。彼时，尼采又被视作为"五四""打倒偶像"权威主张的支持者。③ 在专门讨论鲁迅的下一章中，我将对上述两种不同解读之间的关系进行更加细致的讨论。我认为，这两种对尼采的借用并不相互矛盾，而是共同奠定了鲁迅对人文主义的独特理解。在此独特理解的基础上，一方面，我们看到了带有浓重存在主义色彩的散文诗集《野草》(1927 年)，在诗集中，鲁迅以密集而又怪诞的语言和意象传达出了尼采对存在本质的追问。另一方面，我们又看到

---

① 张宇红：《现代主义文学思潮的渗透与形变》，载乐黛云、王宁主编：《西方文艺思潮与二十世纪中国文学》，北京：中国社会科学出版社，1990 年，第 134 页。

② 见鲁迅：《文化偏至论》，载《鲁迅全集》第 1 卷，北京：人民文学出版社，1981 年，第 52 页。

③ 比如，鲁迅：《随感录 46》(1919 年)，载《鲁迅全集》第 1 卷，第 332~333 页。

了《狂人日记》(1918年)中的狂人形象,这是一个向世人警告注定毁灭之命运的查拉图斯特拉般的预言者。不论是作为陷入巨大生存痛苦中的个体,还是作为一个反传统的具有社会觉醒意识的启蒙者,查拉图斯特拉的工作始终保持着人文主义者在改进个体和整个社会方面的卓绝努力。

然而,我们也许会发问,经过了话语移植和理论旅行的过程,尼采存在主义思想中所体现的精英主义是已经发生了改变,还是仍然隶属于这一话语?鲁迅首次借用尼采时所激赏的"贬斥愚众的超人话语",又如何能够毫无困难地转换为代表集体理想的话语呢?在鲁迅的例子中,这些问题的答案也许是显明的:输入西方话语且使之适用于本土语境并不属于一种完全的挪用行为,因为本土的话语机制将在挪用的过程中发挥话语约束作用。换句话说,在对话语的借用中,本土话语的特征难以抹去。鲁迅在"五四"之前所具有的精英主义思想使其容易倾向于尼采的精英主义(同样需要注意的是:这一精英主义又是如何上承儒家君子与小人之分的)。其后,鲁迅并未抛弃精英主义,而是通过一种对人文主义的特殊理解将精英主义合理化(只有个体获得改善,集体和社会才能取得进步)。在这个意义上,精英主义与以集体为目标的启蒙事业两相兼容。

"五四"知识分子对亨利·柏格森(Henri Bergson)的借用,很显然是为科学进步的理性主义范式服务的,但这恰恰是为柏格森直觉(intuition,超越理性[reason])和绵延(duration,超越线性时间)所极力反对的观念。中国知识分子悄悄掩盖了柏格森哲学本身与其中国用法之间的矛盾,以自己的方式重新解释了柏格森哲学。方珣的《柏格森之哲学》(1919年)和冯友兰的《柏格森的哲学方法》(1920年)就是这一努力的例证。方珣的文章为我们提供了"五四"进步观的意识形态误读柏格森的清晰例证。在文章的开头,方珣给出了中国人研究柏格森哲学的两个原因:其一,知识是普遍的,柏格森虽然是法国人,但这并不妨碍中国人学习和探讨其哲学。其二,柏格森的哲学不仅具有影响力,而且是其时人类进步的一股重要推动力。如果说知识普遍性和进步观赋予了学习柏格森哲学以最初的合法性,那么中国社会的特定环境则又使得这种认知变得至关重要。方珣指出了在中国社会历史上所存在的种种问题,如缺乏斗争精神和创造力,盲目尊崇祖先,缺乏活力,缺乏重要的科学发现,性别不平等,缺乏人道公平和幸福,忽视个体性,无力逃脱旧道德规范的约束等等,而所有这些都导致了一个"堕落的生活",个人自由受到压抑,社会凝滞不前。那么,柏格森的哲学又是如何改变这一状况的呢?通过帮助训练中国人的理智和直觉以促进社会的进化。方珣根据进化的线性轨迹来解释柏格森的时间概念,又根据向前发展的行动轨迹来解释历史的推动力。在"时间流"中,理智作为创造的工具而存在,特别是对诸如飞机、水上飞机、铁路、汽船、潜水艇等等机械方面的创造发明来说。另一方面,直觉则是帮助人们认识人生真谛的哲学工具。柏格森哲学考虑到个性和自由,反对旧有的道德规范。它孕育了人类进步所必需的创造精神。在这个意义上,直觉整合了知识和生命。理智和直觉共同服务于集体进步的事业。①

同样是在这个时期,20世纪中国最重要的哲学家之一、后来被列入新保守主义范畴的冯友兰,也曾就柏格森做了不少文章。虽然冯友兰更多了一些学术敏锐,但大体沿袭了方珣对柏格森的评价。在《评柏格森的心理》(1922年)一文中,他认为,人类所具有的天赋的生命活力使其与物质世界进行着不懈的斗争,最终通过创造来表达自己,生命力的释放创造性地促进了人类的进化。② 在《柏格森的哲学方法》一文中,他将柏格森的理论归于进化论的范畴,并认为直觉理论是科学的,而非神秘的。冯友兰费尽苦心地解释了,直觉是科学进程不可或缺的一部分,且柏格森实际并不反对科学。③

从这些有关柏格森的论述中,我们可以很清楚地看到下面的图景:出于实用的目的,我们更多看到的是中国哲学家们在中国语境中对柏格森的"借用",而非柏格森的真实思想。柏格森的生命和心理哲

---

① 见《少年中国》第1期,1919年,第3~7页。
② 见《三松堂学术文集》,北京:北京大学出版社,1984年,第17~22页。
③ 同上,第1~10页。冯友兰对黑格尔建立在进步和发展观念之上的线性历史观表示赞成的另一个例证,见其同时代的哲学家贺麟所著《五十年来的中国哲学》,沈阳:辽宁教育出版社,1989年,第21页。而冯友兰被划入新保守主义范畴的事实则是缘于其在1940年代以后的写作。

学被视作是唤醒国人蛰伏的创造力以促进中国社会快速发展的工具；而直觉与知识和概念一道，成为了改善人们生活的科学及其他事业的有效工具。这些哲学家毫不关心柏格森哲学对19世纪实证论哲学作出的批判，而是有选择地强调了柏格森著作中实证主义的一面。① 也正是出于类似的动机，他们夸大了尼采作为呼唤更好未来之预言者的社会功能。然而，这些功能与尼采、柏格森等在西方现代主义中发挥的作用恰恰完全相反。例如，斯丹佛·史华兹（Sanford Schwartz）曾指出，尼采和柏格森通过对恢复意识流的强调，奠定了西方现代派诗学的哲学基础。为了恢复瞬间的经验，他们在"感觉混沌"（chaos of sensations）和"绵延"（real duration）的理论中，分别对传统理论的霸权提出了挑战。② 李瓯梵也指出，中国现代性观念对进步的崇信与西方现代主义者对科学现代主义的不信任感是完全矛盾的。③

当然，如果历史地来看，我们也并不难理解西方现代主义者与"五四"知识分子的不同的哲学解读。"五四"时代的中国处于西方现代性和现代化叙述的开端，因此，类似于早期的西方现代主义者，中国对技术与科学满怀赞美之情，这种态度完全不同于所谓高度现代主义者对于科学技术所表现出的不信任态度。在西方，19世纪晚期和20世纪最初10年的早期现代主义文化，包括了技术领域的飞速发展，以及艺术领域中科幻小说的激增和未来派的建立。在《时空文化，1880—1918》一书中，斯蒂芬·科恩（Stephen Kern）仔细提供了科学、技术、艺

---

① 见杰罗姆·陈（Jerome Ch'en）:《中国与西方：1815年至1937年的社会与文化》（China and the West: Society and Culture, 1815-1937），Bloomington：Indiana University Press，1979年，第186～188页。书中提到，柏格森的影响以不同的方式持续了大约1/4个世纪，受到他影响的人多种多样，其中也包含了政治家。在哲学家中间，柏格森的思想也十分流行，比如李石岑、张君劢、张东荪和梁漱溟等等。其中，梁漱溟尤其将柏格森和中国哲学联系在一起。在国民党的追随者陈立夫那里，柏格森和孔子的结合帮助创造了中国的生命主义——唯生论，而后者正与唯心论和唯物论相互对立。

② 见斯丹佛·史华兹（Stanford Schwartz）:《现代主义的母体：庞德、艾略特和二十世纪早期的思想》（The Matrix of Modernism: Pound, Eliot, and Early Twentieth-Century Thought），Princeton：Princeton University Press，1985年，第19～31页。

③ 见李瓯梵:《追寻现代性》。

术、文学、哲学等方面的例证来证明上述的观点。① 西方早期现代主义者对速度和进步的赞成与"五四"的模仿行为之间存在着某种"时间上的滞后"。这种滞后性表明,中国对"普遍"现代性的参与已然"晚"了;由此,中国知识分子与西方同步的渴望只能是一个幻想。线性时间观意识无法成就"五四"知识分子与西方同时代的梦想。

与存在主义和柏格森的哲学相比,精神分析学说在中国更受欢迎。它不仅出现在文学圈里,而且在学术圈也备受欢迎。有关此学说,中国人发表了大量的文章和研究成果。② 而这也正体现了"五四"集体进步之意识形态的不严密之处。弗洛伊德的精神分析学说意味着科学的又一个新前沿,这一理论表达了对个体性的一般性认同(即"五四"反传统的基础)。然而,除此之外,精神分析好像并未在集体方面表现出多大的作用。它既未允诺一个美好的未来,也很难对即时的社会变革产生显见的促进作用。相反,由于对记忆的过重依赖,精神分析学说倒是极有理由被认作为是一种有关过去的哲学。弗洛伊德理论认为,各种精神错乱都来源于患者过去的错乱,比如婴儿时期的性欲、童年的创伤经验或是刚刚过去的苦难。为了对患者不正常的现状作出合理的解释,精神分析的主要手段是探究出患者潜意识中被压抑的欲望和知识。因此,精神分析学说事实上是一种通过解释过去以理解和处理当下的方式。精神分析学说并非是向前看,而是向后看和向内看。同时,这一学说并不探询外部的具体进步,而是钻研潜意识的深处。在此过程中,线性时间观被打乱;为便于仔细观察,时间不得不来回地跳跃、被放慢、被倒转,或被空间化。

尽管弗洛伊德学说与"五四"明显不能兼容,但精神分析学说仍然

---

① 见斯蒂芬·科恩(Stephen Kern):《时空文化,1880—1918》(*The Culture of Time and Space,1880-1918*),Cambridge:Harvard University Press,1983 年。

② 有关精神分析的内容,1919—1927 年间至少发表了 48 种文章和著述。这些作者包括了作家和评价家(陈独秀、朱光潜、周作人、沈雁冰、郑振铎),也包括了学者和心理学家(高觉敷、张东荪、潘光旦和王平陵),当然还有许多一般人。见张京媛:《中国的心理分析:文学转变,1919—1949》(*Psychoanalysis in China: Literary Transformations,1919-1949*),Ithaca:Cornell East Asia Series,1992 年。当然,中国对弗洛伊德的最早介绍当在 1914 年。见钱智修:《梦之研究》,载《东方杂志》第 10 卷第 11 期,1914 年,第 7~8 页。

能够被用来支持"五四"时期的目的论。朱光潜(1897—1986)的《福鲁德的隐意识与心理分析》一文(1921年)就是一个非常有趣的例证。作为一位极端博学的学者,朱光潜以学贯中西而著称(见第六章),他后来成为了现代中国最重要的思想家之一。在这篇早期的论文中,我们已经可以看到这种融通中西的做法,朱光潜自如地从中国经典中撷取材料来对精神分析学说进行解释。朱光潜结合了梦的心理学、神话、精神疗法、艺术、宗教、精神分析、教育等等的因素,对弗洛伊德的隐意识概念作了简要的概括。他坚持认为,精神分析和精神疗法都是科学的方法。就"隐意识在教育学中所发挥的作用"这一论题来说,朱光潜对此的理论化处理与传统的解释大相径庭。从中我们可以发现,他对弗洛伊德的实用主义解释是如何与"五四"目的论相适应的。朱光潜将隐意识形容为一股需要正确"轨道"和"流路"的水流,唯其如此,隐意识才不至于导致疯癫、癔病或其他心理问题。他解释道,一个独裁的社会将个体生命置于强大的外在压力之下,迫使个人遵守社会规范,"把所有的个性统统打入十八层地狱",由此,将个体的隐意识都压抑作一团。相反的,在一个尊崇自由、个体不受到无意义束缚的社会,个体就较少受到压抑。中国社会显然属于前一种社会,于是我们必须对孩童教育进行变革。朱光潜指出,中国的孩子不被允许去发现自己的欲望,因此他们道德和智力的自然发展就都受到了阻碍。他认为,学校和家庭应该鼓励孩子的自由思想,允许他们培养起自己的独立和自尊,进而对事情作出自己的判断。这也可以使得孩子远离那些需要被压抑的"坏的欲望",而他们的潜力则可以得到充分的"发泄"。假若欲望不被允许释放,隐意识则会"泛滥横流",最终引发病理学问题。正因为此,朱光潜劝告父母、兄长、老师和其他教育者都尽快受到上面事实的启发,允许孩子"走上天性自然发展的必由之路"。[①] 在这里,精神分析被提升为一种鼓励"自然"和对自我欲望的认知"更少压抑"的崭新教育方法的理论基础。

---

① 见朱光潜:《福鲁德的隐意识与心理分析》,载《东方杂志》第18卷第14期,1921年,第41~51页。

在"五四"的语境下,这种允许孩子"自然发展"的呼声与鲁迅《狂人日记》结尾狂人"救救孩子!救救孩子!"的著名呼请形成了某种回应。正如鲁迅所揭示的那样,如果社会弥漫着不近人情的腐败,甚至达到了近乎同类相食的状态,那么,孩子便是未被社会堕落所污染的唯一清白的人群,是美好未来的唯一希望。尽管朱光潜让孩子自然成长的呼吁并未十分清晰地表达出一个目的论意义上的精神分析概念,但他对孩童教育应在社会建构层面发挥实际效用的呼吁,却包含了一个指向未来的、实用主义的远景展望。简言之,精神分析学说通过将个体从压抑中解放出来的方式服务于社会的进步。

作为某种形式的社会批评,精神分析也被"五四"知识分子用来作为声讨封建性道德的理论基础,他们借此来赞成一种色情性欲。其时支持"五四"启蒙进程的鲁迅之弟周作人(1885—1967)曾经这样声讨那些维护传统性伦理的所谓的道德家,认为后者是一群无力控制自身性欲望以至于要求禁止行为过度的性变态者:他们的禁欲主义自相矛盾地暴露了自身反常但却放纵的性欲。① 郭沫若也毫不犹豫地使用了这样的夸张:"为自己的封建伦理骄傲了几千年的中国,事实上除了夸大病态的性倒错而外别无他物。"② 由此看出,差不多从精神分析学说被介绍进中国知识分子圈子的那一刻开始,这一学说就成为了反传统的又一件工具。

从朱光潜有关精神分析的讨论可以看出,从情感和生理健康角度来分析性健康,实际为公开讨论性欲问题提供了合法性,在这里性欲问题被精神分析学说提升到了"科学"的位置。作为英国心理学家厄力斯(Havelock Eills,1895—1939)③服膺者的周作人也是这一观点的拥护者。同样的,诸如郭沫若、郁达夫等等的青年作家也都是这一观点的支持者,他们的作品大多清楚地涉及了有关性的内容。周作人进

---

① 见周作人:《重来》,载《谈虎集》,第109~112页。
② 郭沫若:《西厢记艺术上之批判与其作者之性格》(1921年),载《郭沫若全集》第15卷,北京:人民文学出版社,1985年,第323~332页。
③ 厄力斯因其被同时代人视作"可耻"之性心理学研究而著称。他的《性心理学》(北京:三联书店,1987年)一书由潘光旦翻译成中文,于1946年出版。我们不难理解,此书在1949年后被忽视,直到上世纪80年代被重印。

而赞成收集色情故事和歌曲，认为这些故事和歌曲为男女性关系的不满足提供了一个健康的发泄渠道，从某种意义上说，含有色情意味的性实际上是高度文明的标志。① 1925年，高觉敷翻译了弗洛伊德在Clark大学的讲演稿《精神分析的起源与发展》，在该译文中，高觉敷介绍了性压抑、潜意识、梦的解析等等的概念。② 在郭沫若、鲁迅、郁达夫这些曾在日本学医的作家的作品里，我们可以清楚地看到他们对上述概念的应用。"五四"知识分子从对性欲作出多样解释的契机中获利：20年代中期，两种有关变态心理学和性欲的研究被全文发表，以性欲为主题的日本小说（比如永井荷风[Nagai Kafu]和佐藤春夫[Sato Haruo]的小说）也被选译出来。③

除了宣扬性欲的自然性，知识分子们还考虑到性欲与文学的关系问题。在这方面，要数在美国受教育的厨川白村著作的译本最具影响。厨川白村的《苦闷的象征》(1923年)有三个中译本，其中以鲁迅1924年的译本最为流行。鲁迅在译文的前言中简要地指出，这本书的主题是一种弗洛伊德式的话语，即文学起源于一种升华："生命力受了压抑而生的苦闷懊恼乃是文艺的根柢，而其表现法乃是广义的象征主义。"④厨川白村整合了柏格森的生命力概念和弗洛伊德的利比多冲动升华而为文化的观念，并在此基础上推演出了自己的文学和艺术理论。鲁迅不止一次地建议中国读者去阅读这本书，认为它能够将中国从"委靡锢蔽"的精神（即被压抑的性欲）中唤醒。鲁迅自己对这一理论的运用见于小说《补天》(1922年)。在小说中，艺术创作被视作是神话人物女娲之原始性渴望所导致的结果。

如果文学被视作是一种被升华的利比多，不正常的性欲就必须被导向艺术。当时著名的刊物《小说月报》就曾发表过厨川白村有关病态性欲的两篇文章的中译文。在文中，厨川白村向人们提供了一个性

---

① 见钱理群：《周作人传》，北京：十月文艺出版社，1990年，第34页。
② 见《高觉敷心理学文选》，江苏教育出版社，1986年，第168～203页。
③ 见吴立昌：《精神分析与中西文学》，上海：学林出版社，1987年，第145～149页；余凤高：《心理分析与中国现代小说》，北京：中国社会科学出版社，1988年，第42～47页。
④ 鲁迅：《引言》，载《苦闷的象征》，北京：人民文学出版社，1988年。

心理学的流行版本。他论述道,所有的艺术天才内心都很烦扰,并且有性反常,在这个意义上,所有的艺术都是性欲的产品。他将性看作是一种模棱两可的事情,认为每一个人在不同程度上综合了男性和女性的性别属性,他进而指出,对于艺术和艺术家来说,诸如女同性恋、男同性恋、双性恋、恋尸症(necrophilia)、受虐狂和施虐狂种种的性"病态"都是十分正常的现象。① "五四"时代以性为主题的小说的流行,比如叶鼎洛和庐隐(1899—1934)有关同性恋的小说,郁达夫有关性压抑、恋物癖(fetishism)和手淫(autoeroticism)的小说,就是作家对这一新领域强烈爱好的体现。

当然,这并不意味着中国古典文学作品就缺乏带有色情意味的作品。但精神分析学说却使得与性有关的讨论获得了合法性。有关性的讨论变成了科学的行为,变成了一种显而易见的"现代"行为,而所谓的现代性外衣可以帮助人们轻而易举地回避掉传统性伦理所限定的种种性礼节。最终,"五四"知识分子将精神分析学说、尼采的存在主义和柏格森的生命哲学视作为有前途的现代性,并赋予这些学说以合法性,因为对现代性的追求正是"五四"目的论的基础。然而,正如我前面所暗示的那样,无论精神分析还是尼采的存在主义都不仅仅服务于目的论意义上的现代性:前者也同时突出了非线性的内在性,而后者则记录了个人存在的极度焦虑。作为文学表达的"五四"现代主义显示出了目的论意义上的现代性和一种并不服务于任何目的论的内省美学之间所存在的深深裂隙。"五四"现代主义陷入了一种两难的尴尬境地:一方面,它承诺了一个通向现代性的捷径(因为它包含了西方最为现代和新近的文学运动,并且作为社会现代性的文化对等物而发挥作用);另一方面,它强调外在的实验和心理学意义上的内省,而这记录了个人对于"现代"之充满焦虑和挫折的反抗。西方现代性主要被看成是反现代的,因为它自觉地批判技术现代性,认为技术现代性使人类失去了人性。与西方现代性不同,"五四"现代主义恰恰发

---

① 见《病的性欲与文学》,仲云译,载《小说月报》第 16 卷第 5 期,1925 年,第 1~9 页;《文艺与性欲》,载《小说月报》第 16 卷第 7 期,1925 年,第 1~4 页。

生于前现代的目的论与心理学意义上的内省分道扬镳之时。既然我们已经注意到意大利未来主义者的反传统运动和"五四"反传统主义之间在修辞上的相似性①,我们就也必须认识到以非目的论方式安排的现代主义叙述框架。

在现代主义者的实践中,目的论和内省性之间的张力逐渐突显出来:前者认可进步的逻辑、民族的发展和说教的推动力,而后者则突出心理内省、情感的冲动和意识的空间化。"五四"现代主义的特定语境下,现代性既是现代性的证明,又是现代性的报应。在经由多种中介对西方现代主义技巧进行借用之时,说教的和情感的冲动、国家和个人的渴望,都有可能在"五四"文学现代性事业中发生分裂和冲突。在下面第二章到第四章将要集中讨论的鲁迅、郭沫若、陶晶孙(1897—1952)、郁达夫等作家的作品中,这种分裂将十分显明地体现于现代主义者的形式实验、心理分析的内在性实践和颓废主义实践之中。

语言、现代性和文化权力

无论西方现代主义思想是被用来支持集体的原则还是被用来维护个人的原则,这种挪用行为的背后都存在一个未能明说的潜在原因,即这是受教育的知识分子获得皮埃尔·布迪厄(Pierre Bourdieu)所谓"文化资本"(cultural capital)的绝佳机会。这种文化资本通常又被转化为经济资本:"五四"启蒙作家和思想家(尤其是那些在西方或日本接受过高等教育的知识分子)往往从事着负有威望的学术工作,或者在知名文学杂志担当投稿人和编辑工作,而这些杂志通常都会付给这些编辑、作者和译者一笔可观的酬劳。除了经济酬劳,名望也相随而至,于是,这些知识分子就获得了能为他们带来更进一步之名望

---

① "antipassatismo"一词来自波奇欧里(Renalto Poggioli),见《先锋派理论》(*The Theory of the Avant-Grade*), Gerald Fitzgerald 译,Cambridge: Harvard University Press, Belknap Press, 1968年,第54页。

和声誉的"象征资本"(symbolic capital)。① 除了上面提到的由关于西方和日本文化的知识提供给"五四"作家的资本,我们还必须加上他们通过提倡语言革命而获得的"语言资本"(linguistic capital)。

　　作为一种试图脱离传统的齐心协力的努力,"五四"时代的语言革命试图以白话文来取代文言以成为现代的写作语言。白话文被用来削弱已经高度程式化了的古典书面语言的势力,它象征性地颠覆了古典文学传统的等级制度和权威性,并进而通过恢复大众的口头语言来揭露与书面文言联系在一起的精英主义。差不多每一位活跃于"五四"时代的知识分子都开始使用白话文,对于文言"修饰性"和"堕落性"的恶毒批评时时听见,其中最著名的有陈独秀等人。胡适著名的"八不主义"就主要被看成是试图废除旧修辞习惯、树立新语言风格的宣言。② 这一时期,句法和语义方面的变化预示着中国白话的一个巨大变化,正如耿德华(Edward Gunn)在《重写中文》(Rewriting Chinese)一书中所论证的那样,这一时期语言的各个方面都正在经历着重新的组合调整。除了自由使用"日本化"和欧化了的词语和写作风格,对诸如意识流写作和内心独白等等分离技巧的运用更迅速削弱了句子的黏着性和连贯性。③ 如若我们沿用詹姆逊对西方现代主义的定义,将现代主义视作是能指与所指之间无可避免的分离的话④,那么,"五四"时期的语言革命则显示了语言在能指结构方面所显示出的更为巨大的变化。颇为讽刺的是,由于激进的反传统主义,"五四"时期的中国

---

　　① 汤普森(John B. Thompson)为布迪厄"文化资本"下了一个简洁的定义:"为教育或技术资格所证明的知识、技巧和其他文化所有物"。他将"经济资本"视为"物质财富",将"象征资本"视为"累积的威望或名声"。见他为布迪厄《语言与象征性权力》(Language and Symbolic Power)一书所写的"编者介绍",Gino Raymond、Matthew Adamson 译,Cambridge:Harvard University Press,1991年,第14页;布迪厄,《实践逻辑》(The Logic of Practice),Richard Nice 译,Stanford:Stanford University Press,1990年,第124~125页。
　　② 见陈独秀:《文学革命论》和胡适:《文学改良刍议》,载张若英编:《中国新文学运动史资料》,上海:光明书局,1934年,第40~44页,第27~39页。语言革命的极端话语出现在1918年和1919年。其时,《新青年》杂志提倡用罗马拼音或者世界语来代替中国汉字。
　　③ 见耿德华(Edward Gunn):《重写中文》(Rewriting Chinese:Style and Innovation in Twentieth-Century Chinese Prose),Stanford:Stanford University Press,1991年,第12~36页。
　　④ 见詹姆逊(Fredric Jameson):《文学革命与生产模式》("Literary Innovation and Modes of Production:A Commentary"),载《中国现代文学》(Modern Chinese Literature)第1期,1984年,第67~77页。

在现代主义方面显得尤其成熟。通过扰乱支配性的权威话语,我们可以想象出一个激进的社会变革。因为根据克莉斯蒂娃(Julia Kristeva)的说法,颠覆句法规则实际就暗示着对父权法则的颠覆。① 语言革命是社会革命的一个部分。这也是孟悦和戴锦华之所以采用与克莉斯蒂娃相类似的精神分析话语的原因,她们在《浮出历史地表》一书中将"五四"时代形容为"弑父时代"的原因。②

白话文运动的社会革命潜力和民主内涵,皆是出于现代民族国家建构对标准化白话文的必然要求和大众对社会主义白话文的呼唤。在这一点上,柄谷行人(Karatani Kōjin)有关白话文与民族国家之间关系的讨论就颇具启发性。通过借用本尼迪克特·安德森广被引用的白话文发展是形成民族国家之必需条件的理论,和米歇尔·福柯有关文学标准化与民族国家建构相关联的简短讨论,柄谷行人认为,明治时期日本的白话小说有着为民族国家建构提供文化基础的相似功能。他进而认为,发生在每个非西方社会的言文一致运动(使写作语言与口头语言相近的冲动)都受到了西方帝国主义的影响(中国也同时受到了日本帝国主义的影响)。③ "五四"时期现代白话文运动和反帝国主义立场的同步性正表明了白话文与民族国家之间的这种相互联系。而且,最主要的社会主义思想家陈独秀也是语言革命的公开鼓吹者,这实际也就表明了语言的"大众化"(massification)进程。由此,白话文地位的确立也就成为了对"五四"议程"德先生"(指民主)的直接表述。

然而,这一语言革命所采取的特定方式却从实际上削弱了白话文运动所蕴涵的民主潜力。中国语言的西化使得"恢复"起来的白话文与民众日常所使用的白话文之间实际存在着相当的距离。大致说来,中文白话文在以下众多层面上被西化了。其一,外文词汇常常被借用过来,与中文混杂使用:翻开《小说月报》,我们看到大量的英文、法文、

---

① 见克莉斯蒂娃(Julia Kristeva):《诗学语言的革命》(*Revolution in Poetic Language*),Margaret Wallet 译,New York:Columbia University Press,1984 年,尤其请见关于马拉美的那一章。

② 见孟悦、戴锦华:《浮出历史地表》,开封:河南人民出版社,1989 年。

③ 见柄谷行人(Karatani Kōjin):《英文版后记》,载《日本现代文学的起源》(*Origins of Modern Japanese Literature*),Brett de Bary 译,Durham:Duke University Press,1993 年,第 193~195 页。

德文、俄文和日文词汇被镶嵌在中文文本中使用。其二,几乎每天都会出现新翻译的外文术语和外来词。在这方面,特别简便的即是采用日文汉字对西方术语进行翻译,因为日本汉字可以直接被用作中文而无须经过翻译。单以精神分析学说为例,诸如"意识"、"无意识"、"潜意识"和"精神衰弱"等词汇,包括"精神分析"本身都是从日文直接引进的。其三,现代白话文使得中文经历了一个激进的变革过程。比如,白话文广泛使用了形容词和副词性质的助词"的"、"底"、"地"来配合西方的句法,这些词将现代性的意味加入了中文文本之中。再如,白话文中还出现了对第三人称代词更为"科学"的划分,即"他"和"她"的划分(这要归功于在法国受教育的音韵学家和诗人刘半农[1891—1934])。虽然这些术语中的一部分,特别是第三类,很快获得了广泛的传播和普遍的承认,但这些词也有效地将新文学(现代中国的新文学)这一刚刚确立的准则与大众疏远开来。新文学成为了少数接受过新教育体系足够训练的知识分子们的语言资本。换句话说,语言资本最容易被那些在西方或者日本受过教育的人取得。

对欧美、日本句法和语义的大规模引进意味着,"五四"用白话文来写作的作家并非像传统的小说作者那样去收集"街头巷语",而是一个双重的翻译者,他们在将西方语言和日文翻译成中文的同时,又将中国传统的白话文翻译成更加科学和"现代"的语言。对于这种严重欧化和日化(即翻译的)的白话文,普通读者对其的陌生程度实际上和对文言相差无几。从上面两种意义上来说,翻译提供了获取文化和象征资本的直接路径。"五四"作家的绝大部分说服力实际都源自于他们的欧美和日本文学知识。如果将鲁迅颇具几分自嘲意味的小说《伤逝》作为寓言来解读,我们就会发现这种说服力是如何作为一种凌驾于生命和死亡之上的力量而存在的。在这个故事里,一个渴望学习西方新观念的年轻女子——子君,无助地爱上了故事的第一人称叙述者,而这位男叙述者通过易卜生戏剧来充当西方女性主义思想的传播者。她将他看成是启蒙者,并且为他从西方文学中获得的价值观念所彻底征服。在他的建议下,子君离开了自己的家庭以证明她对自由恋爱的忠诚和对家长制度的反抗。但她的生命之花最终在与他注定毁灭的同居关系中渐渐枯萎。最终的事实证明他是个伪君子和懦夫,而子君最终死了。在这个故事里,作为西方思想翻译者的男性叙述者无疑被描述成了一个谋杀者,尽管这种描述很隐讳。

正如杜赞奇所说,现代中国的现代性话语无疑是一种力量,因为它的表达者可以用现代性的名义来压制他人,进而将自己塑造成文化领袖。[①] 在"五四"时期中国的特定文化语境中,文化翻译的从事者被定位在与"大众"相对立的位置上,而这里的"大众"是一个与事实上的大众并不能轻易画上等号的意识形态范畴。新文学领域作为意识形态产物的"大众"概念,实际更加疏远于而不是对应于事实的"大众"。如果我们将"大众"的意识形态含义作为服务于"五四"反传统的一个修辞学上的比喻,那么很明显,这个比喻并不必然需要事实上的对应物。进一步说,文化领域中文化领导权的争夺也同时意味着对那些"落后的"、"未受启蒙的"、"抱残守缺"的知识分子的巨大挑战("抱残守缺"这一短语被"五四"知识分子用来攻击那些提倡保护本民族文化财富的"国粹派"知识分子)。上面的论述表明,对西方现代性的译介作品即是使精英区别于大众的又一文化产品,同时,这种译介本身就是不同意见的标志,构成了对其他知识形式的挑战。

综上所述,在白话文里,民族国家和翻译之间存在着某种关联,而所有这些因素可以被视作是对权力欲望的不同表达。现代白话文将自己定位在古典传统的对立面上,同样地,民族国家对立于帝国主义,译者对立于在文化上劣等和狭隘的迂儒。这些权力的表达表明了权力结构的变化,这种变化又源自于作为目的而存在的西方现代性,而这一目的论的合法性又是线性时间观所赋予的。这种现代性的目的论促成了中国国内语境中的"权力的重新组合"。[②] 然而,正如我在前面所讨论的那样,本国语境从来就不可能脱离于全球语境中同时代的种种实践而独立存在。我将在第五章分析全球语境下"五四"知识分子主体性的内涵。

[①] 见杜赞奇:《现代性话语的知识和权力》("Knowledge and Power in the Discourse of Modernity: The Campaigns Against Popular Religion in Early Twentieth-Century China"),载《亚洲研究》(*Journal of Asian Studies*)第 50 卷第 1 期,1991 年,第 67～83 页。

[②] 同上,第 77 页。

第二章 进化论与实验主义：
　　　　鲁迅和陶晶孙

　　今索诸中国，为精神界之战士者安在？有作至诚之声，致吾人于善美刚健者乎？有作温煦之声，援吾人出于荒寒者乎？

——鲁迅《摩罗诗力说》（1908年）

　　在宇宙上驰出我的死的思想去，
　　如干枯的树叶，来鼓舞新的诞生！
　　而且，仗这诗的咒文，
　　从不减的火炉中，（撒出）灰和火星似的，
　　向人间撒出我的许多言语，
　　经过了我的口唇，向不醒的世界
　　去作预言的喇叭！啊，风啊！
　　如果冬天到了，春天还会远吗？
　　　　——雪莱《西风颂》（厨川白村（Kuriyagawa Hakuson）在《苦闷的象征》中曾经引用，鲁迅在1925年将之翻译为中文）

　　与其崇拜孔丘、关羽，还不如崇拜达尔文、易卜生；与其牺牲于瘟将军五道神，还不如牺牲于Apollo。

——鲁迅《随感录四十六》

　　当如今已被神化的"中国现代文学之父"鲁迅18岁之时，据说他曾怀着极大的热情去阅读严复对赫胥黎(Thomas E. Huxley)《进化论与伦理学》(*Evolution and Ethics*)一书的翻译,甚至达到了全文背诵的地步。在其后所写的许多散文中,鲁迅一遍遍地提到这段插曲,而这段插曲同时也构成了清代衰落之时他在江南水师学堂度过的学生时代(1898—1902)中的一段值得纪念的往事。从南京的水师学堂毕业后,鲁迅在日本继续学习7年之久(1902—1909),随后回到中国,以学者、教育家、小品文作家和杰出的小说作家身份出现。这里提及的这段鲁迅阅读赫胥黎的逸事,将为我们解释鲁迅在日本留学期间以及20年代晚期不再写小说而转向马克思主义的行为提供一个很好的切入点。根据我在第一章对"五四"时期进化论、进步话语和现代主义写作背后之意识形态因素所作的相关讨论,我将在本章中指出,上世纪20年代之前,一个基本的进化论思想模式在很大程度上奠定了鲁迅思想和文学实践的基础,同时,如果透过进化论的镜片来观察,我们就会发现在鲁迅复杂的思想结构之中实际存在着出人意料的一致性。也许有人会说,马克思主义本身就是以目的论意义上的历史观念为前提的,但就鲁迅转向马克思主义来说,他却从未过远地偏离过自身特定的进化论思想模式。通过关注鲁迅从"前马克思主义阶段"以来的作品,本章的中心任务是在他思想的若干重要矢量之间建立起转喻意义上的连续性。这些矢量包括进化论、科学、个人主义和人道主义。我认为,这些矢量有机地相互连接在一起,而文学也恰处于这种连续性之中。由此,我们也可以根据这一连续性来分析鲁迅对于叙事实验的兴趣,而后者正是其现代主义倾向的立足点。

　　本章从对上面提及的鲁迅思想诸矢量的分析开始,然后考察他对实验性叙述技巧的自觉运用。我认为,他对现代主义形式的具体使用至今仍然具有意义,这也是为何鲁迅的著作那么容易就被詹姆逊当作其第三世界民族寓言的一个精彩案例的原因。① 詹姆逊需要一个第三世界的代表,而中国的文学史家很容易就向他提供了鲁迅。这种找寻

---

① 见詹姆逊(Fredric Jameson):《跨国资本时代的第三世界文学》("Third-World Literature in the Era of Multinational Capital"),载 *Social Text* 第15期,1986年,第65~88页。

代表的需要使得中国文学界陷入了一种由外部强加的一致性之中,从而严重地忽视了文学发展的多元性和矛盾性。由此,本章过渡到了同样曾在日本留学的陶晶孙的技术实验主义,而陶晶孙的作品正征兆着多年后上海新感觉派作家们的创作。而他的小说也正是对詹姆逊理论的最好反驳,因为第三世界的文学写作本身是多元而又复杂的。

作为进化论思想家的鲁迅

一般说来,达尔文的进化论理论地阐明了,进步是人类自然发展进程中不可或缺的部分,而科学则是进步的催化剂。鲁迅选择的第一份职业当属于自然科学的范畴(矿物学),而后他又选择了生物科学(医学)。在他早期的写作中,有到达日本一年后发表的有关居里夫人发现镭的散文,有发表于1907年的达尔文意义上的文章《人之历史》。他还广泛考察了中国的矿物和矿藏,写成《中国矿产志》(1906年),并绘成了一幅与前者相匹配的《中国矿产全图》。

稍后发表的科学史文章《科学史教篇》(1908年)也十分值得注意,因为文章表述了鲁迅的进化科学观,并预示了他以后将在与科学的关联中形成自己对文学功能角色的思考。在文章的开头,鲁迅指出科学的发展帮助人类征服了大自然,他还将科学形容成一股肇始于西方且正在涌向中国的洪流。在对科学的褒扬中,鲁迅概括了上起古希腊下至19世纪中期的科学发展历史,并定论"故科学者,神圣之光,照世界者也"。在鲁迅这里,光的隐喻因为其与启蒙理想的紧密关系而显得尤其重要,鲁迅在自己的散文和小说中反复运用了这一意象。有关这一点,我会在下文结合鲁迅作为"光的持有者"的自我定位来详细考察。

当然,在文章结尾,鲁迅提到了科学的局限,并转而关注文化的必要性:

盖使举世惟知识之崇,人生必大归于枯寂,如是既久,则美上之感情漓,明敏之思想失,所谓科学,亦同趣于无有矣。故人群所当希冀要求者,不惟奈端已也,亦希诗人如狭斯丕尔(Shakespeare);不惟波尔,亦希画师如洛菲罗(Raphaelo);既有康德,亦必有乐人如培得诃芬(Beethoven);既有达尔文,亦必有文人如嘉来勒(Garlyle)。①

在这里,人文主义的努力被视作是对科学领域知识探索的补充和构成"人生"全部经验的另一半。当然,后来鲁迅对进化的科学和艺术之间关系的理论概括发生了变化,他不再将他的文学追求视作为科学的补充,而认为文学追求本身就是进化的动力。但仍具有一贯性的是鲁迅始终认为进化、科学和艺术紧密相关。

鲁迅在文学与科学之间搭起桥梁的另一项努力是翻译科幻小说。在1902年鲁迅到达日本的时候,就已经出现了大量的西方科幻小说译本。1884年以前,儒勒·凡尔纳(Jules Verne,1828—1905)的许多小说就已被翻译成了日文。明治晚期,科幻小说是最受欢迎的文类之一。② 1902年,在日本流放期间,梁启超将《海底两万里》翻译成中文,鲁迅也积极学习梁启超,翻译了凡尔纳的《月界旅行》(1903年)、《地心游记》(1906年)以及没有出版的《英国人在北极》。通过这些翻译,鲁迅试图为着社会进化的目的来普及科学。正如鲁迅在《月界旅行》的《辨言》中所说的那样,他的目标是使得一般的读者不再厌烦枯燥的科学知识,而是通过愉快的阅读经验在不知不觉中获得科学知识。最后,"破遗传之迷信,改良思想,补助文明",于是"冥冥黄族(中国人群)可以兴矣"。③

将中国人称为"黄人"的做法使众多在日留学生强烈地感受到了一种种族自觉意识④,这种劣等种族的自我意识引发了充满感情色彩的国民性话语,及其以科学或其他手段呈现的变体。鲁迅本人就曾遭

---

① 鲁迅:《科学史教篇》,载《鲁迅全集》第1卷,北京:人民文学出版社,1981年,第35页。
② 见程麻:《沟通与更新:鲁迅与日本文学关系发微》,北京:中国社会科学出版社,1990年,第7~18页。
③ 见鲁迅:《辨言》,载《鲁迅全集》第10卷,第151~153页。
④ 参见本书讨论郁达夫的第四章。

遇过日本针对中国的种族偏见事件,由于中国人留有长辫子,他们常常被作为种族嘲笑和诋毁的目标,被骂作"跄跄嫂子"(译言拖尾奴才)。1905 年,当鲁迅在仙台医专学习之时,他曾被日本同学指责在解剖学期末考试中作弊,理由是中国学生不可能通过如此难的连许多日本学生都没能通过的考试。这很显然是种族主义的产物。更有甚者,日本报纸杂志上登载有各种针对中国的种族主义言论;"黄祸"概念被一些日本人再次提出,他们声称日本人是雅利安人,不同于黄种的中国人;据说一个日本人曾经提议,1903 年的日本大阪博览会应该把中国人当作有尾巴的野蛮人的标本进行展览。愤怒的鲁迅剪掉了辫子,因为他相信辫子既象征着中国人在日本人眼中的奴性身份,同时也暗示了满族对汉族的奴役。[①]

除去某种个人的愤怒,我们发现鲁迅实际并未质疑这种来自日本人的指责,因为他实则也承认这些指责的有效性。在上面引用的那段文字中,鲁迅用"黄人"这一短语来仅仅指代中国人的做法,就是对日本将中国视为劣等民族的他者化行为的认同,而剪掉辫子也是对日本称中国人为拖尾奴才之诋毁的认可。鲁迅在剪去辫子后拍摄的一张照片即是后一事件所留下的纪念,而鲁迅将之视为自己与清朝决裂的象征。周作人在日记中写到,这一举动标志着鲁迅推翻满族、恢复汉族之革命思想的牢固树立。而且,自 1906 年起,鲁迅不再穿其时中国流行的长衫而改穿日本和服,他认为留有中国汉唐风格的和服更具中国味,而长衫是野蛮和被奴役的象征。[②] 鲁迅还特地蓄了日本式的胡须,这件事情被记录在鲁迅所写的一篇讽刺散文中,文章描写了他某次回国期间中国人指责他看上去不中国的事情。[③] 虽然鲁迅说自己由于反满才选择了日本式的外表,但保持日本式外表(发型、衣着、胡须)的做法同样也抑制和隐瞒了被日本种族主义话语所定义的中国性。鲁迅的策略不是去彻底否定那些本质主义的表达,而只不过是将它们

---

① 见程麻:《鲁迅留学日本史》,西安:陕西人民出版社,1985 年,第 20 页,第 109~144 页。
② 同上,第 19~34 页,第 170 页。
③ 见鲁迅:《论胡须》。这篇文章的主旨是批评中国保守主义者的文化本质主义,在他们看来,蓄日本式胡须就是背叛中国。

重新定义为满族。由此,他更喜欢被称呼为"支那人"而不是"清国人",虽然二者都同样具有贬抑性。有人可能会说,这是日本种族主义被内化而成为一种自我憎恨的经典案例。但是,在这个案例中,自我憎恨的对象很容易被归类为满族的特性,而非汉族中国的特性。根据上面的观点,对鲁迅笔下著名的阿Q进行重新分析就会显得十分有趣。"Q"象征着长辫子,这是清朝的特征,本身并不代表汉族的特征。然而,也正是将满族特性从中国民族特性中驱逐出去的可能性和不可能性之间的张力,奠定了鲁迅国民性思考的基础,因此,在阿Q身上的清朝特性和汉族特性之间,总存在着某种不稳定性。

很显然,鲁迅在日本的经历燃起了他反清的大汉族主义情绪,认为正是清朝对汉族中国的奴役导致了今日中国的贫弱。鲁迅将日本的指责铭记于心,并不与之辩驳,而是将这些指责看成是改造中国国民性的指导方针(这与绪论中我曾经提到的夏丏尊对芥川龙之介对中国人贬低性的描述表示赞同的事实构成了某种回应,显示了处于西方化和日本化之中的半殖民地知识分子在看待中国和中国人的方式上呈现出了一种令人惊讶的一致性)。也正是这种国民性观念的萦绕促动了鲁迅从医学到文学的转向。正如鲁迅后来在文章中所披露的著名的带有创伤性的幻灯片事件所显示的那样[①],他在日本的经历使他认识到,药物仅仅能疗救人的身体,但文学却是疗救精神和提升国民性的手段。

当然,这并不意味着文学可以取代科学。鲁迅仍然捍卫科学的位置,并把科学视作是改造国民性的必需条件。[②] 尽管鲁迅转向文学,然而他只是从另一个角度来考察国民性的问题,而这一角度使个人主义的问题在鲁迅那里开始变得重要起来。在鲁迅看来,精英论意义上的

[①] 在仙台医科学校的时候,一天鲁迅看到了一些有关日本对华战争的新幻灯片。日本人正在处决一个中国人,而一群中国人则冷漠无情地聚在一起观看这一场景。这一事件使鲁迅坚信,需要治疗的并非是中国人的肉体而是精神,因此,他从医学改行为文学。对于这一事件,人们作出了大量解释,其中颇具代表性的一些解释请见李欧梵:《铁屋中的呐喊》(*Voices from the Iron House*),Bloomington and Indianapolis:Indiana University Press,1987年,第17~19页;刘禾:《跨语际实践》,第62~64页。

[②] 见鲁迅:《随感录33和38》,载《鲁迅全集》第1卷,第298页,第313页。

超人可以启蒙有性格缺陷的大众。影响鲁迅个人主义思想的关键人物是尼采。鲁迅的老师章太炎也曾在1907年著文提及尼采的超人思想,章太炎将超人视为高度的道德性和反对陈规陋习的化身,超人预示着"未来中国的希望"①。鲁迅在留日期间(1908年)发表了两篇广为流传和广被引用的文章《文化偏至论》和《摩罗诗力说》。在文中,鲁迅将尼采描述成进化论和个人主义的权威性人物。

在《文化偏至论》中,尼采所代表的德国唯心主义哲学成了鲁迅主张个人主义的主要理论支持。自我被放了大众的对立面上,个人与集体相对(鲁迅鼓吹"任个人而排众数")。大众构成了相似、粗俗而又腐败的物质主义领域,而这正是个人所要反对的。成功的反对正体现了"个性之尊严,人类之价值"。与尼采的超人相似,鲁迅"(憎)恶""愚民",并将之视为"蛇蝎"。鲁迅接着写道:"意盖谓治任多数,则社会元气,一旦可瘵,不若用庸众为牺牲,以冀一二天才之出世"。天才或者"超人"会启蒙和转化大众,使中国转为"人国",随后国运才会上升。②如果说先前是自然科学构成了进化的方式,那么现在则是文化,尤其是被尼采的存在主义影响了的文化。这种文化为个人主义这一有效概念奠定了基础,推动了中国国民性从野蛮变为人性的进化过程。

《摩罗诗力说》则更加清晰地体现出一种与尼采式个人主义相配的进化的思想模式。鲁迅提到"尼耙(Fr. Nietzsche)不恶野人,谓中有新力,言亦确凿不可移。盖文明之朕,固孕于蛮荒,野人其形,而隐曜即伏于内明如华,蛮野蕾,文明如实,蛮野如华,上征在是,希望亦在是"③。通过用进化来解释尼采的"野蛮"概念(我认为,事实上,与进化相比,这一概念与尼采重估一切价值的思想联系更加紧密),鲁迅在早期文章中将尼采意义上的超人定位在了欧洲浪漫主义之诗人预言家们的身上,他们"立意在反抗,指归在动作"。这些具有反叛精神的、反

---

① 程麻:《沟通与更新:鲁迅与日本文学关系发微》,第61页。
② 见鲁迅:《文化偏至论》,载《鲁迅全集》第1卷,第44~57页。
③ 鲁迅:《摩罗诗力说》,shu-ying Tsau、Donald Holock 译,载 Krik A. Denton 编:《中国现代文学思想》(*Modern Chinese Literary Thought*),Stanford: Stanford University Press,1996年,第98页。此处的翻译有所变动。

偶像的、强硬的诗人预言家的诗歌,中断了人们的思绪,打破了凝滞的平和,使人性得以出现、进化和发展。如果没有如雪莱《西风颂》中那样的第一人称的诗人预言家,那么中国就会继续急遽退回到爬行动物的时代,与人类进化方向背道而驰。① 坚持诸如一夫多妻制、裹小脚等等中国传统习俗尤其是反进化的经典例证。② 鲁迅在另一篇散文中指出,如果现有的社会状况不被打破,那么不管是类人猿还是类猿人都会发生退化。③

由此,文学担负起了重大的责任。鲁迅曾这样表述:"此(指文章——译者注)其效力,有教示意;既为教示,斯益人生;而其教复非常教,自觉勇猛发扬精进,彼实示之。凡荟落颓唐之邦,无不以不耳此教示始"④。在此意义上,作者自然负有启蒙大众的职责,他是超人及其变体、"觉醒的人"、"勇猛的闯将"和"战士",他通过文学所表现出来的典范的个人主义将直接推动着进化。⑤ 他最终的目标是要将中国变为由具备个人主义精神的个人所组成的民族,这也是鲁迅通过精英论个人主义所表述的人道主义的具体所在。这是一种建立在个人基础上的人道主义,这种个人主义不仅要将中国人民从帝国主义的压迫中解救出来,而且更是要重铸中国的国民性,以使其包含人的尊严和价值,最终创造出一个人国来。这一人道主义与周作人"人的文学"的概念极其相似,后者将"人的道德"和"人的生活"作为基础,认为"单位是个我,总数是个人"。⑥ 几年后,鲁迅将其开始写小说的原因归因于启蒙的目标,因为他相信人性是可以改善的,于是他的作品,"多采自病态

---

① 见鲁迅:《摩罗诗力说》,shu-ying Tsau、Donald Holock 译,载 Krik A. Denton 编:《中国现代文学思想》(*Modern Chinese Literary Thought*),Stanford:Stanford University Press,1996 年,第 99~102 页。
② 见鲁迅:《我们现在怎样做父亲》,载《鲁迅全集》第 1 卷,第 129~140 页。
③ 见鲁迅:《随感录 41》,载《鲁迅全集》第 1 卷,第 325 页。
④ 鲁迅:《摩罗诗力说》,第 106~107 页。
⑤ 对于西方早期的现代主义者来说也是如此,通常用黑暗和光明的比喻来表达对进步的思考,就好像从漫长的睡眠中苏醒过来一样。见 Frederick R. Karl:《现代与现代主义》(*Modern and Modernism:The Sovereignty of the Artist*,1885-1925),New York:Atheneum,1983 年,第 9 页。卡尔也指出,在将艺术家视为"立法者、语言家等精英人物"的深层含义上,浪漫主义和现代主义之间存在着连续性。
⑥ 见周作人:《人的文学》,Ernst Wolff 译,载《中国现代文学思想》(*Modern Chinese Literary Thought*),第 151~161 页。

社会的不幸的人们中,意思是在揭出病苦,引起疗救的注意"①。从身体上的疗救,到隐喻层面上对中国国民性的精神疗救,这变化中一贯不变的思想即是进化意义上的人道主义。

作为启蒙人道主义的中间人,作家或者"觉醒的人"是光的持有者,比如在鲁迅的常被引用的"铁屋子"的隐喻中。但对于作家自己来说,与尼采的超人相似,光的持有者并不为自己而存在:他的参与使得光更加强烈,从而成就了炬火和太阳。②鲁迅反复强调,他作为作家的身份处于"黑暗与光亮之间",作为中间物或桥梁以乞求更加强烈的光芒。在随后写的一篇对五四运动进行思考的文章里,鲁迅以非常清晰的进化论术语解释了作家的作用:

> 大半也因为懒惰罢,往往自己宽解,以为一切事物,在转变中,是总有多少中间物的。动植之间,无脊椎和脊椎动物之间,都有中间物体;或者简直可以说,在进化的链子上,一切都是中间物。当开首改革文章的时候,有几个不三不四的作者,是当然的,只能这样,也需要这样。他的任务,是在有些警觉之后,喊出一种新声;又因为从旧垒中来,情形看得较为分明,反戈一击,易制强敌的死命。但仍应该和光阴偕逝,逐渐消亡,至多不过是桥梁中的一木一石,并非什么前途的目标,范本。跟着起来便该不同了,倘非天纵之圣,积习当然也不能顿然荡除,但总得有新气象。③

很显然,鲁迅在此引述了自己的处境。作为从古老(清代)中走来的人,作者也就有了沾上"旧风俗"的嫌疑。作为从晚清过渡到"五四"时代的中间物,鲁迅拒绝将自身视为进化的最高点,唯其如此,寻求曾经新到更新的进化过程才能被继续。鲁迅早年曾将这一角色与父亲的角色相比,"自己背着因袭的重担,肩住了黑暗的闸门,放他们(孩子

---

① 鲁迅:《我怎样做起小说来》,载《鲁迅全集》第 4 卷,第 511~514 页。
② 见鲁迅:《随感录 41》(1919 年),载《鲁迅全集》第 1 卷,第 325 页。
③ 鲁迅:《写在〈坟〉后面》(1926 年),载《鲁迅全集》第 1 卷,第 285~286 页。

们)到宽阔光明的地方去"①。鲁迅有关父亲和将自己视为中间物的比喻是非常重要的。这并非因为他比大多数"五四"攻击传统者年长十岁,而是因为这体现了鲁迅思想中深刻的人道主义。从其特有的讽刺风格和他对人性的灰暗描述看,鲁迅似乎是精英主义者,但从其进化思想来看,他的主要情感仍是人道主义的,黑暗是即将到来的光明的先兆。而这光明终将在更加进化和进步的大众身上闪现。

在上面讨论的作品中,鲁迅在进化论、科学、个人主义、国民性话语和文学之间构建起了一种转喻关系。这种关系也可从鲁迅对于三位日本作家的评价和翻译中看出:在美国受教育的文学批评家厨川白村和白桦派作家有岛武郎(Arishima Takeo, 1877—1923)、武者小路(Mushakōji Saneatsu, 1885—1976)。1924年4月,鲁迅购买了厨川白村的《苦闷的象征》,9月即开始翻译这本书。他在20天内完成了所有的翻译,并于12月出版了该译本。鲁迅将厨川白村的文学思想视为柏格森、弗洛伊德和尼采的综合,并将之呈现于三个互相交织的观点:作为人类生活根本的生命力(柏格森),用以解释文学来源的由被压抑的利比多所引发的苦闷(弗洛伊德),作为诗人预言者的作家(尼采)。②在厨川白村的书中,也是由一个清晰的进化论思想模式连接起了这三种思想。柏格森的生命力可以推动进化;文学取消了奴隶意识,使得人们从障碍和约束中解放出来,它也是从地上迸发出的包含有个人主义力量的热泉。当然,这本书最引人注目之处是其明显的反自然主义倾向:它为现代主义情感发言,认为文学是表达和创造,而不是对自然的再现和模仿。厨川白村将弗洛伊德用来表述"梦的体验"的概念"描写"(darstellung)等同于文学对经验的表述:二者都曾被扭曲和压抑,都曾受到主体性的影响,都使用了多种表达策略,都具有很强的想象倾向。与尼采的重估一切价值相类似,文学领域也是一个颇具颠覆性的领域。③当代文学史家程麻指出,厨川白村的书写于一战后的大正

---

① 鲁迅:《我们现在怎样做父亲》,载《鲁迅全集》第1卷,第130页。
② 见鲁迅《苦闷的象征》译文的引言和第二章。见《苦闷的象征》和《出了象牙之塔》,北京:人民文学出版社,1988年,第3~10页。
③ 见鲁迅:《苦闷的象征》和《出了象牙之塔》,第13~35页。

时代,其时的日本文学迅速转向一种内在的表达,私小说(the I-novel)和心理小说兴盛①,而这些也就为我们解释了这一文本所体现出的现代主义倾向。

一年以后,在厨川白村的遗著《出了象牙之塔》的中译本后记中,鲁迅关注于厨川白村对日本国民性的批评,认为这种批判同样适用于中国,并指出厨川白村的诊断是走向治愈的第一步:"(它)既能医日本人的疟疾,即也能医治中国人"②。尽管国民性仅仅是这一文集处理的众多话题之一,但鲁迅却将焦点集中在了国民性这一话题之上。

鲁迅将日本白桦派(shirakaba)作家武者小路和有岛武郎的小说翻译成了中文。鲁迅与这二位作家的接近建立在他们共同分享的人道主义倾向上。有岛武郎支持人道主义理想,他通过称之为"新村"的公平团体来进行社会实验,从而努力使自己和他人得以完成自我实现。有岛武郎受到了柏格森哲学的巨大影响。他倾向于左翼意识形态,并且尤其以将个人财产分发给穷人的举动而闻名。③ 在上面的两个例子中,我们看到了个人主义和人道主义之间的结合互补关系。鲁迅赞美有岛武郎是"觉醒的"④,充满赞许地将武者小路的目标描述成"唤醒民众"⑤。后来,鲁迅自己也逐渐倾向于马克思主义。当然,仅从鲁迅早年的日本文学学养出发,我们还不能预料到他后来的马克思主义转向。在那段时间里,鲁迅及其弟周作人在二人共同合作的《现代日本小说集》(1923年)中翻译了多篇日本短篇小说。其中包括了大多数的现代主义作家的作品,比如夏目漱石(Natsume Sōseki)、森鸥外(Mori Ogai)、芥川龙之介(Akutagawa Ryūnosuke)、菊池宽(Kikuchi Kan)等的作品。鲁迅不但以人道主义和利他主义的原则来解释有岛武郎的作品,而且更在"寂寞"、"爱"、"欲爱"和"自我改造"等等的层面上作出解释。值得注意的是,这些作家中只有一位是社会主义作家,

---

① 见程麻:《沟通与更新:鲁迅与日本文学关系发微》,第 203~230 页。
② 鲁迅:《后记》,载《苦闷的象征》和《出了象牙之塔》,第 281~287 页。
③ 见唐纳金(Donald Keene):《走向西方的黎明:现代日本文学》(*Dawn to the west: Japanese Literature of the Modern Era*),New York:Henry Holt,1984 年,第 441~505 页。
④ 见鲁迅:《随感录 63》,载《鲁迅全集》第 1 卷,第 363 页。
⑤ 见鲁迅:《译者序》(1919 年),载《鲁迅全集》第 10 卷,第 192 页。

即江口涣（Eguchi Kan），而且这位作家在这一小说集冗长的说明文字中只占有短短的一两行文字。①

鲁迅的马克思主义转向促使后来的文学和文化史家纷纷以马克思主义观点来解释鲁迅的著作。他们将鲁迅早期所持有的达尔文式的进化论视作其后期实用主义意识形态的基础，同时他们还对鲁迅在对尼采的借用中所持有的个人主义倾向进行了批判。集体主义和个人主义之间的相互影响和张力构成了鲁迅作品中如此对立的两种意识形态和艺术观念，而这种对立也影响到了对鲁迅创作的评价。根据我对人道主义（作为一种集体希望的形式）和个人主义（作为人道主义追求中的领袖人物）的分析，我们可以重新解释一下集体与个人之间的关系，它们不再是矛盾对抗的，而是互为补充的。② 正如我上面所解释的那样，这种关系本质上是一个过程：作为个人的作者批评大众的愚笨以揭露大众的弊病，进而设计出疗救的方法，而最终的结果是将大众变为众多的个人。尽管鲁迅的揭露和批评是无情而尖锐的，他所采用的感情基调也是灰暗的，但他对大众的蔑视从根本上说是源于对未来的希望。

当然，这一未来的希望是在生物、文化和人道主义进化论的意义上被表述出来的，是以跨地区的、普遍有效的现代性观念为前提的，而这一前提恰是以日本为中介的西方产品。这也正是鲁迅的"五四"定位之所在。在多篇文章中，鲁迅将他所认为的现代性概念表述为：废除文化融和论（syncretism）和对西方东方主义的批评。鲁迅将"中国社会是过去与现在之共存"的观念看成是一种"二重思想"形式，并一再强调必须抛弃这种思考方式以利于进步。③ 鲁迅攻击的一贯目标是那些不能彻底抛弃中国传统或是不能全心接受西方文化的晚清改革

---

① 见鲁迅：《关于作者的说明》，载《鲁迅全集》第 10 卷，第 216~222 页。
② 林毓生和李瓯梵都曾指出鲁迅作品中的双重人格：一个公众的鲁迅和一个私人的鲁迅，二者之间存在着张力和紧张。见林毓生：《中国意识的危机》(*The Crisis of Chinese Consciousness*)，Madison：University of Wisconsin Press，1979 年；李瓯梵：《铁屋中的呐喊》(*Voices from the Iron House: A Study of Lu Xun*)，Bloomington：Indiana University Press，1987 年。
③ 见鲁迅：《随感录 54》，载《鲁迅全集》第 1 卷，第 344~345 页。

家们,后者以张之洞(融和论)为代表。① 鲁迅自己的建议是再不读中国书,而是通过日本效法西方现代性,进而寻求进步和进化的普遍性文化,以使每一个中国人都做一个"世界人",而非中国人。② 由此,当西方旅行者为古老中国的美丽而惊奇之时,鲁迅却从东方主义的倾向中看出,这是一种希望中国保持野蛮状态和阻止中国进化到现代文明的行为。③ 鲁迅认为,东方主义者之所以反对中国文化欧洲化,是因为他们渴望提升旅行的快乐和异国情调。在鲁迅看来,这种做法实际上不仅是对食人之野蛮状态的一种鼓励,而且更已经参与到了这种野蛮行为之中。④ 从尖锐程度上讲,鲁迅对东方主义的批评甚至远远超过了爱德华·萨义德(Edward Said)。

虽然,在对西方之东方主义的批评方面,鲁迅的文化普遍主义具有一定的建设性作用,但他并没有抬高文化混杂性的地位,而是将普遍有效性赋予了西方文化。这便将鲁迅与后来西方学术界的反东方主义批评区分了开来,鲁迅是一位"五四"知识分子。一战后,就在西方哲学家宣布西方文化没落的同时,鲁迅却在捍卫着西方文化。鲁迅认为,正是西方文化的自我批评成为西方进一步发展的催化剂,这也就向人们允诺了一个永久的希望。⑤ 鲁迅的西方主义是彻底的。相应地,鲁迅排斥印度、希伯来、埃及、伊朗等非希腊文化,认为如果希望遵循进步之路,中国就必须避免上面的这些文化路径。⑥ 因为日本文化根基尚浅,易于接受西方文化并在此基础上生存发展,所以鲁迅拥抱日本文化,将日本视为西方的范本和中介。⑦

---

① 见鲁迅:《随感录 38 和 48》,载《鲁迅全集》第 1 卷,第 311~314 页;《摩罗诗力说》,第 106 页;《科学史教篇》,载《鲁迅全集》第 1 卷,第 26 页。
② "世界人"出现在鲁迅:《随感录 36》,载《鲁迅全集》第 1 卷,第 307 页。
③ 见鲁迅:《随感录 42》,载《鲁迅全集》第 1 卷,第 327~328 页。
④ 见鲁迅:《灯下漫笔》,载《鲁迅全集》第 1 卷,第 216 页。
⑤ 见鲁迅:《随感录 61》,载《鲁迅全集》第 1 卷,第 358~359 页。
⑥ 见鲁迅:《科学史教篇》,载《鲁迅全集》第 1 卷,第 27 页;《摩罗诗力说》,第 97 页。
⑦ 见鲁迅:《后记》,载《苦闷的象征》和《出了象牙之塔》,第 284 页。

作为实验主义作家的鲁迅

为了分析鲁迅的文学实验主义,我们首先定位"五四"时代的三种不同但却互有关联的实验主义潮流:陈独秀所提倡的"赛先生"的科学实验主义,胡适推广和概括的"大胆假设,小心求证"的杜威的哲学实验主义,以及作家们(特别是创造社作家)实践的文学实验主义。正如鲁迅的例子所清晰表明的那样,"五四"时代存在着一个特殊的现象:上述三种潮流并未有明显的科学和人文分类,而是在文化话语中构成了一个普遍意义上的实验倾向。这其中的原因是:在"五四"想象中的"赛先生"不是物理、生物或技术研究的知识系统,而是代表文化新理论和实践的意识形态。因此,这种实验主义并非主要在实验室中被感知,而是在社会、政治、伦理和道德领域(对于陈独秀来说),以及在诸如文学、历史、哲学等人文领域(对于胡适来说)中出现。[①] 科学成了启蒙思想所必需的文化意识形态,而反叛旧传统和在文化实践和话语之中大胆尝试新方法的做法则构成了其时人们对实验主义方法的宽泛理解。作为新文化意识形态的一部分,文学实验主义是将现代性嵌入文本的有效方法。

1923年,在阅读鲁迅的《呐喊》之时,茅盾写道:"在中国新文坛上,鲁迅君常常是创造'新形式'的先锋;《呐喊》里的十多篇小说几乎一篇有一篇的形式,而这些新形式又莫不给青年作者以极大的影响,必然有多数人跟上去试验"[②]。这里的关键词——"新形式"和"试验"恰当地表述了"五四"文学革命的本质和精神。鲁迅虽然属于老一辈的知识分子,但却是这场文学革命的领袖人物。鲁迅的《狂人日记》(1918

[①] 见汪晖:《赛先生在中国的命运》("The Fate of 'Mr Science' in China: The Concept of Science and Its Application in Modern Chinese Thought"),Howard Y. F. Choy 译,载 Positions 第3卷第1期,1995年,第1~68页。

[②] 王瑶:《鲁迅作品论集》,北京:人民文学出版社,1984年,第65页。

年)就被视作是中国的第一篇"现代"小说。① 正如上面讨论过的鲁迅散文所显示的那样,鲁迅的文学实践建立在西方普遍性的前提之上。在文学实践中,这被概括为"拿来主义",即像主人似的,根据自身的需要满怀自信地自由取用别国的东西,而非神经过敏般地恐惧固有传统会丢失或担心自身会被从外国借用来的东西所奴役。② 鲁迅本人就公开承认自己并不为自己对外国作家的借用行为而感到丝毫的不安。鲁迅坚决探索新技巧的原因在于:作为全球公民的作家个体的自信使得他能够自由地借用外来文化,而不会感到由文化浸染和文化压抑所引发的焦虑。对各种小说技巧和模式的使用以及鲁迅在医学、精神分析、历史、神话和艺术等不同学科方面的知识,显示了鲁迅是一位类似于西方现代主义者的具有自觉意识的作家。鲁迅在形式方面的实验则显示了他对传统写作技巧危机的敏感和支持新事物的反传统立场。而且,鲁迅与西方现代主义者相似的对新事物和实验的爱好还一直处于变化之中。新事物代替旧事物,但反过来新事物又随即变得过时而被更新的事物代替。"新"的概念又一次回应了鲁迅以过程和变化定位的进化观念和他作为过渡人物的自我描述。对鲁迅短篇小说进行阅读正好可以解释他对新叙述技巧的尝试。

鲁迅的第一篇短篇小说《怀旧》(1912 年),虽然以文言文写成,表面上呈现为一种"前现代"风格,但小说通过不同的叙述声音和叙述角度以及对虚构性的自省性思考,在叙述者和被叙述事件之间有意识地制造了出人意料的距离。这个故事有两个叙述者:一个成年人和一个孩子。作者用他们来标志同一叙述人成人以后和孩童时代的两个自我之间的时间距离,并以之区分两个不同叙述时刻。成年的叙述者用一种颇为反讽的语气评论着一件往事:他回忆着一次有关长毛入侵的误传事件,这引发了伪善的私塾先生和王翁的不同反应,从而揭示了儒家道德的荒唐。而作为此事件参与者的孩童叙述者,则仅仅通过自

---

① 我并非是说中国过去没有自己的白话短篇小说,而是特指从"五四"时代开始出现的现代意义上的短篇小说形式。这些小说很明显是以西方小说为范本的,更多地强调情节和性格冲突,并且小说处理的总是一些"现代"的话题。

② 见鲁迅:《看镜有感》(1925 年),载《鲁迅全集》第 1 卷,第 198 页。

己一双天真无邪的双眼见证了整个事件,并不能给出更深的解释。通过仔细描绘这两种声音和观点,鲁迅突出了两个叙述时间之间的距离和区别,由此戏剧化了经历、时间、记忆和写作之间的关系。① 经历时间和重述时间之间的距离使得两种不同的叙述声音和叙述角度成为必需,因为叙述人经历和当下语境必然会对现在的声音进行有选择性的记忆。成年叙述者所持有的当下语言深入地干扰了对过往经验的表述,于是对时间、记忆和语言的多元思考便使得叙述多次地偏离了真实事件。鲁迅使用形式技巧来表述故事中心主题(表述出的事实)的做法,实际也就暗示了写作的定义早已将虚构性包含在内。

在其他由王翁充当叙述者的小说中,鲁迅再一次地强调了同样的意思。正如上面的成年叙述者那样,王翁也同样不能准确地回忆起过去。当王翁因为突然降雨而中断自己的讲述之时,叙述者作了一番解释性的评论:"大类读小说者,见作惊人之笔后,继以欲知后事如何且听下回分解;则偏欲急看下回,非尽全卷不止"。② 王翁以回忆形式讲述出来的真实经历实际已经被赋予了虚构的成分。于是,王翁的故事引起了读者对故事自身虚构性的关注,同时也加强了成人叙述者之框架故事的虚构性。

鲁迅的第一本小说集《呐喊》,是一系列新技巧和新形式的陈列柜。与《怀旧》相比,《狂人日记》更体现了一种具有西方现代主义观念特征的"形式-内容"的连贯性。在这种观念看来,对于产生含义来说,形式与内容同样重要,二者在相互补充的有机关系中共同发挥作用。小说碎片化的形式正适合于狂人由迫害狂和偏执狂所引发的思想感情的总爆发。这次又出现了两个叙述者:写引子的人和写日记的狂人。其中一个叙述者有精神病,因而是不可靠的叙述者,而另一个叙述者则操着已经过时的文言。通过这两个叙述的中间人,作者和被叙述事实之间的叙事距离被小心地维持着。我们看到,作者再一次自觉地将小说看成是与现实相分离的人工制品,而这种小说观念也标志着

---

① 见鲁迅:《怀旧》,载《鲁迅全集》第 7 卷,第 215~223 页。鲁迅的其他小说,如《在酒楼上》、《故乡》,也处理相似的主题。

② 《鲁迅全集》第 7 卷,第 222 页。

小说对现实主义的远离。

除了对虚构性的搬演(mise-en-scène),小说中超现实的、古怪的想象也使鲁迅的小说远离了传统的现实主义。鲁迅曾在别处提到,对于中国这样的国家来说,grotesk(鲁迅自己用的词语。德语,古怪的、荒诞的——译者注)是最为适合的描述模式,古怪而又夸张的叙述完全合适于中文写作。① 由于狂人是中心叙述者,读者就被迫要通过扭曲的视角来看待事物,正如尼采式的颠覆一样。当狂人的注意力被直接引向了人类行为、历史、文学和语言之时,他的理解和观察呈现出打破和游走于表现和现实之间边界的超现实的、古怪的寓意。例如,当狂人阅读历史书时,他发现整本书都始终在重复着两个相同的汉字——"吃人"。他将正常读者认识到的东西换化成了一个隐喻:将历史描述为仅仅记录了"吃人"一词的做法正暗示着,一如他所读的这本历史书所展示的那样,包含于历史书中的儒家伦理是残忍的和非人的。然而,更加复杂的是,这其中包含了对中文书面语的(错误)读解,由此甚至连文字本身都被局限在了再现的领域内(即语言领域内)。因此,狂人通过其颠倒视角所展示的暴力实际也向我们解释了存在于暴力的现实、暴力的再现和再现的暴力三者之间的紧密关联。当狂人在街上听到一位妇女对他的儿子喊"我要咬你几口才出气"之时,他从字面上理解了这一原本带有比喻性质的文字表述,并将之与自己的吃人偏见联系了起来。在这里,隐喻意义上的暴力被理解成了字面意义,但它却又已经不再局限于再现表述的范围,而是在狂人对身体暴力的敏感和恐惧中产生意义。从隐喻到字面表述再到二者与客观现实的相互交织,这些事件引起了鲁迅实验的嗜好,他试图挑战现实与表述之间的边界,并通过一个疯子的叙述来横跨现实与表述。

通过呈现狂人对于历史和语言的看法,鲁迅剔除了那些陈腔滥调,迫使读者去质问自己对语言的习惯性反应。这一小说标志着中国现代文学的一个重要时刻:隐喻中符号与所指之间的惯常联系被打

---

① 见鲁迅:《阿Q正传的成因》,载《鲁迅全集》第3卷,第380页。

乱,取而代之的是多重含义(有多少种理解就有多少种含义)的可能性。① 视界主义(perspectivism)进入了文学领域,它的相对性允许记录更多的主观个人经验,并对小说中独白的运用(内在的或外在的)给予肯定。事实上,独白后来成为了一种流行的技巧。在此基础上,鲁迅暴露了受社会习俗约束的语言结构的霸道本质,打开了一条对语言交流一般前提进行激进颠覆的道路。

然而,疯狂并不仅仅是揭穿语言习惯真面目的策略性手段,更是作者用来呈现习俗虚饰背后所隐藏着的被倒转的"真实"现实的最佳工具。在这个意义上,我们可以将《狂人日记》读作为有关中国社会和历史编纂暴力的道德故事。在《白光》(1922年)中,主人公陈士成在县考中落榜了16次,在第16次落榜后,他感到了挫败,并开始出现了幻听幻觉。他从自己屋子底下挖出了一个头盖骨,并且看到下巴骨索索地动弹起来和他说话。这个说话的头盖骨可以被看成是一个隐喻,它好比已经腐朽的儒家世界观,虽然死了,但却仍然维持着发言的能力,并且继续统治着主人公。试图通过科举在儒家领域内获取成功的妄想使人变疯了。这一事例是对儒家体系进行彻底颠覆的最好案例。此时,疯狂与反儒批评紧密相连。在鲁迅的第二本短篇小说集《彷徨》(1926年)中,《长明灯》(1925年)描述了一个试图熄灭庙里长明灯的疯子,而这座长明灯的光焰则被无知而又迷信的村民认为是村里人生命的来源。村民们坚信,如果长明灯灭了,洪水就会吞噬村庄,而村民们将会变成泥鳅,因此,他们将疯子关起来以避免他熄灭长明灯。陈士成的疯暗示着科举制度的蠢行,而第二个故事中的疯子则似乎又是认识到迷信的愚蠢并试图通过弄灭长明灯以去除迷信的唯一"清醒"的人。鲁迅再一次将他想传达给读者的隐喻意义赋予了表面意义和身体意义上的疯子。这些疯子所挑战的与其说是事实上的实践,还不如说是国家和宗教制度的象征领域。

《白光》中会说话的头盖骨这一古怪的意象强烈地暗示了鲁迅超

---

① 詹姆逊(Fredric Jameson)也曾在符号学的意义上提出,能指和所指相分离的时刻即是西方现代主义的开端。见《文学革命与生产模式》("Literary Innovation and Modes of Production: A Commentary"),载《中国现代文学》(*Modern Chinese Literature*)第1卷第1期,1984年,第75页。

越现实主义的渴望。相似的意象还可以在《怀旧》中找到,长毛将血肉模糊的赵五叔的头掷向了一个老仆人的怀抱。"砍断的头颅"这一古怪意象的出现,当以《铸剑》(1927年)为最。在《铸剑》中,砍断的头颅在沸水锅中来回游动,相互撕咬。超现实主义的意象也同样频繁地出现在鲁迅的散文诗集《野草》(1927年)中,其中包括了咬住自己心脏的人、在荒野中两手尽量向天的颤抖的裸体女人、在墓室中说话的死尸、两个手捏利刃僵硬对峙的赤裸的人等等的古怪意象。

鲁迅之所以使用古怪意象,部分地源于他对弗洛伊德心理学的兴趣,这种心理学认为梦的幻觉对帮助人们理解现实具有重要的价值。用更加明确的弗洛伊德术语来说,鲁迅探索了本能欲望领域及其与艺术创造和性格心理学的关系。比如在《野草》中,我们看到了爱神和死神近距离地相互遭遇,而二者正是弗洛伊德理论体系中两个基本的本能冲动。通过《故事新编》中的第一个故事《补天》(1922年),鲁迅同样解释了"性(是如何)发动和创造"的。① 鲁迅作品中众多与弗洛伊德相关的内容回应了厨川白村,在后者的概念中,被压抑的欲望和利比多的生命力促生了苦闷,而以象征形式表达出来的苦闷即是艺术。上述讨论的鲁迅对疯狂的描写可以被解释为以古怪意象的方式来释放潜意识中的恐惧和欲望,并暗示出中国社会的潜在语境。疯狂变成了苦闷的体现和化身,最终又象征性地表达出了尼采式的对现有价值的颠覆。在《狂人日记》里,狂人表面上不合逻辑的言辞扰乱了语言习惯,同时也构成了一个对反抗更多社会习俗的隐喻。

和前面讨论过的鲁迅散文一样,鲁迅的小说创作也同样基于进化的和面向未来的观念,也都是人道主义、进化论和个人主义的混合物。例如,尽管《野草》的主要情绪是悲观的,但是,为抵抗由社会腐败和个人生存苦闷所引发的悲观情绪而进行的不屈不挠的斗争,却使希望得以继续存在。在《过客》(1925年)中,旅行者虽然明知死亡最终在等待着他,但却断然继续生命之旅的决定,即是对在面对毁灭时所表现出的不妥协精神的最强有力的表达。与加缪(Albert Camus)《陌生人》

---

① 见鲁迅:《我怎么做起小说来》,载《鲁迅全集》第4卷,第513页。

(*The Stranger*)的主角相比,旅行者选择了一条根本不同的路。在1932年的散文中,鲁迅承认自己在20年代是进化论的坚定信仰者,他坚信未来会好于过去,年轻人会好于年老者。① 他相信"将来总有尤为高尚尤近圆满的人类出现"②。在为其弟周建人所辑译的有关进化论的论文集所写的小引中,鲁迅进一步强调了他的这一信仰,即研究进化学说对于预见中国人将来的运命极为重要。③

鲁迅一次又一次地忙于整合进化论、尼采的个人主义和人道主义(前文中我所定义的"人道主义")。这些文学实验方式表明,这种整合意味着在很大程度上象征的内容已将实验的形式包含在内,而象征的内容又是由上述提及的鲁迅思想中的三个矢量所预先决定的。我们再一次看到,鲁迅为自己设想的不断变化的身份角色影响了他的文学实验主义,他将文学实验主义与社会意义上的具有象征意味的反传统主义结合起来,由此文学形式变得更具工具性,而较少呈现为自发的状态。由于实验主义在艺术上的革新本质及其对社会信息的便捷传递,鲁迅叙述技巧的实验主义可以直接地服务于社会进步的目的。如此看来,鲁迅所使用的现代主义形式,不仅是现代自身的标志,而且也是通过对社会语境的有效体现进而为人们带来社会现代性的工具。通过运用现代主义的形式,鲁迅在某种意义上成为了第三世界民族寓言的典型作家。难怪如上文所提到的那样,詹姆逊在证明其民族寓言理论之时所举的主要例证即是鲁迅。对詹姆逊这种总体化处理进行批判的最简便方法即是指出,第一世界的理论家选择第三世界的代表作家是一种高度简化的行为。理论并非重读鲁迅的关键所在,我们必须向读者展示,鲁迅之后的中国现代主义作家们的写作方式事实上是极其多元的。

---

① 见鲁迅:《序言》,载《鲁迅全集》第4卷,第5页。
② 鲁迅:《随感录41》,载《鲁迅全集》第1卷,第325页。
③ 见鲁迅:《进化和退化小议》,载《鲁迅全集》第4卷,第250页。

鲁迅之后：陶晶孙的实验主义

对于在"五四"时期成长起来的那一代人，尤其是参与创造社的那些人来说，形式上的实验主义不再必然是社会信息的传达媒介。20世纪20年代早期，陶晶孙在日本开始了自己的创作生涯。其时，他已经和郭沫若一起在九州（kyūshū）主办了一个流亡的中文文学杂志 *Green*。也就是在此时，新感觉派作家横光利一（Yokomitsu Riichi）及其他作家（如川端康成[Kawabata Yasunari]）的作品正在日本流行。他们的美学观点受到了其时西方先锋派运动的影响，比如来自达达主义和未来派艺术家的影响。在写作实践中，他们偏爱乔伊斯（Joyce）和普鲁斯特（Proust）的写作技巧。① 几年后，这场日本文学运动的中国对应物诞生在上海，有关于此，我会在本书第三部分仔细探讨。这里需要指出的是，陶晶孙是第一位在自身写作中自觉且熟练运用新感觉派技巧的中国作家。

陶晶孙九岁就来到了日本，并在那里完成了全部的教育。他不仅掌握了包括德语、英语、法语和日语在内的数门外语，而且还熟知日本文学的流行潮流。陶晶孙最早学医，后来学习音响生理学，并曾经担任学校交响乐队的指挥。在这个意义上，陶晶孙有着鲁迅从未有过的温文尔雅和"现代"。他的实验更好地体现了那个年代所具有的文学运动同步性的特征，其时，技术发展和文化帝国主义大大地促进了人们的频繁旅行。我们可以在陶晶孙的作品中看到对"日本化的现代"的具体呈现，而这正是作者所受到的跨国教育、所具有的世界主义品味和所实行的跨语言写作实践的结果。

比较特别的是，陶晶孙进行形式实验之时并不像鲁迅那样承担着社会进化的义务。精通于日本文化的陶晶孙用日文创作了大量的小

---

① 见唐纳金（Donald Keene）：《走向西方的黎明：现代日本文学》（*Dawn to the west: Japanese Literature of the Modern Era*），第 19 章，"现代主义及其外来影响"（"Modernism and Foreign Influences"），New York：Henry Holt，1984 年，第 629～719 页。

说,随后又将它们翻译成中文,其间还点缀着稍许的英文和法文。严格地说,这位创造社作家实际上是一位译者,他将日本化的表述和句法(事先已在日本语境中被欧化)移植到了中文里。同时,未曾变化过的外文词汇,尤其是法文和英文词汇,又与经过日本化和欧洲化的语法和句法混合在一起使用。多种语言的并置和具有外国风味的语法、句法使得陶晶孙的作品充满了异国情调。在这个意义上,无论对于上海的外国租界来说,还是对于日本来说,他的小说都十分适合于他所处的语境。

下面是从其文集《音乐会小曲》中摘录出来的《Café Pipeau 的广告》一文的片断。其中的许多单词即是以斜体形式出现的英法词汇。

>   *Modern girl* 和 *boy* 们啊,我们洗杯煮咖啡在等你们来了。
>   咖啡不待说了!——*Mocca*, *Java*, *Brazil*
>   这灰色都会中,诸君从来没有看见我们咖啡的黑色呢?
>   *Custard pudding*, *Neapolitan ice-cream*
>   *Mined lime*, *Mince pie*
>   *Ecrier*, *Zinger*
>   都是老板在
>   *Café Atlier* 的 *Store* 前
>   学习来的,
>
> 还有酒,酒,酒,酒
>   酒要杯脚很高,色彩辉亮,
>   Cocktail, Cocktail, Cocktail
>   Rose, Violet, Rose,
>   我们老板又是音乐家,他会不以音乐饗你们么?——
>   于是我们有留声机请诸君听——
>   Classic, Moderne, Violon, Orchestra,
>   而他还在筹备"Orchestra Pipeau"
>   我老板和厨房,和招待,煮好咖啡,
>   在等你们了。   PIPEAU!

PIPEAU!
PIPEAU!
PIPEAU!①

从语义学层面和视觉方面来看,这篇文字在语言和排版上十分引人注目。外文词汇的大量运用及其与中文的混用制造了强烈的视觉效果,同时也暗示着世界主义大都会的语境。对词汇"酒"和 Pipeau 大量的夸张性复现则体现了作者为了抓住观众的注意力,而对尺寸和空间排布表现出了一种画家般的敏感。诗歌的界限被打破,文本混杂了小说、诗歌和广告等等的形式。在中国现代文学领域,语言第一次为着视觉的效果而被使用,同样这也是语义学第一次向读者暗示了某种夹杂着殖民内涵的多元混杂性的大都市文化。

《Café Pipeau 的广告》中也存在着一个叙事。通过戏剧独白的形式,叙述者讲了一个年轻人是如何从中国南方来到上海,并成为一个咖啡店的主人的故事。这位年轻人是一个被送到日本受教育的乡下人,在日本,他花了大量的时间来深深地怀念散布着石桥、柳树、小船和长满青草的山坡的中国乡村。日本都市文化的影响和引诱("汽车横飞,脸香扑鼻,成熟的女性的裸手长足飞过他的脸皮上。咖啡店里的 Modern girl 要涨破他的肚皮"②)将他变成了一个城市人。在不到四页纸的篇幅里,故事以极其经济的语言讲述了店主从乡下人变为城市人的过程,而奇怪的句法和语义则暗示着都市的异国情调。上面引用的"咖啡店里的 Modern girl 要涨破他的肚皮"这句话,实际就表现了他在面对咖啡店里的现代女孩时所感到的兴奋紧张和强烈诱惑。③他咖啡的名字"Pipeau"有着双重的含义:这原是一个法文词汇,指代用芦苇茎制成的乐器或是牧羊人吹的笛子,用在这里则暗示了店主的怀乡之情,这个词语也经常被音译为中文的"漂泊",意为"wandering"。

---

① 陶晶孙:《音乐会小曲》,上海:创造社,1927 年,第 151~153 页。
② 同上,第 151 页。
③ 对中国语境中摩登女郎的分析请见第十一章。

在国外的那种漂泊感也正是店主希望能通过外国食物和环境氛围而为顾客带来的感觉,也恰与陶晶孙向其读者提供外国语义和经过变化之句法的做法相似。

陶晶孙还经常运用他在音乐方面的才能:在他对句法和语义结构的具体选择中,音乐的影响尤其显著。在上面所引的例子中,名词的排列、通过强调来造成某种声音渐强的效果、由短语和句子的长短不一所构成的节奏变化都突显了作者对语言音乐性的注意力。音乐和音乐会也常常成为陶晶孙小说的内容,例如他的两篇小说《音乐会小曲》和《两情景》。后一篇小说将两场音乐会的场景并置在一处:传统的日本音乐会和西方的音乐会。其中第一个场景的语言模拟了日本音乐家以及音乐的优雅、纯净和悠闲之情,而第二个场景的语言则摹写了西方音乐会震撼喧嚷的感观氛围。文章这样描写西方音乐会上的一个名叫 Bob 的白种人:

> Bob 呢,手执一朵蔷薇,挥,挥,挥,那蔷薇好像她的嘴唇,红,红,红,红像半湿的红唇,而她挥的是蔷薇,挥,挥,挥。这时候,蔷薇忽的离她的手,高飞在空中,就落到底下去,底下像花一般的洋人和美丽的日本姑娘们队里,落到一个年青洋人的手里,Bob 姑娘向下一瞧,蔷薇呢,你看,又还到她的红唇上。[1]

蔷薇的意象首先被用作为形容 Bob 小姐嘴唇红艳的明喻和形容其性感的隐喻,接着又用作转喻,形容 Bob 此时放在男人手上的、暗示着轻浮接触的嘴唇。Schuman 夫人在舞台上的歌唱,对 Bob 小姐挥动着玫瑰的手的反复描写,以及语言有节奏的运动,都和谐一致地创造出了一个声音、运动、意象和语言的音乐会。

在《短篇三章》(1925 年)中,陶晶孙描述了一组连续的意象,我们可以从一个特定的角度来理解这种描述方式,正如下一章我将要分析的郭沫若的《阳春别》一样。此处感知主体是正从山坡上滚下的处于

---

[1] 陶晶孙:《音乐会小曲》,第 26 页。

运动中的主人公自己:"他跌了。绝壁一面有草地,草地斜面上他们在滚下去了。天空、草、松树、松树、草、天空、草、松树、青天、青天、青天、青天,柔的草,青的天,松树梢,还要有——是,他,和她的白的足。"①毫无疑问,此处的感觉行为本身要远比郭沫若的小说来得突出和显著。与同时期的其他作家相比,陶晶孙对中国语言进行了更大程度的改写,他通过语言学上的实验延展了语言的表达力,探索了语言与视觉、音乐的关联,在语言表达中融入了知觉及其他感官经验的效果。

在对鲁迅和陶晶孙实验主义所作的对比中,最显著的区别就是社会效用在后者作品中的明显缺席。根据二人的区别,我们可以确认"五四"时期实验主义的两种不同模式:与社会层面之现代性相连的实验主义,和只作为文化层面之现代性标志的实验主义。这两种形式的现代性紧密相连,当然他们之间的联系并不仅仅局限于共同的内涵,因为正如陶晶孙的例证所表现的那样,作为用多种语言写作的跨国创作行为,其所产生的世界主义的文学作品也必然会受到政治和文化层面上的帝国主义语境的影响。如果说城市的环境从本质上说是具有异国情调的,那是因为有了殖民租界的存在;如果将异国情调看作是都市世界主义的前提,那么都市世界主义就成了植根于半殖民语境下的一种文化身份的形式;如果因为都市化和异国情调无疑为形式的实验主义提供了强有力的刺激而将它们看作是导致形式实验主义的原因,那么,作为一种技巧或是方法论而存在的形式实验主义就不可能轻易地脱离于半殖民主义的历史语境。

---

① 陶晶孙:《短篇三章》,载《音乐会小曲》,第138页。

第三章 精神分析与世界主义：
郭沫若的作品

> "个性化的个体"并不天然存在：他是在最初身份认同的冲突性分裂和重组中被创造出来的。即当个体将更具优越性的共同体视作是促成自身解放的能动性源泉之时，他就会从一个单一的群体中解放出来，而不再仅仅只拥有一个单一的无显著特征的大众身份。
>
> ——艾蒂安·巴里巴尔（Etienne Balibar，1995 年）

弗洛伊德的精神分析学说在中国语境中有着怎样的遭遇？在目的论意义上的现代性已然获得稳定地位的"五四"语境中，遭遇到精神分析学说的中国文学界又发生了什么？自觉遵守精神分析框架的欲望结构是如何成为可能和必需的？作为一种引入话语，精神分析学说又是如何适应于现代中国知识分子的需要和事业的？最后，在地区和全球语境中使用精神分析学说的做法背后有着什么样的多重含义？本章将试图通过对郭沫若（1892—1978）在 20 年代中期马克思转向之前所写的小说和批评文字的分析来回答上述问题。我将对现代性渴望与现代性渴望之形式的交叉部分进行考察，因为二者共同构成了精神分析学说的实验文本。由于精神分析学说总是以特定的方式来定义欲望，因此，中国作家如果要使这一学说在中国语境内获得合法性，他们要做的第一件事即是使精神分析学说具备普遍的有效性。从这个意义上说，若要以精神分析的方式来表达欲望，就必须有一个可以预估的客体化过程：即先把理论分解为可供使用的诸多部分，然后反过来应用它们。①

　　同时，本章将通过质询现代中国世界主义建立的前提条件，来考察现代中国世界主义的一般内涵。我认为，术语"世界主义"的使用实际上并非建立在一个匀质定义的基础上，而是要根据研究主体的具体立场来进行具体分析。对第三世界的知识分子来说，"世界主义"意味着他们必须主要依靠对世界（西方）的了解来获得广博的知识；而对于都市西方的知识分子来说，他们却不曾被要求去对非西方世界进行认知。这种"不匀质的世界主义"又一次显现了西方占支配地位的世界观。在这一章中，我的兴趣在于追寻这种非匀质的世界主义是如何被镶嵌进"五四"语境中去的，而本章的主要例证将是郭沫若的心理分析小说和批评散文。因为精神分析和世界主义都假定了一种普遍性（分别体现在心智和文化上），所以二者之间肯定存在着某种紧密的联系，即便这种普遍性在本质上都属于欧洲中心主义的范畴。

　　精神分析和世界主义之间的特定关联建立在它们所共同享有的普遍性假设之上。首先，弗洛伊德的精神分析学说被看成是赞同性解放的学说；这一学说同时也成为了能使个人主义获得合法性的主要模式之一，它包含了个人的"现代性"，即享受打破了传统道德规范约束的性自由。其二，在那个西方主义话语掌握文化权力的年代，精神分析学说也使得它的使用者获得了额外的文化资本，这些使用者成了世界主义者，进而得以出人头地。尤其是当精神分析学说被一般读者看成是极其神秘之物的时候，这一理论就更加成为一个人具备世界主义视角的可靠证据，从而使得知识精英和大众之间的差别变得更加明显。在考察精神分析学说及其在中国的应用之前（为了获得"现代"的欲望形式，这一过程中肯定充满了各种人为的处理），我们必须首先对文学史作一番考察，以便找到郭沫若的小说作品在文学史中所处的位置。

---

　　① 张京媛在谈到中国作家有选择地应用弗洛伊德的精神分析学说尤其是优先考虑其中的三个方面：艺术创造理论、俄狄浦斯情结、梦的解析之时，强调了本文这里提到的观点。见《精神分析在中国：文学转变，1919—1949》（*Psychoanalysis in China：Literary Transformation*, 1919-1949），Ithaca：Cornell East Asia Series，1992年，第3页。

作为小说家的郭沫若

也许是由于郭沫若主要是作为引发"五四"浪漫主义精神大爆发的惠特曼一脉的诗人而被人认知,所以他在叙述技巧方面的实验很少受到人们的关注。郭沫若主要被看成是一位站在过去的废墟上呼唤新生的诗人(这里用到了我在第一章中曾讨论过的凤凰涅槃的隐喻),他的身上体现了一种破除偶像和反传统的"五四"精神。批评家和历史学家一般都将郭沫若浪漫主义诗歌中激进的先锋精神与其20年代以降的政治活动联系了起来,将前者视为后者在文学上的例证。这种解释有意忽略了郭沫若在意识形态和美学层面上从浪漫主义的反偶像崇拜者逐渐成为马克思主义者的转变过程。这些批评家有意建构了一个具有连续性的年代表,将郭沫若的所有作品都视作是为马克思主义意识形态服务的作品。例如,一本十分权威的中国现代文学家词典就为我们提供了一份典型的马克思主义文学史式的对郭沫若生平和作品的总结:"卓越的无产阶级文化战士,坚贞不渝的革命家,杰出的作家、诗人和戏剧家,马克思主义的历史学家和古文学家"[①]。郭沫若作为诗人、戏剧家、学者和其首先作为马克思主义文化领袖(1949年当选为颇具声望的文联主席)的声名地位使得他的叙事作品和批评散文遭到了遮蔽。为了理解这些作品,我们必须警惕两种理解的角度:一是历史当下主义(presentism)的角度(这种观点认为,对过往的叙述必须建立在今天事情结果的基础上),二是连续的线性时间中心主义的角度(这种观点认为,郭沫若早年的行为一定可以被用来解释其后的变化)。历史当下主义和线性时间中心主义的陷阱是十分明显的,因为它们粗暴地剔除了那些与其叙述不能切合的因素。这就告诉我们,在上面引用的对郭沫若成就的概括中,批评家们并未具体参考他的小说作品。郭沫若的心理分析小说便是这些被轻易忽略的多余作

---

① 阎纯德等编:《中国文学家大词典》第1卷,成都:四川人民出版社,1979年,第269页。

品中的一类。

郭沫若写于1919—1925年间的心理分析小说均以对性冲动的探询作为主题。在众多批评家眼中,这些作品无疑与郭沫若在文化意识形态层面上所获得的政治形象不相符合。事实上,在郭沫若逐渐转向马克思主义的20年代中期以前,他已经出版了三本小说。如果说郭沫若小说创作的绝对数量已经足以使人印象深刻的话(作为中国现代小说之父的鲁迅,也只出版过三薄本小说),那么,他在各种批评散文和小说作品中所表现出的对中国和西方传统的独特理解也同样会给我们留下深刻的印象。早期的世界主义者郭沫若是一位美学先驱者、泛神论者和为艺术而艺术观点的拥护者。也许唯有在激进程度这一层面上,早期郭沫若才能与后期郭沫若相通。

正如前文所提到的那样,为了给使用精神分析学说赋予合法性,首先必须设定一个文化普遍性的假设。在写于1922年和1923年的四篇重要散文中,郭沫若详细解释说,他对普遍性的信仰实际建立在泛神论和"超国家"这两个相伴而生的概念的基础之上。在《〈少年维特之烦恼〉序引》一文中,郭沫若将歌德的主要思想归结为主情主义、个人、自我表达、亲爱自然和泛神思想等等方面。在郭沫若看来,泛神论的个人将自身看成是神之一员。既然上帝存在于人自身,那么普遍的意愿也存在于人自身,因此个体的主情主义就应该得到颂扬。这里,我们可以清晰地看到,将歌德小说翻译成中文的郭沫若和使用充满爆发力的、和谐的惠特曼式语言来写诗歌的郭沫若是如何融为一体的。这种赞成个人主义的泛神论思想不仅仅植根于吸引了郭沫若的那部分西方文化,而且还植根于中国文化的基本哲学定位:道儒互补。例如,在1923年写的《中国文化之传统精神》中,郭沫若将老子和孔子描述为个人主义、自由思想和自我克制等泛神论观念的先驱。通过将秦以降对老子和孔子思想的读解看成是一种误读,郭沫若断言,老子和孔子继承了先秦中国《尚书》、《列子》以及神农思想中所体现的泛神论思想,在这些泛神论思想中,自然、人和神是融为一体的。老子的"革命思想"主张无为,这是一种"自由思想"和指向活动本身的活动。另一方面,郭沫若又悲叹孔子的极端被误解。通过引用《论语》中的许多段落，郭沫若认为，孔子通过认识到"人类之个性为神"的道理，进而复兴了关于宇宙的泛神论观点。

在名为《国家的与超国家的》(1923年)的文章中，泛神论又与郭沫若所谓的"超国家"概念联系在了一起。因为民族国家越来越变成为对个人的一种限制形式，郭沫若作出推论，我们必须转向超国家的，因为后者通过消除民族国家边界保证了国家间的人道主义、和睦以及和平。通过评论巴比士(Henri Barbusse，1878—1935)有关第一次世界大战之荒唐性的现实主义小说《光明》(*La Clarte*，1919年)，郭沫若注意到，民族国家所包含的战争倾向破坏了个人的自由。由此，郭沫若得出结论，对于历来对民族国家之重要性缺乏概念的中国人来说(通过特定的现代新词"国家"来表达[①])，超国家正是中国人的准则，因为传统中国精神的最终目标即是全人类的和平，而非民族国家的统治。在这个意义上，郭沫若认为，超国家主义无疑早已存在于传统中国的精神之中。[②]

郭沫若的下一个步骤是要将中国文化与西方文化之源"古希腊文化"放在同等的位置上，并以此来消除中西之间的地理文化边界。在1923年写给宗白华(1897—1986，后来成为了一名颇具名望的美学家)的一封信中，郭沫若提出，在世界四大文化形态(即印度、希伯来、中国和希腊)中，中国文化最为接近希腊文化和德国文化(郭沫若将后者视作是希腊文化的分支)。通过引用《诗经》里的占星术、《墨子》中的物理学和邹衍哲学方法中的推演法，郭沫若认为，真正的先秦文化正如古希腊文化一样，是积极的、进步的、科学的和理性的。而且，老子的哲学与尼采哲学存在着某种相似关系：他们都反对神性，反抗传统道

[①] 在这个问题上，区分"天下"和"国家"(民族国家)概念的不同含义是极为重要的，在帝国时代，中国人用"天下"来指代中国。列文森(Joseph Levenson)指出，现代术语"国家"是一种自动破除汉族中心主义的形式，否定了认为中国即是世界的旧术语"天下"。列文森进一步认为，现代中国的知识史即是"国家代替天下的过程"。见列文森：《儒教中国及其现代命运》(*Confucian China and Its Modern Fate*)，Berkeley and Los Angeles：University of California Press，1958年，第99~103页。

[②] 这三篇文章请参见王训昭编：《郭沫若研究资料》第1卷，北京：中国社会科学出版社，1986年，第147~155页。

德,强调个人是进步发展的基础。而他们的缺点也是一致的:二者都以自我为中心,而不是利他主义的。①

在上面的四个文本中,郭沫若通过两个步骤成功地将合法性赋予了"超国家"概念:他首先探询到中国文化和西方大都会文化在本体论意义上的文化相似性(希腊文化被看作是西方大都会文化的源头),然后找出了中国传统文化中的"现代"(西方)因子。早期郭沫若是一位"世界主义者",他对中西之间的地理文化边界进行了模糊化的处理,当然这种模糊化处理的前提仍是等级森严的。在郭沫若眼中,由于希腊文化必须被认作是中国的同类文化,印度文化和希伯来文化也就必然被决绝地隔绝在这种特定的亲缘结构之外,由此,普遍主义使得希腊式的大都会西方成为了比较和相似性的基础。

可以毫不夸张地说,郭沫若对于超国家概念中的"传统中国精神"的解释严重地偏离了惯常的理解。但同样必须肯定的是,这种解释在"五四"中国的语境中具有即时的政治和文化紧迫性。例如,这可以部分地被解释为一种策略性修辞,这种策略希望通过将西方进口之思想视作是中国文化的一部分,提倡从西方引进思想的开放性态度,以支持反传统的号召。第二章曾讨论的鲁迅的拿来主义也是一个很好的例证。正如鲁迅所计划的那样,那些对郭沫若之世界主义的反对之声实际上极易被贬斥成不安全的、偏执狂的和地方主义的因素,进而遭到解构。② 郭沫若和鲁迅主张现代中国必须毫无犹疑地采取世界主义的开阔视野,接受西方提供给我们的东西。鲁迅甚至提出没有一部中国经典值得中国青少年阅读:他们只能读外国书籍,但鲁迅又赶忙补充到,这些外国书中不包括印度书,这实际上又一次对何为真正的"外国书"这一问题进行了等级化的处理。③ 对于郭沫若和鲁迅来说,从西方寻求现代性(包括名义上的西方——日本)同时意味着对其他非西

---

① 见《论中德文化书——致宗白华兄》,载陈崧主编:《五四前后东西文化问题论战文选》,北京:中国社会科学出版社,1989年,第582～589页。
② 见鲁迅:《看镜有感》,载《鲁迅全集》第1卷,北京:人民文学出版社,1981年,第197～200页。此类观点的再次流行可见于80年代的文化热,其时中国人深深地沉浸在以汉唐作为中国文化之黄金时代的怀旧理想中。可参考记录片《河殇》。
③ 见鲁迅:《青年必读书》,载《鲁迅全集》第3卷,第12页。

方文化(印度文化)和西方内部其他文化(希伯来文化)的排斥;超国家关系仅仅局限在中国和希腊西方之间。这一西方是现代性的唯一拥有者,因而可与中国结成一种超国家的关系;由此这种超国家所显示的世界主义愿望,并非建立在水平概念的基础之上,而是建立在一种反复重申政治文化力量分配地理学的等级制度的基础之上。

  郭沫若世界主义观念中蕴涵的非均质性和等级制度,进而影响到了目的论意义上的现代性观念。首先,虽然郭沫若表面上反对目的论的想法,但他所致力的中国文化的合法化进程却主要是在西方现代性的目的论意义上进行的。因此,对于郭沫若来说,重要的是找到现代(尼采)和传统(老子)之间的相似性,进而凭借这种相似性来证明一种普遍意义上的现代性:在这种对相似性的追寻中,目的论意义上的现代性实际已经暗含其中。这种对相似性的探寻将尼采定位为出发点,将老子看作是对照之物。在这个意义上,尼采始终是一种特定的参考框架和参考标准,也只有在这个框架和标准下,老子才能被比较、被评估和被同等对待。其二,将中国文化与西方文化同等对待的希望需要对中国文化进行一种排除性质的定义:尤其强调积极、进步和理性,而低估那些与之相违背,但却是中国文化复杂图景不可分割之一部分的那些因素。再一次地,由进步理性之启蒙意识形态所引发的学习西方的愿望导致了这种排除行为。郭沫若用来分析中国文化的认识论范畴无疑借用自西方。同样地,在郭沫若的小说中,心理分析学说也将成为运用到中国语境中去的一整套认识范畴和情感范畴。

  在郭沫若的超国家计划中,现代西方提供的东西早已镶嵌于中国文化的精华之中,于是,变成"西化的"就等同于变成真正的中国的。郭沫若认为在古代与现代之间、中国与外国之间不存在什么区别。在他泛神论的超国家主义中,矛盾和差别可以被调和与整合,每一个人都可以被教化。若用文学术语来表达,郭沫若所选择的隐喻理所当然的是宇宙的融合与联盟:新文学"承受天来的雨露,摄取地上的泉流,融化一切外来之物于自我之中,使为自我之血液,滚滚而流,流出全部之自我"①。那些属于外界的东西(雨水、露水和春水)被吸收,进而变成自身的有机组成部分(血液)。水和血的液体性质消除了差别,使得自我和他者的融合成为了可能。为了赞成处于互相渗透和熔化之恒常状态中的无边界的自我和无限制的世界(虽然实际上暗含着等级差异),郭沫若有关自然的隐喻向人们允诺了一个超越于民族国家与民族文化之上的乌托邦式的身份政治。

于是,精神分析学说被超时空地运用于对13世纪作家王实甫作品的分析中。在写于1921年的名为《西厢记艺术上的批判与其作者性格》的文章中,郭沫若提出,《西厢记》是心理损伤和被压抑之性欲的产物。通过将王实甫的杰作赞美为废除旧习俗的人类性本能的凯旋之歌,郭沫若将对小脚的恋物癖视作是蕴藏在王实甫作品背后的性冲动。他解释到,中国裹小脚的习俗引发了男人对于小脚的恋物癖和女人的受虐狂倾向。② 颇为讽刺的是,正如中国文化的精髓(儒道精神)超国家地对西方文化作出了回应那样,中国文化的糟粕(裹小脚)恰恰也使得精神分析学说在中国语境中的运用变成了可能。

但是,精神分析学说在中国语境中的应用,仍然带有着极为明显的人为痕迹,我们在其中发现了机械的和人工的存在本质。精神分析是一种方法、风格,对于郭沫若来说,这一学说主要是用来对性欲和梦之间的联系进行探索。他的第一部小说《牧羊哀话》(1919年)就采用了梦境来传达主人公白天听到一个悲惨的爱情故事时所感觉到的恐惧。郭沫若最为突出的心理分析小说是《残春》(1922年)。他在写作时不仅参考了心理分析学说的框架,而且由于担心读者可能无法理解这一小说,郭沫若还特地写了一篇对心理分析进行解释的导读性文字。

这篇小说写于郭沫若在日本逗留期间,而这篇小说的故事背景也是日本。和郭沫若一样,小说的主人公爱牟也是在日本学习医科的中国留学生,已婚的爱牟膝下也有两子。一天,另一个中国学生白羊来

---

① 郭沫若:《我们的文学新运动》,载《郭沫若研究资料》,第180页。
② 对郭沫若文章的讨论,请参见吴立昌著:《精神分析与中西文学》,上海:学林出版社,1987年,第170~172页。

访。白羊告诉爱牟,他们共同的朋友贺君发了疯。贺君于回国途中在高呼三声"万岁"之后曾经试图跳水自杀。爱牟认为肯定是有某种眼不能见的"存在"吸引贺君跳的水,就好像荷马史诗《奥德赛》中 Odysseus 听着 Siren 的歌声一样。在白羊的要求下,爱牟到一家小医院看望了卧病在床的贺君。爱牟在那里遇上了漂亮的日本女护士,并很快迷恋上了她。这位护士 S 姑娘出生在美国的桑佛朗西司戈。但是就在 S 小姐三岁时,她的双亲就因肺结核病去世了,而 S 小姐自己如今也已经有了肺结核初期的症状。她的惨白脸色(由于腺病质体格)、异国情调(S 小姐是出生于美国的日本人)和脆弱引发了爱牟的爱恋和保护欲,也证明了男主人公的男子气概。当白羊也对 S 小姐表现出爱慕之情的时候,爱牟对 S 小姐的欲望变得更为强烈了。也许正如勒内·吉拉尔(René Girard)所说,处于三角关系中的欲望表现得最为强烈。[①] 由于爱牟已经结婚且有了两个孩子,因此他对自己在情感上的不忠行为怀有一种负罪感。那天晚上,爱牟梦见自己和 S 姑娘在皓月当空的"笔立山"(字面意思是高而陡峭的山)山顶约会。爱牟将月亮比喻为一个向着天空倒打的惊叹号,此处的月亮实际已带上了显明的菲勒斯意味。爱牟和 S 小姐谈起了后者对患上肺结核的恐惧,而爱牟则以未来医生的专家权威来安慰她。S 小姐请爱牟为自己诊断病情,并袒露出自己的上半身:她的肩膀像"剥了皮的荔枝",而两个乳房就像"未开苞的蔷薇花蕾"。正当他准备去触摸 S 小姐之时,白羊出现了。白羊告诉他,他的妻子疯了并杀死了他们的两个孩子。他赶忙跑回家,发现儿子们胸部被刺,都已经死了。孩子们身上没有衣裳,胸部也全都是血。他的妻子最后把他也刺死了。第二天早上,爱牟梦醒之后,赶忙奔回了家,发现自己的家人安然无恙。爱牟将自己的梦境告诉了妻子,妻子听后嘲弄道,这皆是男主人公自己心虚的结果。[②]

作者设计了以下几个方面来表现梦境:将护士的乳房比喻为未开

[①] 见勒内·吉拉尔(René Girard):《欺骗、欲望和小说》(*Deceit, Desire and the Novel*),Yvonne Freccero, Baltimore: Johns Hopkins University Press, 1965 年。

[②] 见郭沫若:《残春》,载《郭沫若全集》第 9 卷,北京:人民文学出版社,1985 年,第 20~35 页。

第三章　精神分析与世界主义：郭沫若的作品　117

苞的蔷薇，实际也象征性地暗示了这个姑娘后来的命运，因为她的病体正预示着她的短命。爱牟第二天清晨为 S 小姐买了蔷薇花，这些花儿也凋谢得比一般的花儿要快；在花苞充分开花之前，花瓣就凋零了。S 小姐如花苞般的乳房，如未开苞蔷薇的 S 小姐自己和爱牟为她买的蔷薇花，作者将这些转喻小心地连缀在了一起。其他类似的想象还包括作为其欲望对象的 S 小姐的乳房，以及孩子们被刺中的胸膛。于是，欲望对象变成了恐怖之所在。当然，相比我通过对梦境中几个意象的分析所揭示的含义，郭沫若的设计实际要更为复杂。在这个意义上，我们极有必要再参考一下郭沫若本人对这一梦境主要结构的构想原则的解释，因为这将会使我们获得对该小说之心理分析框架的进一步了解。

　　主人公爱牟对于 S 姑娘是隐隐生了一种爱恋，但他是有妻子的人，他的爱情当然不能实现，所以他在无形无影之间把它按在潜意识下去了。这便是构成梦境的主要动机。梦中爱牟与 S 会于笔立山上，这是他在昼间所不能满足的欲望，而在梦中表现了，及到爱牟将去打诊，便是两人的肉体将接触时，而白羊匆匆专来报难。这是爱牟在昼间隐隐感觉着白羊为自己的障碍，故入梦中来拆散他们。妻杀二儿而发狂，是昼间无意识中所感受到的最大的障碍，在梦中消除了的表现。至于由贺君的发狂而影到妻的发狂，由晚霞如血而影到二儿的血，由 Sirens 的联想而影到 Medea 的悲剧（因为同是出于希腊神话的），由 Medea 的悲剧而形成梦的模型。①

在这篇小说中，郭沫若用弗洛伊德的框架对这个梦境进行了巧妙的处理：梦是爱牟白天欲望的达成，也是一个充满了性焦虑的梦境。妻子、孩子和自己的死可以被进一步解释为是对罪恶感和自我惩罚的

---

①　郭沫若：《批判与梦》，载《郭沫若研究资料》第 1 卷，第 169 页。

具象化处理。在这个意义上,这个梦也可以被看成是一个惩戒性的梦。① 爱牟没有抚摸 S 小姐的乳房,却触摸到了儿子带血的胸膛。通过这种对象的置换,爱牟的欲望获得了一种恐惧的补偿。小说中对希腊神话潜在含义的使用(美狄亚杀死两个孩子正是为报复丈夫伊阿宋的不忠行为)同时也是对弗洛伊德的模仿,因为后者恰恰喜欢引用希腊神话来证明自己的许多重要观点。从这些相似之处可以看出,中国文本对心理分析意义上之梦境的使用都是种种精心设计的结果。如果说涉及性内容的梦境事实对于弗洛伊德所处的维多利亚时代的维也纳语境来说还是十分自然的,那么对于进行心理分析小说写作实验的中国作家来说,他就必须付出艰难的努力才能将之以特定的形式引入中国。弗洛伊德恰好是犹太裔,因此他的理论也恰好完全循着他身上的犹太特性而建构。② 然而,对于认为希伯来文化根本配不上自己超国家思想的郭沫若来说,这些事实对之绝对构成了一种讽刺,虽然他自己未曾提及。

《残春》极可能是意识流式的内心独白出现在中国小说中的头一遭。在去探望朋友的火车上,爱牟的想法进行着随意的转化:从对他刚刚离开的家庭的思念,到担心朋友会死去,再到对各种死法及其内在含义的哲学化思考,最后想到孩子和他们离了父亲的孤独。这些想法之间毫无逻辑上的一贯性,只是以一种分离的方式运作着。然而,这种意识流叙述仍然透露出了极为浓重的人工设计痕迹,因为此处的叙述是一种极具自觉意识的写作实验,而其中的写作技巧在中国文学史上又是史无前例的。潜藏在心理现实描写背后的决定性因素实际是作者对心理分析的掌握以及用文学内心独白方式来实践这一学说。在这个意义上,知识分子对心理分析学说的认识和思考实际已经介入了内在性的建构过程。

---

① "愿望达成"(wish-fulfillment)、焦虑和惩罚性的梦境都请参见弗洛伊德:《梦的解析》(*The Interpretation of Dreams*),James Strachery 译,New York:Avon Books,1965 年,第 155~166 页,第 195 页,第 596 页。

② 见珊德·吉尔曼(Sander L. Gilman):《弗洛伊德之案例》(*The Case of Sigmund Freud*),Baltimore:Johns Hopkins University Press,1993 年。

与之相似,小说《阳春别》(1934年)以一种富有节奏的意象流展现了一个邮船公司售票处的景象,而其中出现的意象显然又是经由观察者主体意识筛选的结果。

> 电话声、电铃声、打字机声、钢笔在纸上赛跑声,不间断地,在奏着近代文明的进行曲。栗鼠的眼睛眼睛眼睛,毛虫痉挛着的颜面筋肉⋯⋯随着这进行曲的乐声,不断地跃进,跃进,跃进。空气是沸腾着的,红头巡捕、西洋妇人、玉兰玉兰水的香气、衣缝下露出的日本妇人的肥白的脚胫⋯⋯人是沸水中浮游着的水滴。①

这个段落以一种缺乏连贯性的句法和跳跃的、断断续续的节奏,将各种形象、明喻和隐喻戏剧化地并置在一起,从而效果极佳地描述了售票处的声音、活动、颜色和味道。文章随着观察者的视角不断移动,按照观察顺序记录下观察到的各种形象。这些以明喻和暗喻呈现的意象为我们营造了一个由噪音、喧闹、拥挤和闷热构成的令人压抑的空间。小说的下一个段落又突然将人们带出了这种喧闹,描写了一位脸色苍白、衣着普通、头发零乱的独自出行的男青年。也就是在男青年突然出现的那一瞬,文章也透露出这位男青年对这一场景的窒息感。

用心理分析术语仔细描述出来的视觉意象将人物的内心图景外在化了。这种处理方式也同样体现在另一个抒情味道较浓的小说《喀尔美萝姑娘》(1925年)之中。和《残春》一样,小说描写了一个已婚男性的心理痛苦,因为他迷上了一个被他自己昵称为"喀尔美萝姑娘"的日本女性。他生活在双重的世界里,有着双重的人格,感觉到自己的失控,同时又梦想着与"喀尔美萝姑娘"的结合。作者在文中描述了一个促使"愿望达成"的梦。在梦中,"喀尔美萝姑娘"坦诚自己已经爱上了男主人公,但随即又跳下悬崖自杀了。醒过来以后,中国籍的男主人公因为想念心中的日本美人而日渐憔悴,而这个日本姑娘的形象实

---

① 郭沫若:《阳春别》,载《郭沫若全集》第9卷,第163页。

际是与男主人公的文学诗学想象紧密联系在一起的。她被看作是一个用来满足男主人公受虐欲望的西班牙女人;不断地用马鞭鞭打男主人公直至他皮开肉绽。但她同时也是一个面色苍白的患了肺结核病的美人,是一个深受养父母剥削和虐待的孤儿,还是一个为贫穷所苦的美人,所有这些因素都激起了男主人公作为男性的保护欲。当他越来越认识到这种单相思永远也不会得到回应之时,男主人公试图跳海自杀,但却被救了,于是他又准备用手枪来自杀。① 这篇长达30多页的小说,以男主人公写给朋友的书信形式展开。小说通过内心独白描述了自己的精神图景。一如我将在第四章讨论的郁达夫小说那样,小说详细描写了男主人公不断变化的精神状态。在整篇小说中,到处可见作者对西方文学和神话的引用(包括西班牙作家布拉斯科·伊巴涅斯[Blasco Ibánez]的《裸体女人》[La Moja Desnude],歌德笔下的Fraust,莎士比亚的麦克白,古希腊神话和德语、日语、西班牙语等外国语言),而作者也不得不为这些引用加上注脚。对内心图景的进一步描写同时也向我们展示了郭沫若在西方人文学方面的广博知识,而内在性正是在文字和互文性基础上被建构起来的。换句话说,这幅中国人的精神图景带上了浓重的异国情调色彩,当然也有一些例外。

可以这样说,小说中不能缩减的中国因素即是男主人公的族性,而这也正是他与日本女性的差别所在。在这篇小说中,主人公是中国人这一事实始终被掩饰和压抑住了。他由于害怕女主人公发现他是中国人而决意不将自己的求爱信送给自己的爱人。"有一回我写了一封信几乎纳在她的手中了,但我终竟收了回来。我怕她晓得我是中国人,会使她连现在对于我的一点情愫都要失掉。这是我所不能忍耐的,这是值得我的生命的冒险。"②在这段话中,中国性和较弱的日本语言能力之间的联系(由于他与日本女性在族群/种族上的差异),迫使男主人公深深地陷入了与爱的表达和实践相远离的欲望世界和内心世界。种族特性粗暴地决定了爱的命运,使主人公永远得不到报偿。

---

① 见郭沫若:《喀尔美萝姑娘》,载《郭沫若全集》第9卷,第205~238页。
② 同上,第230页。

得不到报偿的爱被认为是悲剧故事中必不可少的因素,而这里的族群/种族问题则引发了有关历史和民族身份认同的问题。

对于族群/种族差异的焦虑又进一步加强了弗洛伊德意义上的被压抑的性欲望。我们可以将之归结为其时中日之间的不平等地位:日本是已经成功现代化了的、政治上强大、文化上也更为"开化"的民族国家,而中国则是被打败的、被征服的和落后的国家。在此,柄谷行人(karatani Kōjin)有关明治文学内在性的讨论正为此提供了一个可供比较的重要案例。在分析明治文学的内在性转向之时,柄谷行人指出,"正是因为面对着西方的彻底占领,现代民族国家和内在性在明治三十年的确立成为了不可避免之事"[①]。正如西方的忏悔性叙述总是以某种"臣服于主"的情景呈现,明治文学的叙述人也是失败者,他们不得不精心地描绘出自己的内心图景。中国现代文学也同样如此。描写内心图景的"五四"作家都是长期居住日本的人或是长期留学日本的留学生。由于他们在面对日本之时常常感受到中国国家和文化的劣等性,因此他们便日复一日地生活在心理失衡的状态之中。

以忏悔文类来考察内在性问题的做法是极具启发意义的。如果如柄谷行人所说,忏悔文类在日本的流行是由于西方占领所引起的被迫的内在化行为,那么,郭沫若作品这样的以心理分析小说形式来呈现忏悔性的写作方式,就既可以简单地被看成是对日本文学文类的借鉴,也可以被看成是西方和日本多层次占领的复杂结果。如果借用德勒兹(Gilles Deleuze)和加塔利(Félix Guattari)的话来说,非欧洲国家对心理分析方法的运用,并非是因为人的意识范畴具有普遍性,而是因为殖民的历史。殖民的历史将西方结构强加在了本土意识之上。[②]被殖民的人们极端地渴望并迅速地接受了心理分析学说的认识论范畴和心理范畴。作为一种从日本中介那里借用来的西方霸权话语,心理分析既是占领和压制的动因,又是占领和压制的结果。

---

① 柄谷行人(karatani Kōjin):《日本现代文学的起源》(*Origins of Modern Literature*),Brett de Bary 译,Durham and London:Duke University Press,1993 年,第 95 页。
② 概括自罗伯特·扬(Robert Young):《白色神话》(*White Mythologies*),New York:Routledge,1990 年,第 144 页。

从根本上讲，心理分析是盛行于"五四"中国的一种含有多重意义的话语。就中国内部来讲，心理分析反映了"五四"对于封建道德的反抗，它为记录和命名压迫与性焦虑观念提供了一整套词汇表。就中国面对日本和西方这方面来讲，心理分析既是将认识和心理结构强加于被占领国家之行为的动因，同时也是这种行为的结果。但无论就哪个方面说，心理分析都肯定是一种代表了主体身份的话语。在前一种语境中，由性心理和心理分析构成的"现代"新视角，成为了"五四"知识分子个性和"现代性"的标志，使得这些知识分子得以将自己定位在高于封建传统和普通大众的位置之上。借用本章开头引用的艾蒂安·巴里巴尔的话来说，当人们与更具"优越性"的西方和日本产生某种认同感之后，这也就将个体从单一的群体中解放出来（郭沫若的超国家概念就是这方面的理论建构），进而允许个体拥有一个特殊的和个性化的身份（郭沫若在心理分析方面的知识使他获得了远远高于那些没受过教育的无知大众的地位）。①

在后一个语境中，被占领者通过臣服于权威而获得了一种主体身份。这种臣服由主体身份构成，因为这种臣服也同样激发了支持和控制一个人主体地位的愿望。我们可以从对郭沫若、弗洛伊德和心理分析学说的类比中得出上面的结论。正如珊德·吉尔曼所说，弗洛伊德讨论女性问题是他作为犹太人之身份焦虑的投射（因为女人和犹太人都是文化上的"下等人"，有着相似的地位②），心理分析是对建构主体身份之弱者的表达。心理分析学说通过生物决定论证明了女性的从属地位③，也就同时证明了某种征服行为。就弗洛伊德在女性从属基础上辛苦建构起来的男性至上主义来看，虽然这种男性至上主义仍是

---

① 见艾蒂安·巴里巴尔(Etienne Balibar)：《暧昧的普遍性》("Ambiguous Univrsality")，载 *differences* 第7卷第1期，1995年春，第48～74页，引文出自第60～61页。
② 见珊德·吉尔曼(Sander Gilman)：《弗洛伊德、种族和性别》(*Freud, Race and Gender*)，Princeton：Princeton University Press，1993年，第7页。
③ 这个观点部分来自于罗宾(Gayle Rubin)：《妇女中的交往：关于性的"政治经济"解释》("The Traffic in Women: Notes on the 'Political Economy of Sex'")，载 Alison M Jagger、Paula S. Rothenberg 编：《女性主义体系》(*Feminist Frameworks*)，New York：McGraw-Hill Book Co.，1984年，第167页。

一种防御性的"高度的男性化"(hypermasculinity,南迪将之归结为殖民主义对被殖民地男性的作用①),但我们却从中发现了一种掌控主体地位的愿望。与之相似,郭沫若对心理分析学说的借用暗示了他主体建构的复杂过程。中国文化中"特殊的"堕落的部分(除了先秦文化)必须被克服,然后方能通过获得"普遍的"认识论和心理学范畴,进而加入"具有普遍意义的现代性"的行列。在郭沫若的计划中,这种对西方话语的臣服是现代中国主体性的必然状况。这不仅因为帝国主义的历史经验使然,更重要的是由于郭沫若不受拘束的有关乌托邦式的世界主义的幻想使然。在通向现代性的道路上,这一幻想忽略了不均衡和等级制的结构。

---

① 见艾西斯·南迪(Ashis Nandy):《亲密的敌人》(*The Intimate Enemy*), New Delhi: Oxford University Press,1983 年,第 21~22 页。

第四章　利比多与民族国家：
　　　　　郁达夫、滕固等的道德颓废

　　现在我明白这个死字的意义了,死是愉快的。死是伟大的,人间被残害者的正义,便含在这死字里。我死了去,正是把我这绝对不自由的灵魂,还回复了我固有的自由的地步。

　　　　　　　　　　　　　　　　　　　　　　——顾仲起(1923 年)

　　人生终究是悲苦的结晶。我不信世界上有快乐的两字,人家都骂我是颓废派,是享乐主义者,然而他们哪里知道我何以要去追求酒色的原因？唉唉,清夜酒醒,看看我胸前睡着的被金钱买来的肉体,我的哀愁,我的悲叹,比自称道德家的人,还要沉痛数倍。我岂是甘心堕落者？我岂是无灵魂的人？不过看定了人生的运命,不得不如此自遣耳。

　　　　　　　　　　　　　　　　　　　　　　——郁达夫(1923 年)

　　我也落得在饿死之前,再作一次忏悔,好学一学歌德在垂死的时候所说:"Mehr Licht! …Mehr Licht!"(更要光明！更要光明！)

　　　　　　　　　　　　　　　　　　　　　　——郁达夫(1923 年)

　　1923 年,郁达夫(1896—1945)在文章中对英国颓废主义作家以过早结束生命的方式对世俗道德文明作出反抗的行为给予了肯定。在文章中,他提到了这些颓废主义艺术家:26 岁死于肺结核的奥布雷·比亚兹莱(Aubrey Beardsley,1872—1898);33 岁亡于饮酒过度的奥内斯特·道森(Ernest Dowson,1867—1900);自杀身死的 John Davidson (1857—1909)。① 当时他还没有意识到,一些信奉颓废主义风格的中国作家,有的甚至还是在郁达夫的影响下,也从死亡中获得了某种享受,将死亡视作是把自己从生存痛苦中解脱出来的方法。在英国颓废主义艺术家诞生的 20 年后,白采(1894—1926)尝试了几次未获成功的自杀,并最终于 32 岁时死于疾病;高长虹(1898—1949)在一次精神打击后崩溃了;王以仁(1902—1926)在 24 岁的稚龄就跳船自杀;顾仲起(1903—1929)26 岁自杀身亡,而本章伊始引用的就是他的最后一封信。② 郁达夫本人也曾多次有自杀的打算③,且有结核传染病的症状,最终于 1945 年走向其悲剧性的死亡——被日本军方暗杀。④ 本章将通过分析郁达夫、滕固等人的小说对性欲和死亡问题的处理方式,来努力理解颓废主义美学在上世纪 20 年代的异军突起和声名狼藉。如果对他们叙述中的性欲行为进行一次仔细的分析,我们就会发现这些性欲行为通常都隐喻着民族国家和社会的话题。换句话说,世界主义和民族主义之间的紧张在性爱欲望的领域内得到了展现。

"颓废"的再定义

在中国现代文学批评中,自从 20 世纪 20 年代得以广泛流传开始,"颓废"这一文学术语就被习惯性地与"不道德"一词联系在了一起。1949 年后,正统的马克思主义批评家,有时甚至是修正主义的批评家,也都倾向于用一种轻蔑的语气来谈论颓废。他们认为,颓废主

---

① 见郁达夫:《集中于〈黄面志〉的人物》,载《郁达夫文集》第 5 卷,香港:三联书店,1983 年,第 169~188 页。
② 见顾仲起:《最后一封信》,载《小说月报》第 14 期,1923 年,第 16 页。
③ 郁达夫考虑自杀的叙述,请参见《写完了〈茑萝集〉的最后一篇》,载《郁达夫小说全编》,杭州:浙江文艺出版社,1991 年,第 818~819 页。
④ 曾卓文曾著文提到:日本投降后,郁达夫在印尼流亡期间被暗杀,因日本军方害怕郁达夫知道太多的秘密。其时,郁达夫正乔装成一名翻译。见《郁达夫之死与一首逸诗》,载《明报月刊》,1995 年,第 57~59 页。

义美学正暗示了其参与者道德结构的可疑性。这一主张或多或少建立在传统的"文如其人"的前提假设之上:如果一个作家描写了性堕落,那么他就必然是自我堕落的。马克思主义批评家所采用的道德家式的主张是民族主义时代方便易行的意识形态伪装:将个人堕落看成是道德衰败原因的做法是攻击民族主义政府的有效方式。批评家指出,正是政府对"腐败的"资本主义倾向的宽容,才使得颓废主义文学异常兴盛。这种意识形态批评彻底剥夺了颓废主义在中国文学批评和中国文学史中的发言权;批评家们并不对颓废主义进行率直的批判,而是以"浪漫主义"、"抒情诗体"等更为中立的术语来取代了"颓废"这一字眼。① 正如解志熙所说,直到其长篇研究著作出版的1997年②,在中国,"唯美颓废主义"都一直是一个"公开的秘密"。

对颓废主义在中国现代文学中所发挥作用的重新讨论,最早当从李瓯梵开始。1994年,他在台湾发表了一篇关于颓废主义的长篇论文。通过丰富的引证和论述(这种方式使人联想起中国颓废主义作家的实践),李瓯梵的文章追溯了颓废主义从上世纪20年代至30年代的历史,重构了中国颓废主义与法国象征主义、英国唯美主义等西方颓废主义运动之间的关联。李瓯梵解释说,上世纪20年代中国人对颓废主义的热情拥抱,实际与《红楼梦》中的情色意识息息相关。这也就暗示了以下的可能性:在现代与颓废主义的合作中,中国本土文化也同样发挥了重要的作用。继马泰·卡林内斯库(Matei Calinescu)后,李瓯梵也将西方颓废主义的本质描述为对"资产阶级的现代性"的批判,在他眼中,"资产阶级的现代性"过分强调了技术和理性,从而导致了中产阶级习俗和商业主义的失效。李瓯梵的一个重要论点是,与西方颓废主义相比,中国颓废主义缺乏对资产阶级现代性的批判,取而代之的是对之不遗余力的鼓吹。③ 中国颓废主义与西方颓废主义的

---

① 见内容最为齐全的杨义:《中国现代小说史》,北京:人民文学出版社,1986年。
② 见解志熙:《美的偏至:中国现代唯美颓废主义思潮研究》,上海:上海文艺出版社,1997年,第7页。
③ 见李瓯梵:《中国现代文学中的"颓废"及其作家》,载《当代》第93期,1994年,第22~47页。引文见第42页。

区别证明了,"五四"颓废主义并未对两种形式的现代性(中产阶级的和文化的)进行区分,而是将这两种形式看成是相互包含的现代性。

当然,这并不意味着颓废主义作家缺乏批判意识。为了坚守"五四"的反传统主义精神,他们批评的目标不是各种形式的现代性,而是那些妨碍了现代性的东西:传统道德和国家落后。颓废主义美学和社会批评之间的紧密关联实际上是美学与目的论之间的又一张力所在,而这正与鲁迅作品中存在的矛盾冲突相类似。从"五四"文化社会结构的具体语境来看,美学自身首先是反对文学社会化的激进姿态。但从主题上说,颓废主义小说通常都是对社会批判和社会不满的隐晦表达,而小说中的性欲话题则是对政治和社会经济的隐喻。上文引用的那段顾仲起的文字就是"颓废主义之社会意义"的显明例证。在文中,顾仲起将颓废主义者对死亡的赞颂归因为社会压迫。

这里我沿袭了文学批评家鹤逸在1924年文章中的观点:颓废主义文学表达了敏感的现代人对感官刺激的追求,这并不是一种逃避,而是一种对社会的反抗,其中潜藏着巨大的悲伤和失望。① 在特定的历史语境中,因为对社会的疏离通常意味着个人对预期之社会变革的虚无感,所以甚至逃避都可以构成一种反抗形式。秉承着"五四"感时忧国的精神②,所谓的颓废主义作家在很多情况下都是社会参与型的批评家,他们激烈地反对传统的社会道德,将之视为不公正、非人道以及其他社会倒错现象的温床。创造社成员、《洪水》杂志编辑周全平(1902—1983),将暴露非道德行为和腐败现象作为颓废主义者的天然使命。让我们来看下面的宣言:"一重美丽的黑幕遮在现在的世界上,好像是一枚蒙着绚烂的果皮的烂果子。人们只是掩着鼻子在赞颂这果皮的鲜艳,但我们却要挑破这果皮而露出里面的一囊臭肉"③。通过描写不体面和不道德的东西,周全平、郁达夫等作家试图揭露出传统

---

① 见鹤逸:《新浪漫主义的勃兴》,载《晨报六周年纪念增刊》,1924年,第229~251页,特别是第236页和第245页。
② 这个短语见夏志清:《现代中国文学感时忧国的精神》,载《爱情·社会·小说》,台北:纯文学出版社,1970年,第79~106页。
③ 《我们同声叫喊》,载饶鸿竞编:《创造社资料》,福州:福建人民出版社,1985年,第499页。

道德伪装下被遮蔽的现实。他们有意识地试图使自己成为道德家眼中的邪恶的且具毁灭性的当代"撒旦",而他们的任务即是剥去这些自以为是的道德家们的自负的外衣。① 一般认为,大部分成员都带有颓废主义风格的创造社的作家只崇奉"为艺术而艺术"的唯美主义,然而,这种概括实际上是一个广泛存在的错误观念。他们的唯美主义从来就没有脱离过对社会不公正的强烈反感,事实上,他们中的许多人日后都转向了政治"左"倾,并开始写无产阶级题材的小说。② 在这些作家的某些早期作品中,他们满怀同情地描写着那些被压迫者(诸如妓女或者穷人)。在其中,我们可以很容易地找到尚处于萌芽状态的无产阶级冲动。从颓废主义到"左"倾意识形态的转变标志着这些作家成长过程中的两个连续的阶段。③ 比如郁达夫曾经满怀同情地描写过社会下层阶级,又在广州努力加入革命运动,甚至以"社会主义色彩"来形容其小说。④

在"五四"时期的中国,著名的文学家周作人、郁达夫在创造社的伙伴郭沫若和著名的马克思主义作家钱杏邨(阿英,1900—1977)也同样支持颓废主义。1922年,《沉沦》被广泛指责和非难为"不道德的小说"。于是,周作人为郁达夫的小说《沉沦》写了一篇辩护文章。在文章中,周作人力图表明两个观点。首先,他认为,小说的性爱倾向有其艺术目的,旨在攻击固有的道德。从这点上说,小说迥异于色情文学。其二,弗洛伊德的精神分析学说已然赋予了性爱倾向以理论合法性,将性欲看作是人类活动的中心。基于此,周作人继续论述道,这篇小说是使人们将虐待狂、受虐狂、裸露癖、偷窥癖等视为自然本能的初次

---

① 见周全平:《撒旦的工程》,1924年,第495页。
② 这里必须注意的是"五四"早期颓废主义作家和上世纪20年代上海颓废主义之间的区别,后者是都市现代主义的确定特征之一,且更加偏向纯美学和成为避世主义者。
③ 郭沫若和郁达夫是两个突出的例子。这一时期,一个作家从先锋主义转向政治上的激进主义在很多国家都属于常见现象。例如,日本作家片冈铁兵(Kataoka Teppei)原先是一位新感觉派作家,后转向了无产阶级文学。又如,俄国颓废主义者Valeri Bryusov后来成为了一位共产主义者。
④ 见《郁达夫自选集序》,载《郁达夫小说全编》,第835页。

尝试。①与郁达夫精神有着相似源头的郭沫若,也在数年后写道(甚至当他成为了一位忠诚的马克思主义者之后),郁达夫的作品揭露了中国社会的伪善:"他那大胆的自我暴露,对于深藏在千年万年的背甲里面的士大夫的虚伪,完全是一种暴风雨式的闪击,把一些假道学假才子们震惊得至于狂怒了"②。钱杏邨也在1933年的一篇文章中指出,郁达夫小说中的性压抑是经济压迫和社会压迫的象征,对颓废主义的拥抱表达了作为多余人的现代个体对于社会强烈的疏离感。③

西方颓废主义作家的作品对其中国同道者起到了很大的鼓舞作用,这种作用尤其表现在美学观点上。其中,英国颓废主义者,如王尔德(Oscar Wilde)、奥内斯特·道森(Ernest Dowson)、西蒙士(Authur Symons)、毕尔邦(Max Beerbohm)、奥布雷·比亚兹莱(Aubrey Beardsley)比法国颓废主义者,如波德莱尔(Charles Baudelaire)、魏尔伦(Paul Verlaine)、兰波(Arthur Rimbaud)、马拉美(Stéphane Mallarmé)的影响更甚。1894—1897年间作为英国颓废主义者主要舞台的杂志《黄书》(*The Yellow Book*)在中国找到了对应物,即创造社出版的数种杂志:《创造季刊》(1922—1924)、《创造周报》(1923—1924)和《洪水》(1924—1927)。郁达夫有关《黄书》作家的长篇论文则刊登在1923年的《创造周报》上。④《创造季刊》第1期登载了郁达夫翻译的王尔德的《杜莲格来》(*The Picture of Dorian Gray*),这篇译文和郭沫若的诗歌《创造者》一起,实际已经成为了该社的宣言。在《创造者》一诗中,郭沫若将文学创造与创造生命之最为根本的行为——"生育"等同了起来。创造行为本身、创造的内涵和创造主体的力量被赋予了优先权。这些杂志的编辑们还努力使杂志本身成为一件艺术品,他们仔细地挑选封面设计和富有创造力的版面设计。最为重要的是,他们遵

---

① 见周作人:《沉沦》,载王自立、陈子善:《郁达夫研究资料》,香港:三联书店,1986年,第1~5页。
② 郭沫若:《论郁达夫》,载王自立、陈子善:《郁达夫研究资料》,香港:三联书店,1986年,第86页。
③ 见《郁达夫》,载赵家璧编:《中国新文学大系》第1卷,上海:上海文艺出版社,1987年,第629~649页。
④ 见郁达夫:《集中于〈黄面志〉的人物》。

从英语及其他欧洲语言的习惯,在中国率先开始了水平的自左而右的印刷排版。

当然,唯美主义只是其社会批评定位的一个方面。通过重新定义超越于固有道德之上的艺术道德,他们吐露出对美学和道德统一性的不满。例如,郁达夫引用了古尔蒙(Rémy de Gourmont)的《颓废主义及其他有关文化观念的文章》(Decadence and Other Essays on the Culture of Ideas)一书,该书将颓废主义视为革新美学的伴生物和反抗模仿的原创性。① 于是,对这种美学不一致性的探求与作家对社会一致性的批评有机地联系起来。当我们阅读郁达夫的小说时,很显然,性或欲望从来就与民族主义不可分割;当民族和文化处于危机之中,民族国家不可避免地规定了性欲的特定结构。欲望和民族国家之间的张力正解释了个人与集体之间、美学与目的论之间,以及作为文化事业的现代性和作为社会事业的现代性之间的重重张力。而所有的张力都深刻地证明了"五四"现代性目标自身所具有的矛盾性。

性欲与民族国家:郁达夫

郁达夫是最早的也是最具影响力的颓废主义风格的使用者。在一段时间内,他的短篇小说使得术语"颓废"(或"颓加荡")②成为了流行词汇。③ 为了更加清晰地进行分析,我们有必要首先根据故事发生的地点(日本或中国)来区分作品意义所处的不同语境。尽管郁达夫的所有小说都共同分享了美学/性欲、社会/民族国家相互交织的主

---

① 见古尔蒙(Rémy de Gourmont):《颓废主义及其他有关文化观念的文章》(Decadence and Other Essays on the Culture of Ideas),William A. Bradley译,New York:Harcourt, Brace and Company,1921年。特别请参考《马拉美及其颓废主义思想》("Stéphane Mallarmé and the Idea of Decadence"),第139~155页。郁达夫对本书的参考请见短篇小说《空虚》(1922年),载《郁达夫小说全编》,第156页。

② 第一个术语是decadence的翻译;第二个是20世纪30年代由上海的颓废主义者所创造并使之流行的音译名,意含"颓废和放肆",这一译名更显睿智。对30年代潮流的简要分析请见第十章;更为细致彻底的分析,可参见解志熙:《美的偏至》,第四章,第224~255页。

③ 郁达夫自己对此术语的引用,见《〈鸡肋集〉题辞》,载《郁达夫小说全编》,第821页。

题,但在演绎主题方面,那些描述中国人在日本之经历的小说却与那些发生在中国背景中的小说存在着方式上的不同。在以中国为背景的小说里,有关性挫败的大胆描述在很大程度上是针对压抑个人性欲之严厉的道德符码而发出的呐喊,而一种强烈的疏离感则可以被看作是社会对诸如流亡的年轻人和社会下层阶级等等非特权人物的驱逐功能。而在以日本为背景的小说中,性挫折则暗示着民族的弱点:郁达夫小说中的男主人公代表了为"高级"之日本所蔑视的"低级"之中国。而民族弱点则决定着对中国男性的象征性阉割。这个在日本的中国年轻人怀疑,他之所以没能从妓女那里获得某种安慰,皆是由于那些妓女因其是支那人而从未将他看成是真正的"男人"。① 中国年轻人的欲望就好似被殖民者的欲望:确实曾有一个名叫黄裘的中国留日学生,因为得不到一个日本护士的爱的回报自杀了。②

1913年,17岁的郁达夫到了日本,9年后方才返回中国。他的以日本为背景的小说大都诞生于他留日的最后2年,即1921年和1922年。性压抑,或者弗洛伊德术语"剩余的未发泄的利比多"③,是这些小说最重要的主题,而这一主题所指代的正是作者病入膏肓的祖国——中国。作为郁达夫小说中所有苍白虚弱之年轻人的原型,《沉沦》(1921年)的主人公承认自己遭受着疑心病的困扰,又因为自己劣等国家公民的身份而在心理和性欲方面遭到了创伤,甚至曾考虑到自杀。这个身为留日学生的无名主人公为由民族自卑情结所引发的严重的神经衰弱症所困扰着。他感到,所有的日本同学都鄙视自己,并且在背后议论自己。有一天他走在路上,三个日本学生和他同路。他们碰上了两个日本女学生,日本男学生便开始和她们打情骂俏起来。虽然主人公并没有参与其中,但极具自我意识的他却感觉似乎是自己同她们讲了话似的,因此便害羞地跑回了自己的旅馆。回到房间后,他又开始自嘲自骂起来,他认为自己是不敢上前与日本女学生搭讪的胆小

---

① "支那人"在日本是一个贬斥性的专有名词,参见第一章有关此术语的讨论。
② 见周作人:《排日的恶化》,载《谈虎集》,上海:北新书局,1936年,第17~18页。
③ 弗洛伊德:《抑制、症状和焦虑》(Inhibitions, Symptoms, and Anxiety),Alix Strachey 译,New York: W. W. Norton,1989年,第XXIX页。

鬼,但又随即告诉自己女学生的秋波是送给那三个日本人的,而不是给自己的。他猜想,她们必然已经知道自己是支那人了,因为她们从来就不曾看过他一眼。主人公在当晚的日记中写道:

> 我何苦要到日本来,我何苦要求学问。既然到了日本,那自然不得不被他们日本人轻侮的。中国呀中国!你怎么不富强起来,我不能再隐忍过去了……苍天呀苍天,我并不要知识,我并不要名誉,我也不要那些无用的金钱,你若能赐我一个伊甸园内的"伊扶",使她的肉体与心灵,全归我有,我就心满意足了。①

"拥有"一个女人的愿望正反映了身处日本的主人公对此事的无能为力,同时,欲望的强烈程度反倒正好显示了主人公当下的性压抑状态。日本帝国主义在中国所拥有的权势是导致主人公性压抑,或无力确认自身男性气质的直接原因。一方面,压抑自己的欲望可以被爱国主义所认可,因为他的欲望客体是日本女人。另一方面,他又觉得自己被包括妓女在内的日本女人所蔑视,压抑成了一种存在的方式。因此,他的性欲正处在爱国主义和帝国主义的交叉点上。为健康计,主人公痛恨自己越来越频繁的手淫行为。由于无法排解多余的利比多,他偷看了旅馆老板女儿洗澡。最终,他鼓起足够的勇气,到了一个有妓女的去处,但却又整个地沉浸在一种羞辱感之中:

> 原来日本人轻视中国人,同我们轻视猪狗一样,日本人都叫中国人"支那人",这"支那人"三字,在日本,比我们骂人的"贼贱"还更难听,如今在一个少女前头,他不得不自认说"我是支那人"了。②

阻挠主人公欲望实现的最为主要的障碍是民族国家。由于无法处理好内心压倒一切的羞辱感和挫折感,他最终决定自杀。但在跳海

---

① 《郁达夫小说全编》,第 23~24 页。
② 同上,第 46 页。

前的一刻，主人公长叹道："祖国呀祖国！我的死是你害我的！"①

在其他不那么著名但却同样感情强烈的小说中，郁达夫进一步描述了中国男性的性心理图景。作为他们欲望对象的日本女人不断地躲避他们，但却又转而投入日本男人的怀抱。这一切都使得中国男性主人公们觉得自己作为男性的阳刚之气被大大地削弱了。小说《银灰色的梦》（1921年）的情节虽然与英国颓废诗人道森（Ernest Dowson）的生活经历构成了某种程度的模仿关系，但小说仍以中国男主人公和日本店主女儿的浪漫相遇作为故事的主要情节。幻想破灭的最终结局导致了男主人公精神和情感的崩溃，直至最后的死亡。而这位日本姑娘则与一个相貌粗鲁、未受过良好教育的日本男人订了婚。这也就是说，与我们敏感的、理智的和憔悴的中国男主人公相比，这个日本男人在种族上的纯洁性是他高于男主人公的优越性之所在。在《胃病》（1921年）中，男主人公的朋友W迷上了一位日本姑娘。在W充满焦虑的幻想中，姑娘对他说："我虽然爱你，你却是一个将亡的国民！你去吧，不必再来奸我了。"②这一表达极好地抓住了郁达夫笔下中国男性主人公和他们爱恋的日本女人之间浪漫遭遇的必然失败的本质。

将这种关系描写得最为苦恼的（也许是因为它是最为仔细的描写）当属小说《空虚》（1921年）。小说发生在东京郊外的一个温泉旅馆。一天傍晚，主人公于质夫（这个名字与作者的名字存在着相似性）惊讶地发现，一位年轻的日本女性不请自来地闯入了他的房间。她说自己由于害怕窗外的惊雷，因此不敢一个人睡在自己的屋子里。她请求男主人公的原谅，并且极力请求能和他呆在一起。他们很愉快地交谈着，直到女孩向他打听他的故乡。"质夫听她问他故乡的时候，脸上忽然红了一阵，因为中国人在日本是同犹太人在欧洲一样，到处都被日本人所轻视。"③男主人公没有承认自己是支那人，而是聪明地指了指他所在的日本高等学校的校服，由此他一方面肯定了自己所属的文化谱系，另一方面也回避了他的民族身份问题。她在他的房里毫无

---

① 《郁达夫小说全编》，第50页。
② 同上，第58页。
③ 同上，第149页。

戒心地睡去,却激发了男主人公最为痛苦的色情幻想。男主人公对日本姑娘衣服下的裸体产生了幻想,他觉得自己好像"眼睛里要喷出火来";他内心兴奋犹如"火里的毛虫",但却苦闷得难堪;一阵阵从她肉体里散发出来的香气,"正如同刀剑一般,直割到他的心里去";而他整个的精神和身体状态就"同上刑具被拷问似的苦了好久"。当第二天他终于在温泉池看到了她的裸体之时,他贪婪的注视就好像"恶狼见了肥羊"。但男主人公很快就痛苦地发现,自己的梦中情人被一位英俊高挑的东京帝国大学的学生夺走了,而后者正是女孩的表哥。于是,男主人公在那天晚上做了一个复仇之梦:

> 在房里坐了一忽,他觉得想睡的样子,在席上睡下之后,他听见那少女又把纸壁门一开,进他的房来。质夫因为恨不过,所以不朝转身来向她说话。她一步一步的走近了他的身边,在席上坐下,用了一只柔软的手搭上他的腰,含了媚意,问他说:
>
> "你在这里恨我么?"
>
> 质夫听了她这话,才把身子朝过来,对她一看,只见她的表哥同她并坐在那里。质夫气愤极了,就拿了席上放着的一把刀砍过去。一刀砍去,正碰着她的手臂,"刹"的一声,她的一只纤手竟被他砍落,鲜血淋漓的躺在席上。①

出于某种劣等民族的情结,质夫从未向这位日本姑娘示过爱,因此,女主人公意识到男主人公的嫉妒本身就只是一个假设而已。事实上,他在梦中对自身男性气质的强烈肯定,从头至尾都不过是想象虚构的产物。

即便当中国男主人公与日本女性的恋爱不再仅仅是想象的虚构之时,男主人公男性气质的被阉割也同样是不可避免的。在小说《南迁》(1921年)中,一个日本女店主非常自愿地委身于小说中的男主人公——中国留学生伊人。这使伊人坚信这个女人是爱自己的,然而后

---

① 《郁达夫小说全编》,第154页。

来,伊人却听见了这个女人和一个粗鲁的日本男人做爱的声音。这个女人甚至根本就不曾打算避开伊人做爱,于是这使伊人感到十分苦痛。听着从这女人房间里传出的每一个声音,伊人感到了极端的痛苦和后悔。然而,他对她的背叛行为所作出的回应只是一种消极的忧伤:"他又不敢作声,身体又不敢动一动。他胸中的苦闷和后悔的心思,一时同暴风似的起来,两条冰冷的眼泪从眼角上流到耳朵根前,从耳朵根前滴到枕上去了。"①她的背叛使男主人公经历了某种被阉割的痛楚,甚至产生了轻生的想法。随即便出现了身体症状,他开始出冷汗、没食欲,变得虚弱起来。再后来,伊人在东京郊外遇到了一个漂亮的日本姑娘,并爱上了她。但故事的最后,男主人公则因高烧卧床不起,命在旦夕。在日本做一个受蔑视的中国人的苦痛不但引发了身体上的严重症状,而且还导致了精神上的创伤。

郁达夫在1931年写的一篇文章里,恰到好处地分析了他在日本作为阴性而存在的主体地位:

> 我的这抒情时代,是在那荒淫残酷、军阀专政的岛国里过的。眼看到故国的陆沉,向受到异乡的屈辱,与夫所感所思,所经历的一切,剔括起来没有一点不是失望,没有一处不是忧伤,同初丧了夫主的少妇一般,毫无气力,毫无勇毅,哀哀切切,悲鸣出来的,就是那一卷当时很惹起了许多非难的《沉沦》。②

事实上,在1921—1922年间郁达夫全部的日本背景小说中,中国男性主人公都无一例外地成为日本帝国主义征服中国的牺牲品。帝国主义的创伤正是通过有关受害者性方面的阉割叙述而表现出来的。在这个意义上,上面引文中年轻寡妇的比喻是符合历史语境的。如果我们将1912年中华民国的成立看成是家长制之民族主义的胜利时刻的话,那么新建立的民族国家在面对外国侵略时的无能为力则象征性

---

① 《郁达夫小说全编》,第95页。
② 《忏余独白》,载《郁达夫小说全编》,第832页。

地暗示了家长制国家的被阉割。郁达夫的小说正好例证了这种被女性化的个人经历。在这些经历中,日本的男人和女人阉割了小说中的中国男性主人公。忧郁症、忧伤、焦躁性的神经官能症和民族劣等情结,或是因为性而起,或是因为性而生,但最终都是帝国主义对中国进行阉割的体现。

在那些以中国为背景的故事里,越轨的性行为似乎更多地被表现了出来。在这些文本中,虽然中国仍然是个体性欲的主要所指,但民族语境的差异使得小说的攻击目标发生了很大的转移。在郁达夫回到中国后所写的小说里,诸如同性恋、双性恋、受虐狂性、对小脚的恋物癖以及与妓女之间的频繁艳遇等等的性偏好,都成了用来揭露中国传统道德习俗真面目的手段。日本背景小说中困扰男主人公的劣等民族情结已经被替换为对中国社会语境的深深愤怒。在《茫茫夜》中,《空虚》中的主人公质夫慢慢变成了"dead city(死气沉沉)"里的"行尸走肉"。① 在这些故事中,到处充斥着对病症或写实或隐喻的描写。象征着病态国家的男主人公们不但体格羸弱(瘦削高挑,有深陷的眼睛和高高突出的颧骨),而且精神脆弱。他们通常生活在昏暗寒冷的小屋子,而小屋子则将他们与其他人群隔绝开来。他们中的大多数被描述成身体或精神上的被放逐者。哪怕身处自己的国家之中,他们也永远徘徊在社会的边缘。他们长时间地徘徊在夜晚的街道上,在浓重的黑暗中为自己的精神不安寻求安慰。他们这样做是为了躲避人们敌对的注视,或仅仅只为了耗费掉自己那破碎得已无法弥合的生命。下面这段选自《怀乡病者》(1922年,也正是郁达夫回到中国的那一年)的引文,很好地描述了游荡在黑暗中的思绪:

> 当日光与夜阴接触的时候,在茫茫的荒野中间,头向着了浑浊宽广的天空,一步一步的走去,既不知道他自家是什么,又不知道他应该做什么,也不知道他是向什么地方去的,只觉得他的两脚不得不一步一步的放出去——这就是于质夫目下的心理状态。

---

① 见《忏余独白》,载《郁达夫小说全编》,第118页,第138页。

在半醒半睡的意识里,他只朦朦胧胧的知道世界从此就要黑暗下去了,这荒野的干燥的土地就要渐渐的变成带水的沼泽了,他的两脚的行动,就要一刻一刻的不自由起来了。但是他也没有改变方向的意思,还是头朝着了幽暗的天空,一步一步的走去。①

无论从字面意义还是从象征意义上看,黑暗的空间正是郁达夫的小说人物于质夫(稍作掩饰的自传性人物)像鬼魂一般游荡的地方。同时,黑暗的空间也正是妓女等下层世界之所在。郁达夫的许多主人公都特别同情或喜爱这些和他们同为夜之精灵的女人。例如,《秋柳》(1924年)的主人公就资助了一位丑陋的不受欢迎的妓女,而《祈愿》(1927年)则记述了一个妓女让主人公感到羞愧的爱的能力。

身体和精神的徘徊反映在写作形式上,可以被解释为一种闲逛美学。我们可以从小说中缺乏细致的"情节设置"(emplotment)特征中看出这一美学特征来。郁达夫将这种闲逛行为(即德国人所说的wanderlust)看成是写作革新的条件之一。② 他通过小说主要人物闲荡的沉思、印象和感觉来打散情节,并借此具体化了所谓的闲逛行为。不同于一般的以情节为核心的叙述,郁达夫选择了对人物的"直接描写",而这种描写关注的焦点则是心理分析。③ 郁达夫小说中的人物通常都会受到情感和精神的折磨,并且还时常伴有身体不适,于是,他们的知觉也就相应地呈现为分裂状态。由于记忆、梦想和幻想都是构成他们闲逛思想的重要组成部分,所以郁达夫小说的叙述时间以某种令人难以预料的断断续续的方式向前发展。郁达夫最喜欢用倒叙法将过去的事件或想法插入进两个当前的时间之中。他的许多故事都是由众多小片断组合而成。颓废不仅仅意味着郁达夫小说在社会层面上的颠覆作用,而且小说也在性格刻画、小说背景、叙述结构和时间方面颠覆了传统的形式技巧。可以这样说,郁达夫系统地表达了一种颓废美学,而这一美学中的所有因素则有机地表达出一种强烈的道

---

① 《忏余独白》,载《郁达夫小说全编》,第139页。
② 同上,第831页。
③ 见《小说论》,载《郁达夫文集》第5卷,第28~29页。

德感。

在其他写于中国的小说(比如《青烟》[1923年])中,郁达夫将社会批判的目标从个人性欲、疾病和死亡转到了可见的社会现实话题之上。这样一来,他的写作风格也就由颓废风格转变成了"问题小说"的模式,而后者正是"五四"写实主义小说的典型代表。郁达夫回到了中国,因此小说中所处理的问题也就变成了自己即刻的经验。这种转变导致了郁达夫写作风格的转变。他在艺术上最具冒险精神的颓废小说写于日本。而在日本写中国和在中国写中国之间的空间距离则直接导致了两种不同的叙事需要。在写于日本的小说里,远离中国的个体很容易成为中国的化身,而在中国背景的故事里,作者则更容易将中国的国内现实当作是攻击目标,从而使个体疏离于社会。这些中国故事并没有将社会反抗的主题直接插入叙述结构之中,而是采用了一种并不十分尖锐的社会批评。例如,在《茑萝行》(1923年)中,包办婚姻成为了被控诉的对象;《春风沉醉的晚上》(1923年)则批判了贫穷和社会对可怜文人缺乏认同的现象;《薄奠》(1924年)则揭露了社会对下层人民的压迫剥削。1927年,郁达夫宣布自己已经成了一位左翼作家,正式宣告了自己"沉沦时代"的终结。① 他在1927年之后写的小说大部分都是直接的社会评论,其中的一些带有强烈的反日情绪。

当然,郁达夫从未否认过颓废的重要意义。在后期作品中,美学和政治在郁达夫早期作品中所呈现出的相互加强的关系演变成了一种相互矛盾的关系。一方面,他已深深地卷入了所谓通过文学唤醒人民政治觉悟的自命任务之中;另一方面,他仍然无法忽略自己的美学关怀。例如,在1931年的小说《蜃楼》中,他的主人公正思考着颓废和中国现实之间的不协调性:

> 自己的一生,实在是一出毫无意义的悲剧,而这悲剧的酿成,实在也只可以说是时代造出来的恶戏。自己终究是一个畸形时代的畸形儿,再加上以恶劣环境的腐蚀,那些更加不可收拾了。第一不对的,是

---

① 见钱杏邨:《郁达夫》。

既作了中国人，而偏又去受了些不彻底的欧洲世纪末的教育。将新酒盛入了旧皮囊，结果就是新旧两者的同归于尽。世纪末的思想家说：——你先要发见你自己，自己发见了以后，就应该忠实地守住这自我，彻底地主张下去，扩充下去。环境若要来阻挠你，你就应该直冲上前，同他拼一个你死我活……可是到了这中国的社会里，你这唯一的自我发见者，就不得不到处碰壁了。你若真有勇气，真有比拿破仑更坚忍的毅力，那么英雄或者真能造得成时势也说不定，可是对受过三千年传统礼教的系缚，遵守着尧舜禹汤文武周公孔子一脉相传的狡诈的中庸哲学的中国人，怕要十个或二十个的拿破仑打成在一起才可以说话。①

在文章中，颓废显然是西方的和新的，而中国则等同于失效的传统和旧事物。颓废风格本身并没有错，是中国语境阻碍了对以自我为出发点的哲学和美学的寻求。此处，批判的矛头没有指向颓废，而是指向了受到束缚的固定不变的中国文化。郁达夫宣称，为了与这种文化作战，有必要将"十个或二十个的拿破仑"的反叛精神结合在一起，将更多的颓废主义者集合在一起。1935年，郁达夫再次写了一篇为颓废辩护的文章。在文中，他将颓废视作是个体在高速发展的物质文化时代对抗传统束缚的必要和普遍条件。② 在20世纪20年代早期，即"五四"的鼎盛时代，郁达夫以实践颓废美学来揭穿传统道德和美学的真面目。事实上，直到1935年，他依然是具备"五四"精神的知识分子。他坚持认为，颓废的重要性即在于它是传统的反对性话语。

其他的颓废主义者

颓废主义是"五四"时期的流行风尚，因此郁达夫极易找到与自己相似的灵魂。他们中的许多人都和郁达夫一样，在日本受过教育。其

---

① 《郁达夫小说全编》，第594~595页。
② 见《怎样叫做世纪末文学》，载《郁达夫文集》第6卷，第287~289页。

中有三位作家值得我们关注：创造社成员周全平、倪贻德（1901—1970），特别值得一提的还有滕固。在周全平的作品中，作为一种社会批评形式而存在的颓废唯美主义十分显明。他的小说常常是对社会病态的攻击，尤其针对有产者和无产者之间的不平等以及穷人所受到的物质文化压迫。他笔下的人物非常符合郁达夫小说中的颓废主义者原型：深陷的眼窝，充血的冷漠的眼睛，瘦而苍白，饱受神经衰弱症和贫穷之苦。与郁达夫笔下的妓女不同，周全平常常将笔下的穷人描述成典型的局外人形象。[①] 尽管周全平在所谓的社会主义"革命道路"上是个逃兵，但此处颓废主义写作与无产阶级写作之间的关联却是显而易见的。

倪贻德则从另一个方面获得了更多的关注，因为他成为了30年代上海最为重要也是最为著名的现代主义画家之一。1931年，他与庞薰琹（1906—1985）等其他画家共同组织了决澜社，宣扬野兽派、立体派、达达主义和超现实主义的艺术理论和实践。在赴日深造美术的1927年之前，从他20年代早期写作的作品中，我们可以看到颓废主义被表述为一种视觉抒情诗体的形式。在一首怀念玄武湖春色的秋季幻想曲《玄武湖之秋》（1923年）中，主角为荒凉的景色而叹息："我今天来到此地，只看见几片残荷，一堤疏柳，默默地在那里表现出一种颓废的诗美"[②]。作为一个画家，主人公的感悟力自然负载着丰富的视觉因素，但当视觉幻想似乎正暗示着某种美学感悟之时，社会也同时实践着自己的使命。由于对自己女学生美丽的审美沉迷，主人公被谴责为不道德的，并被剥夺了美术教师的位置。而作为美术教师的倪贻德后来也由于胆敢出版这样一部小说而被解雇了。在此，艺术竟然如此深切地影响着生活。幻想破灭后，倪贻德宣告：

> 现实的社会纵使是一座不容人飞翔的牢笼，纵使是一处监禁的思想的魔窟，然而在艺术的天国里，却是绝对容人以自由，凡是宇宙的市

---

① 见其收在《苦笑》（上海：光华书局，1927年）中的小说。
② 倪贻德：《玄武湖之秋》，上海：泰东书局，1924年，第1页。

民,谁都可以到这里来尽情地翱翔,尽情地欢唱的。而不了一到了万恶的中国社会里,竟连这一点点的自由也要被束缚! 竟连这一点点的享乐也要被摧残! 这还有什么话可讲呢?①

通过使用普遍主义的语言(注意"宇宙的市民"这一短语),倪贻德悲叹了压在颓废唯美主义之上的社会压力,由此直接将当时的中国批判为脱离常轨的恶魔和排外主义的化身。

与周全平、倪贻德不同,滕固对于"五四"颓废文学的贡献,从情感上说更为强烈,从审美上说也更为老练(复杂精密),尽管他远未达到郁达夫所享有的知名度。由于滕固不是创造社的成员,他的大量小说发表在《小说月报》上,当然也有少量发表于《创造周报》。1925年,鹤逸将滕固归入了"颓废的现代主义者"(decadent modernist)的行列,滕固被鹤逸描述成王尔德(Oscar Wilde)、西蒙士(Authur Symons)以及戈蒂耶(Théophile Gautier)的热心读者(用英文表达了这一短语)。②滕固的日本书目大量地提到了诸如谷崎润一郎(Tanizaki Jun'ichiro)等等的日本颓废主义作家。在探索"性"在塑造决定人的命运时所起到的突出作用方面,滕固显然比其时的其他作家用力更多。他以许多描绘自杀与死亡的毁灭性故事,例证了窒息于性恐慌社会中的自然人性。

从上海美专毕业后,滕固和倪贻德一样于1921年赴日留学,随后成为一位杰出的作家、文学批评家和艺术史家。1930年,滕固赴德学习艺术史专业,获得柏林大学博士学位后回国。和郁达夫一样,滕固绝大多数的小说代表作都写于留日期间(1921—1924)。当然,他在回国后继续从事文学创作,且于1927年发表了国内第一本有关西方唯美派的研究——《唯美派的文学》。直到1940年(他过早结束自己40年的人生之时),滕固还不断地发表着各种艺术史著作。和郁达夫一

---

① 倪贻德:《秦淮暮雨》,载《玄武湖之秋》,第21页。
② 可参考杨义:《中国现代小说史》第1卷,第625页。在中国出版的文学史书籍中,杨义的三卷本《中国现代小说史》是涉及面最广的一部著作,这也是迄今为止唯一一本对滕固、周全平、倪贻德进行全面讨论的文学史。

样,他描写对日本女性充满渴望的被阉割的中国男性,当然民族符号在他的小说中并没有占据突出的位置。在滕固那里,性欲主要在精神和生理层面展开,它被解释为艺术创作的基本动力。这在很大程度上属于厨川白村带给中国的弗洛伊德式的思想脉络。

作为滕固的同伴,同时也是另一位未获充分赏识的颓废主义作家,章克标曾著文来说明围绕在滕固身边的那群颓废主义作家的主要观念。1924年,滕固、章克标等组织了一个名为"狮吼社"的文学团体。在一篇写于1949年后的旨在对颓废主义实践进行自我批评的回忆性文章里,章克标虽然将颓废主义实践仅仅视为一种流行的技巧,但他仍然明确地指出了"颓废"的社会含义:

> 我们这些人都有点"半神经病",沉溺于当时最风行的文学艺术流派之一——唯美派。强调一些奇异怪诞的、自相矛盾的、超越世俗人情之上的风格。而这些令社会惊诧的风格都是被波特莱尔、魏尔伦、王尔德、梅特林克等西欧作家所鼓动激昂的。
>
> 出于好奇和趋时,我们装模作样地议论着化腐朽为神奇,丑恶的花朵,花一般的罪恶,死的美好和幸福等等话题。我们拉拢两极,融合矛盾的语言⋯⋯崇尚新奇,爱好怪诞,推崇丑陋、恶毒、腐朽、阴暗,贬低光明、荣华,反对世俗的富丽堂皇,申斥高官厚禄的大人老爷。①

我们需要注意的是,虽然社会主义意识形态主导着上面这段话,但章克标对狮吼社的怀念之情也跃然纸上。虽然这一自述并不适合于所有颓废唯美主义的践行者,但它至少回应了周全平在《洪水》杂志中对颓废主义所进行的描述,同时也在一定程度上描述了滕固的作品。一次又一次萦绕着滕固的小说主题恰是性、死亡和艺术创造。

滕固是一个多产的作家,但他的颓废唯美小说则大多集中写于留日的岁月。1927年,这些小说被收入了一本名为《迷宫》的文集。在郁

---

① 李瓯梵:《漫谈中国现代文学中的"颓废"》。章克标的文章名为《回忆邵洵美》,载《文教资料简报》第125期,1982年,第67~68页。

达夫的日本小说里,镶嵌进民族国家含义的性欲找不到适当的升华途径,因此,民族国家就变成了最为重要的原始意义。而在滕固的日本小说里,中国男性所受到的欲望压抑则直接导致了主人公在创作艺术作品时的无能。日本女性又一次挫败了主人公的愿望,然而滕固并未关注于挫败的原因,而是关心其结果。在他最著名的小说《壁画》中,性压抑的攻读艺术的学生崔太始用压抑升华了自己的作品,并最终为之付出了自己的生命,这个艺术作品是用主人公的血绘成的:

> T君(崔太始的朋友)只见沙发上白绒上有许多血迹,靠沙发的壁上画了些粗乱的画,约略可以认出一个人僵卧在地上,一个女子站在他的腹上跳舞,上面有几个"崔太始卒业制作"的字样。①

壁画以绘画的细节反映了死于性欲的男人:作为征服者的女人则在男人的尸体上跳起了舞蹈以庆祝自己的胜利。在这幅虚构的用血画就的图画中,滕固突出了性、死亡和艺术之间的强大关联,描述了在死亡之舞中利比多之创造力和破坏性相互交织的事实。同年,鲁迅在《补天》中处理了相似的主题,人类因为女娲的原始性冲动而生,而故事的结局则是创造者自身的死亡。然而,除了对其艺术创作的起因进行说明,滕固的小说更应像郁达夫的日本小说那样得到分析。我们可以将整个故事读解为欲望、民族国家和艺术之间互渗关系的寓言:与许多同时代人相似,小说的中国主人公不得不去日本学习西方先锋艺术。然而,颇为讽刺的是,在日本备受性压抑的生存条件中,中国人的利比多发生了严重的堆积,于是艺术所要求的升华也就成了不可避免的事实,但是主人公却必须为此付出毁灭性的代价。

在滕固的《石像的复活》中,性觉醒被证明是在学院中学习基督教精神的禁欲苦修者的必然命运。这一故事同样发生在日本,中国主人公某日参观了一个石像展览,却因为看到一个裸体女雕像而深感不安。这个雕像使他想起了一个日本哑女,她是他前房东的女儿,于是

---

① 滕固:《壁画》,载《创造季刊》第1卷第3期,1922年,第54页。

他开始陷入了对这个哑女的欲望之中；对于小说的主人公来说，雕像和哑女的缄默无语成了深爱的终极象征，这是一种超越于语言表达之上的爱。通过以裸体雕像来代替哑女，小说的主人公幻想雕像能够复活，并来拥抱自己。但当她倒向自己时，却又变回了石像而被摔得粉碎。第二天，他变了一个人，为爱所困扰，并且丧失了在现实中继续存在的根本理由。最后，他只得被关进了一个精神病收容所。在这篇小说中，作为艺术创作的石像又一次与欲望和国家相连。在这个意义上，艺术非但不能为主人公缓解性压抑；相反，却能点燃性冲动，进而毁灭这个中国男人。

滕固的其他日本小说也同样处理了爱神、死神以及与它们紧密相连的艺术创作之间的关联。而这三个方面都与民族国家紧密相关，因为日本帝国主义的语境也同样是一个"性"的语境。在赋予了最为颓废主义的小说以道德形式的帝国主义语境中，民族国家的书写是不可避免的。

第五章 他恋（loving the other）：全球语境下的"五四"西方主义

> 象征权力（symbolic power）是一种隐形权力，那些与之共谋的人们并未意识到自己已经屈从于这种权力，即便他们自己就是这种权力的实践者。
>
> ——布迪厄（Pierre Bourdieu，1983年）

> 东终是东，西终是西，两绝无相遇之期。但有二伟人焉，虽来自地球之两极，相对而立，则无东西畛域之见，种族血系之分也。
>
> ——吉普林（Rudyard Kipling，李大钊引用，1918年）

作为现代性的化身和人们纷纷效法的对象，"五四"时代的"西方"包含有多重的、有时甚至相互矛盾的含义。第一章中，我已经描述了西方主义的地区性含义（人们本着多重的特定目的来借用西方，其中最为主要的目的是将之看作是获取象征性权力的方法），而在本章中，我将重点分析西方主义的全球性含义。通过从另一个角度向文化主动性提问，我将考察西方主义是赋予西方以象征性权力的内在机制。对多重全球语境的关注是本书区别于以往有关中国之西方主义讨论的地方。在面对不同他者时，中国人对于西方主义的定位各不相同。只有仔细考察这种西方主义定位的多重性，我们才能看出这种文化主动性背后的复杂性。在这个意义上，我反对那种将中国的西方主义与西方的西方主义等同起来的可疑做法。本书尤其强调这两种西方主义之间的区别。正如我们在"五四"时期大量的叙述焦虑和忧伤中所看到的那样,"西方"不仅仅是一个被中国人策略性运用的外来话语,同时也变成了一个心理范畴。同时,在对西方主义的构架方面,本书也采取了区别于前人在中西之间构建起二元划分关系的做法。本书将对日本在西方进入中国进程中所发挥的媒介和中间人作用进行分析。在本章的结论部分,我将对现代中国世界主义想象中的"五四"遗产进行讨论。

重思全球意义上的西方主义

作为中国文化想象的一个范畴,"西方"在"五四"时代获得了前所未有的巨大的象征权力。只要将晚清和"五四"对西方的使用方式进行初步比较,文化主动性在短暂过渡时期中所发生的变化就会突显出来。虽然中国的知识分子早在"五四"之前的半个世纪就已然听说了西方的帝国主义主张,但历史学家林毓生和文学批评家张宇红都将传统沦丧的时间定位在了"五四"时期。林毓生认为,"第一代中国知识界"形成于 1894—1895 年具有创伤性的甲午战争之后,这一社会群体仍然坚持着"传统的社会政治和文化道德秩序",而"五四"一代则是在全盘反传统思想的指导下试图打破传统秩序的一代。① 张宇红更深入地提出了晚清和"五四"之间的明显区分,即晚清用西方文化来"我化"(我转变/适应西方文化),而"五四"则用西方文化来"化我"(西方文化来改变我)。② 这种区分不仅指出了中国遭遇西方过程中能动性的逐渐减少,同时也强调了"五四"在全新基础上(即西方)重塑自我的

---

① 见林毓生:《中国意识的危机》(*The Crisis of Chinese Consciousness*),Madison:University of Wisconsin Press,1979 年,第 26~29 页。林毓生注意到,1911—1912 年,中国传统的框架崩溃了。柯文也认为:"(晚清)改革的所有基础都旨在保持儒家秩序的不受侵犯。没有人认定,也没有人希望彻底改变这种秩序。"见《从中国发现历史》(*Discovering History in China*),New York:Columbia University Press,1984 年,第 31 页。

② 见张宇红:《现代主义思潮的渗透与兴变》,载乐黛云、王宁编:《西方文艺思潮与二十世纪中国文学》,北京:中国社会科学出版社,1990 年,第 155 页。

第五章 他恋(loving the other)：全球语境下的"五四"西方主义 147

渴望。对于"五四"知识分子来说，文化权力的定位不再是认为其合适而使用西方文化的自我(此处参见晚清张之洞最为著名的陈述："中学为体，西学为用")；取代新生过程中传统自我之引导者地位而成为文化权力之所在的是被中国人张开双臂迎进门的外来的他者。"西方知识"不再是外来范畴，而是与自身"启蒙"相配合的内在范畴。作为一个内在范畴，无论在认知领域内还是在情感领域内，"西方"都享受到了更大的特权。由此，对"西方"及其名义上的中间人"日本"的接近成了中国人的愿望，而不属于这一特定愿望逻辑范围的东西则受到了致命的攻击。有关于此，王德威认为，"五四"文化运动有效地使得晚清时期与"西方"所达成的多重磋商变得缄默下来。①

为了使自己区别于晚清的改革者以及其他反对全盘西化的人们，"五四"的偶像破坏主义者罗织了各种各样的罪名来指控自己的对手。例如，鲁迅批评晚清改革者抱有二重思想，即使接受了新事物也不能放弃旧事物，从而阻碍了进步发展。② 对于吴稚晖这样的人来说，欧美物质文化不是"西方的"而是"新的"，因而也就具有了普遍的有效性。于是，他们指责那些不赞成"五四"文化西化进程的人们得了"欧化恐惧病"(诗人闻一多语)，是"抱残守缺"(一个通常的说法)。鲁迅进而倡导不要读中国书，只要大量地从西方"拿来"即可；胡适在"五四"时代过去之后还捍卫大规模的西化；钱玄同(1887—1939)甚至提出要废除中文书写系统。为了阻碍和消除任何来自保守派的反对意见，"五四"的西方主义将作为文化资本仲裁者和象征权力拥有者的西方成功地嵌入了中国的文化想象之中。

当西方成了知识分子眼中提供象征权力的文化资本之时，他们对"中国"的系统指责也在同步进行。正如我在第一章中曾经举例说明的那样，他们通过将中国看成是西方之过去的做法来指责中国，而这种做法恰是将历史概念建立在了具有目的论色彩的线性时间观念和

---

① 见王德威：《被压抑的现代性：晚清小说新论》(*Fin-de-siècle Splendor*：*Repressed Modernities of Late Qing Fiction*，1849-1911)，Stanford：Stanford University Press，1997年。
② 见鲁迅：《随感录54》，载《鲁迅全集》第1卷，北京：人民文学出版社，1981年，第334～345页。

现代性观念之上。作为补充,《新青年》上还出现了对中国国民性的指责。通过阅读这一杂志,庞朴收集了下面这些"五四"知识分子对中国国民性的描述:"苟偷庸懦之国民","卑劣无耻、退葸苟安、诡易圆滑之国民性","爱和平尚安息雍容文雅之劣等民族","半开化","浅化","野蛮不识字无经济能力之豚尾民族","腐败堕落到人类普遍资格之水平线以下","准狗"和"准猪"。① 我们也必须在对所有"中国的"和代表着"中国性"的东西都予以强烈指责的语境中来理解鲁迅著名的阿Q主义(这无意间使得代表着奴性思想和愚蠢自大的阿Q精神与中国的国民性等同了起来)。

　　知识分子们运用夸张的和高度概括的语言来概括和具体化了所谓的中国国民性,进而给了中国文化和中国人一个特殊的位置。中国文化和中国人正处在西方普遍性的对立面上。因此,即使民族主义肯定是"五四"西方主义的原动力之一,但知识分子的修辞中却充斥着去民族化的语言。郁达夫将民族国家称之为"监狱"②,著名的教育家蔡元培(1867—1940)主张,真理没有民族边界③;陈独秀将"尊国"看成是与"尊圣"、"尊古"相并列的三种最有害的实践之一。④ 胡适的自由主义和郭沫若的超国家主义都是去民族化修辞的突出例证。

　　在这个意义上,我将"五四"时期中国的西方主义话语看作是中国文化的特殊化和西方文化的普遍化进程。我们不能将西方主义与东方主义简单地等同起来,因为前者是一种中国借用西方的策略,而后者则是假定的西方普遍性通过合并、经营和控制非西方的特殊他者来巩固自身地位的一种策略。⑤ 也正因为此,我不同意冯客(Frank Dikotter)和陈小眉有关中国之西方主义的最新观点。冯客通过列举

---

　　① 见庞朴:《继承五四超越五四》,载林毓生编:《五四:多元的反思》,香港:三联书店,1989年,第136页。
　　② 见郁达夫:《艺术与国家》(1923年),载《郁达夫文集》,香港:三联书店,1983年。
　　③ 见列文森:《历史与价值》("'History'and 'Value':The Tensions of Intellectual Choice in Modern China"),载《中国思想研究》(*Studies in Chinese Thought*)第55卷第5期,1953年,第174页。
　　④ 见陈独秀:《随感录》,载陈崧编:《五四前后东西文化问题论战文选》,北京:中国社会科学出版社,1989年,第45~46页。
　　⑤ 见萨义德:《东方主义》(*Orientalism*),New York:Vantage Books,1979年。

西方主义的三大策略:极化处理(polarization)、投射(projection)和碎片化,来分析了"五四"新文化运动时期的西方主义。所谓"极化处理",即将"五四"时期的中国结构和西方结构描述为相对的两极,在此西方成为了中国的"另一面"。他的术语"投射"指的是"五四"知识分子在西方看到了本土的思想,并将西方思想视作"隐匿的权威"。当谈到"碎片化"问题时,冯客的语言变得十分明确:

> 碎片化是西方主义的第三个特征。中国的思想习惯通常只是在某些最为碎片化的形式上与西方思想相调和。由于脱离了原语境,被引用的西方文化遭到了简化和变形。为了使吸收变得简单,西方思想被贫瘠化、分解和分裂,它以导引、大纲和摘要的形式被介绍到中国来。①

从这些被冯客用来形容"五四"西方主义的词汇可以看出,冯客对之采取了一种清晰的批评态度。在他看来,欧化主义者没有精确地理解西方思想。由于他并未对思想旅行和翻译过程中不可避免的磋商和挪用行为显示出任何的敏感(而陈小眉则会强调翻译行为中必要的"误读"现象),所以冯客表现出了一种欧洲中心主义的视角。他似乎在暗示,第三世界的人们不能担负起正确学习真正之都市文化的任务,由此也就不能不与西方思想的神圣尊严背道而驰。他并未将西方主义的三大特征看作是思想旅行不可避免的结果,而是用之来指责偶像破坏者们没有能够抓住西方文化的深奥和诡辩之处。由此,三大特征就变成了三大"局限"。循着这种推理,再加上冯客在书中暗示的中国人对其他种族抱有一种种族主义观念,因此,当读到《时代文学增刊》的批评家高呼并非只有盎格鲁萨克逊人才抱有种族主义观念之时,我们也就不足为怪了。②

不幸的是,冯客结论中所表现出来的欧洲中心主义并非罕见现象:在有关中华民国现代主义的早期讨论中,也同样充斥着类似的说

---

① 冯客(Frank Dikotter):《近代中国之种族观念》(*The Discourse of Race in Modern China*), Stanford: Stanford University Press, 1992年。

② 评论见冯客著作《近代中国之种族观念》的封底。

法,诸如"中国人不理解深层意义上的西方现代性","他们不能创作出成熟的作品","中国不曾也不能产生出一个乔伊斯"等等。从这些评论中,我们看到了被 David Palumbo-Liu 称之为"欧洲中心主义的普遍性"[1]的东西,它将西方标准强用到非西方文化的运作和生产之中。这一欧洲中心主义的普遍性通过评估第三世界对第一世界文化所表现出来的忠诚和尊重的不同等级,来巩固自身的力量。

陈小眉的西方主义研究是迄今为止对这一问题所作出的最为全面的讨论。虽然她所分析的时代主要是后毛泽东时代(即 1976 年以后),然而由于这一时段的主要问题无疑与"五四"存在着某种相似性,因此,陈小眉的结论对有关"五四"时代的讨论仍然可以起到某种提示作用。她将存在于后毛泽东时代中国的西方主义定义为"一种即便自身已被西方他者所利用和结构,但仍通过构建西方他者来使得东方得以发挥其自身的创造力以积极参与进自我转换(self-appropriation)过程的话语实践"[2]。通过对中国的西方主义予以充分的关注,陈小眉认为,后毛泽东时代的中国国内政治语境下,西方主义是一种"解放"策略,是用来对抗政府意识形态控制的话语(她称之为"反官方的西方主义"),而政府自身也通过召唤西方来支持遭到压抑的民族主义("官方的西方主义")。中国的欧化主义者们不断地"修改和调整"西方理论和话语,完全站在自己的立场上来行使选择权和合作方式。他们先想出问题,再从西方文化中寻找答案,而后想出种种"误读"来对自己问题作出解答。[3] 陈小眉将她的"误读"概念定义为一种"社会学"层面而非"本体论"层面的概念,这一概念不预设某种先在的、本体论层面上的、"恰当"而"正确的"理解。[4] 这种对文化翻译过程之复杂性的敏感恰是冯客所明显缺乏的。

陈小眉和冯客站在两个完全不同的立场上发言。陈小眉不满于

---

[1] David Palumbo-Liu:《普遍性与少数民族》("Universalisms and Minority Culture"),载 *Differences* 第 7 卷第 1 期,1995 年,第 188~208 页。

[2] 陈小眉:《西方主义》(*Occidentalism: A Theory of Counter-Discourse in Post-Mao China*),New York:Oxford University Press,1995 年,第 4~5 页。

[3] 同上,第 5~15 页,第 97 页。

[4] 同上,第 85~97 页。

当下文化理论将西方作为根本参考框架的一贯做法，由此她主张必须深入国内语境，关注作为话语实体而存在的"西方"，而冯客则似乎拥护某种东方主义的翻版，通过研究颇成问题的东方使西方获得良好的自我感觉。当然，二人的研究都将所有的能动性归因于中国的欧化主义者，虽然冯客之所以这么做是为了批判他们，而陈小眉这样做则是为了恢复他们的主体地位。在陈小眉的范式中，由于中国人能够操控和利用西方主义话语中的"西方"（正如西方的东方主义对"东方"所做的那样），所以人们就不应该将东方主义简单地批判为一种支配和掌控策略，用陈小眉的话来说，不只是"消极的和邪恶的"①。然而，陈小眉将中国的西方主义和西方的东方主义等同起来的做法却是有问题的。这不仅仅是因为它推卸了某种责任承担，还因为它抹平了西方主义发生的具体历史语境。换句话说，这种说法忽略了使得西方主义在中国成为可能或变得不可避免的真正语境。

在这方面，我发现有必要将我们的分析框架加以拓展，使之从国内背景延展到全球背景之下，尤其要将甚至连后毛泽东时代也与其存在着密不可分关系的帝国主义历史包括进来（虽然对于此问题，陈小眉只是一笔带过）。记住下面这一点极为重要，即东方主义不仅仅是为了国内的话语目的而利用东方的一种策略：东方主义影响有时甚至塑形了西方帝国主义者在侵犯东方过程中所采取的特定的占领策略。②而无论是"五四"时代还是后毛泽东时代的西方主义，却从未卷入到任何形式的对西方的政治占领中去。甚至，作为一个文化话语的西方主义也不能和东方主义相等同，因为前者从未为了自我巩固而压制过西方：西方主义的自我授权的动力是来自于对中国自身的否定。当中国知识分子求助于理想化了的西方结构之时，他们是要用它来揭穿传统（在"五四"时代）或者批评政府（在后毛泽东时代）。而且，对于东方主义和西方主义来说，他们挪用他者的认识理由显然建筑在不同

---

① 陈小眉：《西方主义》（*Occidentalism：A Theory of Counter-Discourse in Post-Mao China*），New York：Oxford University Press，1995 年，第 167 页。
② 见萨义德：《东方主义与文化帝国主义》（*Orientalism and Culture Imperialism*），New York：Alfred & Knopf，1993 年。

的基础之上。当西方否定东方,即将东方作为自我巩固的他者之时,东方实际成了一个被用来重申西方普遍性的特殊性文化。而当中国的欧化主义者在借用西方之时,西方被看作是普遍性,它的现代性特权是一般历史的目标。

列文森(Joseph R. Levenson)用语言的隐喻来形容中国和西方不同的文化挪用,他颇具启发性的讨论很值得我们引用:

> 事实上,那些仰慕传统中国成就的欧洲人说到底只是一个具有世界主义口味的欧洲人,而不是(蔡元培)所设想的中西合璧的人。而仰慕西方成就的中国人则将世界主义和综合论集合在一起,成为了西方的皈依信仰者。这是两种完全不同的态度。当图卢兹-劳特累克(Toulouse-lautrec)或高更(Gauguin)以东方风格作画之时,这是一个用外来方言讲述的杂糅故事。但当赵无极这样的画家尝试保罗·克利(Paul Klee)的画风之时,这即是一个严肃的承诺,是一个以外国语言讲述的故事……西方对中国做的是改变后者的语言,而中国对西方做的则是扩展西方的词汇表。①

我们看到,西方的世界主义者和中国的知识分子之间存在明显的不同:对于前者来说,中国材料的加入扩充了自身的文化素材,而后者则变成了西方的皈依者,从而在根本上改变着自己的文化。这种不同也表露了东方主义和西方主义之间的不平等政治,二者都坚持将西方的特性作为东西方的普遍原则。

黑格尔式的辩证认识是证明东方主义和西方主义区别的另一个有效方法。简单地说,在黑格尔既经典又精英的范式中,主人区别于奴隶。作为主体的主人拥有独立的自觉意识,他利用非本质的、具有依赖性的奴隶客体来认识自身的独立性,而奴隶则既没有权力也没有能力来做相反的事。黑格尔将不平等看作是理所当然的事实,并解释

---

① 列文森(Joseph R. Levenson):《儒教中国及其命运》(*Confucian China and Its Modern Fate*),Berkeley:University of California Press,1958年,第113页,第157页。

道:主人具有自在的自觉意识,虽然他将奴隶当作是成就自身自觉意识的消极他者,但他在奴隶身上实践自己的力量,并理所当然地将奴隶放置在了受奴役和隶属关系之中。奴隶也与主人发生了消极抵抗的关系,但是这种消极抵抗"尚且还达不到彻底战胜主人的程度",由此奴隶仅仅能够否认但却不能获得任何凌驾于君主之上的权力。① 这种对主奴之间不平等关系的辩证认识十分类似于对东方主义和西方主义在挪用他者问题上的不平等关系的辩证认识:西方的东方主义否认东方,确认自己作为君主的位置;而中国的欧化主义者却永远不能否认西方,体现出自身对西方的服从状态。

学者们互相矛盾的评价使西方主义中的中国能动性问题变得复杂起来。在陈小眉的陈述中,后毛泽东时代的西方主义是一种解放策略。而当她以一种女性主义者的脉络来解释"五四"时期的西方主义之时,她认为,后者是"西方父亲征服和殖民非西方女性的另一种方式",因为它被中国男性用来实践他们自己的政治计划。② 白露的解释则与陈小眉的恰好相反,她认为,后毛泽东时代的文化西化话语是某种形式的"自我殖民",而"五四"时期的文化西化话语则是"地方化"的成功范例,通过这种"地方化","符号得以进入特定的、自主的、地方化的政治语境,并在其中传播"③。他们针锋相对的观点正好证明了跨文化语境下要想对中国能动性作出明确的描述必将遇到不可避免的困难。

我的观点则建立在这些针锋相对之观点的基础之上,强调描述西方和全球相互交织的重要性。这种双重语境同时影响了"五四"时期中国西方主义的产生和运作,虽然人们对于每一语境所占比重的具体说法并不相同。当西方的思想从大都市传到中国来之时,它的初始含义不会完全地被复写,它的力量也被中和;由此,我们在提出问题时必须考虑到旅行和挪用的背景。因此,西方主义既是在地区层面上对西

---

① 见黑格尔:《精神现象学》(*The Phenomenology of Spirit*),New York:Oxford University Press,1977年,第111~119页。
② 见陈小眉:《西方主义》,第138页。
③ 白露(Tani Barlow):《知识分子及其权力》("Zhishifenzi and Power"),载 *Dialectical Anthropology* 第16期,1991年,第211页。

方的策略性挪用,又是全球语境层面上的文化殖民场所。但是,正如上文曾经描述过的普遍性和特殊性问题所暗示的那样,地区从来都不会与全球无关,而后者往往指定了地区语境下西方的表现。

即便在国内语境下,西方主义也不能被简单地看作是只针对某种明确目标的反对话语。白露将西方主义话语看作是中国权力话语的看法是十分值得参考的。"五四"时期的欧化主义者们也许曾在日本和欧美经历过种族主义,但是在国内,他们却凌驾于未启蒙的大众和"腐败的"儒家精英之上,掌握着解释西方知识的文化权力。用白露的话来说,这些自命的启蒙知识分子以四种方式将西方主义当成是某种权力策略:① 通过成为"普遍知识的动力";② 通过将"本国传统变为一个内在的他者";③ 通过将自身塑造为英雄的能通多国语言的主体;④ 通过将过去妖魔化为"堕落的和存在着坏影响的"东西。通过这些方式,他们将自己的"文化批评"合法化为必要的政治干预和拯救民族国家的必要方式。①西方主义同样也是等级政治。即使我们假设能动性不可避免地在话语旅行和地方化进程中传播,但它在中国的传播仍然是由阶级及其他因素来决定的。全球和地区的关系调和进程确立了等级分明的权力分层,只有那些受过启蒙的少数人才有可能取得文化权力。

作为心理范畴的西方

虽然中国知识分子对西方话语进行了策略性的地区化处理,但这种借用也同时暗示了西方现代性所具有的强制性。这种现代性也部分地说明了半殖民地精英是如何安置好他们的社会理想和身体欲望的。事实上,"西方"本身也同样是一个心理范畴。在这个意义上,西方主义的全球性含义显露无遗。在表面上借用了西方现代主义比喻、技巧和模式的文学作品中,多元定位所带来的张力呈现为一种对忧郁

---

① 见白露(Tani Barlow):《知识分子及其权力》("Zhishifenzi and Power"),载 *Dialectical Anthropology* 第16期,1991年,第212~213页。

症和焦虑性神经症的文本表述。出现在本章开头的李大钊对吉普林的引用就暗示了那些被强加的欲望准则：对"伟人"的男子气概予以肯定，诗人暗示道，通过"伟人"，西方和东方之间的区别是可以被克服的。在印度学者艾西斯·南迪(Ashis Nandy)的分析中，吉普林被看作是时时处处试图证明殖民者优越性的生于印度的英国诗人。通过这一分析，我们可以将吉普林对男性气质的赞同与弥漫在印度殖民地精英中的英国殖民主义的超级男性气质压力联系在一起。① 当这首诗被中国知识分子重复之时，尤其是被中国共产党的创始者之一李大钊重复之时，对吉普林的引用既暗示着男性至上主义者的民族主义，又同时暗示着一种殖民的全球性。此处，我主要是想论述，这一事例正表明了第三世界强烈的民族主义实际上是被一种内在化了的男性至上的意识形态所支持着。

然而，颇具矛盾性的事实是，为了维持自身的权力和地位，殖民主义在支持男性至上理想的同时，又压抑了被殖民者的男性气质。由于性是必须被纳入统治结构之社会领域的重要方面，男性气质被视作是一种权力比喻。在众多的殖民场合中，性和政治占领总是相随相伴。艾西斯·南迪认为，性和政治占领之间存在着某种同源关系，因为殖民主义与"现存的西方'性原型'"正好相符，这一原型所带来的文化共识正是：政治和社会经济的占领象征着男性和男性气质对女性和女性气质的支配。② 由此，殖民占领浸透着性的含义。我在前几章分析过的郭沫若、郁达夫、滕固等人小说的清晰主题即是由具备男性气质的帝国主义主义力量日本所提出的阉割威胁。由此，作为政治权力比喻的男性气质和作为性权力的男性气质被混合在了一起。

也正是在这一具体语境中，我运用了弗洛伊德的"焦虑性神经症"概念。对于弗洛伊德来说，在焦虑性神经症中，焦虑和性欲是紧密相连的："如果心灵无法缓和由内而生的(性)冲动，它就会被一种焦虑感

---

① 见艾西斯·南迪(Ashis Nandy)：《亲密的敌人：殖民主义统治下自我的失落与回归》(*The Intimate Enemy: Loss and Recovery of Self under Colonialism*)，New Delhi：Oxford University Press，1983年。

② 同上，第4页。

所占据。尽管这种焦虑正在向外投射,但它仍然在发挥效用"。而这种焦虑所释放的正是"剩余的被压抑的利比多"。① 源于性挫折的作为心理状态的焦虑性神经症,与在殖民统治下扮演女性角色的被殖民者所处的状态相似。这种相似性并非是偶然的。实际上,这两种状态互为因果。

我在第四章中曾经论述到,性也同样和民族、种族问题紧密相关。同时,它们的这种相互关联更与特定的历史语境相互缠绕。作为种族和民族意义上的他者,留日的中国男性知识分子在性方面遭到了疏远,并通过一种焦虑性神经症来显示了自身在性欲上的不满足,于是他们变得神经质、内省、自我贬低、自我否定甚至会自杀。对于"五四"知识分子来说,一系列的原因导致了他们心理上的焦虑性神经症状态:民族的从属地位、种族的劣等地位和性方面的被阉割。诚如上文所讨论的那样,在这种情况下,与其将民族、种族和性仅仅说成是相互纠缠的关系,还不如说三者共同构成了阉割的三重压力。对于这一点,我们可以从"五四"时代流行的现代主义小说对自我毁灭和自杀的叙述中窥见一斑。这些有关焦虑性神经症的叙述是对更大范围内的文化焦虑症的表达,文化主动采用了西方的方式(最多的是通过日本这一中介,后面我会更详细地谈到这个问题),同时也就面临着失去文化能动性的危险。这里需要修正当代中国著名的反抗者苏晓康的一个称之为"现代化后来者的焦虑"②的短语:这里的主体渴望现代性,但却不调和这种渴望所带给他的暴行。由此,这种焦虑非但没有通过一种指向其假想"敌人"的进攻方式表达出来,反倒被表达成了一种自我攻击,于是,以淫乱、受虐和自杀形式呈现出来的颓废主义倾向流行了起来。

这种自我攻击可以被解释为全盘反传统。正是在对西方优越性的认可中,中国知识分子创造出了中国文化的自我形象。张灏恰切地

---

① 见 James Strachey:《编辑序》,载弗洛伊德:《抑制、症状和焦虑》,Alix Strachey 译,New York: W. W. Norton, 1989 年, 第 XXVIII~XXIX 页。
② 苏晓康:《认同的亢奋和迷恋》,载《世界日报》,1995 年 11 月 12 日, A4 版。此处我对苏晓康的这一术语稍作了些改动。

形容道:

> 在现代世界上,他们("五四"狂热者)道德意义上的破除偶像视角也许是非常独特的;再没有一个正在经历现代转型的历史悠久的非西方文明会显示出向中国这样的凤凰涅槃的冲动,对自身的文化给予彻底的否定。这种必然导致大范围道德迷失感的激进的偶像破坏,自然而然地催生出最为剧烈、敏感的焦虑。①

1953年,列文森也认识到,"五四"对传统的疏离在反传统主义者中间引发了一种"精神委靡",他们再也找不到"心理上的平静"。②

弗洛伊德的忧郁症定义,对于我们分析这里的失落心理的运行机制十分有效:

> 忧郁症患者通过某种最为无情的自我责备的方式来折磨自己。我们已经发现,自我指责事实上针对着他们所失去的性欲客体。我们可以做出结论,忧郁症患者从客体身上提取利比多。但是这个过程却叫做"自恋认同"(narcissistic identification),客体投射在自我之上,进而客体也在自我中建立……主体的自我就好像已经被遗弃的客体,屈从于某种针对客体的攻击行为和仇恨话语。如果我们将患者的痛苦归因于自我和所爱所恨的事物遭到了打击的话,我们也许就更容易理解忧郁症患者的自杀倾向。③

我们可以作以下类推:如果传统是"五四"知识分子(他们也是中国文化传统中的学者)隐含的欲望对象,那么,"五四"因为传统的根本缺点而对传统采取的否弃态度则导致了一种忧郁症状态。他们将对

---

① 张灏:《新儒家与当代中国的知识危机》("New Confucianism and the Intellectual Crisis of Comtemporary China"),载傅乐诗(Charlotte Furth)编:《转变的限制》(*The Limits of Change*),Cambridge:Harvard University Press,1976年,第281页。
② 见列文森:《历史与价值》,第150页。
③ 弗洛伊德:《精神分析引论》(*Introductory Lectures on Psychoanalysis*),James Strachey 译,New York:W. W. Norton and Company,1966年,第427页。

象投射在自我（ego）身上，这些忧郁症患者们以一种自戕的方式来表达对这种失落的愤恨。作为一种处于麻醉状态的错乱，忧郁症可以被视作为一种文化自恋的症状，因为当受到入侵之西方文化的决定性挑战之时，这种文化自恋就变成了一种病态。可以这样说，西方已然取代传统而成为了欲望的对象。正如伍晓明所描述的那样，在现代中国的语境下，当中国中心的文化自恋发生动摇之时，这种自恋被有关现代性和进步的"主导叙述"取代了。在这种叙述中，中国不再是叙述者，而是被叙述者；不再是主人，而是奴隶；不再是上等的种族和文化，而是劣等的种族和文化。对于这种心甘情愿地通过西方视角的前提预设来进行自我发现的行为来说，其所引起的震惊导致了欺骗性的和无耻的自我形象（在有关中国国民性的话语中），有时甚至是吃人的自我形象（诸如鲁迅《狂人日记》中的描述，见第二章的讨论）。对这种自我认知精神创伤的感情和心理回应随即被表述为忧郁症（郁达夫）和疯狂（鲁迅）的症状。①

伍晓明还表达了另一个重要观点，他将这一精神创伤的结果形容为自恋让位给了他恋。这一描述类似于张宇红形容五四运动的概念"化我"，而非晚清时期的"我化"。西方已经变成了一个心理范畴。这一心理范畴改变着自身，从自身求得爱恋，由此，自我的利比多图景就被镶嵌进了自我形象之中。

以日本为中介的他恋

就有关"五四"西方主义者之现代主义的话题来说，其中最为吸引人的一个问题，即是日本在"五四"现代主义者组构西方的过程中所起到的中介作用。我前文所举例的所有现代主义者都曾在日本接受过教育。当创造社因为《创造季刊》、《创造周报》和《创造日》这三个公开

---

① 见伍晓明：《二十世纪中国文化在西方面前的自我意识》，载《二十一世纪》第14期，1992年，第102～112页。

第五章 他恋(loving the other):全球语境下的"五四"西方主义

出版物而活跃于文坛之时,它的主要代表郭沫若、郁达夫、田汉和陶晶孙,都频繁地往返于中国与日本之间。他们以日本作为基地,将自己的文稿邮寄到中国发表。更有甚者,郭沫若和一个日本女人结了婚,他在自传中不断地提到自己在日本的岁月里一直处于多产的良好状态①,事实上,他也是在那里完成了他几乎所有的精神分析小说。郁达夫和陶晶孙最具实验主义意味的小说也都是在日本完成的。很显然,在日本写作激发了这些作家的先锋倾向,而在中国写作则主要激发了一种现实主义(正如我在第四章曾讨论过的郁达夫以中国为背景的小说创作那样)。20世纪20年代,创造社慢慢解体,此时创造社与一个拥有欧美教育背景的知识分子群体"太平洋社"相合并,后者包括了胡适和徐志摩(1886—1931)等作家。这些成员都与日本存在着某种联系,而这种关系恰是社会构成的一个有机因素。西方主义者之现代主义的产生实际上与留日学生的处境纠缠在一起。那么,这个处境是怎样的呢?

从郭沫若记述的1918—1926年间创造社建立和解散的细节中,我们一方面可以看出留日中国学生的爱国热情,另一方面也可以看出他们对日本文学背景的浓厚兴趣。这些学生热情地回答着中国国内的政治问题,而五四运动等政治运动开始之时,也正是一波波归国浪潮的涌起之日。他们也仍然和诸如厨川白村、佐藤春夫(Satō Haruo)等杰出的日本批评家和作家保持着某种关联。在学生们的爱国热情(比如中国学生对与日本女人结婚的同胞施加压力,有时甚至迫使他们离婚)②和世界主义意义上对现代日本文化的欣赏之间,存在着一种强烈的紧张关系。这种张力要求知识分子采取一种我在绪论中曾经分析过的区分策略(殖民主义的日本和世界主义的日本),而这种策略反过来也注定了民族主义进程和启蒙主义进程之间的矛盾。

20世纪20年代的上海,当创造社异常活跃之时,在沪的日本人口

---

① 见郭沫若:《郭沫若全集》第12卷(《郭沫若自传》第2卷),北京:人民文学出版社,1985年。

② 见郭沫若对那些反对他日本妻子的言论的回应,见《郭沫若全集》第12卷,第39~40页。

远远地超过了其他外来民族的人口,由内山完造(Uchiyama Kanzō)1917年开办的内山书店就是其时中日文学相遇的重要中心。操着一口流利日语的鲁迅与内山完造结下了亲密的友谊,以至于中国作家常常不得不通过内山完造来约见鲁迅。郭沫若和郁达夫也与这个书店存在着紧切的联系。各种日本文学界人士也常常造访内山书店:小说家谷崎润一郎(Tanizaki Jun'ichirō)、佐藤春夫,诗人野口米次郎(Noguchi Yonejirō)和著名的汉学家竹内好(Takeuchi Yoshimi)等等。1926年,谷崎润一郎访问中国之时,内山帮助安排了他与中国作家的会见,后来郭沫若为谷崎润一郎组织的聚会则汇集了当时在沪的90多位文化界人士。① 内山书店同时也是西方文化的贮藏所,当然这些西方文化都是以日本为中介的:它是中国收集日本图书最多的书店,也藏有几乎全部中文译本的日本图书。中国作家,尤其是在日本接受教育的中国作家,常常聚集在那里,在日本图书中继续他们对西方的学习。正如谷崎润一郎在其游记中提到的那样:"中国的新知大部分从日本书籍中获知,同时也从已经翻译成日文的西方书籍中获得"。在这方面,内山书店无疑作出了最大的贡献。② 我在绪论中提及的那段插曲,即夏丏尊接受内山完造推荐的游记,并自愿接受其中芥川龙之介对中国的诋毁之辞的一段逸事,恰好也证明了作家与日本的特定关联帮助中国作家构建了自身的世界主义姿态,而这种世界主义姿态一方面呈现为中国作家的自我批评,另一方面又表达了作家在文化(而非政治)上与日本相联合的愿望。

当然,就"五四"时期西方主义者之现代主义的具体形式来说,其中最为重要的因素之一还在于中国西方主义者和明治时代日本西方主义者在意识形态上的相似性。我的论点是,由于信奉"五四"线性时间观和目的论意义上的现代性表达,留日的中国学生认为,他们所亲眼目睹和崇仰的大正时代的日本(1921—1926)正是明治时代日本(1868—1912)的逻辑后果,而在明治时代的日本,也发生了与中国"五

---

① 见 Paul D. Scott 为谷崎润一郎《上海朋友》英译本所作的序言,载 Chinese Studies in History 第30卷第4期,1997年,第56~70页。引文见第62页。

② 同上,第72页。

四"时代相似的文化启蒙运动。事实上,明治时代和"五四"时代存在着众多相似之处。不仅仅"启蒙"是中国人从明治时期知识分子那里借用的术语,而且明治维新的进程也主要是以本土传统为代价努力西化的过程。丹尼斯·瓦什本(Dennis Washburn)认为,日本语中的"近代"(kindai)和"现代"(gendai)都暗示了"现代是由西化的进程所决定的,它涉及了本土文化之外的一套社会和伦理价值",明治时代的现代性制度是经由政府官方的批准才开始的:"官方对现代化的批准……代表了对文化非连续性的审慎接受,而这种接受伴随着一种既解放又失落的情感。甚至在还没有对现代含义予以普遍接受之时,对现代的认可就意味着文化记忆可能发生断裂的危险"。①

瓦什本对明治文学的看法也适合于"五四"时期的写作,尤其是他提到明治时期的文学是以"极端强烈的断裂感和着迷于现代"为标志的。和他们的"五四"同道一样,明治时代的日本作家为了更加清晰地定义和定位现代而重新阐述了传统的构成,他们努力地改革日本语言,比如创造一种新的文学语言(一个最为极端的建议含有彻底废除包括日语汉字[kanji]和假名[kana]在内的所有日语,代之以罗马字,而这正和钱玄同后来建议用国语罗马字代替中文的建议相类似)。②也就是说,明治时代对现代的着迷也使得日本文化成为了一种具有特殊性的文化,而西方文化成为了一种普遍文化。明治时代的作家甚至将自我认同与文学实践的现代化紧密地联系在了一起,正如"五四"作家那样,他们在自己的文学实践中进行着叙述语态和叙述角度的实验。但是,随之而来的文化的断裂感增强了明治晚期的自我意识感,叙述角度开始内转,自白忏悔性的写作开始增多。一方面,因为作家们都希望割断自身与过去的联系,所以自白忏悔性的写作与"新文化身份

---

① 见丹尼斯·瓦什本(Dennis Washburn):《日本小说中的现代困境》(*The Dilemma of the Modern in Japanese Ficiton*),New Haven:Yale University Press,1995年,第57页。
② 见钱玄同:《中国今后文字问题》,载蔡尚思主编:《中国现代思想史资料简编》第1卷,杭州:浙江人民出版社,1982年,第416~421页。在这篇文章中,钱玄同指出,最终的目标是废除中文书面语。如果其时需要的是更加稳健的改革的话,中国至少必须遵从日本在其语言革命中的所作所为,即控制中文字的使用。

的创造"在事实上构成了同义关系。① 另一方面,"无法抗拒的西方支配"又使得内转变得不可避免,因为只有失败者而非掌握权力者才会进行招供。② 肯尼斯·派尔(Kenneth Pyle)对明治知识分子的描述也是值得引用的:

> 对于这一时期具有强烈民族意识的日本人,对本民族文化传统的疏远实际提出了一个令人困惑的两难境遇。建立一个强大的民族国家需要以从西方借用来的技术和实践来替代日本传统。日本的年轻人为这一进程的隐含意义所苦恼,因为他们所追求的现代性在某种意义上被认为是与传统相异的东西。③

一点也不奇怪的是,在明治文学和"五四"文学之间肯定存在着诸多的文化相似性:在社会各领域对西化的鼓吹,将现代性看作是西方的进口物件从而否弃传统,作家由于文化身份的危机而转向内部。

我们需要从两个层面上来分析这些相似性。其一,鉴于留日中国学生与"五四"文化的特殊关系,我认为,留日中国学生将明治时期对西方的热情进行了一个水平的横移。由于大正时代的日本是更为现代化的,因此它为中国人获得现代性提供了路线图。其二,明治日本和"五四"中国奔向西化的相似路径表明,目的论意义上的历史发展的进化观念在中国和日本都发挥了作用。由于现代化被认为是一种阶段性的发展,因此"五四"中国必须与明治日本保持相似,即"五四"中国正处在半个世纪以前明治日本的发展层次上。

虽然日本在中国西化过程中的中介身份使日本、中国和西方之间形成了某种三角关系,但事实上,这一爱情故事是某国迟早要达到现代性而值得为之付出感情的线性故事。第一个达到现代性的变成了

---

① 见丹尼斯·瓦什本(Dennis Washburn):《日本小说中的现代困境》,第 162 页。
② 见柄谷行人(Karatani Kōjin):《日本现代文学的起源》(*Origins of Modern Japanese Literature*),Brett de Bary 译,Durham:Duke University Press,1993 年,第 95 页,第 86 页。
③ 肯尼斯·派尔(Kenneth Pyle):《现代日本的缔造》(*The New Generation in Meiji Japan: Problem of Cultural Identity*),Stanford:Stanford Uiniversity Press,1969 年,第 4 页。

爱慕的最终目标,第二个达到的则变成了紧随其后的目标或是达到最终目标的中间阶段,而最后一个达到的则有义务去爱,而不是被爱。由于爱慕的最终目标需要经由中介日本来达到,而日本自身也爱慕着那个最终目标,所以爱慕变得愈加强烈,对目标的渴望也变得愈加强烈。要得到西方和日本的爱,就意味着要尽可能快地获得现代性。为了获得现代性,地理政治的差别被时间轴上的区分所替代,由此爱慕的实践也就成为了可能。而这个历史发展的线性时间观一旦被使用,"五四"中国就必须经历明治日本曾经经历的过程,才能跃入现代性,当然也许速度可以快些。在"五四"中国赶上日本西方的努力中,关键问题就在于时间的压缩。明治日本花去 50 年所做的事情,"五四"中国却要在仅仅 10 年的时间里完成。

"五四"后期,人们已经明显意识到了以日本为中介的文化西化运动的不可能性。1933 年,胡适在芝加哥大学做了一个讲演。他最终以地理政治层面的差异来解释这场运动为什么不成功的原因。他认为中国没有像日本一样西化的原因有三:(1)有效领导和实施政策的强有力的领导阶级的缺乏;(2)对军事缺乏兴趣以及军事所处的较低的社会地位;(3)中国在建立一个作为现代化事业中心的稳固政府上的可悲失败。① 胡适指出,即便中国人有意识地模仿了日本,中国也不具备成功西化的恰当社会和政治条件。

胡适对中日西化差异的强调使我们回到了空间层面上的地理政治差异上来。这表明,从历史的后效看,"五四"以时间差异代替空间差异的乐观主义至多是理想主义的。我们可以推断,理想主义的线性时间观预先阻止了对地区语境的密切关注,而后者则需要通过严格的考察来确定中国人所展望的西化事业是否具备可能性。颇具讽刺意味的是,正是线性时间观使得文化西化运动最终没能取得现代性。

---

① 见胡适:《中国的文艺复兴》(*The Chinese Renaissance: The Haskell Lectures*),Chicago:University of Chicago Press,1934 年。

"五四"的遗产

和许多其他研究现代性的西方学者一样,安东尼·吉登斯(Anthony Giddens)认为现代性已经变成了一项西方事业。被吉登斯称之为"有组织的现代性情结"的民族国家和系统的资本主义生产,肇源于西方,而其所产生的力量又使得它得以传遍世界。没有什么传统的社会形式能够挑战现代性的力量和在现代性潮流的影响中保持完全的自主性。[①] 与之相反的是,台湾学者廖炳惠扩展了福柯的现代性和自我发明(self-invention)观念,认为现代性不只是西方独有的文化事件,而是文化杂交、不平等的殖民遭遇的产物:通过他者认识自我。[②] 毫无疑问,没有殖民结构或是非西方他者的借用,作为一种社会结构而存在的西方现代性就不会成为可能。

综合吉登斯和廖炳惠的洞见,作为西方事业的现代性必须被同时看成是西方占领的源泉和产物,而这一占领既征服了非西方又有助于巩固西方的现代身份。当西方在对非西方的占领中发现和再造自我之时,非西方也被迫在被西方击败的同时进行着灵魂自省和自我再造。就身份认同的形式来说,西方和非西方大体上处于一种不平等的关系中。对于非西方来说,现代性是一种强制性的自我否认状态,它强制性地将西方的非西方想象内在化了,将之变成了非西方的自我认同。于是,非西方的现代性不仅仅意味着地缘政治、文化和心理创伤,而且也意味着某种身份认同危机。"五四"现代主义者对疯狂、焦虑和忧郁症的直接描述表明了这种身份认同危机感的强烈程度。

为了解决这一身份认同危机,20世纪20年代中期和晚期采取了两种不同的路线。一种是在文化层面上对中国传统的恢复,当然,这

[①] 见安东尼·吉登斯(Anthony Giddens):《现代性的后果》(*The Consequences of Modernity*),Stanford:Stanford University Press,1990年,第174~175页。

[②] 见廖炳惠:《希望、回忆和重复》("Hope, Recollection, Repetition: Turandot Revised"),载 *Musical Quaterly* 第77卷第1期,1933年,第67~80页。

第五章　他恋(loving the other)：全球语境下的"五四"西方主义

种中国传统在本质上是现代的。例如，在北京，京派哲学家和作家努力寻求中国和西方文化之间的趋同性和一致性（参见第二部分）。另一种取向即是意识形态上的"左"转，即从失去国家独立性的西化运动中抢救出民族主义。在上海，马克思主义征服了众多知识分子，他们认为马克思主义可以直接应用于中国。众多"五四"现代主义者转向左翼，这就使得他们得以将反帝整合进他们的文化日程表，使得西方与日本都市文化和殖民文化的区分变得不再重要。郁达夫因为爱国行为而被日本警察暗杀，郭沫若变成了社会主义斗士，而鲁迅则帮助建立左联，进而成了20世纪30年代左翼文学的领军人物。如果用列文森的话来说，马克思主义使"五四"知识分子在反传统的同时又成为了民族主义者。列文森的结论是，对于在情感上受到"创伤"的"五四"反传统主义者来说，这种解决方式是理想化的。① 而文化领域内马克思主义意识形态的支配恰好又成为了上海的现代主义者不得不为艺术自觉而战的历史语境，虽然这批现代主义者并非完全站在"左"倾的对立面上（参见第三部分）。

在批评"五四"文化启蒙事业之时，京派哲学家、作家选择了与马克思主义者截然不同的话题。当京派哲学家和作家攻击"五四"进程毫无根据地诋毁传统的行为之时，左派则指责"五四"受到了外来帝国主义的指使：例如，胡秋原（生于1910年）所领导的文化评论派指责"五四"知识分子，无论有意无意，皆是西方帝国主义的代言人。② 尽管后"五四"时代的左派批评"五四"时代为帝国主义文化做了碑铭，但他们仍然对"五四"科学与科学方法的遗产予以承认，并将之看成进一步推翻封建主义的积极动力。③ 虽然除了科学手段，"五四"西方主义基本被视作是帝国主义而受到了否定，但"五四"反传统主义仍被重新命名为"反封建主义"。这种对"五四"遗产有选择性的赞同和批判正好取决于马克思主义和"五四"意识形态所共享的前提假设，而这一线性

---

①　见列文森：《历史与价值》，第180～181页。
②　文化评论派的《真理之檄》，原刊于《文学评论》的创刊号。后收入杜衡（即苏汶）编：《文艺自由论辩集》，上海：现代书局，1933年，第302～307页。
③　同上，第302页。

时间观和目的论历史的预设将中国的过去贬斥为封建的。正如阿里夫·德里克(Arif Dirlik)所指出的那样,中国马克思主义受到了马克思主义者的全球化了的历史意识的影响,于是他们将直线发展的欧洲历史视作模范,试图使中国得以进入普遍性的历史。① 最终,黑格尔的历史目的论奠定了"五四"启蒙运动和中国马克思主义的基础。

其后,右翼民族主义者表达了他们对于五四运动的批判,虽然这些观点并不广为人知。在这方面最具启发性的文章是曾经留学美国和德国的四川作家陈铨(生于1905年)写于1943年的文章。陈铨也是创刊于重庆的《民族文学》(1943—1944)的编辑,而这一杂志正是战国策派作家们的论坛。众多"五四"知识分子持有以下的观念,即五四运动与歌德时代德国的狂飙运动(Sturm und Drang)相似,因为二者都标志着从封建社会到新社会的历史转变。② 然而陈铨却否认了这一等式,认为五四运动未能成就狂飙运动时德国所成就的功绩。

陈铨列举了五四运动失败的三个原因。首先,知识分子们错将战国时代当成了春秋时代。在战国时代,军事组织和行为是必需的;而在春秋时代,同盟和谈判则是必要的。"五四"中国所面临的问题必须用军事方法来解决,而中国知识分子却提倡深受西方一战后厌战背景影响的国际和平,支持缩减武器的理想主义的文化运动。这一取向削弱了民族主义意识,在人民中培养了厌战情绪。其二,他们错把"五四"时代当成了一个个人主义的时代,事实上,它应该是一个集体主义的时代。由此,"五四"领导者提倡了和其时所必需的东西相背道而驰的东西,即一种儿子反抗父亲、妻子反抗丈夫、学生反对老师、下属反对上级的个人主义反抗,而这直接导致了秩序和组织结构的崩溃、爱国精神的缺乏和军事意图的缺席。其三,他们错把"五四"当成了理性主义的时代,事实上,它应该是一个反理性主义的时代。通过论述欧

---

① 见阿里夫·德里克(Arif Dirlik):《马克思主义和中国历史》("Maxism and Chinese History: The Globalization of Marxist Historical Discourse and the Problem of Hegemony in Marxism"),载 *Journal of Third World Studies* 第4卷第1期,1987年,第151~164页。

② 见郭沫若:《浮士德第二部译后记》,载张澄寰编选:《郭沫若论创作》,上海:上海文艺出版社,1982年,第657页。

洲从光明运动到现代的思想,陈铨指出,反理性主义是尼采、叔本华、黑格尔和柏格森著作,以及诸如精神分析、文学表现主义以及未来主义等文化现象的主要内容。"五四"启蒙进程模仿了西方启蒙时代的理性,并以此作为自己的哲学基础,提倡科学和理性,因此"五四"也就落后了西方两个世纪。陈铨的结论是,最后的这个错误与儒家思想中的理性范式有关,他特别指出了西方启蒙知识分子实际都曾是孔子的崇拜者。这也就是说,虽然"五四"领导者提倡反对儒学,但却自相矛盾地接受了儒家范式。由于民族主义不是一种逻辑,而是一种情感和意愿,所以这种理性启蒙话语就无力构建起其时中国所强烈需要的民族主义。由此,陈铨判定五四运动在时代问题上犯了错误。五四运动的领导者既没有足够深入地了解西方,也同样没能深入了解中国,因此,他们既不能正确介绍西方,也不能颠覆中国传统。①

可以肯定的是,陈铨是站在抗日战争时期高涨的民族主义情绪的高度上写这篇文章的,但他对五四运动的估价却仍然反映了后"五四"知识分子的一些重要看法。启蒙之于民族主义的优先权被清楚地判定成了一种错误,并且这种错误导致了中国文化背景的混乱、消沉、能量分散和士气低落。现代主义写作中日益增长的内在化图景恰好证明了这种混乱和消沉状态。于是,作为一种将民族主义和以进步、现代性为旨归的启蒙理想结合在一起的意识形态,马克思主义将不同的知识分子群体团结到了自己的旗帜下。因此,当下一代的上海现代主义作家试图写作、出版和建立沙龙之时,他们必须设计对付来自左翼知识分子的不断攻击。对于试图肯定文学自觉性的现代主义作家来说,民族主义知识分子和左翼知识分子的联合优势使得下面十年的意识形态背景变得更加不稳定。

---

① 见陈铨:《五四运动与狂飙运动》,载《民族文学》第1卷第3期,1943年,第1~6页。

第二部分

重思现代:京派

第六章　未曾断裂的现代性：对新全球文化的建议

> 需要完成的任务不是保守传统，而是对传统的救赎。
> ——霍克海默（Max Horkheimer）和阿多诺（Theodor W. Adorno，1944年）

> 为当下愿望所决定的面朝未来的视角，指引我们接近过去。由于我们着眼于未来使用过去，所以真实的现在存在于具有连续性的传统与革新之中。
> ——哈贝马斯（Jürgen Habermas，1987年）

> 外来影响与本土风格并不决然对立。本土风格的决定性因素是语言。
> ——汪曾祺（1988年）

哈贝马斯的演讲《现代性——一个未完成的方案》（"Modenity—An Incomplete Project"，1980年）为众多当代西方思想家描绘了一幅奇特的知识分子星群图：一般人眼中的激进派（诸如后现代主义者）被哈贝马斯划归为保守主义者，同时，理性和现代性的启蒙理想（当然已然经过了某种形式的修订）又重新被哈贝马斯宣布成了人类最重要的道德品性。哈贝马斯否认了乔治·巴塔耶（George Bataille）、米歇尔·福柯（Michel Foucault）、雅克·德里达（Jacques Derrida）等后现代主义者的看法。后现代主义者们将当代西方社会的种种弊端都归结为现代性和理性的恶果,而哈贝马斯则将弊端的根源归结为现代性的未完成和理性的不充分。他认为,如果理性和现代性能够按照预期目标获得充分的发展,那么,理性和现代性可能已经或者仍然有可能建立起一个"交往理性"(communicative rationality)的世界。这一世界整合了生活世界(社会)和文化世界(艺术和道德),并因此而克服了充斥于现代社会的疏离感。哈贝马斯将后现代主义者称为"青年保守主义者",他认为,这些"青年保守主义者"对人文主义、理性和现代性的批评恰恰证明了他们是美学现代主义的后裔。哈贝马斯还将那些主张倒退回"文化优先于现代性"的人们称为"旧保守主义者",而将那些在科学技术层面拥抱现代性,但同时对现代性之侵入文化道德领域持反对意见的人们称为"新保守主义者"。通过这一类型划分,后现代主义者、前现代主义者和文化反现代主义者统统被尴尬地抛入了一个反现代性联盟。①

在这一主要针对法国后现代理论(后结构主义/后现代主义)②而发的苛评中,最先引发我兴趣的问题是:文化激进主义和文化保守主义的定义是如何随着特定的论说立场而来回滑动的?而作为"认知的模式"和"文化立场的分类方式",这些定义活动又是如何削弱了自身的批评潜力的呢?在这些问题的基础上,我之所以在这里阐述哈贝马斯对保守主义和激进主义最通常用法的颠覆性批评,是为了帮助我们

---

① 见哈贝马斯(Jürgen Habermas):《现代性——一个未完成的方案》("Modenity—An Incomplete Project"),载福斯特(Hal Foster)编:《反美学》(The Anti-Aesthetic: Essays on Postmodern Culture),Seattle:Bay Press,1983年,第3~15页。另一个和哈贝马斯持相似立场的当代思想家是马歇尔·伯曼(Marshall Berman)。可参见其颇具影响力的著作《一切坚固的东西都烟消云散了》(All That is Solid Melts Into Air, New York: Penguin Books,1988年)。伯曼宣称自己坚信现代性的承诺,这一承诺通过人类主体的斗争而实现,同时人类也通过这一斗争成为历史的主体。变成历史主体的能力也是学衡派和新儒家知识分子的最大关怀之所在。

② 哈贝马斯在《现代性的哲学话语》(The Philosophical Discourse of Modernity,Frederick G. Lawrence 译,Cambridge:IT Press,1987年)中,提供了一个更为持久的对后结构主义的批评。

重新思考所谓的"保守主义"①在中国现代文化史中所扮演的角色。长期以来,"五四"将现代性视作中国历史中断和中国传统断裂之标志的看法占据着主导地位。作为西方产物的现代性迫使中国人在奋起直追赶上它的同时,又全心全意地否弃着自身的传统。在这种情况下,那些站在反"五四"立场的人们就很自然地被统统归入了"保守主义"阵营。

"五四"时代过后,某些后"五四"文化样式对"五四"的反传统立场持否定态度。本章就将致力于重新考察这些文化样式,从而为京派作家群的兴起给出具体的语境。我试图解释,一个未将自身建立在目的论层面之历史文化观念基础上的写作方式是如何在后"五四"时代兴起的,其非目的论立场又是如何标志了某种特定的现代性和现代主义形式的(在这个意义上,比之第一部分所讨论的"五四"时代的现代主义,这种现代主义更接近于西方的美学现代主义)。同时,我也将解释,这一现代主义又是如何在全球文化语境中将空间、地点和地区性加以理论化的。

其二,虽然哈贝马斯的现代性观念一直都极为明显地忽略了非西方世界,但他的观点却与现代中国众多反"五四"思想家的观点存在着惊人的相似。这些学衡派和新儒家的思想家们虽然对西方的帝国主义和"五四"时期的全盘西化话语予以了否定(即我在第五章中所说的西方主义),但却仍然赞成现代性。与哈贝马斯一样,他们将现代性从进化论意义上的进步论和发展论的泥淖中解救了出来,重新以主体间性、文化间性、对话和理性等概念来评价现代性。这些中国知识分子以自己的方式观察到了某种主体间性,并以此将中西文化系统地整合起来。不同于"五四"反传统主义者所赞同的欧洲中心主义层面的普

---

① 有关现代中国之所谓"保守主义"文化形式的唯一一本参考资料是傅乐诗(Charlotte Furth)编:《转变的限制:民国保守主义者论文集》(*The Limits of Change*: *Essays on Conservative Alternatives in Republican China*),Cambridge:Harvard University Press,1976年。美国缺乏有关这一影响广泛的文化形式的书籍资料的事实,正暗示着"五四"现代性观点的话语霸权,它专以进化论术语来限定现代性,同时将传统视作是过去的所有物而加以否弃。同样的话语霸权体现在对有关新儒家和学衡派思想家的遏制行为上,这一遏制一直持续到20世纪90年代一种文化民族主义形式开始努力反抗西方商业精神的猛烈侵袭为止。

遍性,这里的主体间性被这群知识分子认作是真正的普遍性和全球性。正如我下面将要指出的那样,一战的残酷使西方人和中国人都感到了震惊,他们不约而同地看到了西方的现代性经验只是特定社会文化语境的产物,并不普遍适用于全人类。由于有了上面这个令人信服的理由,所以我们对普遍性重新给出了限定:将普遍性从西方的单方主张中解放出来。

在这样的语境中,京派的新传统观念对中国传统重新加以了肯定,并承认中国传统作为西方文化之外的另一特殊性文化的合法性。在普遍性问题上,中国和西方拥有同等的发言权。当然,这种对中国传统的重新肯定又绝对不能等同于排外主义,因为它并未站在民族主义立场上来否认西方现代性。正相反,这群知识分子对中国传统的重新肯定通常是以西方的概念框架体系来表述,虽然他们批评西方现代性极端的实利主义和军国主义,但他们也肯定了将西方现代性整合进中国文化的必要性。换句话说,他们所努力寻求的是扩展现代性构成的范围,而并不否弃现代性本身。由此,京派支持中国传统的理由并非在于中国传统的本质特性,而是在于那些可以为中西所共享的普遍性质。因此,京派知识分子对"五四"西方主义予以了坚决反对,由于"五四"的西方主义认为现代即意味着全盘否定中国,但是他们却并不反对现代。我猜想,和哈贝马斯一样,这群知识分子对现代性的根本赞成同时也暴露出他们对启蒙视野的无意识亲近,由此,他们实际比他们自己想象的还要接近于他们的"五四"同胞。

实际上,哈贝马斯和这些反"五四"中国思想家之间的相似性是智识层面上的,而非历史层面上的。仔细的历史分析表明,这些中国知识分子赞同与自己同时代的西方知识分子的现代性批评,而这些西方思想家恰是数十年后受到哈贝马斯批判的人。这是一个对西方哲学家兼收并蓄的选择:柏格森(Henri Bergson)、倭伊坚(Rudolph Eucken,1846—1926)、罗素(Bernard Russell)、白壁德(Irving Babbitt,1865—1933)。这些西方哲学家和许多中国新传统主义者或是一起工作学习过,或是有过私人交往。中国知识分子一方面利用西方反现代思想来支持一种有限的批评,同时又基本同意现代性的原则。这种奇怪的结合对于我们理解这些作为修正主义意义上之现代人的新传统文化人物至关重要。事实表明,如果新传统主义者要发表一种对于西方现代性的批评,那么批评的前提必然是西方自身已经率先作出了相似的自我批评;同时,上述西方哲学家的现代性批评又转而成为了新传统主义者自家方案的理论证据。虽然新传统主义者并不用地区主义的狭隘视角来审视中国传统,但西方视角在他们对中国传统的重新合法化过程中所占有的不可或缺的位置,却也一样引发了所谓"主动性"的棘手问题。

先是在世纪之交,而后在一次大战后的知识背景中,再到两次大战的间隙,直至二战后的 20 世纪 50 年代,西方世界就一直存在着某种先是零星出现而后逐渐系统化了的对西方文明的自我反省。也许我们会想起狄金森(G. Lowes Dickinson)著名的《一个中国人的通信》(Letters from John Chinaman,1901 年)。他用二元对立的方式来看待中国和西方,坚持认为有必要用中国的道德和伦理来拷问西方的工具主义、资本主义和帝国主义。也许我们还会想起通过认同中国美学来创造西方现代主义诗歌的费诺罗萨(Ernest Fenollosa,1853—1908)。在《东方与西方》(East and West,1893 年)一书中,他融合了女性气质的东方文化和男子气概的西方文化。① 一战前后,法国的唯心主义哲学家布特鲁(Emile Boutroux,1845—1921)和柏格森(布特鲁的弟子),德国的倭伊坚和他的弟子杜里舒(Hans Driesch,1867—1941,受梁启超主持的讲学社的邀请,于 1922—1923 年间在华访问近一年)以及美国新人文主义者白壁德,领导了针对黑格尔主义的反对运动,进而呼吁对西方文明价值进行根本性的反思。尤其在一战接近尾声的 20 年代,东西方世界之间的关系成为了"当下的主题"。正如在欧洲受过教育的华裔印尼籍哲学家曾祖沁(Tjan Tjoe Som)所说的那样②,其时涌

---

① 见狄金森(G. Lowes Dickinson):《一个中国人通信》(Letters from John Chinaman),London:George Allen and Unwin Ltd.,1946 年,第 11~14 页;费诺罗萨(Ernest Fenollosa):《东方与西方》(East and West),New York:Crowell and Company,1893 年。

② 见曾祖沁(Tjan Tjoe Som):《东西方的相会:东方视角》,载《东西方世界》(Eastern and Western World),荷兰大学国际合作基金会编写的会议论文集,Hague:W. Van Hoeve Ltd,1953 年,第 22~23 页。

现出大量有关此话题的讲演、文章和书籍,其中的绝大多数都以一种乐观主义的态度来谈及东西方即将到来的调和期。于是,一种文明话语,或者一个后来被称之为"文明方案"的东西开始成为知识分子的流行话语之一①,这种话语试图通过与东方文化的综合来复兴正在崩溃的西方文化②。也正是在这一语境下,诸如泰戈尔(Paindranath Tagore)和梁启超(在一种相较前者为弱的层次上)在到西方游历的过程中,才能够成为东方文化的使者,并被西方人一遍遍告知他们将会给欧洲带来更为优越的东方文化。

从表面上看,西方知识分子对来自东方的教导似乎表现出了前所未有的谦逊态度。针对这一文明话语狂潮,曾祖沁批判地指出,被这一话语所改变的东西方的相遇过程,实际上建立在一个专断却又"浪漫的东西二元划分"基础之上。为了将西方自身投射为"某种目标,并试图在目标的沉思中发现自我",这一话语制造了"东方"。由此,"通过提出东西方相会的话题,西方努力正发现着自身的本质特性"。③"这又一次很典型地表明,为自身危机而担忧的西方忽视了以下事实:东方世界几个世纪以来正面临着一个接着一个的危机。然而,迄今为止,东方的危机并未对西方产生多大的影响,相反,西方的危机却立刻会转变成为整个世界的危机。"④曾祖沁认为,旨在复兴西方文化自身的黑格尔主义进程使文化综合论取得了合法性,这一进程颇为自我中心地为西方服务,还掩藏了东西方之间的不平等关系。

从某种程度上说,曾祖沁有关西方危机意识和呼唤东西方结合的观点可以用斯蒂芬·海(Stephen N. Hay)在其出色的《亚洲的东西

---

① 参见阿伯德尔-马里克(A. Abdel-Malek)主编:*The Civilizational Project*:*The Visions of the Orient*,第30届亚洲北非人文科学世界大会论文集,Mexico City:EL Colegio de Mexico,1981年。
② 有关这一流行的文明话语的例证很多。请参见 René Guénon:《东方与西方》(*East and West*),William Massey 译,London:Luzac and Co.,1941年。在书中,他批判了西方文化的优越感,认为这种优越感实际上来自于对进步和科学的盲目信仰,呼吁必须向东方学习:要将西方的智性从睡梦中唤醒,第一步就是要学习东方的准则。见 Maurice Parmelee:《东西方文化》(*Oriental and Occidental Culture*),New York and London:The Century Co.,1928年。
③ 见曾祖沁:《东西方的相会:东方视角》,第22~23页。
④ 同上,第23页。

观念》(Asian Ideas of East and West)一书中提出的"西方对东方信息的鼓励"来解释。当然,斯蒂芬·海的主要例证是泰戈尔,然而这一人物对于我们考察京派思想仍颇具启发性,因为中国的新传统主义者也曾受到过类似的鼓励和刺激。斯蒂芬·海在对泰戈尔思想的分析中指出:尽管泰戈尔受到了来自其欧美朋友和崇拜者的许多实际的鼓励和刺激,尤其是当他1913年获得诺贝尔奖和当他许多次游历欧洲而得到盛大欢迎之时,但是泰戈尔对于亚洲文明的看法却"不能与欧洲东方学知识和十九世纪印度教思想相脱离"①。斯蒂芬·海进一步指出,亚洲知识分子,尤其是那些致力于复兴本民族文化的"复兴主义者",大多曾在西方受教育或者在西方生活过许多年,也正因为此,他们似乎更容易受到来自东方学的鼓励和刺激。②

通过考察东方知识分子受到西方鼓励的具体语境,以及在东西合力推动的文明话语下东西方之间的不平等关系,我们发现,中国新传统主义者的主动性问题变得更加暧昧。虽然他们宣扬一种全球视角,但这却是以西方对中国文化终将加入全球的认可为前提的,而这种认可与东方学一脉相承。这群知识分子与哈贝马斯之间明显的相似之处在于,他们都认为西方现代性必将复兴。这种相似性表明,在哈贝马斯从西方出发的世界观念和新传统主义者求得西方认可的世界观念之间,实际存在某种更深层次的亲缘关系。

京派思想家对都市西方文化和殖民西方文化予以区别对待的做法也直接导致了这种主动性的暧昧特质。一方面,都市的现代性批评和"鼓励刺激"是中国传统能够复兴的证据;另一方面,殖民认识论既没有被反驳也没有受到挑战。从根本上说,中国的情况不同于在诸如印度这样的完全殖民国家里所普遍发生的文化修正主义,后者是许多后殖民理论探讨的主要问题,这就再次提醒我们要注意半殖民文化形式和殖民文化形式之间至关重要的区别。杜赞奇(Prasenjit Duara)曾

---

① 斯蒂芬·海(Stephen N. Hay):《亚洲的东西方观念》(Asian Ideas of East and West: Tagore and His Critics in Japan, China, and India),Cambridge:Harvard University Press,1970年,第四章,第124~125页。引文出自第135~136页。

② 同上,第314~315页。

经指出,与现代中国相比,现代印度见证了"更为显著的现代性批评",因为与殖民意识形态更近距离的接触引发了这些批评,而殖民意识形态在心理层面上促使印度作出了现代性之外的另一种选择。然而在中国的绝大部分地区,这种制度化的殖民主义处于缺席状态,因此"无论在殖民者那里,还是在被殖民者那里,都未曾确立起与印度及其他直接被殖民的国家相同形式的殖民意识形态"①。于是,在中国就不存在对现代性的"彻底"批判,取而代之的是对于现代性的不懈追求。

此外,艾西斯·南迪(Ashis Nandy)指出,在印度存在着一大群的"非现代"(nonmodern)思想家,他们一起反对遵守殖民范畴,活动在现代性之外。② 这一非现代的印度被南迪形容为"经历西方猛烈打击后仍然存活下来的印度。它与现代主义的印度同时存在,而后者希望与殖民侵略者建立认同的企图将次大陆变成了可悲的西方翻版。非现代的印度拒绝接受绝大多数版本的印度民族主义,因为无论是以嫉妒和憎恶的方式,还是以恐惧症的方式呈现出来,这些民族主义大多不可避免地是对西方殖民做出的回应,因而也就受到了西方的束缚"③。这种非现代的认识不提供对西方的激进批评,也不提供对印度性的大胆定义。因为这一立场建立在以下的前提之上,即不将自身束缚于任何与西方发生有机文化关联的形式上(无论是成为本土的抵抗,还是成为殖民现代主义者的模仿),它是现代性的强大对手。④ 作为非现代印度的领袖,甘地(Gandhi)否定进步意识形态和欧洲科学,他将自己

---

① 杜赞奇(Prasenjit Duara):《从民族国家拯救历史:质疑现代中国叙事》(*Rescuing History from the Nation: Questioning Narratives of Modern China*),Chicago:University of Chicago Press,1995 年,第 221~224 页。

② 见艾西斯·南迪(Ashis Nandy):《亲密的敌人:殖民主义统治下自我的失落与回归》(*The Intimate Enemy: Loss and Recovery of Self under Colonialism*),New Delhi:Oxford University Press,1983 年;*The Savage Freud and Other Essays on Possible and Retrievable Sleves*,Priceton:Princeton University Press,1995 年。

③ 艾西斯·南迪(Ashis Nandy):《亲密的敌人:殖民主义统治下自我的失落与回归》,第 74 页。

④ 尤请参看冠名以"未殖民的观念"的章节,见艾西斯·南迪:《亲密的敌人:殖民主义统治下自我的失落与回归》,第 64~111 页。

的主要观点定位在了西方的"现代文明"的参照系之外。①

下文的论述将清晰地表明,中国新传统主义者既没有采取彻底的反现代立场,也没有采取天然的非现代立场。于是,这就向我们提示了一种半殖民主义的文化语境,它表面上离西方殖民占领的地区更远,但却颇为反讽地更彻底地吸收了西方的现代性。殖民势力没有蛮横地介入地区文化,这就使得西方现代性成为反抗对象的可能性变小了。也就是说,通过区分的策略,新传统主义者为他们的思想选择了一套区别于西方主义者的源于都市西方的理论依据。事实上,他们通常被称之为保守主义的文化态度实际并非是排外主义的,这是一种批判的现代性(critical modernity),它既是对西方现代性的批判性检审,又同时承认了西方现代性的构成因素。新传统主义者批判道,现代性是贪欲的源头,而战争和经济征服等侵略形式正显现出了它的破坏性。当然,从好的方面来说,现代性允许了一种不带有进步倾向的竞争时髦的理性,而这可以颇有价值地应用于中国文化的领域,从而催生出一种新的全球文化。在地区语境中,这一批判的现代性构成了新传统主义者反对"五四"西方主义的根据;在全球语境下,它又从属于致力于吸收东方文化以治愈自身疾病的欧洲中心主义的文明话语。新传统主义的主体性就镶嵌在这两种语境的相互作用和张力之间。这些既是复古主义的,同时又是世界主义的和跨文化的主动性,正产生于半殖民语境之中,而这一语境也是"五四"西方主义者所处的语境。

在这个意义上,新传统主义者的方案与"五四"西方主义者的西方观念必然存在着紧密的关联。二者之间的区别即在于他们对相互对抗的西方思想体系的挪用(唯心主义和活力论,新人文主义借用了前者,而黑格尔进步论则借用了后者)和对传统截然相反的态度之中。二者之间另一个重要的区别在于他们为各自方案所预设的不同的听众群。西方主义者希望为中国和他的中国听众提供一个有利于全盘

---

① 见查特基(Partha Chatterjee):《民族主义思想和殖民地世界:一个衍生话语》(*Nationalist Thought and the Conial World: A Derivative Discourse*),Minneapolis:University of Minnesota Press,1993年,第85~91页。

接受西方现代性的语境。他们清除了所有构成中国特性的东西,进而将西方普遍性嫁接到这一新的空白名单上。我在第五章描述了这一中国文化特殊化和西方文化普遍化的过程。新传统主义者的对话者既包括了地区听众又包括了想象中的"地区之外的"西方听众,这也就意味着他们与西方现代性的合作又必然是带有批判意味的,因为现代性批判的声音早已在西方流行。在这个意义上,新传统主义者在复兴地区性的过程中反倒更具全球化和世界主义色彩,与之相对,西方主义者则因为对全球性的西方内涵的忽视而显得更具地区性色彩。正如我下面将要讨论到的,新传统主义者的全球视野是通过对西方文化的特殊化和对中国文化局部的普遍化处理获得的。那么,这一进程是如何发生的呢?新传统主义者的方案又是如何影响到哲学和文学阵线的呢?我将在下文讨论上述问题。

  本雅明(Walter Benjamin)的历史天使来源于他对克利(Paul Klee)水彩画的沉思。本雅明将克利瞪着眼睛、张开嘴巴、展开翅膀的天使看成是面向过去、被进步的飓风无可抗拒地吹向未来的天使。历史的天使是黑格尔的门徒,它正朝向为进步和发展所推动的历史目的(telos)运动。① 当新传统主义者对黑格尔线性历史目的论加以否定之时,他们戳穿了历史的天使,将过去、现在和未来看成是同时代的共存物,从而在三者之间建立起了关联。空间而不是时间,成为了他们跨文化理论模式的显著特征,同时,由于西方哲学和美学对他们的熏陶,他们并未对空间进行确定的具体化处理:空间被看成是东西遭遇的相互作用的领域。在这个意义上,他们在空间和现代性之间所建立起的颇有价值的联系极大地促成了对第三世界文化身份和现代性的持久论争。

---

  ① 见本雅明(Walter Benjamin):《历史哲学》("Theses on the Phiosophy of History"),载 Hannah Arendt 编:*Illuminations*,Harry Zohn 译,New York:Shocken Books,1969 年,第 257～258 页。

文化话语:面向未来地回望过去

后"五四"时代的新传统主义叙述可以追溯到另一些知识分子群体。与后"五四"新传统主义者一样,这些群体也同样对"五四"西方主义保持着一种清醒的态度。这种清醒态度的核心在于他们都憎恨西方主义者彻底反传统和全盘西化的主张,同时也对随之造成的文化主动性和文化身份的丧失表现出明显的恐惧。通过将传统视作为前现代的产物,西方主义者认为反传统主义可以将中国推入到现代民族国家的时间序列中去。"五四"的选择是与西方观念全力合作,从而取代本土观念,但正如我早先讨论的那样,这种选择通常反倒削弱了他们的民族主义意图。这种"五四"的想法很快在中国变得如此地具有支配力量,以至于文化排外主义或者新传统主义的形式都被认为是无效的声音。他们进而认为,既然这种声音不适用于现代社会,由此也就与中国的批评语境毫不相干,且不产生任何的作用。列文森的一段话:"现代中国的传统主义者已经不是烟雾缭绕的屋子里的政治掌控者,而是热衷于自我说服行为来维护正在枯竭中的文化"[1],生动地复述了"五四"西方主义者式的忽视和假设。"中国传统文化"已然丧失了有效性,而任何致力于复兴中国传统文化的人都只是在进行一场注定要失败的战斗。"五四"话语的普遍的假设前提是文化的"枯竭"是既定的事实,而现代中国文化的产生必然是与传统中国文化相对抗的。然而,对于新传统主义者来说,现代性并非建立在这种两极对立的结构之上,而只能建立在批判性接受和两极合作的基础之上。

后"五四"时代的新传统主义文化样式,显然是不同文化和智识立场上的知识分子偶然结合的产物。这些不同立场的知识分子由于对西方主义观念的共同抵制而松散地整合在一起。如果我们将晚清改

---

[1] 列文森:《儒教中国及其命运》(Confucian China and Its Modern Fate),Berkeley:University of California Press,1958年,第129页。

革家严复、翻译家林纾以及晚清国粹派看成是后"五四"时代新传统主义者的先驱,那通常是因为我们在很大程度上感到他们都会对"五四"的西方主义持批判态度,而不是因为他们共享着相似的智识取向。虽然严复被认为是他那个时代的激进改革者,但一次世界大战所带来的破坏又使得他对西方文化失去了信心,从而提倡回归传统的伦理和文化。而林纾则是看到了西方文化和儒家伦理之间深刻的相似性。在一段颇具启发意义的评论中,他这样批评西方主义者:"因童子之羸困不求良医,乃追责其二亲之有隐疾,逐之而童子可以日就肥泽"①。通过将现代中国比喻成小孩和将中国传统比喻成父母,林纾尖锐地批判了"五四"的反传统主义,认为后者是错误的倒向,缺乏理性基础和科学(医学)基础。颇为反讽的是,这种比喻倒是颇为贴切的,因为西方主义者也将自己看成是反对过时之陈腐传统的青年,并经常在其反偶像崇拜的宣言中利用年轻和活力的隐喻。

  在新传统主义的发生过程中扮演了关键角色的晚清改革者是梁启超(1873—1929)。同严复一样,在目睹了一战带来的破坏之后,梁启超的西方文化梦想也破灭了。在后"五四"时代,梁启超的著作有着广泛的影响。1919 年 2 月,五四运动前的三个月,他离开中国到战后的欧洲开始了他已经被推迟的旅行。梁启超游历了法国、英国、比利时、荷兰、瑞士、意大利和德国。1920 年 3 月回到国内,而这次旅行的重要成果即是著名的《欧游心影录》(1920 年)。看到为战争所苦的欧洲,梁启超越来越深信:中国不应该盲目地追随西方而应该通过寻找西方堕落的原因来复兴中国的传统文化②,因为这一腐败的西方恰曾不惜一切代价地追寻过进步和理性的启蒙理想。梁启超指出,19 世纪的西方思想鼓励了过度的物质主义、军国精神、唯科学主义和个人主义,而这些都是促成战争的原因:

---

  ① 沈松侨:《学衡派与五四时期的反新文化运动》,台北:国立台湾大学出版委员会,1984 年,第 37 页。
  ② 梁启超在出访欧洲之前就有了这样的信念,参见其《国性论》(1912 年)。艾恺(Guy Alitto)在《最后的儒家:梁漱溟与中国现代化的两难》(*The Last Confucian:Liang Shu-ming and the Chinese Dilemma of Modernity*)中曾经提及梁文,Berkeley:University of California Press,1979 年,第 47 页。

第六章　未曾断裂的现代性:对新全球文化的建议　183

到十九世纪中叶,更发生两种极有力的学说来推波助澜。一个就是生物进化论,一个就是个人主义……(达尔文的适者生存)原则,与穆勒的功利主义、边沁的幸福主义相结合,成了当时英国学派的中坚。同时士梯尼(Max Striner)、卞戛加(Soren Kiergegand)盛倡自己本位说,其敝极于德之尼采,谓爱他主义为奴隶的道德,谓剿绝弱者为强者之天职,且为世运进化所必要。这种怪论,就是借达尔文的生物学做个基础,恰好投合当代人的心理。所以就私人方面论,崇拜势力,崇拜黄金,成了天经地义;就国家方面论,军国主义,帝国主义,变成了最时髦的政治方针。这回全世界国际大战争,其起源实由于此;将来各国内的阶级大战争,其起源也实由于此。①

上面对达尔文进化论和尼采个人主义的批判性评价,正好与"五四"西方主义者对之的赞扬完全相反,但却与柏格森和倭伊坚等西方思想家对现代性的批判颇为相似。梁启超曾与上面这两位西方思想家会过面和谈过话。中国的西方主义者曾经重新注释过柏格森的理论以适合目的论意义上的现代性观念(正如我在第一章所讨论的那样),而梁启超此时则为国人提供了更接近于柏格森原义的解释。梁启超特别提到,柏格森的直觉创化论将世界看作是由在人类的自由意志基础上产生的意识流构成的,由此,人类才能进行完成创造性的进化。梁启超认为,柏格森和倭伊坚都看出了物质主义的局限性,强调整合和协调精神性与物质主义的必要性,而这也正是禅宗在几个世纪之前就已经做到的事情。儒家、道家和墨家也同样曾致力于理想(精神性)和实用(物质主义)的统一。而这些学说恰好可以贡献给现代世界。

梁启超在游历过程中会见了许多西方知识分子与记者,他们都鼓励梁启超将中国文化抬升为针对正在衰败中的西方文明的一种解毒

---

① 梁启超:《欧游心影录》,载陈崧编:《五四前后东西文化问题论战文选》,北京:中国社会科学出版社,1989年,第359页。

剂。① 战后欧洲流行的对西方文明的悲观情绪促生了一种有关他者的新政治策略:欧洲不再否弃他者,而是渴望吸收他者文化来回应与矫正国内问题。正如我曾经暗示的那样,欧洲有关他者的新政策和新传统主义的中国文化复兴之间的偶然合拍具有相当重要的历史意义,因为如果没有前者,后者也就无从找到自身观念的理论依据。中国新传统主义者不断地诉诸西方新的他者策略来证明自身的事业。当梁漱溟注意到当时西方哲学界流行的新潮流是"东方色彩"之时②,他也说出了许多同时代人的共同体验。

正如唐小兵所说,世界大战所引发的西方文化的合法性危机不小心向中国观察者暴露了西方"现代历史想象的地区性本质",这也就使得梁启超得以在保持一个批评距离的同时重新建构起中国的现代性和文化问题。③ 更为具体地说,世界大战特殊化了西方文化,梁启超将之看成为生成于特定"时代背景"的特定文化,从而取消了西方文化的普遍性预设。如果现代西方文化自身只是一种特定的文化,那么非西方的思想家又到何处去寻找普遍性呢?梁启超的回答是重新考察中国文化和在创造性整合中西方文化的基础上构建出新的世界主义文化,因为此时的中国文化已经不再被认为是劣于西方文化的文化(尤其是在西方人眼中),而成为了和西方文化具备同样合法性的特定实体。这很显然是效法了柏格森和倭伊坚对启蒙理性和现代性所进行的批判。

排外主义者确信中国已经拥有了西方所拥有的一切,而西方主义者认为西方的每一样东西都优于中国。梁启超把自己区别于以上两种人。他认为,有必要向西方学习以便充分利用中国文化,也就是说,

---

① 见梁启超:《欧游心影录》,载陈崧编:《五四前后东西文化问题论战文选》,北京:中国社会科学出版社,1989 年,第 349～390 页。
② 见梁漱溟:《东西文化及其哲学》,台北:里仁书局,1983 年,第 209 页。
③ 见唐小兵:《全球空间与民族主义者关于现代化的论说:梁启超的历史思考》(*Global Space and the Nationalist Discourse of Modernity: The Historical Thinking of Liang Qichao*),Stanford: Stanford University Press,1996 年。

用西方研究学问的方法来分析和组织中国文化。① 他为要担负起此建设重任的青年们策划了以下的步骤,这些步骤将促使新世界主义文化和"世界主义的中国"的诞生:

> 所以我希望我们可爱的青年,第一步,要人人存一个尊重爱护本国文化的诚意;第二步,要用那西洋人研究学问的方法去研究他,得他的真相;第三步,把自己的文化综合起来,还拿别人的补助他,叫他起一种化合作用,成了一个新文化系统;第四步,把这新系统往外扩充,叫人类全体都得着他好处。②

我们可以清楚地看到,对本土文化的肯定并非建立在对西方文化拒斥的基础之上,而是建立在全球范围和有利于全人类的视角之上。正如梁启超特别规定的四步骤所显示的那样,这种全球化视角首先需要的即是对中国文化树立起基本的自信。梁启超优先考虑文化自信的做法实际暗示了"五四"西方主义话语力量下这种自信的明显缺席。他的首要进程便是要建立起一种摆脱殖民的意识③,从而间接地暗示了西方主义者之缺乏中国文化自信实际上是一种被殖民的意识。

梁启超为发现中国文化之"真相"而推荐西方研究学问的方法。这是有关方法和内容二者之关系的一个纠缠不休的问题。如果中国

---

① 必须注意的是,梁启超提倡用西方研究学问的方法来研究中国传统与胡适和顾颉刚领导的"整理国故"运动并不相同。梁启超的前提是:中国传统可以为现代世界提供许多资源,因此需要对之加以重构和复原以做现代的用处。而胡适和顾颉刚将整理中国传统看成是一项去神秘化的工程,以向人们展示中国没有什么大不了,只是一笔"流水烂账"(胡适语)。对于胡适来说,整理国故只是在中国文化中"打鬼"、"捉妖"的一种方法,是"五四"反传统主义尼采之"重新估定一切价值"的延伸。参见胡适:《整理国故与"打鬼"》(1927年),载蔡尚思主编:《中国现代思想史资料简编》,杭州:浙江人民出版社,1983年,第123～126页。新儒家主义者不同意这些观点,可参见张灏:《新儒家与当代中国的智识危机》("New Confucianism and the Intellectual Crisis of Contemporary China"),载傅乐诗编:《转变的限制》,第286页;沈松侨:《学衡派与五四时期的反新文化运动》,第202～203页。
② 梁启超:《欧游心影录》,第390页。
③ 张君劢(Carlson Chang),20世纪20—30年代新儒家的三大代表之一,也同样强调要恢复文化自信:"今后文化之各方面,如政治如学术之改革,其根本问题在于民族之自信心。民族而有自信心也,虽目前不如人处,而可徐图补救;民族而失其自信心也,纵能成功于一时,终亦趋于衰亡而后已。"见《明日之中国文化》,载《张君劢集》,北京:群言出版社,1993年,第177页。

文化要根据西方概念框架来加以考察和分类,那么这是否已然改变了如此表达出来的中国文化的内容了呢?梁启超的这种建议表明了他在本质上并非持有一种排外主义的防御立场,而是站在一种宣扬跨文化姿态的世界大同主义立场之上。当然,这一切都是他在西方人的"鼓舞"下完成的。梁启超提到,正是欧洲人的催促才使他意识到了提升中国文化的必要性:他一遍又一遍地提到他所遇见的众多富有思想的西方人是如何赞扬中国文化的优长的,这些欧洲人甚至谴责他没有和西方分享中国文化的"好处"。梁启超进一步认为,中国文化被中国人自己误解了,而西方的研究方法则会帮助我们来更好地理解它。因为如果不是被误解,那么为何中国读了几个世纪的孔子和李白却不曾受惠于他们呢?

梁启超新的世界主义的中国文化观念建立在同时对中西方文化作出批判性估价的基础上。在梁启超那里,这两种文化可以相互取长补短。通过批判对西方社会进化论和个人主义思想的滥用,梁启超注意到,柏格森、倭伊坚和詹姆士(William James,1842—1910)的哲学实际已经对这种滥用作出了反思,而他们都不约而同地强调:只要不把进化论或者个人主义发展到物质主义的极端个体性,他们就仍然可以作为创化进程的基础。① 梁启超还运用了儒家"尽性"的观念来作为发展个人主义必要性的证据。他不是要否弃现代性,而是要致力于修正现代性。梁启超将这些欧美哲学家看成是主张修正现代性的思想家而非反现代的思想家的做法,表明了他对现代性的认同。由此,这一现代性批判也就完全不同于西方后现代主义者对现代性的拒斥行为,后者将现代性看成是人性主动性的被压抑,而梁启超却对西方现代性予以了认可。②

梁启超适时的游历和《欧游心影录》的出版面向的是对"五四"西方主义不满的一代知识分子。新传统主义者深知盛行于西方知识分

---

① 见梁启超:《欧游心影录》,第 349~390 页。
② 见福柯、让-弗朗索瓦·利奥塔(Jean-Francois Lyotard)、马尔库塞(Herbert Marcuse)、德里达(Jacques Derrida)的著作,以及其他对现代性(理性、进步的意识形态和人文主义)的后现代主义批评。

子圈的对西方文明的悲观主义情绪。作为对西方悲观主义情绪的回应，当梁启超邀请杜威（John Dewey，从1919—1921年，他在中国呆了两年）和罗素（Bertrand Russell，从1920—1921年，在中国呆了一年）来华参观讲演之时，新传统主义的进程一下子被推进了许多。虽然杜威和罗素的哲学观念不同，但二人却在东西方文化的问题上达成了一致。他们认为，两种文化不应被等级化，而应获得相同的尊重，有必要将两种文化结合起来，从而创造出一种比世界已知文化更高的文化形式。杜威是胡适的导师，因此胡适常常提起杜威的实用主义思想，并将之看成是对科学主义和科学方法论的强调。同时，杜威有关东西方文化融合的讲演也具有广泛的影响。更进一步说，这些曾在战后西方的知识氛围中受过教育的归国新传统主义知识分子浸润在西方对工业文明的自我批评之中，进而也就掌握了这一批评的理论知识。于是，从北京到南京，形成了一股旨在否定对中国文化作用功能作出概念化理解的持久的反西方主义潮流。在这样的语境下，朱光潜（1897—1986）、周作人、凌淑华和林徽因等人的批判性创作纷纷问世，由此，所谓的"京派"就于1934年诞生了。

在20世纪20年代新儒家最主要的三大代表人物之中，梁漱溟也许算是引发了最多争论的一个。这不仅因为他的著作具有最为广泛的影响，而且更因为其内在的矛盾性。艾恺的研究为我们指出了梁漱溟是如何在批评现代性的同时又拥抱现代性的，又是如何在以柏格森的方式挑战线性进化历史的同时，又在发展和预设目标的层面上重新确认了一种新的文化和历史的目的论的。但就我个人对梁漱溟经典著作《东西方文化及其哲学》的阅读感受来看，我以为艾恺认为矛盾的地方恰恰是前面提到的"批判的现代性"的模式之一。我不再根据排外主义与文化融合的问题意识来考察梁漱溟的思想，因为这种分析的最终结果只是辨明他是主张排外主义/本质主义的立场还是主张文化融合的立场（这种分类方法本身就十分宽泛和本质主义，梁漱溟公开反对了这种没有批判意识的文化融合论)。① 更有效的分析应是：既然中国已经开始西化且西化趋势不可扭转，那么梁漱溟又是如何创造出这样一个独特的现代性观念的呢？梁漱溟谴责工业发展所带来的现代性，认为这种现代性既导致了人的非人性化和机械化，又通过赞成经济竞争和适者生存将人客体化，进而使世界陷入了动荡之中，然而上述这些谴责并不意味着梁漱溟的立场就是反现代的，他只是关注于揭露现代性的局限罢了。当梁漱溟在同一本书里提倡全盘西化之时，他并未自相矛盾，因为他坚信一个经过"根本改过"的西方文化的重要性。同样地，他坚信有必要站在一个非排外主义者的立场上来批判性地考察和复兴中国文化的某些方面。由此，这种"批判的现代性"的结构无论是被认作为保守，还是被认作为排外，皆是因为它不认可五四运动完全的西方主义立场。在"五四"话语霸权的氛围下，确立本土文化自信的做法从根本上就被认为是反动的，从而最终要被清理出局。

梁漱溟有关现代性的批判性思考结合了柏格森哲学和弗洛伊德心理分析学说的洞见。他试图发现这两种理论和儒家学说之间的相似性，而梁漱溟眼中的相似性即是这些理论都认可超越于重要概念之上的直觉。他用多向和多线的历史代替了进化的线性历史概念：

> 我们不能认为中国人和西方人走在同一条路上，由于中国走得慢了，所以中国就落后于西方数十里。假设他们走在同一条路上，即便一个人走得慢了，但在未来终能赶上；然而，如果他们朝着不同的方向，走在不同的路上，那么无论中国人怎么走，他们都永远不会到达西方人所处的位置！对于中国人来说，这是事实。②

尤其需要注意的是：无论是指出中西文化的相似性，还是认为两

---

① 梁漱溟批评了对中西文化的本质主义的二元对立论或是文化融合论，见《东西方文化及其哲学》，第 21~64 页。他将梁启超、杜威和罗素的看法、日本本质主义文化话语、George William Knox 在《东方精神》(*The Spirit of the Orient*)的外交叙述都归成了同一类别。它们都毫无批判意识地认可了本质主义或综合论。
② 梁漱溟：《东西方文化及其哲学》，第 77 页。

种文化走上了不同的道路,梁漱溟的主张都不是文化或历史本质主义的断论,而是联合和多样性的文化观念。就文化联合而言,西方终将选择中国曾经走的道路(在当代西方哲学和传统中国哲学之间存在着日益增长的相似性);就文化多元性而论,他将中国问题从西方的单方预设中解脱出来的需要变得越来越强烈。这两个观念都将中国人定位为历史的主体,中国人可以批判性地衡量中西方文化,而不必盲目地接受由本身存在着问题的现代性所规定的西方文化框架。这种思考的结果是一个经过重新思考而形成的批判的现代性,这种现代性承认中国文化的杂交性是一个既定事实,并在去殖民化、获得自主权和主动建构的过程中用全球视角来想象新的文化形式。梁漱溟的这一思考后来在1921年之后十年他所致力的乡村建设事业中得到了证明。

柏格森和倭伊坚的思想对在日本和德国受过教育的张君劢(1887—1969)产生了决定性的影响。张曾在梁启超访欧的旅行中陪伴过梁。张君劢早年在日本早稻田大学接受教育,对德国唯心主义哲学家有所了解。在留学德国的第一阶段(1920—1921),张君劢师从倭伊坚。当倭伊坚的弟子杜里舒应梁启超的邀请访问中国时,张君劢担任了翻译和主持人。据说,倭伊坚,这位1908年的诺贝尔奖得主曾经建议过张君劢,德国唯心主义哲学是最能对中国产生"丰富而有益之影响"的哲学,因为它能加强儒家理想主义的伦理传统。① 张君劢不仅接受了倭伊坚和杜里舒所代表的德国唯心论哲学,还接触了德国社会主义和德国汉学。②

在1922年撰写的《欧洲文化之危机及中国新文化之趋向》一文中,张君劢指出,柏格森"变之哲学"、倭伊坚之反主智主义已经取代了康德的纯粹理性和达尔文的实证主义而成为了主宰西方的新潮流。

---

① 见斯蒂芬·海(Stephen N. Hay):《亚洲的东西方观念》,第141页。
② 见罗格·B.琼斯(Roger B. Jeans)对张君劢之知识和政治思想进行充分研究的两本书:《保卫儒家的融和论》(*Syncreticism in Defense of Confucianism: An Intellectual and Political Biography of the Early Years of Chang Chün-mai*),博士论文,George Washington University,1974年;《中华民国的民主和社会主义》(*Democracy and Socialism in Republican China: The Politics of Zhang Junmai, 1906-1941*),New York:Roman and Littlefield,1997年。

随后,张君劢设计了所谓的"中国文化方针"。方针分以下四点:(1)中国人必须实现文化自觉,而不能变为西方文化的傀儡,由我民族精神上自行提出要求。(2)中国旧文化腐败已极,应有外来血清剂的注入,例如学习西方的个人独立之精神、民主主义和科学上的实验方法等等。(3)在输入西方文化之时,必须批评其得失,同时也要以此种批评的精神对待中国文化。(4)中西文化的区别需要一一列举出来,必须让它们互相竞争。胜者将成为"新中国文化"。① 虽然在判定西方文化中何种因素应该被批判性采用的问题上存在着微弱的分歧,但张君劢和梁漱溟却分享同一个基本立场,即对中西文化都作出批判性的估价。

张君劢与梁漱溟的又一相似之处是,虽然张君劢的历史感知模式是马克思主义(这一点正是他与李大钊在意识形态上的相似之处,张君劢对后者的某种同情可以被他同李大钊的友谊所证明),但他却并不同意进化论者的线性历史观。张君劢注意到,马克思的唯物主义辩证法的最大问题在于,它将过去与现在之间的时间区别、空间区别和共存关系看成是相互矛盾的。张君劢认为辩证法是充满矛盾和综合的线性进程,他进而批评了辩证法的历史进化论预设。与历史进化论者不同,张君劢主张将空间区分和共存关系看成是历史的另一种模式,这种模式暗示了一种多线的、多元存在的和同时并存的时间性。这种空间的多元性和时间的共存性在本质上是反马克思主义的,它要求将文化特性、区别和多样性等等因素都考虑在内。由此,地区性非但没有被取消,反而与文化有机地联系在了一起。②

最后,和梁启超一样,张君劢也断言了获取文化自信的必要性,并将之看成是对破坏中国文化的西方主义倾向的必要矫正。他谴责西方主义者和马克思主义者,认为他们都提倡了一种狭隘而又肤浅的唯

---

① 见张君劢:《欧洲文化之危机及中国新文化之趋向》,载陈崧编:《五四前后东西文化问题论战文选》,北京:中国社会科学出版社,1989年,第452~461页。
② 见蔡尚思:《中国现代思想史资料简编》第4卷,第125~145页。

科学主义。① 这就好像是下错了药,找错了根,从而削弱了中国的自信力,并最终导致了自我毁灭和自我迷失。② 这种文化自信的主张被张君劢再次用一种全球性的视角表述了出来:"吾族既为现世界之一员,不能不采他人之长,以补一己之短。"③ 与之相似,熊十力也对"五四"的西方主义进行了批判,认为它是建立在对西方知识片面理解基础上的短命而又肤浅的文化狂热,它对中国传统文化所作出的斥责是毫无事实根据的。和梁漱溟一样,熊十力也同样致力于儒家的创造性重建,认为只有以高水平的自我认知和自我限定为前提才能对西方文化进行挪用。④

虽然这三位新儒家的代表人物在其他问题上仍然存在着分歧,但他们却都同样坚信必须对中西方文化的现代性进行批判性的检审。建立在批判基础上的建构工作将会带来儒学的复兴,进而重新定义出儒学在所有经验领域中(无论是在社会重建领域、政治意识形态领域、道德伦理价值领域,还是在形而上学领域)的适用性和价值,最后将儒学从西方主义者"打倒孔家店"所造成的破坏中解救出来。很显然,上述这种对儒家的新想象具备了跨文化和跨民族的特征。最早将新儒家当作一个学派来研究的哲学家贺麟认为,新儒家恢复了儒学陆、王学派所强调的内心直觉和自我意识的普遍价值。这种反功利主义和反二元对立的价值观念被看作是对西方过度物质主义的矫正。由此,贺麟指出,陆、王儒学的复兴是对全球文化变迁进行全面反思的结果。⑤ 当然,新儒家自始至终都提倡西方科学(他们仅仅批判了"五四"肤浅的科学主义,而没有批判科学自身)⑥和民主,并试图将这两个观念口号从"五四"西方主义的表述中解救出来。很显然,新儒家的观点

---

① 见张君劢:《科学与哲学之携手》,载蔡尚思:《中国现代思想史资料简编》第 3 卷,第 602~610 页。
② 见张君劢:《明天的中国文化》,载《张君劢集》,第 197~198 页。
③ 同上,第 199 页。
④ 见傅乐诗(Charlotte Furth)编:《转变的限制:民国保守主义者论文集》,第 242~275 页。
⑤ 见贺麟:《五十年来的中国哲学》,沈阳:辽宁教育出版社,1989 年,第 1~23 页。
⑥ 张灏注意到,新儒家拒绝接受科学主义(作为一种思想模式或有关现实唯一有效的解释方式),但是他们不反对科学(作为一种认识客观世界的有效方法)。见《新儒家与当代中国思想危机》,第 283~285 页。

并非与"五四"西方主义者的观点完全相反,二者实际存在着诸多相似之处。当然,他们肯定也存在着区别,即新儒家的话语是以"理性的"哲学协商为基础,而对于渴望彻底文化革命的"五四"反偶像主义者来说,这种哲学磋商则是他们所不能接受的。在饱读西学方面,新儒家不逊于西方主义者,他们的儒学事业实际参考了西方的方法论和西方哲学家对儒学价值的欣赏。

我们很容易发现"五四"西方主义者和学衡派之间的相似性,这种相似性也再次迫使我们重新思考用来概括这一群体特性的"保守主义"一词。在哈佛受教育的梅光迪(1890—1945)曾是胡适的朋友,而后来胡适以"五四"反偶像者的形象著称:二人都看到了从西方角度出发重新思考中国传统的必要性。胡适主张完全颠覆中国传统,而梅光迪却从新人文主义的角度强调儒学复兴的重要性。他们都相信中国需要西方,但在中国到底需要西方何种特性的具体问题上,他们又意见相左。西方主义者西化运动的具体内容和观点被新儒家斥之为"伪欧化",但新儒家并不批判西方本身。

哈佛毕业生梅光迪、吴宓(1894—1978)和学衡派的其他知识分子,都以一种毫不亚于西方主义者的好辩文风攻击了"五四"西方主义者。在1922年写的一篇文章里,吴宓指责西方主义者向中国传播了在西方被视作是"毒鸩"的东西,将其比作一个久病之人,专信庸医,日服砒霜。就对传统的拒斥态度来说,吴宓引用西方俗语将西方主义者形容为将"洗澡水和孩子一气泼掉"了。学衡派确信,西方文化中最棒的部分(古希腊罗马哲学)与中国文化之精华(儒家和道家)是和谐一致的,吴宓认为欧化不必以民族财富的被破坏作为前提。[①] 梅光迪用相似的说法攻击了作为西方模仿者的西方主义者,认为后者只拿走了西方文化中的"糟粕",由此他们输入的欧化思想实际上是对欧洲文化的"厚诬"。另外三个攻击点包括:(1)西方主义者不是思想家而是误传信息的诡辩家。这可以从他们对进化论的支持中看出来,因为西方

---

① 见吴宓:《论新文化运动》,载陈崧编:《五四前后东西文化问题论战文选》,北京:中国社会科学出版社,1989年,第555~569页。

早已摒弃了进化论;我们也可以从他们在白话文和文言文之间建立起的对立关系看出,因为这种区别并非本质区别,只是文体上的区别罢了。(2)他们不是学者,而是一群为功利名誉之念所驱的功名之士,这只是变相的"科举梦"。(3)他们不是教育家,而是政客,不过是利用群众心理、人性弱点与幼稚智识之浅薄,以遂自己的功利名誉之野心而已。①

学衡派的话题包含有两个中心要点:传播传统学问(昌明国粹)和输入西方知识(融化新知)。为了兼做到这两点,我们必须批判地和理性地评价和整合中西文化。实际上,从文化上讲,既不存在本质意义上之东方,也不存在本质意义上之西方;既不存在本质意义上的新,也不存在本质意义上的旧。文化是跨东西的、普遍的和不受任何特定语境限制的。他们认为,中国文化的普遍性表述主要体现于儒学之中,而西方文化的普遍性表述则主要集中于在新人文主义之中,即要在古希腊文化精神(希腊罗马哲学)和西方古典文学(但丁、莎士比亚、雨果等等)之中寻找。② 他们否定东西文化对抗的本质主义建构,而试图考察东西方之间的文化相遇。这种相遇因为东西交通而成为可能,因此是值得"欢舞庆幸"并加以利用的好机会。在这个意义上,通过"彻底研究,加以明确之评判,副以至精当之手续",一个全球性的文化必将从此诞生并传播开去。③

新人文主义与儒学一道奠定了学衡派的认识论基础。在美国,新人文主义是一个反对达尔文主义、马克思主义、实用主义和唯物主义(唯科学主义)以及文学上的浪漫主义和自然主义的次要哲学运动。新人文主义提倡恢复人的法则、自律和传统的道德精神价值,提倡回

---

① 见梅光迪:《评提倡新文化者》,载蔡尚思:《中国现代思想史资料简编》第 2 卷,第 232~238 页。
② 对学衡派及其著作的彻底分析可参见沈松侨:《学衡派与五四时期的反新文化运动》,第 202~234 页。
③ 见梅光迪:《评提倡新文化者》,载蔡尚思:《中国现代思想史资料简编》第 2 卷,第 238 页。

归经典。① 梅光迪和吴宓都是新人文主义的主要倡导者、哈佛大学教授白璧德(Irving Babbitt)的弟子。他们通过新人文主义将合法性赋予了儒学。事实上,白璧德自己也对儒学怀有很高的敬意,认为儒学承认了人文主义的一整套价值。就某些方面而言,新人文主义所反对的东西(进化论、工具性的唯科学主义、大众民主和极端个人主义)往往比它所要提倡的东西来得更显明。由于中国的西方主义者对上述意识形态的赞同,这些反对立场也就相应地在中国语境中找到了对应物。西方的事实告诉学衡派,新人文主义具有普遍的价值,且能够发挥批判作用。

新儒家在柏格森和倭伊坚的大陆哲学中找到了自己的智力认同,而学衡派则在美国新人文主义那里找到了自己的理论依据。二者的分歧也许是因为他们不同的知识传统。这两个知识分子群体在以下的观点上趋向一致:西方文化正处在衰落中,中国文化需要获得新生,这种复兴具有全球性意义。在"五四"时代激进的反传统氛围中,将确立对传统文化的自信作为第一步的做法对于学衡派来说是至关重要的,但这也就很容易使西方主义者将他们与晚清国粹派混为一谈,并给他们贴上保守主义者的标签。学衡派对传统文化的自信虽然起步于地区性的层面,但后来却延伸到全球层面。也就是说,他们强调的是西方优秀文化中那些普遍的跨国因素。京派的美学与其说是"回归传统",不如说是通过对"五四"遗产进行有意识的反思,在中西方材料的基础之上建构出了一个具有普遍意义的新的现代性。在这个意义上,我们可以说,"五四"西方主义和京派哲学美学的区别正在于他们不同的全球观念:对于前者来说,全球化意味着尽可能西化;而对于后者来说,全球化则意味着既是中国的又是西方的。

批评家们常常对学衡派的精英主义假设提出挑战,认为后者是不民主的。批评家们还认为新儒家的哲学沉思是含糊的、不切题的,只是对从前调和论调的简单重复。在《东西方文化及其哲学》发表后梁

---

① 见大卫·赫费勒(J. David Hoeveler, Jr):《新人文主义》(*The new Humanism: A Critique of Modern America*, 1900-1940), Charlottesville: University Press of Virginia, 1977 年,第 3～27 页。

第六章 未曾断裂的现代性：对新全球文化的建议

漱溟所受到的大量攻击中，发展、进步和进化论再次被重新确认。① 例如，胡适就曾在 1930 年警告过年轻人不要受新传统主义者的欺骗，从而染上"自我扩张倾向"。② 甚至直到极为晚近的 1980 年，作为中国现代文学系列之一，一本台湾出版的有关新传统主义者的著作，还被冠之以"新文学运动的阻力"这样的具有显著价值判定的书名。③ 20 世纪 90 年代之前，中国内地也将这种有关新传统主义的论著压抑了数十年。当然，美国研究界也主要将中国新传统主义相关话语看作是一种文化保守主义的形式，认为新传统主义是由"五四"主导的中国现代史叙述中的一个反常。上述这些事实正是"五四"话语控制权在中国现代文化史写作中的体现。这种控制权在中国内地长期为共产党所支持，在台湾也不时为国民党所赞同。孙隆基很好地抓住了 1949 年后存在于中国的"五四"文化控制权。他指出，"对五四的再次神化"是共产主义在中国取得胜利的基本条件，因为后者分享了前者的进化论历史范式。④ 对于国民党来说，对新传统主义尤其是新儒家的反对与赞同，实际服务于两个相互分歧但却同样功利的目的：要想现代化，意味着要接受"五四"的启蒙事业，而要确立文化可靠性来作为政治民族主义的基础，则意味着要将国民党想象成为资本主义的儒家学者。换句话说，国民党必须成为现代化和文化民族主义共同的发言人。从上世纪 90 年代的儒学复兴来看，由于市场经济在中国的高速发展，以及新加坡所提供的儒家资本主义的成功案例，人们在儒学和资本主义之间建立起了一种亲密的关联，而儒家的理性和伦理道德则被看成是经济发展的促进因素。这实在是新儒家的一个颇具反讽意味的历史发展，要知道，新儒家理论最初是被用来批判西方资本主义社会过度繁荣的物质主义的。

---

① 与艾恺(Guy Alitto)所说的没有与之交锋的批评声的状况正好相反，《东西方文化及其哲学》出版后得到了西方主义者的广泛回应，胡适、李石岑、张东荪等都曾对之作出批评。
② 见胡适：《介绍我自己的思想》(1930 年)，载《我们走哪条路？》，台北：远流出版社，1986 年，第 227~245 页。
③ 见陈敬之：《新文学运动的阻力》，台北：成文出版社，1980 年。
④ 见孙隆基：《历史学家的偏见》("Historian's Warp: Problems in Textualizing the Intellectual History of Modern China")，载 Position 第 2 卷第 2 期，1994 年，第 366~367 页。

在典型的"东方的"民族主义想象中,对启蒙进程的认同与对文化差异性进行确认的必需性相互构成了矛盾,但与甘地在印度的所作所为相类似,中国的学衡派和新儒家的新传统主义,也既未采取民族主义立场①,又不希望完全站在西方现代性的主旋律之外。在他们看来,现代性是需要被评价、被讨论和被更好地描述与定义的事实,但在做到所有这些的同时也要关注本土的文化传统。由此,现代性不再是西方的专有财产,而成为一种被修改和被重新书写的杂交产物。这种现代性同时考虑到了中国人基本的文化自信。与之相似,中国的传统也经过了处理,我们必须同时关注西方文化传统,以至于传统也不再是中国的专有财产,而是为着扩展到全世界的更大目标而不断被杂交、修改和重写。在这种想象中,传统与现代、中国与西方的二元划分变得不再合适。此时,地区性的东西也同时变成了全球性的,反之亦然。

　　当然,如果得不到当代西方哲学思潮的许可,这一全球性思考中所暗含的文化主动性也是不可能实现的。这就使得我们必须回到衍生物的起源问题上来。南亚历史学家查特基已经以印度民族主义为案例雄辩地分析了这一问题。首先,现代西方哲学转向了以活力论(vitalism)、反智识主义和新人文主义为主要形式的反启蒙思想,同时也正是这种西方哲学思潮转向的解释力量证明了中国的新传统主义进程。第二,20世纪早期之前,有关反儒家和原始儒家的争论就已经在西方传教士或外交官的中国叙述中大量存在。② 无论是"五四"话语与反儒家的传教士叙述之间的联系,还是新儒家和原始儒家的传教士叙述之间的联系,这两种联系都是无法直接成立的。因为这两个阵营

---

①　约翰·普拉蒙纳兹(John Plamenatz)和霍瑞斯·戴维斯(Horace B. Davis)都曾将"东方的民族主义类型"看成是被干扰的和矛盾摇摆的,因为这种民族主义类型处于两难的境地中:一方面,不得不模仿西方以和历史进步的状况保持一致(但这同时在暗中削弱了他们的文化独特性);另一方面,不得不拒斥西方以确认自己的民族身份。这种对模仿对象的既仿效又拒斥的结构使得民族主义的东方形态变成了斗争的中心,而最终的结果往往是现代化观点的胜利和传统的被放弃。见查特基:《民族主义思想和殖民地世界》,第2~18页。

②　两种反儒家立场可见明恩溥(Arthur Smith):《中国人的特性》(*Chinese Characteristics*),上海:《北华捷报》("North-China Herald" Office), 1890 年;何天爵(Chester Holcombe):《现实的中国问题》(*The Real Chinese Question*), New York: Dodd, Mead & company, 1900 年。就原始儒家立场来说,见乔治·威廉·诺克斯(George William Knox):《东方的精神》(*The Spirit of the Orient*), New York: T. Y. Crowell & Co., 1906 年。

只是在写作中偶然提及了这些叙述,而现代西方哲学思潮则与之不同,它被这两个阵营强迫性地用来证明各自的文化合法性。那么,基于这些联系,我们能否也将中国的新传统主义看成是一种衍生物呢?

在查特基有关民族主义是衍生物的思考中,他主要关心的是描述印度民族主义是如何受恩于启蒙理性,在他那里,印度没有与其传统的历史相联结;与之相反,对中国的新传统主义来说,西方哲学话语本身的衍生性实际上已经包含了一种对中国传统自身的强迫性思考。换句话说,我们可以从中国新传统主义与西方反启蒙哲学之间的历史连接中寻找到一种文化解释:对于中国的新传统主义来说,借用反启蒙的西方哲学讨论也同时使得中国传统自身获得了合法性。这就提出了一连串不同于查特基之印度民族主义的问题。在印度,民族主义与本土文化必然相互矛盾,因为前者是从殖民者那里借用来的话语,而后者是反抗殖民者的斗争方式。如果说西方将中国传统当作是启蒙意识形态的反话语,为着欧洲中心主义的目标而借用非西方材料①,那么对于新传统主义者来说,这种认识和赞同实际上意味着,诸如此类的中国传统可以和现代性和谐共存,而他们也可以同时成为中国人和西方人。相比"五四"知识分子将世界主义与西方主义相混同的排外主义的西方视角,这种同时成为中国人和西方人的渴望也许是一种更为平等的世界主义形式。

然而,正如我在前一节中所指出的那样,这一新传统主义的世界主义也有其局限性。我未曾提到的其他局限如下:与他们的"五四"同胞一样(自由主义或马克思主义者),新传统主义者也将构成"东方"的所有令人不快的元素都归咎于"印度",他们也同样将黑格尔主义看得比希伯来精神更高。让我们来回想一下,胡适将中国文化的一切错误都归结为引入印度佛教的后果;陈独秀将印度文化描述成了最为退化的事物;而在梁漱溟看来,中国必须拒斥"印度观点"(被定义为超世

---

① 参见我对西方美学现代主义者对中国材料借用的讨论。

俗的和向后看的)。① 对于希伯来精神,学衡派追随马修·阿诺德在其著名的《文化与无政府主义》(1869年)中所表达的立场,公开斥责希伯来精神,认为只有希腊精神才是西方文明的精华。梁漱溟将希伯来精神看成是与印度佛教一样超世俗的东西,因此与中国的现实需要不相契合。与上述对希伯来与印度佛教的否认不同,我们也可以回想一下,郭沫若曾赞美古希腊神话是宇宙阳刚气质、力量、毅力的颂歌。

在现代中国所有的世界主义形式中,无论是不均衡的西方主义,还是世界性的社会主义,亦或是更讲究平等的新传统主义,我们看到了一个有次序的他者化过程。日本需要中国相对自己成为落后的他者,以便设法将自身描述为亚洲已经西化的现代化国家。同样地,当中国致力于以一种现代民族国家的姿态出现时,中国又需要印度成为相对于自身的他者。正如我将在第七、第八章中明确指出的那样,在不同语境下,新传统主义之世界主义中的"女性"是一个理论范畴,而非一个社会范畴。新传统主义没有挑战,也许是根本就无力挑战儒家和道家的性别哲学以及由此催生出的社会关系。

另一个困扰着新传统主义文化概念的至关重要的问题是"中国文化"的构成问题。虽然新传统者用非本质主义的术语来考虑中西文化关系,希望在相互对话中保持一种平等的关系,但他们却无可避免地对"中国文化"予以了整体化处理。为了能够赋予那些被宣称拥有普遍性的特定中国文化因子以一定的位置,新传统主义者赋予了儒家以超越于佛教、道教以及其他流行文化形式之上的位置,但这也使得他们忽视了中国文化本身所具有的多样性。在这一点上,他们极为类似于他们的"五四"同僚。为了解决中国文化的问题,他们从整体上判断和估价"中国文化"曾经应该是什么、将来又应该如何。

---

① 胡适的评论见杜维明:*Hsiung Shih-Li's Quest for Authentic Experience*,第251页。陈独秀的观点见《泰戈尔与东方文化》(1924年),载陈崧编:《五四前后东西文化问题论战文选》,北京:中国社会科学出版社,1989年,第625~627页。梁漱溟的话见《东西方文化及其哲学》,第239页。

美学话语:地区性的产生

"五四"反传统主义思潮过后,新传统主义的文化样式在中国蔓延开来,这些样式中自然包含着重要的文学形式。除了学衡派(其主要成员聚集在东南大学的所在地南京),其他绝大多数在新传统主义形式方面有所建树的新儒家、批评家和作家都聚集在北京。一群后来被称之为"京派"的文学理论家和作家,站在与新传统主义哲学家相似的立场上,展开了对"五四"遗产的持续批评。① 在美学和形式维度的文学写作活动中,他们也参考了新儒家和学衡派的哲学文化话语。不久"北京"成为了一种文化象征和文化姿态,它与高度西化的文化象征——"上海"正形成了对应关系。从一开始,"北京"就成为了"地区性"的象征,它作为京派文化的象征符号而变得十分重要。京派文化在反对"五四"西方主义的同时,也反对着"海派"的商业气息。

北京在地缘政治学上所处的地位部分地因为京派的兴起,这一事实暗示着,作为京派文化理论观念的"地区性"也同样拥有着地缘政治学的意义。虽然京派作家唤醒了包括北京在内的许多地方的"地区性"(周作人的绍兴、废名的湖南黄梅),但北京仍然是大多数人作品中最具典型意义的地区性体现。在这些写作中,他们的地区性概念逐渐整合成了他们的美学理论。1926 年春天,在一场旨在镇压反对之声的清扫运动中,军阀段祺瑞执政的北京政府宣布要逮捕 50 名激进的知识分子和大学教授,其中包括著名的鲁迅和周作人。这场整肃紧跟在该年早些时候发生的三·一八惨案之后,在这一惨案中,手无寸铁的示威者遭到了血腥的屠杀。再加上经济危机导致北京九所高校的老

---

① 值得关注的一个例子是萧乾(生于 1910 年)的评论,他认为"五四"作家是"一个才出狱的久囚犯人"。他将"五四"之文化和文学的竞争场视作是"繁荣的鸟市,一个疯人院:烦闷了的就扯开喉咙呼啸一阵,害歇斯底里的就发出刺耳的笑声;穷的就跳着脚嚷出自己的需要,那有着性的苦闷的竟在大庭广众之下把衣服脱个精光"。见萧乾:《理想与出路》(1935 年),载《萧乾选集》第 4 卷,成都:四川人民出版社,1983 年,第 35 页。

师数月拿不到薪水,于是,这一整肃活动最终导致了北京知识分子和作家的成群南迁,特别是迁到上海。到1927年,上海盖过了作为中国文化中心的北京的光芒。不久后的1928年,国民政府将南京定为了中国的新首都,于是,北京被改名为"北平",这个城市被剥夺了几个世纪以来作为中国政治中心的地位。由于大量"五四"文化和文学领袖的离开及其政治地位的丧失(这也构成了北京经济生活的基础),对于留在北京的知识分子来说,北京变成了一个迥异于"五四"争论之炽热中心的时空。一方面,军阀政治的腐败与暴力使得知识分子们放弃了那些敏感的政治话题,进而使得这座城市逐渐远离流行于上海的有关政治和意识形态的爆炸性争论。另一方面,西方技术文化的大规模侵入并没有像吞噬上海般地卷食北京,这曾促使全大伟(David Strand)将北京称之为"20世纪的有城墙保护的城市",他认为,北京的经济运作模式在很大程度上仍处于前工业时代,其交通的大部分是由黄包车而不是电车来承担。①

当然,我在这里强调京派构成中地缘政治意义上的北京的地区性,并非是要将京派概念变成一个仅仅与北京这一特定城市相连的本质主义范畴。有人曾经指出,北京代表了乡土中国的情结,而对资本主义/物质主义文化的批评是其假设前提(尤其可以参考京派与海派在1934—1935年间的一场争论)。② 一种受约束的、简明的、空闲的、温和的、传统主义的和抒情诗体的非功利美学成为了这种情感的自然

---

① 全大伟(David Strand)还指出,电车的引进曾经在1929年导致了一场空前的暴动,黄包车夫们几乎破坏了整个的电车运行系统。这表明了,作为北京经济和文化根深蒂固的一部分,前工业社会的经济系统具有一定的持续性。见全大伟:《黄包车北京:一九二〇年代的城市人民和政治》(*Rickshaw Beijing: City People and Politics in the 1920s*),Berkerley:University of California Press,1989年。

② 1934年,其时天津《大公报》文学副刊的编辑沈从文,写了一篇题为《论海派》的文章。他在文中批评了一些作家的商业定位,当然这些作家并不仅仅来自于上海。与沈从文的意图恰恰相反,随之而来的回应和批评极化了海派与京派的区别,使二者成为了文学上的对手。"海派"这一术语带有强烈的贬义,暗含着向商业文化出卖自己,向政府低头,专事闲谈和为了名利而剽窃等等意思。这些作家与早先的鸳鸯蝴蝶派存在着极大的关联,但"海派"这一术语却时常被错误地用来指代所有的上海作家,这也是热烈争论的原因所在。关于这次争论中最重要的几篇文章,请参见沈从文:《关于海派》,载《沈从文文集》第12卷,香港和广州:三联书店和华城出版社,1985年,第158~162页、第162~165页;杜衡(即苏汶):《文人在上海》,载《现代》第4卷第2期,1933年,第281~282页。

产物。① 众多研究将京派对立于海派的做法,已经使得这一对立范畴被具体化和本质化。这些研究的结论是,京派代表了乡土中国的视角,而上海则代表了洋场文化。② 由此,一个基本的认识是京派相比海派更加"中国",海派则更为"西方"。在这里存在着一个假设,即构成"中国性"的是一整套不变的特征,而在这之外则是非中国的。地缘政治的语境会影响文化,但文化的整体却不能仅仅被归结为地缘政治属性。

对京派和海派的两分倾向于将中国现代性的问题归结为一系列具体化了的、简单化了的、过时的文化身份。这种解读并不能清楚表达问题的复杂性,更无法迎接这两个群体对文化历史学家所提出的挑战,因为这两个群体在文化意义上的区别远不像过去解释的那样显明清晰。可以说,他们代表了对中国现代性的两种想象方式。虽然他们接近现代性的道路相异,但他们都是全身心的世界主义者。这里,我与以往京派、海派研究者的主要分歧在于,我要把讨论从民族主义的文化政治中解脱出来。我对周作人、朱光潜这两位京派代表理论家的解读将要表明,他们与新儒家和学衡派十分相似的新传统主义美学观念,不是排外主义意义上的对本质化了的中国传统的"回归",而是建立在地区与全球关系之新概念(地区和全球都不是本质主义意义上的,二者也不相互矛盾)基础上的地区性概念。如果说对于新儒家和学衡派来说,地区要以儒家来象征,那么对于京派批评家和作家来说,地区则是一个空间化了的文化概念,这种假定的地区性在特殊性中也同时宣称了一种普遍性。

在这一语境中,地区稳定的原动力向我们提出了有关文化现代性的重要问题。我在前文已经提到,梁启超的游记标志着欧洲中心主义的普遍性已经受到了质疑,"西方"被构想成了另一种特殊性(正如中

---

① 有关京派的这些研究可以参见吴福辉:《京派海派小说比较研究》,载《中国现代当代文学研究》,1987年10月,第119~204页;杨义:《京派海派的文化因缘及审美形态》,载《中国现代当代文学研究》,1996年6月,第83~93页。

② "洋场"一词通常被用来指代上海,引发商业主义和外国性的联想,而颓废和不道德之隐含意也可能蕴涵其中。杨义建立了这种乡土和洋场的两分法。

国文化在"五四"时代的遭遇一样)。将中国和西方文化作为特殊性文化的做法保证了在任一文化或者两种文化中认知普遍性的可能性。也就是说,如果所有的文化是特殊的,那么所有的文化都可以宣称一种普遍性,而这种普遍性则代表了各个文化领域内能最好地服务于世界的那些具有普遍适用性的因素。这就是新儒家和学衡派有关儒家全球意义的观点。当普遍性从西方的掌控中解脱了出来,它也就对非西方的内容开放了。在这一观念中,地区并不对立于全球,而是变成了普遍性潜力滋生的地点。

周作人和朱光潜的批评著作大量征引了这种地区性的产物。早在1922年,周作人提倡一种"古今中外派"的观念以例证其 tolerance(他自创的英文词)的意识形态。① 当他下决心留在北京而不追随大批知识分子南迁之时,他已经处在系统陈述一种美学理论的过程中,而这种美学理论在本质上已经脱离了他在"五四"时期鼓吹的人文主义的进化论观念。众多浸润在"五四"语言中的批评家,将周作人的这种转变看成是保守主义的文化先锋。然而,他们并没有严肃地质疑自己有关激进主义和保守主义的前提假设。② 他们强调北京与中国其他部分的脱离,并以此来解释周作人向更加"不受外界影响的"、美学主义观点回归的原因。

但是,20和30年代的北京绝不是与中国其他部分隔绝的文化的穷乡僻壤。著名的文学杂志《文学杂志》(1937年5—8月和1947年6月至1948年11月)、《大公报文艺副刊》(1941—1944年)、《学文月刊》(1934年5月—?)、《文学季刊》(1934年1月至1935年12月)、《语丝》(1924年11月至1927年10月在北京,1927年12月至1930年3月在上海)、《现代评论》(1924年12月至1928年12月)、《水星》(1934年10月至1935年6月)、《骆驼草》(1930年5—11月)等杂志都以北京为

---

① 见周作人:《古今中外派》,载张菊香编:《周作人代表作》,郑州:黄河文艺出版社,1987年,第58页。
② 见卜立德(David Edward Pollard):《周作人:撤退的学者》,载傅乐诗编(Furth):《变革的限制》(*The Limits of Change*),第332~356页;卜立德:《一个中国人的文学观:周作人的文艺思想》(*A Chinese Look at Literature: The Literary Values of Chou Tso-jen in Relation to the Tradition*),Berkeley: University of California Press, 1973年。

基地。以上海为总部的《新月》也与北京文化圈保持着极其密切的关系,以南京为总部的《学衡》与北京共享着许多相似的观点。同时还存在着一种旨在建立北京作家和学者共同体的合作努力,例如,朱光潜在寓所举办的读诗会(是闻一多20年代在西单举办的辟才胡同沙龙的继续)、林徽因著名的"太太客厅"以及萧乾在中央公园西南角"来今雨轩"茶社组织的一月一次的聚会。①

苏文瑜(Susan Daruvala)对周作人所作的研究表明,"五四"后的周作人并未变成为一个文化排外主义者,相反他正想象着一种非民族主义的地方主义。苏文瑜指出,与日本哲学家和辻哲郎(Watsuji Tetsurō',1889—1960,其著作《风土》[*Fūdo*]是日本经典的地方主义著作)一样,周作人致力于在"可疑的欧洲普遍主义和狭隘的民族主义"之外找寻第三种选择。在阅读海德格尔著作的基础上,和辻哲郎设法弥补"西方哲学中有关人自我认同的除了时间基础而外的空间基础的缺乏",这种空间基础是环境或气候的总和。② 与之相似,周作人致力于发表从普遍主义和民族主义之共同限定出发的文学。周作人稍后指出,自己对"五四"文学的主要不满在于一般意义上的工具主义文学观念和特殊意义上的文学与民族主义政治的接近。通过采取一种多元取向,周作人强调了地区性的多样性,并希望使文学远离文学发展的线性发展叙事。在这里,文化的想象发生了一个空间上的而非时间上的转向:地区的多样性暗中破坏了时间的直线性和统一性。

在这一语境中,周作人的地方主义是针对"民族国家意识形态需求"所设置的一个缓冲机制,这一意识形态要求将本土文化视作是民族国家内部的一个统一整体。周作人的地方主义拒绝了民族主义者

---

① 见严家炎:《中国现代小说流派史》,北京:人民文学出版社,1989年,第205~248页。
② 就苏文瑜的概括来说,日本和中国在气候上属于季风气候,一方面气候十分潮湿,经常遭到台风、洪水等可怕的自然灾害的侵袭;另一方面又要依靠植物的生长过活,这就导致了一种以顺从和消极为特征的观念。沙漠类型的气候则导致了居民的好斗和进取心,但为了生存同时又要屈服于群体的力量。欧洲是草地型气候,其良好的气候条件导致了理性的发展。这种由气候决定的文化象征性在某种意义上可以让我们想起梁漱溟的象征论。见苏文瑜(Susan Daruvala):《周作人和中国对现代性的另一种回答》("Zhou Zuoren and an Alternative Chinese Response to Modernity"),博士论文,芝加哥大学,1993年,第86~89页。

和西方主义者为中国开出的将中国文化作为"本质化了的西方文明的他者"来看待的药方①,同时也拒绝了欧洲中心主义的普遍主义以及与之类似的作为"五四"西方主义理论基础的普遍主义。在评论"五四"写作之时,周作人提到:"这便因为太抽象化了,执著普遍的一个要求,努力去写出预定的概念,却没有真实地强烈地表现出自己的个性,其结果当然是一个单调。我们的希望即在于摆脱这些自加的锁枷,自由地发表那从土里滋长出来的个性。"②周作人指出,虽然"五四"的普遍主义公然支持个人主义,但实际上却真真切切地削弱了自己开始提倡的东西。"五四"话语对主体性最大化的不切实际的寻求,实际导致了截然相反的结果,即反对任何中国的东西。与"五四"的做法相反,周作人提出,选择自身文化立场的传统血缘即是一种个人主义的行为,而个人主义的合法性不应该由西方来授予。因此,一个假定地区的空间特性也应该是个人主义的合法性场所,即"自由地发表那从土里滋长出来的个性"。"五四"话语将个人主义时间化为一种现代西方的特性,从而要求中国在损害自身传统的前提下与之合作。而周作人则以空间化的设想取代了"五四"话语。在他那里,地区性和特性的多样化更好地阐明了对个人选择和个人倾向表现出基本尊重的个人主义精神。

如果说作为想象共同体的民族要求将时间想象为一个线性的匀质实体③,那么多样地区性意义上的空间化了的、不匀质的时间则坚决反对这种与民族国家联系在一起的民族主义想象。在对周作人与其兄鲁迅在建构绍兴地方性方面所使用的不同方式进行比较之时,苏文瑜令人信服地证明了上面的事实。在鲁迅的著作中,绍兴是过去的象征,回乡的现代知识分子在那里只能找到失望感和疏远感。但对于周

---

① 见苏文瑜(Susan Daruvala):《周作人和中国对现代性的另一种回答》(Zhou Zuoren and an Alternative Chinese Response to Modernity),博士论文,芝加哥大学,1993年,第20~33页,第289~310页。
② 周作人:《地方与文艺》(1923年),载《谈龙集》,上海:开明书店,1930年,第12页。这里转译自苏文瑜:《周作人和中国对现代性的另一种回答》,第199页。
③ 见安德森(Benedict Anderson):《想象的共同体》(*Imagined Communities*),London:Verso, 1992年。

作人来说,绍兴不再是唤回过去的地点,而是一个有特色的地区文化,以其独特性讲述着文化多样性、文化差异性和文化多元性。对于第三世界的民族国家来说,民族主义、线性时间观和反传统主义三者紧密相连,而周作人的后"五四"立场则否定了这三者。

在他对循环时间论的确信中,我们也可看到周作人对"五四"线性时间观的反对,以及他对地区性的强调。在批评线性时间观时,他提到:

> 浅学者流妄生分别,或以二十世纪,或以北伐成功,或以农军起事划分时期,以为从此是另一世界,将大有改变,与以前绝对不同,仿佛是旧人霎时死绝,新人自天落下,自地涌出,或从空桑中跳出来,完全是两种生物的样子:此正是不学之过也。①

新儒家在哲学层面上否定了线性时间观,周作人则诉诸连续感和重复感来提出同样的否定。在其重要的《中国新文学的源流》(1932年)中,他将自己有关文学史的循环观念解释为连接今日与过去的许多时刻的方式。历史被看成了重复中的变化和变化中的重复,每一个历史时刻都既表现出自己的特性,又表现出与过去不可回避的联系。他提出了中国文学的象征意义,即中国文学史中实际存在着两种文学,一些著作是永恒的、经受住了时间的变迁的,而另一些则保留了时间的痕迹。他认为,中国文学史在美学和实用主义/工具主义的两极之间往复运动。当政治力量分散的时候,被他称为"诗言志"的美学一极就比较繁荣;而当中央政府对国家进行有力控制之时,"文以载道"的实用主义精神就会显得比较突出。在中国历史中,这两个潮流交替主宰着中国文学的图景。

在这个意义上,为了强调个性表达的重要性,中国现代文学事实上就成了对晚明公安竟陵派文学形式的重复和赞美。周作人认为,公安派作家的原则与胡适等人的原则(除去西方思想)特别相似,例如对

---

① 周作人:《闭户读书论》,载《知堂文集》,上海:天马书店,1933年,第32页。

胡适的"八不主义"来说,公安派作家对"独抒性灵不居格套"的推崇即是其先驱。① 更进一步说,晚明文学思潮和中国现代文学都否定"模仿经典",支持"自我表达和理解的自发性、特性、当代性和真实性……以及对文学连续性的坚信(即便呈现出一种对抗和不一致)"②。晚明思潮赞美一种强调表达技巧和简洁的形式主义,以反对前后七子的拟古之风。周作人用这些术语对现代文学进行了理论化,认为京派作家废名正突出代表了这种特性。这里,周作人以晚明思潮来宣布京派美学的合法性,同时也宣布了京派美学是现代精神的真正体现。通过借助晚明思潮以定义中国文学的现代性,周作人试图重新定义出所谓最为真实的"现代"。

对于周作人来说,这个真实的现代性包括了对地区性观念不懈的理论追问和一整套形式美学特征。首先,将地区性看成是社会习俗和本土语境之总和的地区性诗学,会强调本色和趣味。在谈到浙江省时,周作人提出,文化从风土中获得了独特的个性,这反过来又促成了浙江突出的两股文化:明代画家徐渭飘逸一派的美学和清代学者诗人毛西河辛辣的散文。③ 以地方性为特征的作品在意上不见得明白,但这却正好满足了好作品必定不那么好懂的要求。不好懂指的是苦涩的特性,而苦涩正代表了风格上的"更喜粗糙而不喜平滑,更喜晦涩而不喜欢明了,更喜含蓄而不喜清晰明白,更喜复杂而不喜单薄"④。在描述废名的文风时,周作人使用了"奇僻"、"生辣"、"晦涩"等等词汇来形容其美学特征。⑤ 虽然他的这些术语可以上溯到传统的诗学批评,但这也同样符合西方现代主义者对形式不自然和内容晦涩的偏好。由此,毫不令人感到奇怪的是,周作人用波德莱尔(Charles Baudelaire)的例子来支持自己的美学观点:

---

① 见周作人:《中国新文学的源流》,北京:人文书店,1934年。
② 卜立德:《一个中国人的文学观:周作人的文艺思想》,第163页。
③ 见周作人:《地方与文艺》(1923年),载《谈龙集》,上海:开明书店,1930年,第11~16页。
④ 卜立德:《一个中国人的文学观:周作人的文艺思想》,第103~104页。
⑤ 见周作人:《枣和桥的序》,载废名:《桥》,上海:开明书局,1936年,第1~26页。

一位法国诗人,他所作的诗都很难懂,按他的意见,读诗是和儿童猜谜差不多,当初不能全懂,只能了解十分之三四,再由这十分之三四加以推广补充,得到仿佛创作的愉快。以后了解的愈多,所得的愉快也愈多。①

周作人从解释"难懂文本"的行为中获得了解释的快感。他的这种感受十分类似于波德莱尔和法国的结构主义者罗兰·巴特(Roland Barthes)的看法。在巴特的概念中,"作者文本"取消了读者对明确内涵的假设,不再如"读者文本"那样简单易懂,由此为读者提供了最大的解释"愉悦"。②同样地,周作人也将缺乏透明度的废名作品看成是对读者创造力的挑战。尽管周作人使用的术语听起来十分"古典",但他的美学观点却体现了古典美学和西方现代主义的结合。

朱光潜是位十分博学的学者,受过古典中国学问的教育,也在英国、法国和德国接受过西方文学、心理学、哲学、艺术史和美学等方面的教育。在他主编的《文学杂志》的发刊词中,朱光潜运用自己的外国知识来呼吁一种对不同文学成果的无党派的、保持开放心态的接受,这种姿态直接对抗于"五四"过激主义的倾向。他攻击其时上海流行的"大众文学"、"文学革命"和"国防文学"的口号,指责这些口号的鼓吹者突出了有害的思想大一统。他提倡"自由生发和自由讨论","把眼光放远,把脚步放稳","主张多探险,多尝试。不希望某一种趣味或风格成为正统"。③

朱光潜颇具影响的文学美学观点一般被认为是一种批评的调和主义,他自己将之称为"调和折中的路",这种调和主义建立在对各种美学传统的理性考察和对作为美学、道德、伦理和科学领域之综合的有机艺术概念的基础上。④ 在现代文学的语言使用上,他推翻了"五

---

① 周作人:《中国新文学的源流》,第 11~12 页。
② 见罗兰·巴特(Roland Barthes):《文本的愉悦》(*The Pleasure of the Text*),Richard Miller 译,New York:Hill and Wang,1975 年。
③ 见《文学杂志》第 1 卷第 1 期,1937 年,第 1~10 页。
④ 见朱光潜:《作者自白》(《文艺心理学》[1936 年]的序言),载《朱光潜全集》第 1 卷,合肥:安徽教育出版社,1987 年,第 198 页。

四"将白话置于古典文言之上的做法。朱光潜分析了两种语言的长处和弱点,驳斥了认为白话比文言更利于写作的观点。他承认白话的确便于读者理解。然而,文言和白话的界限却是含混不清的,因为如果不从古典文言中借用词汇和短语,白话文就无法存在下去。在这里,朱光潜的发现意义重大:只有从文言丰富的词汇表中汲取营养,现代白话的表达能力才能获得充分发展。当然,这一保留和恢复文言的愿望不是要人们回到排外主义的保守主义,因为朱光潜也同时提倡使用欧洲语法和句法。① 他注意到白话的欧化是不可改变的事实,这和白话与文言之间的继承关系一样,也是不能否认的事实:故意将三者分开是不可能的事,因为中国现代语言的不纯粹性是必然的历史事实。②

十年前在创造社和文学研究会之间展开的有关文学功用的辩论,此时再次出现在朱光潜的美学理论之中,当然朱光潜已经对双方的观点作了理性的综合。在 1936 年出版的《文艺心理学》中,朱光潜用了整整一章来对意大利哲学家克罗齐(Benedetto Croce)的美学理论进行概括和评论。虽然他或多或少同意克罗齐对艺术直觉特质的美学强调,但他也同时指出了克罗齐纯粹形式主义的局限性,指出绝对的艺术自主必然会排除裹挟在审美经验中的其他多样性因素。③ 朱光潜在序言中反复强调这个观点,这也标志着他对生命的有机认识,即在科学、伦理、美学和其他方面之间并不存在绝对的区别。④ 在另一讨论艺术和道德的章节中,他强调,道德不能审察艺术,但后者却并非与道德无关。⑤ 在考虑艺术进程中主客体之间的关系时,朱光潜也持同样的中间立场:当主体和客体之间的距离离得太近或太远之时,艺术呈现为极端的理想主义或现实主义,而这二者都是有缺陷的。因此,主

---

① 见朱光潜:《从我怎样学国文说起》,最初发表在《孟实文抄》上,上海:良友图书公司,1936 年,后来收入《我与文学及其他》,上海:开明书店,1943 年,第 178~180 页。
② 见朱光潜:《谈文学》,香港:文艺出版社,1961 年,第 107~119 页。
③ 见朱光潜:《我与文学及其他》,第 353~367 页。注意这是他对早年纯粹形式主义的审美立场的修正。他在《作者自白》中谈到了自己从康德、克罗齐形式派美学到折中主义者的转变。
④ 见《朱光潜全集》第 1 卷,第 198 页。
⑤ 同上,第 310~325 页。

体和客体之间应该保持一种辩证关系。①

在文化大革命中,朱光潜因为自己的观点而获罪,被关进牛棚,不但要被强迫劳动,还要不断地被批斗,然而他仍然坚持主客观统一,并不因为当时的主流意识形态对客观主义的强调而改变自己的看法。1983年,他翻译完了意大利哲学家维柯(Vico,1668—1744)的《新科学》,这本书再次证明了主客体相互作用从而产生认识的观点。通过上面这些例子,我们可以看到朱光潜无所畏惧地献身给了超越于国家意识形态之上的理性学术。

朱光潜对京派美学的最大贡献也许就是他建构的处于传统中国美学和西方现代主义之间的"关系美学"。这也正是我前面谈到的周作人所致力的事业。朱光潜颇具特色地用现代西方的美学概念对传统中国美学进行了新的理论化处理,将二者并置于一种相互之间的创造性张力之中。在《从"距离"说辩护中国艺术》一文中,朱光潜引用西方现代主义绘画中立体派和后期印象派的理论以及古希腊戏剧,来证明中国传统绘画和戏剧中现实主义的缺乏和对审美距离的有意保持。② 在《无言之美》中,他指出传统的含蓄观念类似于现代艺术中的含糊性:没说的地方留给读者/观者去填空。③ 通过运用西方最新的文学生理学理论,朱光潜将传统诗学中的气势和神韵解释为文学的两种感情力量,一个是活跃的,而另一个是沉默的。④ 此外,作为《文学杂志》的编辑,朱光潜对那些实验性地用传统文学理论和主题来加强(而非减损)自身著作的现代主义作家给予了提携。卞之琳(生于1910年)和戴望舒(1905—1950)的诗歌、废名的小说都极其热心于实验性的语言表达,他们试图将中国传统诗歌的句法和语义、现代白话文和

---

① 见《朱光潜全集》第1卷,第216~229页。
② 见朱光潜:《我与文学及其他》,第67~69页。
③ 同上,第66页。
④ 见朱光潜:《从生理学观点谈诗的气势与神韵》,载《我与文学及其他》,第51~60页。

欧化句法调和在一起。①

与朱光潜相似，这些作家都希望能够消除中国和西方、传统和现代性之间的二元对立。朱光潜否定了"五四"话语将现代性视作为一种断裂的看法，与"五四"一代相反，他主张通过历史的连续性来看待传统。朱光潜建议道，传统必须成为可供作家使用的资源之一，他还特别提到，"本国传统的完全破除亦非历史的连续性所允许"②。朱光潜在1948年重复了这一观点，他谈到了现代与传统中国文学之间的历史连续性：

> 文学是全民族的生命的表现，而生命是逐渐生长的，必然有历史的连续性。所谓历史的连续性是生生不息，前浪推后浪，前因产后果，后一代尽管反抗前一代，却仍是前一代的子孙。历史上还没有一个先例，让我们可以说某一国文学在某一个时代和它的整个的过去完全脱节，只承受一个外国的传统，它就能着土生长。③

朱光潜在这里声明的东西预言了意大利先锋派理论家波奇欧里（Renalto Poggioli）的观点，即"现代主义对传统的反应应是与传统更加紧密的结合"④。

另一位京派理论家，也是《文学杂志》的定期投稿人叶公超（1904—1981年）则引用了艾略特（T. S. Eliot）的《传统与个人才能》一文（"Tradition and the Individual Talent"，1917年）来为传统和现代诗歌之间的紧密联系张目。⑤ 早些时候，卞之琳曾将艾略特的这篇文章

---

① 关于作者之现代主义的讨论，见奚密（Yeh, Michelle Mi-Hsi）：《1917年后的现代中国诗歌理论和实践》(Modern Chinese Poetry: Theory and Practice since 1917), New Haven: Yale University Press, 1991年，第119~129页；利大英（Gregory B. Lee）：《戴望舒：一个中国现代主义者的生活与诗歌》(Dai Wangshu: The Life and Poetry of Chinese Modernist)，香港：中文大学出版社，1989年。
② 朱光潜：《编辑后记》，载《文学杂志》第1卷第1期，1937年，第221页。
③ 朱光潜：《现代中国文学》，载《文学杂志》第2卷第8期，1948年，第17页。
④ 波奇欧里（Renalto Poggioli）：《先锋派理论》(The Theory of the Avent-Garde), Cambridge, Mass.: Harvard University Press, 第178页。
⑤ 见叶公超：《论新诗》，载《文学杂志》第1卷第1期，1937年，第11~31页。

译成中文发表在京派的另一个重要阵地《学文月刊》上。① 也许,京派作家对艾略特的"历史感"(historical sense)概念印象最深:

> 传统无法被遗传,如果你想要得到它就必须付出很大的劳动。首先,它包括历史感……它迫使一个人不仅仅以骨子里的他自身一代的感受来写作,还要依靠对从荷马以降的整个欧洲文学的感觉来写作。在其中,他自己国家的所有文学共同存在,构成了一个共时性的秩序。这种历史感……可以使作家变得传统。同时也会使得他精确地意识到在自己时代所处的位置,即精确地意识到自己的当代性。②

在艾略特的观念中,历史感是如此必要,以至于现代作家所要估计的不是他从传统中继承了多少和使用了多少,而是他该如何面对传统,即他如何区别于传统。换句话说,使"作家"传统的不是他从传统文学中利用了什么,而是他在作家的世系中如何自处。艾略特强调的是追忆传统的方法及其与过去关系的性质,而不是构成传统的内容或其与现在的内容关联。由此,作家必须将过去所有的作家都放在一个共时性的序列里,以便准确认识到"在自己时代所处的位置,即精确地意识到自己的当代性"。

传统意识是对当代性进行认知的基础。正是在这个意义上,《传统与个人天才》成为了西方的现代主义经典,其作用相当于现代主义的宣言。但是当京派作家翻译和引用艾略特的文章来证明自己"传统和现代不相矛盾,反而构成了连续性关系"的观点之时,他们至少碰到了两个问题。其一,他们对艾略特的引用表明,他们的传统观念从根本上不同于西方现代主义者的观念,因为他们炫耀了一种与所选传统作品从内容到形式上的整体相关性。其二,这表明了他们对取得西方现代主义之支持的渴望,因为艾略特所提出的欧洲中心主义的现代性观念几乎完全不切合于中国的语境。

---

① 卞之琳的翻译发表在第1期。见《学文月刊》第1卷第1期,1934年,第87~98页。
② 艾略特(T. S. Eliot):《传统与个人才能》("Tradition and the Individual Talent"),载《圣林》(*The Scared Wood*),London:Metheum & Co. Ltd.,1960年,第49页。

这第二个观点又关系到"西方现代主义在京派写作中所扮演的角色"这一重要的问题。即便没有公开明确提及,西方现代主义看起来也已经是众多京派作家写作实验的潜在文本。例如,在废名的作品里,我们看到了西方意识流技巧和传统中国诗歌并置的语法结构的结合,而林徽因所采用的传统白话小说的缀段式叙事结构实际也已带上了几分乔伊斯文学的蒙太奇技巧的味道。虽然他们小说中的人物大多处于传统的社会语境之中(比如大家庭的成员、贫穷的社会下层和乡下人),但这些作家的风格并非一点儿都没察觉和触及在西方现代主义文学图景中正在发生的认知。恐怕并非偶然的是,朱光潜在爱丁堡大学、伦敦大学、巴黎大学和斯坦斯堡大学受过教育。周作人在日本,废名在北京大学英文系,林徽因在宾夕法尼亚大学和耶鲁大学,凌叔华则在燕京大学英文系接受教育。同样并非偶然的是,林徽因、凌叔华参与的新月派,主要是由欧美大学的毕业生组成的,它的出版物《新月》明显以伍尔夫(Virginia Woolf)、曼斯菲尔德(Katherine Mansfield)、康拉德(Joseph Conrad)和奥尼尔(Eugene O'Neill)的现代主义作品为号召。他们对传统美学的肯定,实际上正是由他们对西方现代主义和其他文学潮流的知识所促成。

这就让我们回到了一个至关重要的问题,即与全球主义相关的地方主义和传统主义问题。一个又一个的例证表明,地区或者那些被称作是"传统"的东西,都不是建立在排外主义的基础上,而是由中国传统和西方现代主义的双边文化和多元语言的意识促成。周作人"文学作品的全球性或普遍性需要强烈地方色彩"[①]的论点正说出了此种地区与全球的关系逻辑。正如从根本上讲,地区自身离不开全球(关系美学是一个雄辩的例证),地区实际上已经变成了普遍性的潜在温床。在京派作家看来,模仿西方是缺乏创造性的,只会导致一种"洋八股"的陈腐方式[②],因为这里的西方也只是另一个地区性和特殊性。真正

[①] 严家炎:《中国现代小说流派史》,第45页。周作人的观点出现在其给刘大白《旧梦》所作的序言里,见张菊香编:《周作人代表作》,郑州:黄河文艺出版社,1987年,第91~93页。

[②] 钱理群曾论述到周作人的观点,见《周作人传》,北京:十月文艺出版社,1990年,第407~408页。

的全球主义寻求各种文化传统之间的交流,从其他文化中接受有前途的因素,并在此基础上建构起一个真正的普遍主义。

在接下来的两章中,我将解读三位京派作家——废名、林徽因和凌叔华,他们在很大程度上都是被中国和美国的标准文学史所忽略的作家。本书对京派的研究并不以全面为旨归,但却希望能够证明京派作家在中西间的现代性合作中所作出的努力。因为作品中包含强烈的地方主义(西方的湖南),也由于卷入了京派、海派的争论之中,沈从文也许是京派作家中最为突出的代表。但是,沈从文在严格意义上却是一个很少关心形式革新的地域性作家,因此他不容易被归入本书所关注的现代主义框架。20 世纪 40 年代,他写了一篇名叫《看虹录》的短篇小说,从对性幻想的描写上看,这篇小说更为接近于海派而不是京派。① 当然,他的许多作品更适合放在现实主义的类目里。英文世界中已经出现了三种有关沈从文生活和写作的全面研究。② 汪曾祺(1920—1998)是沈从文 40 年代在昆明西南联大时期的学生,他也许是京派作家中最为自觉的现代主义者,他以乔伊斯和伍尔夫式的语言和形式展示了现代美学与传统中国美学之间的互文性。我将在附录里谈到他的文章,我还将在附录中概述 40 年代及其后的现代主义的发展。

---

① 对这篇小说的分析,见严家炎:《京派小说与现代主义》,未刊稿。
② 见王德威(David Der-wei Wang):《二十世纪小说的现实主义:茅盾、老舍和沈从文》(*Fictional Realism in Twentieth Century China: Mao Dun, Lao She, Shen Congwen*),New York: Columbia University Press, 1992 年;金介甫(Jeffrey Kinkley):《沈从文传》(*The Odyssey Of Shen Congwen*),Stanford: Stanford University Press, 1987 年;彭小妍(Peng, Hsiao-Yen):《沈从文的前卫风格和原始精神》(*Antithesis Overcome: Shen Congwen's Avant-Gardism and Primitism*),Taipei: Institute of Chinese Literature and Philosophy, Academia Sinica, 1994 年。

第七章 用毛笔书写英文：废名的著作

> 废名是僻才，面貌"奇特"（似为周作人语），面目清癯，大耳阔嘴，发作"和尚头"式（非剃光），衣衫不检，有点像野衲，说话声音有点沙嘎，乡土气重。我初进北京大学，老同学中常笑话他用毛笔答英文试题。
>
> ——卞之琳（1984年）

"五四"之后，即 1922—1929 年间，在"五四""偶像破坏"的温床中，北京大学英文系来了一名学生，他的名字叫冯文炳（1901—1967），此人不久以后就将成为京派文学的重要人物。与"五四"时期启蒙知识分子的西化形象相反，戴着眼镜的冯文炳比较瘦弱，但衣装打扮却极具自我意识，常常喜欢穿着中国传统知识分子的长衫，并且使用毛笔来写字。1926 年，他废弃了自己的名字——冯文炳，开始称自己为"废名"。他还曾亲身实践过佛教禅宗的打坐（mediation），在大学和中学教过孔子的《论语》和其他经典著作。他还为佛教经典做注释，并试图通过自己的思考和写作将佛、道、儒文化传统加以整合。①

然而，作为传统主义者的废名，仅仅是其一面。如果选取另外一些生活细节，废名则会以完全相反的另一面出现。废名也同样贪婪地阅读法国象征主义的诗歌（如波德莱尔）和小说（如福楼拜），英国的戏

---

① 有关这些传记性质的信息，可参考卞之琳：《〈冯文炳选集〉序》，载《新文学史料》，1984 年，第 113～119 页。

剧(如莎士比亚)和写实主义小说(如乔治·爱略特和托马斯·哈代),以及西班牙经典名著《堂吉诃德》。废名宣称他从阅读西方文学中学会了如何去写作,并且认为中国经典文学作品缺乏生命力。此外,废名本人也常被朱光潜等批评家拿来与普鲁斯特(Marcel Proust)、伍尔夫(Virginia Woolf)等等的西方作家作比。① 这两个表面看来极不相容的废名之间究竟是什么关系?② 而这种塑形了京派作家废名之独特表达方式的关系具体又是怎样的?

我们要避免落入一些本质主义的追问,比如到底哪个是真正的废名?在废名心目中,哪个方面更居于优先位置?正如他的新名字"废名"所表明的那样,废名自己并不相信确定性。由此,需要考虑的问题是他的传统主义和现代主义的特定性和偶发性,因为这一性质最终在根本上松动了本质主义的二元对立思维。但为了讨论的方便,我将首先仅仅谈及废名在中国语境中显得颇为独特的传统主义召唤。第一,废名的传统主义是对传统的特定选择和对这些传统的独特解释。第二,他的这种特定的选择和解释又是以他的西方文学知识作为中介的。例如,他将对传统不假思索的简单追随行为视作为遏制了真正天才和创造力的剽窃行为。③ 他讽刺那些抱着过时的儒家观念不放的人们,他在自己的小说《莫须有先生传》(1932年)中将这种人物讽刺为中国的堂吉诃德。他所参考的著作包括六朝散文、晚唐诗、金圣叹(1610—1661)的小说批评,以及他自己对佛、道和儒家经典的特定解释(他将道家的庄子读成是对自然现象的精妙描述,将孔子的论语看成是教学日记)。对于西方文学在其发现传统过程中所起到的中介作用,废名毫不含糊地宣布:"我读中国文章是读外国文章之后再回头来

---

① 关于朱光潜的评论,请参看孟实(朱光潜):《桥》,载《文学杂志》第1卷第3期,1937年,第183~189页。

② 诗人废名写禅诗和城市诗歌。第一种诗歌是受到了禅宗及其"顿悟"思想的影响,第二种则是现代主义诗歌的根本形式,他同为象征主义者的同胞卞之琳、李金发和戴望舒也正是以此风格写诗歌的。

③ 见废名:《关于现代诗歌》,载 Harold Acton、陈世骧:《中国现代诗歌》,London: Duckworth,1936年,第41页。

读的……觉得中国文学真可以写好些美丽的东西"[①];"我的作文的技巧,也是从西洋文学得到训练而回头懂得民族形式的"[②]。但是假如他的中国文学修养真是如他清楚表明的那样是以西方文学为中介的话,那么他对意识流等西方现代主义技巧的实践则更多是受到了他特定的中国诗学语言修养的影响,而西方现代主义写作本身的影响倒并非是最主要的。这里的问题是互动影响(mutual mediation 或 mutual implication),而不是本质主义意义上的中国和本质主义意义上的西方之间可追寻的影响或是因果关系。

　　互动影响是京派作家成功塑造自身美学特点的方式之一。这种美学观念颠覆了文化区分的二元对立和本质主义观念。就废名来说,传统中的现代性和现代性中的传统同时影响着他的写作:由于传统和现代之间界限的不确定性,或者由于这条界限根本就不存在,因此,被"五四"话语具体化为现代(西方)的东西其实也部分地是由传统构成的。反过来说,被认作是传统的东西,也部分是由现代构成的。如果大都市现代性是由那些被认为是传统的东西构成,那么,现代性背后的殖民主义内涵就被取消了。在这些熟练掌握两种文化的人那里,一种主动性出现了。而这种主动性出现的前提是,在这两种被许多人认为是根本相异的文化系统之间存在着互补和合作的关系。废名对道家、佛家、儒家艺术和真实观念的创造性描述,以及对古典抒情比喻和技巧的描述,也由此呈现出某种清晰可辨的西方现代主义性质。作为反西方主义文化形式的一部分,废名的写作重塑了特殊性和普遍性之间的关系。正如他的朋友诗人卞之琳所注意到的,废名成名的 20 世纪 30 年代的时代潮流恰是"不分东西"。[③]

[①] 见废名:《中国文章》(1936 年),载《冯文炳选集》,北京:北京人民文学出版社,1985 年,第 345 页。
[②] 冯健男:《废名:杰出的散文家》,载《中国现代当代文学研究》,1988 年,第 238 页。
[③] 见卞之琳:《序言》,载《雕虫纪历》,香港:三联书店,1982 年,第 3 页。

互动影响的美学

废名对中西方文学传统、比喻和习惯等等的有意识模仿,使他在这一挪用行为之中获得了主动性。他的名篇《桥》(1932年)是一篇几乎没有情节的连载小说,这篇小说模仿传统白话小说的叙事方式,更借用古典中国诗歌的句法和语义学含义,向读者展示了一种形式上颇具断裂性和自由组合性,内容上多为非都市生活的现代主义风格。他花了六年时间仍然没有完成这部小说。这个故事讲的是一个简单的三角恋爱故事,故事的主人公是小林和他的未婚妻琴子,以及琴子的表妹细竹。小说的大部分叙事都是由对自然景色和心理图景的描绘组成。[①] 这段乡村故事使人想起了托马斯·哈代(Thomas Hardy)和乔治·艾略特(George Eliot)的田园抒情诗,他们的悲观宿命论深深地影响了废名。当然,废名也同时看到了庾信(513—581)、陶渊明(363—424)和其他人诗歌的相似点。他选择孩子作为《桥》的主人公正是模仿了乔治·艾略特的《弗洛斯河上的磨房》("The Mill on the Floss")[②]。小说中还强烈地回荡着"青梅竹马"的主题,而我们也可以在李白《长干行》和曹雪芹《红楼梦》中找到这种男孩女孩之间纯洁无瑕的情感。废名综合了中西美学特性的文体风格实验,而这正与上面提及的主体经验的相互影响现象相伴而生。

虽然废名声称自己从未读过弗吉尼亚·伍尔夫(Virginia Woolf)和詹姆士·乔伊斯(James Joyce)的作品,但在20年代末30年代初积极投身于文学创作之时,他已在文中经常用一种类似于西方意识流叙

[①] 1932年出版的《桥》仅仅是废名计划中小说的一半。他后来又在其他杂志上发表了一些其他的情节。包括:《水上》和《钥匙》,载《新月》第4卷第5期,1932年,第1~17页;《窗》,载《新月》第4卷第7期,1933年,第1~7页;《荷叶》和《无题》,载《学文月刊》第1卷第2期,1934年,第27~41页;《萤火》,载《文学杂志》第1卷第3期,1937年,第45~57页;《牵牛花》,载《文学杂志》第1卷第4期,1937年,第117~129页。

[②] 废名说,读《弗洛斯河上的磨房》使他想起了孩子的生活可以成为小说的主体。见冯健男:《说废名的生平》,载《新文学史料》,1984年2月,第106~112页。

事手法来描绘人物的内在心理。正如他本人后来解释以及其他批评家所指出的那样,这与废名对古典诗歌句法和语法的自觉挪用密不可分,要知道,古典诗歌的句法和语法正突出了一种语义和句法的分裂状态。废名创作于1927年的小说《桃园》就是一个极好的案例。其中有一段描写小女孩阿毛思考的话:

> 阿毛用了她的小手摸过这许多的树,不,这一棵一棵的树是阿毛一手抱大的!——是爸爸拿水浇得这么大吗?她记起城外山上满山的坟,她的妈妈也有一个,——妈妈的坟就在这园里不好吗?爸爸为什么同妈妈打架呢?有一回一箩桃子都踢翻了,阿毛一个一个的朝箩里拣!天狗真个把日头吃了怎么办呢?……阿毛想起一个尼姑,什么庙的尼姑她不知道,记得面孔,——尼姑就走进了她的桃园!①

在这段文字中,第三人称的叙述手法被转换为阿毛一个个的思想片断。这段话体现了通常意义上中国语言所特有的一些语言特征,精神和生理在时空的意义上发生了跳跃。中国语言缺乏词性变化作为时态变化标志的特点使事件的时间架构变得模糊不清:"爸爸为什么同妈妈打架呢?"既可以被认为是现在时态,也可以被看作是过去时态。如果被看作是前一种时态,小说就很好地表现了病孩阿毛打乱了时空界限的迷乱的心理状态;而如果被认作为后一种时态,小说也可以解释得通。这段文字充满了时空跳跃,比如在最后一句话中,尼姑的记忆将经验带回了当下,就好像此事正在发生一样。废名解释道,这种时空跳跃是与打破时空连续性的随意联想的诗学实践联系在一起的。废名将李商隐(约813—858)的诗形容为"上天下地、东跳西跳"②,因此也就首肯了一种以描述非连续时空为目标的非逻辑性。③不连贯性、断裂性、碎片化和非逻辑性是这种诗歌语言的固有特性,它与描述意识流自由联想之经验的语言十分相似。

---

① 废名:《桃园》,载《废名选集》,四川:四川文艺出版社,1988年,第146~150页。
② 冯健男:《谈废名的小说创作》,载《中国现代文学研究丛刊》第4期,1985年,第149页。
③ 见废名:《随笔》,载《文学杂志》第1卷第1期,1937年,第200~201页。

主语的省略和古典诗歌句法中主谓宾结构的自由漂浮,也成就了废名散文中的不连贯感。以短小的《菱荡》为例子,这是废名有意识地尝试以唐人绝句的方式来进行散文创作的开端①:

> 水桶歇下畦径,荷锄沿畦走,眼睛看一个一个的茄子。②

在第一句中,如果用主动语态去读,语法上的主语是水桶,但如果用被动语态来分析,此时暗含的主语则是文中未曾提及的人。如果我们将之译为要求句子必须含有特定主语的英语,那么,我们就将无法体会到中文里主谓宾关系模糊不清的阅读感觉。前两句使读者联想起规则的五言诗。前一句做了一些微小的变化,变成了六个字。第二句具备典型而又规则的诗歌韵律风格,使人不禁联想起唐代的田园诗。但是第三句却突然打断了这种对传统的遵从:这是一句以现代白话风格写成的十字句,其中对"一个"的重复还打破了传统诗歌不允许重复的禁忌。于是,这里又回荡起废名喜爱的另一位诗人庚信的声音,后者反对诗歌僵化的形式规定,主张以智慧和游戏入诗,尤其是他还主张打破诗歌惯常的平行句式。③

《桥》显而易见地展示了李商隐和庚信诗歌的这两个特点:时空的灵活性和语法革新及游戏性。废名有意识地在写作中使用了古典诗歌,这不仅仅是句法的借用,更在文字上与诗歌存在互文性。恐怕并非巧合的是,西方接近诗歌功能的所谓"诗小说"(lyrical novel)恰恰突出了人物内在性的心理经历。④ 同样地,废名对古典诗歌某些成分的特别借用加强了他对内在性(interiority)的强调。正如朱光潜曾经指出的那样,自然风光通常引发了这一内在性:

---

① 见废名:《废名小说选序》(1957年),载《冯文炳选集》,第394页。
② 废名:《菱荡》(1927年),载《废名选集》,第158页。
③ 见废名:《三竿两竿》,载《冯文炳选集》,第342～343页。
④ 约翰·佛瑞曼(John Freeman)所举的诗小说的例子包括了伍尔夫、黑塞(Hermann Hesse)和纪德(Andre Gide),他们都强调内心体验。见约翰·佛瑞曼:《诗小说》(*The Lyrical Novel*),Princeton:Princeton University Press,1963年。

220　现代的诱惑：书写半殖民地中国的现代主义(1917—1937)

> One day (Xiao Lin) went out and by chance saw a white horse rolling in the green grass. His poem was finally successfully composed at this time. Great joy. "This thing is really happy!" He didn't stop walking. "I'm like a—," of course like this thing (the horse). But a thought walks so much faster (than language) that (uttering) just these three words completes (the simile in his mind). Ah, this "I" is the subconscious with its head buried in a woman's bosom.

> 一天外出，偶尔看见一匹马在青草地上打滚，他的诗到这时才俨然做成功了，大喜，"这个东西真快活！"并没有止步。"我好比——"当然是好比这个东西，但观念是那么的走得快，就以这三个字完了。这个"我"，是埋头于女人的胸中的一个潜意识。①

参照前面一段英译文，在中文语境下理解这段话的含义显然要比理解英译文显得困难得多，因为翻译成英文已经强迫译者努力使这段话"变得有意义"了。译者除了要添加括号中的解释，还要添上主语、连接词和标点。而在中文原文里，由于这种跳跃的韵律和句法，这段文章迫使读者去进行一种尝试性的理解，要求读者积极地参与进制造意义的过程。不是事件或是叙事冲突，而是"自然"成了这里最为重要的表述对象，同时也成为了抒情性情感和诗歌含义产生的催化剂。

自然风光和情感之间的显明联系，也与传统抒情诗歌强调"情""景"交融的特点形成了某种呼应关系。请注意下面的段落：

> 琴子同细竹走了，他坐在家里，两个人，仿佛在一个大原上走，一步一步的踏出草来，不过草是一切路上的草总共的留给他一个绿，不可捉摸，转瞬即逝。这或者就因为他不识路，而她们当然是走路，所以随他任意的走，美人芳草。②

---

① 废名：《桥》，上海：开明书店，1932年，第279页。
② 同上，第267页。

这里"一步一步的踏出草来"与"步步生莲花"构成了互文意义上的呼应关系,而"步步生莲花"这一著名诗句原是被用来形容南齐美女潘玉儿的。"美人芳草"则呼应了屈原(约前 340—前 278)《离骚》中的"美人香草"。这里所描绘的景色同时存在于自然界和小林的想象中。这种景色在小林对两个女孩的多情中熠熠生辉,她们的美和自然的美融和在了一起,而"芳草"则成为了对女孩子们的转喻。和古典诗歌一样,这种情景交融建立在人与自然和谐的基础之上①,我们还可以在该小说的其他抒情章节中看到这一点,比如下面这段:

> 两边草岸,一湾溪流,石桥仅仅为细竹做了一个过渡,一跃就站在那边岸上花树下,——桃李一样的一棵,连枝而开花,桃树尚小。双手攀了李花的一枝,呼吸得很迫,样子正如摆在秋千架上,——这个枝子,她信手攀去,尽她的手伸直,比比她要低一点。这样,休息起来了,不但话不出口,而且闭了眼睛,摇一摇发。发还是往眼上遮。离唇不到两寸,是满花的桃枝,唇不分上下,枝相平。②

在这段对置身于自然中的细竹的描写中,细竹站在那里就如同一棵小树,她伸直的双臂就如同树的枝杈,她被头发覆盖的脸就像是被花儿覆盖着的桃枝,她的沉默也融入了自然的寂静之中。这里的人和自然之间构成的不是一种暗含着不平等的比喻关系。此处的细竹和自然构成的是平等的转喻关系。与中国画一样,自然不是人物活动的背景;相反,它与人物分享着同一个空间,具备着同等的重要性。这种将前景和背景融合在一起的方式又与西方的现代主义技巧"摊平"(flattening)相类似。在立体派绘画中,这种融合手法意味着要打破观众的空间主次观念。③ 这里,西方现代主义者必须努力奋斗以达到

---

① 废名从传统诗歌中借用的人与自然的和谐话题可以从他著作的题名中看出。他的《桃园》可使我们想起陶渊明的桃源,而《竹林的故事》则使人们联想起竹林七贤。
② 废名:《桥》,第 234 页。
③ 见斯蒂芬·科恩(Stephen Kern):《时空文化,1880—1918》(*The Culture of Time and Space*, 1880-1918), Cambridge: Harvard University Press, 1983 年,第 132 页。

理智化了的空间摊平观念（即前景和背景、人和自然之间的平等关系），恰恰一直都是中国艺术传统定义的组成部分之一。

《桥》是由一系列风景组成的：几乎每一部分的标题都是一幅自然图景，描述的事件则是人物在自然中的活动。由于小说没有多少情节，人物活动就发挥了连接线索的功能，将他们置身于其中的不同场景连接了起来。人物非侵入性的安静活动变成了他们已经和谐融入的一幅幅风景的片断。小说的每一部分就好像风景画的一个画幅，而整篇小说则可被名之为"卷轴式"。翻开小说的书页就好像在展开一幅卷轴画。当一个人展开一幅卷轴画之时，他实际在进行着一次视觉游移的旅行。例如，著名的《清明山河图》就在一个连续的空间内描绘出了众多的场景。读废名的小说就如同观赏一幅卷轴画，这不仅仅是一种时间意义上的体验，读者和观者的脑海也可对所有的场景进行空间化的处理，换句话说，这些场景也可以被认为是共时存在的。更进一步说，我们可以从小说和画作的任何一点进入其中，因为情节发展的连续性在这里并不重要。由此，小说可以一个片段接着一个片段地以系列的形式发表，甚至这些片段可以被发在不同的杂志上。换句话说，每一个片段都可以作为独立的散文创作而被单独发表。西方的现代主义叙事通常是以空间形式著称，文本要求读者一遍遍地重读小说以便在时间的共时性中抓住小说的内在意义。① 当然，就废名小说的空间形式来说，他所参考的对象却是中国古典的自然诗歌。

与之相似，在废名的作品中，我们也可找到与西方现代主义之多元视角主义（multiple-perspectivism）相似的精神，这种多元视角主义在塑形艺术中的代表是立体主义画派，而废名所指的则是中国传统白话小说中自由漂移的叙事角度。《桥》的独特结构大多得自于废名对叙事角度的自觉掌控。废名曾经提到：

---

① 见 Joseph Frank 经典名篇《现代文学中的空间形式》("Spatial Form in Modern Literature")，载 *Sewanee Review* 第 53 期，1945 年，第 221～240 页、第 433～456 页、第 643～653 页。现有的有关空间形式的讨论包括：Jeffery R. Smitten、Ann Daghistany 编：《叙事中的空间形式》(*Spatial Form in Narrative*)，Ithaca：Cornell University Press，1981 年。

中国小说和戏剧是按照一种公认的传记体裁写作的。像中国画一样,一个中国作家也运用各种角度,全方位地进行描绘……而无须考虑什么特定的焦点和透视角度等问题。我越是写作,就越是感到中国小说和戏剧比西方的更自然也更真实,我有理由确信中国表现方式更自由。①

废名没有采用聚焦式的固定叙事角度,而是选择了一种自由漂移的多元视角,这种多元视角可以自由地出入于自然图景和心理图景之间;废名没有安排线性的因果情节发展,而是将事件以一种空间形式松散地串联起来。在后来的一篇文章中,废名描述道,西方小说(假定是现实主义)和中国小说之间的区别一如摄影和"讲故事"的区别:西方文学对逼真的要求需要讲述者采取一种固定的位置和角度,而中国叙事习惯则要求讲好故事,并将人物描述生动。为了成功地讲好故事,中国小说的叙述者必须出入于不同的角度之中,而永远不能站在某一固定的位置上。② 废名小说的卷轴形式是与其藐视逼真性的自由漂移的叙事角度紧密相连的。于是,这就带来了一种破坏了线性时间观的空间形式。从大的方面说,这也背离了"五四"时期目的论意义上的现代性。

废名对中国叙事传统的模仿不仅接近了技术层面上的西方现代主义特质,而且在美学思考和理论的层面上接近了小说的本质特性。例如,小说充满了元小说(metafictional)的元素。其中之一即是小说中存在着一个与传统白话小说相似的叙述者,他将读者称为"看官",同时又自称"执笔人"。他沿用了"且听下回分解"的固定表达方式,用"回"来命名小说的章节。当然,有别于将此句放在前一章末尾的习惯用法,他的"且听下回分解"是放在引号中的,且作为章节标题出现。与传统话本小说的"引子"一样,小说第一回是一个镜像性质的故事,对主体故事起到了预兆、比较和对比的作用。废名颇为风趣地将第一

---

① 废名的未刊手稿,见冯健男:《谈废名的小说创作》,第 146 页。
② 见《跟青年谈鲁迅》,北京:中国青年出版社,1956 年,第 107 页。

章命名为"第一回"。《桥》作为元小说的特性在下面的情况中体现得尤为明显,即叙述者承认自己知识的局限,不假设自己的叙述是完全真实的。与之相反,故事的讲述者则会如同历史上的叙述者一样,假定故事的真实性。废名沿用了这一习惯用法,但继而又对之加以反讽。他的叙述者先是假装自己正在讲一个真实的故事,但后来却表明,小说中的某些场景只是纯粹想象的结果。叙述者也有意识地展现出叙事是如何依靠人物来促进事件发展的事实,进而使人们注意到叙事的虚构性:"史家奶奶这回上街,便是替两个孩子(小林和琴子)做了'月老',我们这个故事也才有得写了。"①此时,叙述者意识到讲故事的行为是个虚构的过程。在小说第二部分的开始(出版后的小说虽不完整,但仍被分成了两个部分),废名指出,小说两个部分之间的空白页意味着十年的光阴。废名小说具备"元小说"因素的另一个例证是,他指出,他常常花费大量的时间来找出用来形容某个动作的一组词汇,但这个动作本身却可能只闪现于一瞬之间。于是,在写作活动中,某种被体验为时间的东西被感知为一种空间。反之亦然。由此,在表达时间体验的可能性问题上,废名采取了一种元小说式的解读。

除了外在的现实,小说还提到了小说自身及小说所由的文学传统。由此该小说变得具有自反性,同时也就变得自恋起来。② 在最近的一篇回忆废名的文章中,朱光潜指出,"自语性"是废名作品的主要特征之一,废名的作品还兼有"非连续性"、"陌生感"和"朦胧"的特征。③ 如果用耿德华(Edward Gunn)的话来说,废名风格的特点在于,它"偏离了有组织的叙事和知识分子话语的现存结构,并与那些期待视野保持着距离"④。自恋情结则可以被理解为通过晦涩和模棱两可使得文本和作者的期待视野之间产生距离。正如废名在文章中所说:

---

① 废名:《桥》,第 45 页。
② 见琳达·哈钦(Linda Hutcheon):《自恋的叙事——元小说的矛盾》(*Narcissistic Narrative*: *The Metafictional Paradox*),New York:Metheun,1980 年。
③ 见朱光潜:《"我是梦中传彩笔"——废名略识》,载《读书》第 10 期,1990 年,第 28~34 页。
④ 耿德华(Edward Gunn):《重写中文》(*Rewriting Chinese*: *Style and Innovation in Twentieth-Century Chinese Prose*),Stanford:Stanford University Press,1991 年,第 128 页。

"字与字,句与句,互相生长,有如梦之不可捉摸。"①

对真实的拒斥

1925年,当废名还只是一个大学生的时候,他就出版了自己的第一本小说集《竹林的故事》,他以波德莱尔(Baudelaire)的散文诗《窗》作为全书序言的引子:

> 一个人穿过开着的窗而看,决不如那对着闭着的窗的看出来的东西那么多。世间上更无物为深邃,为神秘,为丰富,为阴暗,为眩动,较之一枝烛光所照的窗了。我们在日光下所能见到的一切,永不及那窗玻璃后见到的有趣,在那幽或明的洞隙之中。生命活着,梦着,折难着。②

在这里,真实被视作是诗歌表达的障碍,因为只有当真实被掩饰或者被隐藏之时,想象的诗歌能力才得以自我运作,从而表达出深层的现实。毫无疑问,废名突出强调了波德莱尔象征主义/现代主义对逼真的还原,并将波德莱尔的这种观点作为自身互动影响美学的一个延伸。互动影响美学的主要特征是非逻辑性、非连续性和分裂性。那么,废名又是如何完成对真实之否弃的呢?这一否弃行为在暗含着波德莱尔象征主义美学的同时,又从中国传统中抽取了何种可使此推论获得合法性的理由呢?这种互动影响具体又是如何运作的?

废名撷取了多种多样的中国资源。为了形容男主人公小林看到天空中飞翔的雁后所表现出的惊讶之情,废名使用了互文手法(文本与文本之间、现实与想象之间),在理论层面否定了真实:"这个气候之

---

① 废名:《说梦》,载《冯文炳选集》,第323页。
② 这是我自己的翻译。译自 Melvin Zimmerman: *Baudelaire's Petite Poèmes en Prose*,Manchester:University of Manchester Press,1968年,第65页。废名对这首诗的中译,见《竹林的故事》,上海:北新书局,1927年,第1~2页。小说集由新潮社1925年初次发表于北京。

下飞来一只雁,——分明是'惊塞雁起城乌'的那一个雁！因为他面壁而似问:'这屏金鹧鸪难道一跃……'"①。看见大雁使小林想起了温庭筠(约812—870)《更漏子》中的句子:"惊塞雁,起城乌,画屏金鹧鸪"。在温庭筠的词中,存在着自然(雁和乌鸦)和艺术(画中的鹧鸪)这两个不同现实的相互交叉。废名对这首词的引用则造成了以下三重现实:小林亲眼看到的大雁(感觉现实)、从词中来的大雁和乌鸦(陈述的现实)、从词中引用的画屏上的鹧鸪(有记忆介入的陈述现实)。小林的想法和想象力自由地在这三重现实中流动,不将等级和优先权赋予任何一种现实,由此也就破坏了所谓真实的观念。

在小说其他的许多场景中,我们也可以找到有关现实的流动性以及自然与艺术相混合的例证。当小林要去供桌上偷桃子时被姐姐抓住了,他辩解道,自己只想去拿供桌上方的画里老寿星手中的桃子。当他的姐姐抱怨他在自己扇子上画的石头像真的石头,而不像中国画中的石头时,他回答道,如果姐姐说的是真的,那么扇子早就不堪其重而被石头压破了。与上述情况正好相反,废名小说中的自然世界倒常常呈现出画作所独有的静止状态。比如下面这个融合了现实与想象的抒情实例。琴子和细竹去花红山捡红叶,但却并未带红叶回家。小林思忖道:"还是忘记的好,此刻一瞬间的红花之山,没有一点破绽,若彼岸之美满。"②在小林的想象中,山上的风景需要有画的特质,因此,如果花被从画上摘下来了,这幅画就是有缺憾的。不摘花的事实允许小林进行想象,并画家般地唤起无破绽的完整图景。

在上面的这些例子中,废名对二元性加以克服的想象或意识,是与他最喜爱的佛家经典《维摩诘经》所宣扬的非二元性原则密切相关的。在相关经文中,佛法是一个从二元性、相对性和矛盾性中完全解放出来的状态。就经文看来,佛法只可以在以下的情况中被感知,即主体和客体、生和死、善与恶、轮回与超脱等等二元性都被感觉为不存

---

① 废名:《桥》,第270页。
② 同上,第272页。

在之时。意识的感知能力来源于对二元性的消除。①

废名的散文回应了这一佛教主题。废名为西方现代主义和现代哲学所努力寻求的精神性回归,找到了一个在道德上毫无瑕疵的流畅翻译。小说将轮回(有关世俗世界的幻想)和超脱(最终的超世俗世界)之间的非二元性作为了最重要的主题之一。在《萤火》一章中,我们知道了两个小尼姑大千、小千的故事。她们的名字即是佛教用来称呼宇宙中大千世界(chiliocosms)的专门术语。大千指代大宇宙,小千指代小宇宙。大千、小千姐妹与大千病夫之间的三角恋爱即是琴子、细竹和小林之间三角恋爱的预兆。在第一个三角关系中,两姐妹同时爱上了一个男人;在第二个故事中,情同姐妹的表姐妹琴子和细竹同时爱上了小林。第一个三角恋爱故事是以悲剧收场(男人死了,两姐妹抛弃尘世,做了尼姑),这恰预兆着爱情悲剧是世俗物质世界存在的永恒问题。只有克服欲望的牵绊,作为人类痛苦之根本的感情挫折才会消失,从而使人得以超越世俗。佛教以爱情悲剧为例在尘世找寻超脱之路的倾向,当然又使人想起了《红楼梦》。在《红楼梦》中,佛教世界观同样奠定了故事的结局。

废名对佛教主题的借用和他对真实的拒斥、对现实多变性的表述紧密相关。他对于水和镜子的想象是这种借用的最好体现。通过以多种方式对佛教术语"镜花水月"进行借用,废名将这种想象突显出来。与通常将此术语解释为对现实之幻想性的做法不同,废名用这个术语来强调被反映出来的现实和可触摸的现实之间的变动性。镜子包含了无数的东西,而世界也是这样:

  总是细竹一个人的心情最忙。反过来说也对,细竹一个人最不忙,她好像流水一样,流水所以忙,流水所以不忙。是的,我们看天上的星,看石头,看镜子,看清秋月,看花,看草,看古树,这一件一件的启人生之宁静,宁静岂非一种担荷?岂非一个思索?大约只有流水不竟。流水

---

① 见《维摩诘经》(*The Vimalakirti Nirdesa Sutra*),陆宽昱译,Berkeley: Shabala Publications Inc, 1972年,第92~100页。

也是石头,是镜子,是天上的星,是月,是花,是草,是岸上树的影子。①

在这段文字中,水不仅仅是反映了自然和人为的事情,而且就是他们自身。被反映的现实和客观现实之间的区分是模糊的。这里的水还是对意识的隐喻,既隐喻了意识的静止,又隐喻了意识的流动。和镜子一样,水包含了自相矛盾和截然对立的说法:"镜子是也,触目心惊。其实这一幅光明(当然因为是她们的,供其想象)居尝就在他的幽独之中,同摆在这屋子里一样,但他从没有想到这里面也可以看见别人,他自己。"②作为对女性身份和女性美丽的转喻,早先被小林与琴子、细竹联系在一起的镜子此时却使小林大吃一惊,因为他在女孩子们的屋子里看到了自己的形象。因为有容纳所有的能力,镜子起到了沟通男女之别的桥梁中介作用。如此一来,二元性被克服,自我与他者融为了一体。

总的说来,互动影响美学既包含了中西协商和相应现代主义文学技巧的跨文化维度,又包含了一种表述理论的哲学美学维度。这种表述理论拒绝承认现实主义,否认真实的和被表述的、客观的和心灵的、实质的和被反映的之间的差别。废名彻底否定了文化区分的本质主义、等级分化和二元对立的观念,同时也指出现代性和传统之间的二分法是错误的、不切实际的。于是,那些被"五四"话语看作是"传统的"东西又重新带上了现代性和普遍性的味道,而"五四"试图特殊化中国传统的努力则被废名否定了。也许是由于历史的压力,废名最终成为了一个马克思主义的本土论者,但他以互动影响美学为目标的努力却在很大程度上影响了他的同时代人和后来人:沈从文(1902—1988)、何其芳(1912—1977)、卞之琳、芦焚(1910—1988)和汪曾祺。所有这些作家都自觉继承了废名的遗产。这些作家笔下的现代性都规避了空间边界和时间边界,尤其是文化上的边界。而他们从废名那里学来的教导正是如何用毛笔来书写英文,即如何使自己变得中西合璧。

---

① 废名:《牵牛花》,载《文学杂志》第 1 卷第 4 期,1937 年,第 125~126 页。
② 废名:《桥》,第 269 页。

第八章　地区语境下的性别协商：
林徽因与凌叔华

> 天空的蔚蓝
> 爱上了大地的碧绿
> 他们之间的微风叹了声"哎"
>
> ——泰戈尔用来形容林徽因的诗句（1924 年）

> 我经常羡慕你们拥有这样一片产生了古老文明的广袤而又蛮荒的土地。
>
> ——伍尔夫写给凌叔华的信（1939 年 4 月 17 日）

"五四"启蒙事业和性别之间的关系是一个十分有趣的话题，特别是因为，在这里，性别不再被看作为社会层面的妇女解放话题，而是被当成了对启蒙事业的比喻。鲁迅的小说也许是用来证明这种性别比喻的最佳案例。在他的小说中，妇女代表着需要等待男性（现代）前来予以启蒙的传统。传统中国（女性身份）的寓言与现代性和现代化（男性身份）的寓言相生相伴。男性的声音提出了民族文化复兴的日程表，而这一日程表又颇为讽刺地遮蔽了由庐隐（1898—1934）等女性作家表述出来的旨在女性解放的女性主义进程。①"问题小说"将女性受到父权制压迫的问题偷换成了"传统"问题。换句话说,在问题小说作家看来,传统对男性和女性施加了完全相同的压制。在这个意义上,他们认为:女性问题就只是更大的传统问题中的一个条目;一旦传统文化被削弱,女性问题也就随之自动解决了。

在京派那里,传统被重新诠释成了全球现代性的促成因素之一,那么,京派作家们又是如何重构性别问题的呢?京派是对传统父权制的简单回归吗?还是要对女性气质和男性气质的文化优先权进行重新排定呢?我曾在第六章中提及,京派的文化和美学话语将性别问题纳入了自己的视野。他们将对中国传统文化所具有的女性气质的再发现看作是对具有男性气质的西方尚武文化的一种矫正。从另一方面说来,废名的小说则表明了一种对建立在道家"阴阳合一"抽象原则之上的、与男性形成互补关系的女性美学的复归。② 在以上两种情况下,女性都是以一种理论原则的面貌出现,而不再是一种与具体女性话题相关的社会学范畴。"五四"启蒙话语将性别话题纳入了反抗地区性和反对传统的序列,而新传统话语则通过将性别问题归入理论范畴的方式捍卫了地区性,尽管后者也并未毁灭地区语境中的父权制基础。"五四"和京派的预期进程是相互对抗的,但二者却不约而同地将"女性"简单地等同为地区性因素,从而使得女性问题被淹没和掩盖在围绕着不同的现代性定义所展开的有关地区性的热烈讨论之中。当然,其中也有例外,这主要体现在两位京派女作家林徽因(1903—1955)和凌叔华(1904—1990)的作品中。

如果说在"五四"时期占有主导地位的反传统主义修辞中,女性写作尚显得十分困难的话,那么人们可以很自然地认为,京派女性作家

---

① 参见我的《中国现代文学中的女性自白小说》,载《当代》第 95 期,1994 年,第 108~127 页。又见 Stephen Chan:"The language of Despair: Ideological Representation of the 'New Woman'by May Fourth Writers",载白露编:*Gender Politics in Modern China: Writing and Feminism*,Durham:Duke university Press,1993 年,第 13~32 页。

② 有关阴阳合一理想,请见安乐哲(Roger T. Ames):《道家思想和阴阳合一理想》("Taoism and the Androgynous Ideal"),载 Richard W. Guisso,Stanley Johannesen 编:《中国女性》(*Women in China*),Youngstown,N.Y: Philo Press,1981 年,第 21~45 页。

第八章　地区语境下的性别协商：林徽因与凌叔华　231

的写作将面临更为严峻的挑战,因为京派毕竟意味着对传统的恢复（传统被认为是现代的组成部分之一）。很显然,在京派作家之中,尤其是在主要由欧美留学生组成的新月社的文学活动中,流行着一种新的双重文化主义(bicultralist)的世界主义,这种世界主义虽然挑战了现代中国文化结构中的东西二元划分,但却从未挑战过性别的二元划分。本章就将围绕两位著名的女作家展开。她们的作品和生活经历雄辩地证明了:为了参与进现代意义上的重新肯定传统的事业,女性由于自身与传统之间存在着的矛盾关系而不得不采取了一种相对曲折迂回的现代性写作路线。在这个意义上,本章最为关键的问题在于:她们是如何与那些已被认可的地区性复兴计划及其针对女性的规定前提进行谈判和磋商的。简单地说,她们既是传统的遗产,又被排除在传统之外。正是这种二重性塑造了她们与地区性之间的关系,而从西方传来的女性主体性观念则已然向这种对女性的驱逐行为发起了挑战。

　　正如我下面所要讨论的那样,这种与地区性的协商行为可以被看成是女性现代主义的一种颠覆、重构和生成"策略"(tactics),她们希望借助更大规模的地区和传统的复兴事业来实践自己的策略。① 她们的创作向读者表明,地区性本身既不统一,也不具有内聚力。在此,我们看到不同的性别立场向我们显示了另一种地区性观念,这尤其体现在与中国文学遗产有关的问题之中。当废名巧妙地将唐代田园诗歌融入现代主义的语言和断裂的、片段化的句法之时,这两位女作家则借用了传统文学技巧——"缀段性"叙事方式和闺怨诗,当然,这一模仿行为采取了一种既合作又批判的双重姿态。造成这种双重姿态的原因在于,她们既要与现存的写作惯例合作,又要与这种惯例中存在的性别决定论作对抗。

　　世界主义的新传统主义是更大范围内的半殖民文化形式的一部

---

①　此处,我用到了德塞都(Michel de Certeau)的策略(tactics)概念,"策略属于他者……在无根基的状况下充分利用一切,以便充分利用自身的长处,为自身的扩张作准备,根据语境保护独立性……它不断地操控事件,从而将之转变为'机遇'"。见《日常生活实践》(*The Practice of Everyday Life*),Steven Rendall 译,Berkeley:University of California press,1984 年,第 XIX 页。

分，它对西方都市文化加以借用却不感到丝毫的焦虑。在这个意义上，这种世界主义的新传统主义就使得女性写作的双重姿态问题变得更为复杂。就塑造新传统主义话语的跨文化和跨国立场来说，林徽因和凌叔华都是典型的京派成员，但她们的跨文化和跨语言意识又被明确地性别化了。这也就使她们的声音在新传统主义话语内部逐渐成为了一股反对之声。于是，对"西方"的接近催生出了一种反话语，这种反话语使她们得以从一种性别化的视阈来促成地区性的复兴。除了注意到性别化了的地区性介入，我也将指出，在反对第三世界父权制度之时，这种介入有时会与西方的东方主义结成某种共谋关系（一个特别的案例是凌叔华和伍尔夫之间的文学联系）。虽然林徽因和凌叔华尊奉的是明显被性别化了的跨国现代性，但我提出这一介入政治学的目的是为了彰显出京派语境下中国女性主体性形成过程中跨国运作的具体过程。

性别化了的跨国现代性

1924年4月的一天，在华进行为期两周访问的诺贝尔奖获得者泰戈尔（1861—1941）在北京大学发表讲演。这一天成就了许多重大的会见。那一天，年轻漂亮的林徽因和曾与自己在英国发生恋情的英俊而富有才气的诗人徐志摩一起担任了泰戈尔的翻译。也正是在那一天，凌叔华遇见了自己未来的丈夫陈源（1896—1970），时年28岁热情四溢的陈源曾在英国接受了自己的大部分教育，其时正担任北京大学英文系主任。前一段罗曼史注定没有未来，因为其时的林徽因很快就将起程赴美与梁启超的长子梁思成（1901—1972）订婚。此后，林徽因和徐志摩短暂的罗曼史将成为现代中国的一段传奇故事。而凌叔华和陈源的罗曼史则发展为一段姻缘，并催生出两个高产的生涯：陈源的文学批评家生涯和凌叔华的小说家生涯。林徽因和凌叔华人生路径的又一次相交，是因为她们在同一种杂志上发表文章，并参加了同一个文学沙龙，以及她们在北京文学圈子中个人交游的重合，特别是徐志摩。1931年11月19日，徐志摩为出席由林徽因主讲的建筑学讲演而急忙飞回北京，却不料在途中死于飞机失事。在此之前，他已经将自己的私人信件托付给了密友凌叔华。颇具传奇色彩的猜测是徐志摩或许对凌叔华也同样充满吸引力，或许在林徽因和凌叔华之间存在着某种说不清的特殊感情，尤其是徐志摩留下的信件（后来神秘地消失了）里也许就包括了徐志摩和林徽因的某些私人信件。①

当然，这些交叉点不会掩盖她们各自的生命故事，她俩都有着丰富的经历：跨文化和跨语言的教育背景，有威望的家族联姻，被赋予特权进行跨国流动，最后是二位作家与上述语境特殊的性别磋商。

林徽因，也可叫Phyllis Lin或者林徽音。② 其父林长民（1876—1924）是日本早稻田大学（Waseda University）的毕业生，也是民国前十年在政治上异常活跃的学者外交官。林的妈妈没能生下一个男性继承人。虽然她的父亲后来纳了一个妾生了四个儿子，但林徽因仍然是他最疼爱的孩子。后来，林长民被委派到英国从事外交工作，于是，他也将林徽因带到那里，林在英国接受了教育。林徽因一方面生活在父爱之中，一方面又生活于其母因其父一夫多妻而产生的强烈的嫉妒感和挫折感之中。二者之间的张力正好可以被我们用来解释林徽因疲惫不堪的分裂症状：一方面，她对其父所推崇的文化世界充满了渴望；另一方面，她又在其母所代表的家庭世界中体验到了一种挫折感。

林徽因先是就学于英国传教士在中国创办的培华女子学校。1920年，16岁的林徽因进入伦敦圣玛丽女子学院学习。留英一年后，林徽因在返国途中，又跟随父亲游历了欧洲。1924年，林徽因与未来的丈夫梁思成一起到了美国，先是到康奈尔大学上暑期预备班，秋季

---

① 一个显著的事实是，当我们想到这两个女作家之时，我们通常会想起我刚刚概述过的传奇生平。这也与中国现代文学史对女作家进行平庸化的倾向存在着相当大的关联。这其中所包含的意义是多重的：女作家的传奇经历通常会成为闲言碎语的中心，她们的价值取决于她们所嫁的丈夫，而非她们的文学作品。简言之，只有像林徽因和凌叔华这样完全"特别"的人才值得被文学史提及。我对她们传奇人生的概括将成为下面我对她们精英背景进行批评的基础，一方面女性发言是必要的，另一方面，她们又在说出对父权制的激进批评方面感到了约束。

② 林徽因主要因为新月社诗人的身份而得名。新月社包括徐志摩和闻一多等诗人。然而在这一章，我将关注到她的小说，因为本书我关注的焦点是叙述。

注册入学宾夕法尼亚大学。在那里,她发现了自己对建筑师生涯的浓厚兴趣,但建筑系却不招收女学生。于是,她只得注册上了美术系,并通过这种方式设法学习了建筑系的课程。1926年的春季,她已经是建筑设计专业的业余助教。到了1926—1927学年,她已经是建筑设计专业的兼职教师了。

当林徽因1927年从宾大毕业时,她用三年的时间出色地完成了原本需要四年修完的课程。她和丈夫被保罗·P.克雷(Paul P. Cret,1876—1945)教授聘为助手,而后者是巴黎美术学院(Beaux-Arts)的建筑传统在美国的领袖。1927年,她独自到耶鲁大学著名的贝克(George P. Baker)工作室学习舞台设计。1928年,她与在哈佛大学研究了一年中国建筑史的梁思成会合。随后,他们一起到达温哥华,并在那里举行了婚礼。然后,一起游历欧洲和横穿西伯利亚,最后于1928年秋天回到中国。①

回国后,林徽因接受了东北大学建筑系的教授职位,而她的丈夫梁思成则被任命为该系的系主任(这里性别的不平等很显明)。在以后的岁月里,林徽因致力于各种建筑设计和建筑史写作。1949年,她参与设计了中华人民共和国的国徽。30年代,她至少撰写了后来以其丈夫名义发表的《中国建筑史》关键性章节中的一章。梁思成后来被誉为"中国第一建筑史家",而林徽因则仅仅被认为是他的助手。迄今为止,她对促成其夫成为职业建筑史家的贡献仍被完全地忽略,虽然在许多了解林徽因及其夫工作关系的亲近好友看来,梁思成著作背后流淌的大部分灵感都来自于林徽因。②

除了在进入建筑系受阻时她所必然感到的明显的性别不平等外,

---

① 有关林徽因受教育的经历引自她的朋友费慰梅(Wilma Fairbank),即著名汉学家费正清的夫人。参见她对林徽因及其丈夫梁思成的动人描述:《梁思成和林徽因:一对探索中国建筑史的伴侣》(Liang and Lin: Partners in Exploring China's Architectural Past),Philadelphia:University of Pennsylvania Press,1994年。也可参见林杉满怀深情写的《林徽因传》,台北:世界书局,1993年。

② 参见费慰梅、萧乾(称林徽因为"无名英雄")和诗人卞之琳(称她为"[梁]灵感的源泉")的有关论著。费慰梅:《梁思成和林徽因》;萧乾:《一代才女林徽因》,载《读书》第10期,1984年,第115~116页;卞之琳:《窗子内外:忆林徽因》,载张曼仪编:《卞之琳》,香港:三联书店,1990年,第90页。

父权制前提预设对其职业成就的轻视也许是更令人难以忍受的(林徽因在写给著名汉学家费正清的夫人费慰梅的信中说:"我已经以我的方式帮助了[梁思成的工作],虽然没有人会相信它"①)。在另一些给费慰梅的信中,她也提及了性别带给她的影响和压力,以及工作愿望和母亲职责之间存在的矛盾。在1936年的一封信中,林徽因表达了她因为忙于家务无暇进行文学创作而感到的压抑。

> 每当我做些家务活儿时,我总觉得太可惜了,觉得我是在冷落了一些素昧平生但更有意思、更为重要的人们。于是,我赶快干完手边的活儿,以便去同他们"谈心"。倘若家务活儿老干不完,并且一桩桩地不断添新的,我就会烦躁起来。所以我一向搞不好家务……反之,每当我在认真写着点什么或从事这一类工作,同时意识到我在怠慢了家务,我就一点也不感到不安。老实说,我倒挺快活,觉得我很明智,觉得我是在做着一件更有意义的事。只有当孩子们生了病或减轻了体重时,我才难过起来。有时午夜扪心自问,又觉得对他们不公道。②

值得注意的是,这些抱怨并不是对自己的中国相识倾诉的,而是对一位美国朋友。在这方面,如果我们想要考察一下林徽因对以美国少女为代表的现代女性的看法,她在宾夕法尼亚大学期间一个美国同学对她的采访(后刊登于《蒙塔纳报》)很值得我们参考:"我得承认刚开始的时候我认为她们很傻,但是后来当你已经看穿了表面的时候,你就会发现她们是世界上最好的伴侣。在中国,一个女孩子的价值完全取决于她的家庭,而在这里,有一种我所喜欢的民主精神"③。此处,美国少女和中国女性之间的比较在民主和独裁的层面上被表述出来:林徽因看到,美国女性的价值在于自立,而中国女性的价值则主要取决于她的家庭状况。这些例子表明,林徽因的女性主体性意识是由于受到西方刺激而偶然发生的,同时,这也清晰地界定了林徽因对地区

---

① 林徽因给费慰梅的信,见《梁思成和林徽因》,第92页。
② 萧乾:《一代才女林徽因》,第115~116页。
③ 费慰梅:《梁思成和林徽因》,第27页。

性的介入行为。

从另一个层面上说,西方介入问题也是同样至关重要的。20年代中期,当林徽因就读于宾夕法尼亚大学之时,据说她曾是一家收藏有大量中国艺术品的艺术博物馆的常客。据说这些藏品中包括了两匹非常珍贵的从唐代皇族墓葬中挖掘出的釉瓷马。林徽因传记的作者林杉指出,遭遇这两匹瓷马是林徽因"对于已然逝去的中国的再发现"①。这正是在他人国土上重新认识自我的时刻,许多京派的思想家和作家都曾有过相似的经历,其中也包括林的丈夫梁思成。此一阶段,梁思成正致力于发现和记录中国建筑的"规律"。这既不是自我东方主义,也不是文化民族主义,而是一种异域的自我发现。这既是对中国自身相似领域的认知,又是对中国自身相似领域的疏离,由此,他们的主体性宣称中不但松动了纯粹的"西方"概念,而且也同样动摇了纯粹的"中国"概念。

梁思成和林徽因1928年回国时所感到的文化震惊正说明了他们对中国的这种疏离感。如果用费慰梅的话来说,他们像一对完全迷失了的"里普·凡·文克尔"(Rip Van Winkles)。② 他们具有双重文化性(biculturality),他们不将任何一种文化(美国或者中国)看成是理所当然的文化,他们不会不假思索地吸收其中的任何一种文化。在林徽因1935年写给费慰梅的一封信里,她表达了她的双重文化性:"你知道,我是在两种文化教养下长大的,不容否认,两种文化的接触和活动对我来说是必不可少的。在你们真正出现在我们在(北总布胡同)三号的生活中之前,我总感到有些茫然若失,有一种缺少点什么的感觉,觉得有一种需要填补的精神贫乏"③。梁思成则在身后出版的《图像中国建筑史》(*A Pictorial History of Chinese Architecture*)记录了这种双重文化性,"在传统中国和现代之间存在着一种基本的相似性"④。这一

---

① 林杉:《林徽因传》,第68~69页。
② 见费慰梅:《梁思成和林徽因》,第36页。美国作家华盛顿·欧文的作品《见闻杂记》的主人公,喻指和时代与环境格格不入的人。——译者注
③ 同上,第91页。
④ 梁思成:《图像中国建筑史》(*A Pictorial History of Chinese Architecture*),费慰梅(Wilma Fairbank)编,Cambridge: MIT Press,1984年,第3页。

陈述可看成是现代/西方对传统/中国的确证,反之亦然。在这一系统中,现代性既不被认作是反文化术语,又不被视作为特定地理区域的产物。确切地说,它是一种在主体的跨文化运动和有关两种文化的世界主义知识作用下形成的跨文化视阈。这种文化观念警醒地将自身定位在超越于民族主义范式之上的全球语境之中,同时这种全球化又不遵循文化殖民结构的文化均质原则(这一原则普遍存在于其他的第三世界被殖民国家)。半殖民的文化构造看起来允许一种作为精英文化产物的跨国现代性。

现代主义的蒙太奇和片段叙事技巧

上文重点描述了林徽因的生活和创作,这可以帮助我们来进一步理解她的代表作《九十九度中》(1934年)。这篇小说登载在《学文》月刊的创刊号上(林徽因为该书设计了封面插图)。这篇小说被汪曾祺赞为中国第一篇有意创作的弗吉尼亚·伍尔夫(virginia woolf)式的意识流小说。① 正如上面所说,两个因素决定了小说的结构和主题。其一,林徽因是中国现代作家中少数几个完全生活于跨语言和跨文化背景之中的作家之一。其二,性别身份在林徽因作为作家和建筑史家的生活中起到了限制作用:称某人为"才女"是一种传统方式,这种方式通过将女作家归入特定的种类,将女作家放逐到了男性主宰的文学标准之外。

在这个包含了大约14个情节片段、由9部分组成的小说中,林徽因讲述了发生在北平一个大热天的生活故事,小说里共提到了40多个人物。在小说中,看起来毫无关联的情节引出了一大群人物以及他们的忧虑,他们一个接一个地随意行动。例如,第二部分是以挑夫渴望喝到冰凉的酸梅汤作为结束,而第三部分则是以车夫的口渴开始:

---

① 见汪曾祺:《晚翠文谈》,杭州:浙江文艺出版社,1988年,第41页。

"怪天热多赏点"。又一个抿了抿干燥的口唇,想到了方才胡同的酸杨梅汤摊子,嘴里觉着渴。

就是嘴里渴得难受,杨三把卢二爷拉到东安市场西门口,心想方才在那个"喜什么堂"门前,明明看到王康坐在洋脚踏车上睡午觉。王康上月底欠了杨三十四吊钱,到现在仍不肯还,只顾躲着他。①

在挑夫和车夫杨三之间并不存在明显联系。他们互相不认识,在故事发展过程中也不会碰到一起。炎热夏天口渴的主题是这里唯一的过渡线索。

林徽因在小说中运用了多种技巧来组织过渡,例如,不相干的人物在地理位置上的邻近、主题上的关联、人物心理活动的关联,但她也常常从一个片段跳跃到另一个片段却不作任何的过渡。这就好似照相机捕捉了多重的人生场景,而后用蒙太奇的手法将它们一一展现出来。林徽因不断移动着自己的叙事角度,不作任何的解释说明,也不加任何的旁白。她采用电影的语言捕捉着特定的人物形象:"一个女人骑着自行车,由他左侧冲过去。快镜头似的一瞥鲜艳的颜色,脚与腿,腰与痛,侧脸,眼和头发,全映进老卢的眼里。"②我们可以在第四部分找到另一个类似于电影的场景。在这一部分中,三个人在咖啡馆里消磨时光,中间突然插入一对夫妇吃冰淇淋这一毫不相关的段落。从运作方式上看,这一段落的描述方式颇似一台正在捕捉场景的摄像机。它虽不拍摄主要人物的活动,但却帮助营造了故事所需要的背景气氛,从而为主要人物的活动提供了必要的铺垫和烘托。

正如通过转换角度使前景和背景的关系不断发生变化的照相机一样,小说也从多个视角出发来对一件事情进行多重描述。王康和杨三之间的争吵,最早是第三部分故事的主体事件;第五部分,刘太太看到警察用白绳子捆着他们往警察局去,这里他俩被视作是两个粗人;而他们俩的争吵被登上当地的报纸则发生在第八部分。那位无名挑

---

① 林徽因:《九十九度中》,载《学文》第 1 卷第 1 期,1934 年,第 25~26 页。
② 同上,第 22 页。

夫的生病和死亡是某一部分的叙述焦点,但在小说的其他部分,有关此人的叙述则被一带而过。小说的叙述角度极为自由地变化着,由此也就把小说切割成了许多小的片段。

这种叙事的片段特性使人回想起传统的"缀段性"叙事方式(episodic narrative),即事件通常偶然地并存或相连着,叙事构成了一种广大的"相互混杂的"和"网状的"关系,而不是一种线性的因果关联。一些批评家将这种叙事方式与中国人的世界观联系了起来。这种世界观认为,世界不是由外在力量创造的,而是"一种由各部分相互作用而构成的和谐的有机整体,是一种自制、自生、充满活力的进程"[1]。中国"缀段性"叙事美学的内核存在于一种"存有空隙的,而非严密结构的空间范围内",因为中国叙事技巧强调的是片段和小单元的"相互交织"或"密切配合"。[2] 既然连续性在中国叙事技巧中不是一个重要的问题,那么情节必然是松散的。叙事角度因此也就随之处于变动不居的非固定状态。由此,清代经典《儒林外史》中突显的"缀段性"的传统叙述技巧,我们也可以在林徽因小说的结构特点中找到。[3] 通过展示传统美学因素和西方现代主义美学因素的一致性,林徽因的作品具有了显著的中国现代主义的特色。难怪京派批评家李健吾(1906—1982)在 1935 年说,从这篇小说的结构、技巧、调度,特别是最重要的传统的坚实基础来看,这篇小说"最富现代性"。它既是极为传统的,又是十分现代的。[4]

虽然林徽因小说的结构松散,但我们仍然可以通过一种空间层面上的共时性阅读策略来找到小说中连贯的主题线索。小说比较了悠闲、富裕的有闲阶级和辛勤工作且备受剥削的下层劳动阶层,从而引

---

[1] 林顺夫:《〈儒林外史〉的礼及其叙事结构》("Ritual and Narrative Structure in Ju-lin wai-shi"),载浦安迪(Andrew Plaks)编:《中国叙事学》(*Chinese Narrative : Critical and Theoretical Essays*),Princeton:Princeton University Press,1977 年,第 249~250 页。

[2] 见浦安迪:《中国叙事学》(*Towards A Critical Theory of Chinese Narrative*),第 334~335 页。

[3] 见王瑶:《中国现代文学与古典文学的历史联系》,载《北京大学学报》第 5 期,1986 年,第 1~14 页。

[4] 见李健吾:《九十九度中——林徽因女士做》,载《李健吾创作评论选集》,北京:人民文学出版社,1984 年,第 454 页。

发了社会不平等的主题。例如,大汗淋漓的挑夫穿着沾满泥的布鞋负重前行的场景,与卢二爷舒舒服服地坐在人力车上为中午吃什么而费脑筋的场景形成了一个鲜明的对照。虽然,林徽因没有给予任何带有说教意味的评论,但这种鲜明的对比本身就蕴涵了一种批判性。再如,当一个名门望族大肆铺张地为老太太做寿之时,一个可怜的车夫却被关进了监狱,而一个挑夫则由于被医生拒之门外而无助地死于霍乱。当王康和杨三的争吵引起街上一片混乱之时,一位身披嫁衣的漂亮的年轻姑娘正机械地参加着自己的婚礼,因为她是为家庭所迫才答应这桩婚姻。

这位年轻姑娘是阿淑。虽然她渴望自由婚姻,但她的父亲认为她是一个经济负担,并迫使她在巨大的压力下答应了这桩早已安排好的婚姻。尽管她阅读的书籍和杂志向她灌输了"五四"自由恋爱的理论,但这种理论和安排好的婚姻现实之间的距离却使她的命运变得更加悲惨。毕竟,不知自由恋爱而接受命运的安排是一回事,知道自由恋爱的可能性又被迫接受自己不愿意的婚姻又是另一回事。在下面这段情感强烈的文字里,林徽因描述了阿淑在婚礼上的感受:

> 理论和实际似乎永不发生关系;理论说婚姻得怎样又怎样,今天阿淑都记不得那许多了。实际呢,只要她点一次头,让一个陌生的,异姓的,异性的人坐在她家里,乃至于她旁边,吃一顿饭的手续,父亲和母亲这两三年——兴许已是五六年来的——难题便突然地在他们是觉得极文明地解决了……那天她初次见到那陌生的,异姓的异性的人,那个庸俗的典型触碎她那一点脆弱的爱美的希望,她怔住了,能去寻死,为婚姻失望而自杀么?……现在一鞠躬,一鞠躬地和幸福作别,事情已经太晚得没有办法了……但是阿淑想怎么我还如是焦急,现在我该像死人一样了,生活的波澜该沾不上我了,像已经临刑的人。①

对"陌生的,异姓的,异性的人"的重复强调了阿淑与这个陌生人

---

① 林徽因:《九十九度中》,第30~31页。

的悲剧性婚姻,这也意味着她不是一个拥有独立愿望的独立个体。在那个"陌生的,异姓的,异性的人"那里,没有她、她的姓名和她的性别的位置。"五四"自由恋爱的理想仅是一种理想,而且这种理想正在嘲弄着阿淑。在"五四"过去的十多年后,林徽因思考着一成不变的社会背景之下理想主义的悲剧性缺失。理想只是一句空洞的口号,它徒增了性别压迫的痛苦。

当天津《大公报》(其时该报文学副刊的主编是萧乾)邀请林徽因把发表在《大公报》上的当代短篇小说选编成册之时,林徽因欣然接受。林徽因选了罗淑(1903—1938)的《生人妻》,小说戏剧性地描述了一个妇女的买卖婚姻。林徽因在其未完成的剧本《梅真同他们》(1937年)和短篇小说《文珍》(1936年)中也涉及了受羁绊的女佣的问题。这也就再次突出了"五四"解放宣言和社会现实压迫之间所存在着的矛盾。[①] 如果我们将之解释为一种反"五四"立场,那么我们也必须同时认识到它是一种特定的性别化叙述。这种叙述建立在扩大和提升"五四"妇女观的基础之上,而并没有全盘地否认"五四"立场。这很显然地区别于男性新传统主义者对"五四"意识形态的彻底攻击。

东方主义和女性主义

和林徽因一样,凌叔华也同样出生在一个显赫的家庭。她父亲在晚清朝廷中的官职相当于后来的河北省总督和北京市长,而其母(其父六个妻子中的第四房)由于没有生下一个男性继承人而处在一个被忽视和受挫折的婚姻之中。她母亲的祖父谢兰生(1760—1831)是广东著名的文人画的书画家。作为父亲最钟爱的女儿,凌叔华很早就被选出来继续其外曾祖父的事业,成为一个画家。七岁的时候,她和兄

[①] 这一未完成的四幕剧,请见《文学杂志》第 1 期,1937 年,第 147~180 页,第 111~140 页,第 98~127 页。林徽因所写的《文珍》等小说可见吴福辉编:《京派小说选》,北京:人民文学出版社,1990 年,第 203~232 页。除此之外,还有一篇小说《窘》,载《新月》第 3 卷第 9 期,第 1~21 页。

弟姐妹们被送往日本学习了三年,随后又在燕京大学外语系继续完成自己的学业(1923—1926)。在毕业那年嫁给陈源后,她于1927年又在日本呆了一年,研究日本当代作家菊池宽(Kikuchi Kan)、佐藤春夫(Sāto Haruo)、川端康成(Kawabata Yasunari)、谷崎润一郎(Tanizaki Jun'ichirō)和夏目漱石(Natsume Sōseki)。然而,与凌叔华20年代末的文学创作联系在一起的主要是英国的现代主义,包括新西兰出生的曼斯菲尔德(Katherine Mansfield,1888—1923)以及弗吉尼亚·伍尔夫。由于凌叔华对人物心理的细腻刻画,她被日本读者视作是"中国的曼斯菲尔德"。30年代晚期,她又开始与伍尔夫通信。1947年,她移居英国与丈夫团聚,后来又成为了中国在联合国教科文组织(UNESCO)的代表。1953年,凌叔华在英国出版了自己的英文自传《古韵》(Ancient Melodies),这本早年在伍尔夫鼓励下写的自传由布鲁斯布里集团(Bloomsbury Group)、荷盖斯出版社(The Hogarth Press)出版。伍尔夫的密友、小说家兼诗人维塔·萨克维尔-韦斯特(Vita Sackville-West,1892—1962)为该书撰写了序言。凌叔华的创作包括了三本在中国出版的小说集、一部自传、两本散文集,以及她在英国展出的画作。

　　凌叔华和伍尔夫之间的通信是一个非常重要的事件。它向我们揭示了本书尚未论及的有关中国和西方现代性关系的一个新维度,这对我们思考第三世界女性主义面对西方之时的自我定位问题显得尤其有效。据说,从30年代最后数年直至1941年伍尔夫自杀为止,伍尔夫曾经逐章阅读过凌叔华寄给她的《古韵》。而在《古韵》修改和出版前,凌叔华甚至还是在韦斯特的帮助下,从伍尔夫的书房中找到了这部自传的手稿。伍尔夫对凌叔华及其作品的评价和凌叔华以其作品作出的回答,展现了东方主义和女性主义颇为矛盾的相互交织关系。正如吴鲁芹指出的那样[①],伍尔夫和凌叔华对彼此的同情很大程度上是建立在父权制度下她们的性别地位之上。如果这个结论成立,

---

[①] 见吴鲁芹:《弗吉尼亚·伍尔夫与凌叔华》,载《文人相重》,台北:洪范书店,1983年,第5～33页。

那么这种同情就指向了女性主义的跨地区性。在下文中，我将考察：凌叔华在《古韵》中是如何表述这一跨地区的女性主义的？为何对中国人生活的历史和文化特性的突出强调，反倒导致作品带上了浓重的异国情调色彩呢？为了与作为第一世界女性主义者的伍尔夫紧密相随，凌叔华的第三世界女性主义定位又如何使一种自我东方化的进程成为必需的？

在阅读了伍尔夫撰写的有关女性地位和做一名女艺术家之困难的女性主义的长文——《一间属于自己的屋子》("A Room of One's Own"，1929年)后，凌叔华决定与伍尔夫通信。此时的凌叔华已经结识了伍尔夫的侄子朱力安·贝尔(Julian Bell)，以及后来合写了目击中日战争之《战地行》(*A Journey to a War*)的克里斯托夫·伊斯伍德(Christopher Isherwood，1904—1986)和奥登(W. H. Auden，1907—1973)。朱力安·贝尔将凌叔华介绍给了伍尔夫，而伊斯伍德则为伍尔夫带去了凌叔华的礼物。在给凌叔华的第二封信(日期为1938年4月5日)中，伍尔夫建议凌叔华撰写自己的生平。从伍尔夫的信里可以看出，很显然凌叔华此前肯定已经写信给伍尔夫表达过自己对于生活和工作的苦恼，而写信时的凌叔华正因抗战内迁到了偏远的四川。伍尔夫在回信中说，她能给凌叔华的唯一建议就是"工作"。

颇令文学史家们苦恼的是，恰恰是伍尔夫让凌叔华做了这件写自传的"工作"，而且还是用英文："不管怎样，请你记住，我总是很高兴看到你开始写作，或者把有关你自己的任何事情告诉我，你也可以谈政治。对于我来说，读到你的作品将是一件十分愉快的事情，我也会对这些作品给出我的建议。所以，请你考虑写你的生平，一次写几页，我读过之后可以和你讨论。"此时的凌叔华早已在中国文坛站住了脚跟，没有任何特定的理由要求她必须用英文来写自传。伍尔夫建议背后未能说出来的前提恐怕是有关语言和受众的等级观念。伍尔夫自己用来写作的语言——英语是可靠的语言，即便不能算是优越，也至少是一种具备创造性的语言，同时，西方受众也是值得为其写作的受众。当伍尔夫鼓励凌叔华写一本"对其他人也有价值"的作品之时，这种微妙的欧洲中心主义观点也就显露了出来，因为这间接地暗示了只有用英文写的作品才具有最大的价值。从这一建议看,无论是评价凌叔华的英文"非常好",还是许诺替凌叔华编辑或修正英文将是一大快事,伍尔夫都毫无疑问地摆出了某种屈尊的姿态。①

在英文自传的写作过程中,凌叔华必然是将伍尔夫的教导当成是一种赞美,要知道在当时作为半殖民地的中国,对西方都市文化的崇拜被认为是理所当然的事情。同时,许多中国作家和批评家都读过伍尔夫的作品②,她本人也被誉为现代主义名家。正如前文回忆的那样,京派文化话语的主要进程是对西方都市文化的整合。由此,京派作家对西方现代主义之普遍性的接受一点都不比他们的"五四"前辈少(有人回忆,20年代早期徐志摩与曼斯菲尔德在英国的会见被认为是中国现代文学史上一个"具有历史意义"的事件)。而作为现代主义之女性主义开拓者的伍尔夫则是凌叔华等中国早期女性主义者们的崇拜对象。甚至,我们从二人交换礼物的事件中也能读出这种关系的不平等。凌叔华一次用一个"漂亮的小盒子"装了"两件小礼物"送给伍尔夫,另一次则送了一张红黑的海报,而伍尔夫送给凌叔华的是18世纪的英国小说。③ 来自中国的礼物并非选自中国文学的博大传统(凌叔华根本就没想到用文学传统来感动伍尔夫),而来自英国的礼物则是英国文学传统的典范之作。如果后者显得如此重要以至于要如伍尔夫建议的那样成为凌叔华散文的范例,那么前者就只能是陈列在伍尔夫书桌上的一件纪念品而已。她们通信中的不对等关系还体现在,凌叔华从未试图去澄清自己名字的拼写,而是允许伍尔夫一遍遍地称自己为"Sue Ling"。伍尔夫完全不知道中国名字的惯用法,而凌叔华也从未想去理解它们。

从日期为1938年10月15日的信中看,在伍尔夫建议凌叔华写

---

① 信件日期为1938年5月。见《伍尔夫书信集》(*The Letters of Virginia Woolf*)第6卷,Nigel Nicoloson、Joanne Traumann 译,New York and London:Harcourt Brace Jovanvich,1980年,第222页。
② 20世纪20年代以后,中国作家大多读过伍尔夫的小说。尤其是《新月》杂志(1928—1933)为人们提供了伍尔夫和曼斯菲尔德作品的翻译。甚至出现对伍尔夫小说《墙上的斑点》的仿作(1932年的杂志上登有译文)《那朦朦胧胧的一团》,请见1933年3月刊,常风著。
③ 见7月27日的信。见《伍尔夫书信集》第6卷,第259页。

英文自传的仅仅六个月后,伍尔夫就已经收到了自传的第一章。下面是伍尔夫对该章节的评价:

> 我很喜欢它,它很有魅力。当然,对一个英国人来说,一开始有点难,行文有些不连贯。我不太清楚这些太太之间的区分,她们是谁,又是谁在说话。但再读一段时间就开始逐渐清楚了,我发现了许多不同寻常的魅力。我发现了许多奇特的诗意的比喻。虽然我还不太清楚它究竟能在多大程度上被大众所读解,但我能够做的就是鼓励你寄给我更多的章节。毕竟,这一章只是一个片段,到那时便能对你的作品获得一个整体的印象。请继续写作下去,自由地写作,不要担心你英文中的中国味道。事实上,我建议你无论在形式上还是在意蕴上都写得更加中国一点儿。写一些生活的自然细节,比如喜欢的房子、家具等等。写你想写的,就像在给中国读者写作那样。然后,再用英文文法润润色,我想一定可以保持中国味道,使英国人对文章既能够理解又保有新鲜感。①

"魅力"、"不同寻常"、"新奇"和"中国味道"这些词汇之间的语义关联,一方面意味着伍尔夫对中国缺乏了解,另一方面则意味着伍尔夫已将这种缺乏了解的状态看作为欣赏的前提。换句话说,凌叔华作品的价值就在于它的新奇和不同寻常。伍尔夫的暗示是凌叔华要尽可能地写真实的"中国"方式,包括描写生活的日常细节,比如家具、房子等等。在这里,要凌叔华为中国读者写作的观念是颇具反讽意味的,因为凌叔华在她已经写的大量小说中就正是这样做的。但在那些小说中,凌叔华没有发现有必要先根据西方眼光来确认自己的"中国性"而后再搜集素材,要知道只有非本土读者才要求在阐述一种风俗和文化之时突出其奇特性和不同寻常。坦率地说,这里伍尔夫希望凌叔华在西方的注视下对自己进行异国情调化的处理(自传的预期读者是伍尔夫和其他西方读者),将自己描绘成西方的他者。当韦斯特为

---

① 《伍尔夫书信集》第6卷,第289~290页。

《古韵》撰写序言时,她提到,这本书是对一个古老而荒远的"被人遗忘的世界"和"消失了的生活方式"的记录。《古韵》无疑充满了对"古代"中国风俗习惯的美学化描述(虽然这些叙事被放在20世纪的框架内),充斥着为便于西方读者阅读和满足其好奇心的对奇特习俗、礼仪和服饰等的描述。

考虑到文化语境,《古韵》必须表现一种异国情调色彩的古老东方,因为这种东方的奇特性可以向西方读者提供一种魅力和兴奋,进而使他们从自身文化所具备的现代性中获得某种安全感。该书出版时,凌叔华亲手画的插图也为此书添了不少光彩,而这些插图都是以作者童年为题材的水墨画。在这里,凌叔华的传统文人画修养和她的文学作品第一次和谐地融合在一起,虽然在其他场合凌叔华又将二者看成是两相对立的(在下一部分我将更多地谈到这一点)。伍尔夫在死前曾建议应该由一个英国人来校对和编辑此书。后来,著名的历史学家和散文家詹姆斯·司特雷奇(James Strachey)的妹妹马杰里·司特雷奇(Margery Strachey)编辑了此书,而著名的诗人刘易斯(C. Day Lewis,1904—1972)为此书作了校对。此书刚出版就立即获得了一片喝彩,重要的散文家普莱西里(J. B. Priestly,1894—1984)为此书写了一个书评,他将这本书命名为"年度图书"。安德烈·马尔罗(André Malraux,1901—1976)称之为"一本引人入胜的书"。《泰晤士报文学增刊》(The Times Literary Supplement)、Time and Tide 和《新政治家》杂志(New Statesman)也收到了许多热情的评论。后来,该书还由佩吉·阿什克罗夫特(Peggy Ashcroft)在BBC进行了播讲。①

如果以性别的眼光来阅读《古韵》,我们就会发现《古韵》的女性主义视角和凌叔华早年的小说形成了鲜明的对比关系。在早年的小说中,女性主义意识总是在与父权制和现代性协商的复杂系统中被表达出来。而在《古韵》中,作者的表达方式则是直率明白的。性别给凌叔华带来的压力很显著地体现在《古韵》的全书中:如果不是他父亲的

---

① 见吴鲁芹:《弗吉尼亚·伍尔夫与凌叔华》。其他相关信息请见凌叔华著作《古韵》的美国版 Ancient Melodies,New York:Universe Books,1988年。

一个朋友发现了她的绘画才能,她根本就不会受到此方面的教育;六个妻子不断地取悦老爷、争权夺利,这种斗争也就导致了大部分兄弟姐妹之间的紧张关系;而当一家之长偶然长期不在家之时,所有的妻子就能"相互关系变得融洽",这一事实也说明了,正是作为一种控制力量的父权制才导致了妇女之间的相互争斗。

当然,最为明显的叙述当属凌叔华对自己成为女性主义者的过程的仔细描述,这主要体现在名为"叔祖"的第十章。本章一开始,两位在国外留过学的表哥到家里来做客,他们的生活品味都沾上了现代西方的色彩(电话和汽车)。接着文章又写到她和叔祖独处的时光。叔祖带给她许多传统的中国小说。在这些书中,有两个女扮男装的女主人公竟然参加了科举考试。她的母亲为家中的所有孩子、妻子和仆人们朗读了这些书。凌叔华提到,她后来是多么渴望可以扮成男人参加科举考试。叔祖也讲了唐代女皇武则天的故事,他以一种女性主义的方式将对武则天私人生活的否定描述看成是嫉妒武则天权力的男人们的表述,认为这是"这些心胸狭隘的人不能忍受一个女人统治国家"。叔祖对武则天的最终评价是"唐代最了不起的"皇帝,她治下的中国"六十年没有战乱"。叔祖指出,正是武则天向女性敞开了科举考试之门,并允许女人进入朝廷,要知道在此之前女性一直都被朝廷拒之门外。叔祖随后对凌叔华说:"把这个故事告诉你母亲,好让她对自己的女儿们存有希望。"[①]在书中,武则天被描述成了一个帝王式的女性主义者,而这一故事也将鼓励女孩们去憧憬不再将自己局限于家务之中的未来。此处,优柔的老叔祖在某种程度上和家庭妇女站到了一起,只有其父才是中国家长制的代言人。父亲不会听这些故事,而凌叔华的那些代表现代生活方式的留洋的表哥们也同样不会听。对于西方读者来说,这已经是女性主义敏感最为明显的体现了。这种敏感通过阅读未经父亲批准的小说而成为可能,由此也就掀起了对父亲所代表的中国家长制的最为明显的反叛。

第三世界女性面对西方所发出的对本土父权制的反对之声,总是

[①] 《古韵》,第 150~151 页。

显得颇成问题。后殖民批评家斯皮瓦克(Gayatri Spivak)和曼尼(Lata Mani)对东南亚妇女所作的研究表明,亚洲妇女的女性主义表述总是不自觉地与占支配地位的第一世界的所谓自由女性主义达成了某种共谋关系,进而造成了诸多困扰。① 从这一批评出发,我们发现,凌叔华女性主义式的极具异国情调色彩的童年成长故事(bildungsroman)也同样适用于这一批评,更何况凌叔华的叙述还是在一个强大的西方女性主义者的关注下完成的。事实上,这种西方介入的女性主义还尤其地麻烦。1905—1949年,中国大约有110家杂志或报纸副刊致力于妇女问题的探讨,人们讨论了大量的与妇女相关的话题。我们必须承认其中的大部分都是有关家庭经济和商业精神的一般性讨论,但也有一些长期出版物具有明确的女性主义意识,比如《世界日报》一周一次的名为《蔷薇》的副刊,就在1926—1934年间存在了8年。② 凌叔华在传统家事空间中阐述了她自己的女性成长故事,这种安排忽略了整个的文化语境。或许这是因为故事确实发生在童年阶段,但她女性主义的主体形式仍不能完全独立于上述这些女性出版物之外。

简而言之,区分林徽因和凌叔华的女性主体性是十分重要的。林徽因的女性主体性,是与她的跨文化成长经历以及她与费慰梅等西方人的亲密友谊交织在一起的。而凌叔华的女性主体性,则在相当大的程度上被在写《古韵》过程中其与伍尔夫的不平等关系所决定。虽然在这两个案例中,西方的介入促生了女性的主体性以及她们对地区性的挑战,但"西方"在这些案例中所发挥的作用仍然存在着巨大的不同。这就表明,"西方"介入中国主体地位的方式是多种多样的、各不相同。事实上,既不存在着一个具有一贯性的统一的"西方",而且西方也不可能以同样的方式来对所有中国人的主体性产生同样的影

---

① 见斯皮瓦克(Gayatri Spivak):《教育机器之外》(Outside in the Teaching Machine),New York:Routledge,1993年,第四、六、七、八章;曼尼(Lata Mani):"Contentious Traditions:The Debates on Sati in Colonial India",载 Kumkum Sangari、Sudesh Vaid 编:《重塑妇女:印度殖民史文集》(Recasting Women: Essays in Indian Colonial History),New Brunswick:Rutgers University Press,1990年,第88~126页。
② 见姜纬堂等编:《北京妇女报刊考,1905—1949》,北京:光明日报出版社,1990年。与这些副刊相关的女作家有石评梅(1902—1928)、陆晶清(1907年出生)、庐隐等等。

响。这种介入方式的多样性从根本上显示出了跨文化相互作用的复杂性,而诸如占领/反抗模式这种被简化和被抽象化了的范畴是不能被用来解释这种复杂性的。

对女性的模仿

凌叔华最著名和最受欢迎的作品是作于20年代中期至30年代晚期的短篇小说。这些作品被收入了三个文集(最终出现的是两卷本的《凌叔华小说集》)。与《古韵》不同,该书没有事先考虑西方人的眼光,她在写作时没有考虑要取悦西方人,作品也更显保守和意义深远。这些小说透露出一种能够打动读者的平和的张力,从某种程度上说,这是一种类似于曼斯菲尔德作品、伍尔夫部分家庭小说以及其他所谓女性主题的方式。因为凌叔华的作品甚少涉及重大的社会问题,而似乎只限于女人和孩子之类的家庭琐屑,因此她常常被认为是现代中国文学史上的"次要"作家。她同时和之后的男性批评家都将她看成是所谓"新闺秀派"的代表作家。[①] 通过将性别与其作品相提并论,这些男性批评家用一个描述良好教养女性的术语来概括了凌叔华的作品。一位男性批评家曾经浅薄地批评道,因为凌叔华是一位漂亮的女性,所以她作品的女性之美恰恰是其身体之美的体现。[②] 另一位批评家则从作品中读出凌叔华是一位"很有天赋,很聪明的女人"[③]。美国女性主义批评家玛丽·艾尔曼(Mary Ellmann)曾经新创了"男根批评"(phallic critism)这一术语来揭露男性批评家的批评实践。她指出,这些男性批评家倾向于将女性作家的作品本身当作是一个女人,用诸如

[①] 见毅真:《几位当代中国女小说家》,载黄人影(钱杏邨)编:《当代中国女作家论》,上海:光华书局,1933年。这本书第一次以"新闺秀派"来描述凌叔华的作品。对这一术语的批评,见周蕾:《良性交易》("Virtuous Transactions: A Reading of Three Stories by Ling Shuhua"),载《中国现代文学》(Modern Chinese Literature)第4期,1988年,第72~73页。正如周蕾所说,将这种家庭妇女的方式用作为文学批评术语的做法正暗示了,凌叔华的文风是浪漫的和无足轻重的。

[②] 见陈敬之:《现代文学早期的女作家》,台北:成文出版社,1980年,第79~93页。

[③] 毅真:《几位当代中国女小说家》,第15页。

迷人、甜蜜、顺从和狭窄等的形容词来描绘女性的作品,同时,他们也过度地关注于女作家本人的女性气质。① 对凌叔华作品作出评价的男性批评家也恰是这种"男根批评"的一员。而那位常常被用来形容凌叔华的曼斯菲尔德在西方也有着类似的接受经历。她的作品常常被看作是"细致、娇小和女性"的。当然,西方女性主义文学史家已经着力于挑战这种接受方式,她们将女性隔绝于被贬抑的含义之外,并且重新把她们解释为一种独特的女性美学。② 在这种重建的努力中,女性气质作为一种特定的表达方式而被重新估价,这一表达方式突出了迂回、拐弯抹角、琐屑、平常和居家的性质,并在此基础上表达出更深层的含义。③ 我同意上述女性主义的观点,但仍然坚持中国文学传统中女性气质的独特性。凌叔华的处理和具有讽刺意味的模仿就具有某种独特性。

考虑到在中国特定语境下与女性联系在一起的消极意义,对凌叔华作品的误读部分地由于未能充分了解她与表述之间的关系。作为一个女性作家,凌叔华的表达方式是受限的,因为在中国文学中除了那些以女性风格写的作品之外,并没有什么特定的女性传统。凌叔华成长于一个传统家庭,她所受到的教育主要是中国经典的教育以及传统文人画。她的父亲不允许她用白话文写作,更不用说写小说这种极端不合法的文体(从正统的观念看)。凌叔华总是躲着其父进行写作,其父也从不阅读和知晓她的文学活动。④ 这里我们又看到了林徽因和凌叔华的区别。林徽因反抗固有的古典背景的现代行为常常使得许多传统妇女为之震惊(其中包括她的婆婆)。而凌叔华则需要借用丹尼兹·坎地尤缇(Deniz Kandiyoti)简洁的短语"现代但却有节制的"

---

① 见玛丽·艾尔曼(Mary Ellmann):《思考女性》(*Thinking about Women*),New York:Harcourt,Brace and World,1968 年,第 29 页。
② 见 Clare Hanson:《凯萨琳·曼斯菲尔德》("Katherine Mansfield"),载 Bonnie Kime Scott 编:《现代主义的性别》(*The Gender of Modernism*),Bloomington:Indiana University Press,1990 年,第 298~305 页。
③ 见 Scott:《现代主义的性别》,第 13 页,第 301~303 页,第 647~649 页。
④ 见凌叔华:《新加坡版凌叔华选集后记》,载《凌叔华小说集》第 2 卷,台北:洪范书店,1986 年,第 269 页。

(modern and modest)来形容,这恰说明了第三世界妇女作为不具危险性的现代性符号所能发挥的有限作用。① 我们还应该分析她的"作者的焦虑"因素②,这种焦虑是一种困扰着女性作家的不适当和不正当感。当然不能忘记的是,用女性风格来写作对于女作家来说毕竟还是"恰当"和"正确"的,也能很容易地为她们带来观众的赞扬,因为这暗示着,女作家接受了在主流男性标准之外为女性作家预留的边缘位置。这就是周蕾在分析凌叔华作品时所说的在女性作家和语言之间的"良性交易"(virtuous transaction):为了显得不具有威胁性,女作家看起来信守着与父权制及其写作规则的契约,但她又在暗中微妙地破坏了这种霸权。③ 所以,虽然凌叔华看上去自愿选择了父权制的写作制度,并将女性作品归入女性气质的范围,但她也同时通过具有讽刺意味的模仿破坏了这种写作制度。在凌叔华的作品中,我们通常会听到一方面对他者所强加之边缘化女性特质自愿接受的声音,但另一方面她又从内部瓦解了这种声音。因此凌叔华的作品可以被称之为充斥着两种声音冲突的"复调话语"④,而这种冲突在她具有讽刺意味的模仿中显得尤为明显。

如果我们将小说《绣枕》(1925年)视作是对女性作家及其写作活动的讽喻,这将有助于我们理解作为一种叙事和组织策略而发挥作用的对传统的恢复和讽刺性模仿。与凌叔华的其他小说一样,这篇小说也用一种幽雅的风格写成,全篇处处可见富有古典美学色彩的句子和短语。小说描写的是:在夏天的炎热中,一位待嫁的小姐正辛勤地绣着一对十分漂亮的靠垫,而这个靠垫即将被送到一个富贵人家来为她

---

① 见丹尼兹·坎地尤缇(Deniz Kandiyoti):《身份与不满:女性与民族国家》("Identity and Its Discontents: Women and the Nation"),载威廉·帕特里克(Patrick Williams)、劳拉·克利斯曼(Laura Chrisman)编:《殖民话语与后殖民理论》(Colonial Discourse and Post-Colonial Theory),New York: Columbia University Press,1994年,第347页。
② 这一术语来自桑德拉·吉尔伯特(Sandra M. Gilbert)、苏珊·格巴(Susan Gubar):《阁楼上的疯妇》(The Madwoman in the Attic: The Woman Writer and the Nineteenth Century Literary Imagination),New Haven: Yale University Press,1984年。
③ 见周蕾:《良性交易》,第85页。
④ 这一术语来自巴赫金(Mikhail Bakhtin):《陀思妥耶夫斯基创作诸问题》(Problems of Dostoevsky's Poetics),Caryl Emerson 编译,Minneapolis: University of Minnesota Press,1984年,第181~269页。

求得一段姻缘。对她这种有教养的女孩子来说,这也是惯例。通过女仆及其粗野的女儿对小姐刺绣的赞美之词,以及主人公的内心独白,读者会看到小姐在这对绣枕上所花费的心思:她用了三四十种不同颜色的线来绣凤凰;由于认错了色,她三次重绣了翠鸟的冠子;为了使大荷叶显得更加生动,她足足配了十二色绿线;而那荷花瓣上嫩粉色的线,她洗完手都不敢拿,还得用爽身粉擦了手,再绣;因为白天天热,常常留到晚上绣,她还因此害了十多天眼病。可以说,这个枕头是精英家庭父权制度下最典型的"女工"。在这种制度中,来自下层的女仆和她的女儿被认为是卑下的和肮脏的。然而,后来这位小姐通过女仆女儿的口听到了这对靠垫的命运:在宴会后被一个醉酒的客人吐脏了一大片,然后被一个女仆捡了去,又间接转到了自家女仆女儿的手中,而仆人的女儿正在修剪这对靠垫,好用这刺绣缝一对枕顶儿。两年过去了,这位待嫁的小姐仍然处于父权制度的控制下。

  凌叔华对主人公被囚禁于父权制度下的境遇以及她对父权制的遵守进行了微妙的批评(用周蕾的话说,"父权意识形态的完全功效"①)。这种批评中既有性别维度,又有阶级维度。很显然,她对父权制的质询也是对阶级的质疑,女仆的女儿就完全不服从于这一套。正如女作家致力于传统的、恰当的、被准许的和精英的写作是一个讽喻一样,这部小说揭露了这种事业的自我否定性。如果将之读解为一种元小说,这部小说最终表明凌叔华对女性写作传统颇为矛盾的既投入又远离(通过讽刺性的模仿和反讽)的态度。

  从这种既继承又反讽的双重姿态,我们可以追溯到一种名叫"闺怨诗"的亚文类,李清照(1084—1151)和朱淑真(大约17世纪)就是擅长此类诗作的著名女作家。这种亚文类后来被归入了"闺秀文学"的大类目,它无关轻重,只供女性作为枕边读物。②虽然凌叔华的作品也

---

  ① 周蕾:《良性交易》,第79页。
  ② 对于闺秀文学的女性风格,我借用了库德瑞奥(Clara Yü Cuadrado)的概念。见库德瑞奥:《妇女的描述:凌叔华的小说世界》("Portraits by a Lady: The Fictional World of Ling Shu-hua"),载 Angela Jung Palandri 编:《二十世纪中国的女性作家》(*Women Writers of Twentieth-Century China*),Asian Studies Publication Series, Eugene: University of Oregon,1982年,第41页。

被归入"闺秀文学",但我们却也能从中找出与闺怨诗相区别的特定动机和主旨。在中国的诗歌传统中,这些诗的作者既可以是政治上失意的男性,也可以是闺阁中的女诗人。前者假借一种女性的声音来隐喻政治信息,而后者则以之来传递女性的敏感和渴盼、忧郁和感伤。诗歌的主人公通常是由于各种原因而被爱人或丈夫抛弃的美丽女性。她处于闺阁之中,心境却早已越过窗栏到了外面的世界。① 凌叔华将她笔下多愁善感的女性人物就放置在这样的空间和心境中,但是她通过一些具有颠覆性的言外之意对这些语境进行了微妙的改变。

在她的许多小说里,她将闺中倦怠的女人和窗外盛开的鲜花相对比,以说明闺阁之中令人窒息的死气沉沉。在上面所讨论的《绣枕》(1925年)中,凌叔华用"直映着阳光"的"吐着火红的花"的"石榴"来讽喻闺阁中毫无生气的绣女;在《吃茶》(1925年)这篇作品中,那些"浸在日光里特别鲜艳的粉红色玫瑰花"被用来讽喻渴望结婚的传统妇女;在《春天》(1926年)这篇作品中,闺中倦怠的少妇因为院子里挂满了鲜花的海棠树而感到烦恼,许多粉蝶黄蜂都绕着树飞,好像一个游春的妙女子。② 尤其是在《吃茶》中,人们看到一位名叫芳影(意即美丽的影子)的典型的闺阁少女,她孤芳自赏,常常望着镜中的自己,吟诵赞美女性的古典诗歌。她用来约束自己的是一套由父权制规定的过时的女性标准。女性被局限在户内运动,因为家庭的内部空间才能使女性之美获得合法性。凌叔华借这些故事表明了,女主人公们自觉接受了这些与家庭内部空间相连的价值,从而将自身带入一种死寂的生活状态,进而暴露出这些状态背后所隐藏的父权制机制,正是这种机制使得妇女将这些价值内在化了。在《春天》里,凌叔华讽刺性地模仿了倚窗少妇的形象,小说中的少妇虽正在怀人,但对象却并非自己的丈夫,这可以视为对闺阁价值原则的一种僭越。

凌叔华对女性生活之"家庭内部与家庭之外"二分法的另一种揭

---

① 见傅汉思(Hans H. Frankel):《梅花与宫女》(The Flowering Plum and the Palace Lady: Interpretations of Chinese Poetry),New Haven: Yale University Press,1976年,第56~57页。
② 该作品最早在《花之寺》中发表,上海:新月书店,1928年。我参考的是《凌叔华小说集》。

露方式是,用反讽的笔触将身处闺阁中的女人和下决心步出闺阁的女人放在一起加以描述。在《茶会之后》(1926年)中,凌叔华描写了一群与闺阁待嫁之传统少女完全相反的年轻女性,她们年轻而充满朝气,步出户外寻找与自身相平等的伴侣。凌叔华无情地批判了传统女性可怜的矫饰与无用的自傲,同时预示了等待她们的将是不优雅的老处女的命运。很显然,能够主宰自己命运的女性与《送车》(1929年)中两位传统女性之间的区别在于:当现代女性享受着美满婚姻之时,这两位传统女性却被束缚在至多只是经济和生理契约的婚姻之中。

在《中秋夜》(1925年)中,一个束缚于家庭中的已婚少妇无条件地接受了女性必须与家庭内部事物联系在一起的价值原则,但这种遵守却反而造成了一场大悲剧。小说中的妻子受到了家长制规定的一系列中秋习俗礼仪的束缚,没想到反而破坏了自己的婚姻。她坚定地认为中秋夜不吃"团鸭"将预兆着夫妻分离,因此她强迫自己的丈夫等到吃了一口"团鸭"后再去探望他濒临死亡的干姐姐。最终他晚到了五分钟,干姐姐最终没能见上他最后一面。一怒之下,他怒斥妻子耽误了他,并最终引发了夫妻之间的争吵。花瓶被砸得粉碎;他开始与其他女人来往,并且开始挥霍钱财;太太小产了两次,每次都被描述得十分可怕;最后,我们看到了一幅凄惨的场景,妻子和她母亲坐在周围布满蜘蛛网、蛾子和蝙蝠的小屋中。她成为了自己恪守妇道、维护家庭礼仪的牺牲品。这一小说表明,按照父权制逻辑遵守家庭原则的行为反倒使女主人公成为了自己所遵循的标准原则的牺牲品。

《有福气的人》(1926年)也体现了这一逻辑。这个富有讽刺意味的标题提到了一位受人尊敬的老太太。她无意间听到了她的孩子们的谈话,原来他们对她表现出的敬爱和尊重都只是为了诱使老太太将家产分给他们。老太太一生做事完美无缺:生养了四个儿子和三个女儿,正如父权制所要求的,她疼爱儿子超过女儿。如果用传统家长制社会的标准来衡量,她无疑是"有福气的",但她却发现自己的福气是表面的、空洞的和虚假的。她在家庭事务中付出了一辈子的辛劳,作为妻子和母亲,她都十分完美,但这带给她的却只有孩子们的伪善。由此,小说揭露了女性的家庭身份认同实际是一种将女人束缚在屋檐下的父权制机制。正如《无聊》(1936年)中的女主人公所说的那样,"家"即是"枷","家"是将猪("豕")关在了屋顶("宀")下。①

凌叔华一边描写着家庭琐事,一边更揭露了这些家庭琐事背后的社会和意识形态含义——压迫机制。与此同时,她也借这些家庭琐事倾泻了女性的被动和凄凉,从而将这种压迫机制推向了被颠覆的边缘。在《花之寺》(1925年)和《疯了的诗人》(1928年)中,凌叔华的讽刺性模仿和对女性抒情诗体的建构性表达相辅相成,而后者恰微妙地批判了为男性诗人所欣赏的传统抒情诗体。《花之寺》中的幽泉非常自尊,花了很多时间来阅读和背诵宋代《词选》。他认为自己的妻子燕倩已经成为了一个只顾针线活和与其他妇女闲谈的普通家庭妇女。他哀悼春光令其懒散而不能写诗,而自己的生活是如此井井有条以至于找不到写作的灵感。他甚至为此眼眶都有些发潮了。令他高兴的是,在某个晚上,他收到了一位匿名的崇拜者寄给他的一封充满爱意的抒情诗。第二天早上,他偷偷地跑去花之寺与之约会,却发现给他写信的人竟是自己的妻子!除了嘲弄丈夫的不忠,小说还指出了男性与女性抒情诗体的不同。在故事中,他背诵了几行宋诗,甚至神经质地背诵了爱情经典《西厢记》中的几句诗,来表达他对其爱慕者的渴望,但他终究没能说出一句属于他自己的诗句。他还总是将自然景色与他所看见的画作相比。在他那里,自然通常只有通过古典知识才能被认识。与男主人公有中介的、智识的洞察力不同,女主人公的信却充满了活力和新意,这是一段毫无陈词滥调和旧比喻的白话文。

在《疯了的诗人》中,男主人公觉生同样也只能通过陈腐抒情诗的媒介来欣赏自然的美。当他在回家的路上目睹大自然的美丽之时,他灵感大发,想起了陆游(1125—1210)、王维(701—761)和陶潜(365—427)的诗,以及米芾(1051—1107)和其他宋元文人画家的画作。对他来说,只有通过前代文化表达才能读懂自然,自然从属于文化,没有这些画和诗,他都无法叙述自然。与他相反,他的妻子双成是一位以自

---

① 该作品最早在《花之寺》中发表,上海:新月书店,1928年。我参考的是《凌叔华小说集》第2卷,第376页。

己的方式与大自然声声相和的天生的诗人。她的一举一动都具有诗人的情感,她由小鸟、昆虫和小狗陪伴着在花园里种花,她欣赏到月亮的美丽,她编织着花环,梦想着神仙。她的抒情诗歌体语言也极富有诗意。她说自己衬衣上的小狗的爪印像"半开的小菊花",露珠是"天上星星的眼泪"。蚕蛹睡够了,会"换上五彩的花衣裳出来游逛"。[1] 她将觉生在书上学到的知识都具像化了。她的这种自然状态被人们视作为"疯",但觉生却最终意识到她将他致力于学习的诗人素质人格化了,她在他只有通过文字记载的文化才能体会到的抒情诗中生活。由此,她的名字双成变成了"成双"的颠倒,因为她的诗人丈夫成为了她的影子,也因此才有了小说的标题——疯了的诗人。

一方面,凌叔华通过对倚窗少妇动机的讽刺性模仿恢复了女性的声音;另一方面,她又积极地超越文学传统来定位女性的美学。这就是现代白话作家凌叔华和她所继承的文学传统之间的"良性交易"。这也就同时使用和破坏了她所恢复或借用的东西。十分重要的事实是,正是这种"良性交易"帮助表明了白话文和文言文、现代与传统之间的相互混杂,二者的关系是相互混合和相互依存的。朱光潜评论道,从笔墨经济和意境深远上来看,凌叔华的文学创作风格和她的文人画风格极为相似。[2] 库德瑞奥(Clara Yü Cuadrado)特别指出,凌叔华的小说中充满了"凝滞在语言中的视觉形象"和以"绘画词汇"描绘的自然图景,她有意识地运用一种水平轴线的水墨画方式来写此文。[3] 凌叔华作为画家的主体情感破坏了现实主义的基础,她的这种与文人画风格的相似性实际更表明了凌叔华采用的反现实主义美学。不从旧俗或被认为疯了的女性诗人正恰当地比喻了对真实加以拒斥的现代主义。

凌叔华对女性文类的使用是不可避免的,而曼斯菲尔德的女性写作也为凌叔华的写作提供了合法性。徐志摩、凌叔华的丈夫陈源和凌

---

[1] 该作品最早在《花之寺》中发表,上海:新月书店,1928 年。我参考的是《凌叔华小说集》第 1 卷,第 212 页,第 218 页,第 217 页。

[2] 见朱光潜:《小哥儿俩》,载《凌叔华小说集》第 2 卷,第 460~462 页。

[3] 见荣之颖(Angela Jung Palandri)编:《二十世纪中国的女性作家》,第 52~53 页。

叔华本人都翻译了大量的曼斯菲尔德的作品,分别发表在《现代评论》、《新月》和《小说月报》上。1927 年,徐志摩更翻译了曼斯菲尔德小说集。① 由此,这种女性现代主义在其与西方女性现代主义的合作中呈现出一种跨文化的维度:正如曼斯菲尔德的写作所宣称的那样,通过最为轻巧的姿态和最为隐晦的方式,女作家将深层含义揭露了出来。② 凌叔华与中国女性文学传统和西方女性现代主义进行着双重对话,并使二者之间的界限变得模糊不清。就理解"特定时代之性别化了的现代性结构是如何在风格和内容上变成了具有讽刺性的模仿"的问题来说,凌叔华的作品为我们提供了考察的另一条路径。

---

① 见《曼殊斐尔小说集》,徐志摩译,上海:北新书局,1927 年。
② 见 Scott:《现代主义的性别》,第 301 页。

第三部分

炫耀现代：上海新感觉主义

第九章 现代主义与大都会上海

  我认为,二十世纪三十年代的现代主义不是地区性的或是民族性的,而是国际性的。它是文学中的一股普遍潮流。在每个国家,都有少数作家(以现代主义风格写作)……这些来自不同国家的众多作家共同形成了一股潮流。现代主义不(仅仅)是一个欧美现象……它更是一个为全球同步共享的文学潮流。西方现代主义受到了东方文化的影响。艾米·洛厄尔(Amy Lowell)和庞德(Ezra Pound)是明显的例子,但这种影响也可以在其他作家那里找到……我一直以来都在怀疑,艾米莉·狄金森(Emily Dickinson)也受到了中国诗歌的影响,因为她所写的诗歌样式在美国并没有先驱……认为我将现代主义"东方化了"的说法是错误的。西方现代主义是东方化了的,而我们的现代主义是西方化了的。

——施蛰存:《采访记录》(1990年)

  我们也许根本就没有必要分析(外国人)轻视(中国人)的表现方式:外国人不允许中国人参与自己的活动,哪怕是作为外国俱乐部的客人;外国人对社会交往的控制十分苛刻(这一点当然会有些例外),禁止中国人进入中国人付钱帮助保养的公园和堤岸。只要你和受过教育的中国人谈过话,就绝对不可能不意识到,受到外国人歧视是最令他们痛苦和敏感的一桩事情。

——兰塞姆(Arthur Ransome):《中国迷宫》(*The Chinese Puzzle*)

上面两段引文之间的对立正表明了我已经详细阐述过的一种张力,这一张力表现为众多自封的世界主义作家和知识分子所采取的分叉性策略:将西方和日本的都市文化看成是可以与己合作或是使自己获得当代性的欲望客体,同时又将西方和日本殖民文化当作耻辱而加以拒绝。然而,这二者却罕有相互冲突,因为在自封的现代主义者和世界主义者那里,由于害怕稳固的都市文化会要求取消殖民文化,所以民族主义通常保持着沉默无语。正如我曾经例证过的那样,"五四"时代的世界主义想象面临着都市西方/日本和殖民西方/日本相互纠缠的复杂关系,这就意味着唯有通过民族主义对二者尽皆加以拒斥,才能在一定程度上使矛盾得到缓解,但这反过来又会使得启蒙事业本身失效。于是,出于话语需要,"五四"的文化启蒙事业通常忽略了殖民占领的问题,而只关注于否定传统。

京派的现代性事业对上述矛盾重新加以了考虑。他们对现代性概念进行了重新整合,使之不再单纯具有都市文化的特征,京派重新估计了传统文化的价值。用列文森(Joseph R. Levenson)的术语来说,即由此将"价值"("五四"意识形态用单纯的西方文化来建构它)和"历史"连接了起来。当然,即使在京派作家中,比如在周作人有关日本都市文化的作品和有关日本殖民主义的作品之间,我们也可以看到同样的分叉性策略(参见我的绪论)。在一般意义上的京派话语中,作家们还是不假思索地将经过选择的西方和日本都市文化接受了下来。

对于在抗日战争(1937—1945)爆发前的十年中进行创作的上海作家和知识分子来说,这种分叉性的战略部署不仅仅存在于话语领域,而且也构成了他们生活经历中的真切事实。因为生活在上海即意味着他们能够通过传媒网络很容易地接触到西方都市文化。同时,由于这些传媒网络首先是为西方殖民势力服务的,因此,上海的知识分子还最为真切地感受到了由各种西方势力所构成的殖民文化。由于上海这座城市刺激了众多阅读西方文化的不同方式,所以描述出上述两种文化的需要也变得越来越急迫。上海是多种殖民存在和不均衡发展的最为显著的证明。这座城市有着以阶级等级化和多种族为标志的社会构成。在受经济利益驱使的欧美帝国主义和在领土、经济方面均怀有野心的日本帝国主义的共同干预下，上海也是一座被整合进全球经济的半殖民的城市。这是一个充满罪恶、愉悦和色情的城市，到处充斥着都市消费和商品化的幻影。这也是一座在政治和意识形态控制方面呈现出某种碎片化特征的城市。与严格的意识形态控制相比，这个城市相对"自由"。面对种种不同的上海，上海的现代主义者表达了一种矛盾的摇摆不定的民族主义主张和殖民批评。他们对殖民存在和殖民耻辱有着更加深切的体认（正如我开头引用的兰塞姆的话）。

两位新感觉派作家刘呐鸥和穆时英在与各种意识形态进行对话时所表现出的易变性和暧昧性，也极好地体现了上文提及的那种矛盾状态。这些意识形态包括了国民党、共产党、汪精卫的傀儡政府以及欧美的殖民文化与都市文化。半殖民主义再次认可了对世界主义和殖民的分叉性的战略部署，这些作家将西方和日本的都市文化作为他们世界主义的组成部分，当然这种分叉性策略也随时有可能威胁到他们对西方风格的都市化的夸耀，因为在很大程度上，都市化同时也是半殖民主义的副产品。如果一个人要描写都市文化，那么即便他是以某种闪烁其辞的方式，这座城市的多元种族、多元民族及其殖民机构结构也都必然会被表述出来。的确，如果去除了西方风格的剧院、舞厅、咖啡厅、赛狗场、进口轿车和好莱坞电影，上海的都市风景还能剩下什么呢？不过如果能隐晦地提及由种族区分和社会分层所构成的半殖民语境，这些作家就可回避对诸如种族主义和经济剥削等等都市生活殖民维度的直接描述。由此，在完完全全的都市魅惑中，上海变成了追求商品化和娱乐欲望的游乐场。在上海，诸如商品化和人性孤独等等的资本主义现代性都市的"普遍"主题，成为了最为流行的主题。这种在都市物质性的两种体现形式间摇摆不定的状态（在殖民意义上是隐晦的，在资本主义意义上是普遍的），进一步证明了那种令人不安的挑战：半殖民都市化的生活经验究竟给那些热衷于将自身整合进国际性世界主义的作家们带来了什么？

地理文化意义上的上海和民族主义

在《全天下受苦的人》(*The Wretched of the Earth*,1961年)一书中,出生于安替列斯岛的心理学家弗朗兹·法侬(Frantz Fanon)写到了阿尔及利亚境内的殖民主义的空间地理学。他指出,一种二分的逻辑将欧洲人居住区与土著居住区分开来。殖民居住区里有沥青马路、高大建筑和现代化的厕所。它是一个富裕和消费的孤岛,由兵营和警察局组成的系统控制着它。而土著居住区则是一个名声极坏,充斥着犯罪、贫穷、饥饿、拥挤和龌龊的地方,那里的居民对殖民区域既羡慕又忌妒。两个区域处于殖民与被殖民世界的彻底的二元对立位置上,遵循着"相互排斥的原则"。① 对于法侬这位阿尔及利亚心理学家来说,阿尔及利亚的独立事业需要彻底地去除殖民化,以消除空间二分,统一本土人民。他所说出的是一种慷慨激昂的、旨在消除一切殖民主义痕迹的口号:"殖民世界的毁灭恰是一个区域(殖民居住区)的废止,要将其埋葬或者将之逐出国家。"②在中国共产党自20世纪30年代至70年代晚期的民族主义想象中,上海这座城市也同样地引发了一种相似的嫌恶感,上海被视作是民族耻辱和殖民剥削的象征。共产党致力于减少殖民主义的痕迹,即便不推倒那些殖民主义的建筑,也要对其市民进行极端的意识形态改造。

然而,如果回溯到1842年第一次鸦片战争中国战败、上海成为通商口岸之时,历史提醒我们,现代中国文化想象中的上海实际要复杂得多。从1842年开始,上海开始以一种华洋文化杂处的城市身份出现。在上海,欧美(后来是日本)殖民者不断压抑和化解着民族主义情绪的爆发,而本土商人也往往把经济稳定看得比政治冲突更为重要,这些都帮助消解了上海的民族主义情绪。例如,在拳民起义时

---

① 见法侬(Frantz Fanon),《全天下受苦的人》(*The Wretched of the Earth*),Constance Farrington译,New York: Grove Press, 1968年。
② 同上,第41页。

（1899—1900），本土商人签订了《东南保护约款》和《保护上海城厢内外章程》，以预防蔓延到上海的反帝活动。① 除了1925年5月30日的事件和1932年针对日本轰炸的抗议（二者都是对帝国主义挑衅的应急反应），上海最重要的政治事件都是1911年民族主义革命的一部分，它更直接的目标是反满，而不是反帝。从这方面看，帝国主义（既是经济实体又是政治实体）和本土原始资本主义都致力于将上海塑造成一个经济的而非政治的中心。更进一步说，这些"通商口岸人民"（他们是在按照西方标准重建中国②，成为本土主动性力量的"新型中国人"）对于民族主义观念的暧昧态度也正是上海世界主义的一部分。这种世界主义为了与西方及日本都市文化合作而与民族主义暂时保持着距离。

在众多西方历史学家对上海的描述中，这是一个为帝国主义所促生的区别于中国其他地区的"外国"城市。③ 这些叙述使我们进一步看到了上海与民族主义之间模糊不清的关系。就在这种看法使得上海在帝国主义的问题上备受指责之时，颇为自相矛盾的事实是，在将上海变成资本主义的天堂和中国现代化动力中心的问题上，人们将这种"成功"归功于帝国主义。在黑格尔、韦伯或马克思的世界历史观念中，帝国主义最终将带来发展。虽然对资本主义的评价不尽相同，但资本主义和共产主义的观点都将上海看成是乡土之"真正中国"的对立面。作为一座带有外国气味的城市，上海不需要民族主义，同时也是民族主义失败的象征。在西方有关1949年以前上海的研究中，上海是一座"罪恶的城市"、"中国现代主义的居所"、"冒险者的天堂"、

---

① 见张仲礼编：《近代上海城市研究》，上海：上海人民出版社，1990年，第13～14页。
② 见罗兹·墨菲（Rhoads Murphy）：《通商口岸和中国的现代化》（"The Treaty Ports and China's Modernization"），载伊懋可（Mark Elvin）、施坚雅（G. William Skinner）编：《两个世界之间的中国城市》（*The Chinese City between Two Worlds*），Stanford：Stanford University Press，1974年，第20～21页。
③ 见罗兹·墨菲：《通商口岸和中国的现代化》，第17～71页，载 Christopher Howe 编：《上海：革命与亚洲大都市的发展》（*Shanghai：Revolution and Development in an Asian Metropolis*），New York：Cambridge University Press，1981年，第31～34页；白吉尔（Marie - Claire Bergerè）：《另一个中国：1919年到1949年的中国》（"The Other China：Shanghai from 1919 to 1949"），载 Harriet Sergeant 编：《上海》（*Shanghai*），London：Jonathan Cape，1991年。

"资本主义的天堂"和一切皆可"买卖"的城市。① 所有这些描述都突出了上海资本主义(以一种变形的方式出现,是资本的单向流动)和资本主义的现代性文化,而很少将民族主义看成是上海的特征之一。

当然,我们也可以在19世纪中期以降国人有关上海的看法中找到一些接近于民族主义情绪的东西,但上海却很少被看成是革命活动和民族主义活动的中心之一。熊月之很好地概括了本土想象对于上海的这种极化看法:在经济层面上,上海是"富人的天堂,穷人的地狱";在殖民层面上,上海是"外国人的天堂,中国人的地狱";在道德文化层面上,上海既是罪恶的源头,也是文明的源泉,既是大染缸,又是学习西方知识的窗口。② 上海既是"光明的城市",因为其启蒙教育、杂志出版、文学革命和社会变革;又是"黑暗的城市",因为它是污秽、堕落、性关系混乱和道德腐败的温床。③ 上海不被看成是民族主义的反殖民根据地,而被看成是必将蔓延到中国其他部分去的罪恶的化身。帝国主义者和殖民者将上海看成是"容纳了一个伟大民族活力生命之重要部分的大瓶的瓶塞",而中国人也用类似的比喻将上海形容为生产"文化牛奶"以"滋润全民族"的地方。④ 这让我们想起了扬子江,每一边都用水的比喻来表述自己对上海的想象。对双方来说,上海都是源头,只不过城市的恩赐朝向了两个相反的方向。为了保护这个源头,帝国主义者和本国人在看待上海的方式上达成了惊人的相似:上海是可以被民族主义赦免的地方。帝国主义者压抑民族主义以保护他们自己的利益,而中国人则策略性地免除了上海的民族主义负担,以使这个城市可以担当起作为中国现代化之动力的重任。

---

① 见 Hendrik De Leuuw:《罪恶之城》(Cities of Sin),1933 年;Ernest Hauser:《上海:买卖的城市》(City for Sale),1940 年,1941 年被翻译成中文;G. E. Miller:《上海:冒险者的天堂》(Shanghai: Paradise of Adventurers),1937 年;G. E. Miller:《上海的一切:导游手册》(All about Shanghai's Standard Guidebook),1934—1935 年。

② 见熊月之:《历史上的上海形象散论》,载《史林》第 3 期,1996 年,第 139~153 页。

③ 见张英进:《现代中国文学和电影中的城市》(The City in Modern Chinese Literature and Film),Stanford: Stanford University Press,1996 年,第 9~13 页。

④ 第一处引文来自《上海的一切:导游手册》(All about Shanghai's Standard Guidebook),Shanghai: University Press,1934—1935 年, Hong Kong: Oxford University Press,1983 年,第 27 页。第二、第三处引文来自熊月之对 1904 年报纸上一篇名为《新上海》的文章的引用,见《历史上的上海形象散论》,载《史林》第 3 期,1996 年,第 146 页。

第九章 现代主义与大都会上海

从空间分布上说,20世纪20年代和30年代上海的地缘政治情况大致如下:法国租界和公共租界(包括日本人在虹口一带的非正式地盘①)占据了上海面积(约25平方公里)的一半,整个城市的司法权处于分散状态。在地理意义上,这种地缘政治情况使得城市从根本上说是半殖民性质的:一半被帝国主义所控制,另一半则归中国人。通过这种区分,殖民者享有了治外法权、现代便利和资本主义力量,但被殖民者则在通往现代性和权力的路上受到了限制。当然,如果把空间排布放在一边,也许上海的位置就不那么清晰了:根据1930年的一个统计,上海的200万人口来自48个国家。② 这种各不相同的、多元的、相互作用的主体位置构成了一种不同于印度和非洲殖民地的权力谱系(印度非洲的权力谱系是建立在种族二元对立之基础上的)。大部分在沪外国人都是日本人,这一事实打破了建立在种族界限基础上的殖民等级制度,而白俄居民低下的经济地位也成为打乱种族权力标志的另一个因素。

上海80%的中国居民都是来自广大中国内陆的移民,其身份认同远没有统一。③ 对他们来说,眼前最为急迫的问题不是反帝国主义而是经济生活。20世纪30年代,虽然世界正在处于大萧条时期,但上海的经济水平却保持着稳步的提高。1931—1936年间,中国经济以每年6.7%的增长率稳步发展。④ 1933年,作为世界第五大城市,上海已经成为了中国最为主要的机器制造中心之一,从而为这个城市的新移民提供了大量的就业机会。作为最重要的海运中心之一,它为中国提供了通向世界其他国家的便捷通道。⑤ 1927年,上海已经或多或少地处于国民政府的掌控中,而政府也试图在上海的外国法庭上为自己争取

---

① 见哈丽埃特·莎琴特(Harriet Sergeant)编:《上海》,第11页。
② 见 G. E. Miller:《上海的一切:导游手册》,第35~37页。
③ 见张仲礼编:《近代上海城市研究》,上海:上海人民出版社,1990年,第25页;叶文心、魏斐德(Frederic Wakeman):《序言》,载叶文心、魏斐德编:《上海寄居者》(Shanghai Sojourners),Berkeley: Institute of East Asian Studies,1992年,第1~14页。叶文心和魏斐德指出了上海各种寄居者:城市青年、小市民、买办精英和民族主义买办。
④ 见《剑桥中华民国史》,北京:中国社会科学出版社,1993年,第175~182页。
⑤ 见 H. J. Lethbridge:《导言》,载《上海的一切:导游手册》(All about Shanghai's Standard Guidebook),1934—1935年,第Ⅷ~Ⅹ页。

到更多的政治和法律发言权。上海的外国势力也逐渐学会了接受中国资产阶级和国民政府的要求。

中国人拥有相当发言权的上海的弹性图景,并不能掩饰充斥于这个城市中的以民族、种族、性别和阶级界限等为标志的种种不平等,即便我们根本无法清晰地界定这些具有渗透性的边界。这就再次提醒我们,纯粹的民族主义和纯粹的帝国主义都不可能控制上海。我们可以清晰地描绘出包含了多元意识形态要求(从民族主义政府到左翼作家联盟)的上海式的世界主义,感受到这座半殖民城市的诱惑和可恨,以及一种对都市西方和日本文艺的公开颂扬。

在那些自命为现代主义和颓废主义作家的作品中,这种世界主义无处不在。这些人拒绝听命于意识形态的左翼或右翼,而选择成为"第三种人"。① 如果说1927年国民政府在上海发起的对共产党的整肃活动激发了中国知识分子对于左翼的同情,那么到了30年代早期,左翼联盟的煽动性声明甚至将自己的"同路人"也拒之门外。正如叶文心所指出的那样,因为标准、地位和语言的多变性,恰是争辩而非某种一致意见塑造了上海的文化政治生活。② 对于生活在这种为争辩所支配的文化空间中的作家来说,文化的易变性成为了世界主义存在的可能性。对于当时的种种争辩,世界主义采取了一种有选择性的非契约型约定。在几十年后的访问中,其时向全国发行的《现代》杂志的主编施蛰存谈到了自己是如何在左翼和右翼之间小心翼翼地寻求平衡的事情。在当时,如果他要办一个美国文学专刊,那么他则必须再办

---

① 1932年,有关第三种人的争论发生于非左翼联盟的马克思主义者胡秋源、现代主义者杜衡(即苏汶)和左翼联盟成员瞿秋白之间。参见李瓯梵:《文学思潮:革命之路1927—1949》,载 Denis Twitchtt,John King Fairbank 编:《剑桥中国史》(*The Cambridge History of China*)第13卷,Cambridge:Cambridge University Press,第434~437页。苏汶将所有的论辩文章收入《文艺自由论辩集》,上海:现代书局,1933年。也见王志宏:《上海的政治和文学》(*Politics and Literature in Shanghai:The Chinese League of Left-Wing Writers*,1930-1936),Manchester:Manchester University Press,1991年。胡秋源和苏汶受到了来自易嘉(瞿秋白)、鲁迅、周起应(周扬)等左翼作家和批评家的严厉攻击,后者将前者对左翼理论家文学思想的反对曲解成文学独立于政治的意图。

② 见叶文心:《分裂的学园:中华民国时期的文化与政治,1919—1937》(*The Alienated Academy:Culture and Politics in Republican China*,1919-1937),Cambridge:Council on East Asian Studies,Harvard University Press,1990年。

一个俄国文学专刊以安抚左翼。①

由于左联在上海文化事务中的突出位置,1927—1937 年的十年被称作是"左翼十年"。从对有关意识形态和文学关系的争论相对自由开放的前左联时代(1927—1929),到其后左联逐渐变成专断排他的急进主义,并最终不可避免地走向衰亡的年代,左联对上海的文化工人作者都产生了广泛的影响。② 由于左联对作家的控制逐渐加重,因此激起了来自第三种人和其他"同路人"等支持中间路线的人的反对。他们虽然"左"倾,但并不同意左联宣扬和逐渐加大力度实施的对文学严格的意识形态控制。就发生在穆时英和 30 年代的左联成员以及 40 年代的急进分子之间的争论来说,其原因并不在于意识形态的分歧(有时穆时英被看成比他的左联攻击者更甚的马克思主义理论家),而在于意识形态对美学的控制行为。③

上海知识分子置身于国内意识形态斗争、帝国主义势力、充满诱惑力的城市物质生活和文化世界主义相互交叉的关系网络中,而所有这些因素都共同构成了他们的主体性结构。这一主体性明显地区别于所谓的"本土精英",后者在标准的殖民主义下学习殖民方式,法侬将这些人称之为渴望模仿殖民者的被殖民意识的主要承担者。④ 而更少结构化和更为碎片化的殖民形式却为本土知识分子创造了一个摇摆不定的主体位置,这不同于二元对立的殖民关系逻辑。由于 19 世纪中期的文化陈述将上海看成是现代文明的承载者,于是,我们可以向上追溯这种上海世界主义的出现。无论是买办语言还是民族主义语言都无法充分解释这种世界主义。在 20 年代和 30 年代上海喧闹的文化工业的兴起过程中,这种世界主义具备着工具主义的性质。

---

① 见对施蛰存的采访记录,1990 年 10 月 22—24 日。
② 见王志宏:《上海的政治和文学》(Politics and Literature in Shanghai : The Chinese League of Left-Wing Writers, 1930-1936)。
③ 见第十一章有关穆时英和左翼争论的内容。
④ 见法侬(Frantz Fanon):《全天下受苦的人》(The Wretched of the Earth),Constance Farrington 译,New York:Grove Press, 1968 年。

现代主义的印刷文化

1927—1930 年间的上海文学图景充满了活力,虽然争论不休的意识形态思潮为了各自特定的宣传目标都试图压抑并重新引导这种活力。在上海的众多书店中,人们可以找到来自全世界的书籍。① 这一文学图景由多方面的作者构成,包括了离开北京的"五四"成员②、自命的都市人和世界主义者、左派、民族主义知识分子和其他众多难以被归类的知识分子。在诸如政治上中庸的杂志《现代》和左派杂志的《北斗》上,这些在文化和意识形态上存在着差异的观点展开了激烈的争论。而颓废派杂志《幻洲》和《金屋月刊》的作家则培养着一种唯美主义的丹蒂主义(Dandyism)。大多数重要的西方和日本的现代主义文本或以译文或以原文的形式出现:例如,乔伊斯的《尤利西斯》、伍尔夫的《一间属于自己的屋子》都在上海的文学圈子里广为流传。③

作为一种文学观念,现代主义仍然会如在"五四"时代一样常常被称作是"新浪漫主义",只不过现在它已经成为了一个经常被使用的一般性术语了。几乎所有这一时期的欧洲文学史都会用冠之以"新浪漫主义"的章节作结。这一术语被用来涵盖包括了象征主义和唯美主义在内的本世纪所有重要的文学转向。④ 而"现代主义"、"近代主义"和

---

① 谈起大都市上海的"书文化",见李瓯梵的《上海摩登:中国的都市文化和文学想象研究,1930—1945》(*Shanghai Modern: A Study of Urban Culture and Literary Imagination in China, 1930-1945*),Cambridge:Harvard University Press,1999 年,第四章。

② 见 Marie - Claire Bergerè:《另一个中国:1919 年到 1949 年的中国》(*The Other China: Shanghai from 1919 to 1949*)。

③ 当时也有从日文翻译过来的完整的乔伊斯研究,以及从学术上对乔伊斯和伍尔夫的研究。见《詹姆士主义》,上海:现代书局,1934 年;费鉴照:《爱尔兰作家乔欧斯》,载《文艺月刊》第 3 卷第 7 期,1933 年,第 351~353 页。其他小说和文章的翻译可以散见于其时的文学杂志。仅仅在创作完成的两年后,石璞就将伍尔夫的《狒拉西》(*Flush*,1933 年)翻译成中文出版(上海:商务印书馆,1935 年)。在回忆自己在上海的时光之时,叶灵凤提及他翻译的乔伊斯论著在许多朋友间传阅。见《乔伊斯佳话》,载《读书随笔》第 1 卷,北京:三联书店,1988 年,第 115~117 页。

④ 见吕天石:《欧洲近代文艺思潮》,上海:商务印书馆,1931 年;夏炎德:《文艺通论》,上海:开明书店,1933 年;曾仲鸣:《法国文学论集》,上海:黎明书局,1932 年;刘大杰编:《德国文学概论》,上海:北新书局,1928 年。这些书都包括名为"新浪漫主义"的一章。

"现代派"等更为准确的术语却并不常用。当然,现代(或者近代)、现代性和现代主义等等的词汇已经成为了其时公认的文学辞典的一部分。① 人们也可以很方便地买到诸如 *Vanity Fair*,*Harper's*,*The Dial*,*Le Monde* 和 *Lettre Française* 这样的外国杂志和报纸。② 上海大约有 30 家出版社,其中最为著名的有商务印书馆、现代书局和中华书局。这些出版社出版西方文学史和文学批评的翻译文本,生活在上海的几乎每一位中国作家都编译或翻译过这些西方著作。

许多出版社都办文学杂志,在这 10 年间,上海大约出版了 100 多种文学杂志。ABC 丛书社出版了有关西方文学史和单个作家的介绍性书籍,这些书名中皆包含有 ABC 字样的书籍(英国文学 ABC、德国文学 ABC 等等),向一般读者普及了西方文学知识。傅东华和郑振铎编辑的短文集《文学百题》,是其时最重要的作家和批评家进行合作的产物,这些著名的撰稿人包括介绍世纪末情结的郁达夫、介绍象征主义的穆木天和介绍达达主义的李健吾。③ 赵景深的《一九二九年的世界文学》和《一九三○年的世界文学》可以被用来证明外国文学的阅读传播速度和国人对外国文学的阅读热情,这些书籍使得充满阅读渴求的读者可以不至于落在当代外国文学思潮的后面。④

大多数重要报刊上也有类似的有关外国当代文学思潮的报道,这些报道刊登了西方和日本现代主义的译文和相关讨论。下表证明了作家和读者对国外现代主义文学的特殊兴趣。需要注意的是,他们较为全面地翻译了日本作家的作品,并且将这些日本作家当成是西方作

---

① 见高明:《英美新兴诗派》,载《现代》第 2 卷第 4 期,1933 年,第 550～566 页。"现代主义的"被用来标注艾略特。赵家璧的《从横断小说到杜斯帕索斯》和吕天石的《欧洲近代文艺思潮》都使用了英文术语"现代主义的"。其他运用"现代主义"的文本是徐霞村:《二十年来的意大利文学》和《二十年来的西班牙文学》,载《小说月报》第 20 卷第 7 期,1929 年。

② 见李瓯梵:《追寻现代性》("In Search of Modernity: Some Reflection on a New Mode of Consciousness in Twentieth-Century Chinese History and Literature"),载 Paul A. Cohen、Merle Goldman 编:《跨文化观念》(*Ideas across Cultures: Essays on Chinese Thought in Honor of Benjamin I. Schwartz*),Cambridge: Council on East Asian Studies, Harvard University, 1990 年,第 109～135 页,特别是第 128～129 页。

③ 见傅东华、郑振铎编:《文学百题》,上海:生活书店,1935 年。

④ 见赵景深:《一九二九年的世界文学》和《一九三○年的世界文学》,上海:神州国光社,1930 年,1931 年。

家来阅读其作品。例如,最经常被翻译的是日本新感觉派作家横光利一(Yokomitsu Riichi,1898—1947)的作品,而早期日本现代主义者佐藤春夫(Satō Haruo,1892—1964)的两卷故事集和一部小说也都被翻译成了中文。① 这两位作家都曾多次访问过中国,并与许多中国作家熟识,而多位上海作家也曾在日本访问或者学习过。想象的文学交往被具体化为了跨国的连接,关于其中的含义,我将在本章和第十二章谈到日本新感觉派作家时加以讨论。

表中的前五本杂志《无轨列车》、《新文艺》、《现代》、《文艺风景》和《文饭小品》,都拥有一个共同的编辑——施蛰存,或者也由于同一个作家团体而相互关联,这群作家中比较著名的有施蛰存、刘呐鸥、穆时英和诗人戴望舒。这些杂志是新感觉派突显其新风格从而打动更多读者的阵地。接下来的四本杂志《幻洲》、《现代小说》、《金屋月刊》和《北新》则分享了颓废主义的视角,它们的投稿人主要是亲法作家。再接下来的三种杂志是文学研究会的出版物,虽然它们更广为人知的口号是"为人生而艺术",但它们也致力于传播西方和日本的现代主义作品。

文学杂志	编辑	被翻译和讨论的西方和日本作家
《无轨列车》 (1928年)	刘呐鸥	瓦莱里(Paul Valéry)、保尔·穆杭(Paul Morand)、Azorín、José Martínez Ruiz
《新文艺》 (1929—1930)	刘呐鸥、施蛰存、杜衡(即苏汶)等	雅姆(Francis Jammes)、乔伊斯(James Joyce)、马拉美(Stéphane Mallarmé)、Colette、Azorín、片冈铁兵(Kataoka Teppei)、亚瑟·史奈兹勒(Arthur Schnitzler)、谷崎润一郎(Tanizaki Jun'ichirō)、奥内斯特·道森(Ernest Dowson)等

---

① 见佐藤春夫(Satō Haruo):《都会的忧郁》,查士元译,上海:华通书局,1931年;《佐藤春夫集》,高明译,上海:现代书局,1933年;《更生记》,查士元译,上海:中华书局,1935年。

续　表

文学杂志	编辑	被翻译和讨论的西方和日本作家
《现代》 （1932—1935）	施蛰存、杜衡、汪馥泉	纪尧姆·阿波利奈尔（Guillaume Apollinaire）、埃米·洛威尔（Amy Lowell）、H. D.、艾略特（T. S. Eliot）、斯泰因（Gertrude Stein）、让·科克多（Jean Cocteau）、雷蒙德·哈第盖（Raymond Radiguet）、马里诺·莫雷蒂（Marino Moretti）、横光利一（Yokomitsu Riichi）、帕索斯（John Dos Passos）、济慈（W. B. Jeats）、劳伦斯（D. H. Lawrence）、Azorín、古尔蒙（Rémony de Gourmont）、卡明斯（E. E. Cummings）、阿丁顿（Richard Aldington）、威廉·福克纳（William Faulkner）、费德里戈·加西亚·洛尔卡（Federico García Lorca）等
《文艺风景》 （1934 年）	施蛰存	斯泰因
《文饭小品》 （1928—1930）	康嗣群	皮蓝德娄（Luigi Pirandello）、费德里戈·加西亚·洛尔卡、芥川龙之介（Akutagawa Ryūnosuke）、Nagai Kafū、劳伦斯、济慈
《幻洲》 （1926—1928）	叶灵凤、潘汉年	奥布瑞·比亚兹莱（Aubrey Beardsley）、奥斯卡·王尔德（Oscar Wilde）
《现代小说》 （1928—1930）	叶灵凤、潘汉年	爱伦·坡（Edgar Allan Poe）、奥内斯特·道森、王尔德、亚瑟·史奈兹勒
《金屋月刊》 （1929—1930）	邵洵美、章克标	谷崎润一郎、奥布瑞·比亚兹莱、王尔德、夏目漱石（Natsume Sōseki）
《北新》 （1926—1930）	孙福熙	瓦莱里、奥内斯特·道森、爱伦·坡、谷崎润一郎
《小说月报》 （1921—1931）	茅盾、叶圣陶、郑振铎	乔伊斯、伍尔夫、森鸥外（Mori Ogai）、横光利一、夏目漱石、瓦莱里、亚瑟·史奈兹勒

续 表

文学杂志	编辑	被翻译和讨论的西方和日本作家
《文学周报》 《文学旬刊》 《文学》 （1921—1929）	郑振铎等	王尔德、爱伦·坡、横光利一等
《文学》 （1933—1937）	上海文学社	劳伦斯、康拉德（Joseph Conrad）、斯泰因、海明威（Ernest Hemingway）、托马斯·曼（Thomas Mann）、奥尼尔（Eugene O'neill）、波德莱尔（Charles Baudelaire）、横光利一、乔伊斯、帕多斯
《现代文学》 （1930年）	赵景深	劳伦斯、横光利一、Filippo Marinettí、波德莱尔
《一般》 （1926—1929）	夏丏尊、方光焘	芥川龙之介
《中国文学》 （1934年）	赵景深等	横光利一、海明威、乔伊斯
《新小说》 （1935年）	郑伯奇	安德森（Sherwood Anderson）、皮蓝德娄
《奔流》 （1928—1929）	鲁迅、郁达夫	道森、福尔（Fort）、阿波利奈尔（Apollinaire）

对这些现代主义报刊之出版活动的扼要总结，表明了上海现代主义者翻译和原创作品的特定关注点和方向。刘呐鸥主编并个人出资创办的《无轨列车》，是有意识提升法国日本模式之现代主义文学的第一本杂志。在这本杂志里，刘呐鸥以其魔幻般的独特语言、技巧和形式，加上对日法新感觉主义作品的翻译，再加上对左翼意识形态之美学形式的介绍，向前推进发展了新感觉主义。在1928年9月这本杂志的第1期上，刘呐鸥发表了具有开创性的小说《游戏》。这篇小说通过重复、心理独白、电影蒙太奇和对都市客体进行人格化处理等等的

写作技巧,第一次实验性地创造了一种与都市生活感觉相互连接在一起的新语言。这种都市生活感觉意味着歌舞餐厅、舞厅及其他快节奏生活场所的节拍、都市人的孤独感和都市人生活的道德重负。这篇具有开创性的小说在很大程度上奠定了后来"中国新感觉派"的特征,其时的批评家们也注意到了这一小说和日本新感觉派之间存在的相似性。在《无轨列车》的同一期上,新感觉派运动的次要作家徐霞村翻译了 L. Galantière 写的一篇关于瓦莱里(Paul Valéry)的文章。在这篇文章后,是中国现代最为重要的象征主义和现代主义诗人戴望舒的诗歌。① L. Sosnovsky 的小说《大都会》被画室(冯雪峰,1903—1976)翻译成中文后也发表在同一期杂志上,该小说在工人阶级中找到了都会精神。从一开始,都市化和社会主义就是新感觉派的两条阵线,只不过这两条路线有时呈现为互补的关系,有时又呈现为矛盾的关系。在《无轨列车》中,这两条阵线处于协商之中,因为他们都代表了先锋性:艺术的先锋和意识形态的先锋。

在《无轨列车》第 2 期冯雪峰所写的一篇文章里,这位在第三种人争论中成为左联官方发言人的知识分子,仍然在这里进一步提倡 20 年代晚期(在左联变得专横之前)文化界对意识形态分歧所持有的开放性态度。这篇名为《革命与知识阶级》的文章十分重要,因为在文章中,冯雪峰从马克思主义的观点出发将与左翼革命相关的知识分子划分为三种可能的模式。第一种知识分子完全否弃个人主义和精英主义,成为了一个社会主义者;第二种渴望革命但又犹豫着不愿放弃自己的特权,因而有一种罪恶感;第三种是望风而动的机会主义知识分子。冯雪峰主张左翼必须容忍第二种类型的知识分子,让他们陈述颓废的内心痛苦,因为这种痛苦将成为他们从资本主义走向社会主义之时精神状态的历史标志和真实记录。② 我们注意到,这里所说的第二种知识分子正代表着后来遭到斥责的第三种人。冯雪峰的文章告诉

---

① 有关现代主义者戴望舒的研究见利大英(Gregory Lee):《戴望舒:一个中国现代主义者的生活和诗歌》(*Dai Wangshu: The Life and Poetry of a Chinese Modernist*),香港:中文大学出版社,1989 年。

② 见画室(冯雪峰):《革命与知识分子》,载《无轨列车》第 2 期,1928 年,第 43~50 页。

文化历史学家,在20年代晚期,"左"倾中产阶级知识分子并没有遭到左翼的完全否决,即便如冯雪峰这样坚定的社会主义者也可能和世界主义的新感觉主义者密切合作,他为《无轨列车》撰稿就是证明。

冯雪峰撰写的有关俄国和美国文学的文章和翻译,以及1927年转向无产阶级文学运动的日本新感觉派作家片冈铁兵(Kataoka Teppei,1894—1944)的小说,都使得《无轨列车》带有十分明显的"左"倾色彩。发表于《无轨列车》上的片冈铁兵小说《一个经验》的中译文描述了一个青年工人反抗资本主义势力的斗争。① 而片冈铁兵的另一篇小说《艺术的贫困》则发表在《新文艺》杂志(《无轨列车》被禁后刘呐鸥办的另一个杂志)上,这篇小说被看成是片冈铁兵脱下新感觉派外衣、穿上无产阶级战士外衣的宣言。这个故事的主人公是一位艺术家,他正身处于新感觉派小说营造的典型氛围中:费尽心机地去满足他蛇蝎美人般的女友(明显属于"现代女孩")和维持他颓废主义色彩的生活方式,但他最终通过参与无产阶级运动从色欲和商业化中解脱了出来。② 施蛰存也曾尝试写过有"左"倾色彩的文章,即发表在《无轨列车》上的小说《追》。年轻且富有才气的穆时英也很快出版了一整卷有关阶级意义尚未觉醒的无产阶级的左翼小说,即著名的《南北极》。

《无轨列车》的第4期是法国作家保尔·穆杭(Paul Morand,1888—1976)的专号,而这位法国作家恰是日本新感觉派和中国新感觉派的一个重要精神来源。在这一期中,我们发现这里展示的新语言、新技巧、新形式和都市化都已经处于稳定状态。《无轨列车》上登载的许多左翼小说在某种程度上将写作艺术简化为仅仅是对革命精神的模仿,但穆杭撰写的文章和有关穆杭的文章则突出了写作的美学价值和对都市情感的描写。这与日本新感觉派作家横光利一和早期川端康成(Kawabata)的精神比较相似,而穆杭也同样是这两位作家的精神来源。虽然今天穆杭已经不再被看成是一位伟大作家,但在20

---

① 见片冈铁兵(Kataoka Teppei):《一个经验》,葛莫美译,载《无轨列车》第7期,1928年,第376~381页。

② 见片冈铁兵:《艺术的贫困》,郭建英译,载《新文艺》第1卷第1期,1929年,第105~143页。

世纪20年代和30年代，他却闻名于欧洲：普鲁斯特（Marcel Proust）为他的《温柔货》（*Tendres Stocks*，1921年）写过序言；庞德（Ezra Pound）曾经翻译过他的《温柔货》和《夜开着》（1922年）。为了纪念1928年穆杭对中国的访问，《无轨列车》的这期专号翻译并刊载了克雷缪（Benjamin Crémieux）写的有关穆杭的长文和穆杭的两种小说。①

片冈铁兵将现代女性描写成了资本主义商品化的具体体现，而穆杭在前面的故事中则让摩登女郎代表了外来的色情、神秘和下流。这样一来，穆杭明确将自己定位在了福楼拜所强调的法国文学的异国情调传统之中。② 片冈铁兵和穆杭之间的区别很好地体现了这本杂志的暧昧立场：既被左翼对资本主义颓废的批评所吸引，又对颓废本身着迷。在这个意义上，《无轨列车》代表了冯雪峰所限定的第二种主体性，即模棱两可地面对社会主义（同情的但却不独断）和资本主义（批判性的但却不拒绝城市魅力）。如果用文学术语来表达，这种主体性有"左"倾色彩但却被纯粹美学形式所吸引，因此排斥严格的急进主义方案；它也对资本主义进行批评，但却也同时享受着资本主义所带来的愉悦。就主体性位置来说，这座城市在本雅明意义上的大众暴动之城（城市大众集体反抗的可能地点）和极端享乐的世俗迷醉（刘呐鸥语）之城之间来回摇摆。

半殖民城市摇摆不定的现代性情感的象征即是这种分裂的主体性位置。但是到了30年代晚期和40年代早期，在一种非此即彼的身份认同政治中，这种主体性位置不再成为可能。一个人要么是社会主义意义上的民族主义者，要么是资本主义意义上的卖国贼，在二者之间几乎没有了任何的空间。这种极端化造成的严重后果是：刘呐鸥和穆时英后来为汪精卫的傀儡政权服务，被视作是汉奸而被暗杀。这种严格的区分甚至对1949年后的历史都产生了影响：即便施蛰存策

---

① 见《无轨列车》第4期，1928年。穆杭的两篇小说《懒惰》和《新朋友》都是由戴望舒翻译的，见第160～175页。后来，刘呐鸥编辑了《保尔·穆杭ABC》一书，戴望舒翻译的小说也增加在内。我将在第十一章讨论克雷缪文章及其与刘呐鸥作品的关系。

② 在第十一章，我会对摩登女郎所扮演的角色进行深入讨论。

略性地将自己定位在"中间偏左"①的温和的意识形态立场上,但他依然没能逃脱"文革"的迫害。

　　刘呐鸥的水沫书店坐落在四川北路的一座二层洋楼里,刘呐鸥、戴望舒和施蛰存曾在这里共同居住过一段时间。在《无轨列车》因为传说中的"左"倾定位遭到国民政府的查禁之后,水沫书店随即出版了文学月刊《新文艺》。② 这个杂志的寿命也并不长(一共只有八期),但它却继续了《无轨列车》的事业,进一步加大了自己双重的先锋性努力,即对纯粹艺术形式的探索和对社会主义意识形态的宣传。这种文学实验体现于施蛰存、刘呐鸥等的小说和对日本新感觉派以及法国和其他欧美国家先锋性文学的翻译。另一方面,直到左翼作家联盟使得左派在上海文学圈获得压倒性优势的1930年(上表中的最后两个左翼意识形态立场鲜明的杂志就创办于这一年之前),相比艺术形式的实验,左翼意识形态的显现稍显微弱。当然,水沫书店出版的"新兴文学"丛书(包括约翰·里德[John Reed]和厄普顿·辛克莱[Upton Sinclair]的作品)和"科学的艺术论"丛书(包括普列汉诺夫[Georgy Plekhanov]和Anatoly Lunarcharsky的理论著作)弥补了这种缺憾。

　　当然,在《新文艺》中占主导地位的还是形式主义的感觉。杂志第1期包括了施蛰存有关色情的心理分析研究的四篇小说中的第一篇——《鸠摩罗什》,刘呐鸥与前者相似的有关色情的《礼仪与卫生》,有关梅毒与艺术之关系的文章,片冈铁兵和Colette的小说以及雅姆的诗歌。其他相对次要的现代主义者徐霞村、郭建英和杜衡也向杂志投了小说或翻译。作为一种主要由志趣相投的"同人"主办的杂志,比如《无轨列车》,这些杂志关注于宣传一种具有鲜明特征的现代主义写作风格。书店还出版了郭建英1929年翻译的横光利一的小说集《新郎的感想》,重印了刘呐鸥1928年翻译的日本现代小说《色情文化》,

---

① 见对施蛰存的采访。
② 1929年1月上海临时法庭对外公布了《无轨电车》因何被停刊的官方通告。通告宣称"刊物提出了平等原则,由此引发了工人闹事。这肯定是共产党的刊物。因此此刊必须被彻底地釜底抽薪。"见上海市警察局的文件,第1卷,D—39,其标题是"共产党文学",1929年2月18日。

后者的题目来源于片冈铁兵的小说。由于很多原因,这本杂志于 1930 年 4 月停刊。其中最主要的原因是:为了回应左联引导下的文学环境之要求的转变,这本杂志从 3 月开始彻底地转变成了一个左派刊物。主编和他的朋友摆出了一个公然挑衅的姿态,将最后一期称之为"废刊号",虽然对于这一姿态所瞄准的对象来说,这种姿态仍然是摇摆不定的。① 其时,虽然左联已经开始排斥许多中间路线的作家,但戴望舒和杜衡仍参加了左翼作家联盟的成立大会,到了 1932 年,有关第三种人的争论和其他严重的对抗加速了左联成员和现代主义者之间关系的恶化。

《无轨列车》而后的一个显著发展就是《新文艺》更为扩展的全球文化语境观念。《无轨列车》仅仅关注和选择法、日的现代主义和左派著作。而每期平均 150 页的《新文艺》则有更大的空间去容纳美国、英国、意大利、西班牙和德国等国的文学。这种对扩大了的全球语境以及中国文化在其中所扮演角色的敏感认识,体现在伯子(极可能是笔名)写的一篇重要书评中。这篇书评评论的是在巴黎出版的由敬隐渔主编和翻译的《中国现代短篇小说集》。书评认为敬隐渔编选的文集还存在诸多不足,不仅对小说的选择带有偏见,而且敬隐渔序言中对中国所作的陈述也是有问题的。书评指出敬隐渔强调过时了的老子和庄子的中国是因为"鬼魂化的中国更能引发欧洲人的好奇心"。文章引用了敬隐渔序言里的话:

> 可是中国是那样地神秘又那样地简单的?在世界上有一些安闲,沉静然而深刻的人。中国人就是这一种人,他们所有的长处是不显露出来的。他们把他诚实地谦虚地深藏着。他们是直觉的。他们的"逻辑"是原始的。他们的兀突、简短、没有相互的关系的直觉的真理,是应当立即攫住的,否则便一去不复返了。那些真理也是很难说明的。②

---

① 见编委会:《编辑的话》,载《新文艺》第 2 卷第 2 期,1930 年,第 339～400 页。
② 伯子:《敬隐渔的中国现代短篇小说集》,载《新文艺》第 1 卷第 1 期,1929 年,第 171～175 页。

这篇书评指出,该书非但没有对法国读者心目中的中国和中国文化进行去神秘化的处理,反而选择进一步去加大中国和现代性之间的距离。它加重了中国人未知的、直觉的和原始的神秘性,与欧洲将中国视为"老古董"的偏见形成了一种共谋关系。如果用当代的后殖民术语来说,伯子试图勾勒出敬隐渔的自我东方化行为及其与将中国描述成原始神秘他者的西方东方主义之间的共谋关系。对这种共谋的拒斥再一次证明了中国知识分子与西方"共时"(covalence)[①]的渴望。当然这种"共时"的渴望从性质上根本区别于赶上西方的"五四"愿望,因为前者不包含中国文化"落后"的预设。就施蛰存将自己的杂志命名为《现代》看,这意味着"共时"被看成是一种事实而非未来的目标。由此,他们也才有可能在反东方主义的意义上对敬隐渔的中国叙述作出批评。

《新文艺》停刊以后,水沫书店又坚持了大约一年的时间,不时地出版一些图书。1932 年 1 月日本轰炸上海期间,书店遭到了严重破坏。刘呐鸥盘点了书店,发现书店损失巨大(估计是 1 万元)[②],实在是难以为继。最终,编辑上面两种杂志的现代主义者的核心部分解散了:刘呐鸥转向了电影,停止了小说写作;戴望舒回到了家乡,并准备赴法;杜衡退回书斋,专注于翻译工作;徐霞村去了北京;施蛰存回到松江继续在中学教书。[③] 正如施蛰存所回忆的那样,因为许多书店在日本轰炸中遭到了破坏,因此这次轰炸实际终止了所有的文学出版。

事实上,上海的文学图景在轰炸后很快就重新复苏。就现代主义来说,轰炸后最值得纪念的事件即是《现代》的迅速创建和出版(1932

---

① "covalence"这一术语来自乔纳斯·费边(Johannes Fabian)有关西方人类学的著名研究。他指出,人类学试图将其研究的人种对象禁锢在时间轴的过去,从而否认他者与西方之间的当代性、同代性。见乔纳斯·费边:《时间与他者:人类学如何建构自己的对象》(*Time and the Other: How Anthropology Make Its Object*),New York:Columbia University Press,1983 年。

② 另一个估计认为,刘呐鸥的出版业冒险总共使他损失了 3 万元。见一统:《记刘呐鸥》,载杨之华编:《文坛史料》,上海:中华日报社,1944 年,第 233~234 页。当然,无论是 1 万还是 3 万,数目都是巨大的。其时棉纱厂工人的月平均工资(每天工作 10 小时以上)大约是 14 元,因此 1 万元大约相当于普通工人 60 年的工资。有关工人月工资的信息来自 C.C.F.:《上海的生活标准》("Shanghai's Standard of Living"),载 *The Chinese Nation* 第 1 卷第 51 期,1931 年,第 1439 页,第 1442~1443 页。

③ 见施蛰存:《我们经营过三个书店》,载《新文学史料》,1985 年,第 190 页。

年5月第1期)。施蛰存被现代书局的出版商召回上海,担任了《现代》的主编。他被委托创办一个大型的、非同人的和意识形态中立的文学杂志。对于出版商来说,这将是一个商业的巨大胜利;对于施蛰存来说,他要将"文学作品的本身价值"作为评判标准,使杂志独立于意识形态的宣言。① 平均每期7 000份的印刷量,使得《现代》无可争辩地成为其时中国最为重要的文学论坛。《现代》的最大印刷量曾达10 000份,要知道其时著名的国家报刊《申报》的最高发行量也只不过是15 000份。②

施蛰存是以刘呐鸥为中心的早期作家群体的遗留物;他的朋友杜衡和戴望舒继续与这个新办的杂志保持着密切的联系。施蛰存登载了穆时英的作品,而这些作品的风格显然类似于刘呐鸥的作品。由此可见,在这个声称要取悦更多的、无宗派之读者的杂志上,施蛰存的现代主义倾向并没有完全消失。除了登载穆时英的作品,《现代》也刊登了早先那个文学小圈子所有作家的作品:在1932年赴日访问后,刘呐鸥曾投了一篇或是两篇珍贵的译文;杜衡则和施蛰存一起工作,后来和施蛰存共同编辑这份刊物,并最终以苏汶的笔名在《现代》上发表文章,为已然升温的有关第三种人的讨论更添上了一把柴;更重要的是,戴望舒作为杂志在法国的通讯编辑经常投稿。戴望舒系统地翻译了法国的后象征主义诗歌(如古尔蒙)和散文(如雷蒙德·哈第盖和其他人),写了有关法国文学思潮的文章,更出版了自己的象征主义-现代主义诗歌。

除了尚活跃于《现代》杂志的早先那个圈子的作家,另外两个重要的批评家也因现代主义视角而崭露头角,即著名的欧美文学批评家和学者赵家璧(生于1908年)以及日本文学学者和译者高明。在20世纪30年代的中国文学图景中,赵家璧即使不是最重要的,也是最博学的一位英美文学专家。作为包括《中国新文学大系》在内的多种图书的编辑和出版人,赵家璧在其时的文学界扮演了一个极为重要的角

---

① 见施蛰存:《创刊宣言》,载《现代》第1期,1932年,第2页。
② 见施蛰存:《现代杂忆》,载《新文学史料》,1981年,第221页。

色。他发表在《现代》和《作家》上的两篇有关帕索斯的文章,再次证明了那个时代对文学和意识形态两方面的关注,显示了作家的革命和现代主义倾向是如何可能同时被满足的。在赵家璧看来,帕索斯既是一位用新形式来描绘新社会结构的"共产主义作家",又是一位和乔伊斯一样的现代主义者。赵家璧特别强调了帕索斯用来描绘资本主义美国复杂生活想象的现代主义技巧,比如空间的非连续性(赵家璧称之为"横断")以及新闻影片和摄影的视角。① 高明则起步于刘呐鸥、郭建英等人的止步处。他翻译了日本新感觉派小说家横光利一和 Iketani Shinzaburō 的作品,撰写了有关日本现代文学的文章,并从日文转译了有关欧美文学的文章。他作为一个日本研究者所达到的高度恐怕仅仅次于全面撰写了日本文学史的谢六逸(1898—1945)。②

尽管《现代》的关注视角庞杂,但在这本杂志周围也确实形成了一个清晰可辨的现代主义诗歌流派。事实上,由于公认的不以社会意义自命的个人和抒情特质,诗歌成为了一种较少受到"五四"以来政治和意识形态争论影响的文体。戴望舒的诗歌及其著名的诗歌评论集《望舒诗论》即代表了现代主义的分水岭。③ 而作为批评家、理论家、译者、小说作家和诗人的施蛰存也在促成现代主义气质中发挥了作用。例如,《望舒诗论》就是施蛰存从戴望舒笔记中编辑结集的,而此时的戴望舒则在忙着准备开始于 1932 年 10 月的长时间的法国之旅。在翻译英美意象派诗歌的"image"一词时,施蛰存创造了"意象"这一新词。在编辑注解中,他将现代派诗歌看作"是纯然的现代诗,它们是现代

---

① 见赵家璧:《帕索斯》,载《现代》第 4 期,1933 年,第 220~229 页;《从横断小说到杜斯帕索斯》,载《作家》第 2 卷第 1 期,1936 年,第 179~192 页。他的许多有关现代美国文学的文章都以帕索斯为中心。见《美国小说之成长》,载《现代》第 5 卷第 6 期,1934 年,第 839~859 页。这一时期赵家璧的其他文学贡献包括对 The Fortnightly Review 上一篇题名为"Tendencies of the Modern Novel"的、长度几乎可以与书媲美的批评文章的翻译,他将之集为《今日欧美小说之动向》,上海:良友图书公司,1935 年。

② 谢六逸是文研会的成员和商务印书馆的编辑。他受教育于日本。到 1933 年为止,他已经撰写和翻译了大约 30 本有关日本文学的书籍。他的重要的两卷本文学史《日本文学史》(上海:北新书局,1929 年)在当代中国仍然是日本文学的标准教科书。他的另一个重要的贡献是与汪馥泉一起编辑和翻译了 13 卷的世界文学宝库《世界文学讲座》,上海:北新书局。他也是将色情文学宣布为高等文学的重要一员。

③ 见戴望舒:《望舒诗论》,载《现代》第 2 卷第 1 期,1932 年,第 92~93 页。

人在现代生活中所感受到的现代情绪,用现代的辞藻排列成的现代诗形"①。在这段短短的编辑注释中,"现代"一词共出现了六次,因此这段话被看成是中国现代派诗歌的宣言。施蛰存用下面这段后来经常被引用的话来进一步解释现代性的含义:

> 这里面包含着各式各样独特的形态:汇集着大船舶的港湾,轰响着噪音的工厂,深入地下的矿坑,奏着Jazz乐的舞场,摩天楼的百货店,飞机的空中战,广大的竞马场——甚至连自然景物也与前代的不同了。这种生活所给予我们的诗人的感情,难道会与上代诗人从他们的生活中所得到的感情相同的吗?②

李金发、徐迟、路易士等诗人共同将这种现代气质推进为一场诗歌运动。到了1935年,《现代》上登载的诗歌已经被称作是现代派诗歌。③ 新感觉派指的是小说,现代派则指的是诗歌,二者皆是上海现代主义运动的特定术语。

谈到《现代》,我们还需要注意的是,上海是欧美和日本文学家访问中国时最爱去的中国城市。30年代早期,上海接待了萧伯纳、兰斯敦·休斯(Langston Hughes)和瓦扬-古久里(Paul Vaillant-Couturier)等名人。而《现代》杂志与欧洲大陆的畅通联系,则通过戴望舒与安德烈·马尔罗(André Malraux)、安德烈·布列东(André Breton)、马克斯·雅各布(Max Jacob)、艾田伯(Etiemble)等法国作家的私人关系达成。④ 再加上现代书店对所有欧美和日本文学、文学批评、文学理论著作的大规模出版,1932—1934年间,《现代》的活动促成了该文学团体的繁荣。

1934年,上海文坛最引人注目的事件是《现代》杂志有关美国现代

---

① 施蛰存:《又关于本刊的诗》,载《现代》第4卷第1期,1933年,第6页。
② 施蛰存:《又关于本刊的诗》,第6~7页。
③ 在20世纪30年代,现代派诗歌已经成为学术研究中的一个重要的诗歌流派。见孙作云:《论现代派诗》,载《清华周刊》,1935年3月,第56~65页。施蛰存也提到,现代派已经等同于诗歌中的现代主义。见《现代杂忆》,载《新文学史料》,1981年1月,第219页。
④ 见利大英:《戴望舒》。

文学的 10 月号的出版。这一期的开篇是由其时中国主要的文学批评家撰写的导论性文章,而后的文章和译文则涉及了几乎所有主要的美国作家:福克纳(William Faulkner)、庞德、帕索斯、奥尼尔、格特鲁·斯泰因(Gertrude Stein)等等。这期杂志长达 400 多页,在系统全面地介绍美国文学这方面几乎可以说是空前的,因为其时美国文学由于其短暂的历史还仍被视作是低欧洲文学一等的文学。施蛰存和杜衡简短地说明了他们选择美国文学作为他们计划中一系列文学专号(包括其他更著名的文学)的第一部的原因。这其中的理由有三:现代性、创造性和自由主义。首先,他们提出,除了俄罗斯,美国是唯一一个获得"现代"头衔的国家。与其他受到传统束缚因而不能够踏入"现代性舞台"的国家不同,美国已经摆脱了英国的束缚,变成了独立发展的民族文学的模范。也正是在这一意义上,美国文学可以成为中国现代文学的最佳范例和同志,因为美国文学也曾经热切渴望能够切断自己与古老传统之间的所有关联。第二,美国文学是具有创造性的。它形成于电影、爵士乐、摩天大楼、录音机以及其他现代世界的成就与罪恶之中。这种新语境呼唤一种对美国性的自觉创造,同时,美国文学对其他西方文学越来越大的影响更证明了美国性的影响(比如爱伦·坡 [Edgar Allan Poe]对法国象征主义的影响,惠特曼[Walt Whitman]对俄国激进诗歌的影响等等)。其三,与其他产生于专制政府统治下的文学相比,美国文学成长于自由辩论的语境中。在美国,不同的观点被允许自由地表达。由于自由是"文学发展根本和唯一的保障",所以这种精神也同样可以帮助中国建立新的文化。①

紧接着这篇介绍性文章的是赵家璧的文章。他在文章中再次强调,美国文学是从被殖民和被奴役状态中脱离出来进而宣布独立的文学的最佳代表。② 对美国现代文学独特个性的鉴别体现了施蛰存、杜衡领导下的《现代》杂志的一般观点。他们肯定现代性、创造性、自由主义和独立性,而美国文学的斗争则成为了具有寓义的先驱。从反映

---

① 见施蛰存、杜衡:《现代美国文学专号导言》,载《现代》第 5 卷第 6 期,1934 年,第 834~838 页。

② 见赵家璧:《美国小说之成长》。

日常生活中的现代性,到拒绝来自左联的意识形态控制,再到创造一个作为世界共同体之组成部分的新的独立的民族文学,以及鼓励自由讨论和言论自由,来自美国文学的启发波及了中国文学界的方方面面。

几个月后的1935年早些时候,由于出版商的去世,现代书店遇到了经济上的困难,施蛰存和杜衡离开了杂志。此时,他们的亲密伙伴刘呐鸥和穆时英则开始为国民政府做事,而施蛰存更被迫卷入了一场激烈的争辩之中。这场争辩的话题是青年人是否应该读道家经典《庄子》,而辩论的对象则是一向言语尖刻的鲁迅。上面的这一切都破坏了现代主义者的公众形象。①

就在《无轨列车》、《新文艺》和《现代》作出努力的同时,另一场单独的也更加极端的运动也在进行中。在《金屋月刊》、《幻洲》、《现代小说》等其他杂志上,一股时髦的反叛之声正在聚集力量。他们的公开目标即是通过宣扬颓废和色情来颠覆社会的习俗。自命为世纪末作家的亲法作家邵洵美,仿照英国颓废派《黄书》(Yellow Book)的风格和设计,创办了《金屋月刊》。② 邵洵美和他的朋友们,这群以叶灵凤为首的围绕在《幻洲》和《现代小说》周围的作家,重拾起了"五四"颓废主义者的事业(见第四章)。《金屋月刊》中的译文和原创文字都保持了一贯的唯美主义立场。在《金屋》发表的文学翻译中,谷崎润一郎(Tanizaki Jun'ichirō)、王尔德(Oscar Wilde)、乔治·穆尔(George Moore)和沃特·佩特(Walter Pater)是他们最钟爱的作家。章克标(也是这本杂志的编辑,他是一个很少受到重视但却十分重要的小说作家)、滕固("五四"以降活跃的颓废派作家)和徐霞村等中国作家则将自己的原创作品投给该杂志。在他们的宣言中,编辑们提出了非功利主义和普

---

① 见施蛰存:《现代杂忆》,第214页。
② 在波德莱尔《恶之花》之后,邵洵美写了一本诗歌集,名为《花一般的罪恶》(1928年)。邵洵美是一位时髦的花花公子,为自己建了一座大理石的房子,有一个美国情妇记者项美丽Emily Hahn,并且还抽鸦片。见海因里希·富合(Heinrich O. Freuhauf):《中国现当代文学中的都市异国情调》("Urban Exoticiam in Modern Chinese Literature, 1910-1933"),博士论文,University of Chicago,1990年,第227~230页。对邵洵美以及著作的分析,见李瓯梵:《上海摩登》,第七章。

遍性的文学和艺术观念,拒斥政治的和为时间所限定的文学观念,同时他们也极端尊重艺术的基本表述。① 也许是因为这个时代嘈杂的政治气候,一种特殊而又急迫的声音贯穿了他们的作品;而他们沉溺于颓废中的行为是与其时紧张的意识形态氛围息息相关的。

章克标的抒情文章《来吧,让我们沉睡在喷火口上欢梦》,将颓废描述成一个人在死亡时刻所体验到的不可抑制的情感爆发:

> 倘若我们睡在火山的喷火口上,我们一定可以感到他在地下的热情的燃烧,他的热血的奔骤澎湃。只由这一点,我们也该欣慰去睡在喷火口上,而况我们还可以欢梦。
>
> 假使我们睡在喷火口上做梦,那做的便是这一种梦。火山爆发了、实现了我们试想的梦境,把我们爆裂成飞灰,我们的血散溅在空中的雨丝,我们的肉纷飞在空中的花片。我们的骨落下到地上的雹点。那时却解明了我们的骨还硬。我们的肉还有劲力,我们的心还不曾枯死。
>
> 由我们的血肉骨造成了光霞万道的美丽世界,而且我们的血肉散遍大地,造出了一个顶光明灿烂的世界。
>
> 这原是因为火山的一爆发,全消除了世间一切的龌龊丑劣。那原是用我们的鲜血拂拭,用我们的骨肉打扫出来的一个世界。②

"我们"所寻求的是在这个接近末日的世界上"欢梦",去梦见毁灭和死亡的美丽。在无可回避的破坏发生以前,在想象中的乌托邦出现以前,"我们"在危险的兴奋中狂欢。在另一个颓废派案例中,邵洵美以内心独白形式完成的小说《赌》和《赌钱人离了赌场》,将赌博带来的娱乐当成是一种艺术形式。他为常玉的色情艺术作辩护,将之和马蒂斯(Matisee)以及毕加索(Picasso)的画作相比。③ 邵洵美还编辑了19

---

① 见邵洵美、章克标:《色彩与旗帜》,载《金屋月刊》第 1 卷第 1 期,1929 年,第 1~6 页。
② 章克标:《来吧,让我们沉睡在喷火口上欢梦》,载《金屋月刊》第 1 卷第 2 期,1929 年,第 4 页。
③ 邵洵美以浩文的笔名出版这些小说,见《金屋月刊》第 1 卷第 3 期和第 1 卷第 5 期,1929 年,第 45~50 页,第 40~43 页;邵洵美:《近代艺术节中的宝贝》,载《金屋月刊》第 1 卷第 3 期,1929 年,第 82~86 页。

世纪英国主要的颓废派画家比亚兹莱（Aubrey Beardsley，1872—1898）的诗画集。①

叶灵凤编辑了两个具有连续性的杂志《幻洲》和《现代小说》，叶灵凤以受比亚兹莱精神鼓舞的"世纪末"风格（fin-de-siècle）的颓废画作来作这两个杂志的封面和插图。这个杂志横排版，装订精美，完全以唯美主义和毋庸置疑的享乐主义来定位。这个群体的许多成员曾经和创造社保持联系，他们将郭沫若的自我爆发和郁达夫的自我放纵发展到了极致。他们扩张自我以挑战约束性的规范标准，宣扬性欲却不带有其"五四"先辈的焦虑感。至少从修辞学的层面上说，《幻洲》是一本颓废和反叛的杂志，希望对社会进行彻底性的颠覆。杂志的每一期都被分为两个部分："象牙之塔"和"十字街头"，前者由叶灵凤编辑，主要包括文学作品；后者由潘汉年编辑，主要探索社会的"十字街头"，比如社会问题。② 叶灵凤宣布杂志是"颓废的"和"感伤的"（sentimental），希望在被撒旦和耶稣抛弃的土地上创造出一个人造的艺术和文学的"幻洲"（oazo 是 oasis 的一种世界语说法）。③

潘汉年则提倡一种"新流氓主义"，将中国的毁灭归咎于所谓的"正人、君子、绅士和学者"。他恳求所有的青年都站起来反抗，"现在凡是感到被束缚、被压迫、被愚弄、被欺骗的青年……假如要反抗一切，非信仰新流氓 ism 不行。新流氓主义，没有口号，没有信条，最重要的就是自己认为不满意的就奋力反抗"④。新流氓主义的一个突出方面即是从性压抑中解放出来。第 1 卷的第 4、第 5 期即是有关"灵魂与肉体"的专号，潘汉年在第 1 期专号上解释了自己出这两期专号的动机：

---

① 见邵洵美：《琵亚词侣诗画集》，上海：金屋书店，1929 年。
② 李欧梵指出，这两部分的名字都直接参考了厨川白村（Kuriyagawa Hakuson）的小说，前者参考了他的《象牙之塔》，由鲁迅译成中文，后者来自于一篇描写现代观念特征的文章《徘徊在十字街头》，见李欧梵：《上海摩登》，第七章。
③ 见叶灵凤：《象牙塔中》和《编后随笔》，载《幻洲》第 1 卷第 1 期，1926 年，第 1～3 页，第 55～58 页。
④ 亚灵（潘汉年）：《新流氓主义（一）》，载《幻洲》第 1 卷第 1 期，1926 年，第 7 页。

> 我们的"灵与肉"专号对社会的缺陷(即妇女的奴隶地位)发出了实实在在的攻击。我们要促起一般有新流氓精神的女同志醒悟,自己立起和恶势力,旧社会争斗,达到男女性爱的自由大路。①

他们以热烈和生动的语言提出并讨论了诸如同性恋、性自由、女性继承权、优生学、女性教育和对女性的肉体虐待等等的话题。两个最为坦白的性自由和优生学的拥护者——《新文化》的编辑、臭名昭著的"性博士"张竞生(1888—1969),和《新女性》的编辑陆建波也都出了书。叶灵凤是个多产的作家,几乎在每一期上我们都能看到他的小说,其中的大部分都带有色情意味,关乎自发性欲、同性恋和乱伦等等的主题。加上他在《现代小说》、《现代》等杂志上发表的其他小说,这些故事后来被编成四卷本的小说集,成为"幻洲丛书"的一部分。

虽然杂志的目的在于通过颓废和色情进行高贵的社会和艺术陈述,但是《幻洲》的编辑也充分意识到了这本杂志的市场价值。这种杂志平均每期销售4 000份。在这个意义上,《幻洲》也证明了上海的"高雅"文化实际也浸透了商业精神,或者说一只眼还关注着市场。例如,从现代书店老板的角度看,《现代》纯粹属于一种商业冒险,他打赌"高雅文学"也能拥有市场。这种市场证明正确的看法解释了出版工业的繁荣,这种繁荣就是在全中国也是从来没有过的繁荣,更遑论一个城市了。施蛰存在数十年后提到,如果不是中日战争的干涉,在南京政府时期充满活力的中国现代文学也许可以获得更多的时间去成熟和发展,那么中国现代文学史也许就要被改写了。② 战争的打击使得大多数作家的注意力从艺术转向了社会和政治。有关民族形式、国防文学、大众语等等的争论占领了30年代末期中国的中心舞台。但是,所有这些话题都没能吸引像《现代》时期那样大范围的作家参与,也没有促成任何一种试图重新定义文学的文学运动。

---

① 《新流氓主义(五)》,载《幻洲》第1卷第6期,1926年,第263页。
② 见对施蛰存的采访。

东京的新感觉派和上海的新感觉派

上文所描绘的上海的地理文化图景、松散的殖民存在、城市化、熙熙攘攘的出版工业以及意识形态的争斗,共同构成了上海现代主义诞生的地区语境。有人也许会说,外来因素也参与了现代主义的诞生过程。在对这一写作风格的外在因素和内在原因之间的相互关联进行详细分析之前,尤其是在分析上海现代主义与日本新感觉派共同作用下所形成的文体美学倾向之前,我以为首先有必要简要介绍一下日本新感觉派。

日本的新感觉派写作是一个短命的(1924—1930)、围绕在核心杂志《文学时代》(*Bungei jidai*, 1924—1927)周围的现代主义文学运动。其主要成员包括了川端康成(Kawabata Yasunari)、片冈铁兵(Kataoka Teppei)和最为重要的横光利一(Yokomitsu Riichi)。兴起于1923年9月1日关东地震后的这一文学运动,试图建立起一种能够配得上首都东京现代转变中的现代性新感觉的语言。横光利一后来回忆起的地震对新感觉派的影响正证明了这一观点,而这也正是施蛰存在回忆现代主义诗歌写作素材时所提到的东西:

> 我先前对美丽的信仰已经完全被这个悲剧(地震)破坏了。人们称之为新感觉派的东西正是从这一时期开始的。这个伟大的首都令人难以置信地变成了我们眼前的一片废墟;在这篇废墟中,一种称之为汽车的速度的象征第一次穿越整个城市,一种称之为无线电的奇怪的声音出现了,一种称之为飞机的人工鸟开始出现在天空。地震后,所有这些现代科学的物质体现开始出现在我们的城市里。面对这种废墟中的现代科学物质体现,年轻人的感觉不可避免地发生了变化。[①]

[①] 横光利一、Seiji Lippit 将之译成英文,见《日本现代主义和文学形式的毁灭》("Japanese Modernism and the Destruction of Literary Form"),载 *The Writings of Akutagawa, Yokomitsu, and Kawabata*,博士论文,Columbia University,1997年,第5~6页。

地震对旧东西的破坏恰为现代技术不受阻碍地进入都市提供了空间。这也从根本上改变了社会现实,并引发了感官上的回应,进而呼唤一种直觉、经验和感受的新模式。

公认的形式主义者横光利一和他的同胞们发明了一种新的语言。这种语言通过小说、理论文章和电影表达了一种新的经验,这些文字今天都已成为了日本现代主义的经典。川端康成写了唯一一部新感觉派电影《疯狂的一页》(1926年)的脚本,这部电影以图像的形式诠释了新感觉主义的前提预设。他1930年的小说《浅草红团》也是这一新模式的最好例证,同时也是现代城市生活速度、图像、感觉的具体体现,与电影、无线电、杂志和"爵士乐的节奏"(用著名日本批评家前田爱[Maeda Ai]的话来说)等大众文化相配合。① 日本的这种现代主义类型是"建构一种能够描述城市环境飞速变化的语言尝试"②。

然而,这种语言的本质是什么?它又是如何抓住现代性新感觉的呢?正如 Seiji Lippit 所解释的那样,答案就在语言的感觉自身,而不在于将经历描述成客观事件(在自然主义意义上)或者把对经历的主观反应(正如所谓的第一人称小说那样)陈述出来。这些新感觉派作家自觉地反对上面的两种模式,而且通过将语言视作是"原始的感觉符号",使得主体意识和个人感觉被投射到物质客体的经验世界中,从而将感觉自身变为物质的人工物。③ 在《有关新感觉派》(1925年)一文中,横光利一为新感觉派下了一个定义:"感觉是一种主体性的直觉爆发,它撕去了本质的外部层面以直接接近事物本身,新感觉派方法给予精神认知以一种物质性体现"④。横光利一将作家的主体性分解成"无数的碎片",进而移入客体对象并将之置于运动中,排斥主体性和内在性的共生性,而通过将主体性碎片投入客体对象的物质世界来

---

① 见 Lippit:《日本现代主义和文学形式的毁灭》("Japanese Modernism and the Destruction of Literary Form"),第 200~255 页。
② 同上,第 223 页。
③ 同上,第 200~255 页。
④ 丹尼斯·基恩(Dennis Keene):《横光利一:现代主义者》(*Yokomitsu Riichi: Modernist*),New York: Columbia University Press,1980 年,第 79~80 页。

对主体性进行外在化处理。语言或者说书面语言成为了有活力的物质世界的一部分,其物质性是文学成为世界之一部分的最好例证。①

具体说来,这一风格的标志是互相之间不存在逻辑关联的短句、拟人化(将主体性放在物质客体中的方式)、不含有强制性解说的丰富想象、蒙太奇和拼贴、第三人称叙事角度和对语言标准语法规则的拒斥。② 而与日本新感觉相类似的欧洲先锋派运动,则被称之为"未来派"、"立体主义"、"表现主义"、"象征主义"、"达达主义"和"俄国结构主义"。和西方先锋主义对中国新感觉派的影响相似,西方对日本新感觉派影响最大的人物也是保尔·穆杭。他的许多小说被崛口大学(Horiguchi Daigaku)翻译成了日文。崛口认为,在穆杭穿梭于各种国家习俗和性遭遇之间的叙述方式中,存在着一种"感觉逻辑"。③

日本的新感觉派与中国及中国的新感觉派之间存在着事实上的联系。正如我在第二章中讨论的那样,陶晶孙早在 1925 年早期就开始了新感觉派模式的写作,而此时也正是日本新感觉派的鼎盛期。上海的现代主义者开始用新感觉派模式写作是在 1928 年,标志是《无轨列车》的出版。中日新感觉派运动在事件和空间上的相似性是十分重要的,它证明了两个国家间信息流动的快速和文化接触的即时性。然而,正和中国与世界其他国家之间的文学遭遇一样,这种流动是单方面的,二者之间存在着某种等级关系。事实上,直到很久以后,日本新感觉派也还不清楚中国同人的相似努力。当然,他们也对平等地与中国进行文化交往没有任何兴趣。正如民国早期访问中国的日本作家将中国描述成了不值得日本效仿的消极案例那样④,日本新感觉派并没有对中国显示出什么特别的兴趣,而是将之看成是处于帝国主义掌

---

① 见 Lippit:《日本现代主义和文学形式的毁灭》("Japanese Modernism and the Destruction of Literary Form"),第 55~59 页。
② 见唐纳金(Donald Keene):《走向西方的黎明:现代日本文学》(*Dawn to the West: Japanese Literature in the Modern Era*),New York:Henry Holt and Company,1984 年,第 630~653 页。
③ 见丹尼斯·基恩(Dennis Keene):《横光利一:现代主义者》,第 76~77 页。
④ 见傅佛果(Joshua Fogel):《日本再发现中国过程中的游记文学》(*The Literature of Travel in the Japanese Rediscovery of China*,1862-1945),Stanford:Stanford University Press,1996 年,第 129~275 页。

控中的落魄样本,同时,中国的命运正是日本无论如何都要避免的命运。

例如,与芥川龙之介的游记相似,横光利一的小说《上海》在很大程度上属于日本的一个亚文类,这种亚文类将上海形容为一个包含了怪异、道德堕落和污秽的具体体现。① 到了40年代早期,横光利一和转变后的片冈铁兵(是 tenkō 现象的一部分,从左翼转到了右翼),已经成为了日本帝国主义的铁杆支持者。片冈铁兵在文章中指出,被征服的中国必须完全顺从于征服者,他向对日本文化友好的中国作家(指周作人)提出了警告,指责周作人没与占领北京的日本军队进行充分的合作。② 当穆时英由于为汪精卫傀儡政府工作而被暗杀之时,横光利一和片冈铁兵为穆时英写了一首挽诗,将之回忆为在日本帝国主义机构工作的同胞(见第一章)。③ 毫不令人奇怪的是,横光利一后来因为对战争负有责任而受到了指控。这些新感觉主义者的政治立场,恰好证明了即便是明确的"无政治意义和唯美主义"的立场,也可以成为日本帝国主义的同谋。

由于没有意识到日本新感觉派对中国和中国人的基本看法,中国新感觉派将日本新感觉派看成是日本都市文化实践的象征。在现存的穆时英和横光利一之间唯一的对话记录中(穆时英在30年代至少访问过日本两次),我们听到穆时英将日本新感觉派的失败归结为民族主义和抛弃唯美理想之转向的结果。④ 颇为反讽的是,中国新感觉派一直坚定地保持着自己的信仰,而其日本前驱者却早已为了民族主义的帝国主义放弃了自己的先锋性。我们试着回想一下,在20世纪30年代的大部分时间里,日本和中国之间存在着持续不断的战事(满洲事件、轰炸上海和南京大屠杀)。到1937年,除了外国租界,上海已经基本上成为了日本的殖民地(太平洋战争期间,租界也落入了日本

---

① 这两本小说在绪论中已经详细讨论过了。
② 见钱理群:《周作人传》,北京:十月文艺出版社,1990年,第471页。
③ 这些文章见《文学世界》(Bungakukai)第7期(1940年9月)。《文学世界》是1942年"克服现代性"争论的论坛。本书第十二章详细讨论了穆时英死后纪念穆时英的那些文章。
④ 见横光利一:《穆时英之死》,载《文学世界》第7期,1940年,第174~175页。

之手)。很明显,穆时英应该指责的正是日本新感觉派的民族主义。此时,日本新感觉派的都市文化已经急剧地整合于日本民族国家反中国的帝国主义行径之中,中国作家将都市和殖民区分开来的做法已经不再具有合法性。然而,尽管穆时英已经意识到都市文化和帝国主义国家的殖民文化之间存在的共谋关系,但他仍然只停留在日本作家对唯美理想进行否定的层面上哀叹日本新感觉派的消亡。

20年代和30年代早期中国与日本新感觉派的合作,使得这些作家在翻译和批评中也采取了相似的路线。刘呐鸥1928年的《色情文化》的译文包括了片冈铁兵的《色情文化》、横光利一的《七楼的运动》和池谷绅三郎(Iketani Shinzaburo)的《桥》。在这一译文集的介绍文字中,刘呐鸥写到,新感觉主义是一种象征主义的写作方式,特别适合于描写现代日本的"时代色彩"。它透出一种"舶来色彩",虽然看上去并不那么日本,但这却正是其独特性的体现。在刘呐鸥看来,日本新感觉派带有明显的意识形态内容,因为它暴露了日本资本主义社会的腐败,同时也预示着无产阶级社会的到来。① 刘呐鸥列出的日本新感觉派的秘诀正是(象征的)现代主义、(反资本主义)的社会主义和(舶来的)色情文化的结合。

郭建英翻译的横光利一的小说《点了火的支烟》②展现了后来屡屡出现在穆时英小说中的主题。这里的爱情故事包含着对女性读者构成吸引力的男性作家的自我投射,渗透在整个故事里的是听起来十分色情的香烟牌子(从日本语发音听来)的味道(也可见片冈铁兵的《艺术的贫困》,本章之前曾经讨论过)。1931年早些时候,著名的日本文学学者谢六逸在复旦大学所作的演讲,进一步地显示了中国人对新感觉派技巧成就的恭维。谢六逸提出,新感觉派通过小说"感觉的装置"和新的表达技巧治愈了模仿的和陈词滥调的表达。谢六逸突出强调了写作技巧,他指出了感情的具体化是如何通过一个动作或一种想象来达到的(在某种程度上类似于艾略特客观对应物的概念),而不是通

---

① 见刘呐鸥:《译者题记》,载《色情文化》,上海:第一线书店,1928年。
② 见横光利一:《点了火的支烟》,载《新郎的感想》,郭建英译,上海:n. p.,1930年,第67~121页。

过某种描述或命名来完成的。拿走路这件普通的事情来说,我们可以从腿作为自身主动发力点的角度来观察,也可以对围绕腿的物质对象进行拟人化处理,从而将观察者的主体性投射到物质对象的身上。①新感觉派的一系列技巧范畴使人很清晰地联想到横光利一等新感觉派作家的作品。

总的说来,在这些译介和讨论中,日本新感觉派主要是一种意在抓住现代城市生活的新感觉的形式主义实验(虽然有时带有一种马克思主义的倾向)。它运用的是舶来的陌生主题和先锋性的技巧。在日本新感觉派中,片冈铁兵在再次转向右翼之前的数个年头曾明确地主张过一种马克思主义的立场,而横光利一和川端康成则在其30年代晚期转向民族主义美学之前一直坚持自己唯美的形式主义立场。20年代末期日本现代主义者和马克思主义者对形式的争论(同情马克思主义的现代主义者也坚持一种形式主义的理论,反对意识形态内容对形式的支配),正预示着1932年发生在中国的有关第三种人的争论。②

如果说在"五四"时代诸如现实主义、颓废派和早期现代主义这些早期文学运动中,作家们直接关注西方,他们将西方作为自己的灵感源泉,而只将西方文学的日译本看成是接近西方的方法之一,那么在上海的现代主义者那里,日本文学不再仅仅扮演一个中间人的角色。日本文学本身即是动力之所在,呈现出一种相对独立于其西方助力的重要性。虽然日本现代主义也包括着西方先锋的因素,但也正是那些在东京大地震后的特定语境下被翻译的因素才会对中国作家产生吸引力。将日本现代主义观念视为独立于欧美先锋性的观念的做法,也在一定程度上反映了日本都市文化因素在上海的增长。这些增长包括了日本作家的频繁来访,在日本受教育而后归国的中国人和内山书店的令人尊敬。这也体现了日本对自身作为现代文化参与者的自信心正在日益增长。早先留学日本的中国作家主要学习日译本的西方

---

① 见谢六逸:《新感觉派》,载《现代文学评论》第1卷第1期,1931年,第1～10页。
② 横光利一和 Seiji Lippit 将之译成英文,见"Japanese Modernism and the Destruction of Literary Form",载 *The Writings of Akutagawa, Yokomitsu, and Kawabata*,博士论文,Columbia University,1997年,第60～66页。

文学,而刘呐鸥及其朋友们则开始严肃地对待日本文学本身。

和日本一样,上海的现代主义也是都市语境的产物。1926年,在写给戴望舒的一封信中,刘呐鸥在城市、都市感和近代主义之间建立起了关联:

> 在我们现代人,Romance 究未免缘稍远了……电车太嘈闹了,本来是苍青色的天空,被工厂的炭烟布得黑蒙蒙了,云雀的声音也听不见了。缪赛们,拿着断弦的琴,不知道飞到哪儿去了。那么现代的生活里没有美的吗?那里,有的,不过形式换了罢。我们没有Romance,没有古城里吹着号角的声音,可是我们却有thrill和carnal intoxication,这就是我说的近代主义,至于thrill 和 carnal intoxication,就是战栗和肉的沉醉。①

这一段话在时间上早于施蛰存在《现代》杂志上发表的那段现代主义的诗学宣言,但却已经十分清晰地提出了类似的主张。刘呐鸥认为,现代主义作家已经处于为现代生活之技术图景所改变了的新的感觉和肉体/感观经验之中。在给赵景深的一封信中,徐霞村认为"都市化"和"现代主义"是同义的②,因为早在1927年,城市就已被看成是现代艺术的前提。③ 而在刘呐鸥和穆时英的小说里,我们常常能找到包括汽车、爵士乐、好莱坞电影、舞厅、赛马场等等在内的都市物质产品,这些人造景观被看成是异国情调的具体体现和"肉的沉醉"的提供者。

下面是从邵洵美《上海的灵魂》中摘取的两节诗歌,这正展示了上文提到的那些都市上海的具像:

---

① 刘呐鸥1926年11月10日写给戴望舒的一封信,收入孔另境编:《现代中国作家书信》,1971年,第266~267页。
② 同上,第78~79页。
③ 见傅彦长:《艺术的标准》,载傅彦长等编辑:《艺术三家言》,Freuhauf也在 Unban Exoticism in Modern Chinese Literature 书中第203页提到此文。

> 啊,我站在这七层的楼顶,
> 上面是不可攀登的天庭;
> 下面是汽车,电线,跑马厅。
>
> 舞台的前门,娼妓的后形;
> 啊,这些便是都会的精神:
> 啊,这些便是上海的灵魂。①

现代化的高楼大厦成就了城市的空中景观。它向我们展示了充斥着城市独有景观和特性的都市全景。这种空中视角模仿了飞机的视角,而城市的全景视角则模仿了电影的视角。如果这两节诗能使我们想起唐朝著名诗人陈子昂(661—702)在登临幽州台时所做的诗句"前不见古人,后不见来者,念天地之悠悠,独怆然而涕下"的话,那么这两幅场景之间强烈的不相称则会给我们留下深刻的印象。登上幽州台引发了一种宇宙哲学意义上的沉思,而邵洵美眼中的城市景观和魅力却缺乏精神性的因素。当然,这恰恰是邵洵美眼中组成了城市"精神"和"灵魂"的物质外观。

下面一段引文选自穆时英的作品"Pierrot"(1934年),我们会从中发现,由物质主义构成的城市文化将"现代主义"本身也看成是可以在上海沙龙中找到的物质的人造物:

> 在一间不十分大的书室里边,充塞了托尔斯泰的石膏像,小型无线电播送器放送着的《春江花月夜》,普洱茶,香蕉皮,烟蒂儿和烟卷上的烟,笑声,唯物史观,美国文化,格莱泰嘉宝的八寸全身像,满壁图画,现代主义,沙发,和支持中国文坛的潘鹤龄先生的一伙熏黄了手指和神经的朋友们。②

在这种奇怪的并置中,"现代主义"分享了都市文化的物质性,为

---

① 邵洵美:《花一般的罪恶》,上海:金屋书店,1928年,第47页。
② 穆时英:"Pierrot",载《白金的女体塑像》,上海:现代书局,1934年,第199页。

自己在流行沙龙中找到了一席之地,就好像一张沙发或是一包香烟那样。

作为一种类似于食物或香烟的物质,现代主义也被整合进了普通的食欲和流行文化。这个故事的主角———一位现代主义作家,在流行文化、色情和现代性之间作了如下的连接:"现代女子的可爱,多半在她们的沙嗓子上面。沙嗓子暗示着性欲的过分亢进,而性欲又是现代生活最发展,最重要的一部门,所以沙嗓子的嘉宝被广大的群众崇拜着吧?"①嘉宝由于性感而具有魅力。对于现代主义作家来说,这种性感恰恰是现代性的标志之一。在刘呐鸥和穆时英的许多小说中,作者所炫耀的正是小说女主人公身上的这种好莱坞风格的色情,这也是新感觉派的一个显著特征。新感觉派的标签很快就被自由地运用于其他的流行文化形式。张若谷就以"新感觉派"来命名了女性时尚杂志《妇人画报》中的一卷。② 新感觉派的写作风格变得十分流行,拥有了大量的模仿者。③ 在一段时期内,新感觉派与电影、时尚等其他流行文化因素一起风靡一时。刘呐鸥和穆时英后来为大众电影撰稿的事实就是新感觉派与其他流行文化形式之间存在着相似性的明证。

这自然就会使左翼感到了威胁,他们开始撰写针对新感觉派的批评文章,比如沈起予(1903—1970)1931年的文章《所谓新感觉派者》。就在谢六逸于复旦大学发表有关新感觉派的著名演讲的数月后,沈起予这位在日本受教育的马克思主义的翻译家、批评家和作家就在左翼杂志《北斗》上发表了这篇文章。沈起予将新感觉派夸张地定位为舶来品,这样一来,新感觉派就和被迫舶来的"武器、鸦片和吗啡"等等的帝国主义附属物一样,成为了有害物质。通过引用谢六逸的讲演,沈起予提到,新感觉派的技巧忽视了自身在意识形态及其他方面的过失。沈起予引用川端康成、片冈铁兵和横光利一的理论著作来证明:

---

① 穆时英:"Pierrot",载《白金的女体塑像》,上海:现代书局,1934年,第200~201页。
② 见海因里希·富合(Heinrich O. Freuhauf):《中国现当代文学中的都市异国情调》(*Urban Exoticiam in Modern Chinese Literature,1910-1933*),第256~257页。
③ 见叶灵凤1935年写给穆时英的一封信,他提到:"现在有许多新感觉派的模仿者,他们非驴非马,而是画虎不成反类犬。"载孔另境编:《现代中国作家书信》,第227页。

尽管新感觉派可能在表面上还结合了一些简单化了的马克思主义的唯物论和辩证法,但它已经成为了一个严格意义上的主观主义和象征主义的文学形式。沈起予随后对上海的现状深表痛惜,因为当时的上海将日本新感觉派视作是珍宝,而所有的读者都被这些从日本舶来的"鸦片、吗啡和麻醉药"麻痹了。① 如果不考虑其中的论辩语调,这篇文章至少在一定程度上显示了新感觉派在某种程度上抓住了公众的视线,同时又在其时的高雅文化想象和流行文化想象中占有一定的分量。30年代,著名的左翼批评家楼适夷曾经著文批评施蛰存所代表的新感觉派是颓废的和腐败的,并且此文在后来的被引用率也相当高。但到了20世纪80年代,楼适夷却承认自己当时是被迫写下了这篇批评文章。他指出,在30年代,任何在左翼规则范围而外写作的作家都被贴上了"新感觉派"的标签。②

新感觉主义者因为创造了"都市小说"或"都会小说"这个亚文类而变得极富影响力。1932年《中国文艺年鉴》的编辑甚至将这一年称为"都会主义文学年"。他将这一文学潮流的首创之功归于刘呐鸥,而叶灵凤、穆时英等则追随其后。③ 对日本都市小说评论文字的翻译工作也配合着这一文学潮流。例如,1928年翻译过来的片上升(Katagami Noboru)的《都会生活与现代文学》就宣布,城市生活是最为"人性"、最为有利、值得想望、密集、魔幻和热情的,认为城市是对肉欲感观进行刺激和精致化的地方。在这种背景中诞生的文学必然是颓废的,但却是"真正的"和"新的"现代文学。④

在大量有关上海的都会小说里,这座城市已经不仅仅是一种环境,而是成为了一个主体。许多作家虽然既不与新感觉派发生关联,

---

① 见沈起予:《所谓新感觉派者》,载《北斗》第1卷第4期,1931年,第65～70页。
② 见对严家炎的采访,加利福尼亚洛杉矶,1997年6月。我将在第十三章详细分析楼适夷的文章。
③ 见夏元文:《都会主义小说初论》,载《苏州大学学报》,1990年1月,第79页。
④ 见《北新》第2卷第20期,1928年,第39～43页。值得注意的是,两本日本都市小说的重要作品——佐藤春夫的《都会的忧郁》和林房雄(Hiyashi Fusao)的《都会双曲线》(石儿译,上海:神州国光社,1932年)都是在这一时期被翻译为中文的。《都会的忧郁》的出版情况前文已经提及。

也不同情这一阵营,但却采用了很多新感觉派的写作技巧。其中的代表性著作包括楼适夷的《上海狂想曲》、篷子的《都市 Sonata》、张若谷的《都会交响曲》、李青崖的《上海》、徐蔚南的《都市的男女》和黄震遐的《大上海的毁灭》。为了描述都市的步伐和节奏,他们像新感觉派一样借用了音乐舞蹈的比喻。许多作品的主要特征是对旋律、对位法的运用,即音乐家常常在已经存在的曲调中加入相对的音乐主题的技巧。这种方法经常出现在穆时英的小说中,例如他的《上海的狐步舞》(见第十一章)。在这些有关上海的小说里,已经给定的旋律是快节奏的城市和追寻快乐的居民,而与之相对应的旋律则通常是城市的下层阶级。这二者共同构成了对社会的注解。黄震遐的《大上海的毁灭》就极好地证明了这一点,由"在对日战斗中阵亡的士兵"和"快乐是唯一追求的颓废的城市现实"所构成的形成鲜明对比的画面交替出现在各章中。这种旋律对应技巧一方面在一定程度上表达了反殖民情绪,但另一方面,对都市娱乐和消费的迷恋又在暗中削弱了这一反殖情绪。

　　城市里颓废和色情愉悦的场所众多,方式和方法也极为丰富。这也使得新感觉派、流行文化、都市化与色情联系在了一起。这也是新感觉派与亲法颓废主义者邵洵美、张若谷等的相似之处,后者寻求着一种对新事物、特别的事物、感观对象、神秘事物和人造物的即时满足。① 在新感觉派的小说中,色情故事多发生在居住着年轻中国人和外国女人的城市背景中,他们的"民族"或"种族"特征看起来都十分含糊。很多写及妓女的小说也都具有上面的特征。事实上早在"五四"时代,中国就已经有了以性别为主题的文学②,但那时即便是郁达夫那样的相对温和的性话语,也已经足以使人陷入声名狼藉的境地。而在后来的上海,性和色情不再主要被看成是反对传统的话语;它们被看

---

　　① 吕天石对颓废派的定义,见《欧洲近代文艺思潮》,第 158~159 页。也参见吴云:《近代文学 ABC》,上海:世界书局,1928 年,第 89~90 页。
　　② 赵景深在《中国新文艺与变态性欲》一文中提供了大量的例证,见《一般》第 4 卷第 1 期,1928 年,第 204~208 页。所列出的变态性欲主题有乱伦、自发性欲、同性恋、恋母情结、受虐狂和性虐待狂。这些主题出现在庐隐的小说《丽石的日记》和田汉的小说《湖边春梦》之中。也可参见第四章有关"五四"时期颓废派的情况。

成是城市语境的一部分。因此在这一时期的原创著作和批评著作中，作家们触及了大量的色情主题。① 作为弗洛伊德补充的依里斯（Havelock Eillis）的心理学也被人们广泛阅读。当然，玛丽·斯托普斯（Marie Stopes）的《婚后的爱》和嘉本特（Edward Carpenter）的《爱史》这两本实践性的性指导手册更受读者欢迎，一时间成了上海的畅销书。于是，声名狼藉催生了一种更为极端和生动的色情性欲。

我们自然也不能忽视色情的商业魅力。与"五四"时代不同的是，30年代上海的文学发展与文化工业的兴起息息相关。如果没有富有资本的刘呐鸥、邵洵美、现代书店和其他出版社所提供的资金，就根本不可能有上海的文学复兴。于是，这种语境下产生的现代主义写作就必然受到了来自文化工业的商业操作的影响。在1933年的一篇文章中，作家杜衡曾经提出了一个事实："上海风情"必然和"都市风情"相伴相随，商品化影响了文学写作。② 日本的马克思主义批评家平林初之辅（Hirabayashi Hatsunosuke）的文章《商品化的近代小说》（其译本诞生在1930年），也认识到了文学的市场价值。③ 人们常常将销售量看作是首要因素：在那一时期的杂志上，有关文学文本的广告大量出现；这些广告与香烟、香水的广告排在一起，且使用着与前者相似的富有挑逗性的广告语言。没有什么比色情更富有挑逗性了。即便是"高雅"的现代主义者也允许商品化渗透进自己的作品中，这是高雅文化与流行文化相整合（或者有人认为是高雅文化的"降级"）的又一个例证。叶灵凤的许多小说就试图将色情的商业魅力与现代主义的技巧融合在一起。

当然，就施蛰存的情欲小说和一系列有关心理分析的严肃学术话语来说，其商品化的程度较低。在施蛰存的作品中，性欲不是被用来挑逗读者的，而是被用来阐释弗洛伊德的利比多概念的。同时，有关

---

① 见松村武雄（Matsumura Takeo）：《文艺与性爱》，谢六逸译，上海：开明书店；摩台尔（Albert Mordel）：《近代文学与性爱》，王文川译，上海：开明书店，1931年。谷崎润一郎和劳伦斯（D. H. Lawrence）的小说也有多个译本。
② 见杜衡（苏汶）：《文人在上海》，载《现代》第4卷第2期，1933年，第281～282页。
③ 见平林初之辅（Hirabayashi Hatsunosuke）：《商品化的近代小说》，钱歌川译，载《北新》第4卷第16期，1930年，第49～55页。

心理分析的学术著作则被用来考察各种各样现有的性理论。在朱光潜、潘光旦的学术著作和小泉八云（Lefcadio Hearn，1850—1904）文学批评的译文中，我们可以找到心理分析的学术一翼。① 朱光潜的《变态心理学派别》、潘光旦翻译的依里斯的一卷本《性心理学》和王文川翻译的摩台尔（Albert Mordel）的《近代文学与性爱》都是极为重要的出版物。尤其值得注意的是新近流行起来的对性虐狂和受虐狂现象的兴趣。施蛰存的小说和洪素野的学术论文《文学上之淫虐狂和受虐狂》都证明了这种兴趣。② 在施蛰存的历史小说里，这种类似于日本风格的色情与怪异的调和，成为了中国新感觉派的潜在趋向。

视觉性（visuality）、商品和半殖民地主体性

与大众文化的合作十分显明地将上海的现代主义与日本或西方的现代主义区分了开来。③ 正如前面所例举的那样，从内容上讲，上海现代主义所专注的色情、异国情调、都市、物质和颓废，比较地接近于电影和时尚杂志等大众文化形式。从形式上讲，电影的视觉性和技术性及杂志的插图法也经常被作家们借用。作家们不但使用了电影视角、蒙太奇、色情偷窥结构和插图等等的方式，同时也将电影的技术语言融入了自己的创作之中。例如，在叶灵凤1932年创作的《流行性感冒》（1933年）中，男性读者的情欲视角融合进了他对摩登女郎和新式跑车的迷恋，这两样东西在男性读者眼中成为了相似的东西：

　　流线型式车身
　　V型水箱

---

① 中国读者是通过其日本名字小泉八云（Koizumi Yakumo）来认识 Lefcadio Hearn 的。
② 见洪素野：《文学上之淫虐狂和受虐狂》，载《文学杂志》第7卷第1期，1935年，第96～106页。
③ 关于作为高雅文化的西方现代主义对大众文化所采取的拒绝态度，请见修森（Andreas Huyssen）：《女性大众文化》（"Mass Culture as Woman"），载《大分化之后》（*After the Great Divide*），Bloomington：Indiana University Press，1986年，第44～62页。

浮力座子

水压变震器

五挡变速机

她，像一辆一九三三型的新车，在五月橙色的空气里，沥青的街道上，鳗一样的在人丛中滑动着……

从第四挡换到第五挡的变速机，迎着风，雕出了一九三三型的健美姿态：V形水箱，半球形的两只车灯，爱沙多娜邓肯式的向后飞扬的短发。①

在随后的部分，叶灵凤将电影脚本的技术语言嫁接到了小说中：

D.　　黑暗的太空，电一样的横扫过去的彗星的尾。

D.I　　光芒中逐渐显出来的蓁子的脸。

特写　　蓁子的眼睛，眼睛中伸出章鱼一样的触手，被俘虏的动物挣扎。(F.O.)

字幕　　我虽然不是"她"，却觉得也有爱你的可能。

F.I.　　抱着"她"的照片的自己。站在一旁冷笑着的蓁子。放下照片，笑，向镜头走来。

特写　　吃惊的可是同时却又欣喜的蓁子的脸。

远景　　春的街。花。燕子。颤动的笑声。水银上升的寒暑表。

近景　　竞技场，将近终点的激烈竞争的选手。

特写　　记分牌：自己的名字，他的名字。

插入　　落选的锦标：领带。

字幕　　因为不喜爱你的那条领带，所以才想也买一条送给他的。

特写　　捧着锦标的落选选手的悲容。

特写　　蓁子的脸。

D.I　　化成"她"的脸。

---

① 叶灵凤：《流行性感冒》，载《现代》第3卷第5期，1933年，第653～654页。

D. I　　又化成逐渐移近来的蓁子的脸。①

叶灵凤将电影脚本和小说杂糅在了一起,从而创造了一种电影式的注视和被注视结构。叶灵凤显然参考了好莱坞电影及其电影明星(Joan Crawford、Greta Garbo、Clara Bow、Norma Shearer 是在新感觉派小说中频繁出现的姓名)。叙述者对欲望对象的注视,比如对一位衣着时髦的年轻女性的注视、对银幕上的好莱坞女演员的注视、对新款跑车的注视,或者对高耸的含有菲勒斯式寓义的摩天大楼的注视,则以一种更加刺激的方式加强了这种视觉性。

还需要回答的问题是,大众文化形式为何可以被如此紧密地结合进上海文学现代主义的形式和内容中去呢? 在外国人的流行想象和上海现代主义者的描述中,人们普遍将上海视作是一座充满罪恶和贪图安逸享乐的城市。《上海的一切:导游手册》(1934—1935)中的"娱乐"一章收集了一系列丰富多样的娱乐方式。透过这些描述,读者一定会将上海看成是纯粹娱乐和充斥罪恶的城市,而"酒、女人和歌"是主要的生活方式。② 杰罗姆·陈(Jerome Ch'en)指出,道德败坏在很大程度上正描述了在沪外国团体的特性,因为这些客居中国的外国人犯下了种种罪恶但却依靠治外法权免于受罚,从而成为了社会的"垃圾"。③ 贺潇(Gail Hershatter)的著作很好地证明了上海娼妓业的繁盛。④ 上海是一个颓废的城市:外国的机会主义者、旅行者和商人在这里寻求着刺激兴奋、愉悦娱乐和从容地赚钱,而统治这里的文化是商品消费和娱乐。娼妓和舞女待价而沽,同时她们的价值要根据她们的种族身份来定。可以想见,商品的逻辑已经渗透到了人际关系之

---

①　叶灵凤:《流行性感冒》,载《现代》第 3 卷第 5 期,1933 年,第 658 页。缩写"D"代表 dissolve,F.O.代表 fade-out,F.I.代表 fade-in。
②　见《上海的一切:导游手册》,第 73 页。
③　见杰罗姆·陈(Jerome Ch'en):《中国与西方:1815 年至 1937 年的社会与文化》(*China and the West: Society and Culture*, 1815-1937),Blooming:Indiana University Press,1979 年,第 213~216 页。
④　见贺潇(Gail Hershatter):《上海卖淫业的等级制度,1870—1949》("The Hierarchy of Shanghai Prostitution, 1870-1949"),载《现代中国》第 15 卷第 4 期,1989 年,第 463~498 页。

中。对于上海那些有能力消费得起这种商品逻辑的其他居民来说,他们也同时沉浸在对各种花样的物品、舞厅、爵士乐、酒类、电影和赌博的享受之中。

沉溺于商品化之中的消费文化只在上海的范围内有效:人们很难想象20世纪30年代,最新款的跑车会在全中国的马路上飞驰。事实上,在上海以外的地区要找到加油站都很困难。① 消费文化的边界清晰地标志出上海特定的文化氛围,突出了上海作为典型的半殖民地城市的性质。上海现代主义中突出的商品崇拜现象反映出:这个半殖民城市是色情和颓废的游乐场,本身只具有消费性而并不具有生产性。由于这些商品来自外国,在中国其他地方很难找到,因此它们都透露出一股令人耳目一新的、具有异国情调的风味;由于上海所提供的娱乐选择也同样地具有异国风味,因此这些娱乐方式又使人感觉到一种浓重的颓废之气。新感觉派小说的主人公都喝威士忌而不喝中国酒,他们和着爵士乐的节奏而不是中国的韵律跳舞。他们跳着狐步舞,跳着华尔兹。

消费逻辑包括了强烈的视觉性维度,因为恰恰是作为欲望媒介的视觉刺激了人们对于商品的崇拜:看见一件商品就会给人一种想拥有它的幻觉。看见它但却不能得到它进一步地刺激了拥有它的渴望。雷蒙德·威廉斯(Raymond Williams)曾经讨论过农村移民是导致西方现代性的过程。其中,视觉上的陌生感塑造了农村移民与城市中心的遭遇。② 上海现代主义的主要成员也同样都是移民:刘呐鸥来自日本统治下的被殖民的台湾、穆时英和杜衡来自浙江省,施蛰存来自松江。相比西方的现代主义者,中国作家所感受到的视觉陌生感要更加强烈,因为他们所看到的东西与中国的"本土"之间不存在着任何的关联。他们眼中的上海是一个从外国移植现代制度的空间(space),而不是一个与本土文化观念息息相关的地点(place)。正如吉登斯(Anthony Giddens)所说,西方现代性导致了空间和地点的分离。时间被标准

---

① 关于这一点,感谢黄亦兵:《在西方现代性和中国现代性之间的阅读》,未刊稿,1995年。
② 见雷蒙德·威廉斯(Raymond Williams):《现代主义政治》(*The Politics of Modernism*),London: Verso,1989年,第34页。

化了,因而现代制度可以很轻易地就被移植到其他的语境,从而脱离自身的社会语境。这样一来,从千里之外控制空间就变得更加容易,而地点,即"地理上一定的社会活动的物理环境",就越来越体现出"来自远方的社会影响的渗透和塑形"。如果在殖民维度上使用吉登斯的这一有效观点的话,那么,在西方现代性的帝国主义语境之下产生的中国的半殖民性,已经用现代技术和制度的殖民空间来取代了上海作为地区的地点。借用吉登斯的话来说,上海这个地方已经变成了一个"幻象",在那里"构成地方性的(地点)不仅仅是现时正在发生的东西"①。在特定的意义上,作为"偶然联想之想象产物"②的上海的城市幻象突袭和诱惑了城市的新来者,将他们变成了"令人兴奋、使人鼓舞,但却令人困惑的城市"的偷窥者。在半殖民的城市里,可视的东西是中国主体和城市景观相互遭遇和协商的前沿阵地,因此它也是都市幻象突出的经验形式。③ 除了刘呐鸥,绝大多数的移民作家都穷得无力拥有他们所看到的商品。幻象迫使观察者许下一种消费的诺言,然后无法实现承诺,最终观察者感到了失落和沮丧。而渴望不久就变成了诱惑,视觉性领域中充满了不可避免的难以企及的欲望。作为一种充满了焦虑的见色思淫的心理状态或是一种"视觉欲望"的形式,视觉性本身带上了强烈的色情味道。④ 这也就解释了,为什么新感觉派小说的主要欲望对象——西方化的摩登女郎,一方面被呈现为色情注视的客体对象,但另一方面男性主人公又永远无法得到她们(见第十章)。

视觉和虚幻感在上海经验中所处的突出地位是与看电影的经历紧密相关的。1926 年,即刘呐鸥从日本来到上海的那一年,有声有色的电影也降临在上海。有统计显示,仅在 1935 年一年间,上海的 37

---

① 安东尼·吉登斯(Anthony Giddens):《现代性的后果》(*The Consequences of Modernity*),Stanford: Stanford University Press,1990 年,第 18~19 页。
② 幻象(phantasmagoria)一词的定义来自 *The American Heritage College Dictionary*。
③ 张英进也指出了可视性在上海经验中的突出地位,见《现代中国文学和电影中的城市》,第 141 页。
④ 视觉欲望(ocular desire)一词选自 Rosalind Krauss:《看的冲动》("The Impulse to See"),载 Hal Foster 编:《视角和视觉性》(*Vision and Visuality*),Seattle: Bay Press,1988 年,第 51~75 页。

家电影院共放映了 378 部外国电影,其中的 332 部是美国电影。① 在 1928 年 10 月登载于《无轨列车》上的一篇文章中,这种对于外国电影的狂热几乎达到了某种宗教狂热的状态。我将这篇文字完整地引用如下:

> 在工作疲惫之后,踏进影戏院去,享受银幕一两小时的贡献。我要赞叹,我要欢欣。
>
> 在我前面这块方形的白布中,包含了整个世界,从东半球一直到西半球,从外表一直到内里——内心,一齐都从这块白布中表现出来。在这上面,可以看见乐天而自由的美国女子,可以看见纸醉金迷的巴黎城,可以看见骑着骆驼的阿拉伯人,可以看见吃槟榔的南洋土人。可以看见都会的罪恶,可以看见月夜男女的恋爱的情景……其他种种,都教人心旷神怡、目不暇接,这种种银幕上给我们的恩赐,我们至少不要忘却。②

在文中,电影院被夸耀成一个神圣的地方。电影模仿着异国背景的冒险、探索和爱情的传奇经验。虽然这些经验在现实生活中都不可能成为事实,但在视觉消费中这种经验却成为了可能。另一篇有关电影与女性美关系的短文则更加突出地强调了这种模仿感:

> 到影戏院里去的原因有许多。有的是为要听浪漫派的故事去,有的是为要在那舒服的昏暗里和身边的恋人一块享受那快乐的兴奋去的,然而在电影院里最有魅力的却是在闪烁的银幕上出出没没的艳丽的女性的影像。悲哀的眼睛,微笑的眼睛,怨愤时的眉毛,说话时的嘴唇,风吹时的头发,被珍珠咬着的颈部,藏着温柔的高耸的胸膛,纤细的腰线,圆形的肚子,像触着玫瑰的花瓣的感觉一样的柔软的肢体和她的运动,穿着鸽子一样的小高跟鞋的足,银幕是女性美的发现者,是女性美的解剖台。我们从银幕可以看见高加索的美女,可以同巴黎的女性

---

① 见罗杰姆·陈:《中国和西方:1815 年至 1937 年的社会与文化》,第 219~220 页。
② 梦舟:《银幕的贡献》,载《无轨电车》第 4 期,1928 年,第 208 页。

谈优美的话,可以和西班牙女人跳热情的探戈舞,可以和美国的 modern girl 在铺道上跳跃。匈牙利有天生的丽人,银幕就把她发见出来。意大利的女性身体的那一种有特别可爱的地方,银幕就把她解剖出来,全世界的女性是应该感激影戏的恩惠的,因为影戏使她们以前埋没的美——肉体美、精神美、静止美、运动美,一起在全世界的人们面前伸展。①

这篇短文表明,电影所带来的愉悦正在于它能模拟性地取得一种欲望和征服的经验:为了满足中国男性观影者的视觉消费,欧美女性在电影中被一一展示出来。这种视觉结构使女性变成了被注视者,而男性观影者则成为了注视者。

然而,在这二者的权力关系之中,仍然存在着很大的模糊性。劳拉·穆尔维(Laura Mulvey)的"电影视觉愉悦仅仅局限于男性观影者的愉悦"的经典断论,将银幕上的女性看成了被注视的欲望对象。② 但在被种族化了的男性观影者对银幕上欧洲女性进行观看的语境中,这种理论就需要被修正。在事实上实现中国男性观影者对欧洲女性的欲望,几乎是完全不可能的。在这个意义上,男性注视者的主体性就并非是一个具有主动性的主体,而被注视者也不是被动的消极接受者。拥有注视权的男性主体性前提在这里根本无法成立。此时,主动性的分配显得非常模糊,甚至被完全地颠倒了。因为中国的男性主体只是对处于电影视觉愉悦结构之中的欧洲男性主体性进行了某种模仿。为了获得这种类似于欧洲男性的对欧洲女性的色情视角(即电影的愉悦),中国男性观影者必须暂时放弃自己的种族性而站在欧洲男性的位置上。

电影是一个幻影的世界,而这种幻影很快就延伸到了上海的世界主义者和现代主义者的生活经验之中。他们模仿欧洲男性观影者的

---

① 葛莫美:《电影与女性美》,载《无轨列车》第 4 期,1928 年,第 207 页。李瓯梵猜测,葛莫美是刘呐鸥的笔名。见《上海摩登》第三章。
② 见劳拉·穆尔维(Laura Mulvey):《视觉及其他愉悦》(*Visual and Other Pleasures*),Bloomington: Indiana University Press,1989 年,第 14~26 页。

主体性,同样也要求自己的女人去模仿银幕上的欧洲女演员。由于翻译和将幻影投射到现实中去的做法,即被我称之为生活模仿再现艺术的"伪装"(dissimulation),新感觉派小说中的许多女性角色都是摩登女郎,且看上去极具异国风情。在颓废主义作家章克标的一篇文章和沈从文对穆时英的批评文章中,我们可以看到这个幻象的世界。在题为《关于蜃楼》的文章中,章克标将虚幻看成了填补现代存在的材料:

> 关于蜃楼那些东西,不必说,我未曾见过,便是想也未曾想过的。但是我们所经历,所见闻,不全都是蜃楼一般的东西吗?我们,确实的我们,又是什么呢?谁又知道他自己呢?我们的生活不是如同做梦一般的吗?不必一定要想象的恋爱,未见的美女,狂妄的希冀,即是日常极平凡的事,已经有足够的奇妙,使她成为蜃楼了。倘使我们仔细想想。①

虽然将生活比作为梦想是一个老掉牙的比喻,但是在上海的幻象世界中,上面的段落也具有一些历史意义,且别具内涵。在批评穆时英时,沈从文也强调了这种虚幻感:"多数作品却如博览会的临时牌楼,照相馆的布景,冥器店的纸扎人马……原来全是假的"②。刘呐鸥也因为将上海描述成了东京而受到了批评,他被认为是将东京的风俗不合时宜地移植到了上海。总之,由电影的情感、行为和外观构成的上海新感觉派的"伪装"特性,也许可以被历史化地理解为中国主体性在由殖民幻象和难以企及的欲望对象所构成的世界中的位置。

由于中国人不能充分地参与进他们所努力仿造出的西方幻境,殖民耻辱和反殖民批评随之产生。然而,新感觉派的文化世界主义倾向却正好在充斥着消费、欲望和商品化的资本主义文化中促成了某种模仿感。在穆时英和杜衡的一些都市小说中,我们可以发现不十分明确的民族主义情绪和反帝情绪,但我们更多发现的则是针对导致了人类

---

① 章克标:《关于蜃楼》,载《金屋月刊》第1卷第9、10期,1930年,第325~338页。引文出自第332页。
② 吴福辉:《中国新感觉派的沉浮和日本文学》,载《日本文学》第2期,1986年,第231~244页。

疏离感和腐败的工业资本主义的普遍批评。① 这种批评是新感觉主义者文化世界主义预设的一部分。他们拒绝用民族主义来指挥文化生产,而要以文化世界主义来宣扬一种自在的激情和艺术。罗素曾在1922年提出,20世纪20年代,中国三十岁以下的知识分子(即被他称之为"青年中国"的一代),比那些三四十岁的知识分子更加自信和充满活力。他们很早就接触了西方思想,而他们的中国老师也常常将这些思想教授给他们。由此,他们可以在不受精神之矛盾冲突的情况下接受西方知识。②

任何一种对文化世界主义的思考都必须回到半殖民地性的历史语境中来展开。构想半殖民地性的有效方式是在区分占领和霸权的层面上来考察半殖民地性的结构。一方面,当半殖民地性通过政治和军事手段获得支配地位之时,其文化霸权却绝不可能是完全的、天衣无缝的和彻底的霸权。而占领的不完全性通常又为中国人的文化生产和批评留下了可能的空间。另一方面,由于半殖民地性与来自世界中心大都会的文化帝国主义政策紧密相连,因此就有可能使欧美文化取得凌驾于本土文化之上的霸权地位,同时在文化上被殖民的本土文化精英也同样地支持这种霸权。在后一种模式中,就"不依赖于对中国进行直接的军事和政治控制但却取得都市文化霸权"这方面来说,半殖民地性和新殖民主义十分相似。

我需要指出的是,在中国半殖民性的语境下,这两种形式的控制(没有霸权的占领和没有占领的霸权)构成了一种辩证关系,也在不同程度上影响了不同的知识分子。在这两种模式的作用下,中国人对半殖民地性的回应并不必然是民族主义的行为和反抗性质的行为。世

---

① 这里我参考了利大英对中国现代主义的评论:"中国现代主义和其他现代文学模式之间的区别在于前者看待旨在民族救亡与复兴的现代化、工业化、物质主义道路的矛盾态度。而这种民族救亡却也正构成了在众多爱国的中国知识分子和文化生产者心目中占有突出地位的进步叙述,这种反帝叙述也很容易和盲目的民族主义相混淆。对绝大多数过往文化持否定态度的一般意义上的现代主义者并不是盲目的爱国主义者。他们也同时反对共产党左翼所提倡的乌托邦式的现实。"见《抒情诗人,喇叭手和困惑的制造者》(*Troubadours, Trumprter, and Troubled Makers: Lyricism, Narrative, and Hybridity in China and Its Others*),Durham: Duke University Press,1996年,第72页。

② 见罗素:《中国问题》,New York: The Century Co.,1922年,第78页。

界主义文化生产具有一定的自由空间,人们可以选择是否与帝国主义合作。在具体的历史语境中,对相互重叠的、不完全的殖民控制的困惑和左右翼之间的争论都是世界主义意见产生的即时语境。在这个语境中,世界主义者提倡西方和日本的都市文化,同时也远离民族主义的政策。反对文化调和主义的列文森曾经将上海的世界主义批判为"无根的"和"去民族化的""帝国主义的傀儡",讽刺这种世界主义培育了一种"值得尊敬的世界主义的天真",但却一点也没有考虑到民族和人民。① 事实上,列文森的这一批评正是基于他对半殖民地语境下中国文化工作者的文化选择权和文化局限性的复杂理解而作出的判断。

---

① 见列文森(Joseph R. Levenson):《革命与世界主义》(*Revolution and Cosmopolitanism: The Western Stage and the Chinese Stages*),Berkeley:University of California Press,1971年,第34～38页。魏斐德在序言中指出,列文森本人反对被同化为一个中立的世界主义身份,厌恶文化调和主义(第XVIII页),这也就解释了他对于中国世界主义的基本价值判断。

第十章 性别、种族和半殖民地性：
刘呐鸥的上海大都会风景①

> 刘呐鸥是一位敏感的都市人，操着他的特殊的手腕，他把这飞机、电影、JAZZ、摩天楼、色情、长型汽车的高速度、大量生产的现代生活，下着锐利的解剖刀……我们尤其要推荐的是刘呐鸥先生的作风，他的作风的新鲜是适合于这个时代，为我国从来所未曾有的。我们可以从他那儿学到文学的新手法，话术的新形式、新调子，陆离曲折的句法。
>
> ——刘呐鸥短篇小说集《都市风景线》的广告(1930年)

1924年，一位出生于台湾、受教育于日本的年轻人自日本东渡上海，赴震旦大学学习法文。②他年轻风流且小有资财。不久，他个人出资在上海创建了两家书店和三份刊物。虽然刘呐鸥的文化身份极为暧昧，且缺乏正统中国式教育的熏陶，但他却仍然成为了发生在上海的那场名为"新感觉派"的现代主义文学运动的奠基人，并从此蜚声文坛且应者云集。1939年，刘呐鸥遇刺身亡，刺客身份不明。刘呐鸥

---

① 孟悦曾翻译过该章节，其译文《性别、种族与半殖民地性》发表在《学人》第14辑，江苏文艺出版社，1998年。本译文是在参考了孟悦译文基础上的重译。在此，特向孟悦的翻译工作表示感谢。

② 虽然刘呐鸥的后人称刘呐鸥是纯种的中国人，但刘呐鸥的朋友和一些学者却怀疑他有日本血统。例如，刘呐鸥的亲密同事叶灵凤1972年在香港接受采访时提到："直到现在，我们都不十分清楚刘呐鸥的出生地及其身份，他可能来自于厦门，或是台湾，也可能是有着日本血统的海外华裔。但他自己说自己是中国人。"采访叶灵凤的文章名为《三十年代文坛上的一颗彗星：叶灵凤先生谈穆时英》，载《四季》第1期，1972年，第27~28页。在刘呐鸥死后，许多报纸唾骂其成为汉奸，指出刘呐鸥之所以与汪精卫伪政府合作是因为他有一半的日本血统。

(1900—1939)短暂的一生就像一面镜子,折射出那场由他发起但又随他而逝的现代主义文学运动。而刘呐鸥于1930年出版的短篇小说集 Scenè(作者为《都市风景线》所起的法文名字)正是这场文学运动的开山之作。正如上面那段引文所显示的那样,这本小说集在很大程度上规定了中国30年代海派作家的都市写作风格。[1]

  本章将通过分析刘呐鸥笔下西化的"摩登女郎"形象,来质询刘呐鸥作品中性别、种族和文化身份的文化构成与半殖民地性之间的关系。要知道,这些摩登女郎正是法日文学和好莱坞电影中外国女郎的中国化身。首先,我将用后殖民理论中性别和种族政治的观点来简要地分析一下文学对西化女性的描述,从而使我们分辨出在后殖民理论与半殖民上海的性别种族政治以及刘呐鸥对这些主题的特定表达之间存在着怎样的不同。需要指出的是,后殖民理论倾向于将半殖民地语境中的性别种族政治仅仅与民族主义相联系,而在上海的半殖民地语境中,我们则必须通过对民族主义假定内涵的质疑,来重新考虑性别种族政治与民族主义之间的联系。对上海的世界主义想象取代了半殖民地性质的不完全的多重占领和殖民种族主义。正如我已经指出的那样,这种世界主义的想象认可了这种取代策略。这一策略分叉为都市(参照西方及其荣誉成员日本的都市话语所进行的有关现代性和种族的写作)和殖民(作为殖民构造的现代性和种族主义)。在这种分叉中,民族主义并不必然会成为文化陈述的基础。在帮助世界主义意识形态获得合法性方面,这种分叉也是一种极其有效的策略。因为如此一来,对西方文明的追寻[2]就不会受到来自于"西方帝国主义存在于中国"这一事实的压抑和限制。由于上海民族主义的暧昧定位,在刘呐鸥的作品中,上海半殖民地语境中的性别种族形式既未明显地认同男权体制,又未明显地否认民族主义,而是将西化的"摩登女郎"看

---

[1] 刘呐鸥《都市风景线》的广告见《新文艺》第1卷第2期,1930年。
[2] 有关邵洵美等追求西方文化模式的作家的讨论,见Heinrich Freuhauf:《中国现当代文学中的都市异国情调》("Urban Exoticism in Modern and Contemporary Chinese Literature"),载魏爱莲(Ellen Widmer)、王德威主编:《从五四到六四:二十世纪中国的小说和电影》(*From May Fourth to June Fourth:Fiction and Film in Twentieth-Century China*),Cambridge:Harvard University Press,1993年,第133~164页。

成是反男权制度、自主独立、都市风味和混血现代性的化身。

在有关半殖民地性别种族政治的讨论之后,我将简单勾勒一下刘呐鸥的生平、著作及其与日本新感觉派、法国异国情调文学之间的关系。随后,我将详细分析刘呐鸥作品中民族主义与性别种族政治的分离过程。我将指出,刘呐鸥作品所刻画的都市畸零男主人公与半殖民城市(即殖民主义物质现实的具体体现)之间存在着某种矛盾的关系。这种矛盾关系既拒绝又引诱着他,动摇着他的主体性,而在刘呐鸥对这种拒绝所作出的反应中,我们却听不到民族主义的弦外之音。在这里,都市现实开始融入一个新的现代性结构:舞厅、剧院、跑马场等实体化的都市场景成为了行动和叙事发生的场所。刘呐鸥以极富创造力的语言和句法赋予这些场景以一种充满魅力的感性诱惑力,从而自觉地创造出一种变幻莫测的、被刘呐鸥本人称之为"都市独特体验"的"新感觉"。而这即是"新感觉"派命名的由来。

在这章的结论部分,我将集中分析刘呐鸥小说中城市和摩登女郎之间存在的渗透融合关系。我将指出,摩登女郎过度的物质主义动摇了都市(主要在话语层面)和殖民(主要在物质层面)之间的两分。这也表明,为何上海的世界主义与"五四"前辈不同,他们承认都市物质性是现代性的一个组成部分。作为法日文学和好莱坞电影幻影的摩登女郎形象,再一次解释了她是如何不可避免地将要成为上海幻影的一部分的原因,而中国主体又是如何只能拥有暧昧出路的原因。[①] 在这个意义上,摩登女郎代表了一种可望而不可及的欲望客体。同时她也是由两个维度组成的都市图景的构成元素之一。和人们注视商店展示橱窗和银幕上的形象一样,人们也可以从远处注视这幅都市图景。

[①] 李瓯梵在《上海摩登》手稿的第九章中提到,这样的摩登女郎不可能是现实主义的:"在摩登女郎出现在现实生活中的四十年代之前,即三十年代的早期,这些摩登女郎作为一种电影和大众刊物上新的'媒体形象'始出现在上海的都市风景之中……这些女性在赛马时结识男人,驾驶飞车,在夜总会狂舞,为敬畏的男性叙述者调制鸡尾酒。这些摩登女郎都超越了真实的界限,她们是漂浮的能指,而不代表具体的人物。"这段文字在该书正式出版时被删去。

殖民地和半殖民地的性别种族政治

冷战时期的美国汉学界一直坚持中国是一个"非殖民"国家的说法,因而也就取消了研究殖民主义的必要性。然而,近来学界开始将殖民主义作为一个重要的分析范畴,从而将半殖民地性看成是与中国语境相符合的一种特殊的殖民形式。① 在一些致力于此的学者看来,建筑在南亚、非洲和加勒比经验之上的殖民和后殖民的理论确实极具说服力;而一旦放在中国语境之中,这些理论的局限性就突显出来。其中贺潇基于中国半殖民地特定情况对南亚后殖民理论,尤其是"庶民"(即 subaltern,也作"贱民")概念所作出的反思尤其值得我们注意。② 我将通过分析半殖民地的性别种族政治继续这种对后殖民理论的反思,进而向读者提供一些重要的历史语境知识和阅读刘呐鸥作品的分析工具。同时,我还希望借此对后殖民理论作"地域化"的处理,一如后殖民理论家对欧洲历史和现代性的霸权话语曾经作出的"地域化"分析一样。③

大部分后殖民理论在殖民地的性别种族关系问题上共享着三个一般的前提假设:(1)殖民者的种族统治造成了被殖民主体的文化种族身份模糊,而被殖民主体必须反抗殖民的种族主义。(2)殖民主义的性别内涵在于被殖民的男性主体遭到了阉割,作为对这种阉割压力的应对和反抗,一种阳刚的民族主义被提倡,一如"超男性化"(hyper-

---

① 见白露(Tani Barlow):《战后中国研究的殖民主义》("Colonialism's Career in Postwar China Studies"),载 Position 第 1 卷第 1 期,1993 年,第Ⅴ~Ⅶ页,第 224~267 页。
② 见贺潇(Gail Hershatter):《下属的回应》("The Subaltern Talks Back: Reflections on Subaltern Theory and Chinese History"),载 Position 第 1 卷第 1 期,1993 年,第 103~130 页。
③ 见伽克拉帕蒂(Dipesh Chakrabarty):《后殖民主义与历史表象:谁是过去"印度"的代言人?》("Postcoloniality and the Artifice of History: Who Speaks for 'Indian' Pasts?"),载 Representations 第 37 期,1992 年,第 1~26 页。

masculinity)的著名概念所体现出的含义那样。① (3) 倾向于将女性看作是民族性的能指,是"社会落后的牺牲品、现代性的记号和文化正统特有的承载者"。这也就进一步迫使女性屈服于男权制的民族主义想象。② 在这些假定中,殖民者和被殖民者之间的冲突被表现为男人与男人之间的斗争,而女性要么服务于这一斗争,要么干脆被完全排除在外。一方面,如果将殖民斗争看作为具有男性阳刚之气的殖民者对被女性化了的本土男性的"异性"权力征服,那么被殖民的本土女性则成了与这场斗争无涉的第三范畴。另一方面,传统男权制度下的服务于民族主义想象的女性表达,也同样遮蔽了殖民地女性实际经验的多样性。总之,在民族主义的名义下,男权制度吸收了殖民主义有关种族性别政治的种种论述。

下面我将提供两个简明的,但却具有代表性的个案。这两个个案是殖民地民族主义想象所塑造的西化的本土女性形象,而这些形象已经足以证明上面提及的性别种族政治的种种运行机制。其一是在后殖民理论家之中极具影响力的法侬(Frantz Fanon)的著作《黑皮肤,白面具》(*Black Skin, White Masks*,1952 年)。这本著作极好地证明了民族主义中蕴涵的男权制度是女性问题的逻辑前提。在这部作品中,法侬运用了一个含蓄的男性前提,将安的列斯岛上西化的本土女性诋毁为殖民主义的同谋,这也就将本土男性放在了被双重阉割的境地。法侬分析了西化的本土女性的欲望,她们渴望成为白人男士追求和结婚的对象,同时又拒绝将黑人男士当成是潜在的结婚对象。法侬将这种获取白人认同的行为称之为"漂白"(bleaching)和"泌乳"(lactation),认为这是令人作呕的行为,尤其当行为主体是接受过教育的西化的黑

---

① 见南迪(Ashis Nandy):《亲密的敌人:殖民主义下自我的迷失与重拾》(*The Intimate Enemy: Loss and Recovery of Self Under Colonialism*),Delhi:Oxford University Press,1983 年,第 1~63 页。

② 见 Denis Kandiyoti:《身份及其不满:女性与民族》("Identity and Its Discontents: Women and the Nation"),载 Patrick Williams、Laura Chrisman 编:《殖民话语与后殖民理论》(*Colonial Discourse and Post-Colonial Theory*),New York:Columbia University Press,1994 年,第 378 页。

人女性或黑白混血女性时尤其如此。① 然而,当法侬对黑人男性渴望获得白人认同的相似要求进行深度分析时,他却将黑人男性的这种渴望归结为殖民主义对社会心理作用的必然结果。这也就意味着,黑人男性虽然行为错误,但仍然是拥有主权的民族主义主体。与他对黑人男性的分析完全不同,法侬对西化的本土女性的分析里充满着冷酷直白的价值判断和指责非难。由于一直被殖民主义统治之下丈夫气概的问题所困扰,法侬将黑人女性视作为协助殖民者加重压迫黑人男性的叛徒。这也就暴露了法侬反殖民主义话语中隐含的男权制度的基础。②

查特基(Partha Chartterjee)对19世纪印度民族主义话语中的三类女性形象的分析也为我们提供了另一个例证,使得我们可以更进一步地去考察西化女性所遭受的非难。在19世纪印度的民族主义话语中,"普通妇女"位于等级制度的最底层。她们包括女仆、洗衣妇、理发师、妓女和其他一些"粗俗、好斗、缺乏高尚情操"且"淫荡"的女性。较高一级的是"西化女性",她们多出身于与殖民者有来往的暴发户家庭,但却和"普通妇女"一样"厚颜无耻、贪得无厌、无所信仰"和"淫荡无度"。最高一级的是"新女性",她们是为新的本土男权制度所掌控的民族主义的产物。虽然"新女性"接受了西方教育,但却保留了所有的女性美德,并防止自己"在本质上被西化"。查特基指出,这种女性类型划分源于民族主义意识形态中"家"(未被殖民的、精神的)和"世界"(被殖民的、物质的)的两分。将"新女性"限定为精神家园守护者的做法是至关重要的,因为这可以防止家园受到来自"世界"中的"普通女人"和"西化女性"的侵袭,而后者正是西方物质主义和殖民主义粗俗和不道德的化身。③ 正如法侬笔下安的列斯岛上受过教育的西化

---

① 见法侬(Frantz Fanon):《黑皮肤,白面具》(*Black Skin, White Masks*),Charles Lam Markmann 译,New York: Grove Weidenfeld,1967年,第二章。
② 见周蕾(Rey Chow):《接纳的政治:法侬著作中女性的性能动、种族杂交和社区的形成》("The Politics of Admittance: Famale Sexual Agency, Miscegenation and the Formation of Community in Frantz Fanon"),载 *UTS Review* 第1卷第1期,1995年,第5~29页。
③ 见查特基(Partha Chartterjee):《民族国家及其碎片》(*The Nation and Its Fragments: Colonial and Postcolonial Histories*),Princeton: Princeton University Press,1993年,第116~157页。

黑人女性一样，孟加拉的"西化女性"也以其越轨的行为和让人难以接受的人生观，构成了对本土身份的一种威胁。这种威胁使男人感受到一种将要失去对家园之控制的危机感，也使得他们在西化女性身上惊恐地发现了与自己相似的幽灵（查特基注意到，为了应对"世界"，男人被迫经历着西化和物质化的过程）。对西化女性的拒斥和对作为印度精神之化身的"新女性"的激情推崇，暂时取代了本土男性对于过度西化的恐惧。

在安的列斯岛和印度这样完全被殖民的地方，在本土知识分子的话语里，西化女性既代表着殖民者意识形态对家园的侵入，又代表着对本土男性气质和本土认同的威胁。主要被比喻为"淫荡"的西化女人的越轨行为，构成了对本土男性所掌控的边界防线的破坏和威胁。这种破坏和威胁包括他们的财产、所有物以及作为男人的权力（特别是指在性方面占有本土女性的权力）。最终，西化女性被指控参与共谋了殖民当局对本土男性的阉割行为。西化女性所受到的指控与其罪行本身并不相称（因为男性知识分子也和女性一样犯有西化之罪）。与之相反，这恰恰反映了民族主义的男权制度在被殖民区域中所拥有的话语垄断权。总而言之，反殖民的民族主义和性别政治的结合，将西化女性表述为种族和性别界限的僭越者和反对民族国家的罪人。①

上述对后殖民理论之性别种族政治的反思引发了我下面的几点思考。（1）半殖民地性作为殖民统治的另一种模式是一种碎片化的、多元的和多层面的占领。由此，此处用以对付殖民文化和殖民种族主义的策略也就区别于其他殖民地。对于处于这种碎片化和多层次殖民结构中的主体来说，他的位置不可以用非此即彼的方式来分析。（2）刘呐鸥的复杂身份（他是台湾人还是日本人？亦或是一半台湾血统一半日本血统？）②向我们提出了文化、民族和种族/族群认同及其如

---

① 女性主义学者已经从另一个角度出发，对民族主义的男性提"哥们义气"（fraternity of men，本尼迪克特·安德森语）及其对女性的压制。例如 Andrew Parker 等编：《民族主义与性》（*Nationalisms and Sexualities*），New York: Routledge, 1992 年，尤其见《序言》，第 1~18 页。
② 彭小妍总结了各种有关刘呐鸥民族和文化身份的论点，她的结论是，刘呐鸥是一个彻头彻尾的台湾人，见《浪荡天涯：刘呐鸥 1927 年的日记》，载《中国文哲研究季刊》。

何在半殖民地语境中运作的问题。(3) 刘呐鸥暧昧的文化身份同时也挑战了男性民族主义想象未受质疑的存在,并由此引入一个新的视角。即在现代主义(对领土缺乏忠诚的移民的文学创作)[①]和民族主义之间存在着某种对抗关系。(4) 最后,如果说男性民族主义想象的缺席是半殖民文化政治的一个组成部分,那么"摩登女郎"又意味着什么呢?这些问题不仅仅是对上面提及的后殖民种族性别政治范式的质疑,而且还悄悄地质疑了那种对第三世界不同区域之现代性作出雷同解释的阅读习惯,这种阅读习惯将不同的现代性都笼统地看成是对殖民统治波澜不惊的应激反应。

正如我在本书绪论部分所说的那样,"半殖民地性"是外国势力相互竞争所造成的对中国的多元和多层次的殖民统治状态。希望获得更大影响和更多利益的各种势力导致了一种反复无常的占领方式的形成,同时也加剧了中国现实的碎片化,破坏了中国社会的稳定性。但这反过来恰恰又使得中国知识分子可以在意识形态、政治和文化方面保有了各种选择余地,使得他们不必在惯常的不是"反殖民的民族主义"就是"反民族的与敌合作"之中作出非此即彼的选择。半殖民地性的结果有二:一是碎片化的殖民结构和反传统亲西方的迫切任务造成了多元化的知识分子立场,二是这些多元立场与多层次殖民统治的物质存在之间存在着某种紧张关系。

在这种语境下,新感觉派作家建议为写作而写作。在这些作家的自我概念中,作家可以不必持有固定的意识形态身份、文化身份和民族身份。上海这座城市具有相对的文化自由,也即文化的碎片化:上海被分成三个独立的管辖区域即证明了这座城市殖民统治和国民政府权威的分散性,而多元的统治也使得人们可以免于一元化的意识形态统治,同时"对法律的策略性运用"[②]也成为了可能。当然,这种事态

---

① 见雷蒙德·威廉斯(Raymond Williams):《现代主义政治》(*The Politics of Modernism*), London: Verso, 1989年,第31~35页。

② 特西利·李(Tahirih V. Lee): "Coping with Shanghai: Means to Survival and Success in the Early Twentieth Century—A Symposium",载 *The Journal of Asian Studies* 第54卷第1期,1995年,第5页。

绝不意味着仁慈的帝国主义力量将文化"自由"赋予了中国人。毋宁说,它体现了在不同统治权威的统治罅隙中生存的不确定的文化存在。①

另一种揭露上海半殖民文化语境之"自由"真相的观点在于,认可西方主义之解放潜力的话语结构(模仿都市化的西方和日本,见第五章)和城市物质现实之间所存在的距离。自五四运动以来,中国人启蒙想象中的"西方"多带有正面色彩。西方形象被人们用来矫正中国传统在面对现代世界时所假定具有的种种不足。然而,西方在上海的物质存在却表现为殖民者及其带来的剥削性的工业文化。西方殖民的物质性还体现在上海等级森严的种族制度中。② 那些现代化的便利设施只为殖民者服务,而将中国人阻挡在警戒线之外。③ 正如叶文心和魏斐德所指出的那样,对于中国知识分子来说,上海的日常生活"充满了模棱两可性",他们每天都同时体验着对西方文化的崇拜和对外国帝国主义的厌恶。④

殖民种族主义是西化上海之政治物质结构的组成部分。自1842年签订《南京条约》后,各种不平等条约和荒唐的法律认可了对中国人

---

① 傅葆石(Poshek Fu)还指出了上海现代性体验的复杂性。"民国上海的现代性体验充满了暧昧性:一方面它代表了一种为个人发展提供了丰富可能性的商品文化,另一方面,它也代表了帝国主义的恐怖统治和残酷剥削。"见《顺从、抗拒和合作》(*Passivity, Resistance and Collaboration: Intellectual Choices in Occupied Shanghai, 1937-1945*),Stanford:Stanford University Press,1993年,第165页。

② 白俄女性的进入威胁和松动了上海的种族等级制度,这些白俄妓女既为西方人也为中国人服务。(1929年上海租界12.5平方英里内计有48 000余名妓女)。到1935年止,上海大约有25 000名白俄妇女。见罗杰姆·陈(Jerome Ch'en):《中国与西方:社会与文化》(*China and the West: Society and Culture, 1815-1937*),Blooming:Indiana University Press,1979年,第213~216页;贺潇(Gail Hershatter):《上海妓女业的等级,1870—1949》("The Hierarchy of Shanghai Prostitution, 1870-1949"),载《现代中国》第15卷第4期,第463~498页。

③ 在上海出版的英文周刊 *The Chinese Nation* 上,经常有评论文章提到各种不平等的事件。例如,公共租界为中国人准备的医院和学校机构出奇地少。虽然中国人对租界财政所作出的贡献最大,但他们的生活境遇却逊异于外国人。又如,中国人在租界内没有拥有和购买土地的合法权利。由于白人统治着中国人,有关不平等的讨论往往发生在种族问题上。许多外国俱乐部阻止中国人入内,即便禁令取消后,外国人仍然倾向于不与中国人杂处,排斥中国人。见1930年和1931年的 *The Chinese Nation*,例如 Maxwell S. Stewart:《上海怎么了?》("What Is Wrong with Shanghai?"),载 *Chinese Nation* 第1卷第8期,1930年,第119~120页,第133页。

④ 见叶文心、魏斐德:《绪论》,载《上海寄居者》(*Shanghai Sojourners*),Berkeley:Institute of East Asian Studies,1992年,第1~14页。

的种族歧视。当然,也许只有在华洋杂处的语境中,人们才会对这种歧视产生一种切肤之痛。正如白吉尔(Marie‐Claire Bergerè)指出的那样,中国人"在每一个街口都有可能遭到侮辱","或者来自于粗暴的巡捕或者来自于恶作剧的白人孩子"。① 居住在上海的许多外国人都是不法分子或是游手好闲之徒,其中包括鸦片贩子,赌徒,妓女,犯有偷窃、恐吓、谋杀、诈骗和思想不定之罪的江湖传教士。② 根据上述两种描述,上海的外国人社群既缺乏教养,又对文化一窍不通,他们将与华人交往视为罪恶,而与华人通婚更被视作是"荒谬绝伦"。在外国商厦中,华人和外国人不得共用同一部电梯;在法租界的电车中,华人不准乘坐头等车厢;除非收到外国人的邀请,中国人不得进入外国人的俱乐部;除家仆和官员外的华人禁止进入黄浦公园及其他娱乐场所;然而,在缴纳这些场所的保养费的义务上,华人却不能幸免。③ 尼古拉斯·克利福德(Nicholas Clifford)注意到,中国人在公共租界缴纳55%的税金和费用,但却被禁止使用现代设备最为完备的医院设施,同时他们在租界的政府管理中也毫无发言权。克利福德指出,西化的上海就像"中国躯体上的一只寄生虫",只收取却不给予,就像是"将国家财富源源不断运出去滋养伦敦、东京、纽约和巴黎的运输管道"。④

尽管殖民种族主义已经成为了半殖民地城市之物质现实的一部分,且已经作为感观和心理体验渗入人们的日常生活之中,但30年代

---

① 见白吉尔(Marie-Claire Bergerè):《另一个中国:1919年到1949年的中国》(*The Other China: Shanghai from 1919 to 1949*),载Christopher Howe编:《上海:亚洲大都市的革命与发展》(*Shanghai: Revolution and Development in an Asian Metropolis*),New York:Cambridge University Press,1981年,第13页。

② 见罗杰姆·陈(Jerome Ch'en):《中国与西方:1815年至1937年的社会与文化》(*China and the West: Society and Culture, 1815-1937*),Blooming:Indiana University Press,1979年,第213~216页。

③ 见兰塞姆(Arthur Ransome):《中国迷宫》(*The Chinese Puzzle*);罗杰姆·陈:《中国与西方:社会与文化,1815—1937》,第232~233页;Betty Peh-T'i Wei:《老上海》(*Old Shanghai*),New York:Oxford University Press,1993年。李瓯梵注意到,1928年,公园才对中国人开放。但他也提到,上海赛马场的座位安排按照种族标准来划分,中国人只允许坐在低视角的看台上,而上面的位置则是为外国人准备的。见《上海摩登》,第三章,尤其是注解94。

④ 尼古拉斯·克利福德(Nicholas Clifford):《帝国的宠儿:二十年代上海的西方人和中国革命》(*Spoilt Children of Empire: Westerners in Shanghai and the Chinese Revolution of the 1920's*),Middlebury:Middlebury College Press,1991年,第25~27页。

集中于上海的中国的种族和优生学研究,却完全没有触及殖民种族主义的问题。相反,这种话语常常将白种人设想为天然具有某种优越性的纯净人种。有人说,中国人和白种人一样纯净;另一些人又说,中国的原住民"夏"在体质特征上类似于高加索人;当然也有人批评西方的种族主义人类学,否认白人的优越性。① 尽管这些说法各有不同,但他们处理种族问题的方式却大同小异。他们忽略了殖民种族主义的具体体现,而将优生学当成一种有益于中国的西方话语来接纳。这就延续了"五四""通过构造一个话语层面上的都市化西方来掩盖真实存在的殖民西方"的传统。

都市西方和殖民西方在种族和种族主义层面上的两分,是半殖民文化政治的一个重要特征。只要愿意,知识分子就可以忽视种族主义的存在(不仅仅因为种族主义大多存在于租界内),同时,他们也能够心平气和地致力于研究很大程度上来源于西方种族理论的各种种族话语问题。碎片化的上海使得殖民种族主义没能发展成一种对中国知识分子施行极端压迫的霸权形式,对都市化西方和日本的赞赏及对都市现代性的迷恋轻而易举地掩盖了种族主义的真相。由此,颇为反讽的事实是,在刘呐鸥的小说中,种族的等级制度不但从未遭到过质疑,反而屡屡被摹写。而呈现于上海的西方物质文化却逐渐转化为体现在"摩登女郎"身上的富有魅力的都市现代性。

半殖民都市中的畸零人

刘呐鸥 1924 年所到达的上海主要居住着来自于全国各地的移民。② 刘呐鸥出生于台湾,生长在日本,在日本和法国现代文学方面有着颇深的造诣。他能说一口流利的东京话,但说起中文来却带有浓重

---

① 见冯客(Frank Dikotter):《近代中国之种族观念》(*The Discourse of Race In Modern China*), Stanford: Stanford University Press, 1992 年,第 132～190 页。
② 见叶文心、魏斐德:《绪论》,载《上海寄居者》(*Shanghai Sojourners*), Berkeley: Institute of East Asian Studies, 1992 年,第 1～14 页。

的口音。他在日本东京青山学院完成学业后,来到上海震旦大学参加两年制的法语班。他的同学包括了戴望舒、施蛰存和杜衡。日后,刘呐鸥也正是和这些人一起发起了新感觉派文学运动。其时刘呐鸥的中文写作据说是十分糟糕,以至于施蛰存在数十年后提及此事时还说,刘呐鸥最初的中文作品读起来却好像是日文的。① 1930 年以降的左翼批评家就恰恰抓住了刘呐鸥为文的"非中国"特性来质疑整个的现代主义写作。而追随刘呐鸥文风的穆时英虽然出生在本土,但也遭到了同样的攻击。当然,这种疏离于正统"中国性"的风格从一开始就已经成为了上海现代主义小说美学标准的一部分。作为深受法国和日本先驱影响的世界主义文学运动,上海现代主义标榜一种集都市化、异国情调和色情主题于一身的无民族界限的实验性风格和形式。

在 1926 年访日后,刘呐鸥于 1928 年回沪时带回了大量的书籍,其中包括了川端康成、横光利一、谷崎润一郎等人的小说。在同学们的帮助下,他很快就自己出资创办了一家名为"第一线书店"的出版社,出版了日本新感觉派小说译文集《色情文化》等等(见第九章)。当这一书店据说由于出版左翼书籍而被国民政府查封之时,刘呐鸥便将其出版活动转入公共租界,而后又转入法租界。在那里,刘呐鸥创办了水沫书店,并继续出版日本新感觉派作家的作品,其中最著名的有横光利一的小说集《新娘的感想》。在这段时间里,刘呐鸥还资助和编辑了两本具有影响力的杂志《无轨电车》和《新文艺》(见第九章),创作了他著名的短篇小说集《都市风景线》,并翻译了日本新感觉派小说和法国作家保尔·穆杭的作品。随后,他转向写电影剧本,创办了《现代电影》杂志,甚至还在 1938 年(即其遇刺前一年)在光明影院制作了电影《茶花女》。这场谋杀的幕后指使至今仍不清楚,有关此问题的猜测众说纷纭,被怀疑的主使党派往往还处于完全对立的位置上。有人说是国民党(虽然刘呐鸥此时为国民党报纸《文汇报》工作,但据说刘呐鸥在其早年的出版活动中曾对左翼表示过同情);有人说是共产党(刘呐鸥为国民党工作);有人说是青帮(刘呐鸥颓废的生活方式暗示着他

---

① 见施蛰存:《震旦二年》,载《新文学史料》,1984 年 4 月,第 51~54 页。

与黑社会可能有所牵扯)。无论如何,有关杀手身份的争论恰恰说明了刘呐鸥在基本意识形态立场上的含糊性和不稳定性。

这种意识形态的含糊性和不稳定性也是刘呐鸥倾心崇拜的日本新感觉派作家的特征。刘呐鸥的大部分小说都不含任何明确的政治倾向,相反,却充斥着意识形态的暧昧。比如,小说集《都市风景线》收的八篇小说和未结集的小说"A Lady to Keep You Company"(他自拟的英文标题)、《赤道下》都是如此。刘呐鸥所谓的"资本主义文化的腐败"变成了诱惑和色情的滋生场所,而假定的社会主义突进却减弱成为入时的空洞姿态。他在 20 年代晚期的其他文学活动也同样证明了他的暧昧性。一方面他崇拜苏联文艺理论家弗理契(Vladimir M. Friche),并将其所著的马克思主义经典《艺术社会学》翻译成中文(1926 年俄文版问世,1930 年中文版问世)。① 另一方面,刘呐鸥又受到了法国唯美主义作家保尔·穆杭写作风格的影响。但刘呐鸥却从未意识到上述二者在意识形态上的潜在矛盾。他主持的书店出版活动也具有同样的特点。刘呐鸥和他的现代主义同人主要对两种文学感兴趣:"新兴文学"和"尖端文学"。前者主要指俄国十月革命以后出现的文学,后者主要指诸如心理小说这样的带有唯美颓废风格的文学。② "新兴"和"尖端"这两个中文词汇在意义和内涵上的相近,帮助我们解释了为何在刘呐鸥那里,这两种文学竟会毫无矛盾可言:因为二者都突出了新的和先锋的感觉。马克思主义的政治先锋性与唯美主义的激进先锋派和谐地相互契合。由此,中国现代主义者完全可以一边反资本主义(但不必然是民族主义的),一边以"技巧至上"的现代主义形式去写作。事实上,曾经有位批评家正是如此描述刘呐鸥的写作风格的。③

虽然刘呐鸥批评都市文化是堕落的资本主义产物,但他同时却又深深地迷恋着它。上海部分被殖民的充满异国情调的氛围,使得刘呐鸥能够操练其模仿城市气息、声响和速度的写作技巧。刘呐鸥显然很

---

① 见弗理契(Vladimir M. Friche):《艺术社会学》,刘呐鸥译,上海:水沫书店,1930 年。
② 见施蛰存:《我们经营过三个书店》,载《新文学史料》,1985 年 1 月,第 184~190 页。
③ 见一统:《记刘呐鸥》,载杨之华编:《文坛史料》,上海:中华日报社,1944 年,第 233 页。

喜欢描述都市景观,并将这些景观异国化为自己的凝视对象。刘呐鸥的几乎每篇小说,都在以一种隐喻的语言描述着都市生活及其物质文化的方方面面。在这种语言盛宴中,甚至连城市的道德堕落也充满了诱惑力。虽然城市可能被拟人化为某种恐怖的庞然大物(它将人群"吞"进去,而电梯和建筑又将人流"吐"到大街上①),但作者在描述作为都市体验新模式的这一庞然大物时所透露出的兴奋感,恰好又抵消了其中隐含的批判意图。

《都市风景线》第一篇小说《游戏》中的都市场景,使得刘呐鸥尽情以一种前所未有的方式去捕捉新感觉和进行文学实验。如果没有上海的夜总会,就不会出现下面这样的描写:

> 在这"探戈宫"里的一切都在一种旋律的动摇中——男女的肢体,五彩的灯光,和光亮的酒杯,红绿的液体以及纤细的指头,石榴色的嘴唇,发焰的眼光。中央一片光滑的地板反映着四周的椅桌和人们的错杂的光景,使人觉得,好像入了魔宫一样,心神都在一种魔力的势力下。在这中间最精细又最敏捷的可算是那白衣的仆欧的动作,他们活泼泼地,正像穿花的蛱蝶一样,由这一边飞到那一边,由那一边又飞到别的一边,而且一点也不露着粗鲁的样子。
>
> 空气里弥漫着酒精,汗汁和油脂的混合物,使人们都沉醉在高度的兴奋中。有露着牙哈哈大笑的半老汉,有用手臂作着娇态唧唧地细谈着的姑娘。那面,手托着腮,对着桌上的一瓶啤酒,老守着沉默的是一个独身者。在这嬉嬉的人群中要找出占据了靠窗的一只桌子的一对男女是不太容易的。
>
> 呵呵呵呵。
>
> 有什么好笑呢?
>
> 笑你样子太奇怪啦,瞧,你的眼睛满蓄着泪珠哪!
>
> ……
>
> 忽然空气动摇,一阵乐声,警醒地鸣叫起来。正中乐队里一个乐

---

① 这两种拟人化的想象经常出现在刘呐鸥的作品中,后来也常常出现在穆时英及其他模仿刘呐鸥风格的作家的作品中。

第十章 性别、种族和半殖民地性：刘呐鸥的上海大都会风景　325

手,把一枝 Jazz 的妖精一样的 Saxophone(Jazz,爵士乐。Sexophone,萨克管)朝着人们乱吹。继而锣,鼓,琴,弦发抖地乱叫起来。这是阿弗利加黑人的回想,是出猎前的祭祀,是血脉的跃动,是原始性的发现,锣,鼓,琴,弦,叽咕叽咕……①

小说的叙述角度犹如摄像机一般的推拉摇移:先是用第三人称的客观视角展开一个宏大场景,然后推进到倚窗而坐的一对青年男女,镜头在经过短暂静止后又摇向爵士乐队。通过这种方式,夜总会为作者提供了一个描述视像、声音、色彩、味道、嗅觉和节奏的机会。这种想象纷至沓来引发的感觉交错即是被称为"通感"的写作技巧。②"通感"是新感觉派小说的经典技巧,后来被描写都市的作家所普遍采用。这种手法不仅可以溯源于日本新感觉派小说,也可以溯源于日本和中国新感觉派作家共同的鼻祖——保尔·穆杭。在有关保尔·穆杭的一篇文章(刘呐鸥翻译)中,克雷缪(Benjamin Crémieux)列出了一系列保尔·穆杭最喜欢采用的写作技巧,其中的绝大部分都被他的中国追随者忠实地继承过来。比如影戏流的闪光法、略辞法、列举法、对于所欲表现的对象的不从正面直攻而取远攻、讽示法等等。③ 上面引文所引发的另一个值得注意的问题是,场景的都市情调描写并没有忽视种族主义的意味:爵士乐是一种非洲黑人音乐,表达了他们的"原始性欲"。④ 这类种族意味还曾出现在刘呐鸥的其他小说中,我还将在下文详细论及。

在上述引文中,叙述角度的迅速变幻传达出了城市特有的速度感,模拟着跟着快速率音乐疯狂摇摆的身体舞动。一个接一个闪过的意象也传达了城市的速率。在上面的引文中,眼含泪水的男主人公步

---

① 刘呐鸥:《都市风景线》,上海:水沫书店,1930 年,第 3～6 页。
② 关于新感觉派小说中的通感,见严家炎:《中国现代小说流派史》,北京:人民文学出版社,1989 年,第 125～174 页。
③ 见克雷缪(Benjamin Crémieux):《保尔穆杭论》,刘呐鸥译,载《无轨电车》第 4 期,1928 年,第 147～160 页。
④ 这里,我们来思考一下法侬有关殖民的性心理学的讨论将是十分有益的。法侬注意到,在殖民者眼中,黑人被用来代表原始性本能,从而也就将黑人贬谪出了人类范畴。见《黑皮肤,白面具》,第六章。也可思考一下将爵士乐归于非洲人而不是散居美国的非裔名下的错误做法。

青不期然间看到一只老虎跳了出来,定睛再看,才发现是一个女人肩头围着的山猫毛皮披肩。步青的视角好比一个摄像机,先抓拍一个突然出现的幻影,随后又调焦拍成一个清晰的实像。到处充斥着富含暗示的间接意象:"雪白的大床巾起了波纹了"意味着做爱;"他在他嘴唇边发现了一排不是他自己的牙齿"意味着接吻。① 这种修辞具有电影的特性,富有暗示性的委婉说法与意象化的视觉细节相互配合。都市的灯光惨白得像"露着像肺病的患者的脸一样的微弱的光线"。正如前面所提到的那样,"饥鬼似的都会"吞噬着人群。②

都市的喧嚣骚动和道德沦丧使得步青变成了一个孤独的、理想幻灭的、经典的现代主义文学的主人公。西方现代主义下人的孤独感源于非人性的技术的过度发展,而上海给步青带来的孤独感则因为主人公难以跟上大都市的运转速度。步青深爱他的女朋友,一个叫移光的都市女孩。但女友最终离步青而去,投入了一个留着卓别林式样胡须的中国阔少的怀抱,因为后者能够给她好莱坞式的浪漫,一辆红色的跑车和两个黑脸的司机。分手时分,移光自愿向步青付出了自己的贞操,但背负着过时的父权道德感的步青却不能从中体会到一丝一毫的快慰。他感到对不起她未来的丈夫,因为后者丧失了拥有妻子初夜的权力。在离开女友后,步青眼中的城市已经变成了精神的"沙漠"和放纵堕落之所。步青是贞洁、道德和忠诚等价值的残存者,因此也就更加强烈地体会到一种疏离感。拟人化的大都市和步青开了一个大大的玩笑(刘呐鸥将之称为"都会的幽默"),最终也吞噬了步青。他是一个由于不能跟上都市的节奏而迷失在都市之中的现代男性,他背负着传统教养(包括大男子主义),沉重地走向自己无可逃避的命运。城市速率和主人公的慢节奏之间的不合拍,一方面表明了都市主要呈现为一种时间性的体验③,另一方面又表明了时间体验的不合拍暗示了上

---

① 见刘呐鸥:《都市风景线》,第 14 页。
② 同上,第 9 页,第 17 页。
③ 对中国现代文学中都市的时间性体验的分析,请见张英进:《中国现代文学和电影中的城市》(*The City in Modern Chinese Literature and Film*),Stanford:Stanford University Press,1996 年。

海都市现代性半殖民地性的潜在特质。

这种半殖民地性的特征突出体现在典型的等级制的种族描述上，比如上面提到的"黑脸司机"。在刘呐鸥的《礼仪和卫生》中，叙述者描述了主人公启明从外滩到中国人城区一路上的种种见闻：

> 还不到 Rush hour 的近黄浦滩的街上好像是被买东西的洋夫人们占了去的。她们的高跟鞋，踏着柔软的阳光，使那木砖的铺道上响出一种轻快的声音。一个 Blonde 满胸抱着郁金香从花店出来了。疾走来停止在街道旁的汽车吐出一个披着有青草的气味的轻大衣的妇人和她的小女儿来。印度的大汉把短棒一举，于是启明便跟着一堆车马走过了轨道，在转弯处踏进了一家大药房。鼻腔里马上是一顿芳香的大菜。
>
> 先生要什么？斯拉夫女抬起一个只有嘴唇和眼睛的脸孔来问。
>
> Sana 你们这儿有吗，德国制的？
>
> Sana？Sana？……啊，先生是不是要那……
>
> 她把以下的几句换做了微笑，瞟了启明一眼便跑到里头去了……斯拉夫女倒也不错。她们那像高加索的羊肉炙一样的野味倒是很值得鉴赏的。因为她们的民族比较地慢受机械的洗礼的关系，至少别国人所有那种机械似的冷刻性少一点。离了乡国的她们不是像要使这沙漠似的上海润湿起来一般地在霞飞路一带筑起一个绿洲来了吗？
>
> ……
>
> 只隔两三条的街路便好像跨过了一个大洋一样风景都变换了。从店铺突出来的五花八色的招牌使头上成为危险地带。不曾受过日光的恩惠的店门内又吐出一种令人发冷抖的阴森森的气味。油脂，汗汁和尘埃的混合液由鼻腔直通人们的肺腑。健康是远逃了的。连招买春官的嗾嗾的口音都含着弄堂里的阿摩尼亚的奇臭。好像沸腾了的一家茶馆张着一个巨大的虎口把那卖笑妇和一切的阴谋，商略，骗计都吸了进去。[①]

---

① 刘呐鸥：《都市风景线》，第 111～114 页。

如果从种族经济学角度来考察这段引文所描述的不同类的女性，那么，白种女人是繁华都市的最高档的消费者，卖春药的斯拉夫女人则是介于商品（被出卖的女性身体）和消费者之间的资本主义中间商，白俄妓女则是异国性商品的提供者，而中国妓女则是最底层的、最为廉价的性商品。小说的叙述者启明是一位以维护妇女权益而闻名的律师，然而颇具反讽意味的事实是，这位社会精英正要去中国人城区约会一个中国妓女。一路上，启明无动于衷地记述着沿途所见的种族等级制的种种现象，然后，以自己的参与来巩固这种种族等级制，而不是去质疑它。在上面引文最后一段中，他对充满淫秽龌龊和非法交易的中国社区的看法，几乎无异于带有种族偏见的上海外国寄居者。更有甚者，都市等级区分下的种族结构恰恰符合于它在空间结构上的分层。律师从外滩行至老城区，从富足走向穷困，从青草的芳香走向阿摩尼亚的奇臭。这标志着半殖民城市在现代性与不发达区域之间存在着清晰的空间分野。上面的引文清晰地表明，如果说上海是一座大都会，那么它就是一个由半殖民地特有的不均衡发展所造就的第三世界大都会。

与日本的新感觉派写作一样，半殖民地上海所提供的丰富的"舶来气味"和异国情调也同样是刘呐鸥所倡导的中国新感觉派写作的必需因素。颇具反讽意味的是，恰恰是上海特定的历史语境为这一现代主义的新感觉派写作提供了一个完美的滋生场所。中国作家无须远游去为这种写作风格寻找素材；甚至外国作家也可以将上海当成是现代主义写作的完美对象，横光利一的小说《上海》即是一例。在上海这座移民的都市里，由于很少有真正的"本地人"，所以刘呐鸥在这里没有受到歧视，且在这里很快创建了中国现代文学的新流派。刘呐鸥民族和文化身份的暧昧性汇入了一个暧昧性的大海，因为这种暧昧性在上海碎片化的都市日常生活中无处不在。刘呐鸥作品主人公与城市之间的疏离感既源于快节奏的都市现代性，又源于主人公对他所轻视的中国大众的无法认同。在租界，《游戏》中的知识分子主人公体会到了疏离感；在中国区域，《礼仪和卫生》中的律师也主动将自己隔绝于中国大众，以成全自己的优越感和高人一等的购买力。

都市与摩登女郎

《游戏》的男主人公发现,在都市和摩登女郎之间存在着某种奇怪的渗透关系,而摩登女郎本身即是"近代的产物"。她拥有圆形的厚嘴唇,高耸的乳房,柔滑得像鳗鱼一般的身体和悬垂的玉耳坠(代表着她的性欲和诱惑力)。她有"智慧的"前额、短发和希腊式的鼻子(代表她西方式的外貌)。她追求快感、速度(她喜爱1928年的飞仆牌跑车)和金钱。她魅力十足、早熟,最重要的是,她还不贞。通过这个小说,刘呐鸥为这一时期其他流行小说树立了上海摩登女郎的原型。她身上所体现的是半殖民都会文化的种种特性,处处散发着城市的速度、商业文化、异国情调以及色情的诱惑。她所撩拨起的男主人公的情感(后者绝望的迷恋和前者无可救药的背叛)加剧了这座都市的吸引力和疏离感。

摩登女郎的形象可以部分地溯源于法国和日本文学。一个简明的形象谱系有助于我们了解刘呐鸥是如何在跨文化的性别种族政治问题上承袭和改变了摩登女郎的形象内涵的。保尔·穆杭在其著名的短篇小说集《温柔货》(1921年)和《夜开着》(1922年)中所塑造的带有异国情调的女郎形象可以追溯到福楼拜以降的异域文学传统。在福楼拜的一则著名的游记中,他记述了自己与埃及舞女 Kuchuk Hanem 的一段艳遇。在游记中,这个舞女成为了"东方"的化身,既性感又野性。萨义德曾经就这类东方女性是如何为福楼拜提供了一个展示自己想法的机会的问题作出过分析。东方女性是被动的、沉默的、被注视的、被研究的和被表达的。由此,萨义德将之看作是东方主义的典型例证。这一事例正好体现了西方人对东方的文化占领,东方人被贬低为低于人类的他者。[①] 皮埃尔·洛蒂(Pierre Loti,1850—1925)

---

① 见萨义德(Edward Said):《东方学》(*Orientalism*),New York:Vintage Books,1979年,第184~190页。

的小说更加赤裸地复制了典型的东方主义的异国情调。1885年,洛蒂赴日。据说他惊恐于日本人的丑陋和贫困,将之称为一种"类似于豪猪的人种"。在其以日本为背景的自传体小说《菊子夫人》(Madame Chrysanthème,1888年)中,如果用一位批评家的话来说,他将日本女人描述成了男主人公的"富有异国情调的静物",陌生奇怪但却迷人、神秘和遥不可及。这篇小说后来由徐霞村翻译成了中文。[1]

这一形象谱系随后为保尔·穆杭发扬光大。在他的大多数小说中,主人公都是具有异国情调的外国女性。这些女性野性、放荡不羁而又敏感,当然更是被男性叙述者仔细揣摩的性幻想对象。《温柔货》描写了三个漂泊于战时伦敦的年轻女性的生活,而他最受欢迎的作品《夜开着》则围绕着六位女性展开叙述。在庞德的译本中,对其中一位女性的描写如下:

> 漂亮的身体。黑色的肌肉有如黑色皮肤下移动着的象牙球,伸展的肌肉有如丝般坚韧和珍贵。可以极其清晰地辨认出每一处肌肉,就好像解剖图所显示的那样:红色的枝状物覆盖在我们的器官上。弯曲的侧面泛着微红,饱满的乳房,在舞蹈中失去重量的两条修长的腿,纤细的脚踝,中空的大腿骨,膝盖上方及其丰满。[2]

在男性色情视角下对漂亮女郎进行仔细剖析,正是穆杭在描写年轻女性时所使用的看家本领。

当这类女性形象出现在日本之时,西方人眼中的东方女性变成了东方人眼中的西方女性。日本的"摩登女郎"或者有着西化的外貌,或者有着欧亚混血的外观。谷崎润一郎小说《痴人之爱》(1925年)的女主角Naomi,有着一头短发,脚穿长筒丝袜和高跟鞋,经常穿着一身色

---

[1] 见Michael G. Lerner:《皮埃尔·洛蒂》(*Pierre Loti*),New York:Wayne Publishers,1974年,第69~72页。徐霞村的译文发表于1929年,即《菊子夫人》,徐霞村译,上海:商务印书馆,1929年。

[2] 保尔·穆杭:《夜开着》,庞德译,Breon Mitchell编,New York:New Directions,1984年,第50页。

彩浓烈的洋装,类似好莱坞女影星嘉宝(Clara Bow)、宝娜尼基(Pola Negri)、玛丽·璧克馥(Mary Pickford)和格洛瑞尔·斯旺森(Gloria Swanson)。①这位摩登女郎是一个"华丽奢侈而颓废的资产阶级消费者,以穿着、香烟和嗜酒招摇于二十年代的都市游乐场"②。她有时也会漂洋过海来到中国,成为徐霞村小说"Modern Girl"中时髦的日本女郎。"Modern Girl"在中国的第一次露面是在"五四"作家陶晶孙的作品中(见第二章),可参见他的小说集《音乐会小曲》(1927年)。当美国电影和日本文学将这种摩登女郎形象运进中国之时,这一形象还带有明显的中国舞女特征(是20年代爵士时代的产物)。在1928年1月《北捷华报》的一则消息中,舞女被描写成"衣着洋化、短发短裙、扑粉的脸。她经常出入于电影院,希望别人用银幕上的求爱方式来向自己献殷勤。她过着健康的户外生活,因此生气勃勃"。这份报纸最后宣布:"这位中国舞女将会留下来。"③

然而,在刘呐鸥小说的符号网络中,摩登女郎还和这座城市产生了某种相互的隐喻关系。城市被色情化了,一如女郎被色情化一样。女郎被注视,一如城市被观察一样。情色的亲密和无法躲避的分离(由于欲望源自匮乏,所以分离加强了这种亲密性),体现了男主人公与都市和摩登女郎的关系。当《游戏》中的摩登女郎甩掉男主人公之时,摩登女郎和城市在共同背叛男主人公这一点上达成了一致。

> 她去了,走着他不知的道路去了。他跟着一簇的人滚出了那车站。一路上想:愉快地……愉快地……这是什么意思呢?……都会的诙谐么?哈,哈……不禁一阵辣酸的笑声从他的肚里滚了出来。铺道上的脚,脚,脚,脚……一会儿他就混在人群中被这饿鬼似的都会吞了进

---

① 见 Barbara Hamill Sato:"The Moga Sensation: Perceptions of the Modan Gāru in Japanese Intellectual Circles during the 1920s",载 Gender and History 第5卷第3期,1993年,第363～381页。

② Miriam Silverberg:《反抗的摩登女郎》("The Modern Girl as Militant"),载 Gail Lee Berstein 编:《重塑日本女性》(Recreating Japanese Women, 1600-1945),Berkerly: University of California Press,第239页。

③ 见 Harriet Sergeant:《上海》(Shanghai), London: Jonathan Cape,1991年,第271页。

去了。①

都市的速率类似于摩登女郎更换男友和喜爱跑车的速度：变幻的风景、莫测的罗曼史和飞速的跑车共同遭遇在都市之中。

同样地，《两个时间的不感症》中的摩登女郎引诱了好几个男人，但又随即迅速而老练地抛弃了他们。她带着一阵 cyclamen 香水的气息像一阵风般的出现在赛马场上：

> 忽然一阵 cyclamen 的香味使他的头转过去了。不晓得几时背后来了这一个温柔的货色，当他回头时眼睛里便映入一位 sportive 的近代型女性。透亮的法国绸下，有弹力的肌肉好像跟着轻微运动一块儿颤动着。视线容易地接触了。小的樱桃儿一绽裂，微笑便从碧湖里射过来。H 只觉眼睛有点不能从那被 Opera bag 稍微遮着的，从灰黑色的袜子透出来的两只白膝头离开……②

如同命运安排好的那样，男主人公 H 在跑马上赢了一大笔钱，摩登女郎立即前来搭讪，露骨地向他提出约会，让男主人公陪自己去喝一杯美国咖啡。在从跑马场到咖啡店的路上，当他们漫步在繁华的商业大道上之时，身边飞驰而过的"1929 型 Fonteganc"作为一种都市的诱惑吸引着他的注意力，男主人公为自己能够跟上都市的节拍而感到自豪。然而不久后，他们碰上了时髦男青年 T，此人声称自己与摩登女郎有约在先。在女郎的建议下，这两个"情敌"男人一同陪她去了舞厅。在 T 与女郎跳了一曲布鲁斯之后，H 又与女郎跳了一曲华尔兹。舞池中，女郎突然告知 H，她给他的时间已经结束了。她对处于震惊中的 H 说：

> 啊，真是小孩。谁叫你这样手足鲁钝。什么吃冰淇淋啦散步啦，一

---

① 刘呐鸥：《都市风景线》，第 17 页。
② 同上，第 93 页。

第十章 性别、种族和半殖民地性:刘呐鸥的上海大都会风景

大堆罗唆。你知道 love-making 是应该在汽车上风里干的吗?郊外是有绿荫的呵。我还未曾跟一个 gentleman 一块儿过过三个钟头以上呢。这是破例呵。①

她很快就抛开这两个男人去赴另一个约会了。临走时她建议他们去找"taxi dancer"(即临时被雇用来陪雇主跳舞的舞女,就好像出租车一样)。虽然 H 曾以为自己能够合上城市的节拍,但现在却突然发现自己远远赶不上摩登女郎的脚步。

在《风景》中,都市男性和摩登女郎的偶然相遇最终导致了性关系,但在这一过程中,女郎一直掌握有主动权。女郎带着"强烈的巴西咖啡的香味",留一头"男式短发",有结实的肌肉和智慧的笔挺的鼻子,穿着欧式短裙,声音颇具磁性。当他们在火车上初次相遇之时(被描述成"坐在速度上面"),男主人公燃青坐在一位漂亮的女乘客对面,她以一种咄咄逼人的眼光露骨地挑逗他。她率先告诉男主人公,说他有张"可爱的一副男性的脸子"。他被她的直接所震惊,开始谨慎地与她交谈。在她的建议下,他们一起下了火车,进了一家旅馆。她不愿意受到旅馆房间有限空间的限制,冲向田野,并且边跑边褪去所有的衣服。"地上的疏草"变成了他们"青色的床巾"。② 然而,最终她另有所属,或者说归属不定,由此他对她的欲望最终也没有进入传统的性"占有"关系。与之相似,《赤道下》的男主人公将妻子带到了热带岛屿上,以便将她与她在城市里的男性追求者们分开,然而,男主人公发现,即使在岛屿上,他的妻子也不忠于他。他曾经幻想要维护男权权威,拥有令她笑、令她哭,甚至必要时拳脚相加的权力,并最终完全将她占有。然而,最终他的这种幻想只能给他增添烦恼。③

与摩登女郎的法日形象谱系不同的是,刘呐鸥笔下的摩登女郎不再是色情注视的被动对象,因为她也同样"注视"着注视者。如果说日本知识分子话语借助摩登女郎形象来掩盖日本现代妇女所实际具有

---

① 刘呐鸥:《都市风景线》,第 104 页。
② 同上,第 24 页,第 32 页。
③ 见《赤道下》,载《现代》第 2 卷第 1 期,1932 年,第 166~174 页。

的反叛意识①,那么刘呐鸥笔下的摩登女郎形象就正好相反。刘呐鸥笔下摩登女郎身上所具备的特殊"现代性"或"半殖民的现代性"使她获得了不可思议的主动权和能动性。刘呐鸥的小说巧妙地讽刺和批判了男权制度下的性道德,诸如女性贞洁观念(见《游戏》)、性契约式的婚姻(见《礼仪和卫生》)和男性对女性的占有(如《赤道下》)。从中可见,摩登女郎的越轨行为并不是刘呐鸥的批判对象。

例如,《流》的女主人公就是一位僭越性别和阶级界限的"近代的男性化了的女子",她投身工运以反抗帝国主义。在名字颇具反讽意味的小说《热情之骨》和《礼仪和卫生》中,甚至出现了反对东方主义的女性。在前一部小说中,一个名叫比也尔的法国男人来到东方以寻求异国情调。他以小说家皮埃尔·洛蒂自诩,渴望在东方碰到自己的"菊子夫人"。一天,他在一家弥漫着金盏花和菊花芬芳的花店里找到他的"菊子夫人",他的"人鱼",有如"一位从春神的花园里出来的女神"。她随即就变成了他东方异国情调神秘感的来源:

> 他真不相信这么动人,这么可爱的菊子竟会这么近在眼前。他想一想,觉得她的全身从头至尾差不多没有一节不是可爱的。那黑眸像是深藏着东洋的热情,那两扇珍珠色的耳朵不是 Venus 从海里生出的贝壳吗?那腰的四围的微妙的运动有的是雨果诗中那些近东女子们所没有的神秘性。纤细的蛾眉,啊!那本任一握的小足!比较那动物的西欧女是多么脆弱可爱啊!②

他开始用物质来征服她:给她买礼物,送她马赛巧克力,带她去剧院和舞厅。她神秘的身世背景就如同她神秘的黑眼睛一样,加倍增添了她的魅力。然而对于男主人公来说,这最终还是一场春梦。就在他低语着"亲爱的",心醉神秘,俯卧在她娇弱得似乎承受不住他重量

---

① 见 Silverberg:《反抗的摩登女郎》("The Modern Girl as Militant"),载 Gail Lee Berstein 编:《重塑日本女性》(*Recreating Japanese Women*, 1600-1945), Berkerly: University of California Press, 第 239～255 页。

② 刘呐鸥:《都市风景线》,第 76 页。

的身体上时,她突然开口问道:"能给我五百元吗?"顿时,先前眼中的女神堕落成了妓女,他异国情调的幻梦被惊醒了。最终,他满怀厌恶地走开了。摩登女郎没有成为他幻想的被动接受者,第二天早晨,她写了一封信去指责了男主人公:

> 比也尔,不,先生,你想想看吧。你说我太金钱的吗? 但是在这一切抽象的东西,如正义,道德的价值都可以用金钱买的经济时代,你叫我不要拿贞操向自己所心许的人换点紧急要用的钱来用吗?……还是你说我不应该在那个时候说出来吗? 我本来是不受管束的女人,想说就说,那种不能把自己的思想随时随刻表示出来的人们是我所不能理解的。我这个人太 Materielle 也好的。
>
> 你每开口就像诗人一样地做诗。但是你所要求的那种诗,在这个时代是什么地方都找不到的。诗的内容已经变换了。就是有诗在你的眼前,恐怕你也看不出吧。这好了,好让你去做着往时的旧梦。①

在她看来,向他要钱不过是延续了他用物质引诱她的方法。由此,她暴露男主人公异国情调的自命不凡:这种异国情调纯粹是出于他的想象和一厢情愿,这种想象排斥任何与他精心构造的幻梦不相符合的现实存在。在这种人为的东方主义和诗学幻梦中,他可以用物质来引诱她,但她却不能主动要求。由此,她对金钱的索取就松动了他们之间不平等的殖民关系。在这种不平等的殖民关系中,殖民者被塑造成施与者或慈善家,而被殖民者只能是殖民礼物的接受者。于是,她有意识地打碎了比也尔的异国情调幻梦,也颠覆了他的东方主义思想。更重要的是,这一颠覆是通过策略性的自我商品化来达到的。她毫不掩饰的物质性是她反东方主义能动性的标志。她的物质性通过对东方主义想象的拒绝"反观"了东方主义想象本身。

我前文所引用的《礼仪和卫生》也同样戏剧化地体现了对东方主义的颠覆。在这篇描写律师启明从外滩走到老城区之过程的小说中,

---

① 刘呐鸥:《都市风景线》,第 86 页。

不但启明的男性权威遭到了否弃，而且一个法国男人的东方主义幻梦也遭受了挫败。这个名叫普吕业的法国男人用来形容其心目中东方美人的词汇与比也尔如出一辙。他注意到她的欲望对象启明的妻子可琼"没有丝毫西方女人的粗俗"，她的黑眼睛"隐藏着东洋的秘密"，她的耳朵"可爱得像深海里搜出来的贝壳"。他把自己对可琼的迷恋，连同他对中国股东和艺术品的钟爱一起，看作是自己"东方醉"的一部分。普吕业原是身居北京的外交官，现在变成了在上海向西方人兜售中国古董的商人。他决定从可琼丈夫启明的手中将可琼"买"过来以追寻自己的东方主义幻梦。他将自己的古董店送给启明希求换得两年"艳福"。颇为反讽的是，作为一个信奉男权的不忠的丈夫，启明竟将普吕业的东方主义幻梦看作是一个真爱的表达，虽然他既没有接受也没有拒绝普吕业的要求而是直接跑回了家。然而，他发现可琼已经不见了。她留下的便条告诉启明，她已经跟随一个被她称之为"北京狗"的男友远走高飞了。由此，可琼既没有成为普吕业七国情调的艺术摆设，也没有成为屡屡召妓的不忠丈夫的贞节妻子，而是成为了一个追求自身幸福的主动行为者。她将自己的聋哑妹妹留给了丈夫，她在便条中解释道，她丈夫所需要的不过是一个女性的身体罢了。此外，将妹妹留给丈夫也可以使丈夫躲开性病的危险。最后，她嘲弄丈夫说"容易得到的也往往是卫生的"。这也是小说标题"礼仪和卫生"所隐含的讽刺意味之所在。

由于这些摩登女郎不再是纯粹中国的，而是好莱坞女明星和日本西化摩登女郎形象的嫁接成果，因此她们的暧昧身份帮助她们反观和反抗了西方的东方主义和中国的男权制度。她们的行头（服装、手袋和化妆品）、混乱的性行为、男子气的西化外貌（高鼻梁、身形瘦削、短发、肌肉饱满的四肢）以及不受约束的行为，都是西方物质文化的标志。在这个意义上，她是好莱坞女星和日本摩登女郎的翻版，周身散发着舶来的异国情调气息。然而在她和上海这座城市的紧密关联中，我们又看到，她过度的物质性同时也暗示着半殖民的语境。既是话语构造（从西方和日本都市文化移植和嫁接过来的）又是物质凝结（摩登女郎徘徊在半殖民的都市空间）的摩登女郎动摇了都市文化和殖民文化的两分。如此一来,她就打破了知识分子将现代性观念看成是西方所有物、中国人只能跟着学习的老观念,将现代性放置在一个包含有半殖民文化"污秽"的成分混杂的领域内。借用李瓯梵在另一个场合曾经使用的一句短语来说,摩登女郎形象是"中国现代性的都市想象"和"日常生活现代性"的描写对象。① 就与半殖民地都市性的结合这一点来说,刘呐鸥的世界主义已经不同于"五四"时期的世界主义了。这也就解释了为什么对于左翼或国民党阵营的知识分子来说,刘呐鸥所传达的现代性视角总是带有几分颓废和堕落的意味。这种现代性视角不再仅仅是基于模仿西方都市文化话语之上的理念投射,而且更是以一种都市文化的"腐败"形式主动介入了西方的物质性。

欲望与都市现代性

在法侬笔下的安的列斯岛的和查特基笔下19世纪印度的民族主义话语中,存在着某种明确定位的民族主义想象。然而,30年代的上海却缺少类似的民族主义想象,因此刘呐鸥的作品将西化的摩登女郎描述为欲望的对象,而不是否定的对象。与民族主义想象中的西化女郎形象不同,摩登女郎混乱的性行为非但没有成为男权道德的指责对象,反而成了追求自身欲求的自由意志的体现。她的物质性没有被指责为粗俗和堕落,反而被看成是她有能力适应现代社会的表现;她的物质性被看作是无可逃避的现代性物质化的转喻性延伸。中国的摩登女郎没有对本土男性构成双重阉割的危险,而是体现了一种现代性的速度。她非但没有对中国男性知识分子造成威胁,反而以一种男性知识分子也可能希望采取的方式颠覆了传统。

通过这些方式,她成为了追求都市现代性的急先锋,在西方物质主义和中国男性知识分子之间扮演了中介的角色。现代性的符号对

---

① 见李瓯梵:《民国早期现代性的文化构成:有关上海都市的几点思考》("The Cultural Construction of Modernity in Early Republican China: Some Research Notes on Urban Shanghai"),打印稿,1996年,第23页。

刘呐鸥笔下的男主人公的男子气概造成了威胁,但由于这种男子气概没有民族主义作为基础,民族主义和男权制度之间的惯常联盟被打破了。刘呐鸥自身暧昧的文化身份导致了民族主义在男权制度想象中的缺席。但从更为广泛的意义上来讲,这也体现了一种将民族主义排除在外的世界主义进程。当民族主义不再规范和压制有关女性的话题,一种对男权体制的激进颠覆获得了自己的空间,一种更为持久的对男女关系的性别质疑也成为了可能,当然这只是在话语领域内。事实上,正如历史所证明的那样,第三世界的民族主义再一次成为男权体制用来统治妇女的有效武器,从而抵消了殖民威胁和新殖民主义压力所带来的挫折感。从刘呐鸥的小说中,我们可以得到一个颇为反讽的结论:去民族化的世界主义是唯一可将女性从男权统治下解放出来的观点立场。

摩登女郎拒绝顺从西方的东方主义幻梦(以比也尔和普吕业为代表)。这就说明了她的现代性既没有屈从于西方的"东方"女性范畴,也未曾轻易地接受西方的文化价值。因此,她的反叛是双面的,既针对男权体制,又反对东方主义的想象。这实际上向我们提出了一个颇具启发性的问题:既然第三世界的男权体制和东方主义都希望迫使本土女性成为男性幻想的承载者,那么在东方主义和第三世界男权体制之间,是否存在着某种结构上的相似性呢?《礼仪和卫生》中普吕业用古董店来交换可琼,而启明将之看成是真正的爱情。这一事实意味着东方主义和男权体制之间确实构成了某种同谋的关系。如果可琼自己不反抗,那么她就可能被交换、处理和出卖了,从而也就维护了男性共同体及其共同的利益。

摩登女郎拒绝与这两套机制合作的行为,将她与"五四"时代众多的现代女性形象区分了开来。在中国现代文学女性形象演变的轨迹中,摩登女郎的形象可以追溯到"五四"写作中的"新女性"。而创作了这些解放的"新女性"形象的一代男性作家,实际上大多自己都还未能摆脱包括包办婚姻在内的封建枷锁。例如,胡适笔下娜拉的翻版、鲁迅笔下的子君和茅盾笔下的诸多女主人公,都成了投入"全盘西化"和彻底反传统实践中去的英勇人物。而这些女性在获得完全解放问题上的失败，则体现了"五四"男性面对封建制度的顽固性和文化启蒙的苦难性所最终感受的绝望。① 在这个意义上，新女性很明显地成为了男性欲望的投影。在此，男性主体性可以调整"五四"时代不断滑移的传统和现代的关系。女性形象或多或少地受到了男性叙述声音的约束，而后者常常厚颜无耻地渲染某种反女性的感情色彩。②

我们也可以从男性主体性的角度来解释摩登女郎形象。在摩登女郎对性别、种族、文化和民族身份等等方面所做出的僭越行为中，我们可以读到一种世界主义的男性主体性之欲望和崇拜的理想投射。刘呐鸥的作品既没有抱怨文化启蒙事业的艰难，也没有用女性来批判社会，而这两种做法都是以稳定的男性主体性和男权体制为前提的。与之相反，刘呐鸥的作品质疑了男权制度的基础，也没有假定稳定的男性身份认同，从而提出了上海半殖民地都市语境新产生的性别角色的问题。而摩登女郎在争取自主权问题上所获得的相对的成功，意味着刘呐鸥的都市现代性视角所能够带来的某种希望。

最后，吸收了上海物质文化的西化的摩登女郎形象，动摇了在中国知识分子话语中普遍存在的都市西方和殖民西方的截然二分。然而，正如我在下面两章中将要指出的那样，新感觉派更多地是在资本主义的层面上，而非半殖民的层面上来看待都市物质性的。新感觉派所关注的即是租界中舞厅、跑马场和电影的物质性本身，而并没有看到殖民现象在这些场所的存在。由于商业文化的物质性被认为是典型的都市经验，因此，都市文化尤其被看成是资本主义的存在，而富有诱惑力的语言则又不断地引发着新奇感。但为了应对种族主义、经济剥削和政治质询的半殖民现实，民族主义开始复兴，而上海的现代主义则开始有意识地躲避起来。

我在下面一章中将继续讨论对摩登女郎的欲望。这种欲望是一

---

① 见 Stephen Chan：《绝望的语言：五四作家意识形态化的新女性形象》("The Language of Despair: Ideological Representations of the 'New Woman' by May Fourth Writers")，载白露（Tani Barlow）编：《现代中国的性别政治：写作和女性主义》（*Gender Politics in Modern China: Writing and Feminism*），Durham：Duke University Press, 1993 年，第 13～32 页。

② 见史书美：《中国现代文学中的女性自白小说》，载《当代》第 95 期，1994 年，第 108～127 页。

种对资本主义现代性的欲望,一种对商品化、消费和娱乐之诱人魅力的欲望。由于它无可抗拒的诱惑力,它在男主人公的欲望图景中稳固地拥有着突出的地位,并不可避免地参与了男性欲望的构造。当然,我在下一章中将分析到,这幅欲望图景又参与了另一个层次上的两分。另两位著名的上海现代主义作家穆时英和施蛰存的作品,以更复杂的形式揭示了这幅欲望图景的构造。然而,抗日战争爆发后,民族主义政治的优势开始突显。对这幅图景的建构逐渐失去了合法性,相应地,这种半殖民地的文化政治语境也逐渐地消逝了。

第十一章　表演半殖民的主体性：穆时英的著作

本章将通过另一位著名的新感觉派作家穆时英（1912—1940）的作品，来描述上海文化世界主义、民族主义和半殖民性之间的特定关联。作为30年代早期和中期的现代主义者，穆时英支持文化世界主义的标准。这就意味着他将在自己的作品中自由地借鉴西方和日本的文学实践，同时也更坚定地抛弃了共产党和国民党所标榜的政治民族主义。穆时英认为，无论是作为针对西方和日本帝国主义的反抗性话语，还是作为使被压制政权取得合法性的支持性话语，这种民族主义倾向实际都存在着很大的问题，因为这两种民族主义都含有意在蛊惑群众的民族沙文主义倾向。由于国民政府的文化政策缺乏连贯性，所以左翼作家联盟逐渐取得了掌控舆论动向的能力。左联通常在朋友和敌人之间构建起强烈的二元对立关系，并安排自己的写手去批判那些对左翼文学观念持反对态度或尚处于摇摆状态的人们。而穆时英正是左联无情批判的受害者之一。此时，穆时英早年的马克思主义倾向已经转变成了痛苦和愤恨。他希望能够通过取消民族主义策略和以民族主义作为直接批判形式的半殖民地策略，来突出强调文学的自主性。

我将通过分析他在1932年左右转向新感觉派小说后的诸多作品，从多个层面考察穆时英对殖民现实的系统遮蔽。这些层面包括：性别表达、暧昧的民族主义、对资本主义的批判（不是半殖民语境本身）和纯文本实践。通过这些阅读分析，我将证明，穆时英对殖民现实的遮蔽不仅意味着民族主义意识的失败或是向被殖民意识的屈服,这更表明了半殖民地语境下中国资产阶级所作出的一种自由的文化选择。在高度政治化的本土文化群体纷争不断的年代里,穆时英退回了纯文本性和文学技巧的领域以宣扬一种文学自主性,而这个纷争的年代恰恰是资本主义的生活方式遭到普遍批判的时代。半殖民地性的现实将仍然存在,只不过迄今为止它的表现方式是资本主义;更准确地说,对资本主义的普遍批判取代了政治和种族意义上的半殖民地性经验。由此,对资本主义的批判几乎取代了对殖民的批判,美学自主性被放在了民族意识之前。在这里,性别和主体性的决定因素并不在于民族国家,而在于资本主义的都市化和商品化。

这种对资本主义的批判主要表现为对工业化生活方式的一般性焦虑。新感觉派小说中的游荡在上海街道上的男主人公并非无忧无虑的"闲荡者"(flaneur,波德莱尔诗中来回游荡于巴黎拱廊街,流连于商店橱窗的人,本雅明对此意象进行了理论化处理),也不是以一种厌倦态度来对压倒性的都市刺激予以防御的"异乡人"。①相反,新感觉派的主人公是都市潮流的参与者(虽然这种参与以一种特别的方式呈现出来)。他们接受了多元感观刺激下的令人头晕目眩的都市生活方式,也竭力模仿着资本主义现代都市的活动(快速、波动、买、卖),他们不带有防御机制(即齐美尔的"厌倦态度"和本雅明的"保护型防御"②),最终耗尽心力地迷失在都市生活之中。城市新感觉使得男主人公沉湎于声、光、色的变动之中,而这些投射在主体身上的强烈的感观印象也正是作家进行语言改革和技巧实验的用武之地。穆时英的

---

① 见本雅明(Walter Benjamin):《闲荡者》("The flâneur"),载《发达资本主义时代的抒情诗人》(*Charles Baudelaire: A Lyric Poet in the Era of High Capitalism*),Harry Zohn 译,London:Verso,1985 年,第 35~66 页;本雅明:"On Some Motifs in Baudelaire",载 *Illuminations*,Harry Zohn 译,Hannah Arendt 编辑,New York:Schocken Books,1969 年;齐美尔(Georg Simmel):《都市与精神生活》"The Metropolis and Mental Life"(1903 年),载 Edward A. Shils:《个人与社会形式》(*On Individuality and Social Forms*),Donald N. Levine 译,University of Chicago Press,1971 年,第 324~339 页。李瓯梵也在《上海摩登》第一章中,指出了将上海的中国知识分子等同于"闲荡者"的做法是有问题的,在波德莱尔的城市(充斥着马车)和上海(充斥着汽车)之间存在着差异。游荡在大街上的亲法分子很少是孤独的,而一直都身处一群朋友之中。

② 本雅明这里用了弗洛伊德的观念。见"On Some Motifs in Baudelaire",载 *Illuminations*,Harry Zohn 译,Hannah Arendt 编辑,New York:Schocken Books,1969 年,第 161 页。

男主人公既不同于本雅明笔下从超然事外的角度对新都市生活进行研究的只专注于自我的"闲荡者",也不同于齐美尔笔下远离都市急流的"异乡人",而通常只是一位陷入了资本主义商品化逻辑之中但却无处可逃的疲惫的都市男人。对于那些少数看上去似乎能够跟得上都市节奏的男主人公来说,他们设法使自己的性渴望变成现实,从而将这座城市变为爱欲的城市,进而赋予这座城市以一种远离其即时历史语境的象征形式。然而,这座爱欲的城市最终还是以妓女或萍水相逢的性遭遇使男主人公们陷入了性商品逻辑的陷阱。

在这两种进程中(作为都市刺激之承受者的主人公和赋予城市以爱之城的象征形式的作者),正是资本主义的文化经济,而不是半殖民的政治或种族经济成为了作家考察和批评的对象。这种进程遮蔽了半殖民地主体生活经验中的殖民维度,而这种遮蔽行为又一次表明,半殖民地的文化政治并不按照"殖民占领与民族主义反抗"截然两分的方式运行。穆时英以欲望、性别和文本性来遮蔽民族主义和殖民现实的做法,正表明了半殖民地文化表述的多元化立场。

概括说来,半殖民地主体立场通过区分而实施的遮蔽策略具备下面两层结构:

第一层分叉:
半殖民主体
　　都市西方与日本(通过不均衡的世界主义所建立的一种想象性关系)
　　殖民西方与日本(经济、种族和政治方面的真正的剥削和不平等关系)

第二层分叉:
半殖民主体
　　作为资本主义城市的上海(都市现代性和爱的场所)
　　作为殖民城市的上海(帝国主义剥削和种族主义的场所)

在这两个层面上,前一种意义总是掌控和遮蔽着第二种意义。也正是因为对第一种意义的强调,半殖民主体性就与一种作为幻象的现实相互联系在了一起。由于向往都市化的西方和日本,半殖民主体怀有一种文化跨越的想象,这也是一种单方面的与西方和日本的联系。半殖民地主体注视着上海的都市资本主义,从而不可避免地变成了都市幻想的观察者以及"商品化的西化形象、商品和地点"的消费者,由此,他与这个城市的主要关系即是消费关系:在舞厅等等的都市场景中观察、购买、吃饭和游乐。作为结果,化异(dissimulation,即通过电影形象或是与其他书籍的互文关系而形成的现实产物)成为了表述的永恒比喻。

引发争论的表演

从很多方面看,穆时英都是新感觉派的代表作家之一。在技巧方面的广泛尝试及其颇为丰富的著作成果使他获得了"新感觉派的圣手"和"中国的横光利一"的称号。富有经验的文学批评家为穆时英富有冒险精神的技巧形式实验而喝彩,他们认为年轻的穆时英的写作技巧已经超过了他所崇仰的密友刘呐鸥。17岁就开始写作的穆时英被看成是文学天才,他的作品表现出了惊人的成熟和相当的胆识。女读者们疯狂地迷恋上了这位长着"希腊鼻"和"长脸"的英俊少年。[1] 尤其是在《现代》刊登了穆时英的照片之后。由于据说穆时英常常出入舞厅以寻找写作对象和体会跳舞的快乐,于是,一些女读者甚至成群地涌向舞厅去偶遇这位年轻作家。除了舞厅,他还常常光顾咖啡厅(他最爱一种名为 Renaissance 的咖啡)、剧院和跑马场。[2] 他抽 Craven "A" 牌子的香烟(正如他小说的女主人公),出入于"月宫"歌舞厅,狐

---

[1] 见《三十年代文坛的一颗彗星:叶灵凤先生谈穆时英》,载《四季》第1期,1972年,第30页。

[2] 见嵇康裔:《邻笛山阳:悼念一位三十年代新感觉派作家穆时英先生》,载《掌故》第10期,1972年,第48~50页。

步舞跳得极好,赌 jai alai(佛罗里达流行的一种赌博),后来又娶了一位广东舞女为妻。① 在40年代一位文学史家的笔下,穆时英是一位引人注目的人物:

> 熨短发、笔挺的西装和现代风的文士的品格,这是穆时英先生的外貌。满肚子崛口大学式的俏皮话,有着横光利一的小说作风,和林房雄一样地在创造着簇新的小说的形式,这便是穆时英先生的内容。事实正是为此,所以他才能给中国的新文艺留下第二个十年的"好成绩"……就是最先介绍日本新感觉派的小说的刘呐鸥,其小说的技巧,也远不如穆氏。②

杜衡(从某种程度上说,他赢得了与左翼之间的那场有关第三种人的辩论)也将穆时英看成是"永远地找寻着新风格"的技巧名家,认为穆时英在这方面的成就已经超过了刘呐鸥。③ 以上这些描述向我们展现了一位在外表、生活方式和写作风格上既时髦又现代的作家。无论是对于严肃的批评家来说,还是对于上海的中产阶级读者和都市文化消费者来说,穆时英都充满了吸引力。这些支持者天然地与写作的意识形态指令相对抗,提倡文学自由。

然而,在其他许多描述中,穆时英的著作被看成是对西方文学的"低级"模仿,他的生活方式也被认为是体现了半殖民主义对中国知识分子的最坏影响。人们指责穆时英贪图资本主义都市文化的愉悦,缺乏完整的道德信仰,躲避革命的目标,并且背叛了民族主义事业。他有着被殖民的意识,以外国语言来"污染中国书面语",小说内容低俗而色情。④ 这种攻击不仅仅来自于我曾在第九章中谈到的新保守主义

---

① 见黑婴:《我见到的穆时英》,载《新文学史料》,1989年,第142~145页。
② 见迅俟:《穆时英》,载杨之华编:《文坛史料》,上海:中华日报社,1944年,第231~232页。
③ 见杜衡(苏汶):《关于穆时英的创作》,载《现代出版界》第9期,1933年,第10~11页。
④ 见余清香、毛家明:《大都市在他的笔下痉挛——论穆时英新感觉都市小说》,载《华中师范大学学报》,1989年,第43~49页;吴福辉:《京派海派小说比较研究》,载《中国现代当代文学研究》,1987年,第200~204页。

者沈从文,而且也来自于与左联相关的作家和批评家。穆时英在《公墓》序言中提及,自己曾经被指责为"骑墙"和"红萝葡剥了皮"。① 1932年的《现代出版界》上出现了数篇明确批评穆时英的文章,而穆时英本人则为自己写了一篇短小的辩护文章。左翼批评家指控穆时英的作品由于忽视现实主义因而缺乏社会价值,而穆时英则否定了这些批评家所坚持的意识形态指令。② 特朗布尔(Randolph Trumbull)曾经恰当地指出,对于瞿秋白和其他左联成员来说,"穆时英代表着'五四'知识分子对于伦理道德的颠覆;他是与上海资本主义语境相伴而生的问题人物,但他试图说服全国读者把物质满足看成是唯一目的的努力却是极具危险性的"③。由于他们认为穆时英有关流氓无产阶级的早期著作将大众语言和无产阶级意识成功地整合了在一起,因此他们对此时的穆时英感到了失望。在他们看来,穆时英向新感觉主义的转变是一个毁灭性的转变。④

这些有关穆时英的观点是如此分歧,以至于这种充斥着假定性和不确定性的氛围甚至掩盖了穆时英的作品。再加上穆时英本人并不是反马克思主义者,这一分歧的复杂性就进一步增加了:(1) 正如上面所提到的那样,穆时英有关流氓无产阶级的早期小说成为了无产阶级小说的奠基之作;(2) 穆时英的许多看法和观念从本质上说都是马克思主义的,他的都市小说无疑将矛头直接指向了资本主义;(3) 穆时英通过自己写于30年代的有关电影、文学和文化的理论文章和大众散文,构造了一个精密的马克思主义理论框架以与左联颇具煽动性的政策相对抗,由此,穆时英以用其人之道还治其人之身的方式回击

---

① 见穆时英:《自序》,载《公墓》,上海:现代书局,1933年,第2页。
② 见穆时英:《关于自己的话》,载《现代出版界》第4期,1932年,第9~10页。他回应了前一期《现代出版界》上发表的批判他的文章。也可见《穆时英的"上海狐步舞"》,载《现代出版界》第7期,1932年,第11~12页。
③ 特朗布尔(Randolph Trumbull):《上海的现代主义者》("The Shanghai Modernists"),博士论文,Stanford University,1989年,第208页。
④ 见《现代》第2卷第5期(1933年)的封面里页上左翼杂志《北斗》对穆时英《南北极》的赞扬。赞扬者包括左翼批评家钱杏邨,中间路线的代表批评家施蛰存、杜衡和傅东华。左翼批评家赞扬了穆时英以艺术手法来表现阶级区别和阶级斗争的能力,认为穆时英运用了不同于知识分子的大众语言。他们将《南北极》看作是无产阶级小说的突出实践。

第十一章　表演半殖民的主体性：穆时英的著作

了左联。

如此一来，我们该如何协调这种观念上的分歧？同时，作为文学和文化史家，我们又该如何估价穆时英和他的作品？我们必须求助于极为有限的有关穆时英的传记材料，其中包括了穆时英对读者的直接回应，当然最为重要的根据还是穆时英的著作本身。穆时英出生成长于浙江，后来进入上海光华大学专攻中国文学史。他的父亲曾经是一位成功的银行家，后来又成了一个黄金投机生意的代理商，然而，20年代晚期，他父亲的财运却发生了一个悲剧性的转折。他的父亲因此变得沮丧而消沉，并从此一病不起。在其略加掩饰的自传体小说《父亲》（1933年）和《旧宅》（1933年）中，穆时英描写了他去父亲病床前和老家旧宅探望的伤心往事。他的另一篇自传体小说《百日》（1933年）则描写了母亲在父亲死后所感到的凄凉和孤寂。这些自传体小说显示了穆时英忧郁的一面。作为一个传统家长制家庭的长子，如果家道没有中落，穆时英应该早已被娇纵坏了；虽然他最终也还要承担起维持家庭生计的重任，但这一切却还不至于要发生在16岁的稚嫩年纪。于是，一种混杂着内疚和遗憾的气息弥漫在上述这些小说之中。

然而，在现代中国变动性极大的政治文化语境中，在来自各方面的压力之下，穆时英的生活发生了更多的戏剧性转折（更确切地说，是由于他与这些压力相抗衡和斗争的愿望）。穆时英在《南北极》上发表的前几篇小说描写了与都市资本主义腐败势力作斗争的城市流氓无产阶级，增补的三篇则描写了剥削都市工人阶级的资本主义机器（前五篇收入1932年《南北极》的第1版，1933年改订再版本又添入了后三篇）。这些小说发表以后，穆时英被看作是无产阶级意识的发言人（从某种程度上说，这些小说使人想起了相传为施耐庵所著的中国古典小说《水浒传》）。但在他创作后三篇小说之时，他从农村移居到了都市上海。从此，穆时英便开始以新感觉派风格撰写自己的都市小说。

其后不久，穆时英受到了来自左联的批判。穆时英的朋友嵇康裔回忆道，穆时英曾经告诉自己，由于被鲁迅趾高气扬的专横态度所激怒，他拒绝支持左联。当左联满怀热情地认同穆时英的作品之时，他们安排穆时英与鲁迅见了一次面,而后者正是左联成员公认的领袖。穆时英先是被带到了内山书店,然后,书店老板内山完造陪同穆时英来到了附近的鲁迅寓所。穆时英根本就没有机会为自己辩解,因为鲁迅对这些辩解毫无兴趣,只是一个劲地指责穆时英只写适合卑贱的资产阶级口味的小说,而不为大众的需要写作。① 从此以后,随着左联对穆时英的连连开火,穆时英对左联政治的幻梦也逐渐彻底破灭了。

从穆时英1934年以后写的部分散文中,我们可以清晰地感受到这些攻击给穆时英带来的痛苦。在左翼知识分子的眼中,穆时英变得越来越堕落。1934年,穆时英担任了《晨报》文学副刊的编辑工作,而这份报刊的幕后老板正是具有国民党官方背景的上海教育局局长潘公展。后来,穆时英又和刘呐鸥一起卷入了有关软性电影的著名论战之中,对左翼电影进行了猛烈的抨击。30年代晚期,穆时英开始在南京的汪精卫伪政府担任宣传机构的要职,而后又接替了刘呐鸥死后留下的位置——国民新闻社的社长和《文汇报》的主编。这个主编的职位,穆时英并未干多久。1940年6月,就在刘呐鸥被暗杀之后不久,穆时英在坐黄包车去上班的路上被暗杀。②

如果我们将职位的变迁看作是具有深远意义的意识形态转变的话,那么,从表面上看起来,穆时英在其短暂的一生中先是从一个马克思主义者变为了资本主义者,进而又变成了投靠日本伪政府的卖国贼。与刘呐鸥之死相似,穆时英的被暗杀也是疑团重重,有人说,他是由于叛国而被国民党暗杀的,而另一些人则认为国民党错杀了穆时英,因为他其实是被国民党安插在伪政府内的。

但是,如果我们据此得出"穆时英每次经历重大的意识形态转向之时都彻底否弃从前的信念而完全拥抱新观念"的结论,就犯了一个历史的分析性错误。穆时英的朋友、后来成为国民政府雇员的嵇康裔曾经提到,就在穆时英被暗杀前的一个月,他在上海找到了穆时英,随后二人在一家西餐馆共进晚餐。餐后,穆时英坚持要埋单,并说"我是

---

① 见嵇康裔:《邻笛山阳:悼念一位三十年代新感觉派作家穆时英先生》,第49页。
② 同上,第49~50页;黑婴:《我见到的穆时英》,第145页。

用汪精卫政权的钱来为重庆方面埋单,很高兴能为你的重庆之行送行"①。由于我们找不到理由来怀疑嵇康裔回忆的真实性,因此对于考察穆时英自己对供职于汪精卫政权的看法来说,这段情节具有十分重要的意义。看起来,既然穆时英能够与"重庆方面"保持公然的朋友关系,那么迫使他为汪精卫政权服务的动因就并非是来自意识形态信念或政治信仰。此处,我并不想为穆时英投敌的历史事实作出辩解,但这一情节却表明穆时英对意识形态的态度实际上是摇摆不定的。在这个意义上,他的转变可能更多地是由其他实际原因而非政治信仰所导致的。在供职于汪精卫政权之前,穆时英曾经和妻子仇飞飞在香港居住了将近两年的时间,其时他的生活一直处于穷困潦倒的状态之中(除了直接铺在地板上的床垫,他们没有其他任何家具)。在徘徊于文化活动边缘数年之后,穆时英不仅急需找到经济来源(他这一时期的小说中多次描写了经济困难),而且也迫切需要在上海的文化产业中谋取一个职位。

当然,如果要对穆时英的转变作出最具说服力,也许也是最宽大的解释,那么我们大概要从其意识形态和美学倾向的对应关系方面去搜集证据。而穆时英的意识形态倾向和美学倾向都同样关注多样性、表演性和实验性。如果我们假设一个人的美学倾向在一定程度上体现了他的意识形态立场,那么,我此前提及的研究就将是极具价值的研究。

1972年,香港著名作家和批评家刘以鬯率先将所谓的"表演"概念与穆时英的创作联系在了一起。在参考了左翼知识分子和穆时英维护者有关穆时英缺乏同一性人格从而极易变节的种种言论之后,刘以鬯指出:"对于穆时英来说,写作小说不仅仅是一种'表达'方式,更是一种'表演'方式。"此处,我会将刘以鬯提出的"表演"概念与美国女性主义哲学家朱迪斯·巴特勒(Judith Butler)著作《性别的烦恼》(Gender Trouble)中的"表演"概念放在一起进行分析。巴特勒的"表演"观念集中体现在她认为"性别身份既是表演性的,又具有多重性,且对异

---

① 嵇康裔:《邻笛山阳:悼念一位三十年代新感觉派作家穆时英先生》,第50页。

性恋模式具有颠覆性"的论点之上。这一观点认为,一种权力规训机制将性别二分为男性与女性,反过来也就促生了一种明确而压抑的性别身份和性别区分观念。① 虽然在这两个概念之间显然存在着难以逾越的历史鸿沟,但是后一概念却有助于强调穆时英著作和人品中的重要方面。如果将巴特勒"表演"概念中把表演看作是对规范模式的破坏和颠覆的部分推广开去,我认为,穆时英写作和生活的表演方式与之具有相似性。

有许多文字资料可以被用来证明我的论断。从一些穆时英自己对于写作和生活的表述中,我们就可以瞥见他在对待自己的作家职业及这一职业是如何与意识形态相关等等问题时的"表演"态度。穆时英有关此问题的最早论述是1932年8月发表在《现代出版界》上的《关于自己的话》。彼时年仅20岁的穆时英已经出版了自己广为人知的第一本小说集,但他同时也因为不确定的意识形态倾向而遭到了攻击,被看作是自相矛盾的人。现将这篇短文摘录如下:

> "沉默是聪明的",苏汶先生说。
>
> 可是到今天,不能不说几句话了。
>
> 一年前,同时写了《南北极》和《被当作消遣品的男子》,最近,又同时写了《公墓》和《偷面包的面包师》,以一个人写出完全不同的两种作品,两种文体,便被视为一个谜,视为一个矛盾甚至连我自己也不懂这道理,也笑。有许多朋友和不相识者,用文字或者用嘴,从各种不同的立场批评着,责备着。可是我从来没表示一些意见,因为我自以为是聪明人。
>
> 可是到了今天,看了"社会渣滓堆的流氓无产者穆时英的创作",只得做一回傻子啦。
>
> 文学是感情的传达,感染。每一作品的形式和内容,我以为,决不是可以分开来的东西,而是一个化合物——还不是一个混合物,要文体统一,要意识正确,非得先有统一的生活,正确的生活不可。要统一的

---

① 见朱迪斯·巴特勒(Judith Butler):《性别的烦恼》(*Gender Trouble: Feminism and the Subversion of Identity*),New York and London:Routledge,1990年,特别见第一章和第三章。

生活，正确的生活，先决问题是这人有确定的信仰。谈到信仰，决不是对于某种思想和主义的情感的崇拜与接受，而需要理智的探讨：第一，理智的了解。第二，因为情感是危险的东西，而且是与冲动相连的，只有理智是坚定的，与意志和毅力相连的。

到现在为止，我还理智地在探讨着各种学说，和躲在学说下面一些不能见人的东西，所以我不会有一种向生活，向主义的努力。

年纪还不算大，把自己统一起来的日子是有的，发生了信仰的日子是有的——真正地答复批评家们和读者们的日子是有的。

这就算一个自白。①

20岁的穆时英显然不是一个老练的理论家，也不能给予批评者以满意的答复。但是，这篇文章却强调了穆时英自认为重要的作为作家的原则，即作家负有使形式与内容发生化合作用的责任，而没有固守某一种写作风格的义务。一篇小说必须以具体的形式和内容表述出来，但作家却不能因此而将写作局限在一种显明的风格之中。穆时英用青春来为自己做辩护（"年纪还不算大，把自己统一起来的日子是有的"），同时也微妙地批评了隐藏在各种"主义"背后的伪善（"在学说下面一些不能见人的东西"）。通过这些论述，穆时英进一步确立了单一性（单一的自我是与单一的生活、单一的文体和单一的意识联系在一起的）和伪善之间存在着的相互关联。他暗示到，对一个"主义"的坚定信仰要求的是情感而非理智，因此是非理性的。虽然批评家们并不理解穆时英的立场，并且将他的看法仅仅当成是戏谑，但在其时大多数人都不敢立异的政治空气中，对于穆时英在这篇文章中试图建构起"旨在反对固定信仰和单一自我的新理性"的做法，我们恐怕不能仅仅用冒险精神来解释他的行为。

在五个月后撰写的文章中，穆时英更加清晰地阐明了这种对单一自我和信仰的挑战。这篇文章和杜衡为穆时英所做的辩护文章一起发表在1933年1月的《现代出版界》上。同一个月，穆时英还在《南北

---

① 穆时英："On Some Motifs in Baudelaire"，第161页。

极》的改订本题记中作了进一步的说明。其中,杜衡的辩护文章极为著名,因为他在文中自创了"双重人格"这一术语来形容穆时英的著作:

> 显然地,无可讳言而且无容讳言地,时英在创作上是沿着两条绝不相同的路径走。他的作品非常自然地可以分成两个类型:一是《南北极》之类,一是《公墓》之类,而这两类作品自身也的确形成了一个南北极……
>
> 这种两重人格的表现就成为对时英的一切非难的总因。
>
> 然而,我们仔细想,二重人格在这个时代到底也不是可以非难的东西,而且它也的确是构成历史的一阶段。我们的作者几乎每一个都是二重人格的化身;甚至于弄甲骨文,或是沉默着,在某一意义上,都可以说是二重人格的间接的表现。这其间的区别,无非是在于个人的想不想,或是善不善于,掩饰自己的矛盾而已。批评家是应当把二重人格的表现或掩饰都指出来,而且同样地该说出一个所以然。至于对表现得明显一点的作家的非难,事实上就是教训人去学虚伪罢了。①

杜衡在文中指出,一贯的人格与穆时英在前文中提及的伪善形式颇为类似,而双重人格则是植根于时代历史语境中的人格形式。从杜衡对左翼政治所一贯持有的批评态度看,他极有可能在这里向我们暗示了,正是左翼的霸权迫使作家们转入了冷僻的古代研究或者陷入了自我沉默以逃避意识形态的制裁。

在杜衡以双重人格为穆时英作辩护的文章之后,穆时英则为自己的双重人格提供了另一种解释。在文中,穆时英将双重概念拓展为多元性概念。他在文章开始即宣布自己生活在"二重,甚至于三重、四重……无限重的生活"中,"当作作家的我,当作大学生的我,当作被母亲孩子似的管束着的我,当作舞场里的流浪者的我,当作农村小学教员的我——这许多复杂的人格是连自己也没有办法去分析,去理解

---

① 杜衡:《关于穆时英的创作》,第10页。

的"。穆时英列举了自己在生活中所扮演的多重角色和所拥有的多种身份,并借此特别强调了人们对他的命名实际存在着极大的差异。穆时英在哲学的层面上论述了这种多元性:

> 我是顶年轻的,我爱太阳,爱火,爱玫瑰,爱一切明朗的,活泼的东西;我是永远不会失望,疲倦,悲观的。对一切世间的东西,我睁着好奇的,同情的眼,可是同时我却在心的深底里,蕴藏着一种寂寞,不是眼泪,或是太息所能扫洗的寂寞,不是朋友爱人所能抚慰的寂寞,在那么的时候,我只有揪着头发,默默地坐着;因为我有一颗老了的心。我拼命地追求着刺激新奇,使自己忘了这寂寞,可是我能忘了他吗?不能的!有时突然地,一种说不出的憎恨,普遍的对于一切生物及无生物的憎恨;我不愿说一句话,不愿看一件东西,可是又不愿自杀——这不是懦怯,因为我同时又是挚爱着世间的。我是正,又是反;是是,又是不是;我是一个没有均衡,没有中间性的人。①

穆时英将多元性和自我矛盾看成是存在的前提,但他对自己两种生活方式所作的比较也同时将这种多元性或二重性植根在某种历史经验之中,而这种历史经验即是对乡村和都市所作出的区分。作为一个乡村小学教师,穆时英上课、打篮球、骑马、泡旧茶馆、在乡村漫步,偶尔还去拜访一些孩子的家长;而一到周末,他就来到上海,沉浸于电影、餐馆和舞厅等等所构成的快节奏生活之中。在这种城市与乡村的对立中,我们注意到双重人格的历史特性正体现了为乡村和都市所决定的不同生活方式:这两种生活方式正暗示着半殖民语境下的两种时空体验,而这也为人性形式的二重分裂提供了基础。

穆时英对单一人格的拒绝和对多重的、矛盾的身份形式的认识,也体现在他对新技巧无休止的追求和对统一显明风格的抵抗之中。杜衡看到了双重人格和穆时英不断追求新技巧之间的联系。他特别

---

① 《现代出版界》第 9 期,1933 年,第 12～13 页。

提到，穆时英所使用的新技巧导致了一贯性在穆时英写作风格中的缺席。① 在为《南北极》改订本所做的题记中，穆时英自己也表达了他本人对技巧重要性的深信不疑：

> 这集子里的几篇不成文章的文章，当时写的时候是抱着一种试验及锻炼自己的技巧的目的写的——到现在我写小说的态度还是如此——对于自己所写的是什么东西，我并不知道，也没想知道过，我所关心的只是"应该怎么写"的问题。发表了以后，蒙诸位批评家不弃，把我的意识加以探讨，劝我充实生活，劝我克服意识里的不正确分子，那是我非常地感谢的，可是使我衷心地感激的却是那些指导我技巧上的缺点的人们。②

在不同政治阵营相互竞争的意识形态教化之中，穆时英维护技巧重要性的姿态显得比较惨烈。他对教化力量的反抗行为表明，在伪善地坚持某一错误的信仰共同体之时，教化的力量和接受教化的一方实际结成了伙伴关系。穆时英拒绝为了方便或是逃避理性思考而成为选择某一党派联盟作为靠山的伪君子。他将自己在风格技巧方面的各种各样的实验和表演，转变成了对文学和意识形态自主性的表述。如果穆时英的生活方式、意识形态转变和对技巧重要的强调都可以被看作是他对单一性的彻底反抗的话，那么他的死亡就是他为自己对矛盾、非连续性和多重性的钟爱所不得不付出的最终代价。

穆时英创作的小说最为显明地体现了他身上的这种多重性、矛盾性和非单一性倾向。在写作行为的每一个方面（诸如主体事件、风格、形式、内容、语义和句法等等），穆时英都采取了多重角度。虽然在下面的文本分析中，我主要关注的是穆时英在《南北极》之后出版的三部小说集，即更多地关注他与新感觉主义相关的创作，但以下对其著作

---

① 见杜衡：《关于穆时英的创作》，第 11 页。
② 穆时英：《改订本题记》，载穆时英：《南北极》，上海：现代书局，1933 年，第 1～2 页。该文最先发表于《现代出版界》第 9 期，1933 年，第 13 页。

范围的简短概括也可证明这些作品所具备的多重性特征。早在1930年穆时英18岁的时候,他就出版了小说集《交流》(1930年),也许因为这些小说只是早期的习作,穆时英后来从未提起过它们。① 一年后,穆时英由于发表在《小说月报》、《现代》和其他著名杂志上的小说而成为了一位著名作家。他很快出了两本小说集《南北极》(1932年,1933年)和《公墓》(1933年),后来又出版了《白金的女体圣像》(1934年)和《圣处女的感情》(1935年)。

《南北极》这一标题再次点明了由都市与乡村二元对立所引发的巨大的贫富差异。1932年版中发表的五篇小说均以第一人称的口吻描写了流氓无产阶级的谩骂,宣扬以道德、忠诚和游侠精神为代表的乡村精神。其中的第一篇小说《黑旋风》,借用了《水浒传》英雄传统的反叛精神,在现代背景中再现了潘金莲的通奸故事。穆时英笔下的当代潘金莲是一个受到炫目的城市文化诱惑的村姑,而小说中城市文化的化身则是一位来自于上海的男大学生。在小说中,村姑对乡村精神的背叛和乡村下层阶级所受到的压迫构成了一组因果关系。同样的因果关系还出现在小说《南北极》中,一个村姑背叛了她青梅竹马的爱人。她为城市的魅力所吸引而离开了与自己相恋的乡村穷小子。穆时英笔下代表乡村下层男性的典型人物将自己看作是自己女人的遗弃物,而女人所选择的现代性和都市正构成了对乡村男性的双重压迫。为了反抗这一压迫,《南北极》的主人公极端宣扬男性豪侠和哥们义气等等的男性观念,将对资本主义的批判看成是一项男性化事业。通过对《水浒传》故事颇具技巧性的借用,这些小说成功地表述了马克思主义式的对都市资本主义的批判。

1933年,另三篇小说被增补进了《南北极》的改订本,它们分别是《偷了面包的面包师》、《断了条胳膊的人》和《油布》(1931年)。这些小说都写于穆时英转向都市小说的时期。这些小说的叙述模式明显不同于前面提及的五篇小说:小说采用了更具独立性的第三人称叙述,

---

① 严家炎重新发现了这些小说,后来又找到了其他一些不为历史学家所知的作品。见严家炎:《穆时英长篇小说追踪记》,载《穆时英全集》,广州:花城出版社,即出。

很少有狂乱的情绪侵入式的叙述。在《偷了面包的面包师》和《断了条胳膊的人》中,小说背景从乡村转移到了城市,同时,故事的主人公也由乡下人变成了受资本主义剥削的工人。前一个故事的主题是工人与自己生产的商品之间的疏离感,而后一篇小说则描述了一个工人失去胳膊的肢体残疾,例证了资本主义机器及其所有者的非人性。这三个故事可以被看成是经典马克思主义主题在都市语境中的操演。

穆时英在《南北极》后写的三部小说都集中关注于上海这座城市本身,关注于上海的都市文化,关注于上海居民的人格。男子气概和民族主义意义上的对都市的拒斥已然消失,取代它的是对新感觉派技巧、新都市精神及生活方式的迷恋。此时,马克思主义已经很明显地退居到了次要位置。这批使穆时英一举成名的著作,日后也成了他的代表作。

除了上面提到的小说集,穆时英还写了另两篇小说:《我们这一代》(1936年)和《中国行进》(1936年)。前者是自1936年2月16日至4月23日连载于《时代日报》上的一篇未完成的小说。小说以富裕的精英知识分子主人公的视角描述了1932年1月28日日本对上海的轰炸。小说序言的醒目标题是"奴隶之歌",如果用充满激情的戏剧性语言来说,小说主张推翻帝国主义和终结奴隶制度。当然在该小说现存的残篇中,由于精英主人公好似迷失于骑士精神中的堂吉诃德,所以他的思想和行为本身就已经大大地削弱了小说序言中的民族主义热情。小说主人公将自己幻想为战斗英雄,然而事实上他却是一个连参加战斗的勇气都极端缺乏的懦夫。此处,小说第三人称的叙述方式对精英知识分子中突然爆发的爱国主义进行了嘲弄。除了使用一些著名的新感觉派技巧,穆时英还采用了战士在战斗中所使用的语言,这有点类似于一年前他在小说中对流氓无产者的俚语的借用。穆时英一如既往地沉迷于诸如内心独白这样的写作技巧之中。他用这些技巧来突显主人公建立在虚伪爱国主义热情之上的虚浮幻想和战争现实之间所存在的断裂。

后一篇小说《中国行进》,一度曾被冠名以《中国1931》,作者希望以此来全景式地勾勒1931年的上海。著名小说《上海的狐步舞》即是这部巨著的一个片断。虽然当时有广告称此书已经完成,并将成为"良友文学"丛书中的一本,但这本书实际从未出版。在给严家炎的一封信中,穆时英的大学同学、著名的美国研究者赵家璧回答了严家炎对该小说情况的询问:

> 我鼓励穆时英去写作原名为《中国 1931》的小说。其时,我正被多斯·帕索斯(Dos Passos)的三部曲所吸引。三部曲中的一部就叫作 1919。穆时英从我这借了这本书,并仔细地加以阅读,最终决定用帕索斯的方法来描写中国,将历史背景、位于历史中心的人物、作者的亲身经历和虚构故事的叙述融合在一起,共同构成一部独特的小说。这本小说后来叫作《中国行进》。
>
> 根据我的记忆,交到印刷者手中的小说是已经完成的小说。由于小说使用了各种不同大小的印刷字体,因此它留给我的印象相对深刻。当然,这本书最终没能出版,在我的记忆中,也没有任何杂志曾经完整地刊载过小说的所有章节。①

这部小说如果真的出版了,那么它将是现代中国的第一部新感觉派小说,不仅仅可以和多斯·帕索斯(Dos Passos)的作品相媲美,甚至还可比川端康成的新感觉派经典之作《浅草红团》。

在上面提及的三部著名小说、四本小说集、一些未结集的小说和大量散文之外,穆时英在客居香港期间还写了两个电影脚本:《中国万岁》和《十五义士》,当然这两个脚本后来既未发表,也没有被拍成电影。② 概括说来,穆时英的写作可以被形容为一种表演行为,它永远在找寻新的风格,永不满足于一致性和单一性。与之相似,穆时英也一直在为自己的努力找寻适当的意识形态家园。在充斥着意识形态争论和民族热情的浮躁氛围中,这一表演行为既是对围攻作家的多方压力的抵抗,又是对文学自觉的勇敢肯定。当然,这也注定是一场颇遭

---

① 严家炎重新发现了这些小说,后来又找到了其他一些不为历史学家所知的作品。见严家炎:《穆时英长篇小说追踪记》,载《穆时英全集》,广州:花城出版社,即出。
② 见黄俊东:《穆时英与他的作品》,载《四季》第 1 期,1972 年,第 40 页。

非议的表演,玩火者最终落得个被暗杀的悲惨结局。

用性别取代民族国家

与刘呐鸥将摩登女郎描述为都市资本主义现代性的做法相似,穆时英在他的新感觉派小说中,也转而将性别当成是处理现代都市经验复杂性的手段。在穆时英的作品中,性别既展示了又适时地质疑着现代和都市的产物,但它又绝非是值得肯定或否定的民族或殖民者本身。由于摩登女郎在很大程度上被西方化了,而她的角色实际正破坏着本质意义上的中国性观念,所以殖民(西方)和被殖民(中国)之间的区分被打乱,进而变得模糊起来。同时,支撑起民族国家牢固概念的理论基础也随之被颠覆。与将妇女视作是殖民压迫之象征和传统美德之堡垒的典型的民族国家叙述不同,此处的摩登女郎取代民族国家而成为了超越于民族界限之上的更为广泛之资本主义世界中的人物。

穆时英的女性主人公包括了不同年龄、阶层和社会地位的女性,但他作品中最为重要的女性角色却仍然是摩登女郎。不同于刘呐鸥笔下的摩登女郎,穆时英作品中的摩登女郎是都市蛇蝎美人、妓女、舞女和病美人的混合体。从表面上,她炫耀着自己感情和身体的放肆,并以此阉割男性,但面对批评和鄙视,她从本质上说又是极端脆弱的,竭力隐藏着自己的悲惨经历。在穆时英笔下,刘呐鸥模式的敢于捍卫感情肉体独立性的摩登女郎只有三位:《被当作消遣品的男子》中的蓉子、《五月》中的蔡珮珮和《红色的女猎神》中漂亮的女主人公。无论在风格还是在内容上,《被当作消遣品的男子》都与刘呐鸥的作品极为相似。在小说中,蓉子是摩登女郎所有表征符号的集合:男性的脸庞、纤细的腰肢、蛇一样的身段和一双适于跳舞的双脚,还有一双能够引诱和欺骗人的"近代味"的眼睛;穿着性感的红绸长旗袍和红缎的高跟鞋,嘴上擦着红色的 Tangee 唇膏,说着富有诱惑性的新词汇,并且像 Clara Bow 似的写作。用叙述者的话来概括,蓉子即是"Jazz,机械,速度,都市文化,美国味和时代美"的集合体。① 与刘呐鸥相似,穆时英反讽性地叙述了一个男人无望地迷恋上了一位摩登女郎;但与将男主人公的简单失败作为结局的刘呐鸥作品不同,穆时英则详细描述了面对摩登女郎的魅力,男主人公是如何徒劳地构建起自身防御机制的过程。这些带有明显菲勒斯情结和男性观念的防御措施包括了抽烟以抵抗摩登女郎的诱惑,培养女性嫌恶症以对抗女郎的引诱,男主人公甚至买了一个手杖以占据身边女孩的位置。穆时英嘲笑了这个柔弱的年轻男人,因为后者竭力制造出一个男性防御机制来掩盖内心的失落感,而实际却感觉自己永远也跟不上女主人公的步伐。与刘呐鸥笔下的摩登女郎相似,作为都市现代性象征的蓉子,她为中国男性主人公提供了一个体验好莱坞式都市罗曼史的实验机会,但男主人公最终却发现自己在这一过程中被阉割了。她是上海都市幻觉的一部分,物质性的表层之物充斥其间,却很少有实质和深度存在;视觉和色情的诱惑十分强烈,但在实践现实而又充实的浪漫经历方面却又显得那么脆弱。穆时英用来形容男主人公男性防御机制的反讽性语调,实际也暗示了作为男性气质另一方面的民族主义的非必要性。

穆时英常常会为人们描述一个更为复杂的摩登女郎形象,她是刘呐鸥风格的摩登女郎、舞女、妓女和疲惫不堪的病美人的集合体。这些人物也同样带有好莱坞美女的标志性特征(通常参考 Clara Bow, Norma Shearer 等等的女影星),她们通常有一段悲剧的命运,她们的精力在现代的生活方式中耗费殆尽。她不是阉割男主人公的工具,而是能与男主人公相互同情的对象。从某种程度上说,这是一个处于刘呐鸥(20年代晚期)之后的年华老去的摩登女郎,由于青春不再和容颜消逝,她们不再是自信而又勇敢的都市蛇蝎美人。和易卜生的娜拉一样,她在走出家门后极可能就在社会中堕落了(正如鲁迅在"五四"时期预言的那样),她和男主人公一样受制于时间的急速流淌,因为她的价值是建立在年轻美貌的基础之上的。更进一步说,这个摩登女郎也是经济和社会的存在,需要满足自己的经济需要和面对自己较低的社

---

① 见穆时英:《公墓》,第18页。

会地位,她以三种不同但却彼此相关的方式陷入了资本主义商品逻辑的种种陷阱之中:她的年轻美貌与价值息息相关,因此容颜的消逝实际就意味着价值的消逝;她作为摩登女郎的身份位置的基础,恰是她所扮演的"男性消费者的视觉消费客体"的角色;她所提供的免费性感则似乎将自己与妓女相等同。女性所具有的妙处和买卖性构成了某种商品逻辑,而这种商品逻辑使她得以成为一群男人追逐的中心。在对都市兴奋的追求之中,她通常是一个受害者,而不是一个罪犯。

Craven "A"即是这种女主人公的代表人物,她因为抽 Craven "A" 而得名。最初,这个长着巴黎风的小方脸,跳起 rhumba 来就好像非洲女孩儿,并且常常模仿 Norma Shearer 面部表情的女郎,是一个典型的具有色情魅力的蛇蝎美人,她迷惑男人并使男人长期关注于自己的身体。下面这一描写男主人公注视女性身体的长段落即是对新感觉派技巧的成功运用,色情和强烈的性欲将女性的身体客观化为了一种自然风光:

> 仔仔细细地瞧着她——这是我的一种嗜好。人的脸是地图;研究了地图上的地形山脉,河流,气候,雨量,对于那地方的民俗习惯思想特性是马上可以了解的。放在前面的是一张优秀的国家的地图:
>
> 北方的边界上是一片黑松林地带,那界石是一条白绢带,像煤烟遮满着的天空中的一缕白云。那黑松林地带是香料的出产地。往南是一片平原,白大理石的平原——灵敏和机智的民族发源地。下来便是一条葱秀的高岭,岭的东西是两条狭长的纤细的草原地带。据传说,这儿是古时巫女的巢穴,草原的边上是两个湖泊。这儿的居民有着双重的民族性:典型的北方人的悲观性和南方人的明朗味;气候不定,有时在冰点以下,有时超越沸点;有猛烈的季节风,雨量极少。那条高岭的这一头是一座火山,火山口微微地张着,喷着 Craven "A"的郁味,从火山口里望进去,看得见整齐的乳色的熔岩,在熔岩中间动着的一条火焰,这火山是地层里蕴藏着的热情的标志。这一带的民族还是很原始的,每年把男子当牺牲举行着火山祭。对于旅行者,这国家也不是怎么安全的地方,过了那火山便是海岬了。

下面的地图给遮在黑白图案的棋盘纹的,素朴的薄云下面!可是地形还是可以看出来的。走过那条海岬,已经是内地了。那儿是一片丰腴的平原。从那地平线的高低曲折和弹性和丰腴味推测起来,这儿是有着很深的黏土层。气候温和,徘徊在七十五度左右;雨量不多不少;土地润泽。两座孪生的小山倔强地在平原上对峙着,紫色的峰在隐隐地,要冒出到云外来似的,这儿该是名胜了吧。便玩想着峰石上的题字和诗句,一面安排着将来去游玩时的秩序。可是那国家的国防是太脆弱了,海岬上没一座要塞,如果从这儿偷袭进去,一小时内便能占领了这丰腴的平原和名胜区域的。再往南看去,只见那片平原变了斜坡,均匀地削了下去——底下的地图叫横在中间的桌子给挡住了!

南方有着比北方更醉人的春风,更丰腴的土地,更明媚的湖泊,更神秘的山谷,更可爱的风景啊!

一面憧憬着,一面便低下脑袋去。在桌子下面的是两条海堤,透过了那网袜,我看见了白汁鳜鱼似的泥土。海堤的末端,睡着两只纤细的,黑嘴的白海鸥,沉沉地做着初夏的梦,在那幽静的滩岸旁。

在那两条海堤的中间的,照地势推测起来,应该是一个三角形的冲积平原,近海的地方一定是个重要的港口,一个大商埠。要不然,为什么造了两条那么精致的海堤呢?大都市的夜景是可爱的——想一想那堤上的晚霞,码头上的波声,大汽船入港时的雄姿,船头上的浪花,夹岸的高建筑物吧!①

在对明喻如此的持久使用方面,同时也在以有诱惑性和偷窥式的语言对女性身体进行极端色情化和客体化处理方面,这篇小说都可以称得上是新感觉派小说之最了。她虽然危险("把男子当牺牲"),但却不同于刘呐鸥笔下的摩登女郎,因为她很容易被征服("一小时内便能占领了这丰腴的平原和名胜区域的")。我们很快发现,Craven "A"身边的男人女人都将她视作荡妇。她根本无力支配男人,事实上她有着17岁就遭强奸的悲惨经历。这位摩登女郎不但有着悲惨的过去,而且

---

① 见穆时英:《公墓》,第108~110页。

也将有一个可预见的悲惨未来。男主人公提到,差不多他所有的朋友"全曾到这国家去旅行过的",而且"大家都把那地方当一个短期旅行的佳地",但是却没有一个人可以保持对她的忠诚或者与之保持一种稳定的关系。① 男主人公对这个被轻视、"被社会挤出来的"不幸女人表示了同情。然而,虽然他同情她在本质上的孤独,但是男主人公仍只将其视作为一个只可供短暂旅行和休息的芬芳港湾(作者半开玩笑地运用了"香港"这一城市名,"香港"的字面意义正是"芬芳港湾")。他的性别优越性和经济地位(作为精英的律师)使他和 Craven "A"的关系保持在一种无害的胆大妄为上,充满了偷窥和性欲方面的愉悦,但却不必为此承诺任何责任。他始终是一个偷窥者和注视者,在她自愿提供的性和秘密中获得满足。

在上述引文的最后一段,作者竟然将 Craven "A"的阴道戏谑地比喻为港口。这似乎正暗示着港口上海,一个两岸有着高楼大厦的大都市和商业中心。入港的"大"汽船显然隐喻着性交。这里的问题是,这段引文能否被隐喻性地解读呢？文中数次提到的被形容为国家或者一幅国家地图的 Craven "A"的身体是否就特指上海和中国呢？但是假定香港隐喻的运用是对她易征服特质的又一暗示,那么,上海港口的比喻似乎缺少某种历史或寓言的含义。假设汽船想象特指中国的男子气,而不是日本或是欧洲的男子气(小说中没有证据表明 Craven "A"也和外国男士交往),这一隐喻显然还没有延伸到跨种族的性的不平等或是性的殖民含义上去。同样地,将其身体视为民族国家的做法实际和国家的民族与文化特性并未发生什么联系,但自然风光特征的描述却与领土占领方式的政府隐喻存在着紧密的联系。我们看到,就在穆时英拥有充分机会可以在摩登女郎和上海半殖民语境之间建立起寓意性关联的地方,作者却选择了对这些以政治术语表达的民族问题的回避。

在穆时英那里,取代这种政治表达的解释框架是作为都市文化源头之普遍性的资本主义。这种资本主义实际暗示了商品逻辑形式下

---

① 见穆时英:《公墓》,第 112~113 页。

的人际关系。通过在小说中集中展示物质文化的商品和标志,穆时英也同时指明了这一商品逻辑对性关系和性别身份的渗透。除了通过准确估价的方式对这位摩登女郎的年轻美貌进行商品化处理,商品逻辑更将摩登女郎视为类似于商店橱窗中人体模特的无生命物体。请注意小说中描述 Craven "A" 的这段话:

> 躺在床上的是妇女用品商店橱窗里陈列的石膏模型……这是生物,还是无生物呢?石膏模型到了晚上也是裸体的……这是生物,还是无生物呢?这不是石膏像,也不是大理石像,也不是雪人,这是从画上移植过来的一些流动的线条,一堆 cream,在我的被单上绘着人体画。①

在穆时英小说集《白金的女体塑像》中的同名小说里,一个带有新感觉派男性偷窥注视之经典特征的男医生,正诊查着一位新婚妇女的裸体。男医生以内心独白和第三人称描述了自己眼中的女病人。这是一幅毫无生机的图画。她看起来"没有感觉似的",带着"黑宝石的长耳坠子",有一张"无血色的脸",好似一尊"白金塑像":

> 把消瘦的脚踝做底盘,一条腿垂直着,一条腿倾斜着,站着一个白金的人体塑像,一个没有羞惭,没有道德观念,也没有人类的欲望似的,无机的人体塑像。金属性的,流线感的,视线在那躯体的线条上面一滑就滑了过去似的。这个没有感觉,也没有感情的塑像站在那儿等着他的命令。②

与女主公的无生命状态形成补充关系的是,作者反倒对无生命物进行了人性化处理。例如她的黑色裹裙"娇慵地攀在没有血色的肩膀上面";她的衬衣绣带随着她的运动"也跟着伸了个懒腰"。她不是自己身体的主人:她以一种对待陌生人的方式谈论着自己的身体。她

---

① 见穆时英:《公墓》,第 127 页。
② 穆时英:《白金的女体塑像》,第 13 页。

没有反抗,只是消极被动地等待着男医生的命令。她的存在至多只是引发男医生自身压抑已久之性欲的工具。于是,在故事的结尾,男主人公很快娶了一个老婆以满足自己的性欲。如果说此前男主人公的财产包括了汽车、狗、咖啡和香烟,那么娶妻则意味着他进一步地补充了自己的财产清单。在这里,妻子只是他一系列物质财产中的一件物品而已。

就具有商品价值这方面来说,这种金属性的、无生命的和机械式的摩登女郎,以及《黑牡丹》中"大理石像似的"黑牡丹,实际十分类似于处于技术现代性最前沿的汽车。这些将摩登女郎视作无生物、机械和无生命体的想象将她们看成了洋娃娃或是机器人。她们仅仅是汇成商品化物质大潮的一件商品而已。作为一种商品化的存在,这些摩登女郎不得不服从于一种类似于妓女的商品化生活方式。一位研究本雅明著作的女性主义批评家巴克摩斯(Susan Buck-Morss)曾经指出,对于卖淫这样相对自由的性关系来说,"性具有一种机械式的特征和一种商品式的吸引力"。完美的性关系是一种因爱之"芬芳"而引发的欲望,其间存在着某种微妙的距离。而卖淫中的性欲却由于缺乏这种距离,陷入了单纯的商品逻辑之中,卖淫所要求的只是一种即刻拥有。① 穆时英小说中摩登女郎和男主人公之间短暂的性接触没有婚姻作为纽带,像卖淫行为一样缺乏爱的基础。像商品一样的性欲望要求的是即时交易。而这正是资本主义商品制度所引入的"无生物对生物的胜利"。②

针对这一点,如果我们能够注意到中国新感觉派小说与印度殖民地民族主义叙述在塑造摩登女郎形象方面的差异性,那将是极具启发意义的。在谈及"拜金女性"(woman-and-gold),即与中国摩登女郎相似的物质主义的、富有魅惑性的印度女性之时,查特基提到,这种印度女人正是印度性的对立面。这种角色正是:

---

① 见巴克摩斯(Susan Buck-Morss):"The Flaneur, the Sandwichman and the Whore: The Politics of Loitering",载 *New German Critique* 第39期,1996年,第99~139页。

② 同上。

加尔各答体面的男性家长在经济、政治上的从属性的标志。它包含着屈辱和恐惧,包含着为保持一种令人尊敬的和高尚的生活方式所体会到的不断的麻烦和持久的焦虑,包含着知识分子的困惑和精神上的危机感……由此,这种标志就带上了消极的含义:贪婪、唯利是图、欺骗性、淫荡、挑衅和暴力……这一根植于生存策略的重要意义,是弱者自觉而又坚忍的抵抗……正如我们所看到的那样,它包括了对世界中男性"内在"自我的扼要表达,和对女性作为保护性和哺育性的母亲角色的本质概括。这种内心私密被视作是心理平和、精神安全和感情安慰的避难所:作为母亲的女性是安全的、颇具安慰性的、宽容的和幽默的;而作为孩子的男人则是天真的、脆弱的,需要照顾和保护的。①

如果如查特基所言,在印度殖民地语境中,就在拜金女性被贬低的同时,一种与之配套的尊奉母子关系和印度精神性的策略获得了发展,那么,对这种女性角色的道德否定就很容易被宣告为是一种反殖民行为,于是对这种女性的驱逐也就显得更加公正和确定无误。但在穆时英的小说中,摩登女郎却从未因为道德、反殖民或是精神性的原因而遭到否定;相反,她是男主人公的同胞,他们共同分享着在瞬息万变且无生命的大都市中生活的疏离感。如果说民族主义在反殖民和家长道德的基础上对拜金女性作出了否定性的评价,那么这些基础在穆时英摩登女郎叙述中的缺席则暗示了作者在面对民族主义和家长制问题时所持有的矛盾立场。

眩晕城市的半殖民主体

每一篇新感觉派小说都会对小说中摩登女郎及其男性注视者生活于其间的都市环境进行出色的描绘。在穆时英的小说中,城市本身

---

① 查特基(Partha Chatterjee):《民族国家及其碎片》(*The Nation and Its Fragments*),Princeton: Princeton University Press,1993 年,第 68~69 页。

通常都会呈现出自己的生命力。它是资本主义实现自身的发祥地,也是小说人物体验资本主义现代性所带来的兴奋感和疏离感的地方。穆时英的大部分小说都可以被称作是对城市的"概要"(synoptic)研究。在小说中,城市成为了主要人物,没有突出的主人公,许多并置的人物和场景一起传达了城市生活的复杂方式。① 正如上海的"海"字所暗示我们的那样,自从19世纪中期开埠以来,上海就一直是一种代表流动性形象的文化符号,但穆时英小说中30年代早期的上海则主要是指都市资本主义的处所和为消费、速度、肉体兴奋所困扰的容易动怒的焦虑性精神状态。穆时英对都市时空的表述正展示了此类容易过敏的精神状态。

以片断形式撰写的《夜总会里的五个人》正是这种"概要"小说的极好例证。在小说的开头,作者描写了1932年4月6日周六下午身处不同地点的五个人的状态。一位做黄金投机生意起家的大亨因为金价骤跌而破产;一个心碎的大学生;路人恶意的闲言碎语让一个交际花意识到自己容颜的老去;一位知识分子在自己的房间里严肃地思考着人的自我身份;一位政府雇员突然被解雇了。一共约有十五个有名无名的角色出现在这一小说里。通过描述不同空间的共时性片断,穆时英对时间进行了空间化处理。这种处理与其说是延长了时间,不如说是将一系列的事件压缩在了同一时间之中。作者以"纵向"代"横向"的方法对时间和空间进行了描述。② 这当然也是一种蒙太奇的手法。它将发生在同一时间看似不相关的事件并置起来以达到一种整

---

① Blanche H. Gelfant 对概要小说的定义也适用于穆时英的短篇小说。Gelfant 的定义如下:"概要小说将城市本身作为小说的主人公。这是一种呈现都市复杂生活方式的形式。这些生活方式包括形成鲜明对比却紧邻的社交世界(黄金海岸和贫民窟、黑社会和波希米亚、黑人住宅区与中国城等等的颇具反讽意味的结合)、五花八门的场景、快速度和不断变化的时令、淡漠的人际关系、会见与分手、现代感所带来的冲击……只有将概要小说中这些互不相干的场景事件整合进一个被清晰定义过的标准框架,这一小说才不会变成一系列松散的事件连接。"她还将多斯·帕索斯(Dos Passos)的小说视作为概要小说的代表性著作。见《美国城市小说》(*The American City Novel*),Norman:University of Oklahoma Press,1954年,第14页。按照预先设想,穆时英的小说《上海的狐步舞》原本是长篇小说《中国 1931》中的一部分。因为《中国 1931》正是以多斯·帕索斯《1919 年》为蓝本的,所以借用术语"概要"是十分恰当的。

② 穆时英在后来一篇谈论电影的文章中谈到了"纵向方法",见《"百无禁忌"与说教式的拟现实主义者》,载《晨报》,1935年5月5日。

合的效果。然而，读到此处，读者尚不知道这些蒙太奇的场景之间究竟存在着怎样的关联。

小说的下一部分名为"星期六晚上"。虽然这部分既无人物也无情节，但却详细描述了都市星期六的夜晚到底意味着什么。作者以多斯·帕索斯（Dos Passos）的创作风格，将大量的意象（冰淇淋、夜总会、Chicken à la king、黑咖啡、爵士乐、Kissproof 的唇膏、霓虹灯、威士忌、巧克力等等）和报纸的标题并置起来：

（普益地产公司每年纯利达资本三分之一
100 000 两
东三省沦亡了吗
没有　东三省的义军还在雪地和日寇作殊死战
同胞们快来加入月捐会
大陆报销路已达五万份
一九三三年宝塔克
自由吃排）①

通过对报纸标题的直接引用以及在排版方面的大胆尝试，这一段落也取得了蒙太奇的效果，将发生在广大空间中的一系列事件压缩进同一个时间。虽然这一段落提及了抗日战争，但这篇小说最突出的特征还是技巧性的实验，而非历史时间本身。

在穆时英的语言冒险中，最为著名的还是他能以短小紧凑之段落呈现出奇异都市景观的特点。

"《大晚夜报》！"卖报的孩子张着蓝嘴，嘴里有蓝的牙齿和蓝的舌尖儿，他对面的那只蓝霓虹灯的高跟儿鞋鞋尖正冲着他的嘴。

"《大晚夜报》！"忽然他又有了红嘴，从嘴里伸出舌尖儿来，对面的那只大酒瓶里倒出葡萄酒来了。

---

① 穆时英：《公墓》，第 72 页。

> 红的街,绿的街,蓝的街,紫的街……强烈的色调化装着都市啊!霓虹灯跳跃着——五色的光潮,变化着的光潮,没有色的光潮——泛滥着光潮的天空,天空中有了酒,有了灯,有了高跟儿鞋,也有了钟……①

作为都市夜生活象征的霓虹灯淹没了整个场景,以至于天空也变成人工的了。巨大的霓虹酒瓶几乎要将酒水倒入报童之口的场景恰证明了夜晚都市的虚幻氛围。

小说的第三部分名为"五个快乐的人",描述了上文提及的五个人相会在皇后夜总会。所有的人都沉浸在疯狂的放纵中。这一段落的描写视角戏拟了夜总会的玻璃旋转门,人物鱼贯而入,但进入的顺序却又不是事先想定的。同时,这段的语言也以短促的节奏和不连贯的形象准确地表现了人们的迷惑状态。后来节奏逐渐加快,好像时间对于这些人来说将要耗尽。最终,在故事的结尾,黄金大亨朝着自己的太阳穴开了一枪,而其他人则默默地围在一旁注视着他的尸首。小说的最后一部分描写了其余四个人加入了大亨的送殡队伍。

穆时英在小说中指出,都市生活的一个重要方面即是时间亘古不变的线性发展。紧接着周六下午的是周六晚上,然后是周日早上。没有人能改变时间向前行进的步伐。时间是其都市主人公的主要压迫者:当夜晚过去,他们都不得不面对比今日更加幻灭的一天。懦夫自杀了,但继续活下去的人们也同样不是英雄。汽车流和火车队所象征的时间正是他们所必须与之抗争的对手。那些被都市步伐挤出来的人,最终"从生活上跌下来"②。

《上海的狐步舞》也许是穆时英最著名的小说。它更加自觉地将都市本身当作了故事的主人公。小说的开头和结尾都试图将上海描绘成"造在地狱上面的天堂"。都市被拟人化为拥有跳动脉搏的生物。惯常的情节和性格描写再次在小说中缺失,一系列的场景以电影式的蒙太奇手法松散地并置在一起。大量的人物在这一叙述中徘徊,包括

---

① 见穆时英:《公墓》,第72~73页。
② 穆时英:《自序》,载《公墓》,第3页。

了吃软饭的男人、珠宝商、姨太太、富有的资本家、匪徒和工人,而小说的叙述角度则以电影摄像机的流动性变位将这种徘徊表现出来。在小说的开头,一个描写都市的长镜头变焦为林肯路的特写镜头,三个穿着黑绸长褂的职业杀手暗杀了一个不知姓名的人。而下一个镜头则从呼啸而过的火车摇向在铁道交通门前等待通过的汽车,然后镜头跟随汽车穿越了数条街道,停在了一座小洋房前。从飞驰的汽车向外看到的风景体现了一种速度和视觉的新经验:

> 上了白漆的街树的腿,一切静物的腿……*revue* 似的,把擦满了粉的大腿交叉地伸出来的姑娘们……白漆的腿的行列。沿着那条静悄悄的大道,从住宅的窗里,都会的眼珠子似的,透过了窗纱,偷溜了出来淡红的,紫的,绿的,处女的灯光。①

一个男人从汽车里钻出来,进了自己的房子。这个男人有一个颇具反讽意味的名字叫"有德"。他年轻的妻子来向他要钱。他们交流了几句话。有德的儿子小德(名字同样具有讽刺意味)进来了,也向父亲要钱。然后,妻子和儿子坐着1932年的新别克一起出去了。汽车穿过了与上面引文完全相似的街景。汽车飞驰,路过了告示牌,几乎撞到一个人,然后路过慕尔堂和大世界,到达了夜总会。镜头切换到夜总会内部,小说以一种富有节奏的语言描写了旋转的舞者和哈哈大笑的人们。

> 蔚蓝的黄昏笼罩着全场,一只saxophone正伸长了脖子,张着大嘴,呜呜地冲着他们嚷。当中那片光滑的地板上,飘动的裙子,飘动的袍角,精致的鞋跟,鞋跟、鞋跟、鞋跟、鞋跟。蓬松的头发和男子的脸。男子衬衫的白领和女子的笑脸。伸着的胳膊,翡翠坠子拖到肩上。整齐的圆桌子的队伍,椅子却是零乱的。暗角上站着白衣侍者。酒味、香水味,英腿蛋的气味,烟味……独身者坐在角隅里拿黑咖啡刺激着自家儿

---

① 穆时英:《公墓》,第197页。斜体字原来即为法文。

的神经。①

这继母和儿子在夜总会和其他人跳舞,空气中很快充斥着道德放纵、不贞和谎言的味道。接着,叙述的摄影机又扫了一个全景,但顺序与先前的正好相反,极为生动地体现了夜总会中令人头绪目眩和兴奋不已的眩晕感:

> 独身者坐在角隅里拿黑咖啡刺激着自家儿的神经。酒味、香水味,英腿蛋的气味,烟味……暗角上站着白衣侍者。椅子是零乱的,可是整齐的圆桌子的队伍。翡翠坠子拖到肩上,伸着的胳膊。女子的笑脸和男子的衬衫的白领。男子的脸和蓬松的头发。精致的鞋跟,鞋跟、鞋跟、鞋跟、鞋跟。飘动的袍角,飘动的裙子,当中那片光滑的地板上。呜呜地冲着人家嚷,那只 saxophone 正伸长了脖子,张着大嘴。蔚蓝的黄昏笼罩着全场。②

下一个场景:夜总会门外,别克和福特之间出现了一辆黄包车,一个描写都市人欢愉和虚伪的全景场面与建筑工地上一位工人的死立即形成了鲜明的对照。接着叙述镜头又转向了华懋饭店,摄像机一个楼层接着一个楼层向上移动,直至刘有德出现在取景器里。然而,镜头并没有在那里停留,而是很快又回到了街上。转向了街上的拉客者,一位作家正观察着她们,以便写出一个可使自己成名的小说来。镜头在这里稍事停留,让这一片断稍事发展:一位老夫人走近作家让他替自己读一封信。作家充满好奇地跟着她走,心想可能会有好的写作素材了。然而,他发现这个老太婆是想让自己的媳妇卖淫以换得一些吃的东西。镜头后又摇回了街上,那位年轻的妻子正和冒充法国绅士的比利时珠宝掮客在一起。一系列的形象随着他们从华懋饭店外面移到了房间内:

---

① 见穆时英:《公墓》,第 202 页。
② 同上,第 203~204 页。

在高脚玻璃杯上,刘颜蓉的两只眼珠子笑着。

在别克里,那两只浸透了 cocktail 的眼珠子,从外套的皮领上笑着。

在华懋饭店的走廊里,那两只浸透了 cocktail 的眼珠子,从披散的头发边上笑着。

在电梯上,那两只眼珠子在紫眼皮底下笑着。

在华懋饭店七层楼上一间房间里,那两只眼珠子,在焦红的腮帮儿上笑着。

珠宝掮客在自家儿的鼻子底下发现了那对笑着的眼珠子。

笑着的眼珠子!

白的床巾!

喘着气……

喘着气动也不动地躺在床上。①

此处,蒙太奇手法主要围绕在她眼珠子这一核心形象上。人们可以想象,当背景化为一组不同的环境,这对笑着的眼珠子于是变得静止了。镜头再一次移出饭店:水手没有付钱给黄包车夫,但黄包车夫却一无办法,只得愤愤地走了。摄像机随即又展现了月光下更多的都市场景,最终东方的地平线上出现了缕缕的太阳光。一如小说开头,摄像机在小说结尾又扫了一个上海的大全景。摄像机变化多端且不连贯的语言和穆时英高度革新的语言与这些人物跳了一圈漂亮的狐步舞。重叠、重复、颠倒的形象序列在速度和移动中呈现出一种变动性。由此,"上海的狐步舞"不只是在上海跳的一种舞蹈,更是描写了与都市弧光灯下狐步舞之疯狂有着相似性的都市节奏。

《夜总会里的五个人》和《上海的狐步舞》以对飞奔的火车、不停闪烁的霓虹灯、疾驰的汽车、旋转门和电梯等等现代技术标志的描写,展示了都市生活令人眩晕的速率。散落在这些现代性标志之中的是与之相互融合的人性特征。虽然这些人来自于不同社会、种族和经济阶层,但他们同样奔命于技术都市紧张跳动的节奏之中。虽然小说中的

---

① 见穆时英:《公墓》,第 211 页。

叙述时间因为循环、重复、压缩和空间化等等的处理方式而以一种变动不拘的方式出现,但生活中的时间却一直向前奔去,并将那些无法跟上时间脚步的人抛在了一旁。由此,那些与时间节奏不能相合的人们最终只能走向自己的末日。《黑牡丹》中的男主人公哀叹道:"生活是机械地,用全速度向前冲刺着,我们究竟是有机体啊。"而黑牡丹则答道:"总有一天在半路上倒下来的。"①

1934年,在为《白金的女体塑像》所写的序言中,穆时英表达了相似的情感:

> 人生是急行列车,而人并不是舒适地坐在车上眺望风景的假期旅客,却是被强迫着去跟着车后,拼命地追赶着列车的职业旅行者。以一个有机的人和一座无机的蒸汽机列车竞走,总有一天会跑得筋疲力尽而颓然倒毙在路上的吧!②

如果我们同意"在主题占有的空间类型和主体的占有形式之间存在着某种确定关系"③的话,中国男性主人公的主体性(或者序言中的作者自己)即是新技术都市现代性的产物,而疾驰的特快列车则是这种现代性的象征。正如凯瑟琳·科比(Kathleen M. Kirby)所说,技术(尤其是交通和通信技术)和都市化所带来的真实空间的转变,极大地复杂化了"身份物理学"。特别自从地理界限不再能牵制人们之后,这种复杂化现象更加明显。④ 在对人的主体性和19世纪欧洲的铁路旅行之间的关系进行分析时,沃尔夫冈·施伊费尔布什(Wolfgang Schivelbusch)指出,"火车旅行使得身心与外部物理空间之间惯常的连接关系不复存在"。作为一种经验,它被看成是"一种对身与心的攻击"。只有当旅行者逐渐适应了铁路旅行,他们才可能发展出一种"新

---

① 见穆时英:《公墓》,第219页。
② 穆时英:《自序》,载《白金的女体塑像》,第1页。
③ 凯瑟琳·科比(Kathleen M. Kirby):《不被注意的边界:人之主体性的空间概念》(*Indifferent Boundaries: Spatial Concepts of Human Subjectivity*),New York and London:The Guilford Press,1996年,第7页。
④ 同上,第8~16页。

形式的注意力"(全景视角)和"新的意识结构"(一种耐久的心理防御机制)来躲避过度的刺激。① 这里作为新防御机制的"心理盾牌"概念,与我前文提及的齐美尔的"厌倦态度"概念和本雅明的"保护型防御"概念非常相似。这一机制帮助人们有效地躲避着来自新的都市经验的新刺激。带着工业革命后的历史经验,本雅明、齐美尔和施伊费尔布什能够看到,来自技术现代性的攻击是如何催生出新的防御机制,又是如何重构和重新调整人与其所处环境之间的关系的。然而,穆时英的上海正处于与技术现代性发生创伤性遭遇的时代。技术现代性攻击但也同时吸引着主体,导致主体无法产生出那种能够预防现代性刺激猛烈袭击的心理盾牌。由此也就导致了穆时英对都市奇观无法抗拒之感观经验的直接描绘,其中包括了对特快列车的妄想和现代生活的速率等等方面。

面对着自己不曾参与创造的工业文化,这位现代男性既没有机会发明针对都市刺激的防御机制,同时在这座都市中也找不到归属感。城市成为了一个空间(space),而不再是一个地点(place)(安东尼·吉登斯的术语,我曾在第九章讨论过)。他常常茫然若失,有别于本雅明笔下19世纪巴黎的闲荡者:

> 街道成为闲荡者的居所;他在众多房屋的门面之间感受家的感觉,就好像一个市民处于自家的四壁之间。对他而言,商店闪亮的釉瓷标志就是一种很好的墙面饰物,至少像中产阶级客厅中的油画一样具有装饰效果。墙壁就是他垫笔记本的书桌;书报亭是他的图书馆;咖啡厅的平顶是他工作之余向家里俯视的阳台。②

这个空闲的、无动于衷的和聪明的闲荡者在街头游荡,充分欣赏着都市奇观好似被油灯点亮的视觉光彩。本雅明解释道,闲荡者空闲的外

---

① 凯瑟琳·科比(Kathleen M. Kirby):《不被注意的边界:人之主体性的空间概念》(Indifferent Boundaries: Spatial Concepts of Human Subjectivity), New York and London: The Guilford Press,1996年,第74页。

② 本雅明:《闲荡者》,第37页。

表实质是对"使人成为专家的劳动分工的反抗",同时也是对"勤奋工作的反抗"。① 他在街道上体验着家的感觉,但他同时也与这座充斥着忙碌的专业人士的城市保持着某种疏离。此外,闲荡者的疏离感也有性别限制。女人不可能成为一个闲荡者,因为 19 世纪在公共与私人领域的劳动之间存在着性别的分工②,而闲荡者都是厌恶女人的无耻之徒。他认为妓女是"怪异的"和"愚蠢的",并借此谴责行为来表达自身的"富有道德"。他将一般的妇女置于"美的比喻"之中,认为她们只是她们穿戴的东西(包括服装和珠宝),而不是一个人或者一个生灵。③

穆时英的男性主人公显然不是闲荡者。他不谴责妓女和其他女性;相反,正如第四章曾经讨论过的郁达夫笔下的夜游者那样,他移情且同情她们。《夜》中的妓女茵蒂(她的名字与香烟屁股谐音),《墨绿衫的小姐》中那个疲惫的 Senorita 和《本埠新闻栏编辑室里一札废稿上的故事》中的舞女林八妹,都明显是男主人公的同胞,她们与男主人公一起被现代性无情地抛弃了。更进一步说,他并不能从闲荡中获得满足和快乐。观察人群、妓女和其他都市奇观既不能使他获得"闲荡者"般的"巨大喜悦",同时他也不可能表现出如"闲荡者"般的无动于衷。与"闲荡者"、"王子"般的行事方式("独立的、多情的但却公正无私")④正相反,穆时英笔下的男主人公是冷静、疏离而又忧郁的,他同时发现了都市现代性的诱惑性和毁灭性。穆时英笔下的男主人公缺乏具有内聚性和稳定性特征的人格,而"闲荡者"却将保持疏离感的能力视作为人格的前提。虽然穆时英笔下的男主人公也发觉自己疏离于都市文化,但这不是因为他想疏离于社会,而是因为他无法成为一个完全的参与者:上海这一空间是令人不安的文化聚集地,地方文化、殖民文化和强加的/舶来的都市文化在此共存。如果说他有时也会看似一个都市景观的旁观者,那是因为他没有被充分地赋予参与

---

① 见本雅明:《闲荡者》,第 55 页。
② 见沃尔夫(Janet Wolff):《女性句法》(*Feminine Sentences*),Berkeley:University of California Press,1990 年,第 39~47 页。
③ 见波德莱尔(Charles Baudelaire):*The Painter of Modern Life and Other Essays*,Jonathan Mayne 编译,London:Phaidon Press,1964 年,第 30~37 页。
④ 同上,第 9 页。

权,仅能够以一种令人困惑的拥有方式在视觉上消费这座城市。换句话说,他接受着都市难以抗拒的感观刺激,但却不具有一种恰当的防御机制。

穆时英笔下的主人公与波德莱尔、本雅明的"闲荡者"之间存在的差异,突显了穆时英男性主人公在自主性、独立性、自足性和一贯性等方面所存在的问题。他最为远离作为西方启蒙主体之基础的笛卡儿意义上的主体(一贯的、稳定的和井井有条的环境下所产生的具有凝聚力的、稳定的和理性的主体)。凯瑟琳·科比(Kathleen M. Kirby)指出,笛卡儿/启蒙意义上的主体是帝国主义主体产生的前提条件,而渴望跨越和占据领土的帝国主义者正诞生在启蒙主义时代。[①] 与这种抱有领土野心的主体正好相反,穆时英的主体在性情上颇使人惊奇地类似于后现代主体。这种主体内外分离变形,且人格多重分裂。这种主体的空间感可以被形容作一种眩晕感,"这种感觉或似外在对象围着人旋转,或似人自转"[②]。如果借用穆时英自己的比喻来形容,这种主体即是围着舞厅地板不断旋转的头晕目眩的狐步舞舞者。类似于后现代主体,这种主体是一种半殖民主体,是一种不均衡的经济事实的产物。他不曾参与都市现代性的建立,因而也就不能充分参与其间,更无法自信地疏离于城市。他感到了一种诱惑,然而也同时发现这是一种外来的幻影,从而获得了某种不安的体验。

文本性(textuality)和日本"多元文化"的帝国主义

外在现实充斥着疏离感,而且也不允许半殖民主体获得自治权和实现自我,于是此时也许只有文本自主性可在某种意义上实现上述的自我实现行为。我在前文已经讨论过,穆时英对美学自主性的坚持是如何促成了他多元化的写作风格的,而此处,我想对这一美学自主性

---

① 见凯瑟琳·科比(Kathleen M. Kirby):《不被注意的边界:人之主体性的空间概念》,第38~46页。
② 同上,第97~99页。

的另一方面加以关注,这一方面与半殖民语境中文化实践的伪装特质相关,也即穆时英著作丰富的文本性。通过文本性,我想说明穆时英小说中表面的自反性或自我指涉性(文本指向自身的方式)、元小说性(metafictionality,文本评价文本自身的方式)和互文性(文本与其他小说相互指涉的方式)。以上这些因素共同构成了一个具有封闭结构的文本世界,而这种封闭结构是与物质现实相互分离的具有自主性的指涉框架。在这种封闭的文本性结构中,通常被视作是文本事件的东西似乎可以影响或改变现实世界。

我们可以将之称作是文本伪装过程(textual dissimulation):文本看上去呈现的是"真实"的角色和模仿着真实的生活;与艺术模仿生活正相反,生活模仿着艺术。穆时英小说中的许多角色都是穆时英小说的读者,或者是从穆时英最喜爱的书籍中走出来的人物。《被当作消遣品的男子》中的蓉子就不但阅读穆时英的作品,还是保尔·穆杭、横光利一、崛口大学、刘易士和刘呐鸥的狂热追求者。《五月》中的一个男性角色也阅读刘呐鸥的小说及其对日本新感觉派小说的翻译。《公墓》中的男主人公送给玲姑娘一本戴望舒的诗集作为礼物;他引用了戴望舒的《雨巷》称玲姑娘为紫丁香似的姑娘。在后来的一篇具有明显自我指涉性的小说《贫士日记》里,穆时英小说中众多互不相关的女性角色一起出现在了男主人公面前。Graven "A"、蓉子和玲子等等的虚构人物突然重新复活在另一篇小说的现实中。与戴望舒、刘呐鸥、Iketani Shinzaburo、多斯·帕索斯(John Dos Passos)和横光利一等等作家所形成的各种互文现象也时常出现在穆时英的小说中。在诸如"Pierrot"这样的小说中,到处可见元小说和元批评的方式,小说中的男主人公发现自己即是自己的文学批评家中的一员。这些批评家掌握着各种各样的理论观念,包括弗洛伊德主义、马克思主义、现代主义、印象主义和新感觉主义,而小说的主人公则怀疑这些"主义"是否能为解释和写作提供切实有效的范式。《公墓》当中还有一处元小说的例证,男主人公从哲学的角度阐释了背景和角色之间存在着的一致性。

姑娘们应当放在适宜的背景里,要是玲姑娘存在在直线的建筑物里边,存在在银红的,黑和白配合着的强烈颜色的衣服里边,存在在爵士乐和 neon light 里边,她会丧失她那种结着淡淡的哀愁的风姿的。她那麼着的眉尖适宜于垂直在地上的白大理石的墓碑,常青树的行列,枯花的凄凉味。她那明媚的语调和梦似的微笑却适宜于广大的田野,晴朗的天气,而她那蒙着雾似的视线老是望着辽远的故乡和孤寂的母亲的。①

这些对互文性、元小说性和自我指涉性的实践显示了,穆时英为其技巧所萦绕,以至于他就生活在自己的小说世界中,他以一种互文性方式取代了现实世界。

这一对文本性的强调不仅促成和紧密地联系于由一系列令人兴奋之形象构成的都市幻想,而且也被看成是与真实世界相分离的策略。有人会说,这是一种避免与半殖民制度和帝国主义正面遭遇的方式,同时,这种方式回避了政治和民族主义的问题。在这个意义上,文学史家也就很容易解释在生命最后五年中穆时英为何对政治变得漠不关心,即他为何会从一位国民党的支持者变为一个与日本合作的汉奸。1935 年,其时作为国民党掌控的《晨报》之编辑的穆时英曾经撰写了一篇文章。在这篇文章中,他对犹豫的、胆小的和迷茫的作家作出了批评,而这正颇具讽刺意味地描述了此前作为新感觉派小说作家的他本人:

面对这一令人迷惑的时代,(作家)投以怀疑的目光。在千变万化的各种现象面前,他们感到了迷茫,他们是无关重要的,也是弱小的。他们没有勇气去正视困扰着国家的悲剧,当他们面对光色世界之时,他们也不对自己的思想抱有坚定的信念。他们直觉地感到,自身是献祭的一代,不幸的压力压垮了他们的灵魂。对于这些不幸,他们所能做的仅仅是投以不安的一瞥和失望的哀叹。没有斗争,也没有抗议。②

---

① 穆时英:《公墓》,第 151 页。
② 穆时英:《作家群的迷茫心理》,载《晨报》,1935 年 7 月 13 日。

在这篇文章中,穆时英指出了世界主义知识分子在面对都市幻景时所感到的迷茫和无力,暗示了如果从民族主义者的角度来看,这些情感都是一种怯懦的表现。对于那些因多元性和矛盾性而成名的作家来说,他们也许并不吃惊于这种民族主义的批评,穆时英就随心所欲地选择着自己的立场。这段话最值得注意之处在于,穆时英的观点暗示了世界主义者所处的半殖民语境,世界主义是迷茫的兴奋和失望的破灭。这也表明矛盾和迷茫是构成世界主义生存语境的基本素材。

几年后,穆时英再次自相矛盾地走向了另一个极端,成为了日本帝国主义的合作者。日本作家将之当作是反日阵营发生转变的著名例证和日本作为亚洲领袖的道德力量的明证来宣扬。如果考虑到穆时英过去的表演行为和矛盾行为,我们也许不会感到惊奇,但是,正如刘呐鸥一样,穆时英的多重转变明确地指向了半殖民语境下复杂的文化政治。在这种文化政治氛围中,民族主义并不是知识分子观念毋庸置疑的避难所。

实际上并没有穆时英与日本国以及日本作家关系的记载。穆时英的维护者认为他是双重间谍行为的牺牲者,他们认为穆时英被暗杀时正是国民政府安插在伪政府内的间谍。而他的批评者则指责他是一个汉奸。我们知道,穆时英是在服务于汪精卫伪政权期间被某个爱国主义团体所暗杀。但我们也同样知道他在国民政府时代所撰写的针对日本帝国主义的批评文章。那么,究竟什么才是他与日本都市文化之间的真实关系呢?他是如何与日本新感觉派作家横光利一和片冈铁兵联系在一起的?最后,日本作家又是如何看待穆时英的呢?

就在穆时英被暗杀后的 1940 年 6 月,《文学世界》(*Bungakukai*)7 月号特别开辟了一个专栏来纪念穆时英。横光利一、片冈铁兵等重要作家,批评家阿部知二(Abe-tomoji)以及其他一些相对不太知名的人都为此撰写了文章。① 这些文章不仅可以帮助我们看到穆时英与这许多日本作家之间的联系,更重要的是,它们还能帮助我们考察这些日

---

① 这些文章的引证请见下面的脚注。

本作家是如何看待穆时英的转变的，从中我们可以推断出有关穆时英转变时所持有立场的重要信息。有明显证据表明，此时的横光利一和片冈铁兵已经成为了日本帝国主义的支持者，因此，他们在文中提出了有关民族主义、日本新感觉派和日本帝国主义之间关系的重要问题。他们正好证明了以下事实：在日本国内，美学自主性的支持者已经转变为民族主义者，而这种民族主义又以一种帝国主义的方式表现出来，并且这种帝国主义正在将其欲望视野扩张到其他的亚洲国家。

从这些文章中，我们可以推测到如下一些穆时英与日本作家记者交往的一般情况。就在 1939 年秋穆时英从香港回到上海的一周之后，他作为新闻记者的代表加入了汪精卫临时政府的中国官方代表团，访问了日本。这个代表团参观了日本的多个地方，其中包括了小田原（Odawara）。在小田原，小学生和他们的母亲在街道上列队用"盆栽"（bonzai）来欢迎代表团一行，而穆时英则挥舞着小旗子作为应答（我们可以推测他挥舞的是一面日本国旗）。在旅行中，穆时英表达了希望能够会见日本作家的愿望，而且用中国字写下了他希望会见的作家名单：横光利一、片冈铁兵和林房雄。其时日本文坛的领袖人物菊池宽专门设晚宴招待了穆时英，而许多日本作家出席了这次会见。穆时英的英俊外貌（几乎每个人都回忆起穆时英的英俊）、雄辩口才（与这些日本作家蹩脚的英文相比，穆时英说着一口流利的英文）和迷人魅力（日本作家认为穆时英是罕见的可以与他们平起平坐的人）给这些作家留下了深刻印象。其时在座的作家兼批评家姜秀美（Kon Hidemi，Kon Tōko 的兄弟，日本新感觉派的最早成员，后来离开了这个群体）觉得，穆时英是令人快乐的和美好的，同时晚宴也取得了巨大的成功。穆时英对姜秀美说他度过了一个从未有过的愉快夜晚，穆时英觉得自己与这些作家十分亲近和相似，因为所有的作家毕竟都是人。基于以上愉快的经历，穆时英向姜秀美表示他想为中日之间的文化合作作出贡献。在会见后，穆时英还多次在给姜秀美的信件中反复表示，作家有责任为中日两国的未来带来和平，也有责任为加深中日两国的相互理解作出贡献。其时的穆时英似乎相信文化可以催生出有利于中日两国相互理解的因素。也许正是他将理想主义因素加入自身行动之中去的天真本性,使得他的转变获得了合理性。同时,这种理想主义也可以被用来解释,在为汪精卫政权效力期间,穆时英为何没有为保护个人安全而采取防备措施。事实上,他的日本朋友认为他应该有所提防(菊池宽尤其担心这一点)。然而,穆时英似乎真的相信通过文化交流来建立所谓大东亚共荣圈的修辞。

第二年5月,穆时英作为政府代表团中新闻报刊的代表再次访日。他再次会见了姜秀美。姜秀美提到,此时的穆时英看上去十分沮丧和沉默,因为他在努力说服中国青年知识分子成为自己的同志之时(比如劝他们对日本表示友好)遇到了极大的困难。在一次晚餐后,穆时英第一次会见了日本著名的批评家阿部知二,他们就战争的话题进行了一次长谈。会谈的大部分时间都是阿部在说话,而穆时英则谨慎作答。当谈及中日之间的战争问题之时,穆时英明显紧张了起来。根据姜秀美和阿部知二的记载,穆时英显然为自己作为中日中间人的角色而感到焦虑,他的理想主义看起来受到了挫折。一个月后,穆时英就被暗杀了。

以上这些有关穆时英访日及其与日本作家交往的画面表明,穆时英并不是毫无困惑的汉奸。由于在战争期间达到高潮的反日情绪下坚持自己的理想主义及其实践,穆时英在心理上被撕裂了。在极端民族主义的时代,要想采用对都市日本和殖民日本加以区分的半殖民地策略已经变得十分困难。

这组纪念文章中的起首一篇即是日本政府驻上海的观察员松谷达之助(Matsutani Tatsunosuke)所撰写的文章。在文中,他直接报道了穆时英的死及其被暗杀的情况。他提到了在日本军警和其他警察的保卫下,穆时英的葬礼在上海日控区肃穆举行。作者同时也为穆时英的过早离世而感到哀伤。该文结束在一种典型的帝国主义修辞之中。作者指出穆时英的死对于促进中日之间的文化合作来说是一个契机,因此他的死具有极大的意义。[1] 延续着相似的思路,诗人草野心

---

[1] 见松谷达之助(Matsutani Tatsunosuke):《哀悼穆时英先生》,载《文学世界》第7期,1940年,第172~173页。

平(Kusano Shinpei)的文章则称赞穆时英的死是为"新亚洲"所作出的牺牲。①

片冈铁兵的文章也延续了相同的思路,但他也同时指出,由于在中国批评家眼中穆时英并不被认为是第一流的作家,因此原本没有必要如此看重穆时英,但是穆时英却因为"有能力与日本作家平等交流"和"能够从反日群体转变到相反的立场"而变得重要起来。他指出,通过转向支持日本的立场,穆时英反映了人民的愿望,并且为人民的愿望提供了"伦理上的自信和勇气",然而这却让国民政府感到害怕,因此暗杀了他。② 片冈铁兵模糊地暗示了穆时英转向日本帝国主义实际代表了中国人民的愿望。在片冈铁兵那里,赤裸裸的帝国主义修辞的合法性来自于将日本侵略看成是来自人民自身愿望的做法。

横光利一的文章则详细讨论了穆时英的作品。从中,我们可以看出日本帝国主义是如何通过求助于所谓的多元文化观念来证明其东亚共荣圈的修辞的。正如 Seiji Lippit 所注意到的那样,横光利一此时正在连载自己的小说《旅愁》(Ryoshū),他在小说中考察了日本文化身份的精髓,提出了"回到日本"(Nihon kaiki)和"拒斥西方"的文化观念。由于这样那样的原因,横光利一因为支持日本帝国主义,在战后因战争责任而受到控告。③ 在这篇纪念穆时英的文章中,横光利一写道,他读了穆时英的小说《黑牡丹》,并为像他这样的日本读者很难认识到小说的价值而受到打击,因为小说表达了现代中国与自身传统斗争的痛苦。然而,正如对于横光利一来说,回到传统(日本性感觉主义的重建)十分重要,参考中国传统对于穆时英来说也是十分重要。横光利一认为,东方年轻人共享着这种传统的回归,而这种共享最终会把东亚统一成一个整体。在这个意义上,最为重要的是在相似性(回归传统的目标一致)的基础上保持特性(各自特定的文化)。④ 这篇文

---

① 见草野心平(Kusano Shinpei):《关注穆时英先生》,载《文学世界》第 7 期,1940 年,第 176～178 页。
② 见片冈铁兵:《忧郁和漂亮脸蛋》,载《文学世界》第 7 期,1940 年,第 178～179 页。
③ 见 Seiji Lippit:《日本现代主义和文学形式的毁灭》,第 170 页,第 267 页。
④ 见横光利一:《穆时英先生之死》(Mu Shiying Shi No Shi),载《文学世界》第 7 期,1940 年,第 174～175 页。

章将日本帝国主义看成是一种具有宽容性的多元文化形式。这种形式包容了其他民族的文化,并且鼓励这些文化的进一步发展:横光利一暗示,中国新感觉主义必须保持自己的中国味。横光利一的民族主义转向被很多人认为是对其早年美学原则的背叛,但横光利一在本文中却为这种转向作了成功的辩护,他将自己的民族主义转向假扮为一种赞成其他民族本土文化的仁慈的多元文化帝国主义。

为中国人所熟知的日本批评家兼学者阿部知二也撰写了一篇长文。他的文章采用了相对微妙的措辞,他将中日联盟看成是驳斥西方的一种方式。阿部暗示日本侵略是可悲可叹的,他认为要想克服战争悲剧只有中日"联手创造一个新的世界",而这个新世界的建立必须求助于儒学和佛教深奥的佛学意味。① 从表面上看,阿部充满同情的言论并不赞同日本帝国主义本身,但是阿部却参与了1942年出现的"克服现代性"的修辞,而这一修辞将日本帝国主义提升为了使东方区别于西方的救世主。

最后一篇文章的作者是姜秀美。他也认为穆时英的作品本身并不十分杰出,但他在提升中日合作过程中所扮演的角色却是至关重要的。② 他反复提到了穆时英的绅士风度和英俊潇洒,并对穆时英的被暗杀表示出难以遏制的气愤。在文中,中国民族主义者暗杀穆时英的行为在人道主义的意义上受到了谴责,而帝国主义反倒被放置在了人道主义的范畴之内。

有人会说,如果穆时英不是因为天真而做出汉奸的举动,那么他在政治上就是可疑的。但我在这里想强调的却是中国世界主义者所处的矛盾和迷茫状态(上文引证的穆时英1935年的文章曾经很好地概括了这一点),而这种状态正是他们在半殖民语境下的生存状态。一个人没有显明的敌人,因为如果一个人变得怀有敌意,那么他将有太多潜在的敌人。而且,朋友和敌人之间的界限也十分不清晰。事实上,中国知识分子缺乏对直接民族主义的选择权。查特基曾经论述

---

① 见阿部知二(Abe Tomoji):《追忆》("Kaisō"),载《文学世界》,第57~58页。
② 见姜秀美(Kon Hidemi):《穆时英先生意想不到的死亡所带来的伤痛》("Mu Kun No Furyo No Shi O Itamu"),载《文学世界》第7期,1940年,第184~186页。

第十一章　表演半殖民的主体性：穆时英的著作

过,印度殖民地的知识分子必须每日生活在面对英国人及他们所占领的世界的巨大恐惧之中,然而,这种恐惧同时也是生存和反抗新策略的源泉。民族主义是这一语境的自然选择。① 与之不同,中国的世界主义知识分子能够十分轻易地移置殖民现实,因为半殖民占领的碎片性质很少给他们带来致命的恐惧。更进一步说,他们不愿向国民党和共产党这两个相对纯化的意识形态阵营屈膝,但也找不到其他令人信服的民族主义意识形态来依靠。我认为,这是殖民和半殖民文化形式最至关重要的区别之一。

　　对日本新感觉派命运及其副本中国新感觉派命运的比较表明,生于强大帝国主义国家中的日本新感觉派作家很容易变成帝国主义的支持者:对于他们来说,权力近在咫尺,随时可以加以利用,他们不会失去什么。而对于他们的中国副本来说,追随日本新感觉派成为日本帝国主义拥护者的行为却导致了极其悲惨的下场。因为这一行为不但没有导向权力,反而导向了进一步的屈从。在充满顽固仇恨的战争语境中,这些行为使中国新感觉派变得更加不堪一击。最终,日本新感觉派经受住了这次转变,而它的中国对应者(比如穆时英)却没能完成,因为后者来自于一个部分被殖民的国家。无论是否出于意识形态的考虑,从美学自主性转向支持日本帝国主义的道路都是十分危险的,它最终导致了中国新感觉派作家在文字层面上的消亡。

---

① 见查特基:《民族国家及其碎片》,第 57~58 页。

第十二章　资本主义与内在性：
　　　　　　施蛰存的"色情-怪诞"小说

> 在通常意义上，欲望对象即是一种事实上作为欲望支撑的异想，或是一种具有诱惑性的魅力。
>
> ——雅克·拉康（Jacques lacan，1964 年）

> 这是浪子的回归。
>
> ——施蛰存

在第三章中，我曾经讨论了郭沫若在文学批评和创作中对弗洛伊德心理分析学说的借用，以及这种借用是如何体现了不均衡的中西语境下"五四"知识分子的普遍主义和世界主义愿望的。郭沫若笔下内心世界的建构极大地倚重了对心理分析学说的公式化运用。郭沫若小说中的内在性（interiority）是如此符合弗洛伊德的心理分析学说，以至于因为小说的异域色彩，他不得不撰写了多篇文章来对这一学说作出解释，从而帮助读者理解他的意思。柄谷行人（Karatani Kōjin）认为，明治文学中的内心描写根源于被西方占领的极端体验，而我则借用相似的思路分析了郭沫若对心理分析内在性的渴望。在"五四"启蒙话语的特定语境下，这既是西方文化霸权所蕴涵的主动性，又是西方文化霸权的作用结果。在本章中，我将对此种观点作一延伸。我认为，这一内在性所具有的十分清晰的互文性特征实际是我在第十章和

第十一章中所讨论的"文本伪装"的结果。① 施蛰存小说是互文性如何介入内在性的极好例证,在自我指涉性的叙述性话语中建构起来的"现实"搅乱了真实并且取代了真实,最终从根本上向现实主义的前提预设发出了挑战。施蛰存作品中丰富的互文性进一步将他的世界主义观念建立在了文本介入的基础之上:施蛰存曾经宣布,自己有关西方的知识都来自于自己阅读过的西方书籍,而不是来自于半殖民地上海的西方。他很清楚地认识到这两种"西方"存在着根本的差异。作为一个作家和编辑,施蛰存努力将自己的作品与自己从未去过的西方大都市联系在一起,而不是将自己的作品与他生活于其间的殖民西方相联系。对于这种憧憬着与都市西方获得共时性(Coevalness)的世界主义来说,其特有的文本想象特质无可避免地遮蔽了中国世界主义和半殖民地上海西方人之间共时性的实际缺席状态。②

与这一具有分叉性的世界主义策略相关,由于内在性被学者们看成是一种社会建构,我们必须从社会和历史的角度来思考有关内在性的问题。被困扰的内在性建构了一个超现实主义投射这一事实,一方面表明了现代主义的反现实主义实践,另一方面也同时表明了都市上海由内而外的呈现:施蛰存笔下诸多主人公内心世界的纷繁复杂实际都和他们在外部世界的遭遇密不可分。例如,我们从穆时英的小说中看到,都市生活使得都市中国男性放弃了自己的阳刚之气,他们的勇气被削弱,并进而催生出某种过度敏感的心理状态。③ 由此,我将通

---

① 此处的"互文性"是指一个文本内部文本的交点和文本中一个或多个符号系统的转变。克莉斯蒂娃(Julia Kristeva)从沃洛希洛夫(V. N. Volosinov)《马克思主义及其语言哲学》(*Marxisim and the Philosophy of Language*)一书借用了术语"互文性",并写入她的《语言中的欲望》(*Desire in Language*:*A Semiotic Approach to Literature and Art*),Leon S. Roudiez 编,Thomas Gora 等译,New York:Columbia University Press,1980 年。见第二章和第三章。对互文性的简明讨论也可参见托多洛夫(Tzvetan Todorov):《巴赫金》(*Mikhail Bakhtin*:*The Dialogic Principle*),Wlad Godzich 译,Minneapolis:The University of Minnesota,1984 年,第五章。

② Coevalness 概念借用自费边(Johannes Fabian),他指出,西方人类学话语对他者的表述大多否认他者与西方时间表的共时性,换句话说,即不承认他者存在于现代,而是将其归类到原始的过去之中。见《时间和他者》(*Time and the Other*:*How Anthropology Makes Its Objects*),New York:Columbia University Press,1983 年。

③ 特朗布尔(Randy Trumbull)也认为现代性"削弱了"施蛰存小说中都市男性"所具有的性活力",见《传统中国的现代书写》("Modernist Inscriptions of Traditional China"),此文为 1993 年 3 月特朗布尔提交给亚洲研究年会的文章。

过对都市男性与上海消费文化之关系的研究来分析内在性的问题。购买现代商品和经常出入剧院、咖啡厅等具有代表性的都市空间成为了半殖民地主体参与都市生活的方式,而这种消费行为也正是判定主体阳刚之气和力量的标准。上海的资本主义诱惑呈现为一种消费幻觉,而施蛰存小说的主人公却往往囊中羞涩,只能在视觉层面上获得某种震惊的体验。在这个意义上说,视觉在都市男性的经验中占据着突出的位置。在施蛰存的作品中,视觉呈现为荒诞的幻觉式的外在投射和心理投射,呈现为一种错觉、叠影和扭曲,表现出扭曲和过度敏感的特征。施蛰存将之命名为"幻想的视觉"①或"visual complex"(施蛰存自创的英文短语)②。他笔下的都市男性患上了神经衰弱式的焦虑、恐惧和视觉幻想,陷入了心理混乱。作家营造出了一种不安的内在性空间。

欲望通过视觉呈现,而视觉领域即相当于欲望领域(正如拉康所说)。③ 和刘呐鸥、穆时英的小说一样,在施蛰存的小说中,城市成了爱欲(eros)的都市,只不过爱欲在这里通常不以标准方式行事。正如我在前文已经解释过的那样,上海作为一座欲望都市的命运恰好表明了某种试图遮蔽殖民现实的世界主义策略,而施蛰存的作品也在很大程度上采用了这一遮蔽策略。他为现代主义小说开创了一种新的次生文类,即"色情-怪诞"小说(tales of erotic-grotesque)。在色情-怪诞的欲望风景中,恐惧常常伴随着欲望而来,并进而导致了恋物、施虐受虐和恋尸癖等等情色层面的无节制行为,传达出某种超现实和超自然的弦外之音。

作为一种文学种类,这类小说很显然地站在反现实主义的立场之上。它对自然景物进行强制性处理,以使其成为扭曲之内心世界的外在投射。作为一种社会和历史的范畴,作家对内在性的关注通过色情-怪

---

① 施蛰存:《李师师》,载《石秀之恋》,北京:人民文学出版社,1991年,第285页。
② 参见我对施蛰存的采访笔记,1990年10月22—24日。
③ 见拉康:《心理分析的四个基本概念》(*The Four Fundamental Concepts of Psychoanalysis*),Jacques-Alain Miller 编,Alan Sheridan 译,New York:W. W. Norton&Company,1981年,第85~93页。

诞这一小说文类,将一种不被社会规范所许可的情色幻想表达了出来。这一文类显示了半殖民资本主义世界是如何导致并强化了主人公的神经质状态的(神经衰弱症)。对于一个都市男性来说,他的视觉是迷茫的,欲望是受挫的,他们甚至不得不放弃了自己的阳刚之气。

然而,施蛰存是一个具备多种风格的作家,我们不能简单地将他归入某门某派。① 本章的关注点是施蛰存以上海为背景的小说,尤其是他的代表作小说集《梅雨之夕》(1933年)。本章也同时参考了施蛰存从现实主义小说到无产阶级小说再到历史小说等其他风格的作品。本章还重点参考了我在1990年对施蛰存先生所作采访的记录。此次采访的目的是为了弄清楚施蛰存笔下文本意义之上海和社会意义之上海的联系。我在本章结论部分分析了施蛰存的"回归"传统,而这实际上正标志着现代中国文化之世界主义(从"五四"时代至抗日战争的爆发)的终结。如果我们将中国现代主义理解为地区与全球文化动力交织下文化主动性所带来的一种跨文化和跨文本意义上的世界主义表达的话,施蛰存的"回归"(比刘呐鸥和穆时英的被暗杀更具意味,面对来自文学自觉之对立面的恐吓,刘呐鸥和穆时英的死可被解释为对之毫不退缩的挑战)则标志着世界主义文化的终结,而这也是由最重要的现代主义作家亲手作出的终结。当然,无论在40年代沦陷后的上海,还是在遥远的昆明,零星的现代主义写作实验在战争年代仍然时隐时现,但是,像本书所描述的1917—1937年这样的比较集中的大规模现代主义实践却没有再次出现。

施蛰存与世界主义

罗素(Bertrand Russell)曾经这样概括他眼中的中国第二代知识

---

① 请参考我在第十一章中对穆时英多元化写作风格所作的分析,我主要考虑了半殖民主体的人格分裂状态。施蛰存自己曾经这样评价1927—1937年这段他最为多产的时期:"创作道路是一条曲折的不稳定的探索之路。"见施蛰存:《序》,载应国靖编:《施蛰存》,香港:三联书店,1988年,第3页。

分子：20世纪20年代时，他们大都20多岁，并且对于现代化或西化丝毫不感到焦虑。① 持有世界主义立场的施蛰存非常适合于罗素的这一描述。虽然他在幼年时期接受的主要是中国古典教育，但却在一所教科书皆为英文的教会高中完成了自己的基础教育。高中毕业后，为了受到更好的世界主义教育，施蛰存几乎每年换一所大学就读，最终毕业于法国教会创办的震旦大学。施蛰存这代人早在十几岁时就已经贪婪地阅读了诸如《新青年》和《新潮》等等的"五四"杂志。由于受到"五四"启蒙话语所传播的新思想的影响，施蛰存和他当时的高中同学、未来的现代主义者戴望舒及杜衡一起，创办了生平第一个文学社团——"兰社"。② 施蛰存与戴望舒、杜衡的亲密交往，以及同在日本受过教育的刘呐鸥和年轻的穆时英之间的交往，构成了后来主导现代主义文学运动的核心群体。

一个十分奇特的事实是，作为世界主义者的施蛰存从未踏出过国门，而戴望舒去过法国，刘呐鸥去过日本，穆时英也曾访问过日本，"五四"一代和大多数京派现代主义者（废名是个例外）也都去过国外。然而，施蛰存却熟练掌握了中英文双语，并且是这群人当中最为熟知西方文学的人之一。他的经历清晰地证明了下面的事实：现代中国的世界主义主要倚重于都市西方在想象层面上的和文字层面上结成的关联，而并不苛求实际的旅行经历。

如上所述，中国的世界主义建立在其与都市西方之想象与文字关系的基础之上，而这一事实也恰好证明了中国现代主义者的分叉性策略：一方面他们在写作中追忆都市西方，另一方面他们又常常忽视并简单地取消了半殖民的现实。在我对施蛰存所作的三天采访中，他向我透露了这方面最具启示性的一个例证，他强调了下面的意见：

> 对于我来说，我受西方文化文本的影响更胜于受上海殖民文化的

---

① 见罗素：《中国问题》(*The Problem of China*)，New York：The Century Co.，1922年，第78页。
② 这些信息均采自施蛰存用文言文撰写的自传体诗歌。见施蛰存：《浮生杂咏》，载《光明日报》，1990年2月11—25日。据我所知，共有64首诗左右。

影响。殖民的影响仅仅局限在那些不懂西方语言的上海作家身上。当他们写作现代主义小说之时,他们暴露了这一点。他们没有见过外面的世界,他们笔下的法国人是生活在租界中的法国人(不是那些生活在法国都市中的法国人)。这完全是两回事。①

这段话的前提假设是他自己的法语和英语阅读能力可以帮助他了解都市西方文化。和那些与上海之殖民西方直接打交道的作家笔下的西方相比,他的西方是一种更加真实的现代主义。施蛰存在都市西方和殖民西方之间作出了明显的区分,并明确表示自己的世界主义建立在二者之间必要区分的基础之上。在施蛰存眼中,他的跨语言能力使得文本介入性质的世界主义成为了可能。

由于其合法性来自于与都市西方现代主义之间的文本联系,因此,施蛰存的世界主义自觉地将殖民现实排除在考虑范围之外。要知道,如果将殖民现实考虑在内,这时的现代主义也就成了次一等的现代主义。当谈及上海的殖民和种族语境之时,施蛰存如是说:

> 在上海的外国人中间当然有好有坏,但他们都蔑视中国人。当然,那些和外国人接触的中国人未必都感到这种区别对待,因为他们是外国人做生意所需要的高层次的中国人。
> 中国人并不觉得自己特别地受压迫。当工人被其雇主毒打之时,这是否就一定是帝国主义的压迫呢?在日本工厂里,日本雇主在毒打日本工人之时甚至更加地粗鲁。当然,在这些工人当中肯定也存在着一些懒人……左联却选择这些话题来公然抨击外国帝国主义的黑暗。但我认为事实并非如此。那些在工厂工作的人是否因为受到毒打而憎恨他们的老板呢?他们不会,因为他们在那儿可以挣到更多的工资……为了他们的饭碗,他们不会憎恨这种

---

① 参见我对施蛰存的采访笔记,1990年10月22—24日。

痛打。①

经历过"文革"的痛楚和共产国家全盘的泛意识形态化的反帝国主义修辞,施蛰存的这些话带上了对上海现代主义鼎盛时期的某种怀念之情。在对工人的处境进行描述时,施蛰存用经济(饭碗)问题来取代帝国主义的政治和意识形态层面,而后者却正是共产党国家所强调的方面。

根据这段话的意思,施蛰存非常清楚外国人所普遍持有的对中国人的种族偏见,但他并未明确致力于对种族问题的探讨。和刘呐鸥一样,他将种族等级制度的问题完全地放逐在了城市之外,但施蛰存将种族冲突问题镶嵌进了中国的历史。例如他的历史小说《阿褴公主》(1931年)和《将军底头》(1930年)。当施蛰存偶尔谈及当代上海的其他种族之时,这些人通常都是没有跨越边界进入中国社群的沉默的、双维度的支持者。在《四喜子的生意》中,一个俄国女人和中国黄包车夫发生了冲突,但由于这个女人是个妓女,经济而非种族决定了她的社会地位,因此,在此处,我们无须对西方的种族优越感问题予以考虑。换句话说,施蛰存关心的是经济问题而非种族问题。

这种建立在与都市西方想象性和文本性关联基础之上的世界主义表明了一种共时性的幻想,由此,中国的现代主义可以与西方同步而无须考虑不均衡的现实存在,而殖民地上海的现实即是现代和传统共存一处。对于这一问题,穆时英如是说:

> 任何步出国门的文学倾向都是与外界同步的。通常只需要两到三年就可以使影响从一处波及另一处。对于我们这些中国上海的年轻人来说,这种关联是通过语言建立的。那些在日本接受教育的人通过日文介绍(西方现代主义),我们则通过英文、法文和德文介绍。所有这些合在一起就成了一股势力。②

---

① 参见我对施蛰存的采访笔记,1990年10月22—24日。
② 同上。

这段话强调了外国语言作为外国文化的传递工具和文化间的译介工具所能够发挥的功用,但是这段话也说明了施蛰存对文学旅行之另一方面的明显忽视,而这另一方面即是文学自中国到日本或西方的旅行。此处,用来定义上海世界主义文化旅行的是一个单向的概念,即从西方经由日本到达中国,而这恰恰也是文化和政治帝国主义的旅行轨迹。在此时的地区语境之下,这一跨文化和跨语言的现代主义者群体构成了一股"势力",他们感到自己是文化的先锋,并由此而获得了某种英雄主义的满足。自从"五四"以来,知识分子们就为追赶西方的问题所困扰。现代主义者认为现代主义将象征着中国赶上现代西方的时刻,并同时将自己看成是这种追赶行为的先锋。现代主义所处的全球和地区语境将现代主义者放在了一个福柯意义上的"权力/知识"的二元矛盾之中:在全球语境中,中国的现代主义者也许必须服从于在认识论层面占有决定性优势的西方权力/知识机制,但在地区语境中,他们却假定了自身在面对多元他者之时所拥有的权力/知识地位。

为了判定中国现代主义跨文化的权力政治,我们还需要考察有关语言的问题。中文是一个本土的建构:不仅仅是翻译的工具,也是中国现代主义写作的媒介。例如,李瓯梵就曾经指出,中国现代作家从未像非洲和印度作家那样面对过要以殖民者语言来写作的威胁;虽然翻译术语和短语已经改变了现代白话文的句法结构,但他们仍然是用中文来写作。[①] 施蛰存在其特有的世界主义思路中也表达了相似的看法:

> 根本就没有文学进口这回事。中国人用中文写作的所有东西都是中国文学。即便所写的内容与外国人相关,它也属于中国文学……中国古人说在写作诗歌时有三"偷":偷语、偷意和偷势。王维和杜甫都从别人那里"偷"得了东西。天才的特质在于能够对偷来的东西进行彻底的独到的重写。[②]

---

① 见李瓯梵:《上海摩登》,第九章。
② 见林耀德和郑明娳对施蛰存的采访:《中国现代主义的曙光:与新感觉派大师施蛰存先生对谈》,载《联合文学》第 69 期,1990 年,第 137 页。

施蛰存进一步解释道,所谓"中国"白话小说实际上源于印度。他否定本质主义,强调中国从根上就具备的跨国特质。"中国性"从来就是混合物和外来影响的产物,但它以中文形式出现的事实则保证了其文化身份的确定性。李欧梵在对上海世界主义作家进行评论时论述道:"尽管西方殖民主义存在于上海,但我从他们作品中得出的一个显明结论却是他们从未对自己的中国身份产生过怀疑。在我看来,正是他们对中国性的确认使得这些作家得以公开拥抱西方的现代性,而不用害怕殖民的危险"①。从未遭到否弃的中文(虽然一些"五四"时代的作家曾经展开过有关世界语和罗马化的争论)成为了文化身份的当然象征。在此基础上,中国的世界主义者安心地放眼国外,而不必为意识的被殖民感到焦虑和恐惧。

我认为,在认识论层面上对都市西方的归属之所以更加容易发生,是因为人们缺乏对殖民行为的自觉意识。正如我在第五章中所说的那样,与外部强加的殖民认识论层面上的优越感不同,这种认识论层面上的劣等感是自我强加的,而这也正是半殖民地和殖民地在面对西方时所采取的文化政策方面的根本区别。这也表明了,中国对殖民现代性的批评比较缺乏。需要再次强调的是,这种对于都市西方的世界主义意义上的效忠一直都呈现在一种非均衡的语境中。虽然中文标志了中国性的不可缩减,但中国性自身所经受的变化却恰好证明了中西之间跨文化旅行的不平等性。在文化间的"接触区域"(contact zone),文化间的关系虽然可能是同步的,但大多是不平等的。②

事实上,文化的共时性也是"权力结构的共时性"③。在这个意义上,施蛰存对同时代性的肯定态度实际已将自己的行为历史性地定位在了半殖民主义和帝国主义的语境之中。在我对他的采访中,施蛰存

---

① 李欧梵:《上海摩登》,第312页。
② "接触区域"的概念引自 Mary Louis Pratt:《帝国之眼》(*Imperial Eyes: Travel Writing and Transculturation*),New York: Routledge,1992年,第6~7页。
③ 这个说法来自周蕾,参见周蕾:《原始的激情》(*Primitive Passions: Visuality, Sexuality, Ethnography, and Contemporary Chinese Cinema*),New York: Columbia University Press,1995年,第196页。

曾经提到,如果他有机会去法国,他也许永远也不会回到中国来。这种有人将之称为"世界主义开放性"的对法国的特权化想象,实际也是源于施蛰存缺乏作为种族他者在法国生活的事实经验。只有在与都市西方的想象性和文本性关联之中,与西方同步的世界主义幻想才有希望成为可能。在访谈中,施蛰存表现了这种与都市西方共时的幻想,他将法国姿势耸肩看作是真正的法国风俗。他说,只有那些震旦大学法语特别班训练的学生才能像真正受过教育的法国人那样耸肩,而那些在教会学校专攻语言的人们则不会知道如何去耸肩。当众多中国的外国教会学校将外语仅仅作为管理和交流工具来教授之时,震旦大学却传播着真正的法国高等文化,聘请许多著名人士来校执教。① 换句话说,各种有关文化"真实性"的定义甚至将地区景观也分成了若干层次,而这些定义则和它与都市西方在语言和文化上的接近程度直接相关。施蛰存提到,由于其时只有包括他在内的很少一部分作家被欧化了,所以当时社会上实际并未听到针对欧化的反对之声。② 较少的数量使得他们得以坐稳货真价实的先锋派位置,他们炫耀自己与西方的同步性,同时将自己与其他仍陷在传统文化观念中的中国人区分开来。

但地区性的压力正在增加。1936 年左右,施蛰存完成了彻底的转向,"回归"传统:施蛰存后来将之称为"浪子回头"。随着抗日战争的日益逼近,成为一位爱国主义者的压力使得上述文本性的世界主义倾向走到了尽头。在采访过程中,施蛰存停下来问我:"当东西方之间发生冲突之时,你会站在哪一边?"我答道:"东方。"他答道:"向来如此。"虽然中日之间的战争并未将西方本身裹挟进来,但这一冲突却促成了中国人针对外国人的民族主义回应。在 1990 年对中国的访问中,对于怀着寻根热望的我来说,既是出于某种历史责任感,又是出于某种个人期望,我的东方倾向油然升起。日益临近的真实的或想象的政治冲突将世界主义的局限性推至极点以致最终将之毁灭。而这一切也

---

① 参见我对施蛰存的采访笔记。
② 同上。

曾同样发生在日本现代主义者的身上。

当然,在"回归"前,世界主义者施蛰存已经是一位颇为成功的诗人、小说家和编辑。虽然他的诗歌创作一共只有 25 首左右,但他在 1923—1937 年间已经出版了 9 部短篇小说集,另外还有少量未曾结集的小说。与其诗歌所具有的想象的一贯风格不同,他的叙述风格是多元的且变化不定的。在这个意义上,无论是想对这些小说进行清晰归类,还是想用有限的参照系来解释这些小说,都是十分困难的。1922 年施蛰存 17 岁之时,他就发表了一些小说。四部早期的小说集《江干集》(1923 年)、《娟子姑娘》(1928 年)、《上元灯》(1929 年)和《追》(1929 年)代表了他对各种写作模式和技巧的尝试。他尝试了鸳鸯蝴蝶派小说式的罗曼小说、普罗小说、爱伦·坡影响下的哥特式小说《妮侬》(1928 年)、自然主义和心理小说《娟子》、变态性心理小说《周夫人》(1926 年),还有现实主义小说。施蛰存将这些作品中的大部分视作为习作,独独将《上元灯》视为严肃而正式的文学努力。他甚至将 1923—1929 年称作自己的"模仿期",在此期间,他将其他的文学资源自由地嫁接过来,以训练自己的想象力和打磨自己的写作技巧。①

与他早期创作的小说不同,《上元灯》中十篇小说的故事背景均在农村。这极可能就是松江,作者八岁时随父母从出生地杭州迁居到此。这些高度抒情和怀乡的小说描述了都市文化对乡村文化的侵蚀:施蛰存指出这些小说记录了乡村对都市氛围的看法。② 其时,沈从文高度评价了这三篇小说的抒情性和技巧。诗人朱湘则因为这些小说与希腊田园诗所形成的互文性关系而盛赞了这些小说。③ 与鲁迅的经典怀乡小说《在酒楼上》和《故乡》一样,这些小说的男性主人公大多已悲观地认识到自己永远也不会再回到家乡了。城市与乡村之间的空间距离同时也是时间上的距离:一个人永远也不可能回到过去。

施蛰存提到,20 年代中期到晚期,他的写作模式是契诃夫(Anton

---

① 参见我对施蛰存的采访笔记。
② 同上。
③ 见沈从文:《施蛰存与罗黑芷》,载《现代学生》第 1 卷第 2 期,1930 年;朱湘:《上元灯与我的记忆》,载《新文艺》第 1 卷第 3 期,1929 年,第 551~552 页。

Chekhov)和莫泊桑(Guy de Maupassant)式的现实主义模式。① 虽然他最后通过回归传统叙述模式,来减轻这种受西方启发的现实主义在自己小说中所占的分量,但在最后一部小说集《小珍集》(1936年)和其他未结集的小说中,施蛰存的写作仍然回到了以现实主义为主导的状态。在上述两个现实主义阶段之间,施蛰存因为三部小说集而一举成名:从心理分析角度重新讲述的四篇历史小说的结集《将军底头》(1932年);熟练表现心理分析和色情-怪诞色彩之内在性的小说集《梅雨之夕》,其中包括了早先发表于小说集《李师师》(1931年)中的两篇小说;《善女人行品》(1933年)这一小说集主要用现实主义模式描写了生活在上海的都市女人,作品也部分运用了心理分析和色情描写的手法,而小说的结构观念则受到了德莱塞(Theodore Dreiser)作品《妇女群像》(*A Gallery of Women*)的影响。② 1932—1935年间,施蛰存还担任了《现代》的主编(直到杜衡加入)。这些年代表了施蛰存一生中最具世界主义观念和最具创造性的年代。在这场努力与都市西方保持同步性的文学运动中,施蛰存被认为是核心人物。

资本主义与内在性

中国文学现代主义中的内在性与心理分析紧密相关。在上海特定的语境中,分析内在性发生与资本主义和半殖民地性之间的关系也具有着同样的重要性。换句话说,内在性既是文本性的,同时也是一种社会性建构。对这方面进行探讨之所以显得十分必要,一是因为内在图景形成过程中历史语境的重要性;二是因为在具体参考了中国情况后,西方哲学家们已经在内在性和资本主义之间建立起了有机的联

---

① 参见我对施蛰存的采访笔记。
② 同上。施蛰存认为,几个世纪以来,中国妇女一直屈从于传统的伦理训诫。不可能像显尼志勒(Arthur Schnitzler)小说中的女主人公那样多情。施蛰存笔下的女性角色通常遭受着性压抑,又不敢积极地为其性欲寻找发泄口。施蛰存也没有对她们的心理状态进行深度考察,但他却对男性心理作了深度分析,考察他们的性压抑是如何发作为妄想和魔幻事件的。这也是我为什么将这些小说形容为"心理分析和情色"小说的原因。

系。为了更好地组织我对心理分析内在性的讨论,我这里必须首先费些笔墨来探讨一下西方哲学中的"白色神话"(white mythology)。①

包括黑格尔、韦伯和马克思在内的西方哲学家认为,中国人缺乏内在性,因而只能被动地服从于专制制度。在黑格尔看来,缺乏自由观念和思考能力的中国人被动地遵守着国家从外部强加于自己的伦理,而西方主体则能够将道德和理性加以内在化。② 社会学家韦伯也用同样的原因来解释为何西方能够发展为资本主义社会而中国却不能:中国的道德性是从外部强加的,因此缺乏一种发展资本主义合理性所必需的由内而外的自律性道德。在中国语境中,个人与外在世界之冲突观念的缺席更孕育了一种对生活的自满态度,中国人不再渴望去征服自然,而后者恰正是资本主义所必需的。没有冲突观念的中国人一如既往地是一种单向度的人,缺乏西方基督教主体的深度和复杂性。③ 马克思沿袭了黑格尔的模式,将西方帝国主义看成是资本主义的开路先锋,它"敲碎了中国的城墙",将中国从野蛮"拉"入了"文明"。④

根据这种在西方思想中占据主导地位的"中国不能从内部发展出资本主义"的推断,帝国主义及其"礼物"资本主义将会在中国个体和其所处的环境之间建立起一种有效的紧张关系,从而催生出某种内在性。换句话说,中国人需要帝国主义来帮助发掘出资本主义发展所必需的内在性。如果我们从种族和文化意义去考虑帝国主义的话,我们也同样会认为帝国主义的到来实际标志着其他冲突的到来,比如个体与自然界之间的冲突。正如殖民者和被殖民者之间的冲突(政治和种族意义上)、本土传统和西方现代性之间的冲突(文化意义上),以及平

---

① "白色神话"是罗伯特·扬(Robert Young)用来形容欧洲中心主义的西方哲学和历史的术语,参见《白色神话:写作史与西方》(*White Mythologies: Writing History and the West*),London: Routeledge, 1990 年。

② 见黑格尔:《历史哲学纲要》(*Introduction to the Philosophy of History*), Leo Rauch 译,Indianapolis: Hackett Publishing Company, 1988 年,第 74 页。

③ 见韦伯:《儒教与道教》(*The Religion of China: Confucianism and Taoism*), Hans H. Gerth 译, New York: The Free Press, 1951 年,第八章。

④ 见马克思、恩格斯:《共产党宣言》,载《马克思读本》(*The Marx Reader*), Robert Tucker 编, New York: W. W. Norton, 1978 年,第 477 页。

均分配论和资本主义之间的冲突(经济上)一样,这些冲突也同样内在于殖民语境之中,而所有这些冲突都加强了内在性出现所必需的紧张。

这种冲突观念似乎对中国现代主义中内在性的出现予以了历史性的恰当解释,但我认为我们必须从另一角度来考虑这一内在性的问题。这里的问题并不在于中国人是否直到帝国主义强迫他们之时他们才拥有了内在的生命。因为这是黑格尔、韦伯和马克思欧洲中心主义的假设。他们否定中国人的主体性,认为在西方用自身标准来唤醒中国人之前,中国人从来就不曾是一个完整和复杂的人。在我看来,这里的关键问题应该在于:帝国主义和资本主义的到来是如何促使传统模式的内在性图景发生质的变化的。① 也只有从这个角度出发,我们才能标示出内在图景特定的历史性,并详细地阐述这种内在性背后的殖民内涵,因为这种历史性实际是与弗洛伊德心理分析学说以及半殖民地上海不均衡的资本主义语境缠绕在一起的。

在前面三个有关上海的章节中,我分析了中国半殖民主体与都市的关系是如何受到了某种矛盾情绪的影响的。我们可以从下面三种经验的层面来理解这种矛盾情绪:(1)他/她参与都市的特定方式:通过消费而非生产;(2)都市是充满极端的视觉(与好莱坞电影的功能相似)和色情诱惑(体现在摩登女郎身上)的幻象之都;(3)都市刺激的猛击使得被压垮的主体感到自身跟不上都市的节奏,因此他们不是本雅明意义上的"闲荡者"。施蛰存的小说具备上述几方面的特征。他小说中的都市男人也深受神经衰弱和过度敏感之苦,对消费、视觉紧张、情色诱惑和过度兴奋的反应都恰好体现了心理分析学说的相应维度。用弗洛伊德的语言来说,被削弱的意识不能保护自身免受来自刺激物的伤害,无意识开始泄漏,并扰乱了意识思想和行为。当意识不能抵挡住刺激之时,被压抑欲望寄居其中的精神不稳定状态和潜意

---

① 在采访中,施蛰存提到,虽然中国不存在完善的心理分析学说,但我们可以在儒家"人性善"和"人性恶"等观念中找到某种潜在的心理分析观点,在《牡丹亭》等传奇中找到某种情色传统。

识就会冲破意识的保护机制,进而迷惑受到影响的人。① 由此本雅明指出,"从本质上说,人的内在观念中实际并不存在一个确定无疑的个人性格。只有当一个人越来越感觉到自己无法接受来自周围世界的讯息之时,他才表现出某种个人性格"②。

1931年,左翼批评家和作家楼适夷敏锐地指出了都市消费文化和都市男性过度敏感的神经质之间存在的联系:

> 现代又同时是都会的机械的社会,在都会的消费面里,便是出现在这两篇小说中的影戏院、咖啡店、公园等等,"魔道"的开始的场景,是在火车中,这一切也都不是偶然的,在机械骚动和都会喧嚣声中生活的现代人(消费部门的人)都是神经衰弱、肠胃不健全、面色带着苍白的,这便是"魔道"中的主人公。消费生活者在心理倾向是带大量的怀疑性与犹移性的Nhilistic的,在"巴黎大戏院"中,全篇是怀疑的"?"号。③

楼适夷在都市生活和神经衰弱症之间建立起了明确的关系。在这种神经衰弱症的背后隐藏的是人们充满怀疑和Nhilistic的被扭曲的内在图景。施蛰存小说中的内在性空间在意识与无意识之间摇摆,从极端的阉割恐惧(即弗洛伊德的术语castration)摆向恐惧和欲望的投射和心理投射(有时以一种超现实的比例呈现出来)。阉割恐惧与资本主义的金钱消费直接相关,欲望的爆发被形容为可能打破想象与现实边界的性变态。

我们可以从施蛰存笔下都市男人面对金钱问题的无能为力,看出经济资本主义和内在性之间最为显明的联系。缺乏可供消费的金钱导致了施蛰存小说中的都市男人失去了作为男人的权力,他们被拽入了烦扰不安的状态。在施蛰存的小说中,只有一两篇以刘呐鸥、穆时

---

① 正如本雅明所概括的那样,见"On Some Motifs in Baudelaire",载Hannah Arendt编:《启迪》(*Illumination*),Harry Zohn译,New York:Schocken Books,1969年,第161页。
② 同上,第158页。
③ 楼适夷:《施蛰存的新感觉主义——读了〈在巴黎大戏院〉与〈魔道〉之后》,载《文艺新闻》第33期,1931年,第4页。

英方式写的小说(比如《花梦》),作者并未将摩登女郎描写成用来阉割都市男性的都市物质性的象征。取而代之的是,金钱的匮乏使得这些都市男人没能充分参与进他们原本可以参与的都市消费。在许多都市男人看来,丈夫气概即是金钱,金钱即是丈夫气概,因此,金钱的匮乏也就意味着男性气质被削弱。

例如,《在巴黎大戏院》中的人格就被等同于金钱价值。在小说中,以第一人称口吻叙述的男主人公盘算着,女伴购买的昂贵的花楼票远比自己前两天买的楼座票要破费得多。当女伴继续做出下列举动之时,男主人公的耻辱感随之上升:她抢先去买了票(没有被动地等待男伴去买票),并且买了最贵的票(显示了她对男主人公那天买了便宜票的不满),她把两张票交给男主人公,让他把戏票给收票人(这样他好假装是自己买了票,但这也表明女伴知道自己买票是对男主人公的一种羞辱)。

怎么,她竟抢先去买票了吗?这是我的羞耻,这个人不是在看着我吗,这秃顶的俄国人?这女人也把眼光钉在我脸上了。是的,还有这个人也把衔着的雪茄烟取下来,看着我了。他们都看着我。不错,我能够懂得他们的意思。他们是有点看轻我了,不,是嘲笑我。我不懂她为什么要抢先去买票?……她难道不知道这会使我觉得难受吗?我是一个男子,一个绅士,有人看见过一个男子陪了一个女子——不管是哪一等女子——去看电影,而由那个女子来买票的吗?没有的;我自己也从来没有看见过……我脸上热得很呢,大概脸色一定已经红得很了……但她为什么把两张戏票都交给我?……啊,这是 circle 票!为什么她这样阔闹?……我懂了,这是她对于我前两天买楼座票的不满意的表示。这是更侮辱我了。我决不能忍受!我情愿和她断绝了友谊,但我决不能接受这戏票了!不,我不再愿意陪她一块儿看电影了。什么都不,逛公园,吃冰,永远不!①

---

① 施蛰存:《石秀之恋》,第 255~256 页。

可以肯定的是,只有在人格等同于富有和购买力的社会语境中,缺乏金钱才会对人格造成如此之大的威胁。此处的男主人公因为缺乏购买力而感到自己的男性气质受损,他神经质般的敏感给我们留下了深刻的印象。如果说刘呐鸥和穆时英笔下的男主人公倾向于在事后认识到自己的被阉割,施蛰存的男性人物则预料并且为自己的阉割焦虑寻找合法化理由。

故事继续发展,一个典型的弗洛伊德式行为发生在男主人公的身上,他把对欲望对象的恐惧转变成了一种恋物癖。在中场休息时,男主人公的手指粘上了巧克力冰淇淋,女伴发现他没有手绢擦拭就递上了自己的手绢。电影重新开始后,男主人公在确信黑暗中无人能看清自己后将手绢放到了自己的鼻子下面:

> 哦,好香,这的确是她的香味。这里一定是混合着香水和她的汗的香味。我很想舐舐看,这香气的滋味是怎样的,想必是很有意思的吧?我可以把这手帕从左嘴唇角擦到右嘴唇,在这手帕经过的时候,我可以把舌头伸出来舐着了。甚至就是吮吸一下也不会被人家发现的。这岂不是很妙?好,电灯一齐熄了,影戏继续了。这时机倒不错,让我尽量地吮吸一下吧……这里很咸,这是她的汗的味道吧?但这里是什么呢,这样地腥辣?……恐怕是痰和鼻涕吧?是的,确是痰和鼻涕,怪黏腻的。这真是新发明的美味啊!我舌尖上好像起了一种微妙的麻颤。奇怪,我好像有了抱着她的裸体的感觉了……①

由于男主人公无法抑制因为女伴购买戏票而给自己带来的恐惧感,他转而迷恋上了女伴的手帕,并将之想象成女伴的裸体。换句话说,拥有手帕使得男主人公获得了一种情色狂喜的刺激性体验。

在其他多篇小说中,经济上的无能被描述为都市存在的一般语境。在《妻之生辰》和《残秋的下弦月》中,男主人公无法供养自己的家庭,也就无法在传统意义上成为一个"男人"。在《四喜子的生意》里,

---

① 施蛰存:《石秀之恋》,第 263 页。

由于妻子也同样赚钱养家,男主人公感到自己的权威受到了威胁。当他的妻子认为由于丈夫无法养活她因而也无权控制她之时,男主人公感到了一种极端的耻辱。由于在这种由经济引发的阉割事件中受到了挫折,他幻想着寻找一个妓女来满足自己的欲望和补偿自己受损的男子气概。当一个白俄妓女恰巧坐上他的黄包车之时,他被她裸露的大腿所引诱,并且试图强奸她。他没有料到这个白种女人竟然比自己还强壮,竟然在推挤中将他推了出去。外国巡捕很快抓住了他,并将他关进了巡捕房。他在经济上的挫折引发了本能的爆发,但强奸罪及其身体的被囚禁却又进一步剥夺了他的男性气质。

在以抒情笔调叙事的小说《梅雨之夕》中,阉割症状再一次呈现为已婚都市男性的经济困窘状态(他甚至买不起一件雨衣)。但是他喜欢雨天,因为他至少有一把"上等"的伞。一天下午,他决定在雨中步行回家。陶醉在"淫雨"中的男主人公着迷于没有带伞的年轻女郎。他准备像"中古时期骁勇的武士似的把伞当作盾牌,挡住扑面袭来的雨的箭",从而解救在困窘中的少女,带着"男子的勇气升上来"以"制服她的心"。① 文中明显的一处菲勒斯式的隐喻是,伞给予他成为武士的刺激性体验,并且这种体验只有在雨天一伞(折叠的时候是剑,打开的时候是盾)在手的时候才能感觉到。如果没有雨衣这件事情让男主人公感到难堪(同事们同情他的贫穷,认为他是一个为了省钱不坐车回家的模范男人)的话,那么雨伞就在男性气质方面赋予他一个展开情色幻想的暂时性机会,即便婚姻的无聊和束缚阻碍了他的男性英雄主义。如果说金钱和购买力的缺乏削弱了他的男性气质,那么同为物质客体的伞则在幻想的领域内暂时性地刺激了他的男性气质。

在上面的故事中,金钱的匮乏使得各个阶层的都市男性都不能充分地参与到都市的消费文化之中去,而他们介入都市文化的程度实际被当作是衡量其男性气质和人格的标准尺度。由于参与需求得不到满足,他们发展出了一种充满怀疑、遗憾、负罪感和幻想的内心世界。换句话说,只有当幻想消逝,我们才能看清内心世界是如何揭开无意

---

① 施蛰存:《石秀之恋》,第 246 页,第 248 页。

识最为幽暗处的面纱,而被压抑的欲望又是如何喷发和取代意识生命的。正如我已论述的那样,无意识的喷发是与资本主义相关的社会学范畴。在这些文本中,无意识的喷发经由各种内在性和欲望的叙事,在小说和心理分析的交叉点上勾画了一条清晰的文本轨迹。

作为文本伪装的内在性

由于半殖民主体和资本主义城市之间的跨国关系催生了消费者的内在性(作为一种社会建构的内在性),施蛰存小说中具有内在性的人物通常是一位读者,而他的阅读书目则塑形了他思想和感受的内容(作为一种文本建构的内在性)。这种塑形最为突出地表现在施蛰存小说中那些因遭遇超自然事件而处于神经衰弱状态的都市人物身上,例如《魔道》、《夜叉》、《旅舍》和《凶宅》中的人物。

在《魔道》中,我们进入了男性叙述者的妄想世界,而这一世界的形成与主人公所曾阅读的书籍相关。这些书包括有关凯尔特(Celtic)巫术及性变态的《巫术传奇》(*The Romance of Sorcery*)和《心理学杂志》,约瑟夫·谢尔丹·勒发努(Joseph Sheridan La Fanu)的鬼怪小说,《性欲犯罪档案》和中国古典的志怪小说《聊斋志异》。他的阅读还包括了波斯宗教诗歌和英国诗歌,他甚至将自己比作为拜伦。小说的情节诡异:小说的读者兼叙述者是一位患有神经衰弱和失眠症、必须有规律服药的都市男性,这天他从上海旅行去郊区度周末以使神经获得镇定,然而主人公却最终经历了一系列的幻觉景象。从火车上坐在他对面的老妇人,窗户上的一个黑点,穿着白衣的朋友夫人,村妇,咖啡女,和消失在奥迪安戏院门口的黑衣老妇人,主人公一次次地看到女巫和已成木乃伊的王妃,而此二者正是超自然的恐惧和欲望对象。这种恐惧的紧张程度与他对木乃伊的欲望程度(施蛰存将之称为"超现实主义的色情")是一致的。如果我们回想一下叙述者以外国书籍为主的阅读书目,我们就会发现他的幻觉也是外国式的幻觉:地下墓穴中有黄金吊链的棺材中躺着的木乃伊,长着扭曲的手指,有着锐利的目光、佝偻的脊背、邪恶的皱纹；还有带着巫婆笤帚的西方经典的黑衣女巫。视觉上的幻觉和心理上的惊恐伴随着叙述者，而这也正是阅读外国图书所促发的想象产物。这些书现在都被内化为了作者的内心图景。对这些鬼怪、传奇和色情的越轨行为的阅读催生出一幅充满文本伪装主题、形象和心理语境的内心图景。

施蛰存曾经说过，这一小说最为重要的来源是爱尔兰作家费奥那·麦克里奥（Fiona McCleod，1855—1905）、勒发努和唐珊尼爵士（Lord Dunsany，1878—1957），法国作家于尔·巴贝·道勒维（Jules Barbey d'Aurevilly，1808—1889，尤其是他的《恶魔般的女人》["Les Diabolique"]）、萨德侯爵（Marquis de Sade）和马索克（Leopold von Sacher-Masoch）有关施虐受虐题材的小说。① 叙述者和作者的阅读书目催生出一个为幽灵、幻觉和超自然生物所占领的想象领域，而性也成为了这一领域的基本话题。因此，当视觉错乱打破了意识与无意识的边界，超自然的形象也就显示出被压抑的无意识欲望。在勒发努的小说中，超自然的事物往往是当意识自我（conscious ego）的保护性防线被暂时性打破之时方出现在脑海中的无意识因素。② 换句话说，超自然之物的作用正在于催生出超越规范性边界的邪恶欲望。由于超自然并不以现实主义自居，允许对邪恶和不道德的"性"作出幻想性质的合法化处理。在这个意义上，这两种阅读书目都是一种内在性的特定形式，无意识渗透进了意识领域；其超自然的特性和清晰的文本特质有力地颠覆了现实主义的预设。

这种呈现为色欲过度、怪诞想象和超自然恐怖的无意识的爆发正与日本流行文类"ero-guro-nonsensu"相似。在施蛰存发表了《在巴黎大戏院》和《魔道》之后，楼适夷提出施蛰存的新感觉主义带有浓重的色情-怪诞色彩，是"nonsense literature"的追随者。③ 在 1933 年 5 月《现代》杂志上刊登的一篇名为《日本通信》的文章中，朱云影将流行于

---

① 参见我对施蛰存的采访笔记。
② 见布雷勒尔（E. F. Bleiler）："Introduction to the Dover Edition"，载《芬努最佳鬼怪故事集》（*Best Ghost Stories of J. S. Le Fanu*），New York：Dover Publications, Inc.，1964 年，第Ⅷ页。
③ 见楼适夷：《施蛰存的新感觉主义》，第 4 页。

日本的非意识形态的中间读物称为"色情奇怪曩心斯一类倾向的"小说。① 这一出现在 1930 年代、主要兴起于浅草（Asakusa）的文学潮流包括了诸如江户川乱步（Edogawa Rampo，此名拼自爱伦坡的日本译名）的心理侦探小说、好莱坞的情色电影、粗俗的歌舞表演、嘉年华和滑稽文学等等流行的艺术种类，以及诸如《色情犯罪》（Hanzai Kagaku）之类的流行杂志。这一潮流还宣扬"摩登女郎"（moga）、"摩登少年"（mabo）之类的人物，以及歌舞餐馆、咖啡厅和戏院这样的社会空间。② 作为弗洛伊德的心理分析学说和霭理士（Havelock Ellis）的《性心理学》的混合，这种色情与怪诞因素的结合尤其体现在谷崎润一郎有关施虐受虐和恋物癖的小说中。其表达方式也包含了许多色情狂、荒谬、偷窥狂、无意义的搞笑和畸形的成分。席维伯格（Miriam Silverberg）注意到，作为一种社会范畴，这一文学潮流被建构为挑战西方文化霸权、批判日本帝国主义殖民扩张和揭露贫困粗鲁的无产阶级怪诞主体的反官方的流行文化形式。③

施蛰存著作与日本形式之间的联系是丰富而又紧密的，其中包括了巧妙形容他作为第三种人（我将在后文重新讨论施蛰存的政治问题）的位置的"中间路线"这一说法。在后来的采访中，施蛰存自己也用"色情"和"怪诞"来形容自己的作品。④ 我们知道了他和爱伦坡小说⑤以及和弗洛伊德、霭理士性心理学的亲缘关系，了解了他对都市语境和诸如摩登女郎在内的都市人物的描写，知道了他的用 ero-guro-nonsensu 小说所提供的多种方式来描写情欲过度的倾向。施蛰存在采访中揭示了一个显著的联系：他正是从谷崎润一郎的作品中了解

---

① 见朱云影：《日本通信》，载《现代》第 3 卷第 1 期，1933 年，第 167 页。
② 见 Seiji Lippit：《日本现代主义和文学形式的毁灭》，第 170 页，第 242 页。
③ 见席维伯格（Miriam Silverberg）："Japanese Modern Montage: Was the Ero Guro Nonsense?"，加州大学"东亚殖民主义、民族主义和现代性"会议上提交的论文，圣塔克鲁斯（Santa Cruz），1996 年 11 月 11—12 日。
④ 见我对施蛰存的采访笔记，1990 年 10 月 22—24 日。也可参见李瓯梵在《上海摩登》中的采访笔记，第五章和第九章。
⑤ 施蛰存在采访中提到，在 20 世纪 20 年代和 30 年代，他已经阅读了爱伦坡的所有作品，将爱伦坡看成是"怪诞小说"的源头。见我对施蛰存的采访笔记。在爱伦坡启发下写的《妮侬》是施蛰存最早写成的小说之一。对这一小说的分析请见李瓯梵：《上海摩登》，第 164～166 页。

第十二章 资本主义与内在性：施蛰存的"色情-怪诞"小说 405

到后来作为《魔道》思想来源的那些著作的。①

可以这样说，《魔道》中色情-怪诞的内在性产生于多元的文本介入行为，而这些文本包括了来自爱尔兰、法国、美国、日本的文本，而不再仅仅是中国文本。这篇小说中独特的内在性恰好证明了西方和日本文本到中国旅行时所采用的典型路线。如果从施蛰存在世界主义意义上对当代性进行追寻的层面来看，这些传到中国来的文本最终参与建构起了都市中国男性的内在性：这些文本现在存在于中国人的潜意识之中，而且，相对于这些文本在潜意识领域所产生的深远影响，它们在其他领域所产生的影响是根本无法与之比拟的。对于中国的现代主义者来说，我在上文曾经讨论过的共时性问题标志着两个时刻的到来：一是通过当代的世界主义以达到西方现代性的时刻，二是西方和日本文本存在于中国人文化无意识中的时刻。前一个时刻的到来勾画出不均衡的世界主义，而后一个时刻的到来则解除了存在于潜意识领域的自我/他者二分。但这两个时刻的到来也带来了殖民问题（从全球语境上讲）和非本质意义上的开放性和杂交性问题（从地区语境来讲）。这些问题在某种张力中相互交织着。

施蛰存所写的其他三篇色情-怪诞小说也在阅读的层面上定义了内在性。在《凶宅》中，那些或自杀或被谋杀的外国女人阅读着各种各样的小说：自杀的俄国女人阅读"悲观的小说"，年轻活泼的罗马尼亚贵族小姐阅读勒布朗（Maurice Leblanc）有关亚森罗频（Arsene Lupin）的侦探小说，美国女人则阅读着杰克·伦敦的作品。她们阅读的书目体现了她们的心理语境，预兆着她们迫近的命运。

当施蛰存小说的背景从上海转移到乡村之时，访问乡村的都市男性的阅读书目则带上了地区色彩。在《夜叉》中，一个患有神经衰弱的典型都市男性为着祖母的葬事来到杭州，并偶然从西湖图书馆借来的图书中读到了有关夜叉的传说。在一次外出中，他碰到了一个穿白衣服的女人，他猜测这个既令人恐怖又充满诱惑力的女人即是夜叉，并为她所困扰。在幽暗时分，他认为自己的眼睛正在欺骗自己，甚至提

---

① 参见我对施蛰存的采访笔记，1990年10月20—22日。

醒自己回到上海后应该去看眼科,但当他在夜晚遭遇另一个白衣女人之时,他却在想象中把她当成了夜叉。他对夜叉产生了某种幻想:

> 与一个夜叉恋爱,虽然明知道数分钟或数小时之后,我会得肢体破碎地做了这种不自然的恋爱的残虐的牺牲,但是在未受这种虐刑以前,我所得到的经验将有何等怪奇的趣味呢?于是,我的心骤然燃烧着一种荒诞的欲望。①

欲望和恐惧驱使男主人公扼死了这个女人,但是后来的事实却表明,被他扼死的只是一个深夜赴幽会的聋哑的乡下女人。于是,失去了理智的叙述者变得神经错乱起来,并最终住进了医院。视觉上的误认既导致了欲望和恐惧,也导致了死亡。事实(现实领域)和想法(想象领域)之间的界限被极度活跃的视觉能力所打破,而后者无法识别出知觉和想象之间的区别。在这里,视觉又一次成为了通向"奇幻"的媒介,也帮助打破了无意识和意识之间的界限。②

在《旅舍》中,另一个患有神经衰弱的都市男性,希望通过到中国内地旅行以获得放松,从上海高压的生活方式中暂时解脱出来。在他租来的昏暗陈旧的房间里,有一张青花布帐大木床,还有一盏"不敢信任"的美孚灯(不再是上海的电灯)。这些家具陈设使他想起曾经读过的描写过很多女鬼的清代小说集《阅微草堂笔记》和笔记小说集《夜雨秋灯录》。他在幻想中似乎看到了房间中无处不在的女鬼,甚至一具女尸还以一种极具暧昧的姿势躺在了他的身下。③ 乡村在地理位置上所处的"内地"正隐喻了都市男人心理上的"内在性":他脆弱的神经既无法承受都市生活的压力,又焦虑于原始的乡村生活。在作为西方

---

① 施蛰存:《石秀之恋》,第331页。
② 托多洛夫将奇幻定义为一个小说类别。在奇幻小说中,文本中的事件不能简单地用超自然或是自然术语来解释。相反,读者和角色都在犹疑,不确定这些事件到底是超自然的还是自然的。当一个文本既不被归类为超自然的(可解释的超自然事件),又不被归类为奇妙的(不可解释的超自然事件),它就是奇幻小说。见 Tzvetan Todorov:《奇幻》(*The fantastic*:*A Structural Approach to a Literary Genre*),Richard Howard 译,New York:Cornell University Press,1987年,第115~123页。
③ 见施蛰存:《石秀之恋》,第294~301页。

文明边界的乡村旅舍中,到处充斥着过去的鬼魂和尸体。如果将施蛰存的色情-怪诞小说作为一个整体来看,他在城市(西方鬼魂出没的地方)和乡村(中国鬼魂出没的地方)之间进行了整齐的二元划分。

正如我此前讨论过的那样,如果说对西方和中国文本的召唤使得施蛰存小说的内在性成为一种文本性的建构,那么,作为一种形式建构的内在性也同样是一种互文性的建构。施蛰存参考了包括让·科克多(Jean Cocteau)、乔伊斯、高列特(Colette)、雷蒙德·哈第盖(Raymond Radiguet)和横光利一在内的不同作家在表现内心独白和意识流方面的形式实践。施蛰存认为,自己的小说可以被看作是伊藤整(Itō Sei)和辰雄堀(Hori Tatsuo)所代表的日本新心理主义小说的对应物,而日本新心理主义小说恰受到了乔伊斯和普鲁斯特的影响。在这里,阅读不仅仅是营造氛围或预兆人物命运的手段,更是作家参与现代主义内在性形式实践的方式。

施蛰存反复强调,对自己"内在性"观念影响最大的是弗洛伊德的同时代人、来自维也纳的奥地利作家显尼志勒(Arthur Schnitzler, 1862—1931)。施蛰存将显尼志勒几乎全部的主要小说作品翻译成了中文。在翻译的过程中,他"学会"了显尼志勒的心理分析方法,并将其"移植"进自己的创作。[①] 1929 年,施蛰存发表了他翻译的第一部显尼志勒小说《多情的寡妇》(1900 年),在接下来的十年里,他又翻译了显尼志勒的四部长篇和短篇小说,其中包括最为著名的《生之恋》。[②] 施蛰存将显尼志勒的小说看成是弗洛伊德性心理研究在小说上的对应物,同时也将之看成是乔伊斯和劳伦斯(D. H. Lawrence)等创作的现代主义小说的先声。

显尼志勒的小说作品可以说全部都是以性爱为主题的。因为性爱

[①] 见我对施蛰存的采访笔记,以及我与他的通信(1989 年 3 月 16 日)。也参见施蛰存《关于现代派一席谈》,载《文汇报》,1983 年 10 月 18 日。
[②] 《多情的寡妇》、《毗亚特丽思》、《爱尔赛之死》首先分别出版,后又结集成《妇心三部曲》(上海:言行社,1947 年)。施蛰存后来又翻译了《薄命的戴丽莎》,上海:中华书局,1937 年。《生之恋》则连载于《东方杂志》。郭绍虞、赵伯颜等也在同一时期翻译了大量显尼志勒的剧作和小说。

对于人生的各方面都有密切关系……他大概都是注重在性心理的分析。关于他在这方面的成功,我们可以说他可以与他的同乡弗罗乙特媲美。或者有人会说他是有意地受了弗罗乙特的影响的。但弗罗乙特的理论之被实证在文艺上,使欧洲现代文艺因此而特辟一个新的蹊径,以致后来甚至在英国产生了劳伦斯和乔也斯这样的分析心理的大家,却是应该归功于他的。尤其是乔也斯的名著小说《攸里栖斯》所应用的内心独白式(Interior Monologue)的文体。早已由显氏在《爱尔赛小姐》和《戈斯特尔副官》这两个中篇小说中应用过了。①

施蛰存既强调了显尼志勒小说心理分析内在性的内容(性心理学),又强调了内在性的形式(内心独白)。在《梅雨之夕》及其上面提到的其他色情-怪诞小说中,施蛰存成功地运用了这些内容和形式。

施蛰存选择了显尼志勒的作品,而不是现代主义巨匠乔伊斯等人的作品,作为自己心理分析内在性的主要灵感来源。这一事实有着颇为有趣的内涵,例证了心理分析是如何相对于政治而获得定位的。历史学家 Carl E. Shorske 指出,显尼志勒的作品写于奥地利世纪末(fin-de-siécle)情结的社会母体之中。此一时期,自由主义越来越受到了来自反自由主义之大众运动的威胁,而"道德-美学层面上的文化"的社会构成也已经分崩离析。作为一个"绝望的但却尽责的自由主义者",显尼志勒通过对"爱的不由自主性、满足、幻想、爱与死奇怪的亲密关系",以及"爱消融社会等级制度的巨大力量"等等的分析,突出展示了个人心理。② 维也纳"无处不在的心理学意义上的人"被自由主义文化危机中的政治挫折所刺痛,进而呼吁建设一种政治与心灵之间的新型关系。③ 这同样也是反犹高潮中政治热情受到阻碍的结果,弗洛伊德以精神分析的形式"加入到社会和知识阶层的撤退"之中。作为一种"有关人和社会的历史性理论",精神分析方法使得与弗洛伊德同道的自由主

---

① 施蛰存:《译者序》,载《薄命的戴丽莎》,第4页。
② 见 Carl E. Shorske:《世纪末的维也纳:政治与文化》(*Fin-de-siécle Vienna*:*Politics and Culture*),New York:Vintage Books,1981年,第15页,第11页。
③ 同上,第4～5页。

义者开始能够容忍这个"脱离常轨且又无法控制的政治世界"。心理的疆域取代了政治的地盘,"被降低到心理范畴"的政治被中立化了。①

心理分析和政治之间的对立关系是一个至关重要的问题,因为施蛰存作品中心理分析层面上的内在性也同样明显经过了去政治化的处理。这也恰好证明了施蛰存努力保持中立和绝不迎合无论是左翼还是右翼要求的政治立场。上海本土政治语境的易变性颇具讽刺意味地帮助催生了一种去政治化的世界主义,而这种世界主义是通过与西方和日本都市文化的互文性关系才得以最终达成的。至此,我们可以得出如下的结论:总体上的文学现代主义,特别是去政治化的世界主义非常适合于世界主义的语境。在如此浮躁的政治语境中,艺术超越于政治之上的艺术家意图将合法性赋予了文学自主性的说法。施蛰存曾经针对破坏文学自主性的行为撰写了多篇批评文章,他既直接批评了右翼,又含蓄地批判了左翼(他不敢直接批判)。②

现在让我们来考察一下施蛰存的姓名与其政治观点之间的直接关联:蛰存之名来自于《易经》中"龙蛇之蛰,以存身也"的说法。"蛰"指的是冬眠,"存"指的是保护,这二字表明了骚乱之时全身而退的智慧。虽然施蛰存本打算完全退出政治领域,但他有时又不可避免地被卷入了政治图景之中。其中最为著名的事件即是施蛰存和鲁迅有关道家经典《庄子》和中古文集《文选》是否适合青年人阅读的著名争论。其时身为左翼文学领袖的鲁迅对施蛰存进行了本无必要的猛烈攻击。施蛰存从未发出过任何挑衅,而仅仅是写了一篇向青年们推荐这两本经典著作的文章。③ 但这场争论却使施蛰存上了黑名单,以至于在"文革"中付出了代价:任何被鲁迅批判过的人被天然地当作是人民的

---

① 见 Carl E. Shorske:《世纪末的维也纳:政治与文化》(*Fin-de-siécle Vienna: Politics and Culture*), New York: Vintage Books, 1981 年,第 181~203 页。

② 见施蛰存:《书籍禁止与思想左倾》,载《文艺风景》第 1 卷第 1 期,1934 年,第 39~43 页。在文章中,他将国民政府的书籍检查制度批判为"文字狱"。参见施蛰存翻译 Ernest Toller《现代作家与未来的欧洲》时的笔记,施蛰存赞扬 Ernest Toller 是独裁主义语境下文学自主性的斗士,见《文艺风景》第 1 卷第 2 期,1934 年,第 2~9 页。他对第三种人的支持立场正表明了他对左联的直率批判,可参见《社中日记》,载《现代》第 2 卷第 5 期,1933 年,第 768~769 页。

③ 见《鲁迅全集》,其中有多处涉及鲁迅对施蛰存的批判。

敌人。

在上述这些以患有神经衰弱症的都市男性为主角的色情-怪诞小说中,都市男性在心理分析层面上的内在性表明了小说的文本异化特性和作者的去政治化立场。除了写这一类小说,施蛰存还在色情-怪诞路线下尝试写历史小说。由于历史小说发生在遥远的过去,与当代语境之间的联系极少,因此施蛰存更易将色情-怪诞的因素推向极端。由于历史小说不带有任何现实主义倾向,又与现代无关,因此他可以相对轻松地处理原本较为敏感和容易被政治化的种族和文化冲突。人们充其量会将这些有关种族与民族的冲突看成是对上海世界主义在民族主义和民族文化身份问题上的矛盾立场的某种隐喻性书写。当然,既然这些故事的背景是在遥远的古代,那么这些隐喻性的读解也就不那么容易成立了。将性心理注入某个早已逝去的历史人物身上的做法是一种避免承担不道德谴责的安全方式;处理传统中国不同民族之间的种族和文化冲突也不会引起左翼阵营之殖民批评的注意。

历史在这里"被现代化了",并且带上了"非历史性"(ahistorical)的色彩:当经过心理分析处理过的欲望图景从现代的上海拓展到古代之时,它用现代术语将过去带到了现在,由此不仅复活了现代而且否定了过去的历史性。① 此处过去出现的方式完全不同于施蛰存后来的"回归传统":施蛰存历史小说中的过去经过了现代观念的塑造,而反过来却不一定成立。我的意思是,过去可以各种方式出现,而并不都意味着一种回归,正如我在第二部分对京派引用历史之法的分析。与之不同,施蛰存将历史叙述(无论是虚构还是非虚构的)当成是试验作者心理分析方法的领域,而这种心理分析方法则来自于显尼志勒的小说和弗洛伊德的理论。正如郁达夫在阅读了施蛰存历史小说集《将军底头》后所提出的那样,"历史小说的优点,就在可以以自己的思想,移

---

① 这方面请参见安德鲁·琼斯(Andrew Jones):《文本的暴力》("The Violence of the Text: Reading Yu Hua and Shi Zhecun"),载 positions 第2卷第3期,1994年,第570~602页。在文中,作者提到施蛰存的小说《石秀》(下面我们将要讨论到这篇小说)演示了典型的"五四"信仰,这毫无疑问是一种在中国土壤上产生的变位的现代性。然而,颇具讽刺意味的是,他对传统变形所施的暴力无可避免地受到了中国进入现代主义时所受到的帝国主义暴力的影响。

植到古代的人的脑里去"①。

《将军底头》包括了四篇有关色情欲望的小说。这些小说都将爱与死联系了起来,并揭示了即便是对于那些决意要压抑自身情欲的人来说,传统道德性也是极其脆弱的。《鸠摩罗什》记载了一个著名印度僧人道德和精神之间的逐渐分离,他在自身情欲与佛教无欲训诫之间的矛盾面前发生了严重的心理冲突。鸠摩罗什(344—413)是一位著名的历史人物,曾经将许多重要的佛教经典翻译成中文。历史文献曾经记载了一个有趣的遗传学实验,他的中国资助者曾经送了十个女孩给鸠摩罗什以保证他的才能可以在他的后裔那里得到保存。②施蛰存的小说素材取自《高僧传》和《金书》,但他却将史书上极其简单的情节转变成了一个长篇的心理分析小说,讲述了折磨着这位高僧心灵的色情-精神冲突。

这个故事的绝大部分都呈现为一种间接的心理独白形式。这些独白详细地记载了高僧所受到的心理折磨,他不断地在性欲爆发(魔)和宗教虔诚(道)所引发的自省之间徘徊。施蛰存没有将鸠摩罗什与赞助人送给他的宫女之间的性活动描写成一种单纯的遗传实验,而是用由性欲引起的一般人类行为来重新解释这一事件。《鸠摩罗什传》中有这样一个细节:据说鸠摩罗什死后,他身体唯一没有被烧成灰烬的地方就是他的舌头,而这正象征着他的语言和翻译天才。然而,施蛰存的小说却对这种以宗教禁欲主义来解释细节的做法表现出了一种讽刺性的态度。施蛰存在小说中围绕舌头建构起了一个色情的象征体系:鸠摩罗什的妻子死时嘴里正动情地吮吸着他的舌头,当他每次产生情欲之念时,他的舌头就会发痒。这里的舌头不再是为鸠摩罗什的信仰者所崇拜的不朽之证明,而是颇为反讽地成为了欲望的永久象征。

与色情-怪诞小说一样,小说集同名小说《将军底头》将情欲力量拓展到了一个不可思议的程度。小说展现了血战后无头将军驰骋马

---

① 郁达夫:《在热波里喘息》,载《现代》第1卷第5期,1932年,第643页。
② 见陈观胜(kenneth ch'en):《中国佛教》(Buddhism in China),Princeton: Princeton University Press,1964年,第81~83页,"鸠摩罗什"见《元史》第95卷,列传65。

上去看自己恋人的可怕想象。小说颇为怪诞地认为,即使是死亡也不能战胜爱的强大力量。这篇小说的素材取自《旧唐书》和杜甫有关名将花惊定的诗歌,故事呈现了一种迥异于鸠摩罗什的心理冲突:在这篇小说中,种族忠诚与文化忠诚之间的冲突存在于一半吐蕃血统、一半中国血统的将军那里(其时中国和吐蕃正处在战争状态),同时他还迷恋上一个中国女子。正当他下决心抛弃自己难以控制的和淫荡的中国部下而准备叛变回归吐蕃之时,他却爱上了一个中国女子。或直接或间接的心理独白让我们窥见了他颇受困扰的内心世界,他无法决定自己是应该抛弃中国(进而抛弃中国女子)还是应该与吐蕃作战。当然,他与女子的遭遇还具备着更深层的含义。由于将军手下的一个士兵想要强奸这个女子,这个女子才被带到了花将军面前。根据军法,这个士兵被斩首了。由此,当将军后来向女子坦诚自己的爱恋之时,这个女子辛辣地指出了他的自相矛盾:难道他的军法不适用于他本人吗?她戏谑地声称当将军也无头之时,她就会接受将军。当激战时分对这女子的渴望分散了将军的注意力以致将军被一名吐蕃将军砍杀之时,这个玩笑竟成了一句谶语。当将军将自己的人头夹在腋下,骑马来见这位女子之时,他所遭遇的仅仅是一句"无头鬼还想做人么"的讥讽。在故事的最后,将军的躯体从马上坠落,而吐蕃人手里提着的将军的头却流出了眼泪。在高度动荡的民族敌对语境中,将军超越种族边界的愿望正是引发他悲剧的弱点所在。

《阿槛公主》主要取材自明代学者、诗人杨慎的《滇载记》。与《将军底头》相似,小说的主要冲突是爱与种族/民族忠诚之间的冲突。汉将军段功在元代蒙古统治下所受到的屈辱以及他对蒙古公主阿槛的爱之间挣扎,而阿槛同样地也在对种族的忠诚和对将军的忠贞之间挣扎。这两条线索共同构成了双重的矛盾发展。最终,爱再一次超越了种族和民族归属,也同时将阿槛和段功不可避免地引向了死亡。① 一个性变态的蒙古将军,由于受到对公主爱的驱使而对她的丈夫段功怀

---

① 郭沫若著名的历史剧《孔雀胆》(1943年)也是取材自同一个故事。在《孔雀胆后记》中,郭沫若提出,段平章是汉族人。见王训昭编:《郭沫若研究资料》第1卷,北京:中国社会科学出版社,1986年,第341~49页。施蛰存对我说,他怀疑郭沫若的灵感来自于自己的小说。

有难以遏制的嫉妒,想报复段功:"在他心中,只觉得憎恨和嫉妒。而这种憎恨和嫉妒……升华为一种残忍的杀机……他要段平章死在阿𥱷公主的手下,而且这个死要是最悲惨的。当他一想到这个景色,他就有了这是最美丽的奇观的感觉。"①他图谋要阿𥱷公主给段功下毒。阿𥱷公主拒绝执行,他指认段功谋反,并以伏兵杀之。伤心的公主打算用蒙古将军给她毒段功的毒药孔雀胆来毒死这位蒙古将军,但被其识破。这位蒙古将军进而强迫公主喝下了这杯毒酒。

> 他以举铜盾的臂,像攫取一个渺小的昆虫似的,将公主挽在怀中,一手便将那杯毒酒倾注在她的朱唇里。这样做罢,他把公主放开了,宛如一匹老年的怪鸮,他磔磔地狂笑起来。
> 公主疯狂了似的疾奔而出。修长的白练的裙裾曳在地上,反射着银色的月色,恰如一个幻异的女仙在神岛的茂林中行过。她奔到那寒冷的古潭边,正如刚才所看见的那只孔雀一样,俯伏在白石栏上,使沉默的潭水永远留住着她最后的倩影。②

施蛰存以一种繁复的语言,抓住了将军变态的欢乐。他杀死了不愿依从自己的恋人,又从恋人的悲惨死亡中得到了某种快乐。在小说中,超越种族和民族的爱立即受到了惩罚,但爱却也似乎获得了可以超越生死的力量。

性变态最为直接地呈现在小说《石秀》的叙事之中。小说用一种心理扭曲的解释改编了14世纪小说《水浒传》中的一个片断。在小说的第44章和45章,正直的石秀将杨雄妻子的不贞行为告诉了结拜兄弟杨雄,导致了后者对其妻子的分尸行为。施蛰存沿用了原来的情节,但他却在性变态理论的指导下对石秀的性心理进行了补充分析。在施蛰存的版本里,石秀告发潘巧云通奸的动机是自己占有她的情欲和他对兄弟的忠诚这二者之间所存在的紧张关系。由于无法平息内

---

① 施蛰存:《将军底头》,第190页。
② 同上,第223页。

心的冲突,石秀以一种变态的幻想取代了自己的情欲,并最终着迷于杀死欲望客体的冲动。首先,他杀死了潘巧云的姘夫,并从中体验到了热血沸腾的味道。"最愉快的是杀人",石秀心里想道。① 由于不能实现睡她的欲望,石秀发现杀了她是爱她的唯一方式:"不过以前是抱着'因为爱她,所以想睡她'的思想,而现在的石秀却猛烈地升起了'因为爱她,所以要杀她'这种奇妙的思想了。这就是因为石秀觉得最愉快的是杀人,所以睡一个女人,在石秀是以为决不及杀一个女人那样的愉快了。"② 在备受色情化的一段话中,石秀幻想着鲜血沿着潘巧云裸体流淌下来时的美丽:

> 如果把这柄尖刀,刺进了裸露着的潘巧云的肉体里去,那细洁而白净的肌肤上,流出鲜红的血,她的妖娇的头部痛苦地侧转着,黑润的头发悬挂下来一直披散在乳尖上,整齐的牙齿紧咬着朱红的舌尖或是下唇,四肢起着轻微而均匀的波颤,但想象着这样的情景,又岂不是很出奇地美丽的吗?③

受制于兄弟义气的性冲动最终导致了性变态的幻想,匕首的刺杀代替了性行为。当他说服把兄弟杨雄杀了潘巧云以惩罚她的不贞之时,他的幻想得到了满足。杨雄每刺一刀,石秀都会带着性变态的愉悦而颤抖。甚至包括舌头、手足和乳房等等在内的潘巧云被肢解的尸体都会被一种恋物的欲望所注视。看到乌鸦来啄食潘巧云的内脏,石秀甚至心里想到:"这一定是很美味的呢"④。恋物的视觉快感和性变态的偷窥狂被石秀用来排解自己的阉割焦虑⑤,并最终总爆发,导致了可怕的肢解行为。

---

① 施蛰存:《将军底头》,第 157 页。
② 同上,第 157 页。
③ 同上,第 158~159 页。
④ 同上,第 170 页。
⑤ 劳拉·穆尔维(Laura Mulvey)将这两种方法描述为电影屏幕上男性观察者注视女性形象的典型方式,见《视觉愉悦和电影叙述》"Narrative Cinema and Visual Pleasure",载 *Visual and Other Pleasures*, Bloomington: Indiana University Press,1989 年,第 14~26 页。

总的看来,这四篇小说证明了爱的无法抑制和破坏性力量,而最终皆以爱人或者自己的死亡来作为结局。只有在《石秀》中,通过潘巧云的血加强了石秀、杨雄之间的兄弟义气,并最终以一种色情欲望的变态升华,平复了折磨着男性心理的在忠诚问题上的冲突性。与施蛰存笔下众多被阉割和神经质的都市男性,以及在其他历史小说中为欲望而死的男主人公形成鲜明对比的是,石秀通过施加在妨碍男性的女性身体上的暴力来强有力地证明了自己的人格和男性气质。在施蛰存的小说世界中,这种具有明显厌女倾向的对男性气质的确认只能发生在遥远的古代,因为后者不会对现时产生任何即时的影响(这是一个由文本引发的过去,因为故事皆出自另一个文本)。施蛰存小说中的现代性,无论是属于当代,还是属于历史,它们都倾向于成为一个用文本来伪装的、充斥着色情-怪诞幻想的、非意识形态化和去政治化的空间。

对西方的拒斥

到1936年施蛰存的最后一本小说集《小珍集》出版之时,过去已经以多种不同的方式呈现,并且与现代构成了各种不同的关系。在1934年、1935年左右,左联作家发动了一场向那些不遵守左联文艺纲领的作家施压的"文艺斗争"。施蛰存坚持认为,周扬和夏衍甚至雇人来撰写针对非左翼作家的批评文章。① 在这种种的压力下,施蛰存转向了现实主义小说的创作。这些小说描写了资本主义语境下城市和乡村的生存艰难。

与被左联认可的那种明显的"左"倾小说不同,施蛰存的小说对资本主义之于其受害者心理的影响进行了细致的描写。《牛奶》和《汽车路》中的农民、《名片》和《失业》中的都市工薪阶层都是资本主义受害者的代表。然而颇为令人惊奇的是,当现代中国小说挑选社会问题作

---

① 见我对施蛰存的采访笔记。

为自己的主题之时,小说的形式通常会撤回到不带有任何实验性质或技巧革新的现实主义领域。施蛰存由于某种原因"回归"了自己先前的写作方式,即《上元灯》时期的写作方式。当然,这里的"回归"一词有着另一层含义,因为施蛰存开始有意识地采用传统话本的叙事方式,写出了如《猎虎记》这样的具有故事体风格的作品。在采访中,施蛰存指出:为了平衡来自左右翼的压力,"回归传统"成了最为可行的路径;心理分析小说已经没有了前途。这种"回归的不可避免性"同时也是"浪子回头"。正如施蛰存所说,"任何人都无法脱离自己的根"。①

1937年4月,施蛰存在《宇宙风》上发表了一篇名为《小说中的对话》的重要文章,文章对自己"回归传统"的做法给予了进一步的理论阐述。这篇文章提到了对谷崎润一郎《春琴抄后语》的阅读,并且施蛰存在谷崎润一郎那里发现了一种与自己类似的精神,而谷崎润一郎正是提倡拒斥西方以"回归日本"观念的主要拥护者。施蛰存在文章中概括了谷崎润一郎的作品。谷崎润一郎坚信,日本传统的对话方式更能传递日本语言之美。他以《源氏物语》为例提出,传统叙述中的对话通常不用引号,从而将叙述和对话混杂在了一起而很难将二者分开。谷崎润一郎承认,自己运用了西式对话(诸如"他说"、"我说"这样的习惯用法)的早期作品是极其笨拙的。他认为,对话可以被完全删除,而代之以故事体或随笔体的传统风格。同时,复杂的描述也被认为是多余的。

通过捍卫批评家们笔下的"传统叙述文类和技巧",施蛰存指出,谷崎润一郎的目标是"从旧中生出新来"。谷崎润一郎的观念一反"五四"以降中国现代文学的西方定位,他的观点挑战了西方小说形式至高无上的地位,从而启发人们去思考传统叙述风格和叙述文类的价值所在。这些文类包括了章回小说、话本、传奇和笔记等等中国读者更容易理解也更能接受的文体类型。施蛰存用曹雪芹《红楼梦》中描写林黛玉的例子来证明,虽然没有采用心理分析的或笨重麻烦的对话,林黛玉的心理仍然被很好地传达给了读者,也极易被读者理解。在否

---

① 见我对施蛰存的采访笔记。

认了作为他绝大部分现代小说之基础的心理分析方法的价值之后,施蛰存以一种充满希望的展望结束了全文:如果现代中国作家考虑到这些话题,他们可以将中国现代文学转化为一种新的形式,并将新的维度加入到本国语言之中去。①

《小说中的对话》中的许多观点都在《黄心大师》(1937年)中进行了实践,这是除了《猎虎记》之外施蛰存的"回归"行为体现在文学上的唯一证据。首先,施蛰存尽量减少了描述,并将叙述和未被打断的对话结合起来,重新讲述了明代尼姑黄心大师的传奇故事。在《黄心大师》中,对话并没有被贴上诸如"他说"、"她说"等等的"笨拙"标签,但人们并不会对发言人和听话人的身份产生困惑。叙述者是一个自反性的讲述者。他不仅仅评论着他所讲述的故事,而且也评论着叙述机制本身:他为何对黄心大师的故事感兴趣,他在哪里找到了黄心大师的传记材料,他又是在何种程度上同意或者反对传记作者对黄心大师生活细节的解释,他为何以自己的方式对这些细节作出解释。有关黄心大师故事的叙述也以经典的编年体例开始,即先陈述一段简短的从出生开始的传记。施蛰存将现代汉语和传统的故事体表述结合了起来,比如小说中有"这是后话,不必细表"这样的句子。小说的语言听起来十分随意的,且带有一种谈话的性质,但是许多极富戏剧性的情节却急速推动着故事向前发展。在回应许杰对小说的批评之时,施蛰存解释道,他希望在故事中将传统的评话、演义和传奇小说结合起来。这是一种创造"新的中国小说文类"和"新的汉语"的有意尝试。② 施蛰存指出,由于中国现代文学仅仅是欧洲文学的"养子"③,所以有必要创造出一种新形式、一种"纯"中国语言,以否弃"欧化句法"。④

现代中国整个的现代主义事业关注的是形式、技巧和语言。我们发现施蛰存所宣布的与这一模式的彻底决裂发生在1937年。这一宣

---

① 见施蛰存:《小说中的对话》,载《宇宙风》第39期,1937年。这一回归受到了谷崎润一郎的启发,而后者是30年代"回归日本"观念的主要支持者。以上事实进一步表明了上面谈及的互文伪装的一个方面。
② 见施蛰存:《关于黄心大师的几句话》,载《中国文艺》第1卷第2期,1937年。
③ 见施蛰存:《小说中的对话》。
④ 见施蛰存:《关于黄心大师的几句话》。

称标志着20年现代主义实验的结束。在"五四"的追求中,欧化句法、形式和技巧都天然含有文化的价值。而施蛰存对恢复传统叙述形式和技巧的强调则意味着对"五四"西方现代性追求的彻底背叛。这一转向并非是对"五四"现代性的批判(如京派话语那样,通过一种扩大了的现代性观念,在中国和西方之间建立起一种对话关系),也并非是将现代观念强加给传统素材(正如他创作的历史小说那样)。他的转向是对帝国主义和西化进程发生之前的时段的回归。正如他在采访中所说的那样,他想宣告一种"文体改革",想通过回复"西化之前"的中国语言来"改变中国现代文学的语言"。① 这是对政治和文化殖民之前的本质上的"纯"中国的回归,并由此重构了"民族形式",支持了"民族感觉"。② 施蛰存曾经计划写一部名为《销金锅》的长篇小说。小说预备呈现出处于资本化和都市化进程中的南宋都城临安的社会画卷,并打算在小说中对以上论述的对形式和语言的理论反思进行实践。当然由于中日之间战争的爆发,这部小说最终没能完成。

施蛰存的回归意味着向时间上的过去回归:乡村空间(在现代主义想象中,乡村代表着过去)或是历史上的过去。似乎只有恢复传统的风格、形式和技巧才能恰当处理过去的经历。当然,这种回归存在着明显的局限性,因为它无法表现现代性的经验。施蛰存承认,在实践中实现自己所号召的回归是极为困难的事情,即较少运用描述和非直接对话而采用叙述和未被打断的对话的愿望在实践中很难做到。在这个意义上,即便战争没有爆发,施蛰存也不可能在这条路上行进多久。这仅仅是施蛰存曲折创作道路上的一座驿站,而绝非是他最终的目的地。事实上,可供人们返回的本质意义上的中国已经不存在了。

通过对西方形式和句法的拒斥,这一对民族情感的回归最终瓦解了都市西方和殖民西方之间的区别。我们知道,为了替自己的现代性追求寻找合法的理由,先前之现代主义的世界主义曾经极力维护着这

---

① 见我对施蛰存的采访笔记。
② 同上。

种区别。然而现在批判殖民西方的民族主义需求占据了上风:施蛰存通过否定西方的文学形式及句法来否定都市西方。这两种"西方"的崩溃要求将西方因素从中国人的写作行为中驱逐出去,进而建构一个本质意义上的纯中国传统。然而,这种对过去的建构却注定是不纯正的。这并非因为这种建构是对现时潜藏之文化殖民的反应,而是因为任何一种对过去的建构都必然是一种再创造的过程。这一过程为着现时的目标能动地建构着过去。当然,施蛰存的回归仍然遗憾地宣告了上海现代主义的消亡,而这一现代性的大部分原动力已然转变成了都市现代性的魅力。

结论：半殖民地性与文化

在这本书中，我试图指出，民国时代对现代主义的理解呼唤了一种地区、全球语境相互交织的多元背景，而这种理解也同时考虑到了这一语境的空间和时间维度。文化争论、政治纷争和社会动乱等等不断变化的地区语境塑造了现代主义，同时帝国主义推动下的全球文化经济潮流也参与了现代性的塑造。这种地区与全球连接最为明显的显现即是半殖民地性。这是一种多重外国势力对中国进行多层次占领的政治方式。为了自身的经济和政治目标，这种种的外国势力在中国既相互竞争又相互合作。对于印度殖民地来说，它的政治结构是一个"不带有任何中间调节机制的专制政府，在统治者的意愿和被统治者的希望之间没有任何可供商量的空间"①。而对于半殖民地来说，这种明确性和确定性开始发生模糊和游移。多种殖民势力的存在使得在中国境内无法形成一个处于良好协调下的统一的殖民政府。外国势力受到了地理限制，大多集中在中国的沿海地区，而对内陆地区的插手相对较少。在这个意义上，中国人绝没有完全臣服于殖民统治者的意愿。殖民统治的裂隙和中国残存的主权也帮助中国知识分子获得了发挥政治主动性的可能。这些知识分子对各种政治形式和意识形态进行着争论和实验，尽管这些争论和实验导致了激化的冲突和分裂，甚至最终导向了国内战争。作为一种政治形式，半殖民地性意味

---

① 拉纳吉特·古哈（Ranajit Guha）：《无霸权的占领》（*Dominance Without Hegemony: History and Power in Colonial India*），Cambridge: Harvard University Press, 1997年，第65页。

着地区政治在很大程度上被剥夺了获得稳定组织和统治的机会。由于殖民势力为了各自的利益加剧和激化着中国国内的政治冲突，因此半殖民地性也具备一种极端的易变性。本书提及的由政治原因引发的三起针对作家的暗杀行为（分别针对刘呐鸥、穆时英和郁达夫）就是这种易变性的最好证明。

半殖民性更一贯地表现在经济领域。在这一领域内，我们也可从中看到在半殖民地性与后来的新殖民主义之间存在着某种相似性，尽管考虑这种相似性之时当然也要顾及特定的历史语境。除了日本对中国怀有领土占领的野心，并且在中国内地和台湾建立了正式的殖民机构，其他的帝国主义国家更关注经济利益，因为一旦获得治外法权，相对小规模的中国区域正好适合于外国定居者的需要。如果我们假定近代中国诸多不平等条约都是被迫签订的话，那么，中国在经济领域的损失是十分巨大的，包括了各项赔款、对特定工业垄断权的让渡，以及将对经济部门和海关的控制权拱手让给帝国主义势力（直到1930年）。这些损失导致了农业经济的崩溃和中国经济在普遍意义上的枯竭。① 20年代早期马克思主义经典《经济侵略下之中国》的作者漆树芬，将中国的对外关系主要限定在经济方面：

> 外国资本主义的帝国主义以万千铁骑践踏了我们的国家。为了解决他们的市场问题，我们提供了一百个通商口岸；为了解决他们的投资问题，我们吸收了超过二十亿的资本，丢失了大量利益和权力；为了给他们的市场和投资提供便利，我们拱手交出了运输权。上面的话正好概括了我们的对外关系史。②

---

① 见奥斯特哈梅尔（Jürgen Osterhammel）：《二十世纪中国的半殖民地性和非正式的权力：一种分析框架》（Semi-Colonialism and Informal Empire Intwentieth-Century China: Towards a Framework of Analysis），载奥斯特哈梅尔、莫姆森（Wolfgang J. Mommsen）编：《帝国主义及其后：连续性和非连续性》（Imperialism and After: Continuities and Discontinuities），London: Allen and Unwin, 1986年，第290~291页。

② 梁漱溟：《敬以请教胡适之先生》，载《我们走哪条路》，台北：远流出版社，1986年，第23页。

对于中国国内的政治来说,如此的经济帝国主义导致了十分严重的后果。殖民地分散的司法权导致了在中国不可能建立起一个统一的国家司法系统,这也就为犯罪行为提供了庇护所。而不断加深的经济危机也进一步挫败了国内实行政治一统的努力。

与新殖民主义相似,半殖民地性主要是在经济和文化帝国主义的层面上展开,它的目的主要不在于领土占领。将半殖民地性独特的实践机制和文化政治与完全殖民地进行对比,将是一种颇有价值的做法。在印度那样的处于恐惧和压力统治之下的、极少具有含糊性和矛盾性的完全殖民地的政治架构中,殖民政权注定将成为反抗话语的众矢之的。这也就是拉纳吉特·古哈(Ranajit Guha)将殖民政权说成是"绝对外在性"的原因所在。在此种情况下,统治政策有助于形成对信仰的高压统治,但同时也就引发了更加广泛的反抗。在这个意义上,英国殖民政府是非霸权性质的,因为它不能将"殖民地的公民社会吸纳到自身之中",由此它仅仅是一种"无霸权的占领"。① 在这种局势下,反抗是一种结构上的可能性,也是一种自然而然的结果。这就是为什么人们可以在印度找到从反现代和非现代立场出发的、对西方现代性所作出的持久批判的原因。

与印度被完全殖民的文化经验有所不同,作为一种文化形式的半殖民地性处于与印度迥异的历史语境之中。首先,半殖民地缺乏系统的制度结构作为统治基础,半殖民地的殖民机构是非正式的和不完全的。由此,殖民地人也未明显公开地将殖民势力看作是文化反抗的当然目标。直到"五四"时代,西方在中国的势力范围仍局限在治外法权所规定的极小范围内。这就意味着西方并没有统治中国,而只是构成了一个区别于中国的空间。外国势力在中国的这种分散统治,导致了排外主义至多只能算是中国人的一种选择而绝未成为一种必需。事实上,在许多人眼中,排外主义并不是一种富有吸引力的选择。由于殖民势力没有通过武力将殖民认识论强加给中国人,也无力对文化领域的表述行为进行控制,因此在半殖民地,也就不存在一种将中国文

---

① 见拉纳吉特·古哈(Ranajit Guha):《无霸权的占领》,第Ⅹ~Ⅻ页。

化定位为反抗文化的急迫性。由此,与印度的情况不同,作为文化表述范畴的"反抗"和"与敌合作"在中国语境中都未构成既定的事实。换句话说,文化表述不是与殖民势力的较量,而对文化的判定标准也不仅仅取决于它是"反抗"还是"与敌合作"。借用斯蒂芬·海(Stephon Hay)的话来说,"(亚洲知识分子)对西方威胁自身文化和政治完整的感受越强烈,他们需要坚持理想化的东方文化观念的心理也就越强烈,因为在后一种心理中,东方文化可以作为砝码平衡掉西方势力和影响"①。同样地,所感受到的威胁越少,哪怕只是虚幻层面上的,人们就越不需要排外主义观念,从而在对待西方的文化态度上也就越开放。

第二,这种表述的自主权和对西方文化的开放态度,也与被称之为"世界主义"的文化观念紧密相连。然而,这种世界主义的结构却也是问题多多。正如我前面分析的那样,这种世界主义极力将自己放在与西方和日本都市文化进行对话的全球语境之中,因此它就必须系统地掩盖住西方和日本帝国主义半殖民统治的现实,而这种被殖民经历恰恰又是世界主义者(尤其是对生活在上海的世界主义者来说)生活经验中必不可少的构成部分。我在上文中已经提到,在持世界主义立场的现代主义者所持有的文化想象中,文化想象的实践和策略将"殖民的西方/日本"和"都市的西方/日本"区分了开来。在这一策略的指导下,世界主义者并不十分关注于自己日常生活经验中的种族、经济和其他等级制度的问题,而是将自己的注意力放在了遥远的西方大都会。在这些大都会里,自由主义的霸权也都披着文明、信仰、法律和赞同的外衣。与他们对都市文化的表述紧密相连的事实是,中国现代主义者在跳跃的想象中"进入"了全球领域。然而,必须强调的是,这种对话的本质只能是虚幻和想象的,因为正如上文所说,这只是一厢情愿的对话。在这场对话中,中国根本没被西方关注和倾听,而所谓中国人的活力只是一种姿态而已。这即是我在第五章中所强调的不均

---

① 斯蒂芬·海(Steven N. Hay):《亚洲的东西方观念:泰戈尔及其在日本、中国和印度的批判者》(*Asian Ideas of East and West*:*Tagore and His Critics in Japan*,*China*,*and India*),Cambridge:Harvard University Press,1970年,第312页。

衡的世界主义。

与这种不均衡的世界主义相关，我坚持认为，世界主义的西方主义（为了地区目的从西方舶来）不能被看成是东方主义的对立面。与西方的东方主义不同，中国的西方主义并没有对西方的政治野心。西方主义并不对立于东方主义，而是东方主义的翻版，因为它也将中国文化看成是过往的历史，而认同西方文化的普遍有效性。中国的文化自主性（是用语言自主性进行的一次颇为可疑的辩护）以一种自相矛盾的方式促使人们更加彻底地拥抱了西方主义，因为，在人们眼中，西方在很大程度上被看成是启蒙和进步的先驱。正如我已经论证的那样，即便是在作为潜在的文化排外主义者的京派哲学家和作家那里，他们复兴儒学的决心也是在一战后西方哲学家开始逐渐认同儒学的背景下建立起来的。在这个意义上，普遍性价值的决定者依然是西方。

第三，这种西方主义的文化实践和使其获得合理性的分叉策略，使得地区主动性的问题变得更加复杂。以西方主义去争取地区文化威信的做法，看起来似乎已经用文化和象征资本的形式将相当程度的主动性赋予了中国的现代主义者。但在不均衡的世界主义和自我特殊化的西方主义的全球语境中，这种主动性是可疑的。当帝国主义势力利用武力来保护自己的经济政治利益之时，这种对西方和日本的开放性态度就会削弱民族主义的文化事业，进而变成了一种自我殖民意识。我已经努力证明了这两种主动性体制（即是主体又是被动接受者）的相互渗透以及在二者之间存在的基本张力。由于权力是相互关联的，所以，对中国现代主义话语语境的拓展行为使得中国现代主义不得不屈从于一套更加广泛的关系网，这些关系不相互重复，但却相互重叠和相互矛盾。在地区性语境中获得许可的东西却得不到全球话语语境的认可。这就是"五四"西方主义者所碰到的问题。与之相反，在地区语境中得不到许可的言论，比如"五四"西化运动霸权下的京派话语，却因为对西方现代性的批判立场在全球语境中获得了首肯。当然我也在第七章中提到，这种首肯仍然是有限的承认。

通过描述不同语境中主动性所处的种种矛盾处境，我想强调，当殖民行为没有以一种极端二元化的方式出现在话语实践之中的时候，半殖民地区的主动性只是可能性之一。我想通过这种"偶然性的逻辑"来表达的事实是，特定语境中的因素、机构和事件限定了适合于该语境的主动性。当然，我并非是要证明意义和主动性具有绝对的流动性。我真正想突出的事实是，文化批评不可避免地发生于通过对特定语境的考察而获得稳定性的时刻之中。用拉克劳（Ernesto Laclau）和莫非（Chantel Mouffe）的话来说，偶发性形成于其与必然性相互作用的过程中。[①] 通过对不同历史文化语境下产生的"五四"西方主义者、京派哲学家和作家，以及新感觉派作家的全面分析，我想努力证明的正是这种稳定性时刻和必然性的所在。这些主动性之间的区别是不可避免的，因为他们所应对的是各自特定语境中的紧急事物和偶发事件，而这些语境又肯定是发生在不同的时间和不同的地区/全球地域之中。

我们可以从语言角度出发，对完全殖民地和半殖民地作一个有趣的文化比较。将英语作为官方语言（即一种携带了经济、符号和文化等各种可能的资本形式的语言）的惯例，是殖民文化机构的一个组成部分。英国殖民政府就曾经很好地将这种英文意识灌输给了被殖民的人们。在将英语作为教育语言和文化交流语言这方面，印度（甚至是后殖民意义上的印度）对此的广泛接受就和中国的情况形成了强烈的对比。相比于印度，中国的语言自主性较少地受到了损害。当然，半殖民给中国语言带来的是其所有权的广泛欧化。换句话说，由于判断是否有自主性取决于人们对自主性的定义，因此人们同样也可以找到理由来证明中国语言也被殖民了。这两种语言殖民模式的显著区别在于：殖民机构在印度帮助确立了英语的地位，而中国人之所以渴望学习英语和其他外国语言的原因，虽然也是因为外国语言所具有影响力、声望和文化优越性，但这种外国语言的声望皆源自遥远的都市文化，而非来自于中国境内殖民文化的存在。这一事实不但清晰地证

---

① 见拉克劳（Ernesto Laclau）、莫非（Chantel Mouffe）：《文化霸权和社会主义的战略》（*Hegemony and Socialist Strategy*），London：Verso，1985年，第114页。

明了中国对都市西方和殖民西方加以截然两分的做法,而且也同时表明:半殖民地语境下的中国文化更多的是都市文化帝国主义的对象,而不是殖民文化占领的对象。这也就进一步说明了半殖民地性和新殖民主义之间的相似性。

作为我们所处的后帝国主义时代的特征,新殖民时代的标志即是:西方文化霸权将西方自身定位为终极价值的裁定人。同时,新殖民时代的被殖民者又反过来将这种定位内在化,从而使文化霸权的可能性得以实现。事实上,文化霸权最主要的运行方式即是被施于霸权者对于霸权的认同和接受。无论是在"五四"一代西方主义的现代主义之中,还是在京派的文化普遍主义那里,亦或是在新感觉派这里,都市西方的视角都参与其中。在中国几乎所有重要的有关现代性的对话和实践中,西方的都市文化都是潜在的对话者。甚至连复兴中国传统都经过了西方视角的过滤。这是一种建立在西方的东方主义与中国的西方主义达成共识基础上的自我东方主义行为。

京派思想家和作家证明了这些共识中的一种,因为他们发现了中国文化复兴在战后欧洲流行的文明话语中占有着相当的合法性。与之相区别,西方主义者对中国传统的彻底否定采取了一种更为直接的方式,当然也同样被解读成了一种具有东方主义色彩的行为:为了使现代中国成为西化世界中的有价值的一分子,中国传统成了现代中国语境下亟待被否弃的"东方"。对于新感觉派来说,它既不号召否弃传统,也不呼唤有限度地复兴传统。可以说,除了施蛰存在其现代主义阶段后的创作,就对作家立场选择的影响来说,传统之于新感觉派,几乎不能构成一个问题。而资本主义现代性是唯一需要他们考虑的因素。由于没有其他可以取代资本主义现代性之压倒性刺激的方式(比如传统及其化身"排外主义"),这种资本主义现代性的考虑被内在化了。由此,新感觉派突出描绘了源于现代性刺激的各种心理和生理症状:神经衰弱、妄想症、焦虑症、神经官能症、疲乏和性欲方面的疾病等等。事实上,我在这里列举的是那些接受了"五四"全盘西化意识形态的知识分子所承受的生理心理后果。这一意识形态没能如先前所希望的那样变成社会现实,相反却呈现为一种心理失调和纵欲过度。

因此，在中国作家遭遇西方现代性之时，一旦作家们去除掉传统的保护层，就再也没有其他的东西可被用来代替传统以发挥中介作用。在半殖民地上海的都市语境中，人们经历了一种赤裸裸的现代性。

这三种与西方协商的模式（西方主义者通过对自身必能赶上西方的确信来想象一种平等，京派思想家在西方自我批评的基础上对西方进行一种有限度的批评，新感觉派将西方资本主义文化看作是不可改变的既定现实）构成了三种重要的进程。如果被加以利用，它们将在以后的岁月里成为进一步反思中西关系的基础。然而，历史的钟摆最终指向了共产主义的民族主义。1949年后，先前的这些努力都被否定了。但到了80年代，人们又要重新"复现"这些努力，尽管历史语境肯定已经发生改变。当中国再次融入全球语境，并在新的文学现代主义浪潮中再次面对现代性话题之时，80年代和90年代的一种"似曾相识"感使我们不得不停下来思考：哪些曾经的可能性在当前的"复现"中已经显得不那么必要了。文化历史学家充分承认社会主义革命的重要性，但又认识到它不幸的最终失败。他们必须在半殖民地历史与新殖民世界秩序的复杂语境中思考中国全球化进程的"被赋予性"（given-ness）。

附：后来的现代主义——战争岁月及其后

1937年抗战开始后，文学活动开始逐渐中止。北京很快沦陷了；上海则变成了"孤岛"，外国租界被驻扎在城郊的日本军队团团包围。在太平洋战争期间，这些地区也落到了日本手中。许多作家离开了这两个文化中心，他们中的大多数分散到了国民政府控制的内陆地区，少部分去了共产党控制的区域。然而，40年代也出现了一批青年作家，他们开始在为数不多的文学杂志上发表实验性的小说。另一些作家则在昆明、广东、香港和重庆等城市涌现。相比前面的20年，虽然沦陷区的文学活动在经历了短暂的停止后又活跃了起来，但1937—1949年这段时间仍然是文化去中心化过程的目击者：民族国家被分裂，文化人物也随之四散开来。在本文中，我将对40年代及其后的文学现代主义作一个初步的分析。并在此基础上思考在第三世界地区性的现代性事业中对现代性进行"重复"的大问题。

战争期间，一些幸存的杂志继续出版，同时也至少在五个主要城市里出现了新的杂志。这些杂志文章的作者仍是先前的那些作家，当然此时这些作家在信仰问题上早已分道扬镳。在日本占领期间，周作人在北京主持的《艺文杂志》和上海的《风雨谈》都以刊登日本现代文学为特色。这当然与日本在这两个城市进行正式殖民所颁布的文化政策有着很大的关系。大部分作家聚集在国民政府的战时首都重庆。他们在以下的杂志上发表文章：《文艺先锋》（编辑之一是上海的现代主义者施蛰存）、《时与潮文艺》（另一份现代主义杂志）、《中原》（主编是创造社的现代主义者郭沫若）和著名的《大公报》文学副刊。另一些作家则去了香港,而在广州(例如茅盾在那里编辑了《文艺阵地》)和桂林(《文艺杂志》),也有零星的文学努力存在。1945年战争结束后,在原来的文化中心北京和上海,朱光潜主编的《文学杂志》得以复刊,而郑振铎和李健吾编辑的《文艺复兴》也开始出版发行。

虽然抗日战争和随后的国内战争给中国带来了动乱,但这个时代在现代文学方面所取得的成就却也同样令人印象深刻。正如甘爱华(Edward Gunn)指出的那样,北京和上海的沦陷经历,令人惊讶地催生了一些"特别重要的文学成就"。其中包括了张爱玲、钱钟书和杨绛的"反浪漫主义"作品。① 除了这些反对"感伤主义"的反浪漫主义现代作家,一个最重要但却曾经被不公平地忽视了的成就即是汪曾祺(1920—1997)在偏僻的昆明(西南联大的所在地)所创作的小说。其他的作家,如在北京被占领期间进行创作的梅娘(生于1920年),1947年活跃于复刊后的《文学杂志》上的作家毕基初,也都致力于现代主义风格的写作。民族主义在未沦陷地区占有优势,沦陷区则存在着严格的检查制度。一旦联想到这些战时的经历,这些执著的现代主义实验就会使人感到特别痛苦和心酸。

战时现代主义具备三大主要特征,而这些特征都远离了其"五四"和后"五四"先辈的原则。第一个特征是加速瓦解了上海高雅文化和低俗文化之间的界限,新感觉派拓展为一种融西化/日本化了的新感觉主义和中产阶级的鸳鸯蝴蝶派小说于一体的新写作形式。张爱玲的小说制作精巧,可读性强。她的大部分小说都发表在流行杂志《万象》上面,而《万象》的风格正好介于严肃文学和流行文学之间。② 张爱玲的作品延续了新感觉派对艺术技巧和商品化魅力的综合。但新感觉派崇扬和关注现代都市语境,而张爱玲却一直关注于都市语境下早

---

① 见甘爱华(Edward Gunn):《不受欢迎的缪斯:上海和北京的中国文学,1937—1945年》(*Unwelcome Muse: Chinese Literature in Shanghai and Peking*, 1937-1945),New York: Columbia University Press, 1980年,第7~9页。

② 区别《万象》杂志的两个阶段是十分重要的。1941创刊时,主编是陈蝶衣,而登载作品主要是迎合大众口味的鸳鸯蝴蝶派小说。甚至主编的名字中就有一个"蝶"字。但到了1943年7月,柯灵担任主编,刊登了张爱玲、师陀、施蛰存、沈从文和李健吾等人的作品。截至1945年停刊,这份杂志一直徘徊在严肃文学和流行文学之间。

已过时的传统家庭背景。作为鸳鸯蝴蝶派小说标志的传统人际关系和价值观念,虽然已经不再符合现代上海的语境,但却构成了张爱玲小说的核心张力和冲突。以上这些特点成就了后来著名的张爱玲现象。在40年代的上海、60年代的台北和90年代的北京,大量的读者和学者致力于张爱玲小说的研究。张爱玲也许是中国现代文学史上唯一一位大众吸引力堪比电影明星,但同时也一直是作为人们分析和研究对象的作家。

对于发生在40年代上海的张爱玲现象的出现,我们至少可以给出两条相关的解释。抗战期间,人们热切期盼普及文学来为抗日的宣传目标服务。受到这种民族主义观念的鼓舞,连载小说、随笔散文、戏剧(特别是那些融合了传统戏剧习俗的话剧)和漫画书等等传统的大众文学形式占据了其时的文学舞台。虽然张爱玲的小说大都与民族救亡没有什么关系,但她的小说也并未成为一种反常现象。民族主义文学价值的兴起也同时默认了鸳鸯蝴蝶派小说的回潮,尽管后者曾因为肤浅而受到过严厉的批评。此前所谓的"严肃"创作都必须通过上海严格的审查制度,或是日本或是国民党和共产党的地下组织都会给这些严肃文学以严格的限制。穆时英和刘呐鸥甚至因此被暗杀。而张爱玲作品中社会意识的明显缺乏却正好保护其免于受到来自民族主义者(无论是国民党还是共产党,都倾向于从意识形态角度来看待文学)或日本人的迫害。对于日本人的检查制度来说,这种大众文学模式也是最不具危害性的文学形式。

有关张爱玲现象的第二种解释与性别因素有关,主要关涉女性和民族主义之间的矛盾关系问题。简单说来,虽然女性常常被用来象征民族国家(如保姆、母亲、妻子和本土文化传统的化身),但她们却也因为这种与民族国家的关联而遭到了来自男权制度的压制和迫害。正如许多女学者所论,通常只有在男权制度遭到重创的民族危机之时,女性才可能获得机会起来挑战权威,从而成为强有力的人物和具有能动性的主体。① 这种解释部分地适用于张爱玲。在此前由男性统治文学领域的一二十年间,"五四"启蒙话语和西化的文学标准在很大程度上起着决定性作用。在这种语境下,张爱玲极有可能被当作另一个不具严肃文学魅力的鸳鸯蝴蝶派作家,从而被文学界忽略。然而,日本的占领暂时结束了文化界的性别霸权,文化想象变得开放起来,允许一种重新书写的出现,尽管这种重新书写必须与日本的介入相合拍。此时,曾在"五四"占有主导地位的社会革命和民族文化复兴的叙述,已经不再令人想往,同时也不再被时局允许。与"五四"叙事不同的是,我们在张爱玲作品中看到了以略带反讽和悲愤情绪叙述出的琐碎而日常的片断。这些片断微妙地透露出一种深远的象征意义。

女性作家小说中女性意识的觉醒是战时现代主义的又一重要特征。就其对婚姻和性关系的温和而有克制的批判来说,张爱玲可以说是一位初步的女性主义者。而梅娘的小说则是对男性统治提出的清晰明了的抗议。在以戏剧独白体形式写成的小说《动手术之前》(1943年)中,小说中的女性叙述者直接将罪恶的男权制度归结为导致其悲惨命运的原因。如本书第二部分所展示的那样,在"五四"时期的女性写作中,充斥着一种悲伤忧郁的调子,女主人公总是要么衰弱无力,要么患上结核病,最后生命之花逐渐调零(其中典型的例子如丁玲笔下的莎菲女士和庐隐作品的女主人公)。与"五四"的女性写作不同,梅娘小说的主人公总是要求自己掌握自己的命运,努力摆脱男权体制以获得自由。和满怀焦虑犹豫、与男权体制进行协商的京派作家林徽因和凌叔华不同,梅娘的小说清晰地表达出了女性主义的主题。梅娘大大地不同于凌叔华,后者因害怕父亲不赞成而将自己的小说藏了起来。因为梅娘的声望,她被认为是北方的张爱玲。二人并称为"南玲北梅"。

对于这种大胆的女性主义主体性的表达,学术界也表示了赞成。两篇署名为余大隐(音译)的关于女性与文学之关系的重要论文,分别

---

① 对于这些理论的总结请见伊瓦·戴维斯(Nira Yuval-Davis):《性别与民族》(*Gender and Nation*),London:Sage Publications,1997年。

发表在 1943 年和 1944 年的《时与潮文艺》上。第一篇文章断定文学和艺术是阴性的,但女性却曾经因为不被允许通过写作进行自我表现而受到了不公正的待遇。第二篇文章列出了三种文学里的女性自我表现方式:对男性意识形态的屈从、非建设性的抱怨以及对男权体制的直接反叛。① "五四"女性作家的写作可以被归入其中的第二类,而梅娘的写作则属于第三类。

战时现代主义的第三个特点可以被表达为一种"松散"或"解散"的美学,即一种在文体、文风、文字和观点等方面取消了叙述限制的写作风格。这种美学最具代表性的例子即是汪曾祺的写作风格。汪曾祺用宋代大诗人苏轼的写作哲学"风行水上,自然成文"来证明自己"散"的风格。他松动了诗歌和小说的边界,流行的武侠小说和现代短篇小说的边界,以及性格描写中自我和他者的边界。例如,在《复仇》(1944 年)中,一位在寻找杀父凶手的无名剑客却发现自己倚靠着仇人的存在而存在。自我不仅仅要由他者来定义,还得倚靠他者而存在。

最终,这种自我与他者区别的取消可以隐喻性地被解释为中西方区别的消逝。事实上,在汪曾祺的作品中,人们不再能够找出纯粹的中国因素或是纯粹的西方因素。汪曾祺散文能够抓住人物内心想法的诗学厚度,是苏轼"散"之美学和西方现代主义心理描写倾向共同作用的结果。这种"散"的风格的结果又类似于今天的后现代。事实上,我所讨论的战时现代主义的三大特征(高雅文学和通俗文学的融合,女性对男性表述秩序的瓦解,以及文类界限的被打破)都体现了现代主义与后现代主义之间的亲密关系。

1949 年,共产党取得了内战的胜利。中国出现了一种否定现代主义、肯定现实主义的具有阶级意识的民族主义美学。60 年代和 70 年代早期,美国汉学家指出,1949 年后的文学又重新回复到了传统的叙事形式,而 1917—1949 年西方化的现代文学的繁盛只是中国文学发展的一个反常。由此,他们预言,现代主义文学运动将不会再次发生

---

① 见余大隐(音译):《妇女与文艺》,载《时与潮文艺》第 2 卷第 2 期,1943 年,第 19~36 页;《文学里的女性自我表现》,载《时与潮文艺》第 4 卷第 4 期,1944 年,第 42~54 页。

在中国。然而,与这些预言正相反,"文革"后的几个年头恰恰是对"五四"引进西方文学实践的强有力的回归,许多文学作品在西方的刺激下诞生。在残雪等作家的作品中,我们可以找到现代主义和后现代主义倾向的当代产物。此时,存在主义、心理分析和文学先锋主义重新被发现,并再次占据了文学争论的中心舞台。虽然与本书所讨论的现代主义相比,80年代(后)现代主义所处的政治、文化和社会语境已经发生了变化,但它的紧迫程度却丝毫也没有减少。以西方形式写作首先是对社会主义现实主义的一种反叛行为。在这个意义上,现代主义写作也成为了一种意识形态的表述。它是针对狭隘的政治性文学规定而生的一种反对话语。当然,80年代(后)现代主义的其他方面(比如在对浪漫爱情的颂扬中重新发现人道主义)则使人们看到了"五四"先辈的影子。

1949—1976年间,中国兴起了另一场现代主义运动,但这一次文学运动并不发生于中国内地。60年代,台湾出现了一群受过西方现代主义写作训练,并以自身形式进行现代主义写作实验的年轻作家。他们围绕在一份名为《现代文学》的杂志周围。由于民国时代发表的众多文学作品在台湾被禁,因此这群年轻人的文学知识是相当有限的。诗人纪弦是其时台湾文学与民国时代文学之间连续性的唯一见证。路易士即是他在上海时所用的笔名。因此,60年代这一文学群体的灵感主要得自于西方模式。在一些人看来,刚脱离日本人统治却又随即落入败退的国民党之手的台湾,由于接受了美国大量的援助因而成为了反对共产主义的基地。同时,由于国民党政府以死亡和监禁来惩罚政治上的背叛,因此,这一时期也正是一个政治恐怖主义的时代。正是在这一语境中,在80年代兴起的台湾本土意识看来,那些自称由中国内地来台移民写作的现代主义作品在文化和意识形态层面就显得十分可疑。这些现代主义者毫无疑问地受到了台湾本土主义者的严厉攻击,因为后者早在70年代就将现代主义看作是帝国主义的对等物。而在台湾试图独立的过程中,这些现代主义者的文学地位也越来越衰微。但颇为反讽的是,除了白先勇(其作品充斥着一种面向中国内地的乡愁)和"左"倾的陈映真(从某种程度上说,他所坚持的是一种过时的单一意识形态),台湾的这批现代主义作家实际比"中国人"更为西方主义。台湾的本土主义在很大程度上是要宣扬台湾人区别于中国内地居民以及台湾内地移民的身份认同;然而,台湾的政治和文化精英却坚持一种世界主义的全球观念,渴求参与资本、商品和文化的全球化运动。

简单说来,半殖民地性激发了民国时代世界主义的现代主义,"文革"后的"改革开放"政策又将世界主义迎进了中国,而"白色恐怖"则成为了台湾西方化的现代主义文学的产生背景。现代主义在20世纪中国(包括台湾)所处的特定历史时期及其存在的长期性,呼唤我们对第三世界的现代性问题进行更深入的探讨。现代性经历虽然时断时续,但却是一个为时甚久的漫长过程。现代性活跃于充斥着各种对抗性意识形态和不同殖民形式的暴力领域内,没有任何本质主义意义或传统意义上的坚实基础。受到创伤的非西方民族国家一旦进入殖民、后殖民和新殖民的权力关系网,民族文化就必然会经历种种紧急的重组。从事后观察,我们能够发现,作为众多现代主义实验基础的乐观主义,都建立在对现代即将到来的乐观估计之上。现代主义写作并不能保证现代主义的到来。如果现代性已经随着第一次现代主义运动降临中国,那么为什么后来又会不断地重复爆发现代主义运动呢?第三世界语境中现代性进程的未完成并非因为没有履行承诺(正如哈贝马斯在西方语境中所哀悼的那样),而是因为这是一个艰难的、充满暴力的、反复的和长期的过程,这种漫长超出了参与其间的每一位现代主义作家的创作生命。

参考书目

阿伯德尔-马里克(Anouar Abdel-Malek)编:《文明事业:东方视角》(*The Civilizational Project: The Vision of the Orient*), Mexico City: El Colegio de México, 1981年。

阿部知二(Abe Tomoji):《英美新兴诗派》,高明译,载《现代》第2卷第4期,1933年。

阿部知二:《回忆》("Kaisō"),载《文学世界》(*Bungakukai*)第7期,1940年。

芥川龙之介(Akutagawa Ryūnosuke):《支那游记》(Shina yūki)。

艾恺(Guy Alitto):《最后的儒家:梁漱溟与中国现代化的两难》(*The Last Confucian: Liang Shu-ming and the Chinese Dilemma of Modernity*), Berkeley: University of California Press, 1979年。

《上海的一切:导游手册》(*All about Shanghai: A Standard Guidebook*)。上海:大学出版社,1934—1935年。再版,香港:剑桥大学出版社,1979年。

安乐哲(Roger T. Ames):《道家思想和阴阳合一理想》("Taoism and the Androgynous Ideal"), 载 Richard W. Guisso、Stanley Johannesen 编:《中国女性》(*Women in China*), N. Y: Philo Press, 1981年。

本尼迪克特·安德森(Benedict Anderson):《想象的共同体》(*Imagined Communities*), London: Verso, 1992年。

安敏成(Marston Anderson):《形式寓意:鲁迅和中国现代短篇小

说》("The Morality of Form: Lu Xun and the Modern Chinese Short Stories"),载李瓯梵编:《鲁迅及其遗产》(*Lu Xun and His Legacy*),Berkeley:University of California Press,1985 年。

安敏成:《现实主义的限制》(*The Limits of Realism*),Berkeley:University of California Press,1990 年。

Jonathan Arac、Harriet Ritvo 编:《19 世纪文学的宏观政治学:民族主义、异国情调和帝国主义》(*Macropolitics of Nineteenth-Century Literature: Nationalism, Exoticism, Imperialism*),Philadelphia:University of Pennsylvania Press,1991 年。

安妮·阿迪斯、Ann Ardis:《新女性、新小说:女性主义和早期现代主义》(*New Women, New Novels: Feminism and Early Modernism*),New Brunswick:Rutgers University Press,1990 年。

弗洛伦斯·艾斯库(Florence Asycough):《弗洛伦斯·艾斯库和埃米·洛威尔》(*Florence Asycough & Amy Lowell*),Chicago:University of Chicago Press,1945 年。

弗洛伦斯·艾斯库、埃米·洛威尔(Amy Lowell):《松花笺》(*Fir-Flower Tablets*),New York:Houghton Mifflin,1921 年。

贝克(Houston Baker):《现代主义与哈林的新生》(*Modernism and the Harlem Renaissance*),Chicaoge:University of Chicaoge Press,1987 年。

巴赫金(Mikhail Bakhtin):《对话想象》(*The Dialogue Imagination*),Michael Holquist 编,Caryl Emerson、Michael Holquist 译,Austin:University of Texas Press,1981 年。

巴赫金:《陀思妥耶夫斯基创作诸问题》(*Problems of Dostoevsky's Poetics*),Caryl Emerson 编译,Minneapolis:University of Minnesota Press,1984 年。

安蒂安·巴里巴尔(Etienne Balibar):《暧昧的普遍性》("Ambiguous Univrsality"),载 *Differences* 第 7 卷第 1 期,1995 年。

安蒂安·巴里巴尔、Immanuel Wallerstein:《种族、民族和阶级:暧昧的身份》(*Race, Nation, Class: Ambiguous Indentities*),Chris

Turner 译，New York：Verso，1995 年。

白露（Tani Barlow）：《知识分子及其权力》（"Zhishifenzi and Power"），载 *Dialectical Anthropology* 第 16 期，1991 年。

白露：《战后中国研究的殖民主义》（"Colonialism's Career in Postwar China Studies"），载 *Position* 第 1 卷第 1 期，1993 年。

罗兰·巴特（Roland Barthes）：《文本的愉悦》（*The Pleasure of the Text*），Richard Miller 译，New York：Hill and Wang，1975 年。

波德莱尔（Charles Baudelaire）：*The Painter of Modern Life and Other Essays*，Jonathan Mayne 编译，London：Phaidon Press，1964 年。

波德莱尔：*Petite Poèmes en Prose*，Melvin Zimmerman 编，Manchester：University of Manchester Press，1968 年。

本雅明（Walter Benjamin）：《历史哲学》（"Theses on the Phiosophy of History"），载 *Illuminations*，Hannah Arendt 编，Harry Zohn 译，New York：Shocken Books，1969 年。

本雅明：《波德莱尔：发达资本主义时代的抒情诗人》（*Charles Baudelaire：A Lyric Poet in the Era of High Capitalism*），Harry Zohn 译，London：Verso，1985 年。

马歇尔·伯曼（Marshall Berman）：《一切坚固的东西都烟消云散了》（*All That Is Solid Melts into Air*），New York：Penguin Books，1988 年。

霍米·巴巴（Homi Bhabha）：《文化的位置》（*The Location of Culture*），New York：Routledge，1994 年。

卞之琳：《雕虫纪历》，香港：三联书店，1982 年。

卞之琳：《冯文炳选集序》，载《新文学史料》，1984 年 12 月。

卞之琳：《卞之琳》，张曼仪编，香港：三联书店，1990 年。

《传统与个人才能》，卞之琳译，载《学文月刊》第 1 卷第 1 期，1934 年。

布雷勒尔（E. F. Bleiler）："Introduction to the Dover Edition"，载《芬努最佳鬼怪故事集》（*Best Ghost Stories of J. S. Le Fanu*），

New York: Dover Publications, Inc., 1964 年。

伯子:《敬隐渔的中国现代短篇小说集》,载《新文艺》第 1 卷第 1 期,1929 年。

布迪厄(Pierre Bourdieu):《实践逻辑》(The Logic of Practice), Richard Nice 译,Stanford: Stanford University Press,1990 年。

布迪厄:《语言与象征性权力》(Language and Symbolic Power),Gino Raymond、Matthew Adamson 译,Cambridge: Harvard University Press,1991 年。

马尔科姆·布雷德伯里(Malcolm Bradbury)、詹姆斯·麦克法兰(James McFarlane)编:《现代主义》(Modernism),New York: Penguin Books,1976 年。

柏右铭(Yomi Braster):《上海的景观经济》("Shanghai's Economy of the Spectacle: The Shanghai Race Club in Liu Na'ou's and Mu Shiying's Stories"),载《中国现代文学》(Modern Chinese Literature)第 9 卷第 1 期,1995 年。

安东尼·布鲁厄(Anthony Brewer):《马克思主义的帝国主义理论》(Marxist Theories of Imperialism),London: Routledge,1989 年。

白娜德·布鲁斯(Bernarda C. Broers):《新浪漫主义的神秘主义》(Mysticism in the Neo-Romantics),Amsterdam: H. J. Paris,1923 年。

巴克摩斯(Susan Buck-Morss): "The Flaneur, the Sandwichman and the Whore: The Politics of Loitering",载 New German Critique 第 39 期,1996 年。

威廉·布温克(William Burgwinkle):《遮蔽菲勒斯》("Veiling the Phallus: French Modernism and the Feminization of the Asian Male"),载 Nitaya Masavisut 等编:《东西方电影与文学中的性别与文化》(Gender and Culture in Literaure and Film East and West: Issue of Perception and Interpretation),Honolulu: University of Hawaii and the East-West Center,1994 年。

朱迪斯·巴特勒(Judith Butler):《性别的烦恼》(*Gender Trouble: Feminism and the Subversion of Identity*),New York and London: Routledge,1990年。

蔡尚思主编:《中国现代思想史资料简编》,杭州:浙江人民出版社,1982年。

马泰·卡林内斯库(Matei Calinescu):《现代性的五副面孔》(*Five Faces of Modernity*),Durham:Duke University Press,1987年。

爱德华·卡宾特(Edward Carpenter):《爱来临的时代》(*Love's Coming of Age*),Manchester:Labour Press,1987年。

伽克拉帕蒂(Dipesh Chakrabarty):《后殖民主义与历史表象:谁是过去"印度"的代言人?》("Postcoloniality and the Artifice of History: Who Speaks for 'Indian' Pasts?"),载 *Representations* 第37期,1992年。

C.C.F:《上海的生活水平》("Shanghai's Standard of Living"),载 *The Chinese Nation* 第1卷第51期,1931年。

克拉巴尔蒂(Dipesh Chakrabarty):《后殖民与历史技巧》("Post-Coloniality and the Artifice of History: Who speaks for 'India' Pasts?")载 *Representations* 第37期,1992年。

陈佐人(Stephen Chan):《绝望的语言:五四作家意识形态化的新女性形象》("The language of Despair: Ideological Representation of the 'New Woman' by May Fourth Writers"),载白露编:*Gender Politics in Modern China: Writing and Feminism*,Durham:Duke University Press,1993年。

张颂圣:《现代主义与本土的反抗:台湾当代小说》(*Modernism and the Nativist Resistance: Contemporary Chinese Fiction from Taiwan*),Durham:Duke University Press,1993年。

查特基(Partha Chatterjee):《民族主义思想与殖民世界》(*Nationalist Thought and the Colonial World: A Derivative Discourse*),Minneapolis:University of Minnesota Press,1993年。

查特基:《民族国家及其碎片》(*The Nation and Its Fragments: Co-*

lonial and Postcolonial Histories),Princeton:Princeton University Press,1993年。

陈独秀:《文学革命论》,载张若英编:《中国新文学史资料》,上海:光明书局,1934年。

杰罗姆·陈(Jerome Ch'en):《中国与西方:1815年至1937年的社会与文化》(China and the West: Society and Culture, 1815 - 1937),Bloomington:Indiana University Press,1979年。

陈敬之:《新文学运动的阻力》,台北:成文出版社,1980年。

陈敬之:《现代文学早期的女作家》,台北:成文出版社,1980年。

陈观胜(kenneth ch'en):Buddhism in China,Princeton:Princeton University Press,1964年。

陈铨:《五四运动与狂飙运动》,载《民族文学》第1卷第3期,1943年。

陈思和:《中国新文学整体观》,台北:业强出版社,1990年。

陈崧编:《五四时期东西文化问题论战文选》,北京:中国社会科学出版社,1989年。

陈小眉:《重新发现庞德》("Rediscovering Ezra Pound: A Post-Colonial 'Misreading' of a Western Legacy"),载 Paideuma 第23卷第2、3期,1994年。

陈小眉:《西方主义》(Occidentalism: A Theory of Counter—Discourse in Post-Mao China),New York:Oxford University Press,1995年。

王自立、陈子善:《郁达夫研究资料》,香港:三联书店,1986年。

程麻:《鲁迅留学日本史》,西安:陕西人民出版社,1985年。

程麻:《沟通与更新:鲁迅与日本文学关系发微》,北京:中国社会科学出版社,1990年。

周蕾(Rey Chow):《良性交易》("Virtuous Transactions: A Reading of Three Stories by Ling Shuhua"),载《中国现代文学》(Modern Chinese Literature)第4卷第1、2期,1988年。

周蕾:《女性与中国现代性:东西方间的阅读政治》(Women and

Chinese Modernity: *The Politics of Reading between West and East*),Minnesota:University of Minnesota Press,1991年。

周蕾:《在殖民者之间:一九九〇年代香港的后殖民书写》("Between Colonizers:Hong Kong's Postcolonial Self-Writing in the 1990s"),载 *Diaspora* 第2卷第2期,1992年。

周蕾:《写在家国之外:当代文化研究中的干涉策略》(*Writing Diaspora*:*Tactics of Intervention in Contemporary Cultural Studies*),Bloomington:Indiana University Press,1993年。

周蕾:《接纳的政治:法侬著作中女性的性能动,种族杂交和社区的形成》("The Politics of Admittance:Famale Sexual Agency, Miscegenation and the Formation of Community in Frantz Fanon"),载 *UTS Review* 第1卷第1期,1995年。

周蕾:《原始的激情》(*Primitive Passions*:*Visuality*,*Sexuality*,*Ethnography*,*and Contemporary Chinese Cinema*),New York:Columbia University Press,1995年。

苏珊·克拉克(Suzanne Clark):《感伤的现代主义:女性作家与词汇革命》(*Sentimental Modernism*:*Women writers and the Revolution of the Word*),Bloomington:Indiana University Press,1991年。

尼古拉斯·克利福德(Nicholas Clifford):《帝国的宠儿:二十年代上海的西方人和中国革命》(*Spoilt Children of Empire*:*Westerners in Shanghai and the Chinese Revolution of the* 1920's),Middlebury:Middlebury College Press,1991年。

柯文(Paul Cohen):《在中国发现历史》(*Discovering History in China*),New York:Columbia University Press,1984年。

科尔曼(James William Coleman):《黑色与现代主义》(*Blackness and Modernism*),Jackson:University Press of Missisippi,1989年。

《共产党文学》,上海警察局档案,卷1,D—39,1929年2月18日。

戴望舒:《望舒诗论》,载《现代》第2卷第1期,1932年。

苏文瑜(Susan Daruvala):《周作人和中国对现代性的另一种回答》(Zhou Zuoren and an Alternative Chinese Response to Modernity),博士论文,芝加哥大学,1993年。

德塞都(Michel de Certeau):《日常生活实践》(The practice of Everyday Life),Steven Rendall 译,Berkeley:University of California press,1984年。

古尔蒙(Rémy de Gourmont):《颓废主义及其他有关文化观念的文章》(Decadence and Other Essays on the Culture of Ideas),William A. Bradley 译,New York:Harcourt,Brace and Company,1921年。

玛丽安·德科万(Mariann Dekovan):《富有和陌生:性别、历史和现代主义》(Rich and Strange: Gender, History, Modernism),Princeton:Princeton University Press,1991年。

保罗德曼(Paul de Man):《盲目与洞见》(Blindness and Insight: Essays in the Rhetoric Contemporary Criticism),Minneapolis:University of Minnesota Press,1983年。

邓腾克(Kirk A. Denton)编:《现代中国文学思想》(Modern Chinese Literary Thought),Stanford:Stanford University Press,1996年。

狄金森(G. Lowes Dickinson):《一个中国人通信》(Letters from John Chinaman),London:George Allen and Unwin Ltd.,1946年。

冯客(Frank Dikotter):《近代中国之种族观念》(The Discourse of Race in Modern China),Stanford:Stanford University Press,1992年。

阿里夫·德里克(Arif Dirlik):《马克思主义和中国历史》("Maxism and Chinese History: The Globalization of Marxist Historical Discourse and the Problem of Hegemony in Marxism"),载 Journal of Third World Studies 第4卷第1期,1987年。

阿里夫·德里克:《中国革命中的无政府主义》(Anarchism in the

Chinese Revolution),Berkeley:University of California Press,1991年。

土井古地(Doi Kochi):《詹姆士主义》(*James Joyce*),上海:现代书局,1934年。

杜衡(苏汶):《关于穆时英的创作》,载《现代出版界》第9期,1933年。

杜衡:《文人在上海》,载《现代》第4卷第2期,1933年。

杜衡编:《文艺自由论辩集》,上海:现代书局,1933年。

杜赞奇(Prasenjit Duara):《现代性话语的知识和权力》("Knowledge and Power in the Discourse of Modernity:The Campaigns against Popular Religion in Early Twentieth-Century China"),载《亚洲研究》(*Journal of Asian Studies*)第50卷第1期,1991年。

杜赞奇:《从民族国家拯救历史:质疑现代中国叙事》(*Rescuing History from the Nation:Questioning Narratives of Modern China*),Chicago:University of Chicago Press,1995年。

Peter Duus、Ramon Myers、Mark R. Peattie编:《日本在中国建立的非正式帝国,1895—1937》(*The Japanese Informal Empire in China,1895-1937*),Princeton:Princeton University Press,1989年。

艾略特(T. S. Eliot):《传统与个人才能》("Radition and the Individual Talent"),载《圣林》(*The Scared Wood*),London:Metheum & Co. Ltd,1960年。

《编辑的话》,载《新文艺》第2卷第2期,1930年。

玛丽·艾尔曼(Mary Ellmann):《思考女性》(*Thinking about Women*),New York:Harcourt,Brace and World,1968年。

伊懋可(Mark Elvin)、施坚雅(G. William Skinner)编:《两个世界之间的中国城市》(*The Chinese City between Two Worlds*),Stanford:Stanford University Press,1974年。

乔纳斯·费边(Johannes Fabian):《时间与他者:人类学如何建构

自己的对象》(*Time and the Other*: *How Anthropology Make Its Object*),New York:Columbia University Press,1983 年。

费慰梅(Wilma Fairbank):《梁思成和林徽因:一对探索中国建筑史的伴侣》(*Liang and Lin*: *Partners in Exploring China's Architectural Past*),Philadelphia:University of Pennsylvania Press,1994 年。

方令孺等编:《二十五年我的爱读书》,载《宇宙风》第 32 期,1937 年。

方询:《柏格森生之哲学》,载《少年中国》第 1 卷第 7 期,1919 年。

法侬(Frantz Fanon):《黑皮肤,白面具》(*Black Skin*, *White Masks*),Charles Lam Markmann 译,New York:Grove Weidenfeld,1967 年。

法侬:《全天下受苦的人》(*The Wretched of the Earth*),Constance Farrington 译,New York:Grove Press,1968 年。

费鉴照:《爱尔兰作家乔欧斯》,载《文艺月刊》第 3 卷第 7 期,1933 年。

废名:《竹林的故事》,上海:北新书局,1927 年。

废名:《水上》和《钥匙》,载《新月》第 4 卷第 5 期,1932 年。

废名:《桥》,上海:开明书局,1936 年。

废名:《窗》,载《新月》第 4 卷第 7 期,1933 年。

废名:《荷叶》和《无题》,载《学文月刊》第 1 卷第 2 期,1934 年。

废名:《关于现代诗歌》,载《中国现代诗歌》,Harold Acton、陈世骧译,London:Duckworth,1936 年。

废名:《随笔》,载《文学杂志》第 1 卷第 1 期,1937 年。

废名:《萤火》,载《文学杂志》第 1 卷第 3 期,1937 年。

废名:《牵牛花》,载《文学杂志》第 1 卷第 4 期,1937 年。

冯文炳:《跟青年谈鲁迅》,北京:中国青年出版社,1956 年。

废名:《中国文章》,载《冯文炳选集》,北京:北京人民文学出版社,1985 年。

废名:《废名选集》,四川:四川文艺出版社,1988 年。

冯健男:《说废名的生平》,载《新文学史料》,1984 年 2 月。

冯健男:《谈废名的小说创作》,载《中国现代文学研究丛刊》第 4 期,1985 年。

冯健男:《废名:杰出的散文家》,载《中国现代当代文学研究》,1988 年 8 月。

冯友兰:《三松堂学术文集》,北京:北京大学出版社,1984 年。

费诺罗萨(Ernest Fenollosa):《东方与西方》(*East and West*),New York:Crowell and Company,1893 年。

John Gould Fletcher:《东方和当代诗歌》("The Orient and Contemporary Poetry,"),载 Arthur E. Christy 编:《亚洲遗产与美国生活》(*The Asian Legacy and American Life*),New York:Asia Press,1945 年。

傅佛果(Joshua Fogel):《中日关系的文化维度》(*The Cultural Dimension of Sino-Japanese Relations: Essays on the Nineteenth and Twentieth Centuries*),New York:M. E. Sharpe,1995 年。

傅佛果:《日本再发现中国过程中的游记文学》(*The Literature of Travel in the Japanese Rediscovery of China*,1862-1945),Stanford:Stanford University Press,1996 年。

傅佛果:《芥川龙之介在中国》("Akutagawa Ryūnosuke in China"),载《中国历史研究》(*Chinese Studies in History*)第 30 卷第 4 期,1997 年。

芥川龙之介:《支那游记》,傅佛果译,载 *Chinese Studies in History* 第 30 卷第 4 期,1997 年。

荷尔·福思特(Hal Foster)编:《视角和视觉性》(*Vision and Visuality*),Seattle:Bay Press,1988 年。

约瑟夫·弗兰克(Joseph Frank):《现代文学中的空间形式》("Spatial Form in Modern Literature"),载 *Sewanee Review* 第 53 期,1945 年。

傅汉思(Hans H. Frankel):《梅花与宫女》(*The Flowering Plum*

and the Palace Lady: Interpretations of Chinese Poetry), New Haven: Yale University Press, 1976 年。

佛瑞曼(John Freeman):《诗小说》(The Lyrical Novel), Princeton: Princeton University Press, 1963 年。

弗洛伊德(Sigmund Freud):《梦的解析》(The Interpretation of Dreams), James Strachery 译, New York: Avon Books, 1965 年。

弗洛伊德:《精神分析导论讲演》(Introductory Lectures on Psychoanalysis), James Strachey 译, New York: W. W. Norton, 1966 年。

弗洛伊德:《抑制、症状和焦虑》(Inhibitions, Symptoms, and Anxiety), Alix Strachey 译, New York: W. W. Norton, 1989 年。

海因里希·富合(Heinrich Freuhauf):《中国现当代文学中的都市异国情调》("Urban Exoticism in Modern and Contemporary Chinese Literature"), 博士论文, 芝加哥大学, 1990 年。

傅东华、郑振铎编:《文学百题》, 上海: 生活书店, 1935 年。

傅葆石(Poshek Fu):《顺从、抗拒和合作》(Passivity, Resistance and Collaboration: Intellectual Choices in Occupied Shanghai, 1937-1945), Stanford: Stanford University Press, 1993 年。

傅乐诗(Charlotte Furlth)编:《转变的限制》(The Limits of Change), Cambridge: Harvard University Press, 1976 年。

高觉敷:《高觉敷心理学文选》, 江苏教育出版社, 1986 年。

葛莫美:《电影与女性美》, 载《无轨列车》第 4 期, 1928 年。

Blanche H. Gelfant:《美国城市小说》(The American City Novel), Norman: University of Oklahoma Press, 1954 年。

安东尼·吉登斯(Anthony Giddens):《现代性的后果》(The Consequences of Modernity), Stanford: Stanford University Press, 1990 年。

西蒙·吉甘地(Simon Gikandi):《在地狱书写: 现代主义和加勒比文学》(Writing in Limbo: Modernism and Caribbean Literature), Ithaca: Cornell University Press, 1992 年。

桑德拉·吉尔伯特(Sandra M. Gilbert)、苏珊·格巴(Susan Gubar):《阁楼上的疯妇》(*The Madwoman in the Attic: The Woman Writer and the Nineteenth Century Literary Imagination*),New Haven: Yale University Press,1984年。

珊德·吉尔曼(Sander Gilman):《弗洛伊德、种族和性别》(*Freud, Race and Gender*),Princeton: Princeton University Press, 1993年。

珊德·吉尔曼:《弗洛伊德》(*The case of Sigmund Freud*),Baltimore: Johns Hopkins University Press,1993年。

勒内·吉拉尔(René Girard):《欺骗、欲望和小说》(*Deceit, Desire and the Novel*),Yvonne Freccero译,Baltimore: Johns Hopkins University Press,1965年。

墨尔·格德门(Merle Goldman)编:《五四时代的中国现代文学》(*Modern Chinese Literature in the May Fourth Era*),Cambridge: Harvard University Press,1977年。

格里德(Jerome B. Grieder):《胡适与中国文艺复兴》(*Hu Shi and the Chinese Renaissance*),Cambridge: Harvard University Press,1970年。

格里德:《现代中国知识分子与国家》(*Intellectuals and the State in Modern China*),New York: Free Press,1981年。

顾仲起:《最后一封信》,载《小说月报》第14卷第8期,1923年。

勒内·古维侬(René Guénon):《东方与西方》(*East and West*),William Massey译,London: Luzac and Co.,1941年。

拉纳吉特·古哈(Ranajit Guha):《无霸权的占领》(*Dominance without Hegemony: History and Power in Colonial India*),Cambridge: Harvard University Press,1997年。

甘爱华(Edward Gunn):《不受欢迎的缪斯:上海和北京的中国文学,1937—1945年》(*Unwelcome Muse: Chinese Literature in Shanghai and Peking, 1937-1945*),New York: Columbia University Press,1980 年。

甘爱华:《重写中文》(*Rewriting Chinese: Style and Innovation in Twentieth-Century Chinese Prose*),Stanford:Stanford University Press,1991 年。

郭沫若:《未来派的诗及其批评》,载《创造周刊》第 17 期,1923 年。

郭沫若:《瓦特裴德的批评论》,载《创造周刊》第 26 期,1923 年。

郭沫若:《女神》,北京:人民文学出版社,1957 年。

郭沫若:《郭沫若论艺术》,上海:上海文艺出版社,1982 年。

郭沫若:《郭沫若全集》,北京:人民文学出版社,1985 年。

哈贝马斯(Jürgen Habermas):《现代性——一个未完成的方案》("Modenity—An Incomplete Project"),载福斯特(Hal Foster)编:《反美学》(*The Anti-Aesthetic: Essays on Postmodern Culture*),Seattle:Bay Press,1983 年。

哈贝马斯:《现代性的哲学话语》(*The Philosophical Discourse of Modernity*),Frederick.G.Lawrence 译,Cambridge:Harvard University Press,1970 年。

斯蒂芬·海(Stephen N. Hay):《亚洲的东西方观念》(*Asian Ideas of East and West: Tagore and His Critics in Japan, China, and India*),Cambridge:Harvard University Press,1970 年。

贺麟:《五十年来的中国哲学》,沈阳:辽宁教育出版社,1989 年。

黑格尔(Georg W.F.Hegel):《历史哲学》(*The Philosophy of History*),J.Sibree 译,New York:Dover Publication,1956 年。

黑格尔:《精神现象学》(*The Phenomenology of Spirit*),A.V.miller 译,New York:Oxford University Press,1977 年。

黑格尔:《历史哲学纲要》(*Introduction to the Philosophy of History*),Leo Rauch 译,Indianapolis:Hackett Publishing Company,1988 年。

黑婴:《帝国的女儿》,上海:开化书局,1934 年。

黑婴:《我见到的穆时英》,载《新文学史料》,1989 年 2 月。

贺潇（Gail Hershatter）：《上海卖淫业的等级制度，1870—1949》（"The Hierarchy of Shanghai Prostitution, 1870-1949"），载《现代中国》第 15 卷第 4 期，1989 年。

贺潇：《下属的回应》（"The subaltern Talks Back: Reflections on Subaltern Theory and Chinese History"），载 Position 第 1 卷第 1 期，1993 年。

平林初之辅（Hirabayashi Hatsunosuke）：《商品化的近代小说》，钱歌川译，载《北新》第 4 卷第 16 期，1930 年。

林房雄（Hiyashi Fusao）：《都市双曲线》，石儿译，上海：神州国光社，1932 年。

霍布斯鲍姆（E·J·Hobsbawm）：《1780 年以来的民族与民族主义》（Nations and Nationalism Since 1780），Cambridge：Cambridge University Press，1992 年。

大卫·赫费勒（Jr. J. David Hoeveler）：《新人文主义》（The New Humanism: A Critique of Modern America, 1900 – 1940），Charlottesville：University Press of Virginia，1977 年。

何天爵（Chester Holcombe）：《现实的中国问题》（The Real Chinese Question），New York：Dodd, Mead & Company，1900 年。

洪素野：《文学上之淫虐狂和受虐狂》，载《文学杂志》第 7 卷第 1 期，1935 年。

克里斯托弗·豪（Christopher Howe）编：《上海：革命与亚洲大都市的发展》（Shanghai: Revolution and Development in an Asian Metropolis），New York：Cambridge University Press，1981 年。

夏志清：《中国现代小说史，1917—1957》（A History of Modern Chinese Fiction, 1917-1957），New Haven：Yale University Press，1961 年。

夏志清：《爱情·社会·小说》，台北：纯文学出版社，1970 年。

胡适：《中国的文艺复兴》（The Chinese Renaissance: The Haskell Lectures），Chicago：University of Chicago Press，1934 年。

胡适：《文学改良刍议》，载张若英编：《中国新文学史资料》，上海：光明书局，1934年。

胡适：《我们走哪条路》，台北：远流出版社，1986年。

画室（冯雪峰）：《革命与知识阶级》，载《无轨列车》第2期，1928年。

黄俊东：《穆时英与他的作品》，载《四季》第1期，1972年。

黄子平、陈平原、钱理群：《二十世纪中国文学三人谈》，北京：人民文学出版社，1988年。

琳达·哈钦（Linda Hutcheon）：《自恋的叙事——元小说的矛盾》（*Narcissistic Narrative：The Metafictional Paradox*），New York：Metheun，1980年。

修森（Andreas Huyssen）：《大分化之后》（*After the Great Divide*），Bloomington：Indiana University Press，1986年。

入江昭（Akira Iriye）：《全球语境下的中国和日本》（*China and Japan in the Global Setting*），Cambridge：Harvard University Press，1992年。

詹姆逊（Fredric Jameson）：《文学革命与生产模式》（"Literary Innovation and Modes of Production：A Commentary"），载《中国现代文学》（*Modern Chinese Literature*）第1卷第1期，1984年。

詹姆逊：《跨国资本时代的第三世界文学》（Third-World Literature in the Era of Multinational Capital），载 *Social Text* 第15期，1986年。

詹姆逊：《现代主义和帝国主义》（*Modernism and Imperialism*），载詹姆逊、萨义德、伊格尔顿（Terry Eagleton）：《民族主义、殖民主义和文学》（*Nationalism，Colonialism，and Literature*），Minneapolis：University of Minnesota Press，1990年。

罗格·B.琼斯（Roger B. Jeans）：《保卫儒家的融和论》（*Syncretism in Defense of Confucianism：An Intellectual and Political Biography of the Early Years of Chang Chün-mai*），博士论文，George Washington University，1974年。

罗格·B. 琼斯:《中华民国的民主和社会主义》(Democracy and Socialism in Republican China: The Politics of Zhang Junmai, 1906-1941), New York: Roman and Littlefield, 1997年。

詹纳尔(W. J. F. Jenner):《中国现代文学可能吗?》("Is Modern Chinese Literature Possilble?"),载顾彬(Wolfgang Kubin)、瓦格纳(Rudolf G. Wagner)编:《中国现代文学和文学批评集》(Essays in Modern Chinese Literature and Literary Criticism), Bochum: Studienberlag Brockmeyer, 1982年。

姜纬堂等编:《北京妇女报刊考,1905—1949》,北京:光明日报出版社,1990年。

安德鲁·琼斯(Andrew Jones):《文本的暴力》("The Violence of the Text: Reading Yu Hua and Shi Zhecun"),载 Positions 第2卷第3期,1994年。

嵇康裔:《邻笛山阳:悼念一位三十年代新感觉派作家穆时英先生》,载《掌故》第10期,1972年。

柄谷行人(Karatani Kōjin):《英文版后记》,载《日本现代文学的起源》(Origins of Modern Japanese Literature), Brett de Bary 译, Durham: Duke University Press, 1993年。

弗雷德里克·R. 卡尔(Frederick R. Karl):《现代与现代主义》(Modern and Modernism: The Sovereignty of the Artist, 1885-1925), New York: Atheneum, 1983年。

Katagami Noboru:《都会生活与现代文学》,载《北新》第2卷第20期,1928年。

片冈铁兵(Kataoka Teppei):《一个经验》,葛莫美译,载《无轨电车》第7期,1928年。

片冈铁兵:《艺术的贫困》,郭建英译,载《新文艺》第1卷第1期,1929年。

丹尼斯·基恩(Dennis Keene):《横光利一:现代主义者》(Yokomitsu Riichi: Modernist), New York: Columbia University Press, 1980年。

唐纳金(Donald Keene):《走向西方的黎明:现代日本文学》(*Dawn to the west: Japanese Literature of the Modern Era*),New York: Henry Holt,1984年。

斯蒂芬·科恩(Stephen Kern):《时空文化,1880—1918》(*The Culture of Time and Space*,1880-1918),Cambridge: Harvard University Press,1983年。

K.H.金(K.H.Kim):《日本对中国早期现代化的看法》(*Japanese Perspectives on China's Early Modernization*),Ann Arbor: University of Michigan Press,1974年。

金介甫(Jeffrey Kinkley):《沈从文传》(*The Odyssey Of Shen Congwen*),Stanford: Stanford University Press,1987年。

凯瑟琳·科比(Kathleen M. Kirby):《不被注意的边界:人之主体性的空间概念》(*Indifferent Boundaries: Spatial Concepts of Human Subjectivity*),New York and London: The Guilford Press,1996年。

乔治·威廉·诺克斯(George William Knox):《东方的精神》(*The Spirit of the Orient*),New York: T. Y. Crowell & Co.,1906年。

姜秀美(Kon Hidemi):《痛感穆时英的意外之死》,载《文学杂志》(*Bungakukai*)第7期,1940年。

孔另境编:《现代中国作家书信》,1971年。

克莉丝蒂娃(Julia Kristeva):《语言中的欲望》(*Desire in Language: A Semiotic Approach to Literature and Art*),Leon S. Roudiez编,Thomas Gora等译,New York: Columbia University Press,1980年。

克莉斯蒂娃:《诗学语言的革命》(*Revolution in Poetic Language*),Margaret Wallet译,New York: Columbia University Press,1984年。

厨川白村(Kuriyagawa Hakuson):《病的性欲与文学》,仲云译,载《小说月报》第16卷第5期,1925年。

厨川白村：《文艺与性欲》,仲云译,载《小说月报》第16卷第7期,1925年。

厨川白村：《苦闷的象征》,鲁迅译。

草野心平(Kusano Shinpei)：《记起穆时英》,载《文学世界》(*Bungakukai*)第7期,1940年。

拉康：《心理分析的四个基本概念》(*The Four Fundamental Concepts of Psychoanalysis*), Jacques-Alain Miller 编, Alan Sheridan 译, New York：W. W. Norton & Company, 1981年。

拉克劳(Ernesto Laclau)、莫非(Chantel Mouffe)：《文化霸权和社会主义的战略》(*Hegemony and Socialist Strategy*), London：Verso, 1985年。

阿马·拉希里(Amar Lahiri)：《日本现代主义》(*Japanese Modernism*), Hokuseido Press, 1939年。

乔治·特梅勒(George Lamaitre)：《四位法国小说家：普鲁斯特、纪德、季洛杜和穆杭》(*Four French Novelists：Marcel Proust, André Gide, Jean Giraudoux, Paul Morand*), London：Oxford University Press, 1938年。

老子：《道德经》, D. C. LauHarmondsworth 译, Middlesex：Penguin Books, 1963年。

文棣(Wendy Larson)：《现实主义、现代主义和中国的"反精神污染"运动》("Realism, Modernism, and the Anti-'Spiritual Pollution'Campaign in China"), 载 *Modern China* 第15卷第1期, 1989年。

文棣、魏安娜(Anne Wedell-Wedellsborg)编：《外在的内部：中国文学文化中的现代主义和后现代主义》(*Inside Out：Modernism and Postmodernism in Chinese Literary Culture*), Denmark Aarhus University Press, 1993年。

伊丽莎白·拉塞克(Elizabeth Lasek)：《帝国主义在中国》("Imperialism in China：A Methodological Critique"), 载 *Bulletin of Concerned Asian Scholars* 第15卷第1期, 1983年。

利大英(Gregory B. Lee):《戴望舒:一个中国现代主义者的生活与诗歌》(*Dai Wangshu: The Life and Poetry of a Chinese Modernist*),香港:中文大学出版社,1989年。

利大英:《抒情诗人,喇叭手和困惑的制造者》(*Troubadours, Trumprter, and Troubled Makers: Lyricism, Narrative, and Hybridity in China and Its Others*),Durham:Duke University Press,1996年。

李瓯梵:《现代中国文学的浪漫派一代》(*The Romantic Generation of Modern Chinese Writers*),Cambridge:Harvard University Press,1973年。

李瓯梵:《文学思潮:革命之路,1927—1949》,载《剑桥中国史》(*The Cambridge History of China*)第13卷,Denis Twitchtt、John King Fairbank编,Cambridge:Cambridge University Press,1983年。

李瓯梵:《铁屋中的呐喊》(*Voices from the Iron House*),Bloomington and Indianapolis:Indiana University Press,1987年。

李瓯梵:《追寻现代性》("In Search of Modernity: Some Reflection on a New Mode of Consciousness in Twentieth-Century Chinese History and Literature"),载Paul A. Cohen、Merle Goldman编:《跨文化观念》(*Ideas across Cultures: Essays on Chinese Thought in Honor of Benjamin I. Schwartz*),Cambridge:Council on East Asian Studies, Harvard University,1990年。

李瓯梵:《中国现代文学中的"颓废"及其作家》,载《当代》第93期,1994年。

李瓯梵:《民国早期现代性的文化构成:有关上海都市的几点思考》("The Cultural Construction of Modernity in Early Republican China: Some Research Notes on Urban Shanghai"),打印稿,1996年。

李瓯梵:《上海摩登:中国的都市文化和文学想象研究,1930—1945》(*Shanghai Modern: A Study of Urban Culture and Literary*

Imagination in China,1930-1945),Cambridge：Harvard University Press,1999年。

特西利·李(Tahirih V. Lee)："Coping with Shanghai：Means to Survival and Success in the Early Twentieth Century—A Symposium",载 *The Journal of Asian Studies* 第54卷第1期,1995年。

米歇尔·雷纳(Michael G. Lerner):《皮埃尔·洛蒂》(*Pierre Loti*),New York:Wayne Publishers,1974年。

梁秉钧:《对抗的美学：中国诗人中的现代主义一代之研究,1936—1949》(*Aesthetics of Opposition：A study of the Modernist Poetry Generation of Chinese Poets*,1936-1949),博士论文,圣地亚哥加州大学,1984年。

列文森(Joseph Levenson):《历史与价值》("'History' and 'Value'：The Tensions of Intellectual Choice in Modern China"),载 *Studies in Chinese Thought* 第55卷第5期,1953年。

列文森:《儒教中国及其现代命运》(*Confucian China and Its Modern Fate*),Berkeley and Los Angeles:University of California Press,1958年。

列文森:《革命与世界主义》(*Revolution and Cosmopolitanism：The Western Stage and the Chinese Stages*),Berkeley：University of California press,1971年。

李健吾:《李健吾创作评论选集》,北京：人民文学出版社,1984年。

梁漱溟:《东西文化及其哲学》,台北：里仁书局,1983年。

梁思成:《图像中国建筑史》(*A Pictorial History of Chinese Architecture*),费慰梅(Wilma Fairbank)编,Cambridge：MIT Press,1984年。

廖炳惠:《希望、回忆和重复》("Hope,Recollection,Repetition：Turandot Revised"),载 *Musical Quaterly* 第77卷第1期,1933年。

林徽因:《窘》,载《新月》第3卷第9期。

林徽因：《九十九度中》，载《学文》第 1 卷第 1 期，1934 年。

林徽因：《梅真同他们》，载《文学杂志》第 1 卷第 3 期，1937 年。

张明晖（Lin Julia）：《中国现代诗歌》(Modern Chinese Poetry: An Introduction)，Seattle: University of Washington Press，1972 年。

林杉：《林徽因传》，台北：世界书局，1993 年。

林毓生：《中国意识的危机》(The Crisis of Chinese Consciousness)，Madison: University of Wisconsin Press，1979 年。

林毓生编：《五四：多元的反思》，香港：三联书店，1989 年。

凌叔华：《花之寺》，上海：新月书店，1928 年。

凌叔华：《凌叔华小说集》，台北：洪范书店，1986 年。

凌叔华：《古韵》(Ancient Melodies)，New York: Universe Books，1988 年。

Seiji Lippit：《日本现代主义和文学形式的毁灭》(Japanese Modernism and the Destruction of Literary Form: The writings of Akutagawa, Yokomitsu, and Kawabata)，博士论文，哥伦比亚大学，1997 年。

刘禾：《跨语际实践》(Translingual Practice)，Stanford: Stanford University Press，1995 年。

刘大杰编：《德国文学概论》，上海：北新书局，1928 年。

刘呐鸥：《都市风景线》，上海：水沫书店，1930 年。

刘呐鸥：《赤道下》，载《现代》第 2 卷第 1 期，1932 年。

刘呐鸥：《A Lady to Keep You Company》，载《文艺风景》第 1 卷第 1 期，1934 年。

刘呐鸥编译：《色情文化》，上海：第一线书店，1928 年。

克雷缪（Benjamin Crémieux）：《保尔穆杭论》，刘呐鸥译，载《无轨电车》第 4 期，1928 年。

弗理契（Vladimir M. Friche）：《艺术社会学》，刘呐鸥译，上海：水沫书店，1930 年。

刘巍成：《穆时英的"上海狐步舞"》，载《现代出版界》第 7 期，1932 年。

詹姆斯·朗根巴（James Longenbach）：《现代主义诗学史》（*Modernist Poetics of History： Pound, Eloit, and the Sense of the Past*），Princeton：Princeton University Press，1987年。

楼适夷：《施蛰存的新感觉主义——读了〈在巴黎大戏院〉与〈魔道〉之后》，载《文艺新闻》第33期，1931年。

吕天石：《欧洲近代文艺思潮》，上海：商务印书馆，1931年。

鲁迅：《鲁迅全集》，北京：人民文学出版社，1981年。

鲁迅：《苦闷的象征》和《出了象牙之塔》，北京：人民文学出版社，1988年。

鲁迅：《摩罗诗力说》，Shu-ying Tsau、Donald Holock译，载《中国现代文学思想》（*Modern Chinese Literary Thought*），Krik A. Denton编，Stanford：Stanford University Press，1996年。

罗荣渠编：《从西化到现代化》，北京：北京大学出版社，1990年。

曼尼（Lata Mani）："Contentious Traditions： The Debates on Sati in Colonial India"，载 Kumkum Sangari、Sudesh Vaid 编：《重塑妇女：印度殖民史文集》（*Recasting Women： Essays in Indian Colonial History*），New Brunswick：Rutgers Unversity Press，1990年。

茅盾：《改革宣言》，载《小说月报》第12卷第1期，1921年。

茅盾：《新文学研究者的责任与努力》，载《小说月报》第12卷第2期，1921年。

毛泽东：《毛泽东选集》，北京：人民出版社，1968年。

马克思、恩格斯：《共产党宣言》，载 Robert Tucker 编：《马克思读本》（*The Marx reader*），New York：W. W. Norton，1978年。

松谷达之助（Matsutani Tatsunosuke）：《哀悼穆时英先生》，载《文学世界》第7期，1940年。

Matsumura Takeo：《文艺与性爱》，谢六逸译，上海：开明书店。

孟悦、戴锦华：《浮出历史地表》，开封：河南人民出版社，1989年。

梦舟：《银幕的贡献》，载《无轨电车》第4卷，1928年。

夏丏尊：《芥川龙之介氏的中国观》，载《小说月报》第17卷第4

期,1926 年。

保尔·穆杭(Paul Morand):《懒动病》,戴望舒译,载《无轨电车》第 4 期,1928 年。

保尔·穆杭:《新朋友》,戴望舒译,载《无轨电车》第 4 期,1928 年。

保尔·穆杭:《温柔货》和《夜开着》,庞德译,Breon Mitchell 编,New York: New Directions,1984 年。

摩台尔(Albert Mordel):《近代文学与性爱》,王文川译,上海:开明书店,1931 年。

穆时英:《关于自己的话》,载《现代出版界》第 4 期,1932 年。

穆时英:《我的生活》,载《现代出版界》第 9 期,1933 年。

穆时英:《南北极》,上海:现代书局,1933 年。

穆时英:《公墓》,上海:现代书局,1933 年。

穆时英:《白金的女体塑像》,上海:现代书局,1934 年。

穆时英:《圣处女的感情》,上海:良友图书公司,1935 年。

穆时英:《"百无禁忌"与说教式的拟现实主义者》,载《晨报》,1935 年 5 月 5 日。

穆时英:《穆时英小说全集》,上海:学林出版社,1997 年。

劳拉·穆尔维(Laura Mulvey):《视觉及其他愉悦》(*Visual and Other Pleasures*), Bloomington: Indiana University Press,1989 年。

艾西斯·南迪(Ashis Nandy):《亲密的敌人》(*The Intimate Enemy*), New Delhi: Oxford University Press,1983 年。

艾西斯·南迪:《野蛮的弗洛伊德及其他有关可能实现和可能恢复之自我的文章》(*The Savage Frued and Other Essays on Possible and Retrievable Selves*), Princeton: Princeton University Press,1995 年。

艾西斯·南迪:《在洛杉矶加州大学的发言》,1995 年 4 月 25 日。

倪贻德:《玄武湖之秋》,上海:泰东书局,1924 年。

昇曙梦(Noboru Shōmu):《近代俄罗斯文艺的主潮》,陈望道译,载《小说月报》第 12 期,1921 年。

米歇尔·诺斯(Michael North):《现代主义的方言》(*The Dialect of Modernism: Race, Language, and Twentieth-Century Literature*),New York: Oxford University Press,1994 年。

奥斯特哈梅尔(Jürgen Osterhammel)、莫姆森(Wolfgang J. Mommsen)编:《帝国主义及其后:连续性和非连续性》(*Imperialism and After: Continuities and Discontinuities*),London: Allen and Unwin,1986 年。

艾瑞卡·奥斯特罗夫基(Erika Ostrovky):《在暧昧性符号下》(*Under the Sign of Ambiguity: Saint-John Perse/Alexis Léger*),New York: New York University Press,1984 年。

荣之颖(Angela Jung Palandri)编:《二十世纪中国的女性作家》(*Women Writers of Twentieth-Century China*),Asian Studies Publication Series,Eugene: University of Oregon,1982 年。

David Palumbo-Liu:《普遍性与少数民族》("Universalisms and Minority Culture"),载 *Differences* 第 7 卷第 1 期,1995 年。

潘光旦:《性心理学》,北京:三联书店,1987 年。

亚灵(潘汉年):《新流氓主义(一)》,载《幻洲》第 1 卷第 1 期,1926 年。

安德鲁·帕克(Andrew Parker)等编:《民族主义与性》(*Nationalisms and Sexualities*),New York: Routledge,1992 年。

帕米利(Maurice Parmelee):《东西方文化》(*Oriental and Occidental Culture*),New York and London: The Century Co.,1928 年。

彭小妍(Peng, Hsiao-Yen):《沈从文的前卫风格和原始精神》(*Antithesis Overcome: Shen Congwen's Avant-Gardism and Primitism*,Taipei: Institute of Chinese Literature and Philosophy, Academia Sinica,1994 年。

彭小妍:《浪荡天涯:刘呐鸥 1927 年的日记》,载《中国文哲研究季刊》,即出。

圣琼·佩斯(St. John Perse):《诗选》,艾略特译,W. H. Auden 等编,Princeton:Princeton University Press,1971 年。

莱斯·平克斯(Leslie Pincus):《确认日本帝国主义文化》(Authenticating Culture in Imperial Japan),Berkeley:University of California Press,1996 年。

浦安迪(Andrew Plaks)编:《中国叙事学》(Chinese Narrative: Critical and Theoretical Essays),Princeton:Princeton University Press,1977 年。

波奇欧里(Renalto Poggioli):《先锋派理论》(The Theory of the Avant-Grade),Gerald Fitzgerald 译,Cambridge:Harvard University Press,Belknap Press,1968 年。

卜立德(David Edward Pollard):《一个中国人的文学观:周作人的文艺思想》(A Chinese Look at Literature: The Literary Values of Chou Tso-jen in Relation to the Tradition),Berkeley:University of California Press, 1973 年。

加恩·普拉卡什(Gyan Prakash):《作为后殖民批评的庶民研究》("Subaltern Studies as Postcolonial Critism"),载《美国历史评论》(American Historical Review)第 99 期,1994 年。

裴莱特(Mary Louis Pratt):《帝国之眼》(Imperial Eyes: Travel Writing and Transculturation),New York:Routledge,1992 年。

雅罗斯拉夫·普实克(Jaroslav Prusek):《抒情诗与史诗》(The Lyrical and the Epic),李瓯梵编,Bloomington:Indiana University Press,1969 年。

肯尼斯·派尔(Kenneth Pyle):《现代日本的缔造》(The New Generation in Meiji Japan: Problem of Cultural Identity),Stanford:Stanford Uiniversity Press,1969 年。

钱理群:《周作人传》,北京:十月文艺出版社,1990 年。

钱理群等:《中国现代文学三十年》,上海:上海文艺出版社,1987 年。

钱杏邨:《郁达夫》,载赵家璧编:《中国新文学大系》,上海:上海文艺出版社,1987年。

黄人影(钱杏邨)编:《当代中国女作家论》,上海:光华书局,1933年。

钱兆明:《东方主义与现代主义:庞德和威廉斯继承的中国遗产》(*Orientalism and Modernism: The Legacy of China in Pound and Williams*),Durham & London:Duke University Press,1995年。

钱智修:《梦之研究》,载《东方杂志》第10卷第11期,1914年。

亚瑟·兰塞姆(Arthur Ransome):《中国之谜》(*The Chinese Puzzle*),New York:Houghton Mifflin Company,1927年。

饶鸿竞编:《创造社资料》,福州:福建人民出版社,1985年。

罗宾(Gayle Rubin):《妇女中的交往:关于性的"政治经济"解释》("The Traffic in Women: Notes on the 'Political Economy of Sex'"),载 Alison M Jagger、Paula S. Rothenberg 编:《女性主义体系》(*Feminist Frameworks*),New York:McGraw-Hill Book Co.,1984年。

罗素(Bertrand Russell):《中国问题》(*The Problem of China*),New York:Century Co.,1922年。

萨义德(Edward Said):《东方学》(*Orientalism*),New York:Vantage Books,1979年。

萨义德:《世界、文本和批评家》(*The World, the Text, and the Critic*),Cambridge:Harvard University Press,1983年。

萨义德:《文化与帝国主义》(*Culture and Imperialism*),New York:Alfred A Knopf,1993年。

酒井直树(Naoki Sakai):"Subject and/or Shutai and the Inscription of Cultural Difference",在"想象日本:民族文化叙述"(Imaging Japan: Narrative of National Culture)会议上提交的发言,斯坦福大学,1993年5月13日。

Barbara Hamill Sato:《摩登女郎之轰动》("The Moga Sensation: Pereptions of the Modan Gāru in Japanese Intellectual Circles during the 1920s"),载 Gender and History 第 5 卷第 3 期,1993 年。

佐藤春夫(Satō Haruo):《都会的忧郁》,查士元译,上海:华通书局,1931 年。

佐藤春夫:《佐藤春夫集》,高明译,上海:现代书局,1933 年。

佐藤春夫:《更生记》,查士元译,上海:中华书局,1935 年。

Wolliam Schaefer:《鸠摩罗什的外国舌头》("Kumarajiva's Foreign Tongue: Shi Zhecun's Modernist Historical Fiction"),载 Modern Chinese Literature 第 10 期,1998 年。

斯丹佛·史华兹(Stanford Schwartz):《现代主义的母体:庞德、艾略特和二十世纪早期的思想》(The Matrix of Modernism: Pound, Eliot, and Early Twentieth-Century Thought),Princeton:Princeton Univ. Press,1985 年。

舒衡哲(Vera Schwartz):《中国启蒙:知识分子和五四运动的遗产》(The Chinese Enlightenment: Intellectuals and the Legacy of the May Fourth Movwment of 1919),Berkeley:University of California Press,1986 年。

Bonnie Kime Scott 编:《现代主义的性别》(The Gender of Modernism),Bloomington:Indiana University Press,1990 年。

谷崎润一郎:《上海朋友》,Paul D. Scott 译,载 Chinese Studies in History 第 30 卷第 4 期,1997 年。

哈丽埃特·莎琴特(Harriet Sergeant)编:《上海》(Shanghai),London:Jonathan Cape,1991 年。

邵洵美:《花一般的罪恶》,上海:金屋书店,1928 年。

邵洵美:《琵亚词侣诗画集》,上海:金屋书店,1929 年。

邵洵美:《近代艺术节中的宝贝》,载《金屋月刊》第 1 卷第 3 期,1929 年。

邵洵美:《赌》,载《金屋月刊》第 1 卷第 3 期,1929 年。

邵洵美:《赌钱人离了赌场》,载《金屋月刊》第 1 卷第 5 期,1929 年。

邵洵美、章克标：《色彩与旗帜》，载《金屋月刊》第 1 卷第 1 期，1929 年。

沈从文：《沈从文文集》，香港和广州：三联书店和华城出版社，1985 年。

沈起予：《所谓新感觉派者》，载《北斗》第 1 卷第 4 期，1931 年。

沈松侨：《学衡派与五四时期的反新文化运动》，台北：国立台湾大学出版委员会，1984 年。

伍尔夫：《狒拉西》，石璞译，上海：商务印书馆，1935 年。

施蛰存：《凤阳女》，载《新文艺》第 1 卷第 3 期，1929 年。

施蛰存：《将军底头》，上海：新中国书局，1932 年。

施蛰存：《创刊宣言》，载《现代》第 1 卷第 1 期，1932 年。

施蛰存：《编辑的座谈》，载《现代》第 1 卷第 1 期，1932 年。

施蛰存：《社中日记》，载《现代》第 2 卷第 5 期，1933 年。

施蛰存：《又关于本刊的诗》，载《现代》第 4 卷第 1 期，1933 年。

施蛰存：《善女人行品》，上海：良友图书印刷公司，1933 年。

施蛰存：《书籍禁止与思想左倾》，载《文艺风景》第 1 卷第 1 期，1934 年。

施蛰存：《英美小说潮》，载《文艺风景》第 1 卷第 1 期，1934 年。

施蛰存：《小说中的对话》，载《宇宙风》第 39 期，1937 年。

施蛰存：《关于黄心大师的几句话》，载《中国文艺》第 1 卷第 2 期，1937 年。

施蛰存：《超自然主义者》，载《宇宙风》第 39 期，1937 年。

施蛰存：《现代杂忆》（一、二、三），载《新文学史料》，1981 年 1、2、3 月。

施蛰存：《关于现代派一席谈》，载《文汇报》，1983 年 10 月 18 日。

施蛰存：《震旦二年》，载《新文学史料》，1984 年 4 月。

施蛰存：《我们经营过三个书店》，载《新文学史料》，1985 年 1 月。

施蛰存：《施蛰存》，应国靖编，香港：三联书店，1988 年。

施蛰存：《浮生杂咏》，载《光明日报》，1990 年 2 月 11 日至 11 月 25 日。

施蛰存：《中国现代主义的曙光：与新感觉派大师施蛰存先生对谈》，载郑明娳、林耀德编：《联合文学》第 69 期，1990 年。

施蛰存：《李师师》，载《石秀之恋》，北京：人民文学出版社，1991 年。

施蛰存：《雾，鸥，流星》，北京：人民文学出版社，1991 年。

Aldous huxley：《新浪漫主义》，施蛰存译，载《现代》第 1 卷第 5 期，1932 年。

《薄命的戴丽莎》，施蛰存译，上海：中华书局，1937 年。

《妇心三部曲》，施蛰存译，上海：言行社，1947 年。

Arthur Schnitzler：《现代作家与未来的欧洲》，施蛰存译，载《文艺风景》第 1 卷第 2 期，1934 年。

施蛰存、杜衡：《现代美国文学专号导言》，载《现代》第 5 卷第 6 期，1934 年。

史书美：《中国现代文学中的女性自白小说》，载《当代》第 95 期，1994 年。

史书美：《性别，种类和半殖民地性：刘呐鸥的都市上海风景》("Gender, Race, and Semicolonialism: Liu Na'ou's Urban Shanghai Landscape")，载 *Journal of Asian Studies* 第 55 卷第 4 期，1996 年。

希尔斯（Edward Shils）：《传统》(*Tradition*)，Chicago：University of Chicago Press，1981 年。

Noburu Shomu：《近代俄罗斯文学的主潮》，陈望道译，载《小说月报》第 12 期，1921 年。

Carl E. Shorske：《世纪末的维也纳：政治与文化》(*Fin-de-siécle Vienna: Politics and Culture*)，New York：Vintage Books，1981 年。

席维伯格（Miriam Silverberg）：《反抗的摩登女郎》("The Modern Girl as Militant")，载 Gail Lee Berstein 编：《重塑日本女性》(*Recreating Japanese Women*，1600-1945)，Berkeley：University of California Press。

席维伯格:《现代日本的摩登女郎》("Japanese Modern Montage: Was the Ero Guro Nonsense?"),在加州大学"东亚殖民主义、民族主义和现代性"会议上提交的论文,1996年11月11—12日。

齐美尔(Georg Simmel):《都市与精神生活》("The Metropolis and Mental Life"),载《个人与社会形式》(*On Individuality and Social Forms*),University of Chicago Press,1971年。

《中日文化事业》,载 *The Chinese Nation* 第1卷第44期,1931年。

史帝芬·史莱蒙(Stephen Slemon):"Modernism's Last Post",载 *Ariel* 第20卷第4期,1989年。

明恩溥(Arthur Smith):《中国人的特性》(*Chinese Characteristics*),上海:《北华捷报》("North-China Herald" Office),1890年。

Jeffrey R. Smitten、Anna Daghistany 编:《叙述的空间形式》(*Spatial Form in Narrative*),Ithaca:Cornell University Press,1981年。

So Chun-sop:《韩国现代主义研究》(*Han'guk Modonijum Yon'gu*),Seoul:Iljisa,1988年。

曾祖沁(Tjan Tjoe Som):《东西方的相会:东方视角》,载《东西方世界》(*Eastern and Western World*),Hague:W. Van Hoeve Ltd,1953年。

斯皮瓦克(Gayatri Spivak):《教育机器之外》(*Outside in the Teaching Machine*),New York:Routledge,1993年。

玛丽·斯特普(Marie Stopes):《婚姻之爱》(*Married Love*),New York:G. P. Putnam's Sons,1931年。

全大伟(David Strand):《黄包车北京:一九二〇年代的城市人民和政治》(*Rickshaw Beijing: City People and Politics in the 1920s*),Berkerley:University of California Press,1989年。

苏晓康:《认同的亢奋和迷恋》,载《世界日报》,1995年11月12日。

斯坦利·苏丹(Stanley Sultan):《现代主义是反动的吗?》("Was Modernism Reactionary?"),载《现代文学杂志》(*Journal of*

Modern Literature)第 17 卷第 4 期,1991 年。

孙俍工:《新文艺评论》,上海:民智书局,1923 年。

孙隆基:《历史学家的偏见》("Historian's Warp: Problems in Textualizing the Intellectual History of Modern China"),载 Position 第 2 卷第 2 期,1994 年。

孙逸仙:《三民主义》,台北:中央改造委员会,1950 年。

孙作云:《论现代派诗》,载《清华周刊》,1935 年 3 月。

Stepan Tanaka:《日本的东洋》(Japan's Orient: Rendering Pasts into History),Berkeley: University of California Press,1974 年。

鹤逸:《新浪漫主义的勃兴》,载《晨报六周年纪念增刊》,1924 年 12 月。

唐弢:《中国现代文学史》第 1、2 卷,北京:人民文学出版社,1979 年,1990 年。

唐弢、严家炎:《中国现代文学史》第 3 卷,北京:人民文学出版社,1988 年。

唐小兵:《书写现代性》(Writing a History of Modernity: A Study of the Historical Consciousness of Liang Qichao),Stanford: Stanford University,1996 年。

唐小兵:《全球空间与民族主义者关于现代化的论说:梁启超的历史思考》(Global Space and the Nationalist Discourse of Modernity: The Historical Thinking of Liang Qichao),Stanford: Stanford University Press,1996 年。

陶晶孙:《音乐会小曲》,上海:创造社,1927 年。

郑树森(William Tay):《文学姻缘》,台北:东大图书,1987 年。

滕固:《壁画》,载《创造季刊》第 1 卷第 3 期,1922 年。

滕固:《石像的复活》,载《创作季刊》第 1 卷第 4 期,1923 年。

滕固:《银杏之果》,上海:群众图书公司,1925 年。

滕固:《古董的自杀》,载《小说月报》第 16 卷第 1 期,1925 年。

滕固:《摩托车的鬼》,载《小说月报》第 16 卷第 7 期,1925 年。

滕固:《龙华道上》,载《小说月报》第 17 卷第 8 期,1926 年。

滕固:《迷宫》,上海:光华书局,1927 年。

滕固:《外遇》,上海:金屋书店,1930 年。

滕固:《滕固小说全编》,上海:学林出版社,1997 年。

片冈铁兵:《忧郁与漂亮的脸蛋》,载《文学世界》第 7 期,1940 年。

Jr. James C. Thomson、Peter Stanly、John Cutis Perry:《感伤的帝国主义者》(*Sentimental Imperialists*),New York:Harper & Row,1981 年。

田汉:《新浪漫主义及其他》,载《少年中国》第 1 卷第 12 期,1920 年。

田汉:《可怜的侣离雁》,载《创造季刊》第 1 卷第 2 期,1922 年。

托多洛夫(Tzvetan Todorov):《巴赫金》(*Mikhail Bakhtin:The Dialogic Principle*),Wlad Godzich 译,Minneapolis:the University of Minnesota,1984 年。

托多洛夫(Tzvetan Todorov):《奇幻》(*The fantastic:A structural Approach to a Literary Genre*),Richard Howard 译,New York:Cornell university Press,1987 年。

大卫·特劳特(David Trotter):《现代主义与帝国:读〈荒原〉》"Modernism and Empire:Reading *The Waste Land*",载 *Critical Quarterly* 第 28 期,1986 年。

特朗布尔(Randolph Trumbull):《上海的现代主义者》("The Shanghai Modernists"),博士论文,Stanford University,1989 年。

特朗布尔(Randolph Trumbull):《传统中国的现代书写》("Modernist Inscriptions of Traditional China"),提交给亚洲研究年会的文章,1993 年 3 月。

Paul Volsik:《狄兰·托马斯的新浪漫主义》("Neo-Romanticism and the Poetry of Dylan Thomas"),载 *Etude Anglaises* 第 42 卷第 1 期,1989 年。

王德威(David Der-wei Wang):《二十世纪小说的现实主义:茅盾、老舍和沈从文》(*Fictional Realism in Twentieth Century China:Mao Dun,Lao She,Shen Congwen*),New York:Columbia

University Press,1992年。

王德威:《被压抑的现代性:晚清小说新论》(Fin-de-siècle Splendor: Repressed Modernities of Late Qing Fiction, 1849-1911),Stanford:Stanford University Press,1997年。

汪晖:《赛先生在中国的命运》("The Fate of 'Mr Science' in China: The Concept of Science and Its Application in Modern Chinese Thought"),Howard Y. F. Choy译,载 Positions 第3卷第1期,1995年。

王瑾:《高度的文化热:邓小平中国的政治、美学和意识形态》(High Cultural Fever: Politics, Aesthetics, and Ideology in Deng's China),Berkeley:University of California Press,1997年。

王训昭编:《郭沫若研究资料》,北京:中国社会科学出版社,1986年。

王瑶:《中国新文学史稿》,上海:上海文艺出版社,1982年。

王瑶:《鲁迅作品论集》,北京:人民文学出版社,1984年。

王瑶:《中国现代文学与古典文学的历史联系》,载《北京大学学报》第5期,1986年。

汪曾祺:《晚翠文谈》,杭州:浙江文艺出版社,1988年。

王哲甫:《中国新文学运动史》,北平:杰成印书局,1933年。

丹尼斯·瓦什本(Dennis Washburn):《日本小说中的现代困境》(The Dilemma of the Modern in Japanese Ficiton),New Haven:Yale University Press,1995年。

韦伯(Max Weber):《儒教与道教》(The Religion of China: Confucianism and Taoism),Hans H. Gerth译,New York:The Free Press,1951年。

Betty Pei-t'I Wei:《老上海》,香港:剑桥大学出版社,1993年。

魏爱莲(Ellen Widmer)、王德威编:《从五四到六四:二十世纪中国的小说和电影》(From May Fourth to June Fourth: Fiction and Film in Twentieth Century China),Cambridge:Harvard University Press,1933年。

威廉·帕特里克(Patrick Williams)、劳拉·克利斯曼(Laura Chrisman)编:《殖民话语与后殖民理论》(*Colonial Discourse and Post-Colonial Theory*),New York:Columbia University Press,1994年。

雷蒙德·威廉斯(Raymond Williams):《现代主义政治》(*The Politics of Modernism*),London:Verso,1989年。

沃尔夫(Janet Wolff):《女性句法》(*Feminine Sentences*),Berkeley:University of California Press,1990年。

王志宏:《上海的政治和文学》(*Politics and Literature in Shanghai: The Chinese League of Left-Wing Writers*,1930-1936),Manchester:Manchester University Press,1991年。

伍尔夫(Virginia Woolf):《伍尔夫书信集》(*The Letters of Virginia Woolf*)第6卷,Nigel Nicoloson、Joanne Traumann 译,New York and London:Harcourt Brace Jovanvich,1980年。

吴福辉:《中国新感觉派的沉浮和日本文学》,载《日本文学》第2期,1986年。

吴福辉:《京派海派小说比较研究》,载《中国现代当代文学研究》,1987年10月。

吴福辉编:《京派小说选》,北京:人民文学出版社,1990年。

吴立昌:《精神分析与中西文学》,上海:学林出版社,1987年。

吴鲁芹:《弗吉尼亚·伍尔夫与凌叔华》,载《文人相重》,台北:洪范书店,1983年。

伍晓明:《二十世纪中国文化在西方面前的自我意识》,载《二十一世纪》第14期,1992年。

夏炎德:《文艺通论》,上海:开明书店,1933年。

夏元文:《都会主义小说初论》,载《苏州大学学报》,1990年1月。

萧乾:《萧乾选集》,成都:四川人民出版社,1983年。

萧乾:《一代才女林徽因》,载《读书》第10期,1984年。

谢六逸:《日本文学史》,上海:北新书局,1929年。

谢六逸:《新感觉派》,载《现代文学评论》第1卷第1期,1931年。

谢六逸、汪馥泉编译：《世界文学讲座》，上海：北新书局。

解志熙：《存在主义与中国现代文学》，台北：智燕出版社，1990年。

解志熙：《美的偏至：中国现代唯美颓废主义文学思潮研究》，上海：上海文艺出版社，1997年。

熊月之：《历史上的上海形象散论》，载《史林》第3期，1996年。

徐霞村：《二十年来的意大利文学》和《二十年来的西班牙文学》，载《小说月报》第20卷第7期，1929年。

"Modern Girl"，徐霞村译，载《新文艺》第1卷第3期，1929年。

《菊子夫人》，徐霞村译，上海：商务印书馆，1929年。

徐志摩：《徐志摩文集》第5卷，香港：商务印书馆，1983年。

《曼殊斐尔小说集》，徐志摩译，上海：北新书局，1927年。

徐志摩等编：《新月的态度》，载《新月》第1卷第1期，1928年。

阎纯德等编：《中国文学家大词典》，成都：四川人民出版社，1979年。

严家炎：《中国现代小说流派史》，北京：人民文学出版社，1989年。

严家炎：《京派小说与现代主义》，未刊稿。

严家炎：《穆时英长篇小说追踪记》，载《穆时英选集》，广州：花城出版社，即出。

杨义：《中国现代小说史》，北京：人民文学出版社，1986年。

杨义：《京派海派的文化因缘及审美形态》，载《中国现代当代文学研究》第6期，1996年。

杨之华：《文坛史料》，上海：中华日报社，1944年。

叶公超：《论新诗》，载《文学杂志》第1卷第1期，1937年。

叶灵凤：《象牙塔中》，载《幻洲》第1卷第1期，1926年。

叶灵凤：《编后随笔》，载《幻州》第1卷第1期，1926年。

叶灵凤：《流行性感冒》，载《现代》第3卷第5期，1933年。

叶灵凤：《叶灵凤小说集》，上海：现代书局，1934年。

叶灵凤：《三十年代文坛上的一颗彗星：叶灵凤先生谈穆时英》，

载《四季》第 1 期,1972 年。

叶灵风:《读书随笔》第 4 卷,北京:三联书店,1988 年。

奚密(Michelle Yeh):《1917 年后的现代中国诗歌理论和实践》(*Modern Chinese Poetry: Theory and Practice since 1917*),New Haven: Yale University Press,1991 年。

叶文心:《分裂的学园:中华民国时期的文化与政治,1919—1937》(*The Alienated Academy: Culture and Politics in Republican China*, 1919-1937),Cambridge: Council on East Asian Studies, Harvard University Press,1990 年。

叶文心、魏斐德(Frederic Wakeman)编:《上海寄居者》(*Shanghai Sojourners*),Berkeley: Institute of East Asian Studies,1992 年。

一统:《记刘呐鸥》,载杨之华编:《文坛史料》,上海:中华日报社,1944 年。

叶维廉:《庞德的〈华夏集〉》(*Ezra Pound's "Cathay"*),Princeton University Press,1969 年。

叶维廉:《跨文化语境的现代主义》,载《防空洞里的抒情诗:1930—1950 中国现代诗选》(*Lyrics from Shelters: Modern Chinese Poetry, 1930-1950*),New York: Garland Publishing, Inc.,1991 年。

横光利一(Yokomitsu Riichi):《穆时英之死》,载《文学世界》第 7 期,1940 年。

横光利一:《上海》,载《日本文学》(*Nihon No Bungaku*)第 37 卷,Tokyo: Chūō Kōronsha,1966 年。

罗伯特·扬(Robert Young):《白色神话》(*White Mythologies*),New York: Routledge,1990 年。

郁达夫:《现代小说所经过的路程》,载《现代》第 1 卷第 2 期,1932 年。

郁达夫:《在热波里喘息》,载《现代》第 1 卷第 5 期,1932 年。

郁达夫:《为小林的被害檄日本警视厅》,载《现代》第 3 卷第 1 期,1933 年。

郁达夫:《郁达夫文集》,香港:三联书店,1983年。

郁达夫:《郁达夫小说全编》,杭州:浙江文艺出版社,1991年。

余大隐:《妇女与文艺》,载《时与潮文艺》第2卷第2期,1943年。

余大隐:《文学里的女性自我表现》,载《时与潮文艺》第4卷第4期,1944年。

余凤高:《心理分析与中国现代小说》,北京:中国社会科学出版社,1988年。

余光中:《总序》,载《中国现代文学大系》,台北:巨人出版社,1972年。

《维摩诘经》(The Vimalakirti Nirdesa Sutra), Lu K'uan Yü 译, Berkeley: Shambala Publications Inc., 1972年。

余清香、毛家明:《大都市在他的笔下痉挛——论穆时英新感觉都市小说》,载《华中师范大学学报》,1989年4月。

伊瓦·戴维斯(Nira Yuval-Davis):《性别与民族》(Gender and Nation), London: Sage Publications, 1997年。

萨瓦拉(Iris M. Zavala):《殖民主义与文化》(Colonialism and Culture: Hispanic Modernisms and the Social Imaginary), Bloomington: Indiana University Press, 1992年。

曾仲鸣:《法国文学论集》,上海:黎明书局,1932年。

曾卓文:《郁达夫之死与一首逸诗》,载《明报月刊》,1995年2月。

张澄寰编选:《郭沫若论创作》,上海:上海文艺出版社,1982年。

张京媛:《弗洛伊德与中国现代文学(1919—1949)》,博士论文,Cornell University, 1989年。

张京媛:《心理分析在中国:文学转变,1919—1949》(Psychoanalysis in China: Literary Transformations, 1919-1949), Ithaca: Cornell East Asia Series, 1992年。

张君劢:《张君劢集》,北京:群言出版社,1993年。

章克标:《来吧,让我们沉睡在喷火口上欢梦》,载《金屋月刊》第1卷第2期,1929年。

张若英编:《中国新文学运动史资料》,上海:光明书局,1934年。

张旭东:《改革开放时代中国的现代主义》(*Chinese Modernism in the Era of Reforms*),Durham:Duke University Press,1997年。

张英进:《现代中国文学和电影中的城市》(*The City in Modern Chinese Literature and Film*),Stanford:Stanford University Press,1996年。

张荫麟:《芬诺罗萨论中国文字之优点》,载《学衡》第56期,1926年。

张宇红:《现代主义文学思潮的渗透与形变》,载乐黛云、王宁主编:《西方文艺思潮与二十世纪中国文学》,北京:中国社会科学出版社,1990年。

张仲礼编:《近代上海城市研究》,上海:上海人民出版社,1990年。

赵家璧:《帕索斯》,载《现代》第4卷第1期,1933年。

赵家璧:《美国小说之成长》,载《现代》第5卷第6期,1934年。

赵家璧:《从横断小说到杜斯帕索斯》,载《作家》第2卷第1期,1936年。

赵家璧:《今日欧美小说之动向》,上海:良友图书公司,1935年。

赵景深:《中国新文艺与变态性欲》,载《一般》第4卷第1期,1928年1月。

赵景深:《一九二九年的世界文学》和《一九三〇年的世界文学》上海:神州国光社,1930年和1931年。

郑伯奇:《新文学的警钟》,载《创造周刊》第31期,1923年。

郑明娳、林燿德:《中国现代主义的曙光:与新感觉派大师施蛰存先生对谈》,载《联合文学》第69期,1990年。

郑培凯:《梅兰芳对世界剧坛的文化冲击》,载《当代》第103期,1994年。

周全平:《苦笑》,上海:光华书局,1927年。

周作人:《人的文学》,Ernst Wolff译,载Krik A. Denton编:《中国现代文学思想》(*Modern Chinese Literary Thought*),Stanford:Stanford University Press,1996年。

周作人:《谈龙集》,上海:开明书店,1930年。

周作人:《知堂文集》,上海:天马书店,1933年。

周作人:《中国新文学的源流》,北平:人文书店,1934年。

周作人:《枣和桥的序》,载废名:《桥》,上海:开明书局,1936年。

周作人:《谈虎集》,上海:北新书局,1936年。

周作人:《周作人代表作》,张菊香编,郑州:黄河文艺出版社,1987年。

周作人:《周作人散文》,张明高等编,北京:中国广播电视出版社,1992年。

朱光潜:《福鲁德的隐意识与心理分析》,载《东方杂志》第18卷第14期,1921年。

朱光潜:《孟实文抄》,上海:良友图书公司,1936年。

朱光潜:《我对本刊的希望》,载《文学杂志》第1卷第1期,1937年。

朱光潜:《编辑后记》,载《文学杂志》第1卷第1期,1937年。

孟实(朱光潜):《桥》,载《文学杂志》第1卷第3期,1937年。

朱光潜:《我与文学及其他》,上海:开明书店,1943年。

朱光潜:《现代中国文学》,载《文学杂志》第2卷第8期,1948年。

朱光潜:《朱光潜全集》,合肥:安徽教育出版社,1987年。

朱光潜:《"我是梦中传彩笔"——废名略识》,载《读书》第10期,1990年。

朱湘:《上元灯与我的记忆》,载《新文艺》第1卷第3期,1929年。

朱云影:《日本通信》,载《现代》第3卷第1期,1933年。

"海外中国研究丛书"书目

1. 中国的现代化　[美]吉尔伯特·罗兹曼 主编　国家社会科学基金"比较现代化"课题组 译　沈宗美 校
2. 寻求富强:严复与西方　[美]本杰明·史华兹 著　叶凤美 译
3. 中国现代思想中的唯科学主义(1900—1950)　[美]郭颖颐 著　雷颐 译
4. 台湾:走向工业化社会　[美]吴元黎 著
5. 中国思想传统的现代诠释　余英时 著
6. 胡适与中国的文艺复兴:中国革命中的自由主义,1917—1937　[美]格里德 著　鲁奇 译
7. 德国思想家论中国　[德]夏瑞春 编　陈爱政 等译
8. 摆脱困境:新儒学与中国政治文化的演进　[美]墨子刻 著　颜世安 高华 黄东兰 译
9. 儒家思想新论:创造性转换的自我　[美]杜维明 著　曹幼华 单丁 译　周文彰 等校
10. 洪业:清朝开国史　[美]魏斐德 著　陈苏镇 薄小莹 包伟民 陈晓燕 牛朴 谭天星 译　阎步克 等校
11. 走向21世纪:中国经济的现状、问题和前景　[美]D.H.帕金斯 著　陈志标 编译
12. 中国:传统与变革　[美]费正清 赖肖尔 主编　陈仲丹 潘兴明 庞朝阳 译　吴世民 张子清 洪邮生 校
13. 中华帝国的法律　[美]D.布朗 C.莫里斯 著　朱勇 译　梁治平 校
14. 梁启超与中国思想的过渡(1890—1907)　[美]张灏 著　崔志海 葛夫平 译
15. 儒教与道教　[德]马克斯·韦伯 著　洪天富 译
16. 中国政治　[美]詹姆斯·R.汤森 布兰特利·沃马克 著　顾速 董方 译
17. 文化、权力与国家:1900—1942年的华北农村　[美]杜赞奇 著　王福明 译
18. 义和团运动的起源　[美]周锡瑞 著　张俊义 王栋 译
19. 在传统与现代性之间:王韬与晚清革命　[美]柯文 著　雷颐 罗检秋 译
20. 最后的儒家:梁漱溟与中国现代化的两难　[美]艾恺 著　王宗昱 冀建中 译
21. 蒙元入侵前夜的中国日常生活　[法]谢和耐 著　刘东 译
22. 东亚之锋　[美]小R.霍夫亨兹 K.E.柯德尔 著　黎鸣 译
23. 中国社会史　[法]谢和耐 著　黄建华 黄迅余 译
24. 从理学到朴学:中华帝国晚期思想与社会变化面面观　[美]艾尔曼 著　赵刚 译
25. 孔子哲学思微　[美]郝大维 安乐哲 著　蒋弋为 李志林 译
26. 北美中国古典文学研究名家十年文选　乐黛云 陈珏 编选
27. 东亚文明:五个阶段的对话　[美]狄百瑞 著　何兆武 何冰 译
28. 五四运动:现代中国的思想革命　[美]周策纵 著　周子平 等译
29. 近代中国与新世界:康有为变法与大同思想研究　[美]萧公权 著　汪荣祖 译
30. 功利主义儒家:陈亮对朱熹的挑战　[美]田浩 著　姜长苏 译
31. 莱布尼兹和儒学　[美]孟德卫 著　张学智 译
32. 佛教征服中国:佛教在中国中古早期的传播与适应　[荷兰]许理和 著　李四龙 裴勇 等译
33. 新政革命与日本:中国,1898—1912　[美]任达 著　李仲贤 译
34. 经学、政治和宗族:中华帝国晚期常州今文学派研究　[美]艾尔曼 著　赵刚 译
35. 中国制度史研究　[美]杨联陞 著　彭刚 程钢 译

36. 汉代农业:早期中国农业经济的形成　[美]许倬云 著　程农 张鸣 译　邓正来 校
37. 转变的中国:历史变迁与欧洲经验的局限　[美]王国斌 著　李伯重 连玲玲 译
38. 欧洲中国古典文学研究名家十年文选　乐黛云 陈珏 龚刚 编选
39. 中国农民经济:河北和山东的农民发展,1890—1949　[美]马若孟 著　史建云 译
40. 汉哲学思维的文化探源　[美]郝大维 安乐哲 著　施忠连 译
41. 近代中国之种族观念　[英]冯客 著　杨立华 译
42. 血路:革命中国中的沈定一(玄庐)传奇　[美]萧邦奇 著　周武彪 译
43. 历史三调:作为事件、经历和神话的义和团　[美]柯文 著　杜继东 译
44. 斯文:唐宋思想的转型　[美]包弼德 著　刘宁 译
45. 宋代江南经济史研究　[日]斯波义信 著　方健 何忠礼 译
46. 一个中国村庄:山东台头　杨懋春 著　张雄 沈炜 秦美珠 译
47. 现实主义的限制:革命时代的中国小说　[美]安敏成 著　姜涛 译
48. 上海罢工:中国工人政治研究　[美]裴宜理 著　刘平 译
49. 中国转向内在:两宋之际的文化转向　[美]刘子健 著　赵冬梅 译
50. 孔子:即凡而圣　[美]赫伯特·芬格莱特 著　彭国翔 张华 译
51. 18世纪中国的官僚制度与荒政　[法]魏丕信 著　徐建青 译
52. 他山的石头记:宇文所安自选集　[美]宇文所安 著　田晓菲 编译
53. 危险的愉悦:20世纪上海的娼妓问题与现代性　[美]贺萧 著　韩敏中 盛宁 译
54. 中国食物　[美]尤金·N. 安德森 著　马孆 刘东 译　刘东 审校
55. 大分流:欧洲、中国及现代世界经济的发展　[美]彭慕兰 著　史建云 译
56. 古代中国的思想世界　[美]本杰明·史华兹 著　程钢 译　刘东 校
57. 内闱:宋代的婚姻和妇女生活　[美]伊沛霞 著　胡志宏 译
58. 中国北方村落的社会性别与权力　[加]朱爱岚 著　胡玉坤 译
59. 先贤的民主:杜威、孔子与中国民主之希望　[美]郝大维 安乐哲 著　何刚强 译
60. 向往心灵转化的庄子:内篇分析　[美]爱莲心 著　周炽成 译
61. 中国人的幸福观　[德]鲍吾刚 著　严蓓雯 韩雪临 吴德祖 译
62. 闺塾师:明末清初江南的才女文化　[美]高彦颐 著　李志生 译
63. 缀珍录:十八世纪及其前后的中国妇女　[美]曼素恩 著　定宜庄 颜宜葳 译
64. 革命与历史:中国马克思主义历史学的起源,1919—1937　[美]德里克 著　翁贺凯 译
65. 竞争的话语:明清小说中的正统性、本真性及所生成之意义　[美]艾梅兰 著　罗琳 译
66. 中国妇女与农村发展:云南禄村六十年的变迁　[加]宝森 著　胡玉坤 译
67. 中国近代思维的挫折　[日]岛田虔次 著　甘万萍 译
68. 中国的亚洲内陆边疆　[美]拉铁摩尔 著　唐晓峰 译
69. 为权力祈祷:佛教与晚明中国士绅社会的形成　[加]卜正民 著　张华 译
70. 天潢贵胄:宋代宗室史　[美]贾志扬 著　赵冬梅 译
71. 儒家之道:中国哲学之探讨　[美]倪德卫 著　[美]万白安 编 周炽成 译
72. 都市里的农家女:性别、流动与社会变迁　[澳]杰华 著　吴小英 译
73. 另类的现代性:改革开放时代中国性别化的渴望　[美]罗丽莎 著　黄新 译
74. 近代中国的知识分子与文明　[日]佐藤慎一 著　刘岳兵 译
75. 繁盛之阴:中国医学史中的性(960—1665)　[美]费侠莉 著　甄橙 主译　吴朝霞 主校
76. 中国大众宗教　[美]韦思谛 编 陈仲丹 译
77. 中国诗画语言研究　[法]程抱一 著　涂卫群 译
78. 中国的思维世界　[日]沟口雄三 小岛毅 著　孙歌 等译

79. 德国与中华民国　[美]柯伟林 著　陈谦平 陈红民 武菁 申晓云 译　钱乘旦 校
80. 中国近代经济史研究:清末海关财政与通商口岸市场圈　[日]滨下武志 著　高淑娟 孙彬 译
81. 回应革命与改革:皖北李村的社会变迁与延续　韩敏 著　陆益龙 徐新玉 译
82. 中国现代文学与电影中的城市:空间、时间与性别构形　[美]张英进 著　秦立彦 译
83. 现代的诱惑:书写半殖民地中国的现代主义(1917—1937)　[美]史书美 著　何恬 译
84. 开放的帝国:1600年前的中国历史　[美]芮乐伟·韩森 著　梁侃 邹劲风 译
85. 改良与革命:辛亥革命在两湖　[美]周锡瑞 著　杨慎之 译
86. 章学诚的生平与思想　[美]倪德卫 著　杨立华 译
87. 卫生的现代性:中国通商口岸健康与疾病的意义　[美]罗芙芸 著　向磊 译
88. 道与庶道:宋代以来的道教、民间信仰和神灵模式　[美]韩明士 著　皮庆生 译
89. 间谍王:戴笠与中国特工　[美]魏斐德 著　梁禾 译
90. 中国的女性与性相:1949年以来的性别话语　[英]艾华 著　施施 译
91. 近代中国的犯罪、惩罚与监狱　[荷]冯客 著　徐有威 等译　潘兴明 校
92. 帝国的隐喻:中国民间宗教　[英]王斯福 著　赵旭东 译
93. 王弼《老子注》研究　[德]瓦格纳 著　杨立华 译
94. 寻求正义:1905—1906年的抵制美货运动　[美]王冠华 著　刘甜甜 译
95. 传统中国日常生活中的协商:中古契约研究　[美]韩森 著　鲁西奇 译
96. 从民族国家拯救历史:民族主义话语与中国现代史研究　[美]杜赞奇 著　王宪明 高继美 李海燕 李点 译
97. 欧几里得在中国:汉译《几何原本》的源流与影响　[荷]安国风 著　纪志刚 郑诚 郑方磊 译
98. 十八世纪中国社会　[美]韩书瑞 罗友枝 著　陈仲丹 译
99. 中国与达尔文　[美]浦嘉珉 著　钟永强 译
100. 私人领域的变形:唐宋诗词中的园林与玩好　[美]杨晓山 著　文韬 译
101. 理解农民中国:社会科学哲学的案例研究　[美]李丹 著　张天虹 张洪云 张胜波 译
102. 山东叛乱:1774年的王伦起义　[美]韩书瑞 著　刘平 唐雁超 译
103. 毁灭的种子:战争与革命中的国民党中国(1937—1949)　[美]易劳逸 著　王建朗 王贤知 贾维 译
104. 缠足:"金莲崇拜"盛极而衰的演变　[美]高彦颐 著　苗延威 译
105. 饕餮之欲:当代中国的食与色　[美]冯珠娣 著　郭乙瑶 马磊 江素侠 译
106. 翻译的传说:中国新女性的形成(1898—1918)　胡缨 著　龙瑜宬 彭珊珊 译
107. 中国的经济革命:20世纪的乡村工业　[日]顾琳 著　王玉茹 张玮 李进霞 译
108. 礼物、关系学与国家:中国人际关系与主体性建构　杨美惠 著　赵旭东 孙珉 译　张跃宏 译校
109. 朱熹的思维世界　[美]田浩 著
110. 皇帝和祖宗:华南的国家与宗族　[英]科大卫 著　卜永坚 译
111. 明清时代东亚海域的文化交流　[日]松浦章 著　郑洁西 等译
112. 中国美学问题　[美]苏源熙 著　卞东波 译　张强强 朱霞欢 校
113. 清代内河水运史研究　[日]松浦章 著　董科 译
114. 大萧条时期的中国:市场、国家与世界经济　[日]城山智子 著　孟凡礼 尚国敏 译　唐磊 校
115. 美国的中国形象(1931—1949)　[美]T.克里斯托弗·杰斯普森 著　姜智芹 译
116. 技术与性别:晚期帝制中国的权力经纬　[英]白馥兰 著　江湄 邓京力 译

117. 中国善书研究　[日]酒井忠夫 著　刘岳兵 何英莺 孙雪梅 译
118. 千年末世之乱:1813年八卦教起义　[美]韩书瑞 著　陈仲丹 译
119. 西学东渐与中国事情　[日]增田涉 著　由其民 周启乾 译
120. 六朝精神史研究　[日]吉川忠夫 著　王启发 译
121. 矢志不渝:明清时期的贞女现象　[美]卢苇菁 著　秦立彦 译
122. 明代乡村纠纷与秩序:以徽州文书为中心　[日]中岛乐章 著　郭万平 高飞 译
123. 中华帝国晚期的欲望与小说叙述　[美]黄卫总 著　张蕴爽 译
124. 虎、米、丝、泥:帝制晚期华南的环境与经济　[美]马立博 著　王玉茹 关永强 译
125. 一江黑水:中国未来的环境挑战　[美]易明 著　姜智芹 译
126. 《诗经》原意研究　[日]家井真 著　陆越 译
127. 施剑翘复仇案:民国时期公众同情的兴起与影响　[美]林郁沁 著　陈湘静 译
128. 华北的暴力和恐慌:义和团运动前夕基督教传播和社会冲突　[德]狄德满 著　崔华杰 译
129. 铁泪图:19世纪中国对于饥馑的文化反应　[美]艾志端 著　曹曦 译
130. 饶家驹安全区:战时上海的难民　[美]阮玛霞 著　白华山 译
131. 危险的边疆:游牧帝国与中国　[美]巴菲尔德 著　袁剑 译
132. 工程国家:民国时期(1927—1937)的淮河治理及国家建设　[美]戴维·艾伦·佩兹 著　姜智芹 译
133. 历史宝筏:过去、西方与中国妇女问题　[美]季家珍 著　杨可 译
134. 姐妹们与陌生人:上海棉纱厂女工,1919—1949　[美]韩起澜 著　韩慈 译
135. 银线:19世纪的世界与中国　林满红 著　詹庆华 林满红 译
136. 寻求中国民主　[澳]冯兆基 著　刘悦斌 徐硙 译
137. 墨梅　[美]毕嘉珍 著　陆敏珍 译
138. 清代上海沙船航运业史研究　[日]松浦章 著　杨蕾 王亦诤 董科 译
139. 男性特质论:中国的社会与性别　[澳]雷金庆 著　[澳]刘婷 译
140. 重读中国女性生命故事　游鉴明 胡缨 季家珍 主编
141. 跨太平洋位移:20世纪美国文学中的民族志、翻译和文本间旅行　黄运特 著　陈倩 译
142. 认知诸形式:反思人类精神的统一性与多样性　[英]G.E.R.劳埃德 著　池志培 译
143. 中国乡村的基督教:1860—1900江西省的冲突与适应　[美]史维东 著　吴薇 译
144. 假想的"满大人":同情、现代性与中国疼痛　[美]韩瑞 著　袁剑 译
145. 中国的捐纳制度与社会　伍跃 著
146. 文书行政的汉帝国　[日]富谷至 著　刘恒武 孔李波 译
147. 城市里的陌生人:中国流动人口的空间、权力与社会网络的重构　[美]张骊 著　袁长庚 译
148. 性别、政治与民主:近代中国的妇女参政　[澳]李木兰 著　方小平 译
149. 近代日本的中国认识　[日]野村浩一 著　张学锋 译
150. 狮龙共舞:一个英国人笔下的威海卫与中国传统文化　[英]庄士敦 著　刘本森 译　威海市博物馆　郭大松 校
151. 人物、角色与心灵:《牡丹亭》与《桃花扇》中的身份认同　[美]吕立亭 著　白华山 译
152. 中国社会中的宗教与仪式　[美]武雅士 著　彭泽安 邵铁峰 译　郭潇威 校
153. 自贡商人:近代早期中国的企业家　[美]曾小萍 著　董建中 译
154. 大象的退却:一部中国环境史　[英]伊懋可 著　梅雪芹 毛利霞 王玉山 译
155. 明代江南土地制度研究　[日]森正夫 著　伍跃 张学锋 等译　范金民 夏维中 审校
156. 儒学与女性　[美]罗莎莉 著　丁佳伟 曹秀娟 译

157. 行善的艺术:晚明中国的慈善事业(新译本)　[美]韩德玲 著　曹晔 译
158. 近代中国的渔业战争和环境变化　[美]穆盛博 著　胡文亮 译
159. 权力关系:宋代中国的家族、地位与国家　[美]柏文莉 著　刘云军 译
160. 权力源自地位:北京大学、知识分子与中国政治文化,1898—1929　[美]魏定熙 著　张蒙 译
161. 工开万物:17世纪中国的知识与技术　[德]薛凤 著　吴秀杰 白岚玲 译
162. 忠贞不贰:辽代的越境之举　[英]史怀梅 著　曹流 译
163. 内藤湖南:政治与汉学(1866—1934)　[美]傅佛果 著　陶德民 何英莺 译
164. 他者中的华人:中国近现代移民史　[美]孔飞力 著　李明欢 译　黄鸣奋 校
165. 古代中国的动物与灵异　[英]胡司德 著　蓝旭 译
166. 两访中国茶乡　[英]罗伯特·福琼 著　敖雪岗 译
167. 缔造选本:《花间集》的文化语境与诗学实践　[美]田安 著　马强才 译
168. 扬州评话探讨　[丹麦]易德波 著　米锋 易德波 译　李今芸 校译
169. 《左传》的书写与解读　李惠仪 著　文韬 许明德 译
170. 以竹为生:一个四川手工造纸村的20世纪社会史　[德]艾约博 著　韩巍 译　吴秀杰 校
171. 东方之旅:1579—1724耶稣会传教团在中国　[美]柏理安 著　毛瑞方 译
172. "地域社会"视野下的明清史研究:以江南和福建为中心　[日]森正夫 著　于志嘉 马一虹 黄东兰 阿风 等译
173. 技术、性别、历史:重新审视帝制中国的大转型　[英]白馥兰 著　吴秀杰 白岚玲 译
174. 中国小说戏曲史　[日]狩野直喜 张真 译
175. 历史上的黑暗一页:英国外交文件与英美海军档案中的南京大屠杀　[美]陆束屏 编著/翻译
176. 罗马与中国:比较视野下的古代世界帝国　[奥]沃尔特·施德尔 主编　李平 译
177. 矛与盾的共存:明清时期江西社会研究　[韩]吴金成 著　崔荣根 译　薛戈 校译
178. 唯一的希望:在中国独生子女政策下成年　[美]冯文 著　常姝 译
179. 国之枭雄:曹操传　[澳]张磊夫 著　方笑天 译
180. 汉帝国的日常生活　[英]鲁惟一 著　刘洁 余霄 译
181. 大分流之外:中国和欧洲经济变迁的政治　[美]王国斌 罗森塔尔 著　周琳 译　王国斌 张萌 审校
182. 中正之笔:颜真卿书法与宋代文人政治　[美]倪雅梅 著　杨简茹 译　祝帅 校译
183. 江南三角洲市镇研究　[日]森正夫 编　丁韵 胡婧 等译　范金民 审校
184. 忍辱负重的使命:美国外交官记载的南京大屠杀与劫后的社会状况　[美]陆束屏 编著/翻译
185. 修仙:古代中国的修行与社会记忆　[美]康儒博 著　顾漩 译
186. 烧钱:中国人生活世界中的物质精神　[美]柏桦 著　袁剑 刘玺鸿 译
187. 话语的长城:文化中国历险记　[美]苏源熙 著　盛珂 译
188. 诸葛武侯　[日]内藤湖南 著　张真 译
189. 盟友背信:一战中的中国　[英]吴芳思 克里斯托弗·阿南德尔 著　张宇扬 译
190. 亚里士多德在中国:语言、范畴和翻译　[英]罗伯特·沃迪 著　韩小强 译
191. 马背上的朝廷:巡幸与清朝统治的建构,1680—1785　[美]张勉治 著　董建中 译
192. 申不害:公元前四世纪中国的政治哲学家　[美]顾立雅 著　马腾 译
193. 晋武帝司马炎　[日]福原启郎 著　陆帅 译
194. 唐人如何吟诗:带你走进汉语音韵学　[日]大岛正二 著　柳悦 译

195. 古代中国的宇宙论　[日]浅野裕一 著　吴昊阳 译
196. 中国思想的道家之论:一种哲学解释　[美]陈汉生 著　周景松 谢尔逊 等译　张丰乾 校译
197. 诗歌之力:袁枚女弟子屈秉筠(1767—1810)　[加]孟留喜 著　吴夏平 译
198. 中国逻辑的发现　[德]顾有信 著　陈志伟 译
199. 高丽时代宋商往来研究　[韩]李镇汉 著　李廷青 戴琳剑 译　楼正豪 校
200. 中国近世财政史研究　[日]岩井茂树 著　付勇 译　范金民 审校
201. 魏晋政治社会史研究　[日]福原启郎 著　陆帅 刘萃峰 张紫毫 译
202. 宋帝国的危机与维系:信息、领土与人际网络　[比利时]魏希德 著　刘云军 译
203. 中国精英与政治变迁:20世纪初的浙江　[美]萧邦奇 著　徐立望 杨涛羽 译　李齐 校
204. 北京的人力车夫:1920年代的市民与政治　[美]史谦德 著　周书垚 袁剑 译　周育民 校
205. 1901—1909年的门户开放政策:西奥多·罗斯福与中国　[美]格雷戈里·摩尔 著　赵嘉玉 译
206. 清帝国之乱:义和团运动与八国联军之役　[美]明恩溥 著　郭大松 刘本森 译